LE TURBOT

GÜNTER GRASS

LE TURBOT

roman

TRADUIT DE L'ALLEMAND
PAR JEAN AMSLER

FRANCE LOISIRS
123, boulevard de Grenelle, Paris

Édition du Club France Loisirs, Paris

ISBN 2-7242-0687-8
(ISBN 2-02-005132-X, éd. du Seuil)

(ISBN *original* 3-472-86069-3)
***Titre original :* Der Butt.**

Au premier mois

Le troisième téton

Ilsebill remit du sel. Avant de faire l'enfant, il y avait de l'épaule de mouton aux haricots et des poires, puisque début octobre. Tout en mangeant, elle dit, la bouche pleine : « Est-ce qu'on va se coucher tout de suite, ou bien veux-tu me raconter d'abord comment notre histoire a commencé, quand, où ? »

Moi, j'en suis à tout moment. Même Ilsebill était là dès le début. Je me rappelle notre première bisbille, vers la fin du néolithique : deux mille ans ronds avant l'Incarnation du Seigneur, quand les mythes distinguaient le cru du cuit. Et de même qu'aujourd'hui, avant le mouton aux haricots et les poires, nous avions des mots de plus en plus brefs concernant ses et mes enfants, de même, dans le pays marécageux des bouches de la Vistule, notre querelle en termes néolithiques choisis roulait sur ma prétention de lui avoir fait trois de ses neufs marmots. Je perdis cependant. Quelque acrobatie que fournît ma langue en alignant des phonèmes primitifs, je ne parvins pas à articuler le beau nom de père ; seul était possible mère. A cette époque, Ilsebill s'appelait Ava. Moi aussi je m'appelais autrement. Mais Ilsebill refuse d'avoir été Ava.

J'avais piqué l'épaule de mouton de gousses d'ail fendues en deux et placé les poires étuvées au beurre à plat entre les haricots princesse bouillis. Ilsebill, la bouche encore pleine, dit que ça pouvait prendre en moins de deux parce que, sur le conseil du médecin, elle avait balancé les pilules dans les vatères ; pourtant il apparut que le lit passerait en tête et la cuisinière néolithique après.

Donc nous nous mîmes au lit, comme nous l'avons toujours fait : embrasse-moi que je t'enjambe. Moi dessus toi dessous. C'est l'égalité des droits bien qu'Ilsebill opine que le privilège masculin de l'intromission soit à peine compensé par le droit résiduel qu'ont les femmes de refuser l'entrée. Pourtant, parce que nous engendrions dans l'amour, nos sentiments étaient assez vastes pour qu'en leur espace élargi, en dehors du temps et de son tic-tac, libérée de toute terrestre pesanteur du lit, s'effectuât une conception accessoire éthérée : comme par compensation, le sentiment d'Ilsebill s'enfila dans le mien : nous étions valables à deux.

Sans doute, avant le mouton aux poires et aux haricots, la soupe de poisson d'Ilsebill, obtenue à partir d'un bouillon de têtes de cabillaus cuites au point de se défaire, avait-elle eu cette énergie stimulante avec laquelle les cuisinières, en quelque temps qu'elles fussent, m'invitèrent à leurs couches ; car nous avions mis dans le mille par hasard, exprès et sans autre ingrédient. A peine étais-je — comme expulsé — ressorti qu'Ilsebill dit sans aucun doute de principe : « Bon, cette fois ce sera un garçon. »

Ne pas oublier la sarriette. Avec des pommes de terre cuites rondes ou historiquement avec du mil. Comme toujours dans le cas du mouton, il est conseillé de servir sur des assiettes chaudes. Pourtant notre baiser, dois-je le dire, était suiffeux. Dans la soupe de poisson qu'Ilsebill avait rendue verte par les câpres et le fenouil, des yeux de morue nageaient, blancs, présages de bonheur.

Après avoir réussi l'opération peut-être, chacun fuma au lit, sous une seule couverture, son idée de cigarette. (Je dévalai l'escalier du temps.) Ilsebill dit : « D'ailleurs il nous faudrait enfin un lave-vaisselle. »

Avant qu'elle ne pût amorcer d'ultérieures spéculations sur le partage inversé des rôles — « Enceinte ? Je voudrais t'y voir ! » — je lui parlai d'Ava et de ses trois tétons.

Crois-moi, Ilsebill, elle en avait trois. La nature y parvient. Comme je te dis : à trois exemplaires. Mais pas pour elle seule. Tout le monde en avait autant. Et si ma mémoire est exacte, toutes s'appelaient ainsi en langage néolithique : Ava, Ava, Ava. Et tous les hommes s'appelaient Edek. C'était à s'y méprendre. Et toutes les Ava étaient pareilles. Un deux trois. Au début, on ne savait pas compter plus loin. Non, ni en descendant, ni en montant : on restait dans l'entre-deux. Et toutes les trois étaient de grandeur égale et formaient un paysage de collines. Le pluriel commence à trois. La multiplicité, la file, la chaîne, le mythe commence. Tout de même ça ne doit pas te donner des complexes. Il y en eut par la suite. Dans notre voisinage, à l'est de la rivière, Potrimp qui devint dieu chez les Pruzzes avec Pikoll et Perkun, aurait eu trois parties nobles. Oui, tu as raison : trois seins sont davantage, évoquent davantage, toujours davantage, signifient abondance, annoncent le gaspillage, garantissent une réplétion à perpétuité, mais sont, à y regarder de près, chose anormale — quoique imaginable.

Évidemment. Fallait que tu dises : Projection d'un désir masculin ! Il est possible que ce ne soit pas anatomiquement possible. Mais à cette époque, encore à l'ombre des mythes en fleur, Ava en avait trois. Et il est vrai qu'aujourd'hui souvent le troisième manque. Je veux dire qu'il manque je ne sais quoi. Ben quoi : le troisième. Ne te vexe pas d'emblée. Oui, oui. Je n'en ferai pas un culte. Naturellement il suffit de deux. Tu peux me croire, Ilsebill, ça me suffit en principe. Je ne suis pas féru d'arithmomanie. Maintenant que sans pilule, et grâce à ta soupe de poisson, ça a sûrement réussi, que tu es enceinte et que les deux tiens vaudront bientôt aussi lourd que les trois d'Ava, je suis satisfait et comme sans désir.

Le troisième a toujours été en trop. Dans le fond, ce n'était qu'un jeu de la capricieuse nature. Inutile comme l'appendice du caecum. Je me demande au fond ce que peut vouloir dire cette relation au sein ? Cette tétinomanie typiquement masculine ? Ce cri lancé vers la super-nourrice originelle ? Bon, Ava fut déesse par la suite et se fit confirmer ses trois titis sous forme d'idoles d'argile longues comme la main. Mais d'autres déesses, par exemple l'Indienne Kali, avaient quatre bras ou davantage. Ça donnait encore un sens pratique. Les déesses-mères de la Grèce — Déméter, Héra — en revanche avaient l'équipement normal, ce qui ne les empêcha pas de poursuivre pendant des millénaires leur petite industrie. Certes j'ai vu des dieux figurés qui avaient un troisième œil en plein sur le front. J'aimerais pas ça.

Le nombre trois promet plus qu'il ne tient. Avec ses trois machins, Ava est aussi surfaite que les Amazones sont sous-faites avec un seul. C'est pourquoi les féministes d'aujourd'hui versent toujours dans l'autre extrême. Mais ne te mets pas tout de suite en pétard. Je suis partisan des nénés. Et crois-moi, Ilsebill, il suffit réellement de deux. Tous les médecins te le diront. Et notre bébé, si ce n'est un garçon, en aura sûrement assez de deux. Comment Haha ? Qu'est-ce qu'ils ont, les hommes, à redemander de la poitrine ? Pourtant toutes les cuisinières avec qui j'ai séjourné n'en avaient qu'à droite et à gauche comme toi : Mestwina deux, Agnès deux, Amanda Woyke deux, Sophie Rotzoll en avait de quoi remplir deux attendrissantes tasses à café. Et l'abbesse-cuisinière Marguerite Rusch a étouffé le riche patricien Ferber dans son lit avec ses deux doudounes qu'à vrai dire elle avait énormes. Restons donc dans le sujet. La totalité n'est jamais qu'un rêve. Pas de fantasmes ! Cesse donc à tout propos d'emmancher une histoire ! Il est bien encore un peu permis de rêver. Non ?

Tout simplement ridicule, cette jalousie pour tout et de rien. Où irions-nous s'il fallait se languir sans projet et sans utopie ! Alors le crayon ne pourrait plus laisser la ligne trois fois mourir en courbe sur le papier blanc. Alors il faudrait que l'art ne dise jamais que oui et si. Je t'en prie, Ilsebill, sois pour une fois raisonnable. Appelle la totalité une idée d'où doit naître par contradiction la dimension qui manque à la gorge féminine, disons un sein de plus. Il faut entendre ceci dialectiquement. Pense à la louve romaine. A des expressions comme : le sein de la nature. Et, en ce qui concerne le nombre, pense au Dieu un en trois personnes. Ou bien aux trois vœux dans le conte de fées. Comment, tu m'y prends ? C'est ce que je souhaite ? Tu crois ? Bon. Tu crois ? Bon. Admettons : quand ma main happe le vide, je songe toujours à la troisième mamelle. Je ne suis sûrement pas le seul. Il doit pourtant y avoir des raisons à cette manie masculine qu'ont du sein les trop tôt sevrés. Ça doit tenir à eux. Ça pourrait tenir à vous autres. Parce que vous accordez de l'importance, trop d'importance au fait qu'ils pendent, pendent toujours un peu plus. Laisse-les pendre, nom de nom ! Non. Pas les tiens. Mais ils y passeront sûrement. Question de temps. Ceux d'Amanda pendaient. Ceux de Lena pendirent de bonne heure. Et pourtant je les ai aimés, aimés, aimés. Ça ne tient pas toujours à deux sous de poitrine en plus ou en moins. Par exemple ton séant à fossettes pourrait aussi bien me paraître beau. Et en tout cas pas triparti. Ou bien quelque autre objet rond. Maintenant que ton ventre va bomber et résume tout ce qui a de la place. Peut-être avons-nous seulement oublié qu'il y a davantage encore. Un troisième tiers. Même ailleurs, y compris en politique, comme alternative possible.

Ava, en tout cas, en avait trois. Mon Ava trimamelle. Et toi aussi tu en avais un de plus, au temps du néolithique. Rappelle-toi seulement, Ilsebill : comment furent nos débuts.

Même s'il s'avère pratique de supposer qu'elles toutes, les cuisinières qui sont en moi (neuf ou onze), ne seraient qu'un complexe compact et un cas banal de liaison extrême à la mère, bon pour le divan du psychanalyste et à peine susceptible d'assumer le temps en des histoires de cuisine, je dois insister sur le droit que détiennent mes sous-locataires : elles veulent toutes sortir et, toutes les neuf ou onze, exister nommément dès le début : parce que trop longtemps elles ne furent que des occupantes emphytéotiques ou un complexe et, faute de nous, sans histoire : parce que trop souvent, dans une passivité muette et rarement éloquente — je dis : pourtant dominantes — Ilsebill opine : exploitées et opprimées — elles ont fait la cuisine et je ne sais quoi pour des marchands de poivre et des Chevaliers teutoniques, pour des abbés et des inspecteurs, pour des hommes, quoi ! en armure et en froc, en chausses à la tonne, ficelés de houseaux, pour des hommes à bottes ou à bretelles élastiques qui font clac ; et parce qu'elles veulent se venger, se venger sur quiconque : enfin sorties de moi — ou bien comme dit Ilsebill : émancipées.

Eh bien soit ! Qu'elles fassent de nous tous et du cuisinier qui est en elles — moi sans doute — des homuncules. Partant de papas-gâteaux usés à la longue, elles pourraient tracer un homme qui, sans le poli du privilège et de la force, aurait le gluant du neuf ; car il n'y a pas moyen de se passer de lui.

« Mais non, ça n'ira pas encore ! » dit Ilsebill comme nous mangions sa soupe de poisson. Et, après l'épaule de mouton aux haricots et aux poires de fer, elle me donna neuf mois de temps pour mener mes cuisinières à terme. Égalité de droits dans l'octroi de délai ; que j'aie précuit cela ou ceci, la cuisinière qui est en moi remettra du sel.

Sur quoi j'écris

Sur le manger, l'arrière-goût
subsidiairement sur les mangeurs qui vinrent
sans être invités ou un petit siècle trop tard.
Sur le désir de citron pressé qu'éprouve le maquereau.
Avant tout poisson, j'écris sur le flet.

J'écris sur l'abondance.
Sur le jeûne, et pourquoi les bâfreurs l'ont inventé.
Sur la valeur nutritive des croûtes qui tombent de la table des riches.
Sur le gras et sur la fiente et le sel et la disette.
Comment l'esprit devint atrabile
et comment le ventre perdit l'esprit,
j'écrirai — au milieu d'un tas de mil —
des choses instructives.

J'écris sur le sein.
J'écrirai sur Ilsebill enceinte (les envies de concombres aigres)
tant que ça durera.
Sur le dernier aliment qu'on partage,
l'heure passée avec un ami
et du pain, du fromage, des noix et du vin.
(Nous parlions la bouche pleine de Dieu et du monde
et du manger, qui n'est qu'une angoisse.)

J'écris sur la faim, comme elle fut décrite
et diffusée par écrit
Sur les épices (quand Vasco de Gama et moi
fîmes baisser le prix du poivre)
j'écrirai en me rendant à Calcutta.

Viande : crue et bouillie,
se noue, s'effiloche, se réduit et se fond.
La bouillie quotidienne,
ce que jadis on mâchait d'avance : histoire datée,
l'abattoir de Tannenberg, Wittstock, Kolin,
ce qui reste ensuite, j'écris :
Des os, des tripes, de la fraise et du boudin.

Sur l'écœurement devant l'assiette pleine,
sur le bon goût,
sur le lait (quand il caille)
sur la rave, le chou, le triomphe de la pomme de terre
j'écrirai demain
ou bien quand les restes d'hier,
pétrifiés, seront d'aujourd'hui.

Sur quoi j'écris : sur l'œuf.
Chagrin et lard, amour dévorant, clou et corde,
Querelle à propos du cheveu et du mot qui tombe en trop dans la soupe.
Congélateurs, et ce qu'il en advint
quand le courant ne venait plus.
Quand on aura mangé tout ce qui était sur la table,
j'écrirai ;
et aussi sur toi et moi et sur l'arête dans le gosier.

Neuf cuisinières et plus

La première cuisinière qui est en moi — je ne peux en effet que parler de cuisinières qui sont tapies dans moi et veulent sortir — s'appelait Ava et avait trois seins. C'était à l'âge de la pierre. Nous autres hommes n'avions pas grand-chose à dire parce qu'Ava avait volé pour nous au loup céleste le feu, trois petits bouts de braise rouge qu'elle avait cachés quelque part, peut-être sous sa langue. Ensuite Ava inventa au passage la broche à rôtir et nous enseigna à distinguer le cru du cuit à point. La domination d'Ava était douce : les femmes de l'âge lithique, quand elles avaient allaité leurs nourrissons, mettaient leurs hommes au sein jusqu'à ce que, cessant de gigoter en tout sens, ils éliminent par la sudation leurs idées fixes, en proie à une muette somnolence : ça servait à toutes sortes de choses.

Ainsi tout homme avait son content. Jamais par la suite, quand plus tard l'avenir pointa, nous n'avons été à ce point rassasiés. Il y avait toujours des nourrissons au sein. Nous avions toujours le rab. Jamais il n'était dit : suffit comme ça, ou plus serait trop. Pas de raisonnable sucette offerte en guise de succédané. C'était l'allaitement permanent. Parce qu'Ava prescrivait comme régime à toutes les mères une bouillie faite de glands pilés, de laitance d'esturgeon et des glandes particulières de l'élan femelle, les femmes de l'âge lithique avaient du lait même en l'absence de nourrissons. Ça rendait pacifique et cadençait le temps. Si ponctuellement alimentés, nous restions édentés et impubères, ce qui avait pour conséquence un certain excédent de population masculine ; les femmes, plus vite usées, mouraient davantage. Nous avions peu d'occupations entre les tétées : chasse, pêche, production de coups-de-poing ; et, quand c'était à notre tour selon une règle stricte, nous avions le droit de saillir les femmes dominantes par tutelle.

D'ailleurs, dès le lithique, les mères disaient à leurs bébés : « aïaïe » — et les hommes, quand on les appelait à la rescousse, disaient : « Nana. » Il n'y avait pas de pères. Seul prévalait le matriarcat.

Ce fut une agréable époque sans histoire. Dommage que quelqu'un, un homme naturellement, décida soudain de fondre le métal contenu dans le minerai pour le couler dans des moules de sable.

Sûrement qu'Ava n'avait pas volé pour ça le feu du dieu. Elle eut beau menacer de nous refuser le sein, impossible d'arrêter l'âge du bronze et ce qui s'ensuivit de dures affaires d'hommes ; tout au plus fut-il pour un temps ajourné.

La deuxième cuisinière qui est en moi et veut sortir en effet s'appelait Wigga et n'avait déjà plus trois seins. C'était à l'âge du fer, mais Wigga, qui nous empêcha de quitter les marais poissonneux et de faire l'histoire avec les hordes germaniques en transit, nous tenait encore en situation d'immatures. Nous ne reçûmes licence de copier sur les Germains que la céramique cordée. Et les creusets de fer qu'ils oublièrent dans leur hâte furent collectés par ordre, car Wigga régnait par la cuisine et avait besoin de marmites allant au feu.

Pour tous les hommes qui étaient pêcheurs — car les élans et les buffles d'eau s'étaient faits rares — elle faisait au court-bouillon de la morue, de l'esturgeon, du sandre et du saumon, mettait des gardons, des lamproies, des ablettes longues comme le doigt et les savoureux petits harengs de la Baltique sur ce gril de fer que nous avions été assez bons élèves pour forger, en partant de la ferraille germanique. En faisant cuire et recuire à l'eau des têtes de morues aux yeux globuleux jusqu'à ce qu'elles tombent en charpie, obtenant ainsi un bouillon onctueux, Wigga inventa la soupe de poisson à laquelle elle incorporait — le mil étant encore inconnu — les graines pilées des herbes de marais. Peut-être est-ce en souvenir d'Ava, dont la tradition avait fait notre déesse aux trois mamelles, Wigga, qui avait toujours des nourrissons au sein, tirait d'elle-même le lait de ses soupes.

N'étant plus allaités, nous autres hommes étions assez agités, et comme contaminés par la bougeotte germanique. Le besoin d'évasion surgit. Nous grimpions sur des arbres venus en des lieux élevés, demeurions immobiles sur les crêtes de dunes, pincions les yeux pour explorer l'horizon, savoir s'il n'allait pas venir quelque chose, une nouveauté. C'est pourquoi — et parce que je me refusais à être à perpétuité le charbonnier et le tireur de tourbe de Wigga — je suis parti avec les Goïtsches germaniques, ainsi que nous appelions les Goths. Pas pour aller bien loin. J'ai souffert des pieds. Ou bien j'ai fait demi-tour quand il en était encore temps parce qu'il me manquait la soupe de poisson au lait de Wigga.

Wigga m'a pardonné. Elle savait qu'entre deux faims l'histoire s'oublie. « Les Germains », disait-elle, « ne veulent pas écouter leurs femmes ; ça leur vaudra toujours de crever partout. »

Pour Wigga, j'ai limé un peigne en ivoire marin, parce qu'un flet qui parlait me donna ce bon conseil. J'avais pêché ce poisson plat en eau peu profonde au temps d'Ava ; je l'avais laissé filer. Le flet qui parle est une histoire à part. Depuis qu'il me conseille, la cause masculine a fait des progrès.

La troisième cuisinière qui est en moi s'appelait Mestwina et régnait toujours sur les lieux où Ava et Wigga, par leur sollicitude, nous avaient tenus en enfance, parmi les marais des bouches de la Vistule, au pied des hêtraies des croupes baltiques, derrière des dunes de sables mobiles. Pomorze — pays situé devant la mer — c'est pourquoi le peuple de pêcheurs de Mestwina, qui plantait déjà des racines, avait reçu de ses voisins les Pruzzes le nom de « Pomorzes ».

Ils habitaient un ouvrage de claies, ainsi nommé parce que la clôture de l'agglomération était d'osier tressé — Hakelwerk — contre les incursions des Pruzzes. Mestwina, cuisinière, était donc aussi prêtresse. Elle a porté à son niveau supérieur le culte d'Ava. Et, quand nous dûmes être baptisés, elle a recuit ensemble dans sa marmite le païen et le chrétien si longtemps qu'ils en devinrent catholiques.

Pour Mestwina, je fus simultanément le berger qui lui fournissait le ragoût de mouton et l'évêque qu'elle servait à table. Le collier d'ambre qu'elle perdit en faisant la soupe et qui tomba dedans était mon œuvre : j'ai ramassé les morceaux sur la plage, les ai percés à l'aide d'un fil métallique chauffé au rouge et enfilés en prononçant les formules appropriées ; et la soupe tirée de têtes de morues dans laquelle s'évanouirent quelque sept fragments d'ambre quand la chaîne cassa, c'est moi, l'évêque Adalbert, qui l'ai mangée, sur quoi je me trouvai porté comme un bouc de l'étable à Satan.

Plus tard on a canonisé l'évêque Adalbert de Prague que je fus en mon temps. Mais il faut ici parler de Mestwina qui, m'ayant sans ambages assommé, a fait ici un métier qui d'habitude est l'affaire des hommes seulement. Et le flet épancha sa bile avec moi quand je lui rapportai l'affaire d'avril 994 : « C'est une usurpation de fonction ! Car enfin, vous vous êtes à moitié mués en guerriers. Commettre ce meurtre aurait été affaire d'hommes. Nettement. Faut pas vous laisser ôter des mains les solutions finales. Pas de retour à l'âge de pierre, s'il vous plaît. La préoccupation religieuse des femmes doit davantage se colorer d'intériorité. La cuisine suffit comme royauté. »

La quatrième cuisinière qui est en moi est redoutable : c'est un plaisir de s'en libérer. Ce n'est plus une femme de pêcheur pomorze régnant en douceur sur le Hakelwerk, mais, depuis que la ville fut fondée, une femme d'artisan : Dorothée de Montau, tel est son nom, native du village vistulien de Montau.

Je ne veux pas la noircir bien que le conseil donné par le flet — après tant de maternage anhistorique, pousser à la cause masculine en insistant sur la virilité, et ne laisser aux femmes, en guise de droit second subsidiairement ajouté à la domination des cuisines, non pas l'Église, mais seulement la religion — ait tourné chez ma Dorothée au gothique flamboyant. Si je dis qu'elle fut, bien que le peuple l'ait vénérée comme une sainte, plutôt sorcière et concubine de Satan, cela ne veut pas dire grand-chose, s'agissant d'une époque qui, tandis que la peste fauchait au passage, entretenait en union personnelle les sorciers et les saints sous le même bonnet.

Pour autant que Dorothée ait été typique du XIVe siècle, elle n'a contribué que pour une part à la cuisine de cette époque férue de crevaille jusqu'à en vomir : en étendant sur toute l'année la cuisine de carême ; sans en excepter la Saint-Martin, la Saint-Jean d'été, la Chandeleur et les fêtes carillonnées. Pas de saindoux dans la casserole où elle cuisait l'orge pilé. Le mil gonflait toujours à l'eau, jamais au lait. Quand elle faisait des lentilles ou des pois gris, pas le moindre petit os pour donner sa moëlle. Elle n'admettait que le poisson qu'elle cuisait à point avec des raves, du poireau, de l'oseille et du pas-d'âne (tussilago farfara). Nous aurons à reparler de ses condiments. Comment elle eut des visions et mit à cuire au four la Sainte-Face en pâte à pain. Quelles pénitences étaient ses délices et comment elle attendrissait les pois secs en s'agenouillant dessus. Ce dont elle avait faim et qui soulignait sa beauté. Les conseils que me donna le flet, mais je t'en fiche : elle m'a ruiné, la garce.

Margarete Rusch, dite encore Gret la Grosse, est la cinquième cuisinière que je recèle en mes flancs. N'avait pas sa pareille pour rire : totalement. Tout en plumant une oie encore chaude, dégouttante, entre ses genoux ronds, dans un nuage de plumes, elle noyait dans ses éclats de rire le pape et Martin Luther, l'Empire romain et la Nation germanique, la Couronne de Pologne et les corporations à couteaux tirés, les Messieurs de la Hanse et l'abbé d'Oliva, rustres et chevaliers pouilleux, tout ce qui portait haut-de-chausse, pourpoint, froc ou habit de tôle et prétendait hisser à son guidon la vraie doctrine : tout lui était matière à rire ; elle a tourné son siècle en dérision.

Tandis qu'elle riait à secouer son ventre et plumait une à une les onze oies, moi qui étais son marmiton et gâte-sauce, je soufflais sur les duvets pour les soutenir en l'air ; j'ai toujours su faire ça . souffler sur des plumes et tenir en l'air des plumes flottantes.

La cuisinière occupée à plumer était abbesse des brigittines, une de ces religieuses gyrovagues, et prenait tout ce qui allait sur sa paillasse. Moi, qui étais un moinillon franciscain, elle m'a ramassé pendant les vêpres à l'église de la Trinité. Gret la Grosse était une femme si vaste que bien des messieurs s'y perdirent. Les rejetons de patriciens furent son hors-d'œuvre : petites têtes d'asperges au beurre blanc. Elle a tué l'abbé d'Oliva par la crevaille. Elle aurait enlevé d'un coup de dents la partie noble gauche du prédicant Hegge. Puis nous ralliâmes le patricien Ferber qui voulait rester catholique et non renoncer aux langues de mouton poivrade aux haricots blancs de Margret. Puis nous nous retrouvâmes au service de l'Évangile et, à tour de rôle, les jours de fête, aux banquets des corporations. Quand le roi Batory vint assiéger la ville, nous préférâmes être à l'abri hors des murs et fîmes la cuisine aux Polonais. J'étais au chaud près d'elle. Près d'elle je trouvais le repos. Elle me tenait sous clé. Elle était le panicule graisseux.

Gret la Grosse, à ce que m'a dit le flet, était une femme au goût de sa bouche en bénitier : elle laissait les hommes à leurs palabres ultra-sérieuses sur le blé, la taxe d'amarrage, les corporations, la foi et, tandis qu'entre eux ils s'escrimaient à s'envoyer au tapis de façon toujours plus compliquée, à se canonner ou à pratiquer l'exégèse à base de copulations de mouche, elle se payait une pinte de bon sang tant elle trouvait drôle cette momerie. « Si elle l'avait voulu », dit le flet, « elle aurait pu à tout moment reprendre l'héritage d'Ava. »

La sixième cuisinière que je porte — ça se bouscule : il y en a neuf nominativement, et davantage — plumait aussi des oies, mais sans rire. L'oie gavée d'avoine quand les Suédois partirent le feu aux chausses. Quand alors les Suédois revinrent (ponctuellement le jour de la Saint-Martin), il ne restait des oies un temps survivantes que l'écuelle pleine de sang battu pour lier les petits morceaux bouillis — cou, cœur, gésier, les ailes — en sauce piquante noire avec des racines et des schnitz de poires sèches.

Juste derrière l'écurie, sous le pommier où plus tard les oies furent pendues par la tête, le bec vers le ciel, Agnès plumait les oies et chantait de petites chansons : rengaines qu'emporte le vent, qui mettaient en rimes les atrocités suédoises et les tenaient en l'air un jour de novembre durant avec le duvet d'oie. O vallée de larmes !

C'était du temps où Agnès était encore une enfant kachoube. Quand par la suite, devenue citadine, elle tint les fourneaux pour le peintre de ville Möller, les Suédois avec leur Gustave-Adolphe étaient déjà ailleurs. Vint en revanche à Danzig, quatre ans après Lützen, aigri par des années de guerre, le poète et diplomate Martin Opitz.

« Agnès », dit le flet-qui-parle — et je me demande si, étant le peintre Möller ou le poète Opitz, j'ai interrogé le poisson philosophe — « votre Agnès », dit-il, « est de ces femmes qui ne peuvent aimer qu'en bloc : si elles font la cuisine à quelqu'un, elles l'aiment ; et comme elle vous a fait la cuisine à tous deux, ménageant chez l'un le foie qu'il avait congestionné, chez l'autre une atrabile, vous devez, avec votre amour qu'à votre manière vous croyez partagé, prendre place à table et entendre gémir le lit. »

Elle a donné une fille au peintre Möller ; moi, quand la peste m'avait mis en nage, elle m'a bourré de duvet d'oie mon oreiller mortuaire. Elle était si bonne. Pourtant je n'ai pu réussir à chanter sa bonté dans mes vers. Jamais que des flagorneries à l'usage des princes ou des allégories sur cette vallée de larmes. Pas de guirlande d'Agnès sur le bouillon de poule, les ris de veau, le gruau de manne de Pologne et autres mets de régime. Il faudra remettre ça au point.

La septième cuisinière que je loge s'appelait Amanda Woyke et, quand je les entends toutes ensemble avec leurs filles discuter des prix à toutes les époques, elle m'apparaît avec une netteté particulière. Jamais je ne pourrais dire d'autorité : voilà, voilà comment était Agnès, parce qu'Agnès était toujours mélancolique de façon différente et semblait d'ailleurs comme tiraillée entre Möller et Opitz ; mais il m'est facile de cadrer l'aspect d'Amanda : elle avait une face de pomme de terre. Plus exactement : la beauté de la pomme de terre fêtait les jours sans fête sur son visage. Ce n'était pas seulement son aspect bulbeux, même sa peau dans son ensemble avait cet éclat terreux et ce reflet de bonheur saisissable qui repose, mat, sur les pommes de terre mises en tas pour l'hiver. Et comme la pomme de terre est tout d'abord un grand moule circonscrit, ses yeux se rapetissaient et n'étaient pas soulignés par de forts sourcils, mais par un bourrelet circulaire. Et sa bouche aussi, teintée de sable kachoube et non de rouge à lèvres charnu, était un heureux caprice de la nature : deux bourrelets toujours prêts à former des mots comme bulbe, rave ou carotte. Le baiser d'Amanda, c'était un souffle claquant venu de la terre. Je veux dire de ces sols secs où vient la pomme de terre qui ont fait la célébrité de la Kachoubie, un souffle qui ne se volatilisait pas, mais vous nourrissait comme le font les pommes de terre en robe de chambre.

Quand Mestwina souriait, les rameaux de saule luisaient en mars ; le sourire de Dorothée de Montau roidissait en glaçons la roupie au nez des enfants ; le sourire de mon Agnès était serti de mortelle nostalgie et m'a donné le goût de mourir ; mais quand Amanda me souriait, on pouvait raconter l'histoire de la victoire remportée par la pomme de terre sur le mil, spiralée comme les épluchures d'Amanda : car toujours elle épluchait en partant du pouce quand ses histoires tournaient à rien. Étant cuisinière des communs du domaine d'État royal-prussien de Zuckau, elle devait chaque jour faire la soupe à quelque soixante-dix valets et servantes, journaliers et vieillards. « On devrait lui ériger un monument », disait le flet, « car l'introduction de la pomme de terre en Prusse après le deuxième partage de la Pologne, quand la famine régnait partout et que les glands étaient cotés sur le marché, ne saurait être imaginée sans Amanda Woyke. Bien que n'étant qu'une femme, elle a fait l'histoire. Étonnant, n'est-il pas vrai ? Étonnant ! »

La huitième cuisinière en moi voulait être un homme à tous crins et, au gré de son époque révolutionnaire, poster sur les barricades une poitrine exaltée ; et pourtant Sophie Rotzoll est demeurée sa vie durant une fille fermée de sept sceaux pour autant que les hommes (et moi donc par conséquent) l'aient approchée. Son seul amour fut le lycéen bègue Friedrich Bartholdy qui fut condamné à mort pour menées jacobines. Il avait dix-sept ans et Sophie quatorze : c'est pourquoi une grâce de la reine Louise de Prusse atténua la sévère sentence à la détention perpétuelle dans une enceinte fortifiée. C'est seulement quarante années après, devenue vieille femme, ou plutôt vieille fille, que Sophie a revu son Fritz sorti malade de la citadelle de Graudenz. Elle eut beau lui faire de la ventrèche aux girolles, du civet de lièvre au vin rouge et je ne sais pas tout quoi, le travailler, lui proposer ainsi qu'à l'humanité des objectifs élevés ; Bartholdy n'en voulait plus, il ne voulait plus que culotter sa pipe.

Je l'ai bien connue. Dès mon jeune âge, je suis allé aux champignons avec Sophie dans toutes les forêts environnant Zuckau. Elle les appelait tous par leurs noms : les armillaires, l'inocybe vénéneux, les tricholomes anisés qui viennent sur les sols de résineux et forment facilement des ronds de sorcière. Isolé : le cèpe. La morille puante devenait symbole. Toute myope qu'elle était devenue à lire des grimoires révolutionnaires, Sophie déterminait les champignons du premier coup d'œil. Plus tard, quand elle tenait les fourneaux du pasteur Blech, doyen de Sainte-Marie, et plus tard encore, quand elle gouverna la cuisine du gouverneur napoléonien, le général Rapp, d'abord avec enthousiasme, puis en conspirant. Je fus successivement Blech, le pasteur qu'elle planta là, et Rapp, le gouverneur qu'elle faillit déposer grâce à une préparation de champignons spéciaux.

Sophie avait de quoi enthousiasmer. Elle chantait dans la cave, dans tous les escaliers et dans la cuisine : « Trois jeunes tambours ! » Sa voix la précédait toujours : coup de sabre, claquement de fouet, soif de liberté, baiser de mort. On aurait dit que Dorothée de Montau voulait se décharger sur terre de sa surpression céleste. « Depuis Sophie », disait le flet-qui-parle, « la cuisine a perdu le nord. Révolution à jet continu ». (Mon Ilsebill a le même regard revendicatif.)

Ma neuvième cuisinière naquit lorsque Sophie Rotzoll, la huitième, mourut à l'automne quarante-neuf. On serait tenté de croire qu'elle a voulu remettre à Lena Stubbe la bannière de la révolution ; et l'on ne saurait nier que Lena, s'étant mariée jeune à un forgeron d'ancres qui mourut au champ d'honneur devant Paris dans la guerre de 70-71, se retrouvant veuve de fraîche date, distribua sans mot dire la soupe populaire, tout en nourrissant sous la louche des espérances socialistes. Mais la voix de Lena ne portait pas. Elle ne montait le bourrichon de personne. Elle n'a jamais su vraiment enthousiasmer. Elle avait assidûment lu Bebel, mais resta toujours ennuagée de praxis grise.

Quand Lena Stubbe contracta mariage pour la seconde fois, elle était déjà une femme mûre et je (forgeron d'ancres comme son premier mari) étais certes de dix petites années son cadet, mais déjà passablement usagé, et, je l'admets, buveur.

C'était elle qui tenait la caisse de grève et qui tenta de la soustraire à ma main. Elle subissait les coups que je lui donnais et me consolait quand, l'ayant encore une fois battue, j'étais là pendu, penaud, entre mes bretelles. Lena m'a survécu car en 1914, quand je fus appelé en Prusse-Orientale dans la deuxième réserve, elle se trouva veuve pour la seconde fois.

Par la suite elle a encore distribué des soupes : à l'orge pilé, aux choux, aux pois et aux pommes de terre. Dans les cantines populaires, les foyers de la Charitas, pendant l'hiver de grippe 1917, à la roulante, ensuite dans le Secours ouvrier, et quand les nazis vinrent avec leur Secours d'hiver et leurs Dimanches de plat unique, elle n'avait plus d'âge mais brandissait toujours la louche.

J'étais petit garçon — encore une fois là en curieux — quand j'ai vu Lena. Ses cheveux blancs, sa raie au milieu. Sa façon à elle de distribuer la soupe. Une femme grave, qu'on aurait dit compatissante de profession. Le flet est d'avis que dans le fond Lena Stubbe était apolitique, sauf à prendre en considération son *Livre de cuisine prolétarien* qui existait en manuscrit lorsque devint caduque la législation antisocialiste de Bismarck, mais ne trouva pas d'éditeur.

« Voyez-vous », disait le flet, « cela aurait pu modifier la conscience et créer du neuf. Certes il y avait à cette époque des livres de cuisine bourgeoise en quantité, mais le prolétarien manquait. Ainsi la classe ouvrière désargentée faisait quand même une cuisine bourgeoise. Avant d'inventer une dixième cuisinière, voire une onzième, vous devriez citer les papiers posthumes de Lena Stubbe. Car enfin vous êtes social-démocrate ».

Imprécises sont encore en moi les cuisinières dixième et onzième, parce que je les ai connues de trop près. Sur la page vide par ailleurs, il n'y a que leurs noms : Billy (elle s'appelait en fait Sibylle) que je perdis dans les années soixante un jour de l'Ascension qui est célébrée à Berlin et ailleurs à grand renfort de gueulantes sous le nom de Fête des Pères ; Maria, qui travaille aux Chantiers navals Lénine de Gdansk (ci-devant Chantiers de Schichau-Danzig), à la cantine d'entreprise, est de ma parenté.

Je l'admets : Billy et Maria insistent. Mais puisque le flet me conseille l'ordre chronologique et que je suis bel et bien occupé par tant de cuisinières, qu'il me soit préalablement — d'autant que ma présente Ilsebill me tarabuste passablement — permis de concevoir à portée de la main d'abord les trois tétons de la cuisinière néolithique Ava mieux que cette Fête des Pères qui fut célébrée en juin 1962 à Grünewald, et dans la forêt de Tegel, à Spandau, à Britz et sur les rives du lac de Wannsee comme une pure affaire d'hommes. Quand on est à ce point encombré de constipation révolue et qu'on aimerait enfin se soulager, on est tenté de raconter le collier d'ambre de Mestwina, même si on devait se sentir plus proche du soulèvement des ouvriers des chantiers navals qui se produisit dans les ports polonais, tel qu'il fit tous les journaux en décembre 1970.

De vieilles lunes. L'histoire du mil. Que mangeait le serf de ce qui lui restait ? Suivant quel menu Gret la Grosse a-t-elle engraissé à point pour l'abattage des abbés de couvent ? Qu'arriva-t-il quand tomba le prix du poivre ? Le potage Rumford pour les pauvres. Quand fut inventé le potage condensé en tubes et ainsi renforcée l'armée prussienne. Pourquoi les prolétaires voulaient une cuisine bourgeoise. Ce que veut dire : se serrer la ceinture et manger avec les chevaux de bois. « Peut-être pourrions-nous », dit le flet pédagogue à la bouche en biais, « pourtant apprendre de l'Histoire quelle part les femmes ont prise, par exemple, au triomphe de la pomme de terre ».

Ava

Assis, face à trois seins,
savoir non seulement si le tétin, si l'autre,
ne serait pas double, car partagé à la mode usuelle,
et n'aurait pas le choix entre,
et plus besoin encore entre ou bien ou bien ou encore,
et n'en voudrait pas au jumeau,
et resterait insensible au désir d'autre chose...

Mais je n'ai qu'une alternative
et suis à l'autre mamelle.
J'envie mon jumeau.
Mon désir d'autre chose est classiquement biparti.
Et moi dans l'ensemble je suis aussi en deux.
Mon choix tombe toujours dans l'entre-deux.

La céramique seule (vaguement datée) montre
qu'Ava aurait existé : la déesse
à la source unie en trois seins,
dont l'un (c'est toujours le troisième) sait
ce que le premier promet et que le second refuse.

Qui t'a supprimé, nous laissant appauvris ?
Qui dit : deux suffisent ?
Ceinture depuis, rations.

Comment le flet fut capturé

Mais non, Ilsebill ! Je ne copie pas un conte apocryphe. Je vais en vérité rappeler sur mon papier ce que Philipp-Otto Runge nota comme vérité seconde ; dussé-je déchiffrer mot après mot dans la cendre. Car ce qu'une vieille bavarde raconta supplémentairement à ce peintre pendant l'été de 1805 fut brûlé une nuit de pleine lune entre le Pré-au-Chevreuil et l'étang. Ainsi les messieurs voulaient préserver l'ordre patriarcal. C'est pourquoi les frères Grimm n'apportèrent sur le marché aux contes de fées que le premier des deux manuscrits de Rügen intitulé *Du pêcheur et de sa femme.* Depuis lors Ilsebill, la femme du pêcheur, est proverbiale : une garce querelleuse qui veut en avoir, en posséder, en dominer toujours davantage. Et le flet que le pêcheur a pris et remis en liberté n'arrête pas de fournir : la chaumière agrandie, la maison de pierre, le château royal, le pouvoir de l'empereur, le siège du pape. Enfin Ilsebill réclame le pouvoir qu'a le bon Dieu de faire lever et coucher le soleil ; sur quoi l'âpre Ilsebill et son trop débonnaire mari sont punis et retrouvent leur cabane, dite « Pot de Chambre », où ils devront désormais se gratter la couenne l'un à l'autre. Ma foi, une mégère jamais satisfaite. Jamais la bouche remplie. A toujours une envie de reste. Ilsebill, telle qu'elle est dans le livre.

La mienne au contraire serait plutôt la preuve inverse que j'apporte ici au public. Et le flet lui-même était d'avis qu'il était temps de publier la version originaire de sa légende, de réhabiliter toutes les Ilsebills et de réfuter ces affabulations de la propagande misogyne qu'il a perfidement répandues parmi le peuple. Oui, complètement. Plus rien que la vérité. Crois-moi, chérie, ce n'est pas la peine de lancer une controverse. Tu as raison, raison comme toujours. Avant même qu'on ne se dispute, tu as déjà gagné.

C'était vers la fin de l'âge de la pierre. Un jour non compté. Nous ne faisions pas encore de traits et d'encoches. Nous regardions seulement avec crainte la lune maigrir ou engraisser. Rien de prémédité n'arrivait à son heure. Pas de hâte. Personne n'arrivait jamais, ni quelque chose trop tard.

Par un jour hors du temps, ciel clair à nuageux, je pris le flet. J'avais disposé mes nasses d'osier là où le fleuve Vistule se mêlait à la mer dans un lit constamment varié, espérant des anguilles. Nous ne connaissions pas les filets. La pêche à la ligne avec hameçon et appât n'était pas encore usuelle non plus. Aussi loin que remonte ma pensée — la dernière glaciation met ses barrières à mon souvenir — nous avions toujours pris les poissons à l'aide de branches pointues, puis d'arcs et de flèches : dans les bras de rivière la perche, le sandre, le brochet, les anguilles et les lamproies, et, quand il descendait le courant, le saumon. Là où la mer Baltique arrosait des dunes mobiles, nous harponnions des poissons plats qui se couchent volontiers dans le sable des eaux peu profondes tièdes : flétans, flondres, le flet.

C'est seulement lorsque Ava nous enseigna comment fabriquer des vanneries en rameaux d'osier que le hasard nous permit de voir une nasse dans le panier. Nous autres hommes avions rarement une idée. Ce fut encore Ava qui immergea au bord d'un affluent, la future Radune, dans les roseaux un panier plein d'os d'élan rongés, afin que le courant nettoyât les derniers filaments et restes de tendons ; car Ava utilisait les os d'élan et de renne comme ustensiles de cuisine et objets cultuels.

Quand, après un délai convenable, nous hissâmes le panier hors du fleuve, quelques anguilles s'échappèrent de justesse, mais il nous resta, en sus de blanchaille, cinq morceaux longs comme le bras qui se démenaient dans la vannerie parmi les os luisants. On recommença. Cette technique de capture était susceptible de perfectionnement. C'est ainsi qu'Ava inventa la nasse ; de même qu'à peine deux siècles plus tard elle tira de la fourchette des oiseaux de marais le premier hameçon. Et selon ses indications, sous sa surveillance instante comme le destin, nous avons tressé ces paniers qui se rétrécissent du côté ouvert dans lesquels plus tard, de notre propre mouvement, sans qu'Ava dût exercer sur nous une tutelle éternelle, nous avons suspendu un second, puis un troisième panier rétréci pour rendre plus malaisée la fuite des anguilles. De longs rejetons de saule souples, montés en longueur, contraints en un système compliqué : c'était déjà de la technique. On y arrivait même sans Ava.

Depuis lors, les prises furent bonnes. Premiers essais de saurissage dans les saules creux. L'anguille et la nasse, couple de mots, devinrent couple d'idées et moi, qui ne pouvais me retenir de mettre des signes partout, j'en fis des images. Après avoir vidé les nasses, avant de quitter la plage, je dessinais à l'aide d'une coquille à bords vifs dans le sable humide : par exemple, des anguilles se tordant derrière une vannerie savante. Et si notre contrée n'avait pas été plate et marécageuse, mais montagneuse et susceptible de fournir des cavernes, j'aurais sûrement légué au rocher, comme gravure rupestre, l'anguille dans la nasse. Le flet dirait à son époque actuelle : « Gravures rupestres néolithiques de cultures halieutiques du Nord-Est européen, apparentés aux dessins sur os et sur ambre de la culture sud-scandinave de Maglemose » ; dès le début, le flet était pour la culture.

Marquer des signes, faire un portrait, ça, Ava ne le savait pas. Certes elle trouvait que mes dessins sur sable étaient beaux et susceptibles d'utilisations cultuelles, certes elle voulut se voir elle-même reproduite avec ses trois seins ; mais le jour où je reproduisis sur un plan de sable une nasse à quintuple rétrécissement, comme ça, histoire de m'amuser, les nasses quintuples et leur figuration graphique furent interdites. Défense de dépasser la valeur de base trois posée par Ava et ses trois mamelles. Même rudesse quand on me posa des limites, quand j'eus représenté le flet captif d'une nasse à anguilles. Ava se monta la tête au point que sa colère fut d'un dieu-mère : elle n'avait encore jamais vu chose pareille. Et puisqu'elle ne l'avait jamais vu ça ne pouvait pas exister. Ce n'était qu'une invention ; donc ce n'était pas vrai.

Sous menace de sanctions punitives, Ava et le conseil des femmes assemblé me défendirent de dessiner encore une fois un flet captif d'une nasse à anguilles. Je le fis néanmoins en douce. Car j'avais beau avoir appris à redouter comme punition matriarcale le refus de la triple tétée quotidienne, le flet fut le plus fort, d'autant que je n'avais qu'à crier « *Buttke* » pour qu'il me parle. Il disait : « Tout ce qu'elle veut, c'est se voir toujours confirmée, rien de plus. Ce qui est en dehors d'elle est frappé d'interdiction. Mais l'art, mon fils, ne saurait s'interdire. »

Vers la fin du troisième millénaire avant l'Incarnation du Seigneur — ou bien, selon que le calcula un ordinateur, le 3 mai 2211 avant notre ère — ç'aurait dû être un vendredi — par une journée du néolithique tardif, par vent d'est et nuages en formations lâches, eut lieu ce qui plus tard, pour des raisons d'autoglorification patriarcale, fut falsifié en conte de fées; mon Ilsebill en est encore vexée.

J'étais jeune, mais déjà barbu. Tard dans la matinée, j'étais pour remonter ma nasse à triple étroiture que j'avais posée de bonne heure avant même la première tétée. (Mon lieu de pêche favori était situé sensiblement là où la populaire plage de Heubude pouvait être commodément atteinte par le tramway, ligne 9.) En raison de mon art graphique, Ava me distinguait en m'octroyant hors rang la faveur d'une tétée supplémentaire. C'est pourquoi ma première pensée, quand je vis le flet dans la nasse à anguilles, fut : je le porte à Ava. Je vais, selon sa manière, l'envelopper de feuilles fraîches de tussilage et le faire cuire dans la cendre chaude.

Alors le flet se mit à parler.

Je ne saurais dire si son allocution prononcée d'une bouche en biais m'étonna plus que le fait d'avoir pris un flet large et plat dans une nasse à anguilles. En tout cas, lorsqu'il prononça : « Bonjour, mon fils ! », je ne lui répondis pas en le questionnant sur son étonnant don de parole. J'aimai mieux savoir comment, lui, un poisson plat, avait pu s'y prendre pour forcer le passage des trois successifs rétrécissements d'une nasse.

Le flet me renseigna. Didactique d'emblée, avec la supériorité de l'omniscience et pour ce motif, en dépit de ses phrases définitives, avec un nasillement bavard, professoral, comme prêchant du haut d'une chaire ou sur un ton d'insistance paternelle. Il avait voulu prendre langue avec moi. Ce n'était pas là une curiosité bête (ou bien, dit-il dès lors), féminine qui l'avait poussé, mais la décision mûrement réfléchie d'une volonté masculine. Du reste, il y avait quelques intuitions excédant l'horizon du néolithique récent qu'il voulait, lui le flet savant, communiquer à moi, l'homme et pêcheur obtus tenu en enfance par la tutelle féminine totale. Par précaution, il avait appris à parler le patois du littoral baltique. Sur ce rivage, on ne se perdait pas en verbiage. Un minable bredouillis ne désignant que le minimum. En peu de temps, il avait attrapé le coup de langue qui écrabouille tout. Il savait déjà dire Pomuchel et Ludrichkait. Le dialogue ne buterait pas sur les écueils de la langue. Mais à la longue, il se trouvait à l'étroit dans la vannerie.

A peine l'avais-je libéré de la triple nasse, le mettant à plat sur le sable, qu'il dit d'abord : « Merci, mon fils ! » et ensuite : « Naturellement je sais à quels dangers m'expose ma décision. Je ne suis pas sans savoir que je suis un mets apprécié. La rumeur a circulé touchant les multiples modalités dont vos femmes au règne tutélaire grillent les gardons sur une branche d'osier, rôtissent sur des pierres rougies l'anguille, le brochet, le sandre, les flétans grands comme la main ou bien couchent mes pareils, comme tout poisson un peu grand, enveloppés de feuilles dans la cendre chaude jusqu'à ce que nous soyons cuits à point tout en restant juteux. A la vôtre ! Il est flatteur d'être succulent. Pourtant je suis sûr que mon offre de rester ton conseiller contractuel à perpétuité dans le procès des hommes accroît ma valeur culinaire. Bref, mon fils, tu me remets en liberté ; je viendrai chaque fois que tu m'appelleras. Ta générosité m'oblige à te fournir des informations de source mondiale. En effet mes semblables — sous la forme de cette espèce ou d'une apparentée — sont établis dans toutes les mers. Sur toutes les côtes. Je sais ce qu'il te faudrait. Dépourvus de droits comme vous l'êtes, vous autres hommes baltiques, mes conseils ne vous seront pas superflus. Toi qui es un artiste qui, dans sa détresse, s'entend à disposer des signes, qui cherche la forme permanente, prégnante, tu sauras mettre en balance le périssable avantage de ma capture et ma promesse sans limite de temps. Et, en ce qui concerne ma crédibilité, mon fils, je te transmets la devise : un homme, une parole. »

Exact. J'ai accepté. A l'entendre m'adresser la parole, je me sentis. Il me vint une importance. Cette façon de se dépasser soi-même. Cette conscience naissante de soi. Déjà je me prenais au sérieux. Mais quand même — crois-moi, Ilsebill ! — il restait encore des doutes. Je voulais mettre à l'épreuve le flet parlant qui me promettait tant de choses. A peine l'avais-je rejeté dans l'eau peu profonde que je le rappelais : « Flet ! Reviens ! J'ai une question à te poser. »

Et à l'endroit même où je l'avais lâché, il jaillit hors de l'eau baltique dans mes mains plates : « Qu'y a-t-il, mon fils ? toujours à tes ordres. Même par tempête et mer agitée. »

« Mais », dis-je au flet, « et si nous ne souffrons pas sous la tutelle de notre Ava ? S'il ne nous manque rien, parce que ça va bien ? Réellement. Car nous recevons ma foi ce dont nous avons besoin. Rien ne nous fait défaut. Rarement, quand nous faisons des simagrées, on nous refuse le sein, c'est tout. On nous y met trois fois par jour. Même les vieillards tremblotants sont assurés de leur tétée. Ç'a toujours été comme ça. Même au paléolithique. En tout cas depuis la fin de la dernière glaciation. Le sein nous réussit. Nous sommes repus, satisfaits, protégés. On nous tient toujours au chaud. Jamais nous n'avons à décider pour ni contre. Nous vivons exempts de responsabilité, à notre fantaisie. Bien sûr, on est parfois troublé. Quand on veut savoir d'où vient la rivière. Ou bien si outre-fleuve, là où le soleil se lève, il se passe quelque chose. J'aimerais aussi savoir si on peut compter plus avant qu'il ne nous est permis. Il y a aussi la question du sens. Je veux dire : savoir si ce que nous faisons et qui est toujours pareil pourrait être encore autre chose en dehors de ce qu'il est. Ava dit : C'est seulement ce que c'est. Dès qu'on s'agite ou a des doutes, elle nous donne le sein. Ça rend service contre le trouble et les questions. Tandis que toi, flet, tu me rends nerveux. Tes propos sont si ambigus. Qu'est-ce que cela : des informations ? Dis voir : d'où vient la rivère ? Est-ce qu'ailleurs on peut mettre plus de trois nasses l'une dans l'autre ? Et ce qui est a-t-il encore un autre sens ? Par exemple le feu. Nous savons seulement que tout de suite après la fin de la dernière glaciation Ava a volé au ciel pour nous trois petits morceaux de braise rouge. Elle dit que le feu est bon pour cuire la viande, les poissons, les racines et les champignons, et encore pour se mettre en rond autour à bavarder au chaud. Je te demande, flet : A quoi peut encore servir le feu ? »

Alors le Flet me répondit. Il parla de hordes établies sur les deux rives du fleuve, toutes ayant leur Ava, même si elle se faisait appeler Eva ou Eia. Il parla d'autres fleuves et de la mer qui est bien plus grande. Comme qui dirait une gazette nageuse, il me donna des nouvelles, m'informa des cancans héroïques et mythologiques. Le flet commentait des citations de Zeus commentées par un dieu nommé Poséidon. Des divinités féminines — l'une d'elle s'appelait Héra — furent égratignées. Mais je ne compris pas grand-chose, même quand il m'informait avec une technicité objective. C'est ainsi qu'il parla pour la première fois du métal qu'on pouvait obtenir en faisant fondre des pierres au feu afin de le couler dans des moules pour que, refroidi, il durcît. « Prends note, mon fils ! le métal se laisse forger en pointes de javelot et en haches. »

Après que sa bouche oblique eut proclamé « la fin de l'âge du coup-de-poing chelléen », il me décrivit le chemin qui menait à l'intérieur des terres vers les proches collines qu'on a depuis appelées croupes baltiques où, bien qu'en petite quantité, on trouvait du minerai métallifère. Et trois jours plus tard, quand je le rappelai comme convenu — « *Buttke, Buttke* dans la mer ! » il m'apporta, vraisemblablement de Suède, un échantillon de minerai caché dans la poche branchiale supérieure.

« Du cran ! », s'écria le flet. « En faisant fondre ceci et davantage, vous n'aurez pas seulement extrait du cuivre, mais par-dessus le marché donné au feu un sens de plus, un sens progressiste, séparateur, décisif, un sens viril. Le feu, ce n'est pas que la chaleur et la gargote. Dans le feu pointent les visions. Le feu purifie. Du feu s'échappe l'étincelle bondissante. Le feu, c'est l'idée de l'avenir. Il a déjà commencé au bord d'autres fleuves. Des hommes le maîtrisent, conscients de leur objectif, sans demander rien aux Avas et aux Evas de là-bas. Il n'y a plus que vous pour vous laisser encore mettre au sein et endormir de berceuses. Nourrissons jusqu'à la vieillesse. Maintenant il s'agit de s'emparer du feu à la façon de Prométhée. Ne sois pas seulement pêcheur, mon fils, sois métallurge. »

(Ach, Ilsebill, si seulement le métal était resté dans les mines !) Sous couleur de chasse — et d'ailleurs nous tuâmes un sanglier à l'épieu — nous trouvâmes dans les collines appelées plus tard Zigankenberge confirmation de l'échantillon de minerai apporté par le flet. Bientôt nous possédâmes une hache de cuivre, quelques lames et pointes de javelot métalliques que nous montrions fièrement. Les femmes eurent un frisson masqué d'un rire nerveux dès qu'elles touchèrent le nouveau matériau. Déjà je prenais des commandes de bijoux. Quand Ava intervint.

Prise de fureur, elle menaça instantanément de refuser le sein.

Nous autres Edeks dûmes subir des interrogatoires minutieux. D'où provenaient ces connaissances subites ? Les services qu'on pouvait demander au feu, c'était à elle, la super-Ava, qu'il appartenait exclusivement d'en décider. Rien à dire à la valeur pratique des objets métalliques — parmi eux, ouvré par moi, le premier couteau de cuisine — mais cette soudaine liberté d'allures allait trop loin.

Tout le soupçon se concentra sur moi, parce que dans leurs aveux les autres Edeks renvoyèrent à moi. J'enfilai des mensonges et ne trahis pas le flet. En guise de punition, les femmes me refusèrent tout au long d'un dur hiver le sein et le reste. Un strict interdit fut jeté sur le métal. Plus de feu détourné de sa finalité. La hache de cuivre, les quelques lames et pointes de javelines, après une danse des ours circulaire exécutée autour des trois seins d'Ava, dessinés par moi dans le sable et ornés de coquilles, prirent le chemin de la Radune : sous des clameurs apotropaïques. (Crois-moi, Ilsebill, il ne fut pas simple de revenir au coup-de-poing.)

Mais quand dans mon désespoir j'appelai le flet, sa voix couvrit la rumeur de la mer furieuse, démontée : « Tout ça n'est que demi-mal. N'as-tu pas observé, mon fils, que votre Ava, qui dans sa manie du pouvoir condamne le métal, ce monstre trimamelu de féminité anhistorique, votre Grande Vulve omnivorace, la Sainte Mère primitive, que votre Ava a caché sous les os d'élan dont elle use dans sa cuisine son couteau de cuisine en cuivre, par toi ouvré, durci, affûté pour lui faire plaisir ? Elle l'utilise en douce. De même que toi, mon fils, dessines en douce mon image dans le sable. Une foutue garce, ta tutélaire Ava ! Allez, il faut vous trancher le cordon ombilical. Et je dis : avec le couteau de cuisine. Tue-la, mon fils. Tue-la ! »

(Non, Ilsebill. Je ne me suis pas permis. Ce ne fut pas moi qui frappai par la suite. Je suis toujours resté superstitieux, jusqu'à nos jours.)

Elle suspendait le temps. Elle était notre unique pensée. Inlassable, elle inventait de nouvelles occurrences cultuelles où confirmer l'étant par des processions solennelles ; en même temps, ses proportions charnelles déterminaient la forme de notre religion néolithique récente. Car, sauf à Ava, nous n'offrions de sacrifices qu'au loup céleste à qui une femme de notre Horde originelle — c'était l'Archi-Ava — avait dérobé trois petits morceaux de braise rouge. Tout venait d'elle, et non seulement la nasse et l'hameçon.

Que ce fût pour nous détourner de mésuser encore du feu, ou pour développer sa cantine : Ava, dans le ressort de notre horde, fit une profession de cuire l'argile et la marne. Cela commença par les oiseaux de marais, et aussi les hérissons avec leur robe piquante qu'elle enveloppa d'une couche d'argile grasse et mit ainsi dans la braise et la cendre chaudes. Il se peut que les coques brisées ensuite où restaient fixés les plumes et les piquants, aient été interprétées comme des poteries éventuelles. En tout cas Ava m'apprit à pétrir l'argile et le limon, à construire en entassant des galets de moraines un four accumulant la chaleur au creux duquel, à l'écart de la braise entassée, outre des coupes et des pots, ma pacotille primitive fut par cuisson amenée à la dureté de la céramique ; ainsi virent le jour ces idoles à trois seins qui de nos jours figurent dans les musées.

Quand je racontai la chose au flet, il dut se rendre compte du plaisir que je trouvais à reproduire dans l'argile la chair d'Ava, ses bourrelets et ses fossettes. Sa question fut : « Combien de fossettes a-t-elle donc ? »

Ainsi le flet m'apprit à compter. Non pas des jours, semaines, mois, des gardons, des élans ou des rennes femelles : je comptai les fossettes d'Ava jusqu'à cent onze. Je modelai une idole d'argile à trois seins avec cent onze fossettes ; elle plut beaucoup à notre Ava qui du coup apprit à compter jusqu'à cent onze, d'autant que les autres femmes — ce devint le petit jeu de la horde — restaient très en dessous de cent. Ava (comme toi, Ilsebill) avait la plus grande densité de fossettes dans le capiton hivernal de ses fesses : trente-trois.

Déjà le flet triomphait : « Énorme, mon fils. Si nous ne sommes pas parvenus à introduire l'âge du cuivre, venu depuis longtemps à échéance, comme prologue de l'âge du bronze, l'heure de l'algèbre a sonné. Désormais, on comptera. Et celui qui compte bientôt calculera. Et quiconque calcule prévoit. Comme dans l'Empire minoen où depuis peu on grave dans des tablettes d'argile les inventaires de cuisine. Travaillez en secret l'art du calcul, ô hommes, afin que plus tard les femmes ne fassent pas danser l'anse du panier. Bientôt vous saurez déterminer le temps et mettre les dates. Bientôt vous échangerez vos objets dénombrés contre un nombre d'objets. Si ce n'est pas demain, c'est après-demain que vous serez payés, et de même paierez, paierez les autres. Au début avec des cauris, puis viendra malgré Ava, même si c'est longtemps après Ava, la monnaie de métal. En voici une. Argent attique qui a encore cours. J'ai trouvé cette menue monnaie dans un bateau qui coula au large de la Crète à la suite d'un séisme marin. Mais qu'est-ce que je raconte sur la Crète et les bateaux à voiles. Que sais-tu du roi Minos ? Les veaux que vous êtes vous accrochez comme par maléfice aux tétons et vous laissez mettre quinauds par votre Ava qui a cent onze fossettes. »

Ce doit avoir été des siècles après mes premiers exploits de calcul que le flet me donna la pièce de monnaie. Je ne suis pas davantage certain que ç'ait été une drachme. Probablement un ex-voto asianique sans valeur monétaire. Datation approximative mille ans avant notre ère. Mais qu'est-ce qu'un millénaire de plus ou de moins par rapport à notre développement minimal entre les marais des embouchures vistuliennes. A un moment quelconque, en tout cas, le flet m'apporta dans sa poche branchiale une pièce de monnaie métallique comme plus tard il m'a apporté, ou avant, des bibelots minoens, archaïques, attiques et égyptiens — des gemmes, des sceaux, des figurines et des bijoux de filigrane. Naturellement, bête comme j'étais, j'ai donné à Ava la drachme grecque. Bien qu'elle ait goûté la pièce d'argent qui tenait bien dans la main, elle ne voulut cependant rien entendre de jeux numéraux qui allassent plus loin, de valeur d'achat et de moyens de paiement. Elle dit que cent onze était le nombre suprême, absolu, la valeur finie Ava. On pouvait le recompter sur elle à titre de démonstration. Tant qu'on ne pourrait pas dénombrer à tâtons plus de cent onze fossettes sur une femme de la horde, on en resterait à ce nombre cent onze. Tout calcul prolongé au-delà était contre nature et par-là dérogeait à la raison pratique. Elle frapperait de peines toute spéculation. Il fallait combattre l'irrationalisme à ses débuts. Ensuite elle m'ordonna, avant que ne survînt l'hiver, de placer cent onze crânes d'élans sur cent onze pieux disposés selon un cercle de cent onze pas et de marquer ainsi le nouveau lieu de sacrifice.

Tu admettras, Ilsebill, que tant de sollicitude archéo-maternelle, même si elle me tenait au chaud et dans l'innocence, finissait tout doucement par m'embêter. Car on en resta là. Pour des siècles non dénombrés, nous ne pûmes compter au-delà de cent onze. Certes, je ne sais plus quand, au cours du dernier millénaire avant l'Incarnation du Seigneur, commença le commerce de l'ambre avec les Phéniciens qui étaient venus en bateau comme si le flet les avait pilotés jusqu'à notre côte écartée, mais nous donnions à ces messieurs des blocs gros comme le poing et avions du mal à nous mettre au commerce de troc. Nous étions refaits à tout coup.

Le flet protesta quand je le tirai de la mer. Il me calcula nos pertes : « Toujours votre âge de pierre, tas de corniauds ! Faudra-t-il éternellement vous prendre pour des sots ? Avec votre ambre, vous pourriez obtenir des équipements de bronze complets pour cent onze hordes aussi grandes et apatrides que la vôtre. Avec des ornements d'argent et des tissus pourpres pour les femmes par-dessus le marché. Admettons qu'il vous soit interdit de battre monnaie, mais comprenez enfin que votre ambre se paie au poids de l'or à Sidon et à Tyr. J'en aurai bientôt assez de vous. Jamais vous ne serez des hommes, des vrais. Bande de moules ! »

Dans le conte *Du pêcheur et de sa femme Ilsebill,* il ne s'agit, sans autre précision, jamais que d'un flet — *Dar sed de Butt to em...* Alors le flet lui dit... C'est pourquoi je parle du flet — *Butt* — comme s'il n'y en avait qu'un d'omniscient : lui, qui, en quelque temps que je vécusse, m'a conseillé, instruit, endoctriné, formé à l'esprit viril et catégoriquement enseigné comment il fallait tenir les femmes dociles dans la tiédeur du lit et leur inculquer la sérénité dans un tacite laisser-faire. Pourtant il y a le *Glattbutt,* le *Heilbutt,* le *Goldbutt,* le *Streifbutt.* Le mien était un *Steinbutt* — turbot — qui certes ressemble au *Glattbutt* — barbue — mais sa peau est bossuée de concrétions ayant la grosseur d'un petit caillou.

Bien entendu, n'importe quel observateur sagace aura constaté qu'il y a parmi ces pleuronectes ceux qui se couchent à gauche sur fond de sable plat, comme le flet et le flétan ou flondre — ainsi celui que mon burin a figuré au naturel sur la jaquette de ce livre, édition originale — et ceux qui — turbot, carrelet, barbue — se couchent sur le flanc droit. Mettons que mon interlocuteur, fût-il limande, targeur, cardine, arnoglosse ou synapture, était, bien qu'il se couchât sur son flanc gauche aveugle, un turbot, extraordinaire aussi par ailleurs, car il parlait. Qu'il s'agisse de flesus flesus au lieu de rhombus maximus en tout cas ne change rien à mon affaire qui est, disons : un turbot. Admettons que ce poisson exceptionnel se couchait sur le flanc gauche et n'en savait rien.

Le turbot est répandu dans la Méditerranée, dans la mer du Nord jusqu'à la côte norvégienne et dans la Baltique, *ma* mer. Comme chez tous les poissons plats, son axe visuel est en biais par rapport à la bouche qu'il a oblique, ce qui lui donne ce regard philosophique et perfide à la fois, j'oserais dire ce regard radiographique : il louche pour gagner du temps. (Il paraît que le dieu attique Poséidon l'aurait utilisé comme agitateur dans sa lutte contre Héra, contre l'Athéna pélasge et autres enragées du matriarcat.)

Sa famille — tout ce qu'on appelle *Butt* — est appréciée des gourmets. Ava, au temps du néolithique tardif, faisait cuire doucement ses pareils dans des feuilles humides. Sur la fin de l'âge de bronze, Wigga le frottait de cendre blanche sur les deux faces et le posait du côté blanc aveugle sur de la cendre recouvrant un lit de braise. Après l'avoir retourné, elle passait le poisson au lait suivant la recette de l'âge de pierre en puisant à son sein toujours écumeux ou bien, à la nouvelle mode, à l'aide d'un lait de jument fermenté. Mestwina, qui déjà mettait à bouillir sur un gril de fer des marmites de terre à feu, faisait venir le poisson à petit feu avec de l'oseille ou de l'hydromel. Pour finir, elle saupoudrait de fenouil sauvage le poisson aux yeux blancs.

Lui, le seul et unique turbot parlant qui me travaillait depuis des siècles, connaissait toutes les recettes selon lesquelles les païens accommodaient ses semblables et, par la suite, les chrétiens devaient les servir comme poissons des jours maigres (pas seulement le vendredi). Comme par auto-distanciation, avec une ironie strabique, il savait célébrer son bon caractère gustatif : « Le monde est ainsi fait, mon fils, que le turbot est parmi les poissons nobles. Plus tard, quand vous autres hommes mineurs et abrutis depuis votre prime enfance vous détacherez enfin du sein maternel en battant monnaie, en datant l'histoire et en faisant prévaloir le patriarcat, je disais donc : quand après six mille années de tutelle féminine vous serez enfin émancipés, on cuira mes semblables, ainsi le turbot, de même la barbue, doucement au vin blanc avec des câpres, on les prendra en gelée, on les dépaysera délicieusement par des sauces avant de les servir sur une porcelaine de Saxe. On nous braisera, glacera, pochera, nappera, mettra en filets, ennoblira par la truffe, spiritualisera par le cognac et baptisera du nom de maréchaux, de ducs, de Princes de Galles, d'Hôtel Bristol. Campagnes, conquêtes, occupation ! L'Est fera du commerce avec l'Ouest. Le Sud enrichira le Nord. Je vous et me prédis les olives, une civilisation raffinée, la gastronomie, le citron ! » Mais on avait encore le temps, Ilsebill. (Tu vois combien il vous est difficile de faire revenir les hommes sur la tutelle absolue des pères.) Longtemps encore après Ava et ses cent onze fossettes et ses trois seins, les femmes régnèrent, mais plus difficilement. Nous autres hommes avions déjà léché le métal. Et le turbot nous tenait au courant. Il me suffisait d'appeler, voilà qu'arrivait la gazette nageuse. J'entendis parler de civilisations lointaines, des Sumériens et de la double hache minoenne labrys, de guerre où des hommes luttaient contre des hommes, parce que partout l'anhistorique gynécocratie était brisée et qu'enfin on avait le droit de mettre les dates.

Le Turbot m'assommait de conférences : De l'architecture mésopotamienne et du premier palais de Knossos. De la culture des céréales — escourgeon, orge, épeautre, mil — dans la région danubienne. De l'élevage en troupeaux d'animaux domestiques — chèvre et mouton — dans l'Asie antérieure, et de la possibilité d'élever des troupeaux de rennes dans l'espace baltique. Du bâton à fouir et de la houe, de la charrue révolutionnaire.

Le Turbot concluait chacun de ses exposés par une conjuration : « Il est grand temps, mon fils ! Le néolithique, ainsi que nous appelons l'âge de pierre récent, est entré dans sa phase finale. Venue de Mésopotamie, par le delta du Nil et l'île de Crète, encouragée par la vigueur virile, la civilisation se répand. Là on voit des femmes travailler les champs et plus tard piler dans des mortiers le grain obtenu. Ainsi les famines ne sont plus irréparables. Non, porcs et bœufs se multiplient, élevés en troupeaux. Il y a toujours des provisions de réserve. On construit des habitats fixes. La horde et la grande famille s'articulent en tribus. Des rois-héros règnent. L'État jouxte l'État. Et les hommes sont en armes. Ils savent pourquoi ils se battent : pour leurs possessions héréditaires. Pourtant vous croupissez dans la promiscuité, ignorant ce qu'est engendrer. La mère s'accouple avec le fils. La sœur ignore que c'est son frère qui la transporte. Le père, sans se douter de rien, couvre la fille. Tout cela dans l'innocence ! Je sais ! Eh bien, vous restez pendus aux tétines. Vous n'avez jamais votre content. Enfants au sein à perpétuité. Mais ailleurs l'avenir a déjà planté ses drapeaux-jalons. La nature ne veut plus être subie à la façon femelle mais virilement domptée. Tracer des canaux. Assécher les marais. Partager la terre, labourer, prendre possession. Engendrer son fils. Transmettre par héritage. Vous avez tété deux mille ans de trop, perdant deux mille ans à piétiner. Je vous conseille : Quittez le sein. Il faut vous sevrer. Mon fils, il faut enfin te sevrer ! »

C'était vite dit pour un turbot, trop simple. Ce qu'il y a de sûr, c'est qu'il nous fallut encore un plein millénaire pour devenir virils au sens où l'entendait le flet. Mais alors nous devînmes des hommes comme dans les livres : capuchonnés de cuir, coiffés de casques, au regard corrosif. Des hommes dont l'œil mobile tâte l'horizon. Des hommes âpres à l'engendrement qui par la pensée érigeaient leurs zizis en arbres généalogiques, en torpilles, en fusées cosmiques. Des hommes à systèmes, rassemblés en confréries masculines. Des orateurs puissants, coupeurs de cheveux en quatre. Des découvreurs qui s'ignoraient. Des héros décidés à ne jamais, en aucun cas, mourir dans leur lit. Des hommes dont la bouche dure commande la liberté. Des hommes tenaces, vainqueurs d'eux-mêmes, constants, inflexibles, qui n'arrêtent pas de dire quand même, qui s'inventent des ennemis, se montent la tête, se guindent sur les grands machins, cherchent l'honneur pour l'honneur, des hommes de principe, qui en viennent au fait, se détachant d'eux-mêmes aux trumeaux de l'ironie, des hommes tragiques, K.O., montrant un au-delà par-dessus leur objectif final.

Même le Turbot qui nous a conseillé cette évolution en concevait une frayeur croissante, et pour finir — c'était au temps de Napoléon — il se réfugia dans le conte de fées. Il ne donnait plus que de petits conseils. Puis il garda longuement le silence. Il y a peu de temps qu'on peut à nouveau lui parler, et il me conseille, Ilsebill, d'aider à faire la vaisselle dans la cuisine et — parce qu'elle est enceinte — de suivre un cours de puériculture. « Il y a bien des femmes », dit-il, « qui valent bien leur homme. Ainsi ta valeureuse Ilsebill. Il fallait qu'on s'en rendît compte, mon fils, comme ç'a été d'emblée notre bienveillante intention quand je m'introduisis volontairement, non sans peine, dans ta nasse à anguilles. »

Et rends-toi compte, Ilsebill, l'autre jour le Turbot m'a fait savoir qu'il se présenterait devant les femmes pour faire face à leur réquisitoire. Tout en condamnant la falsification de sa légende opérée par les frères Grimm, il dit : « Cette histoire sotte doit enfin disparaître du tapis ! »

Division du travail

Nous — ce sont des rôles.
Moi et toi tenons, toi la soupe au chaud,
moi la bouteille de schnaps au frais.

Quelque part dans le temps, longtemps avant Charlemagne,
je pris conscience de moi-même
tandis que toi, tu t'es seulement continuée.
Tu es — je deviens.
Il te manque toujours — il me faut encore.
Ton petit cercle protégé —
ma grrrande affaire risquée.
Prends soin de la paix domestique — moi j'irai courir dehors.

Division du travail.
Tiens-moi l'échelle pendant que j'y grimpe.
Pas la peine de gémir, je préfère mettre le mousseux au frais.
Tu n'as qu'à tenir ferme quand je te prends par derrière.

Ma brave petite Ilsebill
sur qui je peux pleinement compter,
dont je voudrais être fier,
qui raccommode tout en un tournemain pratique,
que j'adore adore
tandis qu'elle se rééduque par l'intérieur,
devient une autre, une toute autre et prend conscience de soi.

Est-ce que je peux encore te donner du feu ?

Comment le flet ou le turbot fut pris pour la seconde fois

Je l'ai déjà dit : par un jour néolithique récent, il entra dans ma nasse. Tout ce qui aurait pu être matière à conflit, en ce temps-là, les femmes le tenaient sous le boisseau. On connaît notre arrangement : je le laissai nager, il m'a, par ses conseils de pleuronecte, fait traverser les époques. Le bronze, le fer. Protochrétien, gothique belle époque, réformateur ou baroque, despotique éclairé, socialiste ou capitaliste, le flet ou le turbot était en avance sur chaque tournant de l'histoire, sur tout changement de mode, sur les révolutions et leurs contrecoups, sur la vérité toujours la plus récente, sur les progrès. Ainsi, non sans préméditation, il contribuait à soutenir la cause masculine. C'étaient enfin nous qui détenions les commandes.

C'était vrai jusqu'à hier. Maintenant il ne me parle plus. J'ai beau l'implorer à plusieurs reprises : « *Buttke !* », plus de réponse familière : « Qu'y a-t-il, mon fils ? » Des femmes assises à une longue table sont en train de le juger. Il a déjà passé des aveux circonstanciés. (Et moi de même je concède pourquoi le flet en a depuis longtemps assez de moi et de la cause masculine.)

Peu de mois avant la crise du pétrole, comme je l'appelais encore une fois à sortir de la mer (pour lui demander conseil en matière d'impôt sur le revenu), il a dénoncé notre contrat : « Vous autres pépères, il n'y a plus rien à tirer de vous. Ce ne sont plus que trucs et machins. Il va falloir maintenant », dit-il en manière d'adieu, « m'occuper un peu des Ilsebills. »

Naturellement il prit l'hameçon dans la Baltique. Il est pour la tradition. Ce ne fut pas dans la baie de Danzig, mais dans celle de Lübeck, dans cette soupe qui baigne la côte orientale du Holstein, entre les phares de Cismar et de Scharbeutz, à une lieue marine du bitume littoral des plages qu'il entra sciemment dans le jeu et — comme il le reconnut plus tard devant le tribunal — « procura une joie par sa prise à trois dames qui s'ennuyaient ».

Sieglinde Huntscha qui, pendant un certain temps, ne répondit qu'au nom de « Siggi », Suzanne Maxen, dite « Maxi », et Franziska Ludkowiak, qu'on appelait Franki, avaient loué pour quelques heures un voilier dans le village côtier de Cismar et, par petit temps et plutôt vent en panne, se balançaient des vannes dans leur jargon. Trois filles endurcies qui (comme toi, Ilsebill) étaient du groupe des trente ans et plus — Maxi au début, Franki à la fin — et qui en parlant crachent leur mépris toutes les trois phrases, trouvent que presque tout c'est débile, con comme la lune ou superchiant.

C'est vraisemblablement parce que Siggi, le Maxi et la Franki, pour d'obscures raisons, se prenaient pour des lesbiennes et, pour ce motif, adhéraient à un club féministe dont le premier commandement formulait un renoncement radical aux pénétrations masculines que Siggi avait emporté sa canne — une pièce vulgairement masculine frappée d'un métallique souvenir de voyage. Cette canne servait de gaule. Y appendait une ordinaire ficelle. L'hameçon était une paire de ciseaux à ongles insexuée. Franki faisait des petits bateaux en papier journal qui pareillement flottaient immobiles. Il n'y avait pas même assez de vent pour remplir un bonnet de marin.

Pas même, racontées par Siggi, d'histoires de pêche. On pinaillait sans habileté technique. On se gargarisait des extravagants slogans raccrocheurs du mouvement étudiant depuis longtemps éteint. On trouvait tout ça — y compris la pêche à la ligne de Siggi — foutrement tarte. « Ce qui nous manque pratiquement », disait Franki en faisant des petits bateaux, « c'est comme qui dirait un soutien idéologiquement net du sur-moi. » Alors le flet mordit.

Crois-moi, Ilsebill. Il se pique de l'avoir fait exprès. (Plus tard il déposa devant le tribunal qu'il n'avait pas été du tout simple de s'accrocher à l'une des branches pointues, mais mobiles, des ciseaux à ongles. Il lui avait fallu se perforer deux fois la lèvre supérieure.)

Ce fut le Maxi qui poussa le cri bien connu : « Y en a un ! Tire Siggi ! Ramène-le ! Ben mon 'ieux ! »

Et depuis des millénaires : le grand Aha ! Et l'impatiente attente Sera-ce cette fois le poisson peu banal, le tout à fait rare, l'unique en son genre, le légendaire, le poisson sans âge ou bien, encore un coup, une godasse moisie ? La chance tient au bout d'un fil. Silence patient. Mâcher sa langue sans compter le temps. Ne penser rien et son contraire. On se court-circuite tant qu'on peut, au point de devenir quelconque. Ou bien il faut trouver le mot qui fait mordre. Être soi-même hameçon et appât. Le ver qui se tortille.

Or les ciseaux étaient vides d'appât et pourtant le flet avait mordu. Il était donc couché à plat sur le fond du bateau. Sa lèvre supérieure ne se mit à saigner qu'au moment où Siggi, prudemment, quoique avec un cran qu'on doit qualifier de viril, lui ôta les petits ciseaux à ongles qui étaient plantés dans le bourrelet. Une pièce d'une taille étonnante. Jamais (sinon cette fois-là) on n'a pris dans la Baltique un exemplaire d'un poids pareil. Pour un peu je croirais que ma prise néolithique fut moins considérable. Il a grandi par la suite. Davantage de concrétions bossèlent et ridulent sa peau. Lui faut-il avec le temps vieillir, sujet à mourir ?

En dépit de ses dimensions : c'était encore un poisson ordinaire que les trois filles regardaient avec étonnement. Franki parla d'un turbot maison et proposa de le cuire à feu doux dans du vin blanc avec des câpres. Dans une des nombreuses boutiques de produits alimentaires qui font de Scharbeutz un centre d'achats, elle avait vu du fenouil frais. Siggi voulait l'huiler pile et face, l'arroser de basilic en boîte et le laisser venir à point une demi-heure au four à feu doux.

Les trois filles habitaient une chaumière de journalier de la campagne louée comme séjour de vacances. Le Maxi ne mangeait pas de poisson qui fût identifiable comme tel : Bêêhh ! C'est pourquoi Franki suggéra de tirer les filets du turbot, de les découper en tranches étroites passées à l'œuf et frites pour le rendre méconnaissable comme poisson.

Siggi lança : « Merde alors ! Si notre Billy voyait ça ! Elle nous aurait fait le turbot à l'étuvée sur du beurre manié à l'estragon et peut-être flambé au cognac. » Et Franki, reprenant le fil : « De quoi, Maxi ? Si notre Billy te servait le turbot avec tout le tralala ? Eh ben ? Tu ferais encore bêêhh ? »

Mais le Maxi n'en voulait ni comme ci ni comme ça ni comme Billy. Maxi voulait, à peine les ciseaux à ongles ôtés de la lèvre supérieure en bourrelet, rendre le turbot aux eaux troubles de la Baltique : Il avait une drôle de façon de nous regarder en biais. Sûrement qu'il portait malheur. Il saignait rouge comme un être humain. On ne l'avait pas pris pour rire. Son air d'être un poisson n'était qu'une feinte. Alors le Turbot parla.

Pas fort ; sur le ton de la conversation, il dit : « Quelle coïncidence ! » Il aurait pu dire aussi bien : « Quelle heure est-il, au fait ? » Ou : « Qui est-ce qui mène en Division fédérale ? »

Siggi, Franki et le Maxi en restèrent, comme on dit, babates. C'est seulement plus tard, quand le Turbot était déjà lancé, que Maxi produisit à peine des interjections étouffées : « Tu parles d'un tube ! Rien de moins que chiadé. Ben mon 'ieux ! Si notre Billy l'avait eu aussi, celui-là ! »

Mais Franki et Siggi restèrent muettes. A elles deux, elles tentaient en leur jugeote d'éclaircir l'événement de ce dimanche après-midi, de réfuter le prétendu hasard, de faufiler rationnellement une doublure à l'irrationnelle survenance et, derrière l'anodine logique des contes de fées — le Turbot s'était présenté en ces termes : « Vous connaissez à coup sûr, Mesdames, le conte *Du pêcheur et de sa femme Ilsebill* — à découvrir le projet : Qui parle ici dans quel dessein ? Il fallait (avant toute verbalisation) rationaliser : la faculté de parler ou bien l'énoncé ? N'était-ce point, en arrière-garde et rétroactivement, la scolastique médiévale qui apportait la démonstration que le Malin peut prendre forme de poisson ? Avait-on affaire au capitalisme incarné ? Ou encore plus aporique : N'était-ce pas tout à l'heure l'Esprit du Monde selon Hegel qui se prononçait ?

« Qui es-tu ? », cria au beau milieu d'une phrase à tiroirs turbotesque Franziska Ludkowiak ; sous l'aspect de Franki, elle avait saisi la canne frappée de tôle, gaule désormais dégarnie, de Siggi, et semblait prête à débarquer le visiteur importun : Il avait surgi des strates intermédiaires du subconscient. Il jouait les scissionnistes et rappelait des films où la démence légèrement gauchie vous regardait du fond de miroirs fêlés. (Franki haïssait les mystifications, ce qui ne l'empêchait pas de se faire tirer les cartes par le Maxi.)

Or il se trouve que la question « Qui es-tu ? » fut déjà souvent posée en des circonstances semblablement étonnantes. La plupart du temps, il n'y avait pas de réponse, ou bien seulement un renseignement obscurément chuchoté. Mais le Turbot ne jouait pas à cache-cache. Tout d'abord il pria qu'on l'aspergeât d'eau à l'occasion — ce fut Siggi, aidée d'une boîte de conserve vide, qui s'en chargea — puis il fallut lui tamponner la lèvre supérieure encore saignante avec un mouchoir Tempo — Siggi y veilla — et finalement il se déclara sans ambages.

Ayant brièvement décrit la situation néolithique et présenté objectivement le matriarcat apatride, il me fit paraître, moi, le pêcheur ignorant, exposa les raisons qui l'avaient incité à s'introduire à force dans ma nasse à anguilles et à se recommander à moi comme conseiller contractuel.

Il me traita de rustre néolithique tardif de complexion moyenne. Tenu en état de minorité, je n'étais pas capable d'identifier le système de tutelle totale de la domination féminine, encore moins de le briser. Seul mon don plastique, le besoin contraignant de tracer dans le sable des signes, des ornements, des figures, lui avait donné l'espoir que je pusse, suivant ses conseils, créer les prémisses d'une substitution progressive, disons comme lui « évolutionnaire » de la domination gynécocratique. Il y était parvenu, d'ailleurs, mais la région vistulienne était en retard de deux millénaires. Même après, je lui avais donné du tintouin. Partout où je séjournais à temps, que ce fût à l'apogée du gothique ou au siècle des Lumières, j'avais été un raté. Du reste il ne trouvait plus aucun intérêt à soutenir la cause masculine, pour exclusif qu'eût été son attachement passionné. Mais enfin il était comme ça : il lui fallait inlassablement faire des expériences. Il ne fallait pas considérer la création comme achevée. Il se voyait d'accord avec Bloch, le vieil hérétique. (Et de citer ce philosophe : « Je suis. Mais je ne m'ai pas. C'est pourquoi nous commençons par devenir. ») C'est pourquoi il voulait — il priait ces dames de l'appeler Turbot tout simplement — amorcer une nouvelle phase de l'évolution hominienne. La cause masculine ne rendait plus. Incessamment, une crise allait signaler à l'échelle mondiale la fin de l'androcratie. Ces messieurs avaient fait banqueroute. L'abus de pouvoir avait dissipé leur potentiel. Faute de pouvoir trouver des impulsions nouvelles, on essayait à présent de sauver le capitalisme par le socialisme. Il y avait de quoi se marrer. Lui, le Turbot, il ne voulait plus rendre service qu'au sexe féminin. Cela ne voulait pas dire qu'il resterait à terre. Qu'on le comprenne : il avait besoin de son élément naturel. Et puisqu'il bénéficiait de l'hospitalité de trois dames pour qui les rapports caricaturaux Homme-Femme ne signifiaient qu'une fastidieuse routine, il espérait qu'on voudrait bien comprendre son besoin élémentaire.

« Bref », dit le Turbot pour conclure, « Mesdames, vous me remettez en liberté ; et je vous porterai conseil dans toutes les situations de la vie, mais aussi au plan des principes. C'est ici, en ce jour que commence une nouvelle époque de l'histoire du monde, et vous pourrez dire : j'y étais. Mon principe a pour base l'échange des pouvoirs. Les femmes sont appelées. C'est ainsi seulement que nous pourrons donner au monde, à notre pauvre monde dépourvu de toute espérance, jouet d'une virilité devenue impuissance, un sens neuf, disons-le tranquillement : un sens féminin. Tout n'est pas encore perdu. »

Naturellement Siggi, Franki, le Maxi ne s'écrièrent pas simplement : « Tope-là ! D'accord. L'affaire est dans le sac. Cochon qui s'en dédit. » Car si les trois avaient acquiescé d'emblée à la proposition du Turbot, le rendant à la mer Baltique et s'assurant, comme d'une poignée de main, l'exclusivité de ses conseils. le déroulement large de mon existence millénaire serait demeuré caché ; mais puisque le flet ne fut pas libéré, mais soigneusement aspergé d'eau, soigné à l'aide de mouchoirs Tempo pour éponger l'hémorragie et enfin amené sur le rivage, tout vint au jour, les bouches de la Vistule furent le lieu exemplaire, je devins un exemple, je dus me mouiller, je confesse Ilsebill, je note, c'est écrit.

Objectivement, Sieglinde Huntscha, juriste, docteur en droit, déclara son point de vue : l'offre du pleuronecte était à coup sûr intéressante, mais il était impossible de répondre par oui ou par non sans avoir consulté le comité directeur élu de l'organisation-féminine-mère. D'ailleurs le flet avait spontanément proclamé que le temps des décisions masculines, c'est-à-dire solitaires, était achevé. Il comprendrait que ses aveux partiels soulevaient des problèmes qui ne pouvaient être approfondis à bord d'une yole de louage. Qu'on veuille verser au procès-verbal les dépositions échues. Il, le Turbot, devait se considérer comme en détention préventive. Elle, Sieglinde Huntscha, lui garantissait l'exercice des droits de la défense : « On n'est pas mal chez nous ? S' pas ? »

Le Turbot répondit d'abord avec froideur, puis avec une touche de menace : « Mesdames ! C'est volontairement que je me suis mis entre vos mains. Je maintiens mon offre courtoise de ne plus favoriser désormais la cause masculine, mais le mouvement féministe, de venir en aide aux nombreuses Ilsebills animées d'une résolution farouche, mais aussi indécises et toujours plus ou moins mères poules ; cette offre de faveur demeure acquise. Mais si ces dames avaient le ferme propos de traîner sous les projecteurs de la publicité mon existence pleuronectique vouée à la ténèbre primitive à titre de cas exemplaire, je saurai me défendre, qu'on se le dise, avec une fermeté masculine. Je riposterai sans ménagement. M'avoir pour adversaire n'est pas une bagatelle. Sociologiquement, je suis inabordable. Aucune chinoiserie juridique — si vous pensez me juger — ne saurait me clouer. Aucune loi humaine ne s'applique à moi. Vous auriez même cent raisons de me craindre. »

Le Maxi avait aussi un peu la venette : « Il pense ce qu'il dit. » Mais Siggi et Franki restèrent dura lex, sed lex : on ne se laissait pas intimider par des menaces. On connaissait le ton. Dieu le père et compagnie. L'habituelle présomption masculine.

Alors une brise fraîche se leva. Elles firent voile allégrement vers Cismar, village du Holstein oriental que distingue un monastère. Sous le chaume de leur cabane d'ouvrier agricole pour touristes, Franki logea le Turbot dans une baignoire galvanisée. Puis elle alla chercher de l'eau de mer dans des bidons. Le Maxi put acheter à Eutin un livre plein d'indications concernant l'entretien des poissons de mer en aquarium. Pendant ce temps, après avoir tout noté au procès-verbal, Siggi allait à la poste du village pour appeler Berlin, Stockholm, Tokyo, Amsterdam et New York. Elle en eut pour une pincée, même si pour la conversation essentielle elle demanda l'organisation-mère en PCV. Naturellement les féministes du monde entier furent enthousiasmées quand elles entendirent parler du turbot qui parle et de ses aveux sensationnels, d'autant que le conte misogyne *Du pêcheur et de sa femme* a partout des répondants, même en Afrique et aux Indes.

« Chiche ! », dit Siggi à Franki. « Elles convoquent un tribunal et — je m'en charge — chez nous à Berlin. L'affaire est d'un classique. »

Le Maxi lut dans son ouvrage spécialisé : « C'est un turbot banal. Se rencontre dans l'Atlantique, la Méditerranée, la mer du Nord, rarement dans la Baltique. Mange des algues, des crustacés et le reste. »

Sa lèvre supérieure ne saignait plus. Il se tenait à plat sur le fond de la baignoire. A côté de la baignoire, Siggi tenait prêt un magnétophone. Mais le Turbot garda le silence.

Et toi, Ilsebill ? Aurais-tu aussi voté pour le tribunal, pour le règlement de comptes public ?

Ilsebill dit : « Évidemment non, chéri. Histoire de te faire plaisir : j'aurais remis le flet à l'eau et demandé pour moi tout d'abord, comme dans le conte, un truc énorme. Par exemple une machine à laver la vaisselle cent pour cent automatique et bien davantage, toujours davantage. »

Rêve prophétique

Prudence, dis-je, prudence.
Le petit peu de bon sens culbute avec le temps qu'il fait.
On peut avoir du sentiment qui est comment :
drôle comme ci, sinistre comme ça.
Des mots qui faisaient bravement leur service
portent leur doublure à l'extérieur.
Le temps change de lieu.
Prophète ambulant.
Signes dans le ciel — runiques, cyrilliques —
que qui veut avoir vus quand où.
Stylos feutre — individuels ou en groupe,
sur les panneaux à graffiti des stations de métro,
proclament : Croyez en moi, croyez !

Quelqu'un — ce peut aussi être un collectif — a une volonté
dont personne ne se soucie.
Et ceux qui la craignent la fortifient par la crainte.
Et ceux qui préservent encore leurs deux sous de raison
rentrent la mèche.
Accès de familiarité.
Tentatives de tâter la dynamique de groupe.
On serre les rangs : nous supposons être encore nous.

Quelque chose, une force qui, faute d'un mot,
n'a pas encore de nom, déplace, pousse.
Le sentiment général trouve ce glissement
(à supposer qu'on glisse) multiplement agréable
pour l'avoir rêvé : On monte ! Ça repart à monter.

Seul un enfant — il peut y avoir des enfants dans le collectif —
s'écrie : j' veux pas descendre. Veux pas descendre.
Mais il le faut.
Et tous lui disent : sois raisonnable.

Comment le Turbot fut accusé par les Ilsebills

Ce fut en août qu'elles le pêchèrent en baie de Lübeck. Il fut amené à Berlin par l'avion des British Airways. Début septembre, elles louèrent à Stieglitz un cinéma vide qui s'était appelé Stella et que par la suite la presse appela malignement le « Pot de chambre ». Il leur fallut cinq semaines de disputes pour élire, parmi sept (après scissions) neuf groupes de femmes, enfin la présidente du tribunal et huit assesseuses : toutes, sauf la ménagère Élisabeth Güllen, professionnellement actives, ce pourquoi le tribunal ne siégea que l'après-midi et occasionnellement pendant le week-end.

Elles s'accordèrent rapidement sur la procureuse. Et comme l'accusé renonça à un défenseur de son choix, elles convoquèrent à l'unanimité une défenseuse d'office toujours gentiment habillée. Au cours des luttes fractionnelles, Siggi, Franki et le Maxi se brouillèrent ; seule la pêcheuse Sieglinde Huntscha prit part au procès.

Avec ses sièges à bascule d'un rouge vineux, l'ancien cinéma pouvait accueillir trois cent onze visiteurs. Il n'y avait pas de promenoir. Comme il fallait installer un important appareillage technique, l'argent manqua pour refaire le papier de tenture vert algue de la salle ; ainsi le cinéma resta coquet et retint une trace de l'odeur de ciné.

Certes, l'organisation laissa initialement à désirer, mais crois-moi, Ilsebill, je n'insisterai pas sur des bricoles — chez nous, les hommes, ça ne colle pas à tous les coups non plus. J'en viendrai directement à la cause : à la mi-octobre, peu de temps après que nous eûmes fait un enfant après un mouton aux haricots et aux poires, fut lu l'acte d'accusation ; mais n'attends pas de moi un compte rendu judiciaire en bonne et due forme : primo je ne suis pas juriste, d'autre part (quoique avec hésitation) je suis partie ; car enfin c'est aussi mon procès qu'on a plaidé sans que j'en fasse des manchettes de journaux.

Il était une fois un flet. Il ressemblait à celui du folklore. Le jour qu'il fut amené devant un tribunal par les femmes qui l'avaient capturé, il ne voulut pas dire un mot, seulement demeurer plat, muet, ridé de partout et primordial dans sa baignoire galvanisée. Mais, las à la fin de son silence sourd, il se mit à jouer de ses nageoires latérales. Et quand l'accusatrice, Madame Sieglinde Huntscha, lui demanda sans façon si c'était lui qui avait sciemment mis en circulation le conte bas-allemand *Du pêcheur et de sa femme* et ainsi minimisé, tourné en son contraire, donc par malignité falsifié et, aux dépens de la femme de pêcheur Ilsebill, tendancieusement aiguisé son activité dûment démontrée de conseiller qui durait depuis le néolithique tardif, sa bouche en biais ne put faire autrement.

Le Turbot dit n'avoir fait que ramasser en termes simples la matière narrative d'un processus compliqué, car s'étendant sur des millénaires, lequel, en dépit de déviations occasionnelles, avait tourné au bien de l'humanité, la transmettant ainsi à la voix du peuple. C'était précisément ce texte, mais aussi dans la version originale grosse d'histoire, que le peintre romantique Philipp-Otto Runge avait noté de la bouche d'une vieille. Lui, le Turbot, n'y pouvait rien si la notation historiquement exacte du peintre avait été brûlée par les frères Jakob et Wilhelm Grimm en présence des poètes Arnim et Brentano dans leur excès de pusillanimité. Seule sa légende avait été retenue dans le populaire recueil « Contes enfantins et domestiques ». En tout cas le conte populaire avait fourni des citations jusqu'à nos jours. Le Turbot donna aussitôt un exemple en parler bas-allemand : « *Myne Fru de Ilsebill will nich so, as ik woll will.* »

Mais quand le Turbot, à grand renfort de philologie, se mit à réciter les variantes hessoises, flamandes, alsaciennes et silésiennes du texte — « à signaler le vif intérêt d'une variante lette » — il fut interrompu par la procureuse : « Pourquoi, accusé Turbot, avez-vous imprimé au conte livré à la tradition populaire une telle tendance gynécophobe ? Pourquoi avez-vous admis que la diffamation de la femme Ilsebill contribuât toujours au triomphe des propagandistes du patriarcat ? Il suffit de citer la ritournelle insultante. Depuis lors, on nous a rebattu les oreilles de la femme toujours malcontente qui a des désirs toujours nouveaux. L'hydre de la consommation. Son cri lancé au manteau de fourrure. Le seul vœu de son cœur : le lave-vaisselle prétendument insonore. La femme frigide que ses fesses poussent toujours plus haut. La vamp sans merci. L'empoisonneuse. Dans les livres, dans les films, au théâtre, il nous fut montré des poules de luxe joliment dressées qui gardent au coffre leurs diamants en bouchons de carafe tandis que les pauvres hommes se défoncent avant l'âge : pompés, vidés. Tout cela, ce sont des rôles qui nous ont été dictés, à nous les Ilsebills, que je sache, par quelqu'un ! » « Haute Cour féminine ! » s'écria le Turbot. « Le jour où, pendant la phase finale du néolithique, un pêcheur, comparable à celui du conte, me prit dans une nasse à anguilles et me remit en liberté, je me vis, de par la magnanimité de ce jeune homme, tenu de lui porter conseil. Mon Dieu, que ce gamin était bête ! D'ailleurs l'ignorance générale des hommes néolithiques peut à bon droit passer pour effrayante. Ils n'agissaient, quand ils agissaient, que par un vague sentiment. Dolents, douillets, dorlotés, tout ce qu'ils cherchaient c'était un abri. Il était facile aux femmes de tenir leurs bonshommes lithiques dans la sottise. Par exemple, les dames savaient, et ce depuis le début de l'élevage au plus tard, que la gestation et la mise-bas d'élans, de marcassins et même donc d'enfants n'étaient pas l'affaire exclusive des élans femelles, des laies et des femmes, mais nécessitaient l'engendrement fécondant par le mâle, le taureau, le sanglier, et caetera. Mais les dames gardaient leur savoir subtilement pour soi, n'en soufflaient mot, ignoraient le droit à la paternité et, sous le masque de la sollicitude, ne voulaient pas éclairer les hommes. C'est ainsi que, des millénaires durant, ils furent tenus, comme mineurs, dans une sécurité trompeuse. Dans le parler actuel, on dirait sans doute : les dames régnaient grâce à l'avance de leur information. »

Comme le public était admis à la délibération principale, le Turbot attendit le rire bref, comme de soi-même effrayé, qu'étouffèrent quelques auditrices, puis il reprit : « Parmi les femmes régnantes émergeait une certaine Ava qui avait trois seins et fut traitée en idole. Cette Ava frappa d'un tabou ces impulsions qui plus tard furent favorisées peut-être par mes conseils et déclenchèrent ce que nous appelons, non sans légèreté, culture. Vous-même précisément, honorable procureuse, devriez comprendre que l'état de totale dépendance devait être aboli par l'émancipation. Il fallait venir en aide pour le moins à mon magnanime pêcheur. »

« En substituant une androcratie à la gynécocratie ? »

Le Turbot qualifia cette objection de question tendancieuse. La procureuse ne lâchait pas prise : « Fallait-il éventuellement qu'à l'avance d'information des femmes succédât l'avance d'information des hommes posée comme norme par le Turbot ? »

Il répondit d'un ton piqué : « La perte de pouvoir des femmes déterminée par l'histoire est généralement surestimée. En effet, depuis le haut Moyen Age, la puissance culinaire et la maîtrise des clés, le lit et par conséquent le secteur du rêve, la morale chrétienne du dimanche, l'importante menue monnaie et l'éducation matrocentriste des enfants demeurent réservés au sexe féminin. Plus encore : le pressentiment, la petite humeur tyrannique, la douce intimité, le oui qu'on pense quand tout le monde dit non, le pieux mensonge, le jeu de la mode, le battement de paupière qui signifie tout et rien, les désirs qui repoussent en hâte à chaque tournant des saisons, toutes les extravagances aimables, mais aussi dispendieuses. Ah, souvent un seul sourire qui jamais ne refleurit fut payé d'une détention à vie. Bref : de la gynécocratie, il en restait pas mal... »

Ici le Turbot se vit retirer la parole. Faisant allusion à sa forme, la présidente, dame Schönherr, docteur en droit, affirma que le tribunal féminin ne voulait pas continuer d'entendre ses platitudes. Il y avait, noir sur blanc, l'histoire telle qu'elle a été faite par des hommes et interprétée par des hommes sous la devise « les hommes font l'histoire ». Un regard même furtif jeté sur la politique quotidienne permettait de reconnaître que toutes les positions de force étaient aux mains d'hommes. Tout le monde le savait.

Quand le Turbot, visiblement énervé, lança en manière d'interruption : « Et Cléopâtre ? Lucrèce Borgia ? La papesse Jeanne ? La Pucelle d'Orléans ? Marie Curie ? Rosa Luxemburg ? Golda Meir ? Ou bien de nos jours Madame la Présidente de la Diète fédérale ? » la procureuse, Madame Huntscha, coupa court à la liste : « Toutes ne sont que des exceptions qui confirment la prétention masculine à la domination. Les femmes habituellement concédées. Je vous demande, accusé Turbot : Avez-vous conseillé aux hommes de manier l'histoire et par conséquent la politique comme une affaire purement masculine ? »

« Tout cela s'opéra comme une division du travail en quelque sorte, je veux dire que la bricole politique, les affaires dites malpropres et la chose militaire qui n'est pas sans comporter certains risques furent laissés aux hommes tandis que les femmes... »

« Au fait ! Accusé, une question vous a été posée. »

« Admettons : c'est sur mon conseil que l'homme opprimé mit fin à la phase quatre fois millénaire de la gynécocratie sans histoire en s'opposant aux contraintes naturelles, en ébauchant des principes d'ordre, en remplaçant le matriarcat incestueux, donc chaotique, par la discipline responsable du patriarcat, en valorisant la raison apollinienne, en commençant à penser l'utopie et, pratiquement, à faire l'histoire. En insistant trop souvent sur la cratie, comme je dois l'admettre. Fixant avec une myopie croissante le niveau de possession. Avec trop de mollesse dans l'audace novatrice. Et en opposition renouvelée avec mes conseils de modération. Car en principe je plaide l'égalité de droits entre les sexes. Depuis toujours. Aujourd'hui encore. Mais, quand je fus capturé pendant la phase néolithique tardive, il ne me resta pas d'autre choix. Car si ç'avait été une femme et non un homme pêcheur qui m'avait pris, je n'aurais pas été remis en liberté, mais cuit sur le feu selon les règles de l'art culinaire néolithique. N'est-il pas vrai ? A l'oseille et avec de la manne de Pologne ? Voyons. Les conséquences, ç'aurait été du propre, pensez Dans le fond, je n'aurais pas été l'ennemi d'une architutelle continuée. J'aurais fait face. C'est trop idiot d'avoir été pris par un homme. Mais admettons : si vous, ma chère procureuse, au lieu de me prendre fortuitement l'autre jour dans la baie de Lübeck, m'aviez déjà pris à cette époque sur les hauts-fonds de la Vistule à son embouchure, puis libéré, mis sous contrat comme conseiller à long terme ? Quelles possibilités ! Qui sait, qui sait ? Certes l'histoire aurait suivi un cours différent. Si ça se trouve, il n'y aurait pas de dates. Notre monde serait, disons, ben : davantage paradisiaque. Je n'aurais pas à subir dans une baignoire en zinc les relents de nicotine d'une salle où se tient un machin qui se nomme tribunal. Toutes les Ilsebills me seraient reconnaissantes. Mais malheureusement : c'est un jeune sot, d'ailleurs non dépourvu de talent, qui m'a pris, sans vouloir comprendre qui s'était fait prendre. »

Après quoi le tribunal féministe s'ajourna parce que la défenseuse d'office, Frau von Carnow, demanda qu'on examinât sous quelles conditions une femme néolithique aurait remis en liberté le poisson plat capturé, le prenant éventuellement sous contrat en fonction de conseiller. La défenseuse demanda qu'on établît, ne fût-ce que schématiquement, un tableau de l'évolution humaine jusqu'à l'époque présente en supposant qu'en ce temps-là on en fût resté au matriarcat. Frau von Carnow dit : « Au cas où le tribunal féministe serait prêt à garantir un procès honnête, il devrait être susceptible d'élaborer des alternatives ayant valeur probante. »

Sincèrement, Ilsebill : il n'en est pas sorti grand-chose. Il est vrai que les neuf groupes féministes berlinois entrèrent en loge. Il est vrai que le papier reçut sous forme d'ébauche des utopies rétroactives. Il est vrai que dans une perspective neuf fois féminine un état de choses paradisiaque fut décrit. Mais quand les neuf projets furent comparés entre eux et qu'il fut question d'élaborer une synthèse commune, ce fut la guerre déclarée entre les groupes. Une misère ! La « Ligue socialiste des Femmes » se refusa de prendre au sérieux, comme on dit, le « règlement-couperet » de l' « Action lesbienne », tandis que les filles classées « Bordellifiques libérales » au groupe « Du pain et des roses » sabrèrent le papier des « Grenouilles confédérées » comme « Romantisme social ». On reprocha au « Collectif féminin Ilsebill » d'avoir pour objectif un « État-ruche à la merde avec reine, ouvrières et faux-bourdons mâles ».

L' « Initiative féminine du 9 août » — le jour où le flet fut pris pour la seconde fois — se rendit ridicule par une vision selon laquelle des interventions génétiques pourraient créer des hommes susceptibles de menstruation, d'ovulation, de conception, de gestation, de parturition, d'allaitement. Et quand le groupe présumé maoïste « Pot de chambre rouge » issu par scission de la « Ligue socialiste des Femmes » développa son utopie d'un retour intégral à l'état de choses néolithique, ses membres furent suspectés d'être des sous-marines de la CIA, et quoi encore.

Naturellement, pour la presse, c'était du gâteau. Échos vinaigrés dans toutes les rubriques à scandale. La présidente, Frau Doktor Schönherr, maintint à grand-peine la cohésion de sa boutique et la continuation du procès. Finalement sa motion de compromis fut acceptée par tous les groupes et collectifs en bisbille. Ursula Schönherr lut la formulation brève que voici : « De l'avis du tribunal féministe, la question posée par le sieur Flet de savoir comment la société matriarcale se serait développée si le matriarcat n'avait pas été supplanté par le patriarcat ne saurait naturellement recevoir de réponse qu'hypothétique : les choses iraient aujourd'hui sûrement d'un cours plus paisible, plus sensitif, plus créatif en dépit d'une absence de revendication individualiste, en général plus tendre, plus équitable en dépit de l'abondance et, puisque ferait défaut l'ambition masculine, moins farouche, donc plus serein ; de même il n'y aurait pas d'État. »

En tout cas le petit jeu continua. Le flet demeura détenu. Mais avec une fréquence croissante il fit mettre au protocole le seul mot « Inconvenance ». Pour ménager sa voix, sur réquisition de la défense, il fut interdit de fumer, mesure concernant toute personne se trouvant dans l'ancienne salle de cinéma.

Ensuite le procès ronronna tranquillement trois quatre jours. Très coopératif, le Turbot fournit des informations relatives à ma phase néolithique : petites anecdotes amusantes. Le public était avide d'apprendre par quels trucs tutélaires et artifices de sollicitude Ava nous avait tenus en conserve pendant des millénaires. Quand le flet récita des mets néolithiques — caillé avec galette de farine de glands et de graines de manne de Pologne, oie sauvage cuite au four en robe d'argile — le public prenait fièvreusement des notes. Les recettes d'Ava furent publiées dans les gazettes quotidiennes à la page de la ménagère : « Cèpes à la Ava, cuits sous la cendre. »

Mais quand le Turbot-Flet n'arrêtait pas de parler des trois seins d'Ava, d'Ava triple-mamelle, du mythe du Troisième Sein, une agitation se fit jour et, pendant les suspensions d'audience, on discutait la question : « Est-il possible d'accéder à la gynécocratie sous la seule condition d'un sein triple ? Manquerait-il aux femmes un certain quelque chose ? »

Sur les murs des WC de l'ancien cinéma furent relevés les premiers graffiti évoquant le principe de domination trimammaire. (Par la suite, le Triple Sein garnit les panneaux-réclame disponibles des stations de métro. Sur les murs aveugles, sur les clôtures de chantier, un désir originaire du mâle s'enlevait d'un pinceau hardi.) Le Turbot-Flet prétendit n'avoir pas, du fait des conseils prodigués de bonne foi, entraîné la fin de la supertutelle matriarcale ; ç'aurait été au contraire la disparition soudaine du troisième sein, dont lui-même n'apercevait pas l'explication ; alors le tribunal féministe, une fois encore, fut contraint de s'ajourner.

Frau Huntscha dit : la période néolithique récente est terminée, la culpabilité du Flet-Turbot démontrée dans la perspective de l'accusation ; il suffit désormais, avant proclamation du jugement, d'examiner les matériaux apportés aux débats, notamment les subséquentes affirmations du pleuronecte. Primo : il y aurait eu des femmes à trois seins à l'âge néolithique. Secundo : seul l'auxiliaire du troisième sein aurait permis de contenir la revendication patriarcale. Tertio : il est en tout cas possible d'appuyer sur trois seins la réintégration du droit des femmes. Idem, le tribunal aurait à stipuler si, après la disparition prétendue d'un sein troisième, la continuation du culte d'Ava pendant les âges du bronze et du fer aurait pu préserver les droits résiduels du matriarcat. Si enfin la thèse du rhombus maximus flesus, thèse selon laquelle le culte d'Ava, masqué en culte marial, se serait maintenu en fait jusqu'aux premiers siècles chrétiens, ne devait pas être purement et simplement rejetée. Il incomberait plutôt au mouvement féministe d'examiner ou faire examiner par une commission ad hoc si la tierce mamelle pouvait être identifiée comme signe d'une gynécocratie antérieure. Le cas échéant, il importerait de se référer à son avant-passé propre et de restituer le culte de la Trimamméité néolithique. Qu'on veuille donc inciter dès maintenant des artistes femmes douées d'une conscience de sexe à donner au culte d'Ava une expression artistique sous une forme adéquate à la contemporanéité présente. D'ailleurs on risquait de s'embarquer dans une légende tissue de canulars.

La procureuse lança un vibrant avertissement : « En reproduisant à l'identique le mythe des trois seins, nous répondons peut-être à la projection d'un désir masculin, au traumatisme tétonnier de l'homme. Car les hommes — on devrait le savoir — n'ont jamais eu leur compte avec deux seins. »

Pour abréger : ayant longuement tiré à hue et à dia — eurent lieu les habituelles luttes inter-fractionnelles — le tribunal féministe, à l'hunanimité moins une voix, décida d'écarter le troisième sein comme possibilité pratique ou théorique. Frau Dr Schönherr (qui, sur le plan idéal, ressemble à mon Ava) déposa le bulletin négatif. On recouvrit de badigeon les graffiti sur les murs des WC. Pour des prunes, naturellement. Les crayons-bille et feutre n'arrêtaient pas d'y mettre leurs essais graphiques. Le commerce lança des posters pop. On dit même que des enfants, à l'instigation perfide de leurs instituteurs, ont barbouillé sur des panneaux géants, et en couleur, la profusion d'Ava. Et un boulanger de Tempelhof — le même qui avait conçu le petit pain phallomorphe dit « zizi » —, quand il sortit du four Ava en pâte levée, fit un tube.

Naturellement, après tant de scandale public, la sentence lue par la présidente du tribunal ne pouvait être que rigoureuse : « Le sieur Turbot a été reconnu coupable. Ses conseils exclusifs n'ont promu que la seule cause masculine. Il a poussé inconsidérément à l'instauration du patriarcat. Même si ce fut sans effet pendant une longue période, néanmoins son intention antiféminine est à charge. La prétendue multiplicité mammaire des femmes néolithiques ne doit pas être retenue parmi les attendus. »

Eût-ce été aussi ta sentence ? Ah Ilsebill ! Tout aurait changé. Peu importent les seins, deux ou trois, aujourd'hui comme hier, peu importe le dévouement que je mis à tracer Ava Trois-Mamelles dans le sable humide, à la modeler en terre à potier, à la tailler dans le bois, à la dégager par grattage d'un bloc d'ambre ; la seule question décisive, la voici : Qui, au temps où nous avions froid et mangions cru, a saisi le feu du ciel ?

Et toi, Turbot ? Pourquoi as-tu dissimulé devant le tribunal que ce n'est pas un homme, non, que c'est notre Ava qui vola le feu au vieux Loup céleste ? Tu ne veux pas te rappeler combien de fois, quand nous reprenions sur le sable alluvial le fil de notre conversation, j'ai pouffé de rire au conte que tu me faisais de Prométhée. Comment disais-tu ? « Le feu est à la fois acte masculin et idée masculine. » Ton bluff pensait fortifier notre conscience de nous-mêmes. Non, Turbot. Tu le sais. Ce n'est pas un homme, c'est Ava qui alla trouver le Loup céleste, gardien du feu, et fut sa concubine. Tu n'as pas voulu le croire. Et maintenant les féministes femmes t'accusent. Toutes les Ilsebills te montrent du doigt. Avoue-leur — elles ne le savent pas — qui apporta le feu sur terre. Révèle-leur où — elles l'ignorent — Ava avait caché les trois braises. Cela ne fut pas sans conséquences. Dis-leur tout, Turbot, les Ilsebills doivent l'apprendre. Jusqu'au plus intime détail.

Viande

Crue, faisandée, surgelée, bouillie.
Il paraît que c'est le Loup (ailleurs : le Vautour)
qui à l'origine administrait le feu.
Dans tous les mythes, la ruse fut le fait de la cuisinière :
dans une poche humide, elle avait trois morceaux de braise,
sur elle par elle cachés tandis que les loups dormaient
(que les vautours étaient dans les nuages)
Elle avait dérobé le feu du ciel.

Plus besoin d'attaquer à belles dents le contre-fil de la fibre.
Ne plus flairer, en avant-goût, l'arrière-goût de charogne.
Le bois mort demandait doucement à brûler.
A l'assemblée (car le feu rassemble)
les plans s'allumaient, l'idée crépitait,
jaillissaient l'étincelle et le nom pour le cru et le cuit.

Foie ratatiné sur la braise,
hures de sangliers cuites dans l'argile,
poissons enfilés sur un rameau vert
ou boyaux farcis sous la cendre,
lard sifflant sur les pierres chauffées,
sang battu qui tourne en pâtés ;
le feu l'emporta sur le cru,
nous tînmes des propos virils sur le goût des choses,
la fumée nous trahit,
nous rêvâmes de métal ;
l'histoire (comme attente obscure) commençait.

Où fut pour peu de temps caché le feu dérobé

Dans nos mythes originaires, il n'y avait pas le feu ; certes les éclairs tombaient, des marais s'enflammaient tout seuls, mais jamais nous ne réussîmes à garder la flamme, elle mourait à tout coup. Donc nous ne mangions le blaireau, l'élan femelle, la perdrix des neiges que crus ou séchés sur des pierres. Et on se blottissait transi dans l'obscurité.

Alors le bois mort nous parla : « Quelqu'un dont la chair est aussi une poche doit monter chez le Loup céleste. Il conserve le Feu originel d'où vient tout autre feu, y compris l'éclair. »

C'est pourquoi il fallut envoyer une femme, car la chair masculine n'a pas de poche. Donc une femme gravit l'arc-en-ciel et trouva le Loup céleste couché près du Feu originel. Il venait de manger un rôti croustillant. Il en donna un reste à la femme. Elle mâchait encore quand il dit d'une voix triste : « Je sais que tu viens chercher le feu ! As-tu où le mettre ? »

Quand la femme lui montra où, il dit : « Je suis vieux et je n'y vois plus. Couche-toi près de moi histoire que je te mette à l'épreuve. »

Alors la femme se coucha près du Loup. Et il éprouva la poche à l'aide de son membre de loup au point qu'épuisé il s'endormit en cet état. Après avoir attendu un peu, et encore un peu, elle fit glisser l'éprouvette hors de la poche, le fit basculer, comme il était couché sur elle, de côté, se mit debout, s'ébroua quelque peu, prit ensuite trois petits morceaux de braise rouge du Feu originel et les cacha dans sa poche où aussitôt ils détruisirent la semence du loup dans un sifflement de bouilloire.

Alors le Loup s'éveilla, car il se pourrait qu'il eût entendu ou senti que la braise consumait sa semence dans la poche de la femme. Il dit : « Je suis trop fatigué pour te prendre ce que tu as dérobé. Mais entends-moi bien : le Feu originel marquera d'un signe l'endroit où s'ouvre ta poche. Il restera comme une cicatrice. La cicatrice n'arrêtera pas de démanger. Et comme ça démange, tu désireras que quelqu'un vienne ôter la démangeaison. Et quand ça ne te démangera pas, tu souhaiteras que quelqu'un vienne et te fasse une démangeaison. »

Alors la femme se mit à rire, car le feu de la braise ne la brûlait plus jusqu'à lui faire mal, puisque sa poche était encore humide. Elle rit tellement fort qu'elle faillit s'étouffer. Et toujours riant elle dit au Loup fatigué : « Vieux schnoque. Ne me vends pas de salades. Je vais te montrer ce que je sais faire. Tu vas être étonné. »

Donc elle se plaça les jambes écartées au-dessus du Feu originel, mit cependant deux doigts devant sa poche pour qu'il n'en tombe rien, et pissa dans le Feu originel tant qu'il fut éteint. Alors le vieux Loup céleste pleura, car désormais il ne pourrait plus manger de rôti croustillant, mais seulement avaler tout cru. C'est pourquoi les loups terrestres sont devenus méchants et ennemis des hommes.

La femme redescendit sur terre juste à temps par l'arc-en-ciel déjà pâlissant. Elle retourna dans sa horde en criant : « Ava ! Ava ! » parce que maintenant sa poche était sèche et que la braise rouge la brûlait. C'est ainsi qu'elle se fit un nom en phonétique primitive.

Quant à la cicatrice qui est à l'entrée de sa poche et que le vieux Loup céleste lui avait prédit être un lieu de démangeaison, elle fut plus tard appelée clitoris, mais resta jusqu'à ce jour un foyer de controverse pour les savants qui étudient l'origine de l'orgasme.

Maintenant nous avions du feu. Jamais notre braise ne s'éteignait. Il restait toujours un filet de fumée. Mais comme c'était une femme qui nous avait apporté le feu, nous autres hommes fûmes tenus dans la dépendance des femmes, faute de poches. Plus de sacrifices offerts au Loup céleste ; seulement à l'Élan femelle céleste. Longtemps nous ne sûmes rien de la fonction et de l'origine de la cicatrice qui démange. Car Ava de retour, après avoir fini de crier, raconta comme si de rien n'était que le vieux Loup avait été gentil avec elle, qu'il lui avait mis un lièvre à rôtir sur le Feu originel, que le rôti de lièvre avait un goût céleste, que depuis lors elle connaissait la cuisine, qu'elle avait avec force lamentations dépeint au Loup à quel point il faisait froid et sombre en bas, qu'elle lui avait nettoyé sa patte de loup arrière gauche — car elle suppurait — l'avait pansé histoire que le malheureux ne fût plus contraint de boiter, avec des herbes salutaires, que pour ce motif il lui avait donné en marque de sa reconnaissance trois petits morceaux de braise rouge pris au Feu originel, et que le Loup céleste — en dépit de toute superstition masculine — était une louve.

Sinon Ava ne nous raconta rien. Et moi non plus je ne saurais rien si je n'avais médité par principe sur le minuscule clitoris d'Ilsebill, le mettant en rapport comparatif avec d'autres mythes. Mais le Turbot ne voulut pas y croire. Il croit en sa seule raison.

Ce qui nous manque

En avant ? On connaît ça.
Pourquoi ne pas revenir en arrière, vite
et sans temps d'arrêt.
Chacun peut emporter avec lui quelque chose, chose quelconque.

Déjà notre évolution —
bien qu'on louche à gauche à droite —

nous ramène en arrière.
En cours de route. Quelques-uns se laissent débaucher.
Wallenstein met sur pied des régiments.
Quelqu'un, suivant la mode, s'échappe en une extase gothique
et (vêtu de drap brabançon) une année de peste l'enlève.
Tandis que les Migrations barbares s'étalent,
un groupe (comme on le sait) se détache des Goths.
Ceux qui avaient cherché leur avenir comme marxistes tardifs
veulent être à présent des premiers chrétiens ou des Grecs
avant ou après la purge dorienne.

Enfin toutes les dates sont abolies.
Plus de succession.
Nous sommes rendus à la peine, polis.
Pourtant j'ai avec moi ma machine à écrire
et détache de poireaux géants des feuillets Din.
La technologie du coup-de-poing, les mythes du feu,
la horde comme première Commune (de Paris),
comment elle règle ses conflits,
et le droit matriarcal non écrit
demandent à être écrits, décrits ;
même si le temps est suspendu, à l'instant.

Je dactylographie sur feuilles de poireau : le lithique est beau.
Assis autour du feu, on est bien.
Parce qu'une femme a rapporté du ciel le feu,
les femmes règnent, c'est supportable.
Ce qui nous manque (seule chose) est une solide utopie.
Aujourd'hui — mais aujourd'hui n'existe pas —
quelqu'un, un homme, s'est fait sa hache de bronze.
Maintenant — mais maintenant n'existe pas —
la horde discute si bronze égale progrès ou égale quoi.
Un photographe amateur qui, comme moi, vient de l'actualité,
a apporté sa caméra grande-ouverture
et, parce que l'histoire a commencé, veut
nous livrer au temps futur :
en couleur ou en noir et blanc.

Touriste de horde en horde

Toujours est-il que nous fûmes informés trop tard. Si le Turbot m'avait dit dès le début, quand je le tirai de la nasse à anguilles : « Mon fils ! Voudrais-tu peut-être savoir d'où viennent les nombreux bébés ? Et aussi les élans nouveau-nés ? Et comment se fécondent et se multiplient les abeilles et les iris d'eau ? » — alors j'aurais dit : « Oui ! Raconte toujours comment ça marche, Turbot ! Ava n'arrête pas d'affirmer qu'elle et les élans femelles font ça toutes seules. La pleine lune y serait aussi pour quelque chose. Ça n'aurait rien à voir avec nous autres Edeks ni avec les élans mâles. »

Mais le Turbot ne nous informa pas assez tôt. Certes il parlait sempiternellement du patriarcat qui nous manquait, nous manquait encore, mais le reste, à savoir : que nous, les Edeks et les élans mâles, étions capables d'engendrer, que notre outil se déchargeait conséquemment, que la mucosité gluante que nous excrétons, les élans mâles et nous, à l'aveuglette et pourtant dans le mille, s'appelle semence, est susceptible d'engendrer, met en cloque les femmes et les femelles, conduit enfin à la parturition, au vêlage et ainsi nous qualifie comme un principe-père collectif, sinon individuel ; tout cela, cette éducation sexuelle élémentaire, le Turbot nous la retint pendant des siècles.

Avait-il honte ? L'ignorait-il lui-même ? Il ne nous fit même pas de petit exposé instructif sur la rogue et la laitance des harengs de la Baltique qui étaient à la portée de nos filets. Au lieu de cela, des informations sur des civilisations lointaines et des propos abstraitement filandreux sur la revendication patriarcale, son éternel refrain progressiste.

J'en ai eu plein les oreilles du Turbot. « En Crète, mon fils, où règnent le roi Minos et ses frères — ce qui n'empêche pas les femmes de gouverner en sous-main — où l'on travaille à développer la double hache de bronze, ne bricole pas des huttes en treillage d'osier, construit des palais à plusieurs étages, écrit des comptes de ménage sur des tablettes d'argile, n'est pas une horde ni un clan, mais un État-ville organisé, un artiste et ingénieur nommé Dédale a récemment... » Mais ça ne me disait pas grand-chose. Ça ne prenait pas dans le sol marécageux de l'estuaire vistulien. (Tu sais, Ilsebill, que j'ai besoin de pain avec le beurre.)

Je n'ai pu transmettre à Ava que la seule et unique préparation minoënne du fromage à la main que le flet m'expliqua négligemment au passage, bien que nous ne connussions ni bœufs, ni chèvres, ni brebis. Ils ne vinrent qu'au moment où les Scythes montèrent des profondeurs de l'espace russe où aucun filet ne propageait la civilisation, où la barbarie était sans scrupules.

Notre fromage était tiré des rennes et des élans femelles. Négligemment je donnai à Ava le conseil judicieux de laisser le lait séjourner, s'aigrir, se coaguler, éliminer son eau sous pression dans des écuelles que je moulais en argile, puis de le presser à la main, de l'envelopper dans des feuilles de tussilage et, l'ayant ficelé, de le suspendre à des saules tordus par le vent.

Ava prit la chose comme production autonome. Elle ne savait rien du roi Minos et de la première civilisation européenne. Et quand bien plus tard, à l'âge du fer, Wigga, avant qu'il ne fût pris en fromage, mélangea notre caillé d'œufs de morue, alors elle inventa sans influence crétoise un mets qui est encore servi dans l'île de nos jours en guise de hors-d'œuvre pour quelques drachmes.

C'est seulement à l'époque de Mestwina que le lait de brebis et de vache fut travaillé en sus du lait de jument. Notre fromage à la main fut appelé *Glumse*. Le lait tournait en glumse, devenait glumseux. En ma qualité de berger, j'étais le *Glumsier* de Mestwina. « Tête de glumse », une injure affectueuse. A toute heure du jour, le fromage à la main tenu au frais trouvait toujours amateur.

Pour Dorothée de Montau qui ne tolérait pas un fil de viande, il y avait du glumse, roulé avec de l'orge mondé grillé, en guise d'aliment de carême gothique supérieur ; on en servait aux jours de fête, comme à la Chandeleur. Elle émiettait aussi du glumse dans ses soupes au poireau.

Et un peu plus tard, quand les Chevaliers de l'Ordre teutonique durent être réduits par la faim dans leur château fort à côté du Hakelwerk, les bourgeois de la ville, pour marquer leur dérision, jetèrent dans le château de l'Ordre assiégé des boulettes de glumse faites à la main. Cela démoralisa les Teutoniques. Ils abandonnèrent. L'abbesse Marguerite Rusch, avant de les mettre à la broche, farcissait cailles et bécassines de glumse bien pressé et d'airelles rouges, ce qui, après les banquets de corporation, lui valut la gratitude sonnante des brasseurs de cervoise, des tonneliers et des riches drapiers.

Et la fille de cuisine Agnès Kurbiella servait au poète Opitz, qui avait la manie du cumin, du glumse mêlé de cumin ; c'était pour calmer son estomac nerveux. (Mais jamais il n'a écrit de versiculet iambico-glumsifique. Il n'a pas trouvé de rime à glumse.)

Les dimanches, à Zuckau, la cuisinière des communs Amanda Woyke servait aux journaliers et aux valets serfs des deux sexes, avec des pommes de terre en robe de chambre, en sus d'une touche d'huile de tournesol, du glumse et, la semaine, sur le domaine d'État royal-prussien, du caillé maigre tiré du petit-lait dans des écuelles. Quelquefois il y avait de l'oignon coupé avec.

Du temps où Danzig était république par la grâce de Napoléon, et, pour ce motif, assiégé par les Russes et les Prussiens, le gouverneur français apprécia l'idée qu'eut sa cuisinière Sophie Rotzoll d'ajouter, au rôti de cheval prélevé sur les montures crevées de ses uhlans polonais, pour finir, un composé aigre-doux de glumse et de raisins secs.

Lena Stubbe embellissait de glumse en menus morceaux ses misérables soupes au chou auxquelles un peu d'os de bœuf donnait du goût et quelques yeux de bouillon solitaires. Ou bien elle faisait des soupes au lait aigre où elle coupait en dés du pain rassis ou des concombres qu'on avait charitablement donnés à la soupe populaire d'Ohra. Dans son *Livre de cuisine prolétarien* figurait la recette du hareng au vinaigre en glumse.

Le jour où Billy célébra la Fête des Pères avec ses copines et comme le monde semblait encore beau, il y avait des steacks et des rognons de mouton sur barbecue, puis du fromage de brebis bulgare qui s'apparente à notre glumse de pays teinté d'influences minoënnes.

Et Maria Kuczorra, qui veille sur les stocks et prix à la cantine des Chantiers navals Lénine à Gdansk, mange du glumse polonais au couteau, quand elle regarde droit devant elle sans rien dire.

De même aussi mon Ilsebill, depuis qu'elle est enceinte (de moi) est maniaque de caillé, de kéfir, de babeurre, de yaourt, de produits apparentés au glumse. Mais le flet ne dit à peu près rien du développement ultérieur de notre fabrication fromagère d'influence minoënne. Il ne veut pas davantage admettre qu'il nous a trop tardivement instruits. Il va jusqu'à soutenir devant le tribunal qu'Ava et les autres femmes auraient pressenti, sinon su, quoi et qui les mettait enceintes coup après coup, qu'elles n'étaient pas mères par elles-mêmes seulement, mais par l'effet d'un additif. Mais Ava n'avait pu se résoudre à divulguer ce pressentiment comme une demi-certitude du savoir et à confirmer la paternité, sinon individuellement, du moins en son principe.

N'est-ce pas exact, Ilsebill ? Vous saviez et n'avez rien dit ? Cette façon de nous tenir dans la candeur fut-elle une méthode néolithique ? Avez-vous échangé des clins d'yeux ? Est-ce que les femmes dont tu es ont été déjà d'accord en ce temps-là ? Je ne saurais en croire le Turbot. Il n'arrête pas de chiner. Il met tout de travers. Nous autres Edeks, les cancres pomorzes, nous aurions été peu disposés à revendiquer des paternités, à fonder des familles, à hériter, à faire épanouir, foisonner, dégénérer des dynasties. Rien ne nous légitimait comme pères. Nous n'avons pas su imaginer une forme d'anse attractive pour récipients de terre cuite, confectionner un phallus lithique comme témoin culturel. Certes on baisait comme des lapins, mais c'est en vain qu'il nous parlait du taureau minoën ; comme notre énergie générative était inconsciente nous n'étions, au plan culturel, que des raplaplats du zizi.

Cela est injuste, Ilsebill. Le Turbot dissimule que nous avons reçu relativement tôt la transformation du lait de style minoën. Comme si le glumse n'était pas d'ordre culturel ! Comme s'il ne s'agissait jamais que de paternité ! Comme si nous n'avions pas transmis — invités de horde en horde — notre glumse à la ronde.

De même que nous invitons des gens à dîner — mes aubergines au four saupoudrées de fromage râpé, ta salade craquante — et redoutons inévitablement l'invitation à manger en retour le coquelet aux hormones en sauce curry, ainsi, dans la phase tardive de ma période temporelle néolithique, nous avions des invités. Alors comme aujourd'hui : à la longue on ne peut pas rester calfeutré comme des mangeux de poule, même si nos gentils voisins nous bassinent parfois avec leurs inépuisables problèmes conjugaux ; les hommes, nous donc sommes définis une fois pour toutes comme sociables.

Le Turbot n'avait pas manqué de déplorer notre isolement, et il m'avait conseillé de chercher le contact avec la horde voisine, établie à sa connaissance depuis des siècles à l'intérieur des terres. « Sortez du marécage, mon fils ! Remuez-vous ! Si vous ne voulez rien emprunter à la civilisation minoënne et vous contentez de votre glumse en guise de conquête technique, eh bien cherchez en ce pays même la comparaison de horde à horde afin de devenir un jour un clan, une tribu, un peuple. Et même si votre Ava vous tient dans la croyance qu'il n'y a au monde que vous et rien hors de vous, tu devrais t'en remettre à mon savoir, mon fils : outre monts il y a aussi du monde, il y a des gens, on se reproduit vaillamment. Vous n'êtes pas seuls. »

Donc je persuadai quelques chasseurs de notre horde de ne pas chasser l'élan et le buffle d'eau dans les souilles proches, mais de remonter le cours de la Radune et de patrouiller les forêts adjacentes. Mon avis de pêcheur — à savoir que si l'anguille dans sa migration descendait la Motlava, la Vistla, cherchant les eaux libres, c'est qu'il existait par-là haut encore autre chose et non seulement rien — rencontra une approbation mitigée. Il fallait surmonter la peur : « Qu'est-ce qui va nous arriver ? Nous restons à proximité des cours d'eau. Et si ça devient trop sombre, on fait demi-tour. »

Certes nous connaissions les lisières de forêts pour y être allés aux champignons, ramasser des racines, prudemment chasser le blaireau et le sanglier, mais nous n'avions encore jamais osé nous enfoncer sous les futaies ténébreuses. Notre courage était axé sur le marais et la tourbière ; mais toujours est-il, comme dit le Turbot : on se mit en route. A l'insu d'Ava, six chasseurs de plaine et moi abordâmes à la file indienne les hêtraies et chênaies vallonnées des croupes baltiques dans la contrée boisée et criblée de trous d'eau qu'on appela plus tard Kachoubie ; en sifflant. Nous découvrîmes en effet de bonne heure cette façon de mettre les lèvres en pointe pour se donner du courage.

Tu devrais sans doute savoir, Ilsebill, que notre contrée était alors relativement jeune, étant apparue après la période glaciaire provisoirement dernière, lorsque, les eaux s'étant écoulées, la côte de la Baltique se rectifia. Avant, au temps des glaciations rissienne, würmienne et dans la phrase inter-glaciaire, il n'y avait ici rien que le temps et le glacier. C'est seulement après la période würmienne, alors qu'en d'autres lieux on sculptait déjà des idoles et gravait des inscriptions rupestres, que nos ancêtres paléolithiques suivirent la glace dans sa retraite. Ils trouvèrent une contrée dépourvue de confort. Car les glaciers dans leur avance, puis dans leur recul, avaient raboté les pointes des monts kachoubes. Des cailloutis morainiques et des vallées de fleuves fossiles marquaient leur fuite.

Dans notre avance, nous trouvâmes, à nous sept habitants du plat pays sifflant un air, des coups-de-poing d'une taille grossière, attestant le passage de la horde primitive au temps où le Loup céleste gardait encore le feu, où l'on mangeait cru tous les jours et où notre Ava n'avait rien à dire ; de même (j'en suis sûr) le Turbot n'existait pas encore à cette haute époque.

Après le retrait provisoire des glaciers (ils reviendront comme ils l'ont fait de tout temps), il n'y avait guère chez nous qu'une steppe éventée, des buttes de cailloutis, des marais gargouillants et des cours d'eau instables qui changeaient de lit sans arrêt. Les forêts ne vinrent qu'avec le climat chaud qui suivit. Et le marécage primitif ne se maintint que le long de la côte entre les ramifications des cours d'eau. Le renne, l'élan et le buffle d'eau s'y étaient retirés. Mais dans les collines boisées, à part le loup et l'ours que nous connaissions et évitions, d'autres bêtes nous faisaient peur : le cheval sylvestre par exemple, le lynx et le hibou. Nous cherchions le voisinage de notre Radune qui nous marquait le chemin de chez nous et on sifflait avec une virtuosité croissante pour chasser la peur. C'est ainsi, ainsi seulement, pointant les lèvres sous la constriction de la peur, que l'homme s'est mis à la musique, même si le Turbot est d'avis que la cause originaire de l'art est de nature spirituelle.

Et après le troisième jour de notre expédition interdite, les sept chasseurs du marais et de la tourbière se trouvèrent face à face avec sept chasseurs de la forêt, à un jet de pierre dans la fougère. Entre nous, des hêtres, des champignons isolés ou en ronds de sorcière, une fourmilière au travail, une lumière oblique de cathédrale.

Tu peux me croire, Ilsebill : nous n'étions pas les seuls à avoir les chocottes, eux aussi. (Et, comme nous, les étrangers, nous l'avions entendu, sifflaient doucement mais entre leurs dents.) Naturellement, nous rapprochant les uns des autres, notre premier soin fut de comparer leurs haches de pierre, leurs pointes de javelots et de flèches à notre outillage. Nous préférions les pierres à feu que nous trouvions dans un secteur de falaise sur la côte, le futur Nid d'Aigle. Les chasseurs de la forêt ne connaissaient pas le silex et recouraient au quartzite, au schiste siliceux et au granit. S'il est vrai que le tranchant de nos silex nous conférait à première vue une supériorité, nous vîmes pourtant que les chasseurs de la forêt portaient sur eux des haches de pierre massives, non seulement taillées mais polies, ayant un trou pour le passage du manche — comment s'y prenaient-ils ? Nous autres faisions toujours une ligature pour fixer la hache ou le hachereau à son manche fendu. Il se peut que nos pointes de flèches en silex s'effilant en feuille de saule aient éveillé pareillement la curiosité des chasseurs des bois. En tout cas, nous nous montrâmes, mimique menaçante à l'appui, réciproquement notre matériel, mais demeurâmes dans l'incapacité d'agir, parce que sans Ava il n'y avait pas de décision possible. Bien que l'envie de taper dans le tas nous causât d'authentiques tressaillements des membres, nous gardâmes la distance ; le parti opposé flottait aussi dans l'indécision.

Exact, Ilsebill : nos gens me renvoyèrent, car je courais vite, en direction de la côte pour consulter Ava et les gens de la forêt envoyèrent l'un d'entre eux vers l'arrière où il disparut dans les fourrés. J'ai couru comme un fou par la forêt effrayante où, outre le lynx ou le hibou, il y avait la fabuleuse licorne. Ce que je vécus en cours de route — j'étranglai à mains nues deux loups, passai à l'ours brun mon épieu au travers du corps, que la pointe en ressortit par derrière, frappai d'une flèche le lynx (de nuit) entre ses deux yeux luminescents, feintai la licorne de telle sorte qu'elle ficha sa corne dans un hêtre, un orme, un érable, non, dans un chêne — tout cela n'a rien à faire ici, reste l'accessoire, car seul comptait le message.

J'effectuai la dernière section du chemin à califourchon sur un cheval sylvestre que j'avais enfourché d'un bond. Chevaucher m'amusa. Seulement quand la forêt s'éclaircit, et que s'étendirent devant moi notre plat pays, les rivières de Radune, Motlava, Vistla, vers leurs embouchures, les tourbières constamment embrumées, devant elles la crête des dunes, les plages blanches et la mer Baltique, seulement alors la jument me jeta bas. J'ai couru deux jours et une nuit, à pied puis à cheval, pour finir en chantant à tire-larigot, parce que j'étais à cheval.

Ava, sans m'interrompre de questions, écouta mon rapport haletant, tint sans moi conseil avec les femmes, vint avec deux femmes qui me mirent sur le dos un panier plein, laissa des instructions prévisionnelles à la horde qui restait sur place et donna pour moi et ses deux suivantes — deux jeunes tri-mamelles — l'ordre de départ pour cette pénible marche.

Cette fois, pas de lynx effrayant. Pas de licorne postée, luisante, dans les fougères. La forêt vierge m'était déjà connue. En présence d'Ava, défense de siffler. Je harponnai des brochets dans la Radune. Là où il y avait des champignons connus, on faisait halte pour la cuisine. Nous avions dans nos bagages un pot de braises rouges sous la cendre. Des grenouilles aux cuisses musculeuses, des fraises des bois plus grandes qu'en rêve. Moi, l'éclaireur, je l'avais à la bonne : les trois femmes me donnaient le sein. Quand une fois une horde de chevaux sauvages détala sous un épais couvert de hêtres, Ava sembla charmée ; j'aurais aimé lui montrer mon art équestre.

Et puis nous arrivâmes et vîmes : parmi nos six hommes, un était grièvement, trois légèrement blessés ; le parti adverse comptait quatre blessés légers qui gisaient dans la fougère à côté des nôtres. Tous furent soignés par l'Ava de la horde forestière et ses femmes. Les remèdes de bonne femme que nous connaissions ; oseille, orties et salicaire. L'autre Ava et ses pareilles, mais qui ne s'appelaient pas Ava, mais Eva, avaient identiquement trois seins et régnaient comme notre Ava par une assistance tutélaire totale. Nous connaissions déjà ce système.

Si tout à l'heure j'ai déploré l'insuffisante solidarité qui existe entre les femmes de notre voisinage (et d'ailleurs aussi) je peux aujourd'hui faire un rapport plus favorable. Ava et Eva se comprenaient sans peine brillamment. Elle se tâtaient les fossettes avec des rires étouffés, se flairaient, leurs gutturales montaient dans la gamme. Elles tinrent leur assemblée des femmes à l'écart de notre virilité entamée. Visiblement Eva et Ava s'invitèrent et contre-invitèrent aussitôt. La guerre ne fut pas déclarée, on se pria à table. Car dès le soir, avec nos blessés, nous étions les invités de la horde voisine qui était établie à peu de distance entre deux lacs, résidus de la glaciation. J'entrai aussitôt en conversation avec les pêcheurs de la horde voisine. Je leur montrai comment utiliser en guise d'hameçon la fourchette des pigeons ramiers.

On s'en est mis jusqu'à n'en pouvoir plus mettre. Naturellement les femmes mangeaient à part et des mets spéciaux. Mais nous aussi fîmes des découvertes gustatives. Tandis que chez les femmes, après des ablettes rôties sur des pierres brûlantes on servait du foie de cheval sauvage étuvé sur des galettes, nous autres Edeks eûmes de la viande de cheval grillée en morceaux et, en sus, pareillement, les galettes douces-amères. Du reste, les Evas et les Ludecks — ainsi s'appelaient les hommes de la horde voisine — mangeaient comme nos Avas et nos Edeks, chacun de son côté en se détournant ; si bien qu'il fallut attendre le caca hordurier en commun pour que montât l'ambiance ; mais j'en parlerai plus tard : comment, pendant la période néolithique, on mangeait séparément et contemplait l'excrément en société.

Après le festin, Ava ouvrit la corbeille. Je fus appelé à cet effet. C'est moi qui eus l'honneur de. Car les femmes avaient emballé en guise de cadeaux d'hospitalité ma production céramique : quelques écuelles pour la préparation du glumse que le Turbot, devant le tribunal, a eu la générosité de classer dans la culture du vase campaniforme. Trois marmites allant au feu, où Ava précuisait les parois stomacales de l'élan femelle, de même qu'aujourd'hui nous faisons mijoter quatre heures et demie la panse de bœuf. Et onze figurines de terre cuite légères, modelées autour de l'index gauche, étaient dans le panier avec toute une pacotille : des Avas dodues, trimamelues que nous utilisions à des fins cultuelles. (Ava, qui n'aimait pas mes idoles à tête de flet, sans toutefois les interdire, les avait caviardées. Naturellement, il n'y avait pas dans le panier un seul phallus d'élan en céramique.)

Les Evas me louangèrent et me cajolèrent. Elles ne connaissaient pas encore la cuisson de l'argile. L'artiste de la horde voisine, un pêcheur que plus tard j'appelai Lud vint quand on l'appela, écouta mon bref exposé sur la poterie, mais ne manifesta qu'une approbation modérée ; un type pas commode qui allait devenir mon ami et le redevenir pendant telle et telle période : Ah Lud ! Nous avons ensemble bu la cervoise du gothique supérieur, nous nous sommes empoignés sur les sacrements, nous avons, dans la vallée de misère du baroque, mangé du fromage au couteau et, à toute époque, ratiociné sur l'art. L'autre jour, Lud est mort encore une fois. Comme il me manque ! Je ferai sa nécrologie, mais plus tard.

Et, la nuit venue, on échangea les Edeks et les Ludeks intacts ou seulement endommagés du nez ou de l'oreille : Ava se réserva le peu commode Lud, je trouvai dans l'Eva de la horde voisine copie conforme de ma tutélaire Ava : aussi embrassante, aussi défoncée, aussi causale, vidant la cervelle avec une égale minutie, aussi riche en fossettes, aussi tendre, aussi sûre.

Crois-moi, Ilsebill, je ne l'oublie pas. Je ne cesserai de chercher en ta personne Ava et Eva. Et parfois je les trouve toutes les deux dans mon lit où tu es. Si l'une d'elles me balance, l'autre me rattrape. Je ne suis jamais tout à fait sans abri. J'ai toujours chez Ava chez Eva un chez-moi douillet. Ainsi je ne suis pas dans un lit inconnu. Ainsi m'ont rendu serf Ava sous les traits d'Eva, et sous les traits d'Eva, Ava. Car rends-toi compte : Eva vint à son tour avec ses pareilles et un panier garni.

Si l'on compte comme aujourd'hui : trois semaines plus tard elles étaient là, escortées des sept chasseurs et du farouche Lud.

Nous servîmes ce que nous avions : poutargue d'esturgeon fumée, manne de Pologne en semoule au lait de renne, filet de buffle d'eau en dés qui, enfilés avec des champignons de bouleau sur des osiers passaient au gril comme du chachlik. Pour finir, il y avait notre glumse mêlé de baies de genièvre. Cela plut aux Evas et aux Ludeks. Et nous appréciâmes les cadeaux d'hospitalité.

Le pêcheur aux filets et artiste Lud avait, parmi sa production, des mortiers et des pilons taillés (comment ?) dans le granit pour broyer les glands, des haches de pierre perforées, un filet de pêcheur (donné comme échantillon) et quelques idoles de fécondité obtenues par grattage du calcaire, mais leur motif central n'était pas l'élément trimammaire d'Ava ou d'Eva, mais représentait des vulves ovales à grosses lèvres, la fente ouverte et creusée, dont la commissure inférieure était polie en embouchure de telle sorte que ces vulves de pierre servaient de tasses à boire l'eau, le suc de baies, l'hydromel, le lait aigri d'élan femelle et d'autres breuvages — par exemple la mixture favorite de notre horde voisine : du lait de jument écrémé, puis fermenté, capiteux, enivrant, car les Ludeks et les Evas apprivoisaient des chevaux sauvages comme nous faisions des élans et des buffles d'eau domestiqués. En plus, chez eux comme chez nous, les chiens jappaient.

Après cette double invitation, une relation de bon voisinage s'établit entre les deux hordes. Nous reprîmes des gens d'Eva la confection des filets de pêcheur et la perforation des haches de pierre, enfin la cuisson des galettes, tandis qu'on copiait sur nous la préparation du glumse, la pêche à l'hameçon et la cuisson des poteries en terre. Sur d'autres plans aussi s'établit, comme le Turbot l'avait désiré, la communication. L'échange des hommes entre les deux hordes devint bientôt une pratique régulière, bien qu'il amenât des conflits; car ni les Edeks ni les Ludeks n'étaient guère consultés, il fallait qu'ils y aillent bon gré mal gré.

Tu comprendras cela, Ilsebill : ça ne marchait pas avec chacune des Evas. De même, nos Avas revenaient parfois bredouilles : rien ne voulait bouger. Il y a des débuts d'après-midi où l'on préférerait jouer avec des cailloux, enfiler des perles, rester inutilisé pour son compte, se fourrer les doigts dans le nez, comme ça, n'êtes pas d'attaque. Quelquefois on a le dégoût de son propre zizi, il est gênant, il s'extravase de la personne, il est, entre les jambes, un appendice gênant : un embêtement qui relève la tête. Ainsi nous apprîmes la défaillance virile (et la honte sotte de n'avoir pas pu). Des réclamations circulaient de horde à horde. Temporairement, la relation de voisinage était obscurcie. Il y eut des voies de fait entre Edeks et Ludeks. Nous devions leur fournir des pointes de flèches travaillées en silex; ils n'offraient en échange que du granit (non poli et non perforé) en guise de matériau brut. Lud qualifiait de bimbeloterie ma production céramique; je le mettais en boîte : à part ses vulves de pierre, il était à court d'inspiration. Rancune et dépit. Querelles et rugissements virils. Mais on n'en vint pas à la guerre. L'échange des hommes — bien qu'avec moins d'entrain — continua d'être pratiqué. Ava et Eva y veillaient. Elles se mettaient toujours d'accord. Toutes deux s'en tenaient d'abord au principe. Petit à petit, les deux hordes se mêlèrent en un clan; plus tard nous devînmes tribu.

Et, devant le tribunal féministe, le Turbot lui-même, en dépit de réserves faites au plan supérieur et d'objections critiques contre la tutelle absolue, a trouvé que l'échange des hommes était une réglementation raisonnable parce qu'ainsi les deux hordes avaient paré au danger d'abrutissement par consanguinité.

« Ce qu'il y a de vrai », dit-il, « c'est que mon conseil a pu supprimer l'isolement, créer la communication, empêcher la dégénérescence, faciliter les influences réciproques et favoriser l'ethnogénèse pomorze ; toutefois on aurait pu dans le domaine sexuel permettre aux hommes de choisir librement leur partenaire. »

A quoi acquiescèrent trois des huit assesseuses du tribunal féministe. Malheureusement la présidente, Frau Dr Schönherr, s'abstint. Et la procureuse Sieglinde Huntscha dit : « Il se peut que les hommes soient capables de tirer leur coup n'importe comment ; quant à nous, femmes, nous ne devrions pas nous accommoder du premier chien coiffé qui se présente. »

Et toi, Ilsebill ? Qu'en penses-tu ? Admettons que tu doives le faire avec n'importe quel type qui en a envie ou seulement à moitié envie ? Maintenant que tu es enceinte et que nous nous sommes mis d'accord par un libre choix, tu devrais comprendre ma détresse d'alors. Dis-moi que c'était répressif de nous échanger simplement d'une horde à l'autre : sans nous demander notre avis, au gré des femmes. Car cela n'avait plus rien à voir avec l'hospitalité.

Le Docteur Gentil

Qu'est-ce qui ne va pas ?
Ça cloche où ?
Ton haleine sur la nuque.
Quelque chose qui suce mâche lèche.
La langue de veau, la dent de souris.

Un désir court le monde, un désir de mots caressants
qui n'ont pas de sens.
Les enfants le zozotent, les vieillards qui sous la couverture
restent seuls, le pouce en l'air.
Et ta peau que j'interroge frémit à notre test :
pudeur qui (quand nous fûmes seuls)
ne fut pas abdiquée.

Quelqu'un s'appelle Docteur Gentil
et vit encore interdit caché.

Ce qui fait défaut,
la science numérale l'appelle unités-caresses
pour lesquelles il n'y a pas
de succédané préalable.

Nourris

Le sein de ma mère était grand et blanc.
Être au sein.
Parasiter, avant qu'elle ne soit bouteille et tétine.
Menacer de bégaiement, de complexes,
S'il devait être refusé.
Ne pas se contenter de pleurnicher.

Un bouillon de viande clair admet le lait,
de même un court-bouillon trouble de têtes de morue,
jusqu'à ce que les yeux de poisson, aveuglément,
roulent approximativement direction bonheur.

Les hommes ne nourrissent pas.
Les hommes louchent vers leur foyer quand des vaches
aux pis lourds barrent la route
et le trafic professionnel.
Les hommes rêvent du troisième sein.
Les hommes envient le nourrisson
et toujours leur manque.

Nos enfants barbus au sein
qui nous alimentent en qualité de contribuables
mâchent dans les pauses entre les échéances,
appuyés à des cigarettes.

A partir de quarante ans tous les hommes devraient
être allaités de nouveau :
publiquement et moyennant versement tarifé,
jusqu'à ce que, repus, ils soient sans désirs et ne pleurent plus,
ne pleurent plus dans les cabinets : tout seuls.

La Reine-Carotte

Et alors le troisième sein disparut. Certes je n'en sais rien de précis — ce n'était pas à mon époque et peut être arrivé après la cent onzième succession d'Ava — mais il n'était plus là, Ilsebill. Pourtant il ne se serait pas lentement effacé par cachexie, il aurait été tout d'un coup absent. Non, pas parce que les femmes en avaient assez de nous allaiter et prolonger l'allaitement, mais parce que le Turbot voulait être un dieu pour les Edeks.

Tu dis : « Voilà bien encore un de vos trucs », mais il y avait en son temps un besoin croissant de compensation, d'un peu de divinité masculine. Le Turbot ne devait pas être dieu unique, mais seulement un modeste parèdre. Et je ne sais quand une des toujours trimammaires prêtresses d'Ava, sous nos objurgations masculines, céda : elle partagea sa couche de roseaux ou de feuillage, ou bien une couche convenue mixte de feuillage et de roseaux avec le Turbot et revint le lendemain : sans le sein du milieu.

Ou bien en fut-il tout autrement ? Comme il ne se passait jamais rien, nous autres Edeks voulûmes rire un peu et effrayer les femmes comme je t'ai passablement choquée l'autre jour. « Ça fait froid, bêh ! » as-tu crié en rejetant la couverture d'une ruade : sur le drap, entre nous, dans sa beauté sinueuse, il y avait une anguille grosse comme le bras. Naturellement c'était idiot de ma part. Maintenant que tu es enceinte, l'anguille au lit aurait pu faire du dégât.

En ce temps-là, au temps d'Ava CXI, je modelai secrètement un homme grandeur nature auquel aurait poussé sur chaque fesse un zizi supplémentaire si bien qu'il aurait pu simultanément assouvir trois Avas. Nous plaçâmes nuitamment ce colosse, par nouvelle lune, devant la grand-hutte des femmes, sur quoi le lendemain matin (l'œil encore ensommeillé) mon sur-Edek fit l'effet d'un vrai. En tout cas les femmes crièrent, parmi elles il y en avait d'enceintes ; mais la suite ne consista pas seulement en fausses couches. Ou bien est-ce un autre choc comparable à celui-ci qui a effacé le sein central comme tombe une verrue ? Il tomba simplement. Son temps était venu de longue date.

Ou bien il en fut encore autrement. Bien plus tard eut lieu l'opération. Même Wigga, pour l'usage de nous autres Pomorzes mâles, avait encore le troisième sein. A peine si nos besoins se modifiaient. Pourquoi en effet ! (On s'en trouvait vachement bien.) Mais quand Wigga, en plusieurs actions de grande envergure, fit arracher comme un fléau national la Carotte de rêve, racine polyvalente, et prit cette Herbe-aux-Désirs qui, des millénaires durant, mâchée en chique, a coloré nos rêves, apaisé nos angoisses et saturé nos nostalgies, nous ne vîmes réellement plus qu'ils étaient nos désirs.

Ainsi se rompt le film d'une représentation vive. Ainsi nous perdîmes notre innocence. A pus de troisième sein. Parce qu'on n'en rêvait plus, il ne fut plus ressaisissable. Désormais, à sec de lait, nos mains se tendirent dans le vide. Une réalité plate nous avait appauvris. C'était douloureux. Ilsebill, crois-moi, même si, désormais sans désir (car sans rêve) nous ne pouvions concevoir ce que nous avions perdu.

Par la suite nous fûmes pris de trouble, l'insatisfaction surgit. En guise de succédané (encore au temps de Sophie) on mâcha plus tard de l'amanite tue-mouche séchée — sans rien dire de tout ce qu'on s'envoie aujourd'hui comme kif, comme hasch, comme tisane et en injections. Mais rien n'égalait, rien n'égale notre carotte (extirpée) à libidos.

Et devant le tribunal féministe le Turbot dit, sans rien savoir de notre drogue originelle : « Ainsi donc, Mesdames, donc s'évanouit — ce fut à l'âge de fer, sous Wigga — l'escroquerie aux trois seins. Enfin ces messieurs virent clair. Soudain fut réduite en poudre la fiction de la Mère originaire unie en trois personnes. Tout à coup — démystifiée par je ne sais quel éclair révélateur — la bonne vieille Wigga n'en avait plus que deux comme tout le monde. La désillusion incidente aurait fomenté la décision prise par quelques Pomorzes de sexe masculin de prendre part aux migrations barbares à titre expérimental. Rien que de banal. Ailleurs aussi, et bien plus tôt, se sont dissipés les rêves de Mère originaire. La déesse crétoise Héra, connue comme le dessus du panier en matière de terrestre maternité, dut sinon abdiquer, du moins partager sa prédominance et se résoudre à contracter mariage — je dis bien : mariage — avec le dieu Zeus. Et moi aussi, pour un temps, afin de relativiser quelque peu le maternage originaire qui persistait nonobstant la perte de poitrine, j'ai dû assumer une fonction divine. On me harcelait. Mes millénaires d'efforts au service des hommes, malgré tous les revers, n'étaient pas tombés dans l'oubli. Au nom de la division du travail, on m'attribua la mer, les cours d'eau, bref les pêcheries. Dans un rôle comparable à celui de Poséidon, tel le dieu grec en rapport avec l'Athéna pélasge, j'ai dû m'imposer à côté du culte perdurable d'Ava. Dans Athènes ou ailleurs, naturellement cela n'alla pas sans conflits. Vous pouvez vous imaginer, honorables dames, que le remplacement du matriarcat par un patriarcat raisonnable, bien qu'un peu fictif, eut pour suite plusieurs contre-révolutions. Point n'est besoin de vous rappeler Bacchantes, Thyades, Amazones, Erinnyes, Ménades, Sirènes et autres Méduses. Ce ne fut vraiment pas du joli, ces luttes entre sexes de la Grèce ancienne. Sur les rives de la Vistule, ce fut un déroulement moins événementiel. Sauf la soudaine disparition du troisième sein, il n'y a rien à relater d'extraordinaire. Il n'y eut pas matière à tragédie, bien que les Goths turbulents aient mis sac à terre dans le terroir des bouches vistuliennes, ne sachant, en leur soif d'exploits, s'ils devaient retourner dans le Nord ou repartir dans le Sud. Chez les Pomorzes, la gynécocratie anhistorique continuait, bien qu'un peu atténuée par moi, le parèdre poisson. Même la trimamméité se prolongeait : sous forme de bibelots en céramique. Mais cela n'avait rien d'un tournant historique : depuis Wigga, on pratiquait la raviculture de plein champ. Elle était une vraie Reine-Carotte et en avait bien l'air. »

Avec elle, l'agriculture devint corvée. Tant qu'Ava, par sa succession, assura la tutelle, l'orge, l'épeautre et l'avoine demeurèrent dans une juste limite ; étant pêcheurs et chasseurs, nous préservions notre autonomie professionnelle ; dans les roseaux ou sous bois, dans le marais ou sur des plages écartées, nous étions hors de portée de la voix, bien tranquilles bien qu'opprimés. C'est Wigga qui la première nous attela devant l'araire et nous envoya aux raves. Il fallut recueillir les semences de racines sauvages, car dans son champ expérimental aux dimensions d'un jardin Wigga semait en lignes le chiendent et les carottes, sélectionnait les formes primitives du radis noir, du salsifis et de cette betterave rouge qui (tirée de la souche beta vulgaris) beaucoup plus tard était cuite en potage avec du fenouil par la cuisinière des communs Amanda Woyke : par les chaudes journées d'août, on l'apportait froide aux champs aux valets du domaine d'État royal-prussien de Zuckau.

En tout cas, les Goths nous traitaient de mange-racines, et de même nous les appelions avaleurs de sabres, car les Goïtsches étaient — déjà Tacite l'a observé chez d'autres tribus germaniques — trop feignants pour se baisser. Ils aimaient mieux rêver d'évasion.

On a toujours aimé grignoter des raves. Je retrouve dans mon souvenir de succulentes racines sauvages qui faisaient pleurer, dures mais sucrées à force d'être mâchées qui au temps d'Ava (par privilège) étaient cultivées exclusivement par les femmes. Et après les premiers essais de sélection tentés par Ava, qui aboutirent seulement au temps de Mestwina (le radis de campagne), Dorothée de Montau cultiva son jardinet de carême, la religieuse Marguerite Rusch le jardin conventuel des brigittines, Agnès Kurbiella ses planches de régime ; elles cultivaient des raves apparentées à nos carottes, au céleri, aux petits navets de Teltow. Encore plus tard, tiré de la navette, la poste nous apporta de Bavière le chou-rave ; Amanda Woyke lui donna le nom judicieux de wruke, et Lena Stubbe, pendant les disettes de l'ère protocapitaliste, en a fait cuire des quintaux (pour répondre à la question sociale). L'année de guerre et de grippe 1917 nous a transmis le mot-clé : l'année des choux-raves.

Rien à redire au chou-rave. Je songe ici à la longue, raide archi-racine, ridée ici, grimaçante ailleurs, ballonnée de tubercules alentour. Elle se terminait en pointe en filaments radicellaires, ou bien plusieurs filaments partaient d'une tête arrondie. Quand les archi-racines poussaient trop serrées dans les cailloutis morainiques, elles entrelaçaient leurs racines. On les mangeait comme elles venaient : courbes ou droites. Tant que la neige ne nivelait pas tout, au paléolithique, on tirait chaque jour, je l'affirme : des racines longues comme le bras qui étaient meilleures crues. Les femmes pouvaient y mordre en premier, en commençant par la pointe ; les Edeks rongeaient à la suite et n'avaient que le droit douteux de croquer les premiers les champignons à problèmes.

Et, comme de tout ce qui par sa forme admettait la comparaison, Ava fit de la manducation des racines un culte. Les femmes, quand c'était la lune sacrificielle, tenaient les raves en évidence devant elles. Avant d'y croquer, elles poussaient de petits cris affreux pour avertir les Edeks. Les archi-racines liées en bottes garnissaient à titre d'offrandes les crânes blanchissants d'élans mâles. On guérissait par les racines. Nos raves de désir montaient en graine. On se repassait des histoires de carottes...

Et, un beau jour, Ava et ses semblables, après trois heures d'arc-boutement où onze femmes firent valoir leur vigueur, tirèrent du champ morainique qui s'étendait jusqu'au rivage une rave ayant la taille d'un homme. (Ces femmes agrippées aux feuilles de rave et enchevêtrées l'une dans l'autre, quand enfin la racine vint, devinrent à mes yeux un tableau que je gravai dans une écorce de bouleau et teintai de sucs végétaux.) A ce point exemplaire, l'archi-rave longue comme ça et sa courbure extatique que pour un peu — déjà quelques bredouillantes y étaient prêtes — nous y aurions gagné un dieu-rave (RAM) ; mais Ava s'établit à califourchon sur l'attribut divin présumé et se fit porter en triomphe à la ronde par ses Edeks. Elle n'admettait rien qu'elle ne fût. Le vieux dieu-loup à qui elle avait dérobé le feu réclamait déjà suffisamment d'égards accessoires. (Et dans le fond — se disait-on en sous-main — les Edeks tentaient de s'imaginer un dieu-poisson.)

D'ailleurs le monstre avait un goût de bois et pourrit par la suite. Même les buffles d'eau en refusèrent les restes. Mais on continua de mordre pour s'amuser dans des raves, ce qui nous inspire jusqu'à nos jours des angoisses primordiales. Même Dorothée de Montau croquait encore des raves à titre vicariant, comme si le doux Jésus s'était à elle affirmé sous cette forme. Et l'abbesse Marguerite Rusch avec ses religieuses voyait dans les carottes autre chose qu'un légume. C'est Agnès Kurbiella qui la première a cuit et passé au saindoux des carottes sans arrière-pensée. Mais de nos jours, avec la légume jardinière cultivée biologiquement sans apport chimique, le culte de la racine repart. Partout on raccourcit en public du végétal cru. Des jeunes filles ne se gênent pas de croquer le bout à grand bruit, ce qui épouvante les hommes. Déjà la réclame y va de la couleur sur grandes surfaces : à côté et au milieu de fromages divers, de saucisses, de jambon et de pain complet gisent des raiforts et des radis roses. Naturellement ça veut dire quelque chose de plus qu'un grignotement suave. On croque encore à titre surérogatoire. Mais l'angoisse s'étend...

Et dans une pause du procès — le Turbot, tandis qu'on délibérait de Wigga l'énéolithique, avait été encore pris de faiblesse — je vis la procureuse Sieglinde Huntscha, de ses grandes incisives quelque peu jaunâtres, ronger un raifort. Quand je la saluai au passage — nous nous connaissons d'avant — elle mordit encore un coup et ensuite seulement, toujours mâchant, elle répondit à mon salut : « Eh ben, vieux gamin. On t'a enfin admis dans le public ? Tu peux dire merci. Et alors ? Le Turbot, tu aimes ? Il en bave. Mais il est mariolle, le mec. Il se défile ou bien, quand je l'ai coincé, il pique sa crise maison. Comme l'autre jour quand il voulait nous faire accroire que les femmes étaient naturellement douées pour les travaux des champs. C'est ça son idée de progrès : de la carotte à la betterave rouge. Exploit accompli au compte de l'histoire de l'alimentation. Alors je me suis fait venir du marché une paire de radis noirs. T'en veux ? »

Et Sieglinde Huntscha me tendit le reste. Je grignotai comme un lapin qui n'en peut mais. Puis on reprit le débat sur l'affaire Wigga.

Visiblement le Turbot avait récupéré. Et je pus enfin, grâce au piston de Siggi, compter comme public.

C'est tout de même injuste, Ilsebill. Au début, elles ne voulaient pas me laisser entrer. Ma réclamation fondée sur documents écrits, comme quoi ce n'est pas moi qui, du néolithique jusqu'à nos jours, ai vécu à la colle avec Ava, Wigga, Mestwina, la Dorothée gothique classique, Gret la Grosse, la douce Agnès, Amanda la Prussienne, etc., ne fut pas confirmée par le Turbot — les hommes, dit-il, ont été quelconques à toute époque — mais tournée en dérision par les assesseuses du tribunal : n'importe qui pouvait la ramener. Monsieur le publiciste cherchait sans doute un sujet, il voulait s'aboucher, resquiller encore un coup, monnayer ses complexes en littérature, nous faire avaler peut-être la retraite des ménagères et autres cache-misère. Mais cette fois il ne s'agissait pas de réformettes, non, mais du Turbot comme principe. Les destinées individuelles d'hommes prétendument concernés ne pouvaient avoir d'intérêt. On en avait soupé.

Mon droit de déposer comme témoin fut contesté. On me dénia grosso modo quatre mille ans de passé. (Comme si je n'étais pas encore un handicapé du néolithique.) On ne devait même pas me tolérer comme public. Car la publicité dite libre fait l'objet d'un rigoureux criblage : pour dix femmes un seul homme. Et même le petit nombre d'hommes admis doit produire des attestations certifiant leurs activités ménagères (cuisine, ménage, puériculture) produites par leurs épouses exerçant une profession. (« Il fait régulièrement la vaisselle. »).

Enfin quand, à l'appui de ma troisième demande postulant mon admission à titre de public idoine, je produisis deux lettres de toi dans lesquelles, à côté de mes vertus ménagères, tu attribuas à mon insuffisance virile la cause efficiente de notre liaison, on me promit d'examiner le dossier avec bienveillance. (Merci, Ilsebill.)

Je devrais peut-être avouer que cependant j'assistai aux audiences depuis le début. Un électricien qui, de la cabine de projection de l'ancien cinéma, sert l'éclairage de la salle, le projecteur bas au-dessus du Turbot, la sonorisation et le projecteur de diapositives pour les éléments du procès (documents, statistiques) me laissa, tant qu'on débattait de l'affaire Ava, regarder dans la salle par un judas quadrangulaire, être acoustiquement présent. Possible. En tout cas il eut cette obligeance, même si le tribunal féministe lui inspira cet unique commentaire : « Faudrait être le Turbot. Elles verraient la musique, les bonnes femmes. »

Puis, enfin, je fus admis dans le public. Quand vinrent au rôle Wigga, l'archi-racine, la première culture de raves, mon existence monotone de charbonnier, notre ethnie parasite, les Goïtsches, et ma brève participation aux Migrations barbares, j'étais au onzième rang sur un fauteuil de cinéma capitonné de rouge vineux. A ma gauche une mémé au rire amer. A ma droite une jeune minette qui tricotait un cache-nez vert-de-gris en vis-sans-fin. Je disais bonjour à gauche à droite, sans y gagner — surtout pas comme homme — une vague confirmation de mon existence.

Avant son malaise — il flottait le ventre blanc en l'air dans sa baignoire — le Turbot, histoire de faire diversion à son activité de conseiller, avait célébré Wigga comme déesse-racine et héroïne de la raviculture, comme grand homme féminin émérite et comme Reine-Carotte, dans un flux verbal charriant de hardies figures du discours ; alors, parce que l'accusation lui coupait le fil, il fut pris de faiblesse : il fallut suspendre l'audience. Sieglinde Huntscha s'envoya chercher des radis noirs, croqua la pointe de l'un d'eux, me donna le reste et patati et blablabla, tant qu'une sonnerie nous rappela dans la salle.

Bientôt il s'y agit, puisque les raves ne rendaient plus, du concept de liberté chez les Germains, en particulier les Goths de sexe masculin. Le Turbot, accusé d'avoir fomenté les Migrations barbares et persuadé les Pomorzes d'y prendre part, se défendit non seulement en citant d'abondance des vers allitérants tirés d'épopées nordiques, mais contre-attaqua : « Qu'est-ce, Mesdames, qui vous autorise à me classer comme infâme séducteur ? Ne fut-ce pas plutôt la domination féminine par trop doctrinaire et, après Ava, toujours plus tyrannique qui devait sensibiliser même l'homme pomorze, en sa débonnaireté naturelle, au comportement littéralement démocrate-populaire des Goths ? Car ce n'étaient pas des natures serviles. Ils tenaient des séances de comité qui duraient des heures. Tout le monde contredisait tout le monde. Même les vieilles femmes gothes, du promenoir, pouvaient émettre des avis et, après avoir jeté les sorts, en déduire des sentences runiques. Donc ils ont toujours admis les femmes. De plus, il y avait la monogamie germanique. Pères et mères avaient quelque chose à se dire. En revanche régnait encore chez les Pomorzes une polyandrie exorbitante de tout patriarcat. Utilisée, que dis-je, usée de bonne heure, la petite joie restante des hommes allait se faire lanlaire. Tout ce qui aurait pu être marrant — jeux intellectuels, duel, distinctions honorifiques, organisation — était frappé d'un tabou. Bref : faut-il s'étonner si la vigueur barbare, mais libre des Germains, dont Tacite avait signalé à ses compatriotes romains la puissance élémentaire, en vint à séduire les oisons bridés de la peuplade côtière, d'autant que, pour une raison ou pour une autre, il n'y avait plus de troisième sein qui apaisât la soif de liberté de l'homme, saturât sa faim d'évasion, pût bercer son instinct d'agir pour agir. Il n'y avait plus qu'à partir. Sortir du cul-de-sac. Entrer dans l'histoire. Que les hommes pomorzes aient alors échoué, c'est marqué sur une autre feuille. »

Tandis qu'ainsi parlait le Turbot et pendant qu'ensuite la procureuse mettait son discours en charpie, le démasquait comme un radotage phallocratique et — dans la mesure où il avait célébré la notion de liberté chez les Germains — le disait une fois post et deux fois pré-fasciste, je tenais à l'œil, étant admis enfin dans le public, parmi les huit assesseuses du tribunal, établies symétriquement, quatre à gauche, quatre à droite de la présidente Frau Dr Schönherr, à la longue table surélevée, la seconde assesseuse de gauche.

C'était bien elle, Wigga. Dans sa stature colossale, elle ne changeait jamais de station assise. Les avant-bras en guise de barrière devant la poitrine. Ses cheveux couleur de radis noir, comme si elle voulait à tout prix l'emporter en hauteur, superposés en obélisque et retenus par une fibule qui aurait pu être une de ces épingles rouillées que les Goths, quand ils partirent enfin dans le Midi, nous laissèrent en guise de ferraille. Wigga ! A ce qu'on disait chez nous, son père aurait été un Goth. D'où son nom dérivé de la déesse germanique Frigga. Ma Wigga, Walkyrie pomorze, jadis Reine-Carotte, aujourd'hui assesseuse du tribunal féministe.

Immobile, elle entendait le Turbot, l'accusation. Elle aurait pu de la sorte, avec rien dans le regard, regarder la mer Baltique. Une fois seulement quand le flet cita pour méritoires les essais de raviculture tentés par Wigga non sans, teigneux comme il était, les taxer d'insuccès, elle abandonna le système de barrières constitué par ses avant-bras, cessa de promener ses vues sur la lisse Baltique mais, avec une infinie lenteur, ôta de la main droite l'épingle, fibule ou clou gothique retenant sa Babel pileuse et, d'un mouvement de poignet, s'en servit pour se gratter le dos. Crois-moi, Ilsebill : exactement comme Wigga le jour où je portai à sa connaissance ma participation aux Migrations barbares. (Du reste, son père aurait été le roi goth Ludolf, de qui descendait mon ami goth Ludger, le toujours farouche.)

Quand les assesseuses exprimèrent leurs sentences finales, alors seulement il me fut donné d'entendre ma Wigga contemporaine. Frau Helga Paasch, propriétaire exclusive d'une entreprise horticole de Berlin-Britz, en jaquette à gros carreaux, dit : « Bon. Pour ce qui est de moi, il est coupable, le sieur Turbot. Parce qu'il a monté la tête aux gens. Celui-là, avec ses salades historiques. Leur a promis j' sais pas tout quoi, palmier, cyprès, olives, agrumes. Progrès sous forme de mouvement sur vastes surfaces, liberté, qu'il disait. Mais sa propagande ç'a été pour des prunes. Revenus ils sont, les messieurs pomorzes. Pas mal tôt et plutôt mal en point. Et de labourer et de tirer les carottes. Je dis : puisqu'il n'a pas eu de succès, circonstances atténuantes cette fois-ci, pour le sieur Turbot. »

Alors à ma gauche la mémé eut un rire amer tandis qu'à ma droite la minette était prise de fureur : elle laissa filer une paire de mailles et mordit à même son cache-nez vert-de-gris. Je me faisais tout petit, respirant à peine. Mais le flet dit pour conclure, après avoir accepté ce jugement de clémence qu'ironiquement il qualifia d'étonnamment fair-play : « Après cette histoire manquée, sept siècles durant il ne se passa rien qui fût de conséquence chez les Pomorzes : seule se développait la culture des raves. »

Sur notre racine de rêve, carotte de désir, pas un mot. Pourtant elle était importante et en explique plus que le Turbot n'en passa sous silence. (Ou bien peut-être n'en sait-il réellement rien ?) En tout cas le tribunal n'entendit pas un traître mot concernant notre archidrogue. La disparition du troisième sein demeura pareillement inexpliquée devant le tribunal. Tout d'un coup, il n'était plus là, voilà tout. Il n'a pourtant effectivement existé que du fait de la carotte de désir.

Les sélections qu'on tente aujourd'hui — l'arbre à haricots, la pomme de terre-tomate, le grain à superrendement croisé d'orge et de blé — n'auraient aucune chance contre notre racine de rêve. Sa racine pivotante bleuâtre (à léger goût d'amande) poussait un vigoureux panache dans lequel, en période de maturité, venaient des gousses comestibles pleines de graines riches en protéines et dont les feuilles roulées en chique étaient mâchées par les Edeks. Les gousses et les graines étaient nourrissantes, la racine faisait dessert sucré, l'herbe nous calmait, maintenait le troisième sein à portée de main, gardait la tête vide, assouvissait tout désir, nous inspirait des rêves : sans rives, des rêves éveillés, héroïquement paranoïdes, immortels, intéressants.

Ce n'est pas une paresse innée, c'est plutôt la carotte de désir qui nous a empêché de faire de l'histoire. Et voilà qui est bien vrai, Ilsebill : ce fut le mérite de Wigga de nous réveiller quelque peu.

Dans plusieurs opérations de grande envergure, elle fit extirper radicalement les racines de rêve qui ne donnaient de feuilles et de graines que dans nos sols maraîchers. Certes nous élevâmes une protestation lasse, mais son dernier mot fut pour nous dire d'un ton flegmatique que le poison nous empêchait de devenir de zélés cultivateurs et de produire des raves normales. Depuis lors, plus de rêve, plus de désir exaucés. La réalité moite dans les champs. Des famines. Lentement nous prenions conscience.

Et même les Goths qui s'étaient habitués avec nous à l'herbe (en guise de voyage) se réveillèrent, trouvèrent notre contrée emmerdante et partirent enfin pour leur voyage rêvé, dit Migration barbare.

Wigga les y a poussés le jour où elle avait à table les messieurs goths pour un menu de famine (le hari-goth).

C'était après un trop long hiver et un été pluvieux, que l'orge pourrissait sur la tige et qu'il ne venait que des raves piquées de moisi. Même les harengs et les flondres étaient restés au large et dans les cours d'eau, comme par malédiction, le poisson se mit à crever : sandres, perches, gardons et brochets dérivaient le ventre en l'air. Nous aurions tout de même passé l'hiver ; mais nos hôtes goths, habitués à piquer les assiettes, se trouvèrent quinauds quand leur bétail fut fauché par une épizootie et qu'il fallut abattre nos derniers élans femelles et buffles d'eau. Certes nos Goïtsches avaient encore leurs chevaux, devenus d'ailleurs squelettiques, mais ils étaient sacrés pour eux et n'étaient pas sacrifiés, même par temps de famine.

Alors Wigga pria les chefs des Goths à un déjeuner spécial. Elle voulait servir à ses invités tout ce que nous autres Pomorzes avions encore comme provisions qui nous auraient suffi de justesse à surmonter le long hiver. Vinrent Ludolf, Luderich, Ludnot et mon ami Ludger, tous des seigneurs taillés dans la masse et qui cultivaient à grand effort un air farouche. Exceptionnellement, les quatre vinrent sans armes. Ils étaient peut-être affaiblis à n'en plus supporter leur fer. Il avait plu tout l'été, de même il pleuvait quand vint cet automne. C'est pourquoi Wigga avait invité ces messieurs dans sa hutte enfumée, mais où on se sentait bien. Tous, accroupis sur des peaux de mouton, avaient des yeux bleus larmoyants qu'agrandissait la faim. Luderich mâchait sa moustache fauve. Ludger se rongeait les ongles. Mais, avant que Wigga n'apportât l'écuelle fumante, elle fit un petit exposé instructif sur le plat unique prévu que plus tard, quand il eut fait son effet, nous appelâmes le harigoth. Elle parla de manne de Pologne et de semoule de manne de Pologne.

Or la manne de Pologne (glyceria fluitans Linnaeus) a été récoltée dans ma région, soit en temps de famine, soit par gourmandise, jusqu'au plein XXe siècle, par exemple dans la Première Guerre mondiale, ou l'année de l'exode 1945 ; on l'égrène et on pile. On l'appelait simplement schwade, mais aussi miel sauvage, pain du ciel, l'herbe à manne ou manne de Prusse.

Il n'était pas facile de peigner les herbes à manne, parce que les grains mûrs ne tenaient pas bien aux tiges. C'est pourquoi on récoltait le matin sur la fraîche, à l'aide de poches plates au bout d'un bâton qu'on passait dans les herbes. Plus tard, nous utilisions des rifles. Et quand au XIXe siècle les surfaces exploitables s'étendirent et que l'herbe sauvage devenait de plus en plus rare, sauf en terrain marécageux, le crible à manne fut monté sur des perches allant souvent à quatre mètres de long. (Du reste, c'était surtout les hommes qui égrenaient la manne, tandis que le ramassage des champignons, des baies, de l'oseille et des racines était toujours l'affaire des femmes ; d'où l'argument présenté par le Turbot au tribunal féministe : il voulait voir la semoule de manne pilée, nourriture de crise, reconnue pour un mérite masculin.)

On aimait tellement la manne pilée qu'au XVIIIe siècle (avant l'introduction de la pomme de terre) elle fournit un article d'exportation. Même les paysans serfs étaient tenus de fournir à leur seigneur, outre divers produits en nature, de la manne pilée. Et avant qu'au XIXe siècle ne parût sur le marché le riz Caroline américain à vil prix, on servait en guise de millet de fête, dans les noces paysannes, une semoule de manne sucrée cuite au lait avec de la cannelle. (Et pour les vieillards la manne était appréciée parce que digeste ; c'est pourquoi les asiles de vieillards de Prusse occidentale, dans leurs contrats de métayage, s'assuraient des quantités déterminées de manne.)

Naturellement, en temps de famine, on récoltait aussi des herbes sauvages comme le mil sylvestre (milium effusum) ou l'herbe-aux-cailles (melampyrum arvense) dont on pouvait cuire un pain un peu amer, mais digeste. Et l'élyme des sables, en cas de récolte maigre, permettait d'allonger la céréale cultivée. Mais c'était surtout la semoule de glyceria fluitans qui, sous le nom de manne de Prusse, nous aidait à passer l'hiver. C'est pourquoi Wigga, voulant se débarrasser des Goths, servit de la manne en guise de harigoth (dont on a fait haricot par la suite), en masse, sans rien y mettre dedans :

quelques grains de tournesol seulement incorporés et pilés avec dans le mortier.

Nos Goths n'aimaient pas notre manne. Ludolf, Luderich, Ludnot et mon ami Ludger étaient des carnivores qui auraient mangé à la rigueur du poisson rôti, mais de la bouillie seulement après pour se garnir. Ils mangèrent bien ce que Wigga leur avait servi dans un plat creux, mais la perspective de ne vivre par force un hiver entier et davantage rien que de manne (et de carottes ligneuses) leur coupait l'appétit. Mon ami Ludger faisait une tête comme s'il avait dû ingérer des crapauds. De plus Wigga, dans son exposé instructif sur le difficile égrenage des herbes sauvages (travail essentiellement masculin) avait situé nos réserves pomorzes au niveau de médiocres rations ; mais elle avait tu le lieu où elles étaient entreposées, lieu d'ailleurs inaccessible.

Ce fut mon ami Ludger qui, modestement (et plus du tout comme un chef) demanda conseil. De même Luderich et Ludnot voulurent savoir que faire. A la fin, quand Wigga observait encore un silence éloquent, le prince Ludolf, un bel homme taillé comme pour un monument qui n'était pas seulement le père de Ludger, de Luderich, de Ludnot, mais aussi, disait-on, le géniteur de Wigga, voulut savoir, une fois pour toutes, ce qui pourrait encore être offert aux Goths, à part la manne pilée, dans ce marais brumeux sis entre les rivières.

Wigga dit : « Rien ». Elle dit non sans rudesse : « Faut vous tirer. Ou bien vers le Nord d'où vous venez. Ou bien vers le Sud où c'est, paraît-il, mieux. » Et elle se mit à dépeindre le Sud à ses hôtes : du bœuf et du mouton à la broche tous les jours. De l'hydromel au frais dans les cruches jamais vides. Là-bas, pas de brouillard qui tombe. Pas de glace embâclant les cours d'eau. On n'y était pas bloqué par la neige pour des semaines. Et par-dessus le marché le Sud promettait à l'homme vaillant la victoire, l'honneur et la gloire posthume. Si on voulait faire l'histoire, fallait pas rester sédentaires à voir le progrès dans la seule culture des raves, mais inlassablement crever les horizons. « Faites votre paquetage et tirez-vous enfin », s'écria-t-elle, et de son bras allongé Wigga montrait la direction à prendre.

Là-dessus, Ludolf, Luderich, Ludnot et mon ami Ludger détruisirent ce qui restait de manne pilée pour avoir des forces le lendemain. Comme Wigga le leur avait conseillé, ils prirent vers le Sud et se lancèrent dans les Migrations barbares avec le résultat connu : faut être juste, ils sont allés loin.

Pendant les siècles suivants, seul le temps fut sujet à changement tant qu'à la fin l'évêque Adalbert vint avec la croix

Déméter

Les yeux ouverts.
la déesse connaît
la cécité du ciel.

Les cils pétrifiés jettent alentour des ombres.
Pas de paupière qui tombe et fait dormir.

Effroi toujours
depuis qu'elle vit le dieu
sur cette friche
où fut engendré le soc.

Le mulet se vautre dans l'orge à la ronde.
Ça ne change pas.

Nous autres, tombés du cercle,
faisons une photo
surexposée.

A quoi peut servir un pochon de fonte

Adalbert venait de Bohême. Tous ses livres (avec sa crosse épiscopale) étaient demeurés à Prague. Parvenu au bout de sa scolastique, il voulait s'éloigner de la théorie, se tourner vers la pratique, donc chez nous, dans les bouches de la Vistule, convertir des païens et propager l'unique vérité. (Aujourd'hui on appelle ça : travailler à la base.)

Le roi de Pologne Boleslav l'avait embauché comme agitateur sous contrat. Escorté de Bohémiens, il vint sous sauvegarde polonaise. Son objectif prioritaire était d'endoctriner les Pruzzes ou Borusses, car le roi de Pologne aurait aimé avancer ses affaires sur la rive droite de la Vistule. Mais, comme les Borusses passaient pour virulents, son escorte bohémienne lui conseilla de se faire la main d'abord chez nous, les Pomorzes, qui étions plutôt bébêtes mais braves gens. (Recueillir une expérience, éveiller la confiance, pratiquer la bienfaisance, comprendre l'économie étrangère, disait le prélat Ludewig.)

Ils campèrent à proximité de notre agglomération. Ils avaient apporté des provisions sur des chars à bœufs. Mais, dès le début de leur activité missionnaire, leur cuisinier polonais mourut. Après de premières palabres — on échangeait ce qu'on avait — notre cuisinière (et, de ce fait, prêtresse) Mestwina s'offrit à faire la cuisine pour l'évêque et sa suite. Notre apport consistait en carottes, séré, viande de mouton, grain pilé, champignons, miel et poisson.

Gret la Grosse et Amanda Woyke ne furent pas les premières à se croiser les bras nus au duvet blond sous la poitrine pour embrasser d'un regard sévère ou bonasse, c'était selon, la table : c'est dans cette posture que ma Mestwina regardait aussi l'évêque Adalbert après l'avoir servi. Ce faisant, elle tenait la tête un peu oblique et montrait une expression tendue. Mais Adalbert n'avait pas d'éloges pour ce qu'il dégustait, et sa façon de manger marquait son dégoût. Il chipotait sans entrain, du bout des dents, comme si chaque bouchée était une tentation et un avant-goût de châtiments infernaux. Non pas qu'il chicanât ceci ou cela ou bien — mis en présence de la technique culinaire pomorze — qu'il regrettât sa cuisine bohémienne; son écœurement était général. (Tu ne peux pas t'imaginer, Ilsebill, quel vinaigre écœurant je pouvais pisser vers la fin du xe siècle après Jésus-Christ; car en principe je fus cet Adalbert de Prague qui mangeait malproprement sa bouillie.)

Et pourtant Mestwina s'était toquée de l'évêque hâve. Elle aussi briguait une conversion. Quand, par-dessus ses bras croisés, elle le regardait mâcher, le feu lui montait au visage qui rougissait jusqu'à la raie du milieu. En effet elle espérait que, procédant de son brouet païen, il pourrait goûter, sinon le catholicisme, du moins son amour avant, car elle l'a aimé : à chaud et à froid.

Pour Adalbert, elle cuisait des galettes au lard en friture. Pour Adalbert, elle mêlait du miel à la bouillie de mil. Pour lui le fromage de brebis avec le foie de morue fumé. Pour et contre Adalbert, elle a fait cuire à point une hure de sanglier désossée dont les poils rudes avaient été flambés au préalable, farcie de gyromitres et de racines. Mestwina mit ensuite la tête dans une jatte qu'elle remplit de bouillon jusqu'à la recouvrir. Le froid de janvier transforma rapidement le bouillon en gelée. (Les mercenaires de l'évêque avaient tué le sanglier à coups d'épieu dans les collines boisées qui s'étendaient à l'infini vers l'intérieur des terres.)

Et vers la midi, pour et contre l'évêque, comme il allait partager son modeste repas avec les émissaires du roi de Pologne — Wladislaw poussait à la conversion des Borusses — elle a plaqué la hure sur la table si bien que, sortant de son récipient creux, elle apparût dans sa gelée. Et les émissaires étanchèrent leur fringale en la tirant de sa gelée tremblotante. Mais comme Mestwina, les bras croisés, regardait les hommes de son air aux aguets, il fallut qu'Adalbert donnât un sens religieux à la voracité générale : « Comment, et si Satan était en personne entré dans la gelée ? » Ils se mirent à cinq pour vaincre Satan mais l'évêque, à ce que vit Mestwina debout, eut toutes les peines du monde à exhiber son habituelle horreur, ce qui incita le prélat Ludewig à faire des bons mots sur l'agréable saveur de Satan ; mais Adalbert ne rit pas.

A cette époque, cet homme plein de zèle était déjà chez nous depuis des semaines. Mais nous autres Pomorzes restions païens bien que, dans mes loisirs de berger, je sculptasse en bois de tilleul des images de Marie qu'on tenait bien en main, sauf que sous le drapé elles avaient trois mamelles. (Tu peux me croire, Ilsebill, même comme missionnaire d'une part et comme berger d'autre part, je suis resté artiste.)

Et un jour que Mestwina qui habitait avec nous, sur l'Île-aux-Pêcheurs, le Hakelwerk au milieu de la Mottlawa, préparait pour l'évêque une soupe de poissons avec cinq têtes de morue fraîche aux yeux hagards, comme elle ôtait du bouillon les têtes de pomuchel sur le point de partir en charpie, son collier de pierres d'ambre brutes se rompit. Au moment où elle se penchait sur le chaudron fumant, le fil poissé perdit contenance. Céda sur sa nuque ronde : sans qu'on y fît rien, tout seul. Quand Mestwina, d'une main rapide, tenta de retenir la chaîne rompue, neuf ou sept cailloux d'ambre percés (par mes soins) à l'aide d'un fil de fer chauffé filèrent dans la marmite où, dissous dans le bouillon bouillant, ils relevèrent la soupe chrétienne des jours maigres par cette vertu païenne qui réside dans l'ambre depuis l'aube des temps et dont l'effet retardé transforma le chaste Adalbert, voire le retourna — à peine avait-il mangé la soupe — si totalement que (déjà venait le crépuscule du soir) toute la nuit, le jour suivant et une nuit encore, comme un enragé, il porta ses regards sur ma Mestwina. Et vlan et boum, l'ascète n'arrêtait pas d'inscrire dans sa chair son instrument désormais impénitent. D'une façon toute pomorze, mais avec davantage de zèle pieux et de contradiction dialectique, il se répandit en elle exhaustivement. Tant qu'il était à son affaire, il marmonnait son latin d'Église, comme s'il voulait répandre le Saint-Esprit selon une nouvelle méthode ; dans tout ça, nous autres du Hakelwerk n'étions toujours pas baptisés.

Il en résulta une dépendance. Désormais l'évêque exigea chaque semaine la soupe de poissons de Mestwina relevée d'ambre. Aucun désir n'était par elle plus aisément satisfait. Jamais, fût-ce en hiver, nous ne manquions de poisson. Le poisson, avec la bouillie d'avoine, le gruau d'orge et de manne, les racines et le mouton, était l'aliment de base des Pomorzes. C'est pourquoi, à côté de la vieille divinité tellurique Ava, nous adorions depuis peu de temps un poisson spécial. Et Mestwina — comme cuisinière, étant aussi prêtresse — sacrifiait au dieu Ryb qui était plat, avait la tête plate, la gueule de travers et, de ce fait, ressemblait au flet qui parle.

Bien sûr il y eut des querelles parmi le peuple pomorze de la côte quand les pêcheurs, contre la volonté des femmes, imposèrent le culte du dieu à tête de flet, mais Mestwina fit un pot-pourri du nouveau culte et des rites traditionnels. Elle savait des légendes selon lesquelles le dieu-flet et la trimammaire Ava, chaque printemps, partageaient une couche faite pour moitié de feuillage et de roseau. Bien sûr il y avait souvent des disputes entre eux, disait Mestwina, mais Ava ne serait pas fâchée qu'on accordât aussi à son concubin poisson un peu d'adoration. Car enfin, utile à sa manière, il veillait à remplir les filets et à calmer la mer. C'était lui qui, par hautes eaux, apaisait la Vistule. Il avait mis dans l'ambre certaines vertus.

C'est pourquoi, chaque printemps, les enfants du Hakelwerk portaient, sur de longues perches prélevées sur les saules riverains de la Radune, des têtes d'esturgeon et de morue, la tête du saumon argenté de la Vistule et la tête du vieillard silure, mais en tête de tous les poissons des têtes de pleuronectes à la gueule en biais le long des rives non endiguées des embouchures jusqu'à la mer. Les poissons étaient censés — le brochet, le sandre, la perche, le *pomuchel* (ainsi nous appelions le cabillau) — voir encore une fois le cours des fleuves, la mer Baltique. Il fallait honorer et se concilier le jeune dieu Ryb sous sa forme de flet. (Dès cette époque courait la légende selon laquelle le flet, il suffisait de l'appeler, exauçait les vœux, donnait des conseils, était particulièrement dévoué aux pêcheurs et superlativement sage.) « *Buttke, Buttbuttke !*, criaient les enfants du Hakelwerk. Ils étaient affublés de vieux filets et portaient des nasses pourries. Même quand, après la mort de Mestwina, on nous a faits chrétiens, nous n'avons pas cessé d'être de bons païens. A Pâques — pourquoi pas à Pâques ? — après nous être fustigés à coup de rameaux d'osier sur les bords de la Radune, en une pieuse procession, nous montrions aux poissons les cours d'eau, la mer. Venaient en tête un prêtre portant la croix et six gamins à clochettes. L'ambre râpé, balancé dans des coupes, faisait l'encens. On chantait des oraisons pomorzes demandant une bonne pêche. Les filles portaient sur le devant des vessies de cochon gonflées, trois chacune, peut-être en souvenir d'Ava. Seule la litanie était catholique. Non baptisés, les yeux luisants de poisson mort. Un regard fixe levé au ciel. La gueule ouverte. Les branchies écarquillées.

Plus tard, sur le soir, on plantait comme une barrière les branches de saule avec les têtes dessus dans la chaussée de rondins conduisant à l'Ile-aux-Pêcheurs. Les enfants du Hakelwerk se sauvaient en criant. Déjà piquaient les mouettes. Elles avaient suivi la procession jusqu'à la chaussée en poussant des cris stridents, mais en gardant leur distance. Maintenant elles attaquaient, prenant d'abord les yeux. Elles se battaient tant que les branches de saule n'étaient pas nettoyées. Et un jour — je m'en souviens — un marsouin qu'on classe parmi les petits cétacés fut jeté à la côte. Deux gars portèrent aussi sa tête en procession, à tour de rôle, dans un sac de cuir au bout d'un grand pieu, juste derrière le portrait de sainte Barbe. Et plus tard, quand eurent été fondées la Vieille-Ville selon la Charte de Kulm et la Ville-de-Droite selon la Charte de Lübeck et qu'enfin, en ma qualité de fourbisseur d'estocs, j'eus accès aux Corporations, les enfants du Hakelwerk — parmi eux les filles que j'eus de Dorothée — ont mis sur des perches des têtes de poisson en papier peint et collé avec des chandelles dedans. C'était joli à voir le soir, bien que cela m'inspirât quelque tristesse ; oui, Ilsebill, parce qu'il n'y avait plus de Mestwina.

Ce furent ces têtes de poisson portées par de bruyants enfants du Hakelwerk le long de la chaussée de rondins et autour du camp des seigneurs chrétiens venus de Bohême qui échauffèrent l'ire de l'évêque Adalbert, compté plus tard parmi les martyrs, et l'induisirent à tenir en langue latine des propos orduriers. Il usa d'eau bénite contre la mascarade diabolique. Les innocentes têtes de pomuchel lui faisaient des grimaces. Surtout le flet aux yeux obliques, vu par l'évêque, avait le regard ironique, sulfurique de Satan. Contre lui, il brandit la croix. De l'index, il commanda à ses mercenaires d'abattre encore une fois les têtes de poissons. Ce qui fut fait en un tournemain et irrita Mestwina, car étant prêtresse elle voyait tomber des perches de saule bien plus que ne pouvait s'en figurer l'ascète. Que savait-il, lui, d'Ava et du principe divin mâle encore jeune qu'on appelait Ryb ?

Mestwina savait. Elle était là debout, peinée, et toute petite et ronde qu'elle était, redressant un peu sa taille. Mais elle ne dit rien. Elle stockait à la façon pomorze. Plus tard, elle but à petits coups du lait de jument fermenté. C'est seulement vers le soir qu'elle fut à point. Et quand l'ascète à son accoutumée voulut rendre visite à Mestwina sur sa couche de feuillage, sa colère avait déjà pris une dimension de finalité objective.

Sa hutte était de treillis de saule, les parois plaquées de torchis par-dehors. Une pièce confortable. Adalbert n'apportait pas que sa bénédiction, mais aussi sa contradiction dialectique. Mais pour vigoureusement que le désir de l'évêque lui soulevât le froc en piquet de tente, cette fois Mestwina ne le calma pas de façon provisoire mais pour tous les temps. Il n'eut pas même le loisir de se soulager. Énergiquement, elle lui péta plusieurs coups d'un pochon de fonte sur sa tête bohémienne, vengeant ainsi dans leur courroux le cabillau et l'esturgeon, le sandre, le brochet, le saumon argenté, la perche rougeâtre et encore un coup le dieu flet des pêcheurs côtiers pomorzes.

Adalbert ne soupira que brièvement. Mais son adversaire demeura inflexible, la tête haute en son orgueil, même quand l'évêque déjà mort était martyr.

Après que Mestwina eut assommé le futur saint Adalbert de Prague, j'enfouis le pochon de fonte, car il fallait redouter qu'on ne le trouvât pour le promouvoir au rang de relique chrétienne. Nous jetâmes le cadavre dans la rivière. Un peu plus tard, tous ceux du Hakelwerk avec nous et Mestwina furent poussés par les mercenaires polonais dans un gué de la Radune où Monseigneur Ludewig, successeur d'Adalbert, nous baptisa d'office. D'ailleurs ce Ludewig était doué de sens artistique et m'appréciait. Il aimait les madones en bois sculpté. Il passait à la Vierge Marie même la troisième mamelle qu'elle avait sous son drapé. Et quand je donnais à la Mère de Dieu, grâce aux yeux d'ambre jaune miel que je fixais dans le bois de tilleul, un regard insistant, il l'entendait entièrement au sens du catholicisme triomphant. Il se peut que mon talent utile m'eût valu de m'en tirer indemne quand Mestwina fut condamnée :

l'artiste est au gré de toute religion. Tu sais d'ailleurs, Ilsebill, que par ailleurs je n'ai pas l'étoffe d'un martyr.

C'était en avril 997, quand Mestwina prise de boisson assomma l'évêque, que nous autres Pomorzes reçûmes le baptême et que fut enterré le pochon. Je l'enfouis près du futur quartier Saint-Albert. Et c'est là précisément qu'en 1889 à l'automne il fut exhumé par le Docteur Ernst Paulig, proviseur honoraire du lycée classique Saint-Jean, trouvaille isolée qu'il remit à la collection historique de la Ville de Danzig. « Outillage domestique pomérélien », c'était écrit sur un petit carton. Pourtant le pochon provenait de Bohême. A vrai dire, Adalbert l'avait apporté pour convertir les païens. Mestwina ne l'utilisait que pour puiser du lait de jument fermenté selon ses besoins ; pour la cuisine, elle usait de cuillers de bois. On verra par la suite ce qui arriva quand peu après le baptême administré d'office Mestwina fut condamnée et décapitée par un bourreau polonais : qui l'a trahie, quels signes et prodiges intervinrent quand elle toucha l'épée, et quelles sottises nous a transmises l'histoire telle qu'on l'imprime à l'usage des écoles.

« C'est seulement avec Mestwina », dit le Turbot accusé devant le tribunal féministe, « que s'acheva le règne d'Ava. Ensuite il n'y en eut plus que pour la cause masculine. » Mais ces dames ne l'écoutèrent pas. Elles étaient tout à leur affaire personnelle. Le cas Mestwina fut expédié comme par la tangente. La controverse était à l'ordre du jour. La cause féministe risquait de se noyer dans les motions.

Pourtant un jour, après de longues tergiversations où les fractions opposées ou tactiquement regroupées s'exprimaient en résolutions urgentes, le tribunal trouva enfin dans quel ordre il devait s'asseoir, car ce ne fut pas seulement le Turbot accusé qui arracha des suspensions de séance ou obtint le renvoi à huitaine. A côté de la présidente et de ses neuf assesseuses, sans parler de la procureuse et de la défenseuse d'office, qui avaient leur distribution symétrique et entendaient la conserver — la présidente surélevée avec les assesseuses, dans le creux devant elles le Turbot dans sa baignoire, à gauche droite l'accusation et la défense — il y avait en effet encore un autre groupe subordonné au tribunal : le Conseil consultatif composé de trente-trois femmes qui devait prendre place dans les deux premiers rangs de l'ancien cinéma mais recelait en son sein tellement de contradictions qu'il ne vînt à bout que de formuler deux décisions : ou bien suspendre la séance ou bien ajourner le tribunal. Le Turbot y trouvait fréquemment l'occasion de se marrer : « Si, dit-il, le Haut Conseil consultatif qui, à ce que j'ouïs, se qualifie depuis peu de révolutionnaire, de la Haute Cour n'y voit pas d'objection, en ma qualité d'accusé je serais pour continuer les délibérations, car je tiens à décrire corrélativement les affaires préchrétiennes Ava Wigga Mestwina : le matriarcat en décadence. Ça aussi, c'est de l'évolution. Ou encore — si vous préférez ça — de la révolution ! »

Le Conseil consultatif avait attendu pour se qualifier de « révolutionnaire » le débat portant sur l'affaire Mestwina parce que le meurtre par contusion perpétré sur la personne de l'évêque Adalbert de Prague permettait des assimilations jusqu'à l'époque contemporaine. Comme les trente-trois conseillères consultatives représentaient des structures groupales difficilement assignables, il y avait souvent des coalitions fortuites. La minorité de gauche décomposée en quatre fractions, malgré ses antinomies idéologiques, avait soudain (tout ça parce que le Turbot avait à trois reprises usé du mot « évolution ») fait alliance avec la Ligue féminine démocratique extrémiste et décidé à une courte majorité non seulement d'introduire la dénomination de « Conseil consultatif révolutionnaire du tribunal féministe » mais encore une nouvelle ordonnance dans la répartition des sièges. Pas question de rester en bas dans le trou sur les tape-culs consultatifs, non, on grimpait sur la scène du cinéma. On voulait prendre place à droite à gauche de la présidente et de ses neuf assesseuses, et encore selon le score obtenu au scrutin précédent ; commentaire du Turbot : « Nouveau scrutin, nouvelle répartition des sièges. Ben chouette ! Ces dames n'ont pas fini de se grouiller le popotin. »

Ainsi fut fait. Selon le vote du Conseil consultatif révolutionnaire, le nombre des chaises à gauche ou à droite était en baisse ou en hausse. Et comme la controverse politique ne cessait de rejaillir même pendant les délibérations ordinaires du tribunal, le public s'intéressait souvent plus aux bagarres fractionnelles du mouvement féministe qu'aux affaires Ava Wigga Mestwina qui sont aussi mes affaires : c'est moi en effet qui ai enterré le pochon de fonte à un bon mètre de profondeur.

Il y avait de quoi chiffonner un Turbot quand on menait par-dessus sa tête des débats aussi passionnés touchant l'ordre du jour. Quand les deux premiers rangs du cinéma, évacués par le Conseil consultatif, furent sur le point d'être cédés au public, il protesta et menaça de se refuser à toute déposition : il ne pouvait tolérer ça. Il ne supportait pas une telle proximité du public. En effet il y avait eu déjà des incidents menaçants pour lui. Lui aussi avait droit à la sécurité. Qu'on réserve aux experts et expertes les deux rangs de sièges. Il attendait la venue de plusieurs messieurs et d'une dame qui selon lui avaient prouvé par leurs publications scientifiques être idoines en matière d'archéologie ou de droit canon médiéval. Il fallait réserver une place à ces capacités. En outre il demandait pour lui-même une protection objective même si le tribunal, et notamment la procureuse, le traitait comme un sujet.

A quoi il fut fait droit. Aux rangs 1 et 2 du cinéma prirent place désormais des experts variables, deux protectrices objectives et les témoins de l'accusation : des femmes appauvries, divorcées, travailleuses, désavantagées, seules, chargées de famille, maltraitées ou de quelque façon usées par la vie conjugale. Tantôt en bredouillant, tantôt en chuchotant, aphone, stridente, souvent au bord des larmes, mais aussi parmi des rires mauvais, la femme opprimée exprimait sa misère : mais après le cinquième enfant... Et parce que j'avais donné de la tête dans le radiateur... Mais comme il n'arrêtait pas... Même qu'il a menacé ma mère... Et plus d'aide sociale... Alors j'ai pris des comprimés... Mais tout ça pour de rien...

Quelles que fussent les dépositions des témoins femmes de l'accusation, c'était toujours la faute des hommes. Et chaque fois je me sentais concerné. Il restait quant à lui supérieur aux événements et s'appuyait uniquement sur des faits. Le Turbot savait tout et aussi le contraire. Même le droit canon ne lui échappait pas. C'est pourquoi il renonçait à des témoins de même qu'il avait aussi renoncé à moi, l'homme pourtant intéressé au premier chef, comme témoin à décharge. D'ailleurs il n'était question de moi que par ricochet. Objet anonyme des délibérations, je n'étais que du public. Muet, en proie à un fréquent ennui parce qu'une fois encore les querelles partisanes masquaient les affaires Ava ou Mestwina, j'établissais, de ma place au rang onze, des comparaisons.

A vrai dire je n'apercevais aucune Ava parmi les assesseuses — même pas Mme le Docteur Schönherr, toujours calme — mais j'avais démasqué ma bougonne Wigga sous les traits de Mme Helga Paasch, maraîchère en gros. Mestwina, elle, me faisait face en qualité d'assesseuse : comme elle était ronde de partout. La petite tête globuleuse, cernée de cheveux à l'ordonnance. Le cou cylindrique en colonne auquel — sans blague, Ilsebill — pendait une enfilade d'ambre. Les épaules doucement tombantes. La Mestwina du temps présent — on ne saurait le taire — avait même ce vide regard vitreux qui trahissait ma Mestwina en son temps, quand elle avait tétouillé un excès de lait de jument fermenté.

Manifestement, Mlle Ruth Simoneit boit. Il arriva plusieurs fois qu'elle troublât les discussions touchant l'affaire Mestwina par un fredon inarticulé et un monotone hochement de tête, en se tapant à l'occasion un gorgeon d'une bouteille qu'elle avait apportée, voire enfin, quand on en vint à parler de la décollation de Mestwina, par un débondage de larmes, tout en s'ébouriffant les cheveux comme une hystérique, si bien que Mme le Docteur Schönherr, avec une maternelle insistance, dut emmener hors de la salle de cinéma la si maniaque et sensitive assesseuse du nom de Simoneit. (Moi aussi, par la suite, la pauvre fille seule m'a inspiré des préoccupations.) Dès le matin, elle buvait du Rémy Martin. Et mangeait toujours en dépit du bon sens. Chez elle, un logement de deux pièces et demie dont elle était propriétaire, le tourne-disques marchait sans arrêt : hurlements tragiques, gueulards de profession. Avec ça, elle veut devenir institutrice. Du reste Ruth est parmi les huit assesseuses la seule qui, bien que prise de boisson, m'ait réclamé : « Et qu'est devenu l'espèce d'enfoiré qui a camouflé le pochon de fonte ? »

Car tout compte fait, Ilsebill, tout gravitait autour de moi. J'ai fait défaut, menti pour me tirer d'affaire. J'ai étouffé, j'ai oublié. Comme j'aurais aimé me reconnaître coupable devant le tribunal, devant Mme le Docteur Schönherr, devant Helga Paasch, devant Ruth Simoneit, devant toutes : c'est moi qui ai fait ça. Et ça. Mestwina s'inscrit à mon compte. De cela je suis, moi seul, responsable. J'avoue ceci, je maintiens. Me voici, oui, en qualité d'homme, quoique lésé et rendu tout penaud devant l'Histoire...

Comme je me vois

A l'envers dans un miroir et plus nettement dissymétrique.
Déjà les paupières supérieures s'empâtent.
Un œil pend, las ; l'autre veille, matois.
Tant de perspicacité et à entrailles,
après avoir à haute voix répété
le pouvoir et clabaudé ses détenteurs.
(Nous y pensons ! ça se fera ! Il le faut !)

Voyez les joues criblées de petits trous : acné.
Encore ou encore : mon souffle fait sans peine voler des plumes
et soutient ce qui flotte dans l'air.
Le menton voudrait savoir quand il pourra trembler enfin.

Le front impénétrable ; à l'ensemble manque une idée.
Où, si l'oreille est invisible
ou prêtée à d'autres images,
niche en miettes l'éclat de rire ?

Tout voilé d'ombre et drapé d'expérience.
J'ai mis de côté mes lunettes.
Le nez qui flaire : ce n'est que par habitude.
Les lèvres
toujours occupées à souffler sur des plumes
ont soif : cela se voit.

Sous le pis de la vache pie-noire :
je me vois boire
ou bien accosté à toi, cuisinière,
après que ton sein
a dégoutté sur le poisson qui vient à point ;
tu me trouves beau.

Ach, Ilsebill

Maintenant que tu t'épanouis. Bien qu'il n'y ait encore rien de visible. Mais j'ai déjà du soupçon plein la bouche. Un avant-goût. Nous pourrions, je pense : toi moi — car je m'épanouis avec toi : deux courges — faire des projets. De l'avenir pour trois et davantage. Qui n'a pas ses désirs ? Il te manque une machine à laver la vaisselle fonctionnant presque sans bruit. Bon. On l'achètera. Et des voyages naturellement. Bien sûr. Aux Antilles comme sur le prospectus. Et tout de suite après la naissance — fin juin, dis-tu — petites robes flottantes, infroissables, pantalons tsoin-tsoin, pull-overs collants. Tu auras tout ça. Plus de problèmes de vaisselle. Et je fais grimper pour nous dans le jardin une tonnelle de courges (à côté du cimetière) comme celle qui, en pleine guerre de Trente ans, florit trois étés de suite au Kneiphof, sur l'île de la Pregel, à Königsberg. C'est là qu'était assis mon ami Simon Dach quand il m'écrivait (j'étais Opitz von Boberfeld) en vers maniérés :
« Parmi la courge et le melon,
Je voudrais en ces lieux élire domicile
Et respirer à plein poumon

L'air et la paix de cet asile
D'où mon regard, perçant le feuillage, poursuit
Le prompt nuage qui s'enfuit. »

Car une semblable hutte-citrouille serait pour nous et notre fiston, quand il sera là, le lieu de rêverie et d'invitation au non-voyage, parce que cette cabane de potirons nous suffirait à tous deux. Ça grimpe vite en effet. Et avec le couteau de cuisine je pourrais, comme disait Simon Dach — « Je voulais inscrire ma mie / Dans la peau des citrouilles » — graver ton nom de conte de fées dans la courge encore minuscule mais bientôt épanouie avec toi, Ilsebill. Nous pourrions aussi lire le journal pour voir comment le monde se tape dessus : sur les hauteurs du Golan, dans le delta du Mékong, ou encore au Chili où il y avait un peu d'espoir. Ainsi camouflé par les feuilles de courge et bibliquement couvert, je pourrais écrire sur du papier les lamentations que m'inspirent le prix du cuivre qui repart à grimper et la guerre du Kippour ; comme mon ami Simon Dach pleurait à chaudes larmes dans sa tonnelle cucurbitine quand Tilly éleva un monument à l'atrocité catholique : « Puissé-je, ô Magdebourg, sur toi faire silence ! // Que reste-t-il de ta beauté,... ton opulence... »

Car dans le fond la guerre de Trente ans, quand on la voit d'une tonnelle de courges, n'a jamais cessé ; parce qu'une semblable tonnelle qui n'est qu'un néant est le lieu idoine pour voir le monde entier et ses effrois changeants. L'aimable vallée de larmes.

Non, Ilsebill, pas besoin de voyager ; une fois que j'aurai acheté des graines de potiron à côté chez Kröger et que j'aurai semé suivant instruction à la mi-avril, nous pourrons tout apporter dans la tonnelle et réfléchir à fond. Les faits mous et les rêves sculptés en pierre.

Même le passé, à mesure que foisonnera la plante, portera une ombre si bien que, tandis que tu t'épanouis avec les courges, je pourrai te parler d'Ava Wigga Mestwina avec qui, du temps où il n'y avait pas encore chez nous de cucurbitacées, j'ai partagé souvent des tonnelles pareillement grimpantes : avec Ava sous les fougères géantes liées en écran (quand je recomptais ses cent onze fossettes), avec Wigga sous le toit d'osier tressé (je n'arrêtais pas de lui ressasser encore une fois ma brève participation aux Migrations barbares) et quand je rendais visite à ma Mestwina dans son jardinet potager, nous prenions place entre des vesces dont les pousses s'étaient avidement enlacées au-dessus de nous. Nous buvions du koumys avec du caillé, de la galette et du foie de morue fumé. C'est ainsi que Simon Dach a vécu en compagnie de ses amis Albert,

Fauljoch, Blum et Roberthin (comme nous parmi les vesces) pour la gueule dans la tonnelle de courges de l'île qu'enserrait la Pregel.

« Mon Dieu, combien de fois sommes-nous demeurés,
Passant le temps jusques à la nuit noire
A bien chanter, bien manger et bien boire... »

Faisons ceci, Ilsebill : du fromage à couteau du polder de Wilster, du vin rouge du Palatinat et du pain au cumin, tandis que vient la nuit et qu'une de mes mains caresse une citrouille et l'autre ceint la taille. Je pourrais plus tard chanter à notre marmot, si c'est un garçon :

« Prie, enfant, au déclin du jour,
Car demain viendra le Pandour. »

Et jamais je ne m'en irais à la bête façon des hommes, ni n'aurais envie de me tirer, parce qu'il n'y aurait plus de disputes ni de problème de vaisselle, mais un air amical vrillant aux mailles du lattis. La paix, c'est cela. Un bonheur aussi menacé que la courge du prophète que Dieu — ç'aurait aussi bien pu être le flet — fit piquer d'un ver. Et encore un coup l'été suivant. Et ainsi chaque été : nous avec le petit garçon — ça marchera bientôt — paisibles, heureux, à l'ombre du passé, isolés du monde, le voyant donc sans ses horreurs et ses contre-atrocités — comme l'ami Dach voyait Magdebourg : le delta du Mékong défolié, les godasses oubliées dans le désert du Sinaï, la terreur quotidienne au Chili ; mais reconnaissants d'être à l'abri d'un fragile abri de courges et que tu puisses en paix mener à terme le fruit de tes entrailles.

Mais tu ne veux pas entrer avec moi dans la loge de plantes grimpantes, t'incruster. « Ton bonheur à la merde ! », dis-tu. « Tes subterfuges baroques. Ça te conviendrait. Me prendre au nid si ça te chante comme un œuf égaré. Et trouver passionnante ta perpétuelle contemplation de ton nombril. C'est pas pour ça que j'ai fait des études comme une dingue », dis-tu « pas pour te secouer ton oreiller à la campagne avec des mômes et la ratatouille dans une cabane de courges, même si c'est parfois marrant : Non ! » dis-tu. Tu veux voyager. Petites Antilles et autres prospectus. A Londres, Paris, rencontrer des gens intéressants qui ont rencontré d'intéressantes gens à Milan et à San Francisco. Discuter à fond l'émancipation. « Et en outre », dis-tu, « il nous manque une machine à laver la vaisselle silencieuse et une résidence secondaire en ville. Ta maison-citrouille ? Tu peux l'appeler vase de nuit, comme dans le conte de fées. J'aimerais encore mieux me faire avorter, et même à Londres, avant de me laisser prendre à tes plantes grimpantes. C'est bel et bien le vieux truc des hommes. La cage dorée, j'en passe. T'es peut-être fatigué ? »

Oui, Ilsebill. Déjà un peu. Le présent me fatigue. Mais si tu y tiens, je veux bien retenir une place en charter pour les Antilles. Les Petites, si possible. Quant à la machine à laver la vaisselle, ça va de soi. Idem les gens intéressants à Londres Paris. Pour la résidence secondaire, je vais réfléchir. Tu as raison, encore une fois raison : Dans une cabane de courges manque naturellement toute prémisse d'une discussion exhaustive sur l'émancipation. Ce n'était qu'une idée, parce qu'en ce temps-là mon ami Simon Dach... et toi aussi, tu as toujours désiré quelque chose : un peu plus de sécurité.

A la fin

Des hommes qui selon l'expression consacrée
vont au bout de leur pensée,
n'ont jamais fait autre chose que penser les choses à fond ;
Des hommes à qui des buts — si possible possibles — n'ont pas,
à qui le but final — la société libre de soucis —
a planté le billet derrière des fosses communes ;
Des hommes à qui la somme de leurs défaites datées
n'inspire qu'une conclusion : la victoire finale
dans un rideau de fumée
sur une terre brûlée à cœur ;
Des hommes qui réunis en une des conférences quotidiennes
après que le plus gros s'est avéré techniquement faisable,
décrètent la solution finale,
objectivement, virilement l'ont décrétée ;
Des hommes aux larges vues,
l'importance collée à leurs talons,
de grands hommes présomptueux
que personne, que pas une pantoufle chaude
n'a pu retenir.
Ces hommes à l'idée abrupte que suivait l'action plate
sont-ils enfin — on se le demande — à la fin ?

Ce que je veux oublier

Le mot trop, la graisse rance, le tronc sans tête : Mestwina, la route d'Einsiedeln et retour ; la pierre dans le poing, dans la poche. Ce vendredi 4 mars, quand je puisai à la caisse de grève. Les fleurs de givre (les tiennes) et mon haleine. Moi, quand je me sauvai : fuyant la poterie, suivant la pente de l'histoire. La Journée des Pères, l'autre jour, l'Ascension, bien entendu j'y étais. La vaisselle en morceaux, la chair succube, les Suédois à Héla, la lune sur Zuckau, le gars derrière les genêts, le silence, le oui qu'on dit en se bouchant les oreilles. La graisse et la pierre, la chair et la prise, les histoires bêtes comme celles-ci...

Le Turbot me raconta, un jour d'avant l'histoire, après les cancans mythologiques usuels, et pour enfin éclairer ma lanterne, l'histoire de la femme du roi Minos qui porta ses désirs sur le taureau blanc de son mari et comment un certain Dédale dont l'habileté manuelle était connue lui cousit des peaux de vache en un déguisement, ce qui lui permit de se faire saillir en grand format — ce qui eut pour suite, comme on sait, le Minotaure et autres mythes — pour terminer sur ces mots : on ne devait pas voir en cela un fait divers purement crétois. On pouvait en tirer profit et enseignement ailleurs. Ça concernait le continent. Bref, le roi ainsi bafoué avait été offert par Zeus en personne (sous forme de taureau) à la demoiselle Europe. C'est pourquoi le faux-pas de la reine Pasiphaé avait contribué à la déchéance des femmes crétoises. Le principe jovien, la semence mâle, l'idée pure s'imposaient. Car le monstre à tête de taureau démontrait comme une simple image d'Épinal le caractère immoral du matriarcat. On pouvait aussi le démontrer dans les marais baltiques. Pas besoin que ce soit toujours un taureau, un élan mâle blanc y suffirait. Comme par hasard : un mâle venait bramer tous les soirs dans la bassée de la Radune, comme s'il était rassasié d'airelles et de pousses d'osier, comme s'il ne voulait plus jamais saillir une femelle normale, mais enfin engendrer le mythe baltique. On pouvait, pour stimuler l'Ava trimamelle, confectionner en terre un attribut d'élan gros comme le bras, le cuire avec les marmites, le disposer en évidence et laisser s'opérer la suite.

Ce que je fis grâce à ma technique de la poterie. Ava et ses semblables goûtaient les phallus céramiques érigés vers le ciel. Quand le soleil brillait, leur ombre tournait autour d'eux. Déjà on étudiait le nouveau culte sous forme de jeux : les femmes tentaient d'enfiler, par jet à distance, des anneaux d'osier tressé. Bientôt des festons de fleurs palustres parèrent le zizi. Ce devint sport féminin que d'effectuer par-dessus un saut à l'écart. (Leurs cris faisaient vulgaire. Dès cette époque, leurs plaisanteries étaient obscènes. Quel plaisir leur procurait ma médiocre technicité.)

C'est pourquoi le Turbot m'appela un Dédale baltique. Sur son conseil, je cousis ensemble des peaux d'élane, travesti trompeur aux mesures d'Ava. Je faisais cuire à l'étuvée pour Ava du ris de veau d'élan. Et, comme si le Turbot l'avait pris sous contrat, le mâle à robe blanche bramaît tous les soirs dans la bassée de la Radune.

Mais Ava ne voulait pas. Elle n'avait pas envie de créer des mythes. Elle se suffisait à elle-même en sa qualité de nourrice trimammaire. (A nous aussi.) Elle fut prise d'un courroux néolithique lorsque (sous la pression du Turbot) je tentai, par des séductions et incitations verbales, de la braquer sur l'élan mâle. Non, cria-t-elle, non, et elle inventa un mot qui eut de l'avenir. Il fallut briser tous les emblèmes de terre (c'est pourquoi notre région n'a pas livré d'idoles priapiques). Et en guise de punition je fus lié au cul d'une femelle apprivoisée (nous avions déjà des animaux domestiques).

Tant que durait une journée du néolithique, j'essayai de faire mes preuves. Mais je ne suis arrivé à rien. Je ne me rappelle pas avoir engendré de monstre. Et je ne veux pas rappeler l'opprobre qui s'ensuivit ; mais je dois parce que j'écris et dois écrire : Ava et ses femmes firent de ma honteuse équipée équestre sur l'élane l'occasion d'une fête annuelle lors de la lune de printemps. Elle et ses pareilles se déguisaient (selon ma technique) à l'aide de peaux d'élan femelle. Nous autres Edeks devions parer nos fronts des bois spatulés des mâles. Nous étions tenus de pousser un raire de nuit. Les femmes nous présentaient leurs charmes sous la queue d'élane relevée. Il n'y a pas plus bestial.

« Ces rites infects de fécondité ! » vitupérait le Turbot. « Vous n'avez pas honte ? Cette enfilade non patriarcale. Vous n'arriverez jamais de la sorte à une présentation jovienne par la tête, à un mythe masculin. »

Puis il rêva tout haut des techniques raffinées de la civilisation minoenne. Il parla de palais aux mille chambres, d'escaliers extérieurs conçus aux dimensions de la royauté, de conduites d'eau, de bains de vapeur et annonça au passage la naissance du jeune preux Héraclès. Comme par hasard il déplora qu'un récent séisme marin (ou la colère de Poséidon) ait détruit la ville royale de Knossos — « Mais le roi Minos survécut miraculeusement ! » —

évoquant avec enthousiasme les statues de bronze grandes d'un empan qui se vendaient jusqu'en Égypte et en Asie mineure : elles représentaient un homme à tête de taureau.

« J'appelle cela un effet à retardement, mon fils ! Car dès le début du Premier Empire le produit de la reine Pasiphaé fut dépêché par un certain Thésée. Non sans l'aide du technicien Dédale. Je te racontais l'autre jour l'histoire du peloton de laine et sa tragique continuation. Comment s'appelait la pauvre fille ? Laissée en rade sur une île ? J'ai oublié. Mais les bronzes minoëns et les terracottas charmantes traitant le même motif : ils créent un style, posent un exemple. »

Et il m'offrit une figurine de terre cuite longue comme le petit doigt qu'il avait transportée à travers toutes les mers, comme ses autres bricoles, à l'abri de sa poche branchiale. Le bonhomme à tête de taureau : une pièce de plus pour ma collection croissante d'objets d'art que je tenais cachée dans le terrier abandonné d'un blaireau. (Jusqu'au jour où mon ami Lud la vola pour l'emporter je ne sais où.) Puis le Turbot me persuada de créer des figurines d'une signification mythique comparable, de tenter une pieuse fraude et de camoufler ma honte de l'Histoire.

Ce que je fis. Je modelai sept ou neuf bonshommes hauts d'un empan et portant des bois spatulés d'élans que je fis cuire en secret et enterrai à l'endroit proche du faubourg de Schidlitz où, au XXe siècle, des fouilles plutôt fortuites firent apparaître des trouvailles néolithiques tardives. Malheureusement les archéologues (deux professeurs à violon d'Ingres) ne furent pas assez soigneux. Tous les andouillers spatulés qui s'étaient détachés d'abord furent enterrés au grand dam de l'histoire de l'art. D'où des interprétations erronées. On parla d'hommes-porcs néolithiques. Dans les brochures de l' « Anthropologie folklorique de Prusse occidentale », on conclut à une apparition étonnamment précoce de l'élevage du porc dans la zone marécageuse des bouches de la Vistule. Une controverse d'experts s'institua sur la consistance de tessons sans exemple dans l'espace baltique, car suivant le conseil du Turbot j'avais, adoptant la technique minoenne, modelé mes figurines creuses sur le médius de ma main gauche.

Cependant mes terres cuites n'ont pas transmis de mythe. Il n'en résulta que des notes discutées au bas des pages et un mémoire de doctorat de 1936 plaidant la thèse nationaliste que mes « hommes-porcs » étaient les témoins protoslaves d'une race inférieure, déviants, négatifs.

Pourtant (ce que le Turbot ignore) Ava par la suite s'est fait saillir par un élan. Au clair de lune. Sans le travesti assemblé par mon aiguille. Les trois seins au vent. A genoux. Son séant stéatopyge luisait épanoui. Il arrivait, comme pour un jeu. C'était un jeune mâle à poil blanc. Il s'y prit sans violence, plutôt timidement. Ses bois spatulés accrochaient la lumière. D'abord de simples agaceries : il lui grignotait la nuque. Puis tout fonctionna, se passa naturellement et ne dura qu'un instant. J'en fus témoin, caché dans les osiers. J'entendis Ava émettre un son jamais entendu. Je fus aussi tenté d'en faire une statue, les trois seins pendant parmi les airelles. Mais j'oubliai, jetai par-dessus, déblai mémorial, d'autres histoires et ne me rappelai plus rien quand, après le délai habituel, ce ne fut pas un dieu spatulé, mais une fille qui vint au monde, pareille à sa mère, sauf qu'elle promettait d'avoir quatre seins, comme l'élan femelle a quatre mamelles ; on la tua sur l'heure avec un coup-de-poing.

« Non », dit Ava, et elle frappa. « C'est aller trop loin. Pas question d'exagérer. Trois suffisent. Si ça se trouve, cette garce me fera plus tard des histoires. Rien de contre-nature. Nous ne voulons pas faire de scandale. »

Et elle donna l'ordre de chasser et de tuer le jeune mâle. Nous mangeâmes sa jeune viande rôtie avec des airelles pilées, comme si de rien n'était. Mais enfin : je savais à quoi m'en tenir et commençai à chercher un mot pour dire père.

Ce fut, pour m'en tenir à la chronologie du Turbot, peu après le début de l'expédition des Argonautes et deux ans avant que les Sept ne vinssent contre Thèbes. Pourtant les femmes de chez nous restaient fortes. Qu'il s'agît d'Ava, de Wigga ou encore plus tard de Mestwina, elles empêchèrent les raids et voyages générateurs de légendes. Elles survivaient sans signe particulier ; quand nous cherchions à faire l'Histoire ou des histoires, elles mettaient leur nature en travers. La colère créait le calme après coup. On ne pouvait plus faire que des tours en douce. L'injustice rayonnait dans sa force. L'humeur dominante l'emportait. Asservis par leur pardon indulgent, nous demeurions domestiques. (Un jour que je m'étais sauvé, je cherchai à faire la paix par téléphone. « Oui oui », dit Ilsebill. « Ma foi bon. Tu veux revenir. Si tu veux, mais sois sage, être père. Oublions ça. Dors un bon coup. On verra ensuite. »)

A quoi je ne peux rien : sécheresse, dégâts produits par la gelée, périodes de pluie, épizooties, famines où il n'y avait plus en réserve que de la manne : jamais assez pour la soudure. Comment je fis diversion : j'ai perfectionné la carbonisation, inventé la brique baltique. J'eus longtemps peine à le dire ; mais le Butt disait : il le faut. Ce que je veux oublier : comment je suivis les Goths remontant le fleuve vers le Sud et laissai à ses fourneaux Wigga, qui tenait la longe courte à notre race.

Ma première évasion. (C'est encore aujourd'hui le courant comportement de fuite des hommes : on tourne le coin pour aller acheter des cigarettes et ne revient plus jamais, pour toujours disparu.) Départ en mai. Ailleurs on inscrivait la date 211. Tout se mettait à bouger. Agitation germanique. Les premiers brodequins de marche. Marcomans, Hérules et nos Goths, sensibles par nature à l'appel du lointain, s'en allaient, pénétraient dans de nouveaux confins, faisaient l'Histoire.

Et moi aussi j'en avais jusque-là de n'être jamais que le charbonnier de Wigga, condamné récemment de plus aux travaux agricoles, au triage de carottes. A l'instar des Achilles à poil roux dont le Turbot m'avait enseigné à vénérer en secret le dieu Wotan, je voulais prendre part, accroupi en cercle, au conseil des hommes, frapper mon bouclier en signe d'approbation, baisser mon javelot à l'inverse, je voulais être un homme exprès : consultatif, délibératif, selon le droit, suivi de fils, libre des contingences utilitaires quotidiennes, affamé d'horizons. Je voulais partir, sortir du train-train. Je ne voulais plus vivre que dangereusement, chercher le danger, me découvrir, me démontrer, me réaliser. Enfin retranché du cordon ombilical, je voulais savoir ce qu'est l'honneur, la victoire, la catastrophe finale.

« Débine-toi, mon vieux », dit Wigga. Elle était assise — colossale — sous l'auvent d'osier tressé et modelait des quenelles faites de laitance et d'œufs de hareng mêlés à de la farine d'avoine, qu'elle laissait courir dans un court-bouillon de poisson. « Débine-toi ! » Comme charbonnier et comme autre chose, je pouvais être suppléé. Elle roulait les quenelles sur ses cuisses sèches, dures : deux en même temps, en sens inverse. De même qu'Ilsebill peut dire « Fais donc comme tu veux ! », Wigga dit, sans même une nuance de dédain : « Débine-toi ».

Mais je n'allai pas loin : trois jours de marche vers l'amont. Dès l'endroit où plus tard la petite ville de Dirschau avec son pont de chemin de fer devait présenter une importance stratégique, j'avais des ampoules aux pieds, peur des Goths revêches, louchais du côté du pays et maudissais le flet qui m'avait conseillé de tirer mes grègues. (D'ailleurs mon ami Ludger me traitait comme un palefrenier : de haut en bas, grossièrement.)

Souvent je pleurais en me rafraîchissant les pieds dans la rivière. Sans domicile fixe. Je me faisais pitié. Je ne valais pas un clou chez ces hommes de fer. Nous autres Pomorzes n'étions pas admis à leurs assemblées dites things. Je devais étriller leurs chevaux, astiquer à la cendre leurs glaives courts, démêler la tignasse de leurs femmes, tolérer leurs humeurs impérieuses quand ils étaient entre deux hydromels. Et quand ils avaient trop mâché d'amanite tue-mouches séchée, préalablement ramollie dans le lait de jument, ils devenaient furieusement agressifs et nous tapaient dessus à défaut d'ennemis encore absents. Une fois je les entendis délibérer sous un chêne isolé quand et comment ils sacrifieraient à leur dieu Thor au marteau moi-même et la paire de transfuges pomorzes qui les avaient suivis : en les asseyant sur des lances.

Et là-bas où plus tard devait sur la rive orientale s'élever Graudenz (la citadelle) comme j'étais couché par terre, frappé d'un coup de pied de cheval, un pouce entamé par un glaive court et traité de « crapaud pomorze » par les femmes gothes, et que de surcroît un Goth toujours ivre ou gavé d'amanite tue-mouches, tellement édenté que je devais lui prémâcher la viande séchée, m'en fila un coup dans les miches en plein jour derrière un buisson de genêt en fleur (le mec ne prit même pas la peine d'ôter son casque orné de boutoirs). Je me sauvai, rentrant chez moi, clopin-clopant, pleurant, n'entendant que moi et la rivière et les hiboux crier sans arrêt « Wigga », avec une insistance croissante.

Ainsi donc je fus instantanément surmené par l'Histoire. Ils pouvaient bien sans moi casser les vitres de Rome ; les quenelles de hareng que faisait Wigga m'importaient davantage. Je ne demandais pas mieux que de n'être que charbonnier et surveiller les crapahutages de ses mouflets, dont quelques-uns étaient nettement de ma façon. Tant pis si le Turbot me traitait de couille-molle, je revenais l'amende honorable aux lèvres : je recommencerai plus, ça m'apprendra, je regrette sincèrement, je m'attends à une sanction méritée, histoire de me corriger de n'être plus désormais que domestique...

Mais Wigga ne me gronda pas. Si seulement elle m'avait tancé, puni, envoyé piocher les raves. Sa vengeance était macrobite et autre chose qu'une brève éruption, même si chaque fois, après mes autocritiques publiques — comme l'autre jour Ilsebill au téléphone — le disait : « Passons l'éponge. Oublions cela. »

Car je dus m'accuser devant le clan rassemblé — nous n'étions toujours pas une tribu. La carbonisation pomorze m'avait barbé au point que la fuite me parût préférable. Ç'avait été pour moi un plaisir perfide de ridiculiser aux yeux des Goths la sédentarité pomorze. Dans le commerce de troc, j'avais refilé le charbon de bois collectif pomorze à trop bas prix aux armuriers gothiques. A la place de l'herbe aux rêves interdite et exterminée, je m'étais adonné à l'amanite tue-mouches. Et j'avais révélé à ce Ludger des secrets pomorzes (la préparation du glumse).

Puis je dus publiquement renoncer au sentiment irresponsable de l'évasion. Puis je dus jurer au conseil clanique féminin de ne jamais plus vaincre ou périr. Puis je dus renoncer à un machin que j'appelais du nom ambitieux de patriarcat. Puis je dus compter par le menu combien d'ampoules aux pieds m'avait valu le début de la Migration barbare, pourquoi les cheveux des Goïtsches femelles sont laineux, en l'honneur de qui moi-même et les autres Pomorzes devions être assis sur des lances, comment mon genou gauche était devenu raide pour la vie du coup que m'avait porté le cheval entier du jeune Ludger ; et je dus aussi montrer à la ronde la cicatrice de mon pouce. (Ma renonciation à la muscarine aboutit à rendre usuelle chez nous l'amanite tue-mouches.)

J'ai tu, refoulé, oublié ce que m'avait fait le Goïtsche aux gencives qui n'ôtait jamais son casque orné de boutoirs, par derrière et caché par le genêt en fleur. L'opprobre. Le trou dans le devenir. La bulle où rien n'est écrit. Ce dont je ne veux pas me souvenir : tripoté, mâché, léché, enduit de graisse rance pour m'enfiler son sarment de birbe à force...

Wigga était au courant. Quand j'étais parti, elle avait délégué deux filles au pied léger pour me suivre et, quand je revins boitant bas, elles lui avaient déjà tout raconté par le menu. C'est pourquoi sans doute Wigga, plus tard, quand je partageais sa couche, sexes unis, jambes unies, bras unis, disait souvent : « Eh ben ? C'est-y pas mieux comme ça ? C'est-y pas beaucoup mieux ? »

Ilsebill sera bientôt dans le deuxième mois. Seul compte son temps, qui la rend sévère. Je me tiens (son charbonnier) à côté, ou descends l'escalier des siècles jusqu'au moment où le Turbot, comme s'il me parlait encore, m'intercepte : « Tu n'y peux rien, mon fils. C'est la nature, elle est plus forte et a toujours raison. Avec ta paternité te voilà au piquet. C'est toujours autant de gagné pour les femmes. Ton Ilsebill le sait. »

Puis il me conseille de racheter du papier. Tout ce qu'on écrit se laisse lire comme normal. Seul l'écrit est une antinature de force égale. Le plus souvent, le droit écrit l'emporte. Et ce que, par honte, on voudrait ne jamais rappeler, une fois écrit, c'est tout comme oublié. « Les hommes ne survivent que par l'écriture ! » dit-il, et il veut qu'on le cite.

Bon. J'admets avoir trahi Mestwina, ma Mestwina. Mais cela s'effectua dans l'ambiguïté comme par une petite phrase qu'on lâche. N'étais-je pas son maître-berger (et celui de la tribu) et alternativement cet évêque Adalbert qui était venu nous convertir. Ainsi j'ai fourni sa cuisine et, comme ascète, dédaigné son fricot. C'est moi qui ai volé la louche de fonte dans la réserve du train des équipages bohémiens ; et Mestwina m'a assommé avec la fonte ; plus tard je fus évêque canonisé. Si mes souvenirs sont exacts, j'ai été trop lâche pour éventrer à l'aide de mes forces le missionnaire importun, quoique Mestwina m'ait incessamment réclamé cette preuve d'amour. Mais aussi, sous les saintes espèces de l'évêque, j'avais un goût irrémédiable des coups, me laissant assassiner sans me défendre, car dès mon temps d'enfant de chœur ç'avait été mon vœu souventes fois confessé de recevoir plus tard en mourant la palme du martyre et d'être canonisé.

Le berger-évêque : pour la première fois je vécus double, scindé, et pourtant intégralement berger païen, totalement évêque chrétien. Rien n'était plus aussi catégorique que sous la tutelle d'Ava et à l'ombre de Wigga. Seuls mes rapports avec Dorothée, puis avec la cuisinière des communs Amanda Woyke, qui l'une et l'autre n'admettaient pas d'ambiguïtés, m'ont permis d'user de moi-même avec moi : univoque et à vie. Car la période passée avec Billy ne compte pas. Et pour Maria je suis un néant.

Peut-être mon Ilsebill présente pourrait-elle me reclouer, me mettre au point, me rendre univoque. Elle dit : « On s'en tient là. L'enfant doit savoir qui est son père. A quoi bon ici une fiction. Ne cherche pas d'échappatoires, je te prie ! »

En tout cas j'étais déjà mort évêque quand puant le mouton j'entrai dans la tente capitane des Bohémiens et dénonçai Mestwina.

A vrai dire, pourquoi ? Tout était si bien camouflé. Une fois assommé, ce qui eut lieu sans bavures dans la cabane de Mestwina, sans bruit sur sa couche de feuillage, elle et moi avons jeté dans les eaux rapides de la Radune le nommé Adalbert tout roide qu'on canonisa par la suite. Plus bas, sur un banc de sable du delta de la Vistule où les Pruzzes hostiles venaient souvent piller leurs voisins, le cadavre ballonné du saint homme fut rejeté au rivage par les eaux, là où le trouvèrent des mercenaires polonais qui cherchaient l'évêque depuis déjà cinq jours. J'avais eu l'habileté d'enfouir le pochon de fonte. L'on pouvait à bon droit supposer que les Pruzzes païens avaient assommé Adalbert. Déjà un courrier faisait route pour rendre compte au roi de Pologne. On mit comme date le 12 avril 997. Historiquement, tout était inscrit : un saint de plus.

Fallait-il que je fusse assez bête pour attester la vérité ! Le Turbot me conseilla d'éventer la ruse. « Tu ne peux te taire, mon fils. Pour autant que tu tiennes à ta Mestwina, il faut la sacrifier. Pour la première fois, vous autres Pomorzes croupissant dans l'inconscience et n'existant pas par un seul acte avez réellement accompli un fait ; par ce meurtre politique, vous êtes entrés dans l'Histoire, vous avez, de façon classique, marqué une date — avec quelle ambiguïté riche de sens : il fut occis un vendredi saint — et déjà le vertige vous prend de réintégrer l'état d'innocence des âges lithiques. Lâchement, vous vous abstenez de l'aveu viril. Va et dis à haute voix : Oui ! Messieurs les chrétiens. C'était l'une d'entre nous. Mestwina, notre reine, le désirait et voulait sa chair. Elle l'a tué afin que notre peuple prît conscience de son rôle historique. On pourra toujours canoniser Adalbert, mais nous, de la tribu de Mestwina, nous serons inflexibles comme des hommes. Nous ne voulons pas la croix. Notre déesse s'appelle Ava. Elle s'apparente à Déméter, Frigga, Cybèle. Sémélé. Ce sont de grandes figures. Toutes l'emportent sur votre mince Sainte-Vierge. Bref : nous avons déjà une religion ! »

C'est avec une fermeté semblable, mais sans user de mots choquants, que je parlai au prélat bohémien et aux chevaliers polonais. Je ne puis me rappeler si j'ai demandé à Mestwina l'autorisation de passer aux aveux gros d'histoire. Il est plus vraisemblable qu'elle m'ait traité d'idiot, raillé, rossé quand je voulus la contredire et, pour me rendre inoffensif, banni sous surveillance sur des plages éloignées à chercher de l'ambre.

J'allai secrètement trouver les seigneurs bohémiens. Ils m'écoutèrent immobiles, couchèrent au procès-verbal les seuls blasphèmes que Mestwina avait jetés au Dieu crucifié, idem cette partie de mes aveux où je révélais qu'elle était toujours prêtresse sacrifiante d'Ava. A quoi l'on rattacha son éthylisme. Et son vice consistant à mâcher des amanites tue-mouches crues et séchées. Bref, elle avait assommé Adalbert après l'avoir enivré ou drogué à la muscarine.

Le lendemain, les seigneurs bohémiens, présidés par le prélat Ludewig, condamnèrent Mestwina à périr par l'épée. Ils nous alignèrent pour le baptême forcé immédiat, mais prétendirent par la suite (mes aveux n'y changèrent rien) qu'Adalbert avait été occis par les Pruzzes païens. Le meurtre de l'évêque par une femme aurait pu rendre difficile, voire impossible, sa canonisation. C'eut été en contradiction avec la bulle papale aux termes de laquelle personne ne pourrait accéder au martyre par une opération féminine. Entre nous soit dit : l'escorte bohémienne de l'évêque savait qu'Adalbert avait tenté plusieurs fois par semaine de tuer ascétiquement ses appétits charnels en Mestwina. Les chevaliers polonais brocardaient sous le manteau la pénétrante pratique catéchétique du pieux convertisseur bohémien. Si de simples allusions aux joies du lit de feuillage s'étaient glissées dans les actes de canonisation, il y aurait eu en cinq sec un saint de moins.

Devant le tribunal féministe, le Turbot excusa son conseil manqué par des arguties néo-scolastiques. « Cela se fit tout à fait dans le sens, Mesdames, de la dialectique hégélienne. Moi aussi, je regrette profondément qu'en ces années de grâce on ait refusé aux femmes le droit de produire des martyrs. On se disait : sous l'angle d'une valorisation subjective, une certaine Mestwina peut avoir fracassé avec la fonte le crâne de l'évêque Adalbert, mais objectivement, si l'on se place au point de vue de l'Histoire, il fallait que ce fussent des hommes, à savoir les Pruzzes païens. Et c'est ainsi fort logiquement et en contradiction seulement apparente avec les faits que toutes les sources historiques attribuent aux Pruzzes le mérite d'avoir fait de l'histoire ecclésiastique. »

Ce serait arrivé à Tolkmit. Avec un aviron de bois qui devint plus tard une relique. Laissez-moi rire.

Or ça, Turbot ? Tout est maintenant porté sur le papier : le brame de rut des élans mâles faux ou vrais, ce que le mec m'a fait, avec son casque aux boutoirs de sanglier, derrière le genêt, comment je me suis mis à table devant les seigneurs cléricaux. Suis-je maintenant disculpé ? Partiellement relevé de mes charges ? Et le reste de honte ? Les paquets ficelés en croix qui voulaient être déficelés. Car lorsque nous reçûmes par force le baptême chrétien, le péché ne fit que s'accroître. Et je dis à Ilsebill : « Avec cette Dorothée qui aux temps du Moyen Age gothique souffrait de migraine comme tu en souffres présentement, souvent, par pénitence, je m'agenouillais sur des pois. »

La voici, du sang tache sa robe. Je ne veux pas m'en souvenir. Pourtant il le faut.

Au deuxième mois

Comment nous devînmes citadins

A l'époque où Mestwina saoule abattit l'évêque Adalbert d'un coup pourtant ajusté, sauf les Pomorzes autochtones de la rive gauche et les Pruzzes établis à l'est de la rivière, il n'y avait pour habiter aux embouchures de la Vistule que des résidus de peuples en transit : des Goths gépidisés passablement mêlés à notre brouet ethnique et des immigrants saxons ayant pris la fuite devant le zèle convertisseur des Francs. Des Polaques slaves s'infiltraient par le Sud. Et des Varègues scandinaves nous saignaient à discrétion. Ils construisaient partout des forteresses-refuges contre les incursions pruzziennes, et ne purent cependant pas empêcher les Pruzzes de s'implanter à l'ouest de la dépression fluviale. Leur chef s'appelait Jagel. Une forme archaïque du lithuanien Jagello. C'est pourquoi la colline s'appela plus tard, quand la ville était déjà fondée, Hagelsberg.

Dès l'époque de Mestwina, quelques Varègues déguisés en pêcheurs pomorzes avaient tué Jagel dans son repaire. C'est seulement quand le duc des Polaques Boleslav Chrobri eut rejeté les Pruzzes sur la rive droite de la Vistule que la domination varègue fut remplacée par la polaque. A peine Mestwina en effet avait-elle assommé cet Adalbert que le duc de Pologne avait engagé comme propagandiste que nous devînmes sujets et le restâmes.

Boleslav fit transporter le cadavre miraculeux à Gnesen, où il est encore vénéré à Gniezno. Notre pays fut érigé en province et, parce que nous habitions au bord de la mer, appelé en slave archaïque Pomorzanie : Pomérélie. Nous autres Pomorzes, le pieux Boleslav nous appelait, par amitié condescendante, *Kachoubes*. Nous fûmes autorisés à nous donner des lieutenants royaux qui ne tardèrent pas à copier les formes viriles de domination, bien que tous fussent issus du sein de Mestwina ; ses filles et ses petites-filles se contentèrent de transmettre désormais le matriarcat sous le manteau.

Le premier à être connu par son nom fut notre prince tribal Sambor qui fonda le monastère d'Oliva et le munit de privilèges : franchise de douane, perception de la dîme. Son fils Subislav était un nabot qui mourut de bonne heure. Là-dessus son oncle, le premier Mestwin, devint prince des Kachoubes de Pomérélie. Il eut tout juste le temps de faire abbesse sa fille Damroka et de fonder sous sa houlette le monastère de Zuckau (où tout juste six cents ans après Amanda Woyke tenait la cuisine des valets de l'administration d'État prussienne) que déjà les Danois tombaient sur la Pomérélie et l'occupaient pour dix ans, tant qu'à la fin Svantopolk, fils de Mestwin, les renvoya chez eux et se proclama duc de Pomérélie, ce qui déplut au duc Lesko de Polaquie. Les deux ducs se livrèrent entre hommes une lutte à mort à proximité de Gnesen, où Svantopolk l'emporta. Ce qui coûta la vie à Lesko. Mais lorsque le duc de Kachoubie désormais indépendant se fut battu sans succès contre les Pruzzes toujours païens et qui se souciaient peu de voir en la Vistule une frontière, il commit la même faute que les Polonais : lui aussi fit venir de Palestine en Kachoubie les Chevaliers teutoniques réduits au chômage par la fin des Croisades. Ils vinrent et liquidèrent sans recours tout ce qui était pruzze. Après quoi ils taillèrent aussi plusieurs fois des croupières à Svantopolk. Son fils aîné, Mestwin II, fut leur prisonnier. Remis en liberté, il s'allia aux ducs de Brandebourg contre son frère qui partageait le trône avec lui. Là-dessus les Brandebourgeois s'établirent en force, et il fallut l'aide des Polaques pour les chasser de la ville de Danzig, fondée en l'an 1236 sous le nom de Civitas Danzcik à côté du château fort pomérélien et dotée du statut de Lübeck par le grand Svantopolk.

Giotheschants, Gidanie, Gdancyk, Danczik, Dantzig, Danzig, ma ville, Gdansk : on se l'est disputée dès le début. Nous autres pêcheurs et vanniers pomorzes restions sous les murs du château dans le Hakelwerk, nourris comme toujours de semoule au poisson et de poisson à la semoule, tandis que les nouveaux occupants venus de Basse-Saxe, les Jordan Hovele, Johann Rapesilver, Heinrich Pape, Ludwig Skröver, Kunrad Slichting et consorts avaient leurs domiciles d'artisans derrière les murs de la ville et mangeaient des saucisses de porc avec des fèves.

Les derniers duc de Pomérélie — Mestwin resta sans enfants — et le duc polonais Przemyslav se querellaient avec les margraves de Brandebourg et les Chevaliers teutoniques au gré désormais de l'histoire. Par-dessus le marché, le lieutenant royal polonais Bogussa croisa le fer avec le duc kachoube Swenzas tant que le

14 novembre de l'an 1308 l'Ordre vorace empocha la ville, prit possession du château et en usa pour dominer la ville. Certes le Polonais Wladislav chicanait à propos de ses possessions de Pomérélie et harcelait l'empereur et le pape ; mais à la paix de Kalisz (1343) il dut renoncer à la Pomérélie.

A cette époque, ma future Dorothée était âgée de trois ans et moi, son futur Albrecht, j'avais certes atteint l'âge d'homme quoique je m'accrochasse toujours au tablier de ma mère pomorze Damroka, venue en ville par mariage : mon père, le fourbisseur d'estocs Kunrad Slichting, fit aussi de moi un fourbisseur ; la profession avait de l'avenir ; la ville grandissait rapidement et avait besoin pour sa défense de bonnes épées à deux mains.

Il a fallu un ordre allemand de défense sans esprit de recul, des tapis de bombes britanniques et la Deuxième Armée soviétique commandée par le maréchal Rokossowskij opérant de concert pour mettre rez-terre comme pour l'éternité tout Danzig, sa Vieille-Ville, sa Ville-de-Droite, sa Ville-Basse, sa Jeune-Ville et son faubourg enchevêtrés, sauf les murailles de briques ainsi recuites de toutes les églises principales et suffragantes, équilibrant des siècles de travail héréditaire, tenace, accumulé ici derrière d'ostentatoires façades, ici misérable, de ses citoyens, par un incendie gigantesque qui fuma encore pendant des semaines. Sur les photos d'archives, l'effet paraît radical. Les clichés aériens laissent indentifier les secteurs de construction de l'urbanisme du haut Moyen Age. Quelques débris caducs restèrent debout par hasard vers le Leegetor, autour de Saint-Jean, entre le marché au Poisson et l'Eau-Bruissante, à côté de Sainte-Catherine et ailleurs. Mais sur les photos suivantes de l'exposition commémorative de l'Hôtel de Ville de la Ville-de-Droite on voit déjà nettoyer des briques, dégager à la pelle les perrons ensevelis de la rue Notre-Dame, étayer les façades survivantes de la ruelle de l'Étal-au-Pain, ceinturer d'un échafaudage le moignon de beffroi de l'Hôtel de Ville.

Et trente ans après le sinistre total un jeune homme parlait au micro de la TV, Norddeutscher Rundfunk, Troisième Chaîne, de la Ville-Intérieure détruite à quatre-vingts pour cent ; en sa qualité de conservateur, M. Chomicz est responsable de la reconstruction du Danzig historique en Gdansk polonais.

J'étais arrivé le matin de Berlin-Schönefeld par un avion à hélice de l'Interflug, atterrissant sur le nouvel aérodrome là où, pas plus de trois ans auparavant, les carrés de pommes de terre kachoubes de ma grand-tante fournissaient un rendement médiocre. Dans mes bagages : des lacunes dans le manuscrit ; des affirmations encore en l'air sur mon existence antérieure au temps gothique où vivait Dorothée de Montau, cuisinière de carême ; des annonces de recherches où apparaît en des allégories baroques la fille de cuisine Agnès Kurbiella, cheveux frisés. Objections du flet. Les désirs de mon Ilsebill. Et en outre j'avais apporté un catalogue de questions car, en dehors du tournage pour le compte de la TV, je voulais rencontrer Maria qui est toujours cuisinière à la cantine des Chantiers navals Lénine : « Dis donc, Maria. Comment était-ce en décembre soixante-dix ? Est-ce que ton Jan était là quand trente mille ouvriers ont chanté une Internationale de protestation contre le Parti devant le siège du Parti ? Et où se trouvait exactement ton Jan quand la Milice a tiré sur les ouvriers ? Et où a-t-il été touché ? »

Le début du tournage mit tout sur le même plan d'actualité. Les citations historiques — 1813, l'incendie de l'Ile-aux-Docks — réduites à l'état de fiches bonnes pour le panier. Nous avions braqué nos trois lampes, la prise de son et la caméra dans la salle du Trésor reconstituée de l'Hôtel de Ville de la Ville-de-Droite. Malgré toute la rigueur exacte des données mises en œuvre, le conservateur municipal avait un air de gêne entre les parois lambrissées et les Sentines du Péché peintes à l'huile par des maîtres hollandais. Derrière lui, dans son cadre semi-circulaire tranchant sur un fond rectiligne, était suspendu le tableau du peintre de ville Anton Möller, *le Denier de César :* Jésus et son personnel tiré du Nouveau Testament, surpris en des poses maniéristes là où en vérité la forte construction Renaissance de la porte Verte — en gothique Koggentor — devrait clore la perspective du marché Long avant la berge de la Mottlau. En allant vers l'Hôtel de Ville, le marché Long se rétrécit et se prolonge par la Langgasse sinueuse jusqu'à la porte Haute. Möller peignit cette allégorie à décor municipal aussitôt après son *Jugement dernier* de 1602, année qui, comme la précédente, avait été une année de peste. (Mais pas de draps mortuaires pendus aux fenêtres, pas de charrette surchargée animant les seconds plans. Pas de médecin masqué agitant la crécelle sur son passage. Nulle part on ne brûla de paille. Pas de jaune dominant comme signal d'alarme.)

Le conservateur dirigeait droit vers la caméra un regard manifestement exercé. Jamais il ne mettait, par contenance, une main ou l'autre dans sa poche. Économe de ses gestes, il dit que la peinture de Möller était un document important à la reconstruction du centre de la ville détruite, comparable aux « vedute » de Canaletto qui avaient été d'un grand secours dans la reconstruction du Vieux-

Varsovie. Il qualifia d'étonnante la preuve apportée par le tableau qu'encore au début du XVIIe siècle presque toutes les maisons patriciennes du marché Long montraient encore des murs et des pignons gothiques, à l'exception de l'Artushof et de la grosse maison bourgeoise de style Renaissance qui fait face à l'Hôtel de Ville.

Le conservateur expliquait en souriant pourquoi l'on n'avait pas reconstitué la forme antérieure gothique moins dispendieuse mais, sans regarder aux frais, les façades ouvragées baroques — quand au beau milieu d'une phrase nos trois lampes firent grève. L'installation électrique de l'Hôtel de Ville de la Ville-de-Droite reconstitué selon la vue qu'en a laissée Möller était sursollicitée. On appela l'électricien maison qui ne vint pas. En échange, non annoncé et en avance sur sa suite, le prince consort Philip d'Angleterre fit son entrée dans la salle historique. Il paraît que des régates ou une course hippique étaient la cause de son séjour officieux au Grand Hôtel de Zoppot. Manifestement surmené par son programme touristique, le prince Philip eut un sursaut à la vue de la caméra. Notre technicien du son, qu'on appelle Klaus — « Allez, Klaus !, vas-y, Klaus ! » — bien que le prince fût tout à fait reconnaissable, voulut l'embaucher comme l'électricien si longtemps attendu. Avant que cette erreur ait pu faire l'Histoire, le prince avec sa suite avait déguerpi.

Plus tard, étant au « Monopol », je notai : Si seulement ç'avait été Copernic ou le vieux Schopenhauer aux cheveux blancs qui, débouchant de l'escalier, avait été l'objet d'une méprise ? Le caractère fortuit des scènes historiques. Car Pierre le Grand, Napoléon et Hitler ont été ici. Vers la fin du XIVe siècle bien avant de fournir un personnage à Shakespeare, arriva le prince anglais Henry Derby, venu avec sa suite prendre part, à titre de sport hivernal chrétien, aux battues lancées contre les Lithuaniens païens. Il commanda chez l'époux de Dorothée, l'armurier Albrecht Slichting, une arbalète frappée d'or à la feuille qui ne fut jamais payée. L'histoire eut des suites. On trouve partout des ardoises non réglées.

En attendant le vrai électricien — et parce que le tournage pour la TV produit tant de récréations hors programme — je pris la tangente (tout en discourant de coexistence avec notre satellite de l'agence Interpress) en descendant l'escalier de l'histoire au point que je visse venir, enceinte, par le marché Long, en plein déjà dans le XVIIe siècle, la fille de cuisine du peintre de ville sénescent Möller.

Agnès Kurbiella vient d'acheter non plumée une poule à cuire au pot. Il faut comme par hasard que ce soit l'hiver, bien que nous ayons tourné la documentation TV par beau temps, fin août, en plein coup de feu touristique. En janvier de l'an 1636, Agnès est enceinte jusqu'au nez ; le roi Vladimir VI a pris ses quartiers dans la porte Verte et ainsi marqué d'une date l'histoire de la ville. Le voici là-bas qui cause avec le diplomate et poète silésien Martin Opitz von Boberfeld. Le roi veut le prendre à son service comme secrétaire et historiographe de la Cour. Est même présent l'amiral de la flotte polonaise, un Écossais du nom de Seton, item des patriciens du cru, faces épanouies sur fraises empesées. Après prorogation de l'armistice passé avec les Suédois, Opitz doit négocier pour le compte du roi la nouvelle tarification des douanes maritimes. Le roi fait connaître que l'hommage iambique remis tout à l'heure en ses mains et le célébrant comme prince de la paix l'incline aux bonnes grâces. Le patriciat garantit au poète réfugié de Silésie un séjour introublé. L'amiral Seton, catholique nourri de littérature, pendant une suspension des pourparlers, raconte au protestant Opitz, sur un ton où l'amusement le dispute au souci, que le précepteur de ses fils, un jeune homme de foi luthérienne, ayant comme Opitz fui la Silésie, est malade parce que les festivités désaltérantes des bourgeois de la ville — il fallait bien, en effet, arroser la prolongation de la suspension d'armes avec les émissaires d'Oxenstierna — semblent avoir excédé les forces de ce jeune homme à peine sorti de l'adolescence de telle sorte qu'il écrit maintenant des sonnets pétris d'atrabile où il dit que tout est néant et vanité. Cette poésie de circonstance pourrait éventuellement intéresser M. Opitz, d'autant que le jeune Gryphius n'écrit pas en latin, mais en un grossier tudesque.

Mais Opitz, usé par la guerre continuelle, est trop distrait pour demander sur l'heure la copie des sonnets. Par les hautes fenêtres de la salle de la porte Verte, il voit (selon la perspective du peintre de ville Möller quand il peignit son *Denier de César*) s'étendre le marché Long hivernal où, portant dans son panier la poule à soupe non plumée, la fille de cuisine Agnès Kurbiella, enceinte jusqu'aux oreilles, continue de patauger dans la neige fondante : la voici qui passe devant l'Hôtel de Ville où, trois siècles et demi plus tard, nous attendons l'électricien maison. Voici qu'elle prend par la Beutlergasse. Blancs de poule bouillis en sauce au fenouil avec une bouillie de flocons d'avoine, tel est son plan. Bientôt Agnès cuisinera aussi pour Opitz des préparations de régime : en été, peu avant qu'Andreas Gryphius ne parte rétabli, le diplomate élira domicile chez le prédicant Canassius ; il est pour l'instant au service de la Pologne et de la Suède : c'est un agent double.

Quand l'électricien fut enfin venu et que nos trois lampes, alimentées par une ligne parallèle, éclairèrent à nouveau le conservateur municipal et la scène du *Denier de César* peinte par Anton Möller sur le marché Long, je venais de quitter le XVIIe siècle et sa bigarrure religieuse pour assister, au début du XIVe — exactement le 19 mai 1308 — à l'exécution des seize chevaliers poméréliens issus de la souche largement ramifiée des Swenzas, tout simplement — quoique l'affaire à ce jour ne soit pas élucidée : à savoir si les Teutoniques n'ont décapité que seize Swenzas histoire d'apporter une première contribution à l'histoire de Danzig, ou bien s'ils firent massacrer dix mille Pomorzes habitant la ville. Ils habitaient tous entre l'église Sainte-Catherine et le vieux château fort pomérélien qui à peu de temps de là devint citadelle de l'Ordre teutonique. La partie pomérélienne de l'agglomération de la vieille ville s'appelait toujours Hakelwerk. Car au temps où les seize nobles ou bien les dix mille Pomorzes furent exécutés ou massacrés, il n'y avait pas encore de Ville-de-Droite quoique les Teutoniques eussent déjà arrêté leur plan qui était de bâtir au sud de la fondation pomérélienne une ville nouvelle sous le privilège de Kulm.

En tout cas, plus de seize comtes pomérélo-kachoubes et moins de dix mille habitants pomorzo-kachoubes du Hakelwerk furent exécutés ou massacrés. Ce qui permet de dater exactement l'histoire, c'est que le 6 février 1296 le roi de Pologne Przemyslaw fut assassiné à Rogasen, mais les chiffres maximaux des pertes demeurent une estimation grossière ; de même, pour le temps présent, je ne pus parvenir à force de questions à côté (et aussi longtemps que le film TV fut en tournage) à savoir par des Polonais du cru combien d'ouvriers des Chantiers Lénine de Gdansk, et combien d'ouvriers des chantiers et des docks de Gdynia tout proche avaient péri par balles, ce jour de la mi-décembre 1970 où la Milice et l'Armée populaire de la République populaire de Pologne reçurent l'ordre de tirer sur le peuple en grève. Car on tira et on fit mouche. Maria perdit son Jan qui, au moment où il prit le coup, citait le Manifeste communiste par mégaphone. Quelles sont les contradictions idéologiques qui procurent à qui (au sens de Marxengels) un divertissement dialectique lorsque dans un pays communiste l'État fait tirer sur des ouvriers qui tout à l'heure, au nombre de trente mille, chantaient l'Internationale devant le bâtiment du Parti pour cause de protestation prolétarienne ?

A Gdansk, il y aurait eu devant l'entrée des chantiers sur le rempart Saint-Jacques — où jadis les chantiers avaient leur entrée — cinq ou sept morts ; à Gdynia — entre trente et quarante morts — pas un mot sur le compte exact. On ne parlait pas de détails. On disait sur un ton de regrets unanimes : les événements de décembre. De son côté, l'Ordre teutonique passa sans tarder à l'ordre du jour. Sur le plan de la Realpolitik, les faits plaidaient : le Danzig pomérélien était allié aux Swenzas et à Brandebourg contre le roi de Pologne Lokietek. Sur le conseil des dominicains loyalistes, Bogussa, castellan dudit roi, avait demandé l'aide du commandeur teutonique Plotzke. L'Ordre envoya un détachement armé qui se fraya un chemin jusque dans le château assiégé. Les Teutoniques contraignirent les Brandebourgeois à se retirer, jetèrent hors des murs les Polonais sans faire exception de Bogussa, exigèrent qu'on leur livrât les Swenzas poméréliens et, ces derniers une fois décapités, après qu'eut été perpétré un massacre exorbitant de toute statistique, ordonnèrent que fussent démantelés les bastions, murs et autres fortifications de la ville, enfin que fussent jetées bas les cabanes de torchis sans défense et les rares maisons à poutres apparentes ; sur quoi ce qui restait de population s'égailla et, quelques années plus tard, fut encore un coup décimée par une famine qui toucha toute l'Europe. Car lorsqu'à partir de 1320 furent tracées perpendiculairement à la Mottlau les rues principales de la ville nouvelle, dite de Droite — la rue des Brasseurs, plus tard nommée rue des Chiens, la rue Longue, la rue de l'Étal-au-Pain, la rue du Saint-Esprit — les nouveaux colons furent non seulement des survivants de la Vieille-Ville, mais aussi des immigrants chassés de Basse-Saxe par la famine ; et le Hakelwerk ressuscita pareillement à l'extérieur de la nouvelle Ville-de-Droite sur les ruines de la vieille agglomération pomorze.

Personne ne parlait plus à voix haute des seize Swenzas et des dix mille massacrés, d'autant qu'une commission d'enquête pontificale bénit comme pure vérité le rapport présenté par le procurateur de l'Ordre. Tous les intéressés en effet étaient catholiques. Et pareillement la grève et le soulèvement des dockers et ouvriers des chantiers navals de Gdansk, Gdynia, Elblag et Szczecin, l'ordre de tir donné à la Milice et aux formations de l'Armée populaire restèrent sous le manteau de la foi communiste. Toujours est-il que le conservateur observa un silence total concernant les événements de décembre 1970, d'autant que la reconstruction de la Ville-de-Droite (selon le plan-masse des Chevaliers teutoniques) ne fut pas troublée par les ouvriers en grève des chantiers.

Quand nos lampes fonctionnèrent à nouveau, le conservateur dit dans le microphone : Dans la Vieille-Ville, on n'avait rebâti que les églises, ainsi dernièrement Sainte-Brigitte. Cependant la Ville-de-Droite de Gdansk était ressuscitée en ses rues principales sous l'aspect d'un noyau compact à l'intérieur du mur de la ville construit depuis 1343 : entre le Fossé de la Vieille-Ville et le Fossé du faubourg situé au sud, touchant à l'est la Mottlau entre la Porte-aux-Vaches et le Häkertor, tandis que le mur de la ville reconstruit à gauche et à droite de la porte de la rue Longue limitait la Ville-de-Droite du côté du couchant.

En jargon du métier, le régisseur de la Radio-Télé Nord-Allemagne coupa le travail : « Statement tableau Möller stop. Demain matin quatrième top neuf plombes église Sainte-Catherine. Ensuite Saint-Jean, rue des Crocheteurs, artistes venus de Wilna et le toutime... »

J'allai encore reconnaître des lieux de tournage et j'hésitai : savoir si la maison de brique du fourbisseur Slichting fut construite en 1353 dans la rue des Forgerons de la Vieille-Ville ou dans celle des Forgerons d'Ancres de la Ville-de-Droite ? Dorothée de Montau, fille du colon Wilhelm Swarze venu de Basse-Saxe, avait tout juste six ans quand fut commencée la construction de cette maison gothique tardive — sise sans doute, tout compte fait, dans la Vieille-Ville. (Plus exactement, Ilsebill, je me souviens d'escaliers, d'odeurs de cuisine, de draps mortuaires pendant aux fenêtres et d'échecs personnels sous l'aspect de localités.) En tout cas, étant armurier, je construisis après que la peste bubonique eut pour la première fois promené sa cliquette par toutes les rues ; sur quoi, tandis que tout augmentait, le prix des terrains tomba. Nous restâmes dans la Vieille-Ville, et l'aimable conservateur qui ne reconstruit que la Ville-de-Droite selon une rigoureuse orthodoxie ne pouvait m'être d'aucun secours dans la recherche de ma parcelle de la Vieille-Ville.

J'allais souvent à Montau : en me rendant à Marienburg par les terres récemment endiguées (ce fut après les années de famine) d'entre Nogat et Vistule. Mon père le fourbisseur Kunrad Slichting qui ne voulait pas mourir et me tenait serré, moi son aîné, ne fournissait pas seulement la commanderie de Danzig établie dans le château fort pomérélien entre-temps rénové ; de même le siège du Grand-Maître qui grandissait sans trêve, rouge brique, sur la rive orientale de la Nogat accordait ses commandes en priorité à des armuriers de la Vieille-Ville, car les raids lancés chaque hiver en Samogitie et sur les marais gelés de Lithuanie finissaient toujours par de lourdes pertes.

Portant des poignées d'épées richement ornementées pour les trop célèbres épées à deux mains, des gaines ciselées et des baudriers argentés, je passais par Montau, le jeune village du Bas-Pays. J'y vis, à la Chandeleur de cinquante-trois, la petite Dorothée, septième des neuf enfants du paysan Swarze, arrosée d'eau bouillante, s'en tirer (comme par miracle !) avec sa jolie peau intacte et diaphane où transparaissaient des veines bleues, tandis que la servante distraite très normalement s'ébouillantait les deux pieds.

Depuis lors j'avais un œil fixé sur Dorothée. Agé de trente ans déjà et toujours maître sans établissement, j'aurais dû fonder depuis longtemps un ménage, dans la Ville-de-Droite évidemment, mais nous n'étions pas soumis à la seule surveillance des Teutoniques mais aussi à la férule de ma grand-mère qui incitait sa fille Damroka à rester à proximité du Hakelwerk, l'agglomération primitive toujours renaissante : mon père était entré par son mariage dans une parenté pomorze. Moi, les femmes m'ont toujours tenu la laisse courte. J'ai toujours été accroché à une quelconque Ilsebill. Et la longe ne se fit pas plus longue le jour où je me toquai de Dorothée arrosée d'eau bouillante et pourtant indemne.

Que ne voyais-je pas en cette enfant étroite et comme martelée dans l'argent mince. Pourtant ses gracieuses petites questions — Était-ce le Seigneur Jésus qui m'avait envoyé ? Est-ce que je lui apportais un message du doux Jésus ? — auraient dû me rendre méfiant. Et encore le fait que cette enfant (ayant eu entre-temps ses dix ans) obtint de moi par ses bavardages que je lui remisse en guise de jouet une discipline à sept chaînes et manche d'argent où étaient sertis de la nacre et des grains d'ambre polis en forme de larmes (c'était l'abbé de Marienwerder qui avait commandé l'instrument) fut plutôt pour m'attendrir ; comment aurais-je pu soupçonner en effet que Dorothée se flagellait nuitamment jusqu'au sang à travers sa haire. De même ses premiers vers — Jésus aimé, guide mes coups, ils me font mal, ils me sont doux — me semblaient n'être qu'une scie à la mode. C'est seulement quand à seize ans elle me fut mariée sans devenir ma femme que ma main tâtonnante, en possession temporaire de sa chair indifférente à demeure, découvrit l'échine couturée, les plaies toujours ouvertes en état de suppuration.

En ce temps-là, on se flagellait comme qui se drogue. En particulier la jeunesse pop du gothique en sa fleur — dans les rangs de laquelle je ne pouvais plus me compter — cherchait la puanteur échauffante des hordes de flagellants, leur rythme frappé en cadence de la litanie, leurs cauchemars fous gravissant tous les enfers, leurs extases de groupe et leurs illuminations en commun.

En l'an soixante-trois, quand Dorothée devenue ma femme vint habiter la Vieille-Ville, le grand chantier de la Ville-de-Droite était souvent encombré de frères flagellants. Des pénitentes secouées de tressaillements, venues de Gnesen, gisaient épuisées autour des briques grandissantes de Sainte-Marie, de Saint-Jean, de même devant les hôpitaux du Saint-Esprit et du Saint-Corps-de-Jésus. Quand les Teutoniques bâtirent leur grand moulin sur le canal fraîchement creusé de la Radaune contournant la Ville-de-Droite, il y eut souvent, les années suivantes, des rixes entre les commis de meunerie et le peuple importun des flagellants, coagulé entre Sainte-Catherine et le Grand Moulin et que renforçaient de constants apports. Ma Dorothée, quand je la cherchais, était ou bien à l'hôpital du Saint-Corps auprès des lépreux ou bien avec la coterie des fouetteurs devant Sainte-Catherine. Des propres à rien ! Des parasites ! Ce sont eux, eux seuls, qui nous ont apporté la peste.

Le moulin est reconstruit : subdivisé en bureaux par l'intérieur, occupé en ses lucarnes par des pigeons. Le canal de Radaune n'est plus qu'un caniveau puant ; on a équipé en réservoirs un trop grand nombre de mares kachoubes.

Max avait braqué la caméra en face du Grand Moulin derrière la palissade du chantier Sainte-Catherine. S'y trouvaient prêts au montage quatre clochetons latéraux et le bulbe principal. Tout ça plaqué de cuivre hors de prix et déjà embelli de vert-de-gris car on s'est précautionné contre la pollution de l'air : les débarcadères du soufre qui sont dans le port ne nuisent pas aux seules façades de grès reconstruites, mais noircissent également les couvertures de cuivre des clochers d'églises recoiffés à neuf.

Le régisseur de la Radio-Télé-Allemagne-Nord me fit asseoir (avec naturel) devant une pile de madriers pour échafaudages. A son signal, la bétonnière distante de vingt pas fut mise en marche. Travelling de la caméra du clocher tronqué sans sa toiture de l'église de la Vieille-Ville vers les pyramidions érigés et le bulbe principal vert-de-grisé. Alors je fus cadré et prononçai les paroles finales du film documentaire : dès que la grande grue sera là, le montage aura lieu. Le Grand Moulin de l'Ordre teutonique, Sainte-Catherine et l'église Sainte-Brigitte qu'on aperçoit derrière ont permis de restituer, dans la Vieille-Ville, à côté du complexe cohérent de la Ville-de-Droite, une unité architecturale du XIVe siècle. Cette réalisation mérite un coup de chapeau. La Pologne n'abdique pas son histoire. Maintenant il fallait en appeler à l'esprit de solidarité hanséatique de Lübeck, car le célèbre carillon de Sainte-Catherine, en place actuellement à l'église Sainte-Marie de Lübeck, devrait revenir ici. Qu'au nom de la réconciliation germano-polonaise on veuille bien montrer de la générosité. Et cætera et cætera.

Ce que je n'ai pas dit pour la TV ; c'est qu'ayant lorgné par-dessus la clôture du chantier, plongé dans le XVIe siècle, là-bas où ne restent debout, à côté de Sainte-Brigitte, que des restes de cloître, l'abbesse Marguerite Rusch avec ses brigittines gyrovagues traversa indemne la logomachie de la Réforme en forçant à la consommation du poivre ; que tout à côté, quoiqu'un siècle plus tard, dans les maisons dites de prédicants, habita jusqu'au jour où la peste l'emporta le poète et historiographe de la Cour Martin Opitz ; qu'ici, en dehors des murs de la Ville-de-Droite, les commis de meunerie du Grand Moulin se solidarisèrent avec les paysans insurgés, les tonneliers et autres compagnons contre l'ordre patricien, bien que la bière importée de Wismar ne portât préjudice qu'aux brasseurs de la rue de la Cervoise et de la rue des Chiens, d'où leur tendance à la rébellion.

En tout cas, sept meneurs de l'insurrection des artisans furent exécutés en mai 1378, parmi eux un commis de meunerie de la Vieille-Ville ; tandis que la grève insurrectionnelle des ouvriers des chantiers navals, en décembre 1970, n'eut pas pour conséquence l'incarcération du comité de grève des Chantiers Lénine, mais le renvoi de Gomulka et la mise à pied de quelques mannequins. On ne procéda pas à la hausse des prix prévue touchant les aliments de base. Les ouvriers des chantiers menaçant de lancer les carcasses de quelques gros navires, voire de dynamiter les chantiers, furent entendus jusqu'à Varsovie : le pouvoir étatique reconnut le pouvoir ouvrier. On céda, on changea quelques rôles, on proclama une fois de plus une « Nouvelle Ligne ». Mais si l'on porte au même débit les ouvriers abattus par balles de Gdansk et de Gdynia et les leaders exécutés de l'insurrection des artisans médiévaux, ça n'a rien arrangé politiquement, ni de nos jours ni jadis : le patriarcat de Danzig mit certes fin à l'importation de bière de Wismar, mais n'accorda pas aux corporations le droit d'intervenir dans l'Assemblée du Conseil et au Tribunal des Échevins ; de même l'autogestion des conseils ouvriers des Chantiers Lénine demeura revendication platonique. Depuis 1378, il y a eu ce changement à Danzig ou à Gdansk : les patriciens s'appellent autrement de nos jours.

Nous fîmes encore quelques travellings en direction de la Jeune-Ville et des chantiers navals : tours d'habitation, HLM, pollution atmosphérique comme partout où l'on fait des progrès. Tandis que Max et Klaus remballaient leurs cantines et le reste des impedimenta, je cherchais des traces de ma gothique épouse Dorothée devant un portail latéral de l'église Sainte-Catherine. Sauf les orties et le pissenlit, rien ne rappelait sa cuisine de carême. Quand elle révéla aux dominicains le plan d'insurrection des corporations, je lui ai administré d'une poigne armurière un coup en plein dans son visage étroit ; pourtant j'étais pétri de scrupules, et c'est pourquoi je ne trempai pas dans l'insurrection.

D'ailleurs la trahison de Dorothée resta sans effet, parce que les dominicains étaient en guerre avec le patriarcat : ces messieurs du conseil, s'appuyant sur le rescrit prévu par le statut dit de Kulm, avaient exproprié tous les biens fonciers des moines rapaces et réduit les dominicains à l'état de moines mendiants.

Quand nous nous insurgeâmes, même les Teutoniques restèrent l'arme au pied. Ils commençaient à ressentir les dangers du pouvoir des négociants patriciens et l'adhésion de la Ville-de-Droite à la Ligue hanséatique ; ce pourquoi l'Ordre des Chevaliers, à l'instigation du vieux grand-maître Kniprode, fonda, au nord de la Ville-de-Droite et de la Vieille-Ville, la Jeune-Ville — « juvenile oppidum » — jouissant d'un statut spécial signé du prince et — au grand dam et dépit de la Ville-de-Droite — d'un second port et du droit d'entrepôt.

Mais à cela Dorothée n'entendait rien. Elle s'adonnait à la piété sans idées politiques. En vérité, après la mort de ma mère Damroka, j'aurais aimé entrer dans la corporation de la Ville-de-Droite ; mais, comme les Teutoniques me payaient bien, au lieu de la vieille maison en colombage, nous bâtîmes une maison neuve dans le triangle tortueux situé entre le Brabank, la cour des Boisseliers et le dépôt de Chaux, là où la Radaune canalisée fait suite à la Fosse-aux-Carpes, à peu près à mi-chemin du Hakelwerk et de la Commanderie, mais pas trop loin des entrepôts de la Jeune-Ville ; on se mit dans les frais en se payant des briques, ce que, même dans la Ville-de-Droite, seuls les conseillers patriciens et un petit nombre de maîtres tonneliers et de drapiers pouvaient s'offrir. Jusqu'à la Disposition municipale de 1451 interdisant de construire en bois, les villes concurrentes de Danzig n'étaient, même dans les rues principales, que des amas de baraques couvertes de chaume ; les incendies permettaient toujours de rebâtir promptement du neuf. Tous les quartiers donnant sur la Mottlau restèrent longtemps marécageux et peu accessibles, si bien que les piliers principaux de l'église Saint-Jean construite sur sol de tourbe (à côté du Häkertor qui conduit à la redoute) s'enfoncent jusqu'à nos jours.

Quand nous mîmes en place notre caméra dans la ruine, le conservateur municipal chiffra les frais engagés pour bétonner en sous-œuvre les piliers qui malgré les dégâts du feu supportent toujours la voûte : huit cent mille zlotys pièce. Frais de succession. L'histoire se paie. J'étais debout à côté d'un pilier si onéreux par son tassement, parmi des fragments non assortis de façades et de perrons. « Caméra go ! Douze sept. Statement : débris dans l'église Saint-Jean. »

Précipitamment, sur injonction du conservateur municipal, deux maçons ramassèrent les ossements humains gisant partout dans les décombres. C'était trop macabre pour la télévision. Ce genre de plans intermédiaires pourrait induire à des conclusions fausses. Il ne s'agissait pas d'ossements nationaux-allemands de la dernière guerre, mais d'os médiévaux qui n'avaient pas trouvé le repos ultime sous les dalles défoncées. L'intérieur de l'église, avec sa lumière oblique où dansait une poussière, ses envols de pigeons effarouchés et les grimaces des sculptures fendues offrait suffisamment d'atmosphère. C'est pourquoi le metteur en scène Andrzej Wajda avait tourné dans l'église Saint-Jean des scènes de son film *Cendre et Diamant.* Mais pour des films documentaires qu'on veuille bien, s'il vous plaît, renoncer aux os.

D'ailleurs il n'était pas impossible que les restes de mon père l'armurier Kunrad Slichting fussent en tas avec les os d'autres bourgeois jadis fortunés. Car le vieux qui n'en faisait qu'à sa tête s'était acheté une sépulture dans la Vieille-Ville. Qui repose où : Opitz, mort de la peste, fut mis sous le grès à son nom à Sainte-Marie. A la Sainte-Trinité, les fidèles et les touristes marchent sur la dalle qui recouvre les ossements municipaux du peintre Möller. Tant de morts. Des noms de conseillers qui nous furent odieux jadis au moment de l'insurrection : Paul Tiegart, Peter Czan, Gottschalk Nase, Pape, Godesknecht, Maczkow, Hildebrand Münzer… Aussi odieux à nos oreilles les grands maîtres de mon séjour gothique : Hinrich Dusemer, Ludwig von Wolkenburg, Walraff von Scharfenberg… Et en décembre soixante-dix, quand la Milice et les formations armées ouvrirent le feu sur les ouvriers de Gdynia et de Gdansk, le général responsable s'appelait Korczynski. L'ordre de tir aurait été donné par un secrétaire du Parti nommé Kliszko. Vint de Varsovie un membre du Politbureau : Stanislaw Kociolek ; il préconisa le rentre-dedans. Dut être remplacé à son poste. Malgré la protestation élevée par le PC de Belgique auprès du roi des Belges, Kociolek après son limogeage fut accrédité comme ambassadeur à Bruxelles. On essaya de faire de Korczynski un attaché militaire en Algérie. Peu de temps après il se brûla la cervelle. Seul Kliszko ne fut pas appelé à d'autres fonctions officielles. Les Chantiers Lénine s'appellent toujours Lénine. Maria, qui perdit son Jan, fit baptiser sa fille Damroka. Et le curé de Sainte-Marie qui sur la fin du XIVe siècle voulait épingler un procès en sorcellerie à mon épouse Dorothée pénitente et flagellante à tire-larigot s'appelait Christian Roze. Mais Dorothée ne fut pas combustible.

Puis nous tournâmes les montparnos de la Ville-de-Droite. Le graphicien Richard Strya, dans son atelier sous les toits, fit voir à notre caméra des gravures polystratifiées et, ce faisant, parla beaucoup trop bas de Wilna qu'il avait perdue pour trouver une patrie à Gdansk. Ses eaux-fortes, pointes sèches et aquatintes mêlent des motifs de pignons et de clochers à des flagellants et pénitents médiévaux. Groupes aux prises avec tentation charnelle. Extase parmi bestiaire d'Apocalypse. Lépreux de qui la seconde face pèle avec la peau. Chevaliers dominateurs en fer noirci. Étrangetés en diagonale. Apparitions par demi-jour. La noce sous le glas de la peste. Et parmi toutes les cohues des ruelles et les attroupements prérévolutionnaires partout, encore, toujours ma Dorothée, en haillons, environnée de serpents dardant leurs langues, transportée de fièvre, nue chevauchant une épée, en surimpression à l'acide dans le plumage de l'oiseau griffon, passée comme un osier à travers des grilles, ouverte, vitreuse, suspendue à des fils vibrants, baisant le flet, enfin emmurée, détachée de la chair, déjà sainte, en oraison, affreuse.

Les propos de Strya en faisaient plus qu'ils n'en expliquaient. Pendant que les techniciens du tournage passaient leur temps à opérer des remaniements, des plans intermédiaires et à éclairer la scène, nous remontâmes le temps en sirotant des verres d'eau. Strya et moi savons le faire. Nous ne sommes jamais actuels qu'à titre temporaire. Aucune date ne nous cloue. Nous ne sommes pas d'aujourd'hui. Sur notre papier, la plupart des choses ont lieu simultanément.

Tandis qu'assis sur un perron de la rue Notre-Dame devant la maison de la Fédération des écrivains polonais je buvais mon café granuleux à l'ombre de Sainte-Marie en attendant Dorothée, Maria vint à passer avec son cabas. Je payai. La suivis. Oui, dit-elle, toujours cantinière aux Chantiers Lénine. Nous nous mêlâmes aux touristes. Je dis quelques mots de notre film TV. Maria ne dit rien. La carillon de l'Hôtel de Ville : un motif héroïque. Dans les boutiques dressées sur les perrons, on vend des bijoux d'ambre. Maria ne voulait pas de collier, de pendentif poli. Nous franchîmes la porte Notre-Dame et nous arrêtâmes sur le pont Long, indécis. Entre la porte du Saint-Esprit et la porte de la Grue était amarrée une prame où l'on vendait du poisson frit. On pouvait le manger à même l'arête à des tables étroites au-dessus d'assiettes en carton. Si on voulait, on avait moyennant supplément du ketchup bulgare en floc sur l'assiette. Derrière le comptoir de vente, des femmes enfarinées roulaient des portions de cabillau, des maquereaux, de petits harengs de la Baltique avant de les frire. L'odeur de Mottlau l'emportait sur celle de gargote. Mouettes sur le tout. Le bac transformé en restaurant était recouvert d'un filet de pêcheur lacunaire. Las de battre le pavé et de chercher le bon angle, les touristes mangeaient en silence. Maria voulait du cabillau. Nous en prîmes chacun une portion. L'avant-goût était de graisse à frire surmenée. Elle avait fait couper ses boucles en tire-bouchon. Voyons, Maria. Mais elle ne voulait rien dire, fût-ce à voix basse, de l'insurrection des ouvriers des chantiers navals. C'était du passé. C'est pas de parler qui ressusciterait Jan. Oui, le caïd du Politbureau accouru de Varsovie s'appelait Kociolek. Une fois les prix bloqués et les salaires augmentés, les hommes étaient redevenus tranquilles. Si la bière venait à manquer, comme l'autre jour, alors seulement ça râlait. La petite fille allait bien. Un père mort n'est pas gênant. On avait remis à neuf la cantine des chantiers. Non, personne ne trouvait ça fameux, mais ça vous remplissait. C'est pas bon, mais ça bourre. Ben quoi, qui n'en perdrait pas le goût de rire.

Et comme Maria ne fit plus que se taire, je lui parlai de Dorothée. Elle écoutait peut-être.

Au gré du gothique, elle était belle. Sa forte volonté suspendait les lois de la nature. Ce qu'elle désirait venait, arrivait, s'effectuait. Elle pouvait marcher pieds nus sur la Vistule gelée ; dans la chaleur du lit, quand je l'approchais avec chaleur, elle restait un morceau de viande congelée. Pour nos neuf enfants dont un seul vécut, à peine un regard ; elle pouvait gratter avec ferveur les croûtes des lépreux à l'hôpital du Corps-de-Jésus. Les soucis qui pouvaient me peser ne l'alourdissaient pas ; le premier truand venu cherchant son réconfort (et mon argent) s'en retournait l'âme aérée : si intuitive, si affectueuse, si intelligente sa faculté d'aplanir les soucis d'autrui.

Au début, nous allions encore ensemble aux banquets corporatifs et aux mariages des jeunes maîtres. Nous étions là en grand arroi quand la bénédiction ouvrait la foire Saint-Dominique. Mais elle demeura toujours étrangère en sa beauté parmi mes confrères de métier : offensée de leur joyeux civisme, enrhumée parce que son doux Jésus n'avait pas toujours la présidence, par exemple quand on découpait des agneaux de lait. Plus tard, elle refusa de prendre part à mon divertissement : les rodomontades des messieurs, la toilette des femmes lui répugnaient ; mais si elle traînait en guenilles parmi les flagellants et les pénitentes devant Sainte-Catherine, son rire de jeune fille couvrait le vacarme du Grand-Moulin voisin. Parmi les gueux accourus, elle pouvait être naïve et rieuse, gaie, détendue, libre, mais libre de quoi de qui ? De moi, des contraintes conjugales et de l'élevage d'enfants mourants et renaissants. Elle n'était pas faite pour le mariage. Que lui restait-il à chercher comme échappatoire, sinon devenir sainte, sinon sorcière.

On se moquait de moi aux séances de corporation. L'armurière excitait la raillerie de la rue. Quand nous fondâmes une confrérie avec les orfèvres de la Ville-de-Droite et établîmes notre chapelle à Saint-Jean, tout à côté de l'autel des maçons, je dus offrir de l'argenterie pieuse en quantité plus grande que les autres compagnons pour être admis. Si seulement on avait fait son procès à Dorothée ! J'aurais déposé contre la sorcière : « Oui, cher diacre Roze et docteur en droit canon. Elle a laissé périr misérablement tous nos enfants sauf Gertrude... »

Kathrinchen aimait à jouer avec les mortiers et les cuillers, les pots et les pilons. La gamine regardait dans toutes les casseroles si bien que les servantes devaient garder un œil dessus. Il n'en était pas de même de sa mère qui dans le temps qui suit le mercredi des Cendres et chaque vendredi préparait à base de têtes de morue et de racines sa soupe de pénitence, de repentir et de carême liée à l'orge pilé. Tant que les têtes de poisson et les carottes gravitaient dans la grande marmite, elle se tenait agenouillée près du foyer bas, ses genoux blancs sur des pois gris qu'on appelle ici Peluschken. Le regard agrandi cloué au crucifix, les doigts noués au point d'être exsangues, elle ne voyait et ne sentait pas comme une mère que sa seconde fille, âgée de quelque trois ans et demi et baptisée à Sainte-Catherine, était pareillement à genoux sur un tabouret à côté de la marmite, mais qu'elle n'était pas pétrifiée en dévotion ; à l'aide d'une grande cuiller de bois, elle tâchait de pêcher les yeux blancs des têtes de morue rebouillies ; et Kathrinchen — abrégeons — tomba dans la grande marmite qui nourrissait la maisonnée. L'enfant ne put que pousser un cri pointu qui n'agit pas suffisamment pour ôter à ses pois de pénitence la mère absorbée en Jésus. Si la servante ne s'était pas aperçue que l'enfant n'était plus là, Kathrinchen, sans troubler pour le temps d'un Ave Maria la dévotion de sa mère, aurait été peut-être complètement bouillie.

C'est ainsi que le fourbisseur Albrecht Slichting, après sa troisième fille en commençant par la dernière, perdit sa fille puînée. Lorsque la mère, apparemment impassible, eut à ses pieds le ballot fumant, je donnai de ma main d'armurier plusieurs coups à ma femme Dorothée.

Non, Ilsebill, ou Maria, ou qui que ce soit qui m'écoute : Dorothée ne rendit pas les coups. Elle subit mes coups en silence dans sa fragilité, car son esprit de pénitence était sans mesure.

Le lendemain, nous tournions Sainte-Marie vue de tous les côtés : émergeant de la rue Longue à travers le boyau de la Beutlergasse. Là où la rue du Saint-Esprit touche le quai de la Mottlau dit du pont Long, la poule couveuse gothique de brique se laissait cadrer en entier. Deux autres vues lointaines partant du fossé de la Vieille-Ville par-dessus la chaussée, si bien que la chapelle des rois de Pologne, accotée à Sainte-Marie, faisait ressortir ses proportions. Et depuis le fossé du Faubourg, au coin de la mare aux Têtards, là où derrière les pignons bordant la rue des Chiens le colossal clocher principal se marie comme pour l'éternité avec le svelte beffroi de l'Hôtel de Ville. Naturellement nous triâmes les cartes postales classiques selon la position du soleil : de la rue de la Cervoise, des ombres de la rue Notre-Dame. Et le lendemain, quand nous visitions les ateliers d'État derrière la porte du Werder, là où les terrains maraîchers de la Bassée courent à plat jusqu'à la Vistule, le team TV de la Radio-TV-Allemagne-Nord, du toit de la ferronnerie, réussit à enregistrer la silhouette de la ville reculée au loin. « Ça vaut le coup », dis-je au conservateur, « je veux dire les frais engagés. »

Le soir, je rencontrai de nouveau Maria. J'allai la prendre à la sortie des chantiers. La nouvelle cantine est tout de suite à droite après l'entrée, là où déjà, à l'époque proto-socialiste de Lena Stubbe, le restaurant ouvrier servait ses potées. Maria vint à moi, en jeans et pull-over, à peu près à l'endroit où voici quelques années une balle tua Jan en plein milieu d'une phrase éloquente. Elle ne voulut pas s'arrêter pour une minute mémoriale. « Tu sais, Maria », dis-je, « c'était un si magnifique rêveur. Sa thèse selon laquelle le Fortinbras du Hamlet de Shakespeare, aussitôt après la fin de la tragédie, aurait conduit les troupes danoises en Kachoubie où Swantopolk aurait battu Fortinbras, c'est une intuition qui à ce jour n'a pas été réfutée. »

Mais Maria dit seulement : « Aujourd'hui il y avait du salé aux choux. » Elle portait une boîte à fricot à côté du cabas de toile cirée. Nous prîmes le tramway à la gare Centrale pour aller à Heubude. Peu de monde sur la plage. Pieds nus, nous tracions dans le sable une piste vers l'est. Vagues mourantes comme à toute heure. Je trouvai dans le varech quelques miettes d'ambre. Puis, assis par terre dans les dunes, nous attaquâmes à la cuiller le salé aux choux tiède. Cuit au cumin comme d'habitude : Jan, comme tous les ouvriers des chantiers, en avait dans le ventre le 18 décembre 1970 quand la Milice le toucha en plein abdomen.

« Ces andouilles », dit Maria, « ils voulaient augmenter les prix alimentaires avant Noël ! » Elle me montra en photo ses filles Damroka et Mestwina : jolies. Puis nous gardâmes chacun un silence différent, quand soudain Maria, s'étant levée, courut, franchit la plage, jusqu'à la mer Baltique et lança d'une voix forte en kachoube trois fois le même mot ; alors le Turbot jaillit de l'eau plate et tomba dans ses mains ouvertes...

Querelle

Parce que le chien, non, le chat
ou les enfants (les tiens et les miens)
sont mal élevés et doivent faire face
parce que les visiteurs sont partis trop tôt
ou que la paix se fait trop longue
et tous les raisins secs.

Des mots qui coincent les tiroirs
et sont pour Ilsebill le crochet et l'aiguille qu'on enfile.
Elle désire quelque chose, désire.

Je m'en vas.
Je vais faire encore une fois le tour de la maison.

Le bœuf bouilli, filandreux, entre les dents.
Ciel nuit air.
Quelqu'un qui fait aussi le tour de la maison, au loin, encore une fois.

Seul le retraité et sa femme
qui habitent le Pot-de-chambre à côté
Sans un mot de trop
sont allés se coucher.

Ah, Turbot ! Ton conte de fées, il finit mal.

Une vaisselle

Ilsebill fit peur à mes verres. Pour rien, ou parce que le temps a changé, ou parce que j'ai jeté dans les cabinets l'eau vinaigrée des concombres qu'elle buvait comme par manie, parce qu'elle a perdu le fil, elle fut prise d'une rage froide — comme elle tremblait ensuite, frémissait encore — et, ou bien parce que j'avais dit : « Pas question d'un voyage aux Antilles ! » d'une main furibonde, non, en balançant le torchon sec, balaya des rayons mes verres assemblés, parce que les femmes enceintes ont bel et bien droit à l'eau vinaigrée des concombres et que l'anticyclone scandinave motivait une migraine, je vis, de l'œil calme du collectionneur, voler en éclats un nombre croissant d'objets, et lesquels, car Ilsebill, non contente de balayer à coups de torchon d'un seul revers toute la belle verrerie soufflée des rayons, fracassait maintenant par caprice, tandis qu'un soleil oblique de l'après-midi riait aux éclats, les verres un par un, tout ça parce que, souhaitant ménager mes verres sensibles, je lui avais refusé un lave-vaisselle Bosch ou Miele à six programmes garanti sans bruit en prononçant nettement : « Pas question ici ! »

Comme quoi — un exemple de plus — la fermeté (jusqu'à ce qu'on y renonce héroïquement) se suffit à elle-même. Je regardais faire Ilsebill avec une sérénité croissante. Enfin libéré de mon ardeur à collectionner, je versai dans les spéculations et me demandai si, en sus des occurrences manifestes — l'eau des concombres, le voyage aux Antilles, l'anticyclone scandinave, le lave-vaisselle — il n'y avait pas de raisons cryptiques à ce nettoyage, à ce ménage fait à fond, car il se peut que la fureur d'Ilsebill puise ses origines dans le gothique belle époque et se fût précipitée quand j'échangeai sa discipline miniature en argent — jolie pièce travaillée selon la technique Slichting — contre une coupe vénitienne en verre de Murano : cette pièce unique, précieusement travaillée par le souffleur, qui n'aurait aujourd'hui pas de prix, fut fracassée par Ilsebill en dernier lieu.

« Vouloir faire de moi une sorcière ou une sainte au gré de tes combines. Nous ne sommes tout de même plus au Moyen Age ! », cria-t-elle en fracassant, tout en ayant un effrayant air de famille avec cette Dorothée qui me foule la vésicule depuis le XIVe siècle et doit enfin sortir, la garce !

Une cour de casse, quoi. Débarrassé de mes verres, j'envisageai l'achat d'une machine à laver la vaisselle à superprogramme 55. Après vingt rinçages il fallait recharger les réservoirs de lessive et de produit de rinçage. Les hautes pressions sur la Scandinavie perdaient leur action migrainogène à cause des tentacules de la dépression atlantique. Suffit de mettre dedans et de ressortir. Mais quant à savoir si l'achat d'un lave-vaisselle réglera nos problèmes de lavage en famille, ça même la maison Bosch ne peut pas le garantir. En effet qui met la vaisselle dedans, qui la sort ? Moi ? Moi peut-être ?

Quelques variétés de verre (soufflés à la bouche) peuvent se troubler dès le troisième lavage. Tant que mon Ilsebill est enceinte, je ne pourrai plus jamais vider dans les choses l'eau vinaigrée des cornichons. J'ai rangé sur les rayons tous les éclats de verre : Venise, Bohême, Regency. Et pour le voyage — vol-charter destination Petites Antilles — des prospectus ont fait leur entrée dans la maison : plages blanches, sans trace de pétrole. Cocotiers. Jus de fruits glacés. Individus noirs, au rire insouciant. Bonheur compris dans la note. Et Ilsebill arrive en charter : blonde, elle se meut dans le viseur d'une caméra publicitaire pour blondeur de principe.

D'ailleurs, même réduits à l'état de tessons, mes verres sont restés beaux. Cassés, ils sont plus intacts que nous autres. Et je dis à Ilsebill : « Cette Dorothée possédait — si tu t'en souviens — une discipline tressée de fil d'argent que l'armurier Albrecht Slichting lui avait donnée en cadeau quand elle était encore enfant ; probablement sur le conseil du Turbot. Car devant le tribunal féministe, cet objet spécifiquement gothique d'usage quotidien, grâce auquel Dorothée se rapprochait du Seigneur Jésus quand elle avait des accès de migraine, n'arrête pas d'être cité comme un instrument d'oppression d'invention masculine, typique pour ce motif. Aurais-tu quelquefois envie — dis-le franchement, Ilsebill — de m'infliger une douleur, disons moyenne, à l'aide de ce petit fouet d'argent ? Ou bien te suffit-il de fracasser la verrerie ? Tu avais l'air tout à fait soulagée ensuite. Soulagée et tendre en même temps. On peut bien en acheter des neufs. J'ai vu à Hambourg deux verres baroques — ils seraient danois — d'un prix terrifiant — mais ça ne fait rien — qui ont l'air ensemble comme toi et moi : différents dans leur irrégularité, et pourtant en harmonie. Veux-tu ? »

Non, dit Ilsebill. Ce qui veut dire oui. Les deux verres ont encore en commun d'être intacts. Le prochain anticyclone scandinave se fait attendre. On ne demande plus de cornichons. Pour l'instant, seulement de la choucroute à gogo, crue. Il paraît que dans les Petites Antilles le haut degré hygrométrique de l'air prévient la migraine. Mais dire que la machine à laver la vaisselle — la voilà enfin pleine en activité — marche sans bruit, c'est du bidon, Ilsebill, vachement du bidon ! Et notre problème de vaisselle reste non résolu, résume tous les problèmes qui se posent depuis Dorothée. Ta vaisselle et ma vaisselle ne veulent pas devenir notre vaisselle.

« Non, Turbot », dis-je plus tard, « elle était une garce acariâtre, cette Dorothée que je me suis donnée en riant en l'an du Seigneur treize cent cinquante-six et dont la façon de m'assommer fait encore son effet aujourd'hui ; car mon Ilsebill enceinte de deux mois est susceptible d'humeurs semblablement morbifiques. Pue au passage près du pot à lait : le voilà qui tourne. Projette son ombre : les verres incassables volent en éclats. Se place sans mot dire derrière les invités dont les rires rebondissent à la ronde comme un ballon : et voici que la blague se racornit, que le ballon grimace, qu'on siffle pour rassembler les gamins, qu'on cherche la clé de contact en songeant à partir, qu'on se dit, la gorge embarrassée : 'Bon, à la prochaine fois.'

Les invités nous quittent. Reste rien, que l'expression de bouderie. Buée sur les vitres. La dernière mouche, le petit peu de bonheur estival déporté, tombe de la paroi. Une migraine d'Europe centrale tourne à l'événement social. Et il en fut aussi de même — tu peux m'en croire, Turbot — quand sur ton conseil : 'le mariage accroît les biens qu'on possède !' — j'eus épousé la gothique Dorothée. »

Le bon usage était de chômer trois jours pour la noce. Non seulement les fourbisseurs et orfèvres de la confrérie s'étaient nippés, mais les paysans de la Bassée qui à l'époque étaient encore riches étaient venus à deux et trois chevaux de Montau et de

Käsemark ; ils savaient pourtant que les menus de Dorothée, même en une aussi joyeuse occasion, auraient un air de mercredi des Cendres, car dès son enfance elle crachait sur les viandes.

Pour faire bon poids, Dorothée avait invité à des tables séparées plusieurs patriciens, un brelan de Chevaliers teutoniques et son confesseur dominicain. Ça ne pouvait rien donner de bon. La corporation en était offensée — et pas seulement parce que Dorothée fit servir des mets trop maigres : poisson, soupe de poireaux, un peu de viande séchée, beaucoup de manne en semoule — et pas de bœuf gras, de cochons de lait, d'oies gavées avec de la semoule de mil cuite au lait. Pourtant la table qu'on avait ornée d'oseille verte et de radis roses était appétissante. Laitance de hareng mêlée de caillé maigre et de fenouil dans des écuelles. On pouvait mouiller d'huile de lin le glumse. Si on voulait, on pouvait sucrer la semoule de manne avec des pruneaux cuits.

Et pourtant régna d'emblée une atmosphère de bagarre. Les Chevaliers teutoniques se vantaient d'avoir au cours du dernier et de l'avant-dernier hiver chassé dans les fondrières tant et tant de Lithuaniens païens. Le dominicain déplorait qu'il fût encore permis aux paysans de la boucle de Montau de vivre sur leur bien dans un état de liberté confinant au blasphème et sans verser la dîme du clergé. Les patriciens dirent de plein fouet aux fourbisseurs que dans d'autres villes on s'entendait à tenir la longe courte aux corporations et à leur taper sur la gueule quand elles la ramenaient. D'abord mes confrères des corporations restèrent cois, puis la colère leur fit sortir les yeux de la tête. De table à table, on échangeait des piques. Et tout de suite après la bagarre déclenchée par un Teutonique qui avait jeté dans le giron de la jeune fille endimanchée du patricien Schönbart un radis de jardin cru, la noce se sépara. Seuls restèrent les paysans qui n'y comprenaient pas grand-chose. Moi, gêné, j'enlevais la vaisselle. Et Dorothée riait.

« Je te dis, Turbot : pas un pouffement amusé ; c'était un chevrotement sonore, comme échappé de la chèvrerie de Satan, voilà ce que ma Dorothée servit aux résidus ahuris de la noce en guise de friandise de sa façon. Et c'est cette mégère refroidie qu'on voulut canoniser par la suite : laisse-moi rire. »

Alors le Turbot me prodigua son réconfort : Faut payer le prix fort, mais on y arrive. En fin de compte, seul le christianisme avait permis qu'on en revînt de la tyrannie féminine. Il se fondait sur le jeu alternatif du jeûne et de la goinfrerie. C'est pourquoi il fallait bien tolérer le reste, à savoir la prépondérance domestique et culinaire de telle ou telle Dorothée.

« Pour sûr ! », dit le Turbot. « Ses perpétuels potages de carême n'étaient pas précisément appétissants, mais quand tu appartiens à une corporation tu peux te rattraper hors de chez toi lors des convents matinaux et autres festivités, tu peux t'empiffrer et t'imbiber au point de t'en épaissir le foie. Accessoirement, ta Dorothée est belle, pas seulement d'une beauté qu'on adore. Et une santé avec ça, tellement délicate, voire fragile qu'elle vit ses visions intérieures et tornique avec le Ciel. »

« Mais c'est bien ça, Turbot. Sa santé m'accable. Quand moi — suffit que le temps change brusquement — j'ai la tête farcie et des attaques de delirium tremens, elle, même par touffeur orageuse, reste allégrement emmerdante et garde sa tête libre pour ses spéculations ascétiques. Elle peut jeûner au point de se réduire à une feuille sèche ; pas question que sa tranquillité maigrisse. Elle paralyse ma pensée. Elle ronge mes idées. Elle me rend malade. Je suis devenu allergique aux lumières. Je ne veux plus entendre un bruit, un coassement de crapaud. Depuis que j'ai pris Dorothée pour femme, je suis souffrant. Ma tête que laissait indemne l'infernal fracas d'une forge est sur le point d'éclater dès que j'entends ou seulement crois entendre son pas léger, son maléfique traînement de savates. Et si elle m'adresse la parole de sa voix blanche de martyr et m'enchaîne par ses règles de jeûne à un système triste, je n'ose pas la contredire. Je redoute sa manie de rimer qui tourne autour du Doux-Jésus. » (Et je citai des vers de ma Dorothée : « Quand il râcle mon épinette, Doux-Jésus en transports me jette... »)

Voici de quoi m'a gavé le Turbot, mon conseiller et mon tuteur depuis les origines, avec sa scolastique médiévale. Il m'a donné des leçons, enseigné que le tordu est droit, qu'un tas de tessons fait un verre intact, que les ténèbres sont un monument de lumière et que la contrainte doit être entendue comme la liberté du chrétien. Ainsi éduqué et jamais en peine d'une réponse, je dus continuer à contraindre ma Dorothée, dès qu'elle devenait intenable de bonne santé, à étirer ma Dorothée par force sur mon lit dialectique.

« Tu dois lui refuser une logique propre », dit le Turbot. « Ce qu'elle ne conçoit pas, elle ne le comprendra jamais. Car au sens strict, comme femme, elle n'a pas besoin d'une logique. Invente — je t'en sais capable — un édifice vaste et pourtant strictement compassé dans lequel l'un sorte de l'autre et le troisième de l'autre et de l'un. Si elle rejette, ou même affirme qu'à son sentiment le bâtiment projeté n'a ni entrée ni sortie, alors réponds : ce bâtiment est logique en soi, puisque logiquement conçu — et logiquement conçu parce que logique en soi. Et si ta Dorothée n'arrête pas de dire le contraire ou même mirlitonne le Doux-Jésus contre ton système, alors dis-lui gentiment : il faut te ménager, femme. Cela excède tes forces. Il suffit que j'y voie clair. Tu es pâle, le visage marqué. Tes paupières clignotent. Une sueur perle à ton front de madone que n'embellit pas la pensée. Je te ferai des enveloppements humides. On masquera toutes les fenêtres. On attrapera toutes les mouches. Car tu dois garder un repos absolu. Car tu es surmenée. Car tu es malade, chérie. Je me fais du souci. »

Le Turbot m'ayant de la sorte, en plusieurs stages de formation, rompu à la scolastique et rendu maître ès cheveux-en-quatre, j'allai trouver ma femme Dorothée et, comme elle ne voulait pas se rendre à ma logique, je lui flanquai verbalement la migraine, comme on dit.

En tout cas Dorothée, avant ou après ses migraines, m'a soumis à un rigoureux interrogatoire. Certes elle parlait en images et en vers, mais traduite en prose elle aurait (avec les paroles de mon Ilsebill) pu dire : « Où vas-tu encore chercher ça ? Toujours pas dans ta petite tête de lard ? Qu'est-ce que tu viens ici m'abrutir avec ta logique de goguenots ? Je me demande qui a pu te bourrer le crâne et où. »

Ainsi mis à quia, j'ai fini par avouer, dénonçant le Turbot à Dorothée. Je pus sûrement encore le prévenir à temps. « Sois sur tes gardes, Turbot ! Elle viendra sachant ce qu'elle veut » — mais il resta vexé et jusqu'à ce jour il ne m'a pas pardonné ma trahison qu'il appelle abus de confiance.

« Que n'ai-je fait pour toi, mon fils ! Je t'ai sevré de ton Ava. Inculqué la fonte des métaux, la frappe de monnaie, l'élaboration subtile de systèmes cohérents. J'ai fait passer ton raisonnable patriarcat devant le matriarcat qui ne fait qu'abrutir. Pour rendre service aux hommes, j'ai inventé pour eux le principe de division du travail. Je t'ai conseillé de te marier, ce qui a grossi ton avoir. Pour finir j'ai ôté la migraine à ta tête farcie, sur quoi tu es malheureusement devenu idiot : bavard et infiable. Tu m'as livré, tu as abusé de ma confiance, vidé notre secret dans une marmite à cancans. Désormais le mariage sera pour toi un esclavage. De plus le mari régnant devra payer tribut à sa mégère : que ce soit à la cuisine, en faisant la vaisselle. En tout cas je ne continuerai à te conseiller que pour ce qui n'est pas du mariage. Laisse-la venir, ta Dorothée aux symétries de madone. Je ne dirai rien, même pour le prix d'un baiser. »

Cela doit avoir eu lieu deux ans après notre mariage. Je n'y étais pas. Seul le procès fait au Turbot a fourni les détails, car le tribunal féministe fut renseigné par lui qui y était. Et aussi la procureuse ressemble épouvantablement, et pas seulement, à mon Ilsebill. Toutes deux sont des sœurs de Dorothée de Montau : la physionomie impérieuse, vaccinées de volonté forte, celle qui enfile tout dans une serrure et remuerait des montagnes en plaine. Elles sont (toutes trois) horriblement blondes, férues de stricte morale et possédées de ce courage qui ne va jamais que tout droit advienne que pourra.

Et ainsi Dorothée alla au flet. Elle avait apporté toute sa beauté et sa jeunesse intacte : un vendredi, après avoir fait mijoter des harengs de Scanie dans le court-bouillon d'oignons. Dans sa haire de crin pénitente, elle marchait, les cheveux épars.

J'avais prévenu : « Tu dois entrer dans la mer jusqu'aux genoux et alors l'appeler plusieurs fois et lui donner le bonjour de ma part. Alors il arrive et, si tu lui fais un baiser, peut-être il te dira quelque chose. Fais un vœu, fais un vœu ! »

Donc Dorothée traversa tout droit la plage et, jusqu'à l'endroit où défaillaient les molles vagues de la Baltique, elle mit les traces de ses pieds nus. Puis elle releva sa haire de crin d'orties. Debout jusqu'aux genoux dans le paresseux ressac, elle cria, et son appel sentait le hareng « *Buttke,* sors de l'eau ; j' baiserai ton museau ! »

Ensuite elle s'est présentée : elle était Dorothée de Montau qui n'appartenait pas à un homme, même à son mari le fourbisseur Albrecht, elle n'était qu'au Seigneur Jésus. C'était son époux céleste. Et si elle lui donnait un baiser, au flet, ce n'était pas lui, mais son Doux-Jésus qu'elle baiserait en sa forme.

Et comme à moi, à toute époque où je vécusse, il me sautait dans les mains, de même le flet sauta sur-le-champ dans les bras de ma Dorothée, si bien que de frayeur elle fit un pet qui, avec d'autres singularités, fut mentionné devant le tribunal féministe et couché au procès-verbal.

Le flet, sans rien dire, offrit à Dorothée son mufle en biais. Elle avait les lèvres fendillées par la brise marine. Ses longs doigts ascétiques tenaient sa face de dessous aveugle et sa vue d'en haut incrustée, car c'était un turbot. Tous deux échangèrent un long baiser. Une ventouse. Tous deux sans fermer les yeux. (« Le Turbot baisé ma bouche a, Dont mon âme s'effaroucha », disait plus tard un distique dorothéen.)

Après le baiser, elle était changée. Sa bouche, même si ça se voyait à peine, s'était déformée. Elle n'avait pas été baisée par son Doux-Jésus. Sa bouche un peu de travers voulut aussitôt apprendre du Turbot combien d'autres femmes il avait baisées avant elle. Et si son baiser avait été au goût des autres femmes aussi. Et pourquoi il avait la bouche de travers. Et comment elle devait expliquer tout ça à son Doux-Jésus.

Mais le Turbot garda un silence hostile, effrayant. Alors elle le jeta dans la mer et lui cria : « Ce baiser suffit à mon âme. »

Quand Dorothée fut de retour, je vis que sa bouche déviée formait un angle avec l'axe de ses yeux. Depuis, elle affecta une expression dédaigneuse qui intensifiait sa beauté, même quand les gamins des rues criaient à ses trousses : « C'est le museau du Turbot ! »

Le lendemain, quand j'allai aux nouvelles — car Dorothée ne soufflait mot, agenouillée par pénitence sur des pois non écalés — le Turbot dit : « Si funestes que soient les suites de ton abus de confiance, ta tendre épouse m'a plu, même si elle sentait le hareng. J'aime ça, cette langue aux envolées hystériques. J'y prendrais goût. Seulement ses questions m'importunent. »

Certes j'avertis le Turbot que Dorothée reviendrait, mais il demeura flegmatique : ce n'était pas pour lui faire peur. Naturellement elle fomentait un plan. Il n'y avait pas à y couper avec les femmes : il leur fallait tirer vengeance de leurs défaites ; mais ce n'était pas un jupon qui le mettrait au clou.

Et devant le tribunal féministe il dit à Sieglinde Huntscha, la procureuse : « Mais voyons chère Madame ! Et comment que j'étais au courant du risque. N'ai-je point, lorsque je me suspendis à votre amusante ligne à pêche, avec vous assumé un risque encore plus grand ? J'ai toujours été attiré par la blondeur affreuse comme la vôtre ou celle de Dorothée. Ô fatale contrainte ! Des femmes volontaires comme Dorothée, mais vous aussi — puis-je vous dire Sieglinde ? — m'ont toujours, en tout temps — comment dites-vous ? rendu fou d'amour. Quoique dans des limites permises. Vous comprenez : avec ma nature poissonnière ! »

Quand Dorothée revint trouver le Turbot, elle emporta un couteau de cuisine. « *Buttke,* viens ici, *Buttke !* », cria-t-elle. Le Turbot jaillit. Baiser. Mais, quand il refusa de répondre à ses questions, elle lui coupa la tête à la façon des ménagères juste derrière la nageoire branchiale. Elle laissa le corps plat tomber dans le sable où il fit flac. Elle planta la tête sur le couteau placé verticalement et se mit à brailler, sans rime ni raison, de sa bouche devenue biaise à force de baiser le Turbot : « Dis-moi voir, Turbot ! Réponds, Turbot ? Je te demande : tu m'aimes, Turbot ? »

Or devant que la tête de flet ne parle du haut du couteau dressé verticalement, il faut rappeler comment ce conseiller neuf fois sage et tout savant m'a su persuader de relever par un sentiment dominant, l'amour, ce qui n'était qu'un rut de l'homme et de la femme parce que de la sorte, grâce au fil à la patte du conjungo, il en résultait une dépendance seyant particulièrement à la femme : « Il leur faut s'entendre dire si et combien on les aime, si l'amour persiste ou s'accroît, s'il y a menace d'un amour d'autrui, si l'amour est fiable à la longue. » C'est pourquoi la question de Dorothée, posée jusqu'alors à son seul Doux-Jésus, jamais à moi, était une question dépendante ; ce pourquoi le tribunal féministe, non sans quelque raison, a dénoncé l' « amour-institution » comme un instrument d'oppression masculine ; bien que dans la tournure imagée « pêcher un mari » l'appât soit lancé dans l'autre sens.

Toujours est-il que la tête coupée du flet, du haut du couteau, tint des propos horribles : « Aha ! Et couic ! C'est comme ça qu'on fait. Mais il n'y a couteau qui me tronque. Je me retrouve entier. Cet amour vache ne me convient pas. Et tiens-toi-le pour dit : Puisque tu veux tout et rien, puisque mon baiser qui t'embellit ne te suffit pas, jamais, puisque tu redemandes de l'amour sans vouloir le donner sans contrepartie, et aussi parce que tu as retourné en principe voluptueux le haut principe de Jésus, et parce que ton mari, le brave fourbisseur Albrecht, qui t'aime, t'aime, t'aime, ne reçoit de toi pour pitance qu'une viande frigide, tu m'auras tout entier, Dorothée, sur l'heure. Un jour et une nuit de suite. »

Quand la tête eut ainsi parlé, elle sauta à bas du couteau, se rejoignit au corps plat et à la queue, se mit à grandir sous les yeux horrifiés de Dorothée, devint un flet géant, la chassa dans la mer à coup de nageoires et de queue, l'y fit plonger et l'emmena avec lui comme il l'avait promis.

Comme ça. Et devant le tribunal, le Turbot a dit sans circonlocutions : « Bref, je l'ai emmenée. » Les accusatrices trouvèrent ça « typiquement masculin », tandis que le flet avait inscrit au protocole que la question posée par Dorothée (s'il l'aimait) était « typiquement féminine ». Il avoua en outre qu'il avait par son action punitive voulu formuler par avance son conte de fées qu'on devait par contresens interpréter plus tard dans un sens misogyne : « le pêcheur et sa femme ». Quant à ce qui se fit sous l'eau, il ne voulut pas le révéler à tout le monde. Il était un type vieux-jeu. Pour lui, la discrétion était affaire d'honneur.

Le lendemain, quand une mer d'huile libéra Dorothée, j'attendais sur la plage, soucieux, déjà prêt au pardon, à l'oubli. Lentement elle sortit de la mer et passa devant moi. Les mouettes épouvantées se tenaient à distance. Je ne m'étonnai pas que sa haire et ses cheveux fussent demeurés secs. Pourtant elle me sembla encore une fois changée : cette fois-ci ses yeux aussi avaient pris de la gîte et faisaient un angle avec sa bouche en biais. Elle revint avec des yeux de poisson, telle que je la dessinerai quand Ilsebill posera pour moi.

Dorothée dit en passant : Maintenant elle savait tout. Mais elle ne dirait rien. Et comme le Turbot ne s'est pas davantage mis à table devant le tribunal, on ne dira jamais ce qui, au printemps de 1358, sur le fond de la mer Baltique, a rendu omnisciente ma Dorothée. Cependant la sévère procureuse Sieglinde Huntscha me montre ce même sourire d'intelligence, de pressentiment, avec lequel désormais Dorothée descendit les escaliers, se tint agenouillée sur des pois gris, circula par les rues : adonnée derechef à son Jésus, déjà quasi-sainte.

Le ménage continuait à tourner à la pétaudière. Ce fut la bonne à tout faire qui pour la première fois rendit son tablier. La vaisselle non faite s'entassait, attirant les mouches, les rats, puait. C'est depuis Dorothée que se pose le problème de la vaisselle.

Non, Ilsebill, déjà avant, quand on commença de pétrir l'argile, de modeler la terre, de cuire les premières écuelles, cruches, marmites et plats, au temps d'Ava, quand nous commençâmes à développer la céramique, la vaisselle à laver commença de nous poser un problème ; quant à la question extratemporelle « qui est-ce qui fait la vaisselle ? » sa réponse est dépourvue d'ambiguïté : les hommes faisaient la vaisselle. Naturellement ça ne pouvait pas marcher à la longue. Je ne sais quand (peu après Mestwina) nous avons tout simplement jeté les gamelles grasses : fallait pas nous demander ça, un truc incompatible avec les progrès de la cause masculine. Pour sûr, la femme lavant la vaisselle du matin au soir n'était pas une solution. Voici ta machine à laver la vaisselle, inventée par nous autres, les hommes, que tu as voulue, que tu voulais (mordicus) avoir, conçue plutôt comme progrès payable à tempérament avec temps de garantie : elle pourrait nous émanciper. De quoi ? Des virgules de moutarde sur les bords d'assiette ? Du suif de mouton qui s'écaille ? Du reste durci en séchant ? Du dégoût en général ?

C'est ainsi que nous nous débarrassons de notre vaisselle. Pas d'Agnès aux doigts usés par la lessive, qui vient nous ôter de sur la peau les tintouins de la quotidienneté. Jamais plus Sophie ne chantera ses chants révolutionnaires séditieux dans sa cuisine par-dessus les assiettes et les tasses. Reste seule, insonorisée ou presque, ta machine à laver la vaisselle. Si seulement elle avait existé au temps où Dorothée, après que le flet l'eut congédiée, me laissant tourner en bourrique devant la vaisselle sale empilée.

Hélène migraine

Elle est assise dans l'arbre fendu
jouant les baromètres, les sourcils
épilés à la pince ad hoc.
Si le temps change, haute pression, fait beau,
le fil lâche d'un bout à l'autre.
Tous redoutent le changement de temps,
clopinent en chaussettes, masquent la lumière.
Ce serait un nerf coïncé : ici, ou ici, ou ici.
On dit qu'il y a quelque chose qui se met de travers
A l'intérieur, encore plus profond à l'intérieur.
Un mal chronique remontant aux âges glaciaires,
quand la nature s'est encore une fois rectifiée.
(Il paraît aussi que la Vierge, quand l'ange métallique
la serra de trop près, aurait ensuite du bout des doigts marqué ses
tempes de points noirs.)

Depuis lors, les médecins en ramassent.
Depuis la foi se travaille à l'autogène.
Le cri que tout le monde veut avoir entendu ;
même les vieillards rappellent leurs effrois :
quand maman restait couchée muette dans le noir.
Douleur que seul connaît qui l'a.

Voilà que ça recommence,
tasse ou assiette heurtée trop fort,
une mouche meurt,

les verres transis sont à l'étroit,
l'oiseau de paradis croasse.
« Hélène Migraine » chantent les enfants devant la fenêtre.
Nous — sans y penser — nous rongeons les sangs à distance.
Mais elle, derrière les stores baissés, est entrée dans son cabinet
de torture, pend à un fil qui vibre
et ne cesse d'embellir.

Fémimi-Féminette

Entre les lits séparés,
à portée de voix,
il est question des sexes.
Finir ! Laisse-moi finir.
Tu n'as plus rien à dire.
Tu as, des siècles durant.
On te coupera le son, voilà tout.
Tu es à court de texte et
tu n'es même plus drôle.

Féministe ! crient les enfants
à qui Ilsebill raconte l'histoire.
Elle a détruit ce qui est cher et coûte cher.
Elle a, d'une hache mousse,
abattu le petit peu d'être en commun.
Elle veut sortir d'elle-même, seulement d'elle-même
et n'avoir plus de compte en commun.

Mais il restait nous : moi et toi — nous.
Un double oui dans le regard.
Une ombre dans laquelle, à bout de forces.
membres unis, quand même nous étions
un seul sommeil, une seule photo
où nous restions fidèles à nous-mêmes.

La haine construit des phrases.
Elle fait son compte, règle mon compte,
sort de son rôle, l'emporte
et parle jusqu'au bout : Finir ! Laisse-moi finir !
Et déshabitue-toi enfin de nous.

Fémimi-Féminette ! C'était gravé sur tablettes d'argile,
trouvailles minoënnes (Knossos, première période du palais)
que longtemps on n'a pas déchiffrées.
On y voyait des comptes de ménage,
des formules de fécondité,
de la bricole matriarcale.

Mais dès le début (longtemps avant Ilsebill)
la déesse travaillait à la base.

Tout comme ma Dorothée

Que je me frotte à Ilsebill jusqu'à tant qu'elle soit enceinte, que j'aie rendez-vous avec Sieglinde Huntscha pour un demi de bière etc., après une fatigante journée de procès — le Turbot, encore un coup, flottait le ventre en l'air histoire de protester — ou bien qu'enfin je me débarrasse de Dorothée grâce à ma machine à écrire portative, c'est toujours le même genre de femme qui me rend mou, indécis, qui me possède et me ramène concentriquement au point.

L'autre jour, tandis que le tribunal féministe discutait mon comportement problématique lors de l'insurrection des métiers contre le patriciat, j'ai croqué dans mon cahier de brouillon l'accusatrice de profil puis, pendant qu'elle accusait le Turbot d'avoir protégé exclusivement la domination patricienne, de trois quarts et enfin de face au crayon tendre depuis mon fauteuil à bascule, pour faire un portrait de Dorothée. Mais tous les croquis insistaient pour ressembler à Ilsebill : trois effrayants visages étroits, dominateurs, ineffaçables, comme si les pères n'avaient pas été un cultivateur dans la bassée de la Vistule, un ingénieur ou (comme le fut Gerhard Huntscha, mort au champ d'honneur en Afrique du Nord) un officier de carrière, mais autant de capricornes infernaux sortis des étables d'Asmodée.

Et s'il est vrai que j'ai reconnu, parmi les assesseuses du tribunal, en Frau Helga Paasch ma bougonne Wigga, en Ruth Simoneit qui n'arrête pas de fignoler une cuite ma Mestwina buveuse de koumys, eh bien je peux être sûr que l'accusation n'a pas pour seule représentante Sieglinde Huntscha (et toi, Ilsebill) mais aussi, indirectement sert les intérêts de la Dorothée que compense d'ailleurs en toute sportivité Frau Dr Schönherr, la présidente. Maternelle, mais sans odeur d'étable. En elle qui par un petit nombre de gestes transforme en jardin d'enfants sages une salle de ciné qui souvent marche sur la tête, je ne cesse d'identifier à nouveau mon archimère Ava. En tout cas, partant de sa position de juge, elle a rappelé à d'ordre l'accusation quand Sieglinde Huntscha traita le Turbot de « valet de la classe dominante hic et nunc ».

L'accusatrice était d'avis que le Turbot m'avait employé, moi l'indécis armurier Slichting, à semer la discorde parmi les corporations décidées à combattre le patriciat. Ç'aurait été moi qui, à l'instigation du Turbot aurait qualifié le mécontentement provoqué par les bières importées de Wismar de problème ne pouvant lanciner que les brasseurs de la ville et à la rigueur la corporation des tonneliers.

Sieglinde Huntscha rapporta comme si elle y avait été. Induit à l'incertitude par le flet, le fourbisseur Slichting aurait dit qu'il ne lui appartenait pas de parler pour les forgerons de marine, les faiseurs de seaux, les poêliers et forgerons de grosses pièces, mais il n'avait flairé aux assemblées et banquets des métiers ci-dessus, ni chez les navigateurs des lignes de Scanie, la moindre envie de se concentrer devant l'Hôtel de Ville avec barres de mine, pieds-de-biche et maillets pour faire plaisir aux riches brasseurs dont la cervoise se vendait bien malgré la concurrence de Wismar. Et pour ce qui était de la revendication politique d'une co-détermination à égalité dans le conseil debout et le conseil général ainsi que parmi les neuf titulaires du tribunal des échevins, lui qui avait comme artisan beaucoup voyagé, il ne pouvait qu'en rire : ça n'existait nulle part. Qui, parmi les culottiers se faisait fort de représenter avec l'habileté du diplomate les intérêts de la ville, mettons aus diètes hanséatiques du Lübeck ? Qui en imposerait le mieux aux Teutoniques, voyons par exemple ce vieux renard de Kniprode : serait-ce le patricien Gottschalk Nase qui, depuis des années, opérait sans trêve au nom de la ville depuis Bruges jusqu'à Novgorod, ou bien le charcutier Tile Schulte, qui ne pouvait même pas écrire son nom, encore bien moins défendre par lettres scellées le dépôt danzigois de Falsterbo et les droits des navigateurs jurés desservant la Scanie ? Tout ça n'était qu'une astuce par laquelle les riches maîtres tonneliers voulaient forcer les portes du Conseil. Avec l'aide des corps de métier, pour sûr ! Mais une fois élus, on les verrait traverser la porte de la Nef d'un pas plus orgueilleux que les patriciens. Lui, Slichting, il ne pouvait que déconseiller. L'ordre établi par la charte octroyée selon le droit de Kulm avait fait ses preuves. L'émeute n'apporterait qu'un surcroît d'arbitraire.

Il y eut pourtant soulèvement, ce que la procureuse qualifia de « triomphe du prolétariat médiéval » bien qu'un patricien dévoyé, le sculpteur sur bois Ludwig Skriever, ait conduit les métiers soulevés.

« Pauvre prolétariat séduit ! » plaisanta le Turbot. « Non, mes belles dames, mon protégé l'armurier Slichting, un brave homme, mais aussi un homme d'expérience, a bien fait de se tenir à l'écart des violences. Je ne fus pas le seul à renforcer sa méfiance ; son épouse Dorothée qui n'y connaissait rien en politique, mais avait l'arme de l'instinct, lui a aussi conseillé de ne pas marcher comme un imbécile. Car voici de quoi eut l'air cette insurrection : la bière de Wismar fut répandue dans les rues. Ludwig Skriever, qu'animait une vendetta privée — car le praticien Gottschalk Nase avait trouvé que la fille de Skriever, vu sa dot trop mince, était un mauvais parti pour son fils — poussa les métiers insurgés à tuer les conseillers et les échevins. Bref : le patriciat sortit son artillerie. Il avait avec lui les matelots et les gens de Scanie. Avant même que ne fussent dépêchés Tile Schulte et six autres meneurs, parmi eux un commis meunier de la Vieille-Ville, le sculpteur sur bois Skriever prit le large. On prononça de lourdes peines de prison. Le Conseil eut toutefois l'opportunité de renoncer à l'importation des bières de Wismar. Sur quoi les compagnons brasseurs offrirent à Sainte-Marie un autel latéral et des ustensiles de piété en argent. Tout pédalait à nouveau dans l'huile. Je le regrette pour l'accusation. Car en fait il eût été raisonnable d'assouplir par quelques réprésentants des corporations la constitution patricienne corrompue par l'hérédité des charges, en les admettant par exemple au tribunal des échevins. »

Sieglinde Huntscha en resta coite. Écœurée par tant d'à-peu-près. Seule une expression de recueillement pouvait parer à la prétendue réalité, à ses faits bruts qui vous puent au nez. Il en allait ainsi lorsqu'un voile gris se levait devant les yeux de Dorothée ; il en est ainsi quand Ilsebill, dont le regard est habituellement vert, soudain, dès que la réalité exige son denier du culte, change son optique pour des yeux de verre. Elle dit alors : « Je vois ça de façon fondamentalement différente. Je regrette, je passe » et Dorothée, dès que je recomptais le budget domestique en déconfiture, n'avait plus de vue qu'entre, par-dessus ou derrière les choses et ne faisait plus rimer que sacré-cœur avec douleur. Et Sieglinde Huntscha émit sa réplique d'une voix aussi blanche que si elle voulait démontrer que l'art de parler sans ouvrir la bouche valait encore qu'on s'étonnât.

« Oui, accusé. Vous avez gagné. Tous les faits sont à votre avantage. Outre le pacificateur Slichting stylé par vous, il y avait le provocateur Skriever, qui d'ailleurs aurait été l'ami de Slichting. Le prolétariat du premier Moyen Age se laissait bourrer le mou. Les temps n'étaient pas mûrs. Quant à ce qui, je le devine, sera votre thèse — « même aujourd'hui, le temps n'est jamais sûr ! » elle ne saurait être réfutée. Si nous comparons l'insurrection des ouvriers polonais des chantiers navals, en décembre soixante-dix, contre le communisme bureaucratique avec les insurrections artisanales médiévales contre la constitution patricienne, ce qui frappe, c'est que jadis comme aujourd'hui le temps ne devait pas avoir été mûr. Et pourtant, accusé Butt, vous avez tort. Ce qui dévalue votre fatras de faits, ce ne sont pas les succès dérisoires d'hier et d'aujourd'hui — arrêt des importations de bière de Wismar, blocage des prix des denrées de première nécessité — non, c'est l'espoir en tant que principe prolétaire. L'espoir déblaie les voies de l'Histoire. L'espoir détache la ligne appelée progrès des intrications contemporaines. Il survit. Car la seule réalité n'est jamais que l'espoir. »

Ces propos piqués de moisissure verte n'étaient pas au rouge goût du public. A peine étouffa-t-on un ricanement. Quelqu'un lança un « Amen ! » Et si le flet avait eu des épaules, il les aurait haussées. Il se contenta de dire : « C'est un point de vue respectable, éthiquement valable. On trouve une pensée analogue chez saint Augustin et chez Bloch que j'unis dans une égale estime. Chère procureuse, vous avez l'amabilité de me rappeler la Dorothée gothique de Montau. Elle non plus n'arrêtait pas d'espérer la liberté jusqu'au jour où enfin, emmurée dans sa cellule, dégagée donc du monde et de ses contradictions, elle trouva une liberté conforme à son idée. »

Une agitation se fit sentir dans la salle de cinéma. Les sifflets visaient moins le pleuronecte cynique que Sieglinde Huntscha. Frau Dr Schönherr eut un regard apaisant d'archimère. Elle dit : « Intéressante controverse. Remarquable. C'est ma foi vrai : que ferions-nous, nous autres femmes, si nous n'étions portées par l'espoir ! Mais nous devrions sans doute prier le Turbot de nous expliquer pourquoi Dorothée Slichting, née Swarze, trouva la liberté seulement dans la cellule à l'écart du monde. Serait-ce que le mariage, cette invention patriarcale, n'est pas de nature à garantir aux femmes la liberté ? Et le Turbot, en conseillant le mariage, n'a-t-il pas voulu cette perte de liberté qui touche une seule des parties ?

N'est-ce pas lui qui a lancé la pauvre Dorothée dans le seul espace libertaire qui s'ouvrît en ce temps-là, dans la vésanie religieuse ? Que les hommes voulussent en faire une sainte procède de raisons purement pratiques ; par hasard, le bûcher n'était pas pragmatique — ceci pour évoquer d'autres libertés répondant aux femmes de ce temps-là. Ce n'est pas la grotesque révolte des brasseurs qui constitue la culpabilité spéciale du Turbot ; votre faute, accusé, s'est avérée surtout aux dépens de notre consœur Dorothée. Depuis Dorothée, les hommes ont tenté de démonétiser la volonté des femmes soit en les canonisant, soit en l'identifiant à une folie typiquement féminine. Avant que le jugement ne soit rendu public, accusé, souhaitez-vous encore intervenir ? »

Le Turbot se désista. Ambiance à nouveau explosive dans la salle de ciné. Seule Sieglinde Huntscha semblait déprimée. C'est sans entrain qu'elle fit un sort aux objections de la défenseuse d'office, Frau von Carnow.

Tandis que délibéraient la présidente et les assesseuses, le Turbot se mit à se débattre, finalement il se retourna, flottant sur le dos comme en agonie. Et quand il fut déclaré coupable d'avoir promu le mariage comme institution d'asservissement des femmes, gâché la vie de Dorothée de Montau et travaillé à son emmurement et à sa canonisation pour le seul motif de fournir une pin-up idoine à la propagande des Teutoniques en guerre avec la Pologne, le Turbot, dans sa position de protestataire, ne marqua pas le coup.

J'attendais Sieglinde devant l'ancien ciné. Je la plaignais. Mieux : je voulais obtenir d'elle quelque chose. Ma compassion était certes vraie, mais il fallait aussi qu'elle paie. « Si on allait se taper un demi ? » Sieglinde marcha.

Non, Ilsebill, ce n'est pas « Encore un truc d'homme ». Elle aurait pu dire non. Mais elle avait besoin de ma sympathie et savait aussi que je voulais obtenir d'elle quelque chose.

Nous allâmes au « Coin fédéral » boire alternativement des bières et des schnaps. De Dorothée, pas un mot. D'abord propos d'actualités à bâtons rompus. Puis récits d'auparavant. On se connaissait depuis assez longtemps. En ce temps-là, j'étais le fiancé de Sibylle Miehlau. Et Siggi — c'est ainsi que Sieglinde Huntscha se faisait appeler au début des années soixante — poursuivait de ses assiduités Billy ; ainsi était nommée Sibylle par Siggi, Franki et Maxi. Elles donnaient toutes trois dans le snobisme tribade et elles m'ont évincé ; tant qu'à la fin tout tourna mal et que Billy y resta : c'était en soixante-trois à la Fête des Pères.

C'est de cela que nous parlions en buvant de la bière et du schnaps, et parfois comme si cela ne nous concernait pas. Sieglinde disait : « Alors on n'y connaissait que couic en politique. On se doutait seulement que ça pourrait être autrement. On a tenté le coup comme qui dirait par désespoir. Aujourd'hui j'en sais plus long. J'ai gardé le contact avec Franki et Maxi. Mais plus comme avant. Nous avons divergé dans notre épanouissement. Franki ressasse ses slogans staliniens. Maxi a été d'abord une Mao-Spontex avant de rentrer dans le bazar anarcho. Et moi ? Ces rigmaroles me foutent la nausée. L'été dernier, quand toutes les trois nous avons par hasard attrapé le Turbot, ça allait encore. C'est après que c'est devenu pénible. Le tribunal nous a brouillées. Franki ne pouvait pas comprendre que j'aie la Schönherr à la bonne. Trop libérale, elle disait. Quand même, jusqu'à présent elle s'en tire bien. Ce qu'il y a de sûr, c'est qu'elle maintient la cohésion du machin. Et sa façon de me tirer du pétrin, la fois que le Turbot me l'avait mis dans le baba, ça c'était de la tarte. T'as vu comment qu'elle a balancé c'te connerie de révolte artisanale et sorti Dorothée du placard. Oui, elle est mariée. Elle a trois enfants. Paraît même qu'elle serait heureuse. Et toi ? Qu'est-ce que tu fais ? J'en ai entendu causer. Une grande blonde ? L'a toujours l'air un peu hagard ? J' crois que j' la connais. Ben j'espère qu'elle te possédera, ton Ilsebill. »

Et de boire encore deux-trois bières et trois-quatre schnaps. « Et qu'est-ce que t'as maintenant comme biseness ? » A cette question de Sieglinde, je répondis prudemment : voilà : le tribunal en soi, tout le sujet en général, m'intéressait. Je n'étais pas seulement concerné comme écrivain, mais comme homme. Et de quelque façon comme coupable. Cela me venait à point nommé. Au début, je n'avais songé qu'à écrire une espèce d'histoire de l'alimentation sur neuf ou onze cuisinières : de la manne de Pologne (glyceria fluitans) au millet et à la pomme de terre. Mais le poids du Turbot l'avait emporté. Et le procès qu'on lui faisait. Malheureusement on n'avait pas voulu m'admettre comme témoin. Mes expériences en compagnie d'Ava, de Wigga, de Mestwina et de Dorothée, n'étaient pas seulement ridicules aux yeux de ces dames, mais une pure fiction. « Vous avez repoussé mes demandes avec pertes et fracas. Que me reste-t-il d'autre à faire, sinon comme d'habitude : écrire, écrire. »

Elle ne m'écoutait sans doute plus. Sieglinde, assise le dos rond sur sa banquette, fumait comme par nécessité, dérapant à mesure dans cet isolement autiste que Dorothée depuis son enfance, quand elle habitait des saules creux, rêvait déjà et qui permet à mon Ilsebill de prendre, d'énoncer et d'imposer soudain des résolutions abruptes. En tout cas, après avoir pris un dernier coup de bière, Sieglinde, sortant inopinément de sa solitude, dit : « Viens. On va baiser. »

Elle habite dans la Mommsenstrasse. Deux heures plus tard, nous y prîmes un taxi pour aller à Steglitz. Ce que je voulais demander à Sieglinde — « Tu as bien la clé du ciné. Je voudrais parler au Turbot, deux mots seulement » — je le lui avais communiqué seulement après la chose, en deux phrases. Cela n'avait pu la surprendre. « Je me doutais qu'il y aurait autre chose, comme une envie de péter. » Elle ne fit pas d'objections et appela le taxi. Non, Ilsebill, elle n'était ni aigrie, ni déçue.

J'aurais cru que c'était beaucoup plus difficile : système d'alarme, réduit blindé comme un coffre-fort. Mais Sieglinde ouvrit le cinéma avec deux clés vulgaires et le referma derrière nous, s'assit dans l'ancienne cage de la caisse et dit : « J'attends ici le temps que vous en ayez fini de vos conneries. T'aurais pas deux pièces d'un mark ? J'ai pus de clopes. »

Je tirai de l'automate un paquet de Lord Extra, dis « A tout de suite » et entrai dans la salle obscure où ça ne sentait pas les hommes. Deux veilleuses rouges seulement, à gauche et à droite de la piscine, marquaient où couchait le Turbot. Je m'approchai en tâtant le sol du pied, comme on fait au cinéma quand la représentation a déjà commencé.

« Turbot », dis-je. « Vous vous en souvenez peut-être. C'est moi. Encore moi. C'était un jour du néolithique — clair à nuageux — quand je vous pris. Bizarrement : dans une nasse à anguilles. Nous fîmes un accord : je vous mis en liberté. Vous promîtes de me conseiller, de tirer les hommes de leur dépendance, de servir la seule cause des hommes. Je regrette qu'on vous ait pour ce motif traîné devant ce tribunal dérisoire. Malheureusement les femmes ne m'ont pas pris à témoin. J'aurais plaidé pour vous. J'interviendrai en faveur de la nécessité historique de votre contradictoire existence. S'il y a un Esprit du Monde, c'est par vous qu'il s'exprime. De première, ce que vous avez servi tout à l'heure aux nanas. Elle en avait le sifflet coupé, la procureuse. Et clouer le bec à Sieglinde Huntscha, Dieu sait que c'est un exploit. Mais je retombe toujours sur ce genre de femmes. Jadis cette emmerdeuse de Dorothée. Pour l'instant, c'est une certaine Ilsebill qui m'assomme : la gourde. Jamais contente. Toujours quelque chose qui ne va pas. L'autre jour cette dispute à propos de lave-vaisselle. Maintenant une résidence secondaire en ville. Et ce qu'elle a, elle n'en veut pas. Et ce qu'on lui donne, c'était pas ça. Et pourtant nous l'avons voulu tous les deux : grossesse, un enfant commun, une tonnelle de courges grimpantes à pousse rapide. Mais je ne viens pas ici pour pleurer. Tout compte fait, Turbot, en ce temps-là, au mépris de vos avertissements, je me suis toqué de la sorcière de Montau. Parce qu'elle m'attire par sa force inerte, comme inemployée. Mais voilà que je parle d'Ilsebill. Vous savez en effet, Turbot, combien je suis primesautier. Et que j'ai besoin d'un pôle. Oui, d'un pôle fixe. Mais elle veut rester primesautière. Impossible, voyons ! Déjà Dorothée ne nous fichait jamais la paix. Et en avant les pèlerinages. Qu'avais-je à faire à Aix-la-Chapelle ou dans ce bled suisse d'Einsiedeln ! Et mon Ilsebill aussi veut être tantôt ici tantôt là. Aux Petites Antilles ! Tiens-toi donc tranquille ici, ai-je dit à Dorothée. Des clous ! Elles veulent toutes être libres, indépendantes. Ou bien, comme Dorothée, n'appartenir à personne d'autre qu'à leur Doux-Jésus. Comme si ça existait, l'indépendance. Moi en tout cas j'ai toujours dû baiser pour d'autres. Et pour les chères têtes blondes. Ça use un homme. Ça le râpe, Turbot ! Je suis à bout. Nous avons dû je ne sais quand je ne sais comment nous y mal prendre. Elles sont devenues tellement agressives, les bonnes femmes. Déjà, Dorothée. Et quand Ilsebill hausse la voix au niveau de l'épopée, ça me rend malade. J'en ai des gargouillements dans l'estomac. Dis-moi quelque chose, Turbot ! Je suis tout de même en train d'écrire un livre sur toi, pour toi. Ou bien ne puis-je plus comme jadis te dire Tu et te donner le doux nom de père ? »

Naturellement, m'adressant au pleuronecte des légendes, j'aurais dû parler plus nettement, compasser mon discours. Mais je me suis emballé parce que depuis peu de temps, je veux dire depuis des siècles, depuis que j'ai premièrement convolé avec cette Dorothée Swarze, la pression s'est accrue, même quand j'ai évité de me marier, d'une occurrence à l'autre. Il fallait un jour que ça sorte.

Les deux veilleuses rouges placées à droite et à gauche suffisaient à le constater : le Turbot s'était entièrement caché dans le sable. Seuls étaient à découvert sa bouche oblique et ses yeux en travers. Jadis il m'avait suffi de l'appeler, et hop ! il me sautait dans les bras, sur les paumes ouvertes ! Et ses propos, conseils, injonctions, enseignements, doctrines, ses bachotages et ses homélies, ses instructions directes : fais ci, ne fais pas ça, écoute-moi, prends garde à ci, ne t'engage pas, demande-le par écrit. Ton avantage, ton privilège, ton devoir viril, tout cela doit rester entre hommes...

Lentement la salle de projections à l'odeur provocante se dilatait en une bulle énorme, vide. J'allais partir, non, fini. Alors le Turbot parla.

Sans modifier sa position de repos dans le sable, il remuait sa bouche oblique. « Je ne pourrai te venir en aide, mon fils. Même pas t'exprimer de modestes condoléances. Tout le pouvoir que je t'ai remis, tu en as fait piètre usage. Au lieu de faire attentivement prévaloir le droit à toi donné, tu as tourné la domination en oppression, le pouvoir est devenu pour toi une fin en soi. Pendant des siècles, je m'efforçai de camoufler tes défaites, de mesurer à l'aune du progrès tes minables échecs, de masquer par des édifices grandioses ta banqueroute manifeste, d'en couvrir les couacs par des symphonies, de l'embellir en tableaux sur fond d'or, et sur le ton de la bonne humeur, tantôt de l'élégie, s'il le fallait avec habileté, de la noyer de bavardages dans des livres. Pour étayer ta superstructure, j'ai même eu la charité d'inventer des dieux : de Zeus à Marx. Même dans le présent — qu'est-ce pour moi : une seconde du temps universel — il me faut, tant que durera ce tribunal en soi divertissant, sous-tendre d'esprit tes impériales sottises et tirer de ta déconfiture, cet âne mort, des pets en guise d'interprétation signifiante. C'est fatigant, mon fils. Même l'Esprit du Monde tant invoqué s'y amuse médiocrement. En revanche, Mesdames les jugesses me plaisent toujours davantage. Je ne m'ennuie jamais quand j'écoute mon honorable accusatrice, Madame Huntscha. Un regard en arrière me fait reconnaître — je confesse mon erreur sur ce point — la solitaire grandeur de Dorothée. Ah, comme elle me criait : « *Buttke, Kumm utke, ik kus dir din snutke !* » Qu'avait-elle de mieux à faire qu'à te mettre au clou, espèce de vieux sac ? Quoi, sinon l'exaltation religieuse, aurait pu l'élever au-dessus du trantran conjugal ? Et encore un lardon, et encore un mouflet ! Et ce que tu me racontes au sujet de ton Ilsebill qui te coince entre deux portes pour te sabouler, ça me plaît, oui Monsieur, ça me plaît. Extraordinaire, cette personne. Ça me rend pensif, toute cette volonté de puissance inutilisée. Salue-la de ma part. Non, mon fils raté, tu ne peux attendre de moi aucun réconfort. Ton compte est épuisé. Lentement, un peu tard sans doute, je découvre mes filles. »

Je m'attardai encore un peu. Vraisemblablement, je dis quelque chose : concessions, promesses de me corriger, l'auto-compassion habituelle à l'homme. Mais rien ne me répondit plus. Manifestement — si c'est possible — le Turbot dormait. Tâtant le sol du pied comme un qui se lève au milieu du film, je quittai la ci-devant salle de cinéma et son odeur.

Sieglinde dit : « Te v'la enfin. Fini votre baratin ? Il est foutrement affûté, le mec. Mais je vais me le farcir. »

Je ne révélai rien, me contentai d'attirer l'attention de mon amie Siggi (à qui, sincèrement, rien ne m'attache qui vaille d'être pris au sérieux) sur l'insuffisance des mesures de sécurité : « Ça va durer un temps, votre tribunal. Le cas Dorothée de Montau n'est pas terminé, tant s'en faut. Que ferez-vous, si tout simplement on vous pique le flet ? »

Tout en fermant à double serrure l'ancien ciné du dehors, Sieglinde Huntscha promit de prendre des précautions. Elle dit : « Vous, les hommes, ça pense à tout. »

Comme au ciné

Une femme qui caresse ses cheveux,
ou feuillette hâtivement ses amours
ne peut se souvenir.
Entre-temps, elle voudrait être rousse
ou bien un peu morte ou petit rôle
dans un autre film.

Maintenant elle se décompose en coupons et en textiles.
Une jambe de femme prise en soi.
Elle ne veut pas être, mais qu'on la rende heureuse.
Elle veut savoir ce qu'il pense à présent ;
Et l'autre, s'il y en a une,
la censurer du film : Anastasie couic couic.

L'action suit son cours : tôles froissées, pluie
et le soupçon qui voyage dans le coffre arrière.
En week-end, copier des slips d'homme.
Poilus, dépoilés : membres selon caprice.
Une griffe promet ce qui plus tard sonne vrai.

Voilà qu'elle songe à se rhabiller,
mais auparavant naître de l'écume
et ne plus sentir l'étrangère.
Trop maigre d'avoir mangé trop de yaourt,
Ilsebill pleure sous la douche.

Hareng de Scanie

Les messieurs s'étaient invités tout seuls. Après que le fourbisseur d'estocs Albrecht Slichting, avec son épouse Dorothée et la dernière fille survivante Gertrude, fut revenu de ses trois ans de pèlerinage, sur quoi leur mariage redevint un quotidien enfer bourgeois, les plaintes s'accumulèrent dans la communauté paroissiale : Trop souvent, et de façon importune, Dorothée — qui déjà ne passait guère inaperçue — tombait bruyamment en extase pendant la messe. Son rire étouffé et ses pouffements tournaient en dérision la sainte eucharistie. De plus, l'emploi qu'elle faisait du nom de Jésus était pour le moins ambigu. A la Chandeleur, elle se coiffait de valériane. De plus, elle recueillait dans des flacons les croûtes et le pus des malades. Elle vous regardait de travers, et le tressaillement fiévreux de ses membres, mais aussi sa catalepsie prolongée des heures durant marquaient qu'elle était possédée ou sous le pacte de la Bête.

Tout cela fut d'abord dit dans le creux de la main, puis à découvert. On affichait de la compassion pour l'époux sénile. Parce que son épouse distribuait d'une main légère à des cohortes de pouilleux ce que gagnait laborieusement l'artisan, l'armurier jadis à l'aise s'était appauvri. Il n'avait pas chez lui de compagnons. Parce qu'un charme lui ôtait le sommeil, elle courait les rues même la nuit. On l'entendait pousser des cris et invoquer le nom de Jésus avec plus de lubricité que de dévotion. Bien que son confesseur, le dominicain Nicolas, tînt des propos apaisants, parlât de graves tribulations par des prédicats de la grâce divine, il fallut pourtant à la fin que le curé Christian Roze, docteur en droit canon qu'il était, introduisît le procès. Selon lui, la pécheresse adoptait impudemment l'habit de la pénitence. Fallait-il encore s'étonner que la peste ne quittât pas la ville. Et voilà que remontait le prix du seigle, de l'orge et de l'avoine, bien que la dernière récolte eût été favorable.

Sous les objurgations instantes de la Vieille-Ville, mais aussi de la Ville-de-Droite qui relevaient de sa communauté mariale, Roze s'aboucha d'abord avec les dominicains, puis il prit conseil de l'abbé Johannes Marienwerder et aussi les avis de Wallraff von Scharfenberg, commandeur de la maison des Teutoniques. Ces quatre messieurs décidèrent de procéder à une visite domiciliaire chez le maître-armurier de la Vieille-Ville qui avait l'estime du Conseil patricien : il n'avait pas eu part aux extravagances subversives des corporations, ses propos tenus aux réunions corporatives incitaient plutôt à la modération.

Comme des modifications politiques (noces d'Hedwige de Pologne et du Lithuanien Jagello) obligeaient le commandeur à s'absenter pour un temps, la visite annoncée dès mars ne put avoir lieu que fin avril. Bien que les quatre messieurs vinssent un jeudi d'après le carême, Dorothée, après avoir subi leur interrogatoire, non sans que son mari eût été appelé à déposer à l'appui, leur servit des harengs de Scanie qu'on trouvait à un prix modiquc sur le marché aux poissons parce que la Ville de Danzig possédait, dans l'île de Falsterbo relevant de la Scanie suédoise, un entrepôt nommé Vitte.

Le dominicain Nicolas portait le froc et la corde. L'abbé Johannes Marienwerder vint en costume de voyage. Le colossal commandeur Wallraff n'ôta que pour manger le blanc manteau de son ordre frappé de la croix potencée noire. En robe à nombreux plis, sous sa calotte dc velours, Christian Roze marquait l'érudit plutôt que le curé.

Avant le repas, l'armurier Albrecht Slichting confirma à ces messieurs qu'après la naissance du neuvième enfant, après que la peste eut enlevé trois enfants, que cinq furent morts de-ci ou de-ça, il avait à la demande de sa femme et en présence du prieur des dominicains renoncé par écrit à jamais cohabiter avec sa Dorothée, sur quoi privilège avait été accordé à ladite de manger une fois par semaine le corps du Seigneur.

Après une relation détaillée du déroulement du pèlerinage entrepris l'année précédente à Aix-la-Chapelle — il montra sous sa chemise de laine la cicatrice qu'il avait à l'épaule droite comme marque de la violence des brigands — Slichting versa au protocole, ce que nota Christian Roze, le désir exprimé par Dorothée que fût dissous le mariage : son désir avait été de rester à Einsiedeln et de larguer sous contrat son mari ainsi que sa fille Gertrude âgée de huit ans. Ç'avait été son désir d'être libre, à la seule disposition désormais du Seigneur Jésus. En dépit des troubles universels qui précédèrent et suivirent la bataille de Sempach, elle avait trouvé en l'ermitage d'Einsiedeln un paradis. Lui, en revanche, le parler râpeux et la manie qu'ont les Suisses d'avoir raison lui avaient donné un mal du pays corrosif. Il n'aurait pas voulu mourir et être enterré parmi des montagnes. C'est pourquoi, et aussi parce que chaque jour elle lui réclamait sa liberté, il avait assoupli sa position. Devant le curé du lieu, tous deux, après s'être donné par écrit le quitus d'une vie commune sans tache, s'étaient déclarés d'accord pour se séparer. Mais devant l'autel de la chapelle du lieu, au moment de confirmer encore une fois devant le Seigneur Dieu la volonté de divorce et la renonciation maternelle à la petite Gertrude, il avait, lui Albrecht Slichting, dit plusieurs fois *Non* d'une voix forte. On pouvait sur ce point le traiter de fou à clochettes. Puis ils s'étaient mis en route tous les trois, bien que ce fût l'hiver et les cols presque infranchissables.

Ensuite le docteur Roze et Nicolas, directeur spirituel de Dorothée, demandèrent à tort et à travers les détails du retour : était-il exact que lui et sa fille Gertrude avaient fait entièrement à cheval le pénible voyage de retour tandis que la femme devait arpenter les chemins verglacés avec de méchantes chaussures ? Comment se faisait-il qu'en franchissant l'Elbe, quand la glace avait commencé de se rompre, il avait certes d'une main prompte sauvé sa fille, mais laissé sa femme à la dérive sur un glaçon — et encore avec un rire sarcastique, si bien que seule désormais la main de Dieu pouvait la secourir ? Pouvait-il certifier que Dorothée, pendant la navigation entre Lübeck et le port d'origine, avait à plusieurs reprises exercé d'abominables pratiques avec une figure de Jésus taillée dans le bois ? N'avait-il jamais constaté chez sa femme, pendant le voyage et après le retour chez eux, un comportement de sorcière ? Et autres questions disquisitoires ad hoc.

Slichting excusa sur sa faible santé et l'increvable complexion de Dorothée sa chevauchée de trente jours et le mois qu'elle avait marché à pied. Il admit avoir éclaté de rire, mais ajouta que l'effroi et l'angoisse l'avaient fait rire de sa femme à la dérive sur un glaçon. Il contesta les actes obscènes pratiqués avec le fils de Dieu en bois, faisant ici la part des propos, ragots, quolibets et brocards des nautoniers de bas étage. Impossible de confirmer s'il y avait de la sorcière chez sa femme, car si elle mêlait à ses soupes de carême la cendre de bois de cercueil pourri, c'était sans doute plutôt pour rappeler devant le Seigneur Dieu la caducité de l'homme. Et si à l'occasion elle vénérait ses flacons remplis de pus, elle y associait sûrement une prière en faveur des lépreux de l'hospice du Saint-Esprit et du Corps-du-Seigneur.

Le commandeur Wallraff observait le silence. Subsidiairement, l'abbé Johannes Marienwerder s'informa du train dont allaient les affaires de l'artisan. Lorsque le fourbisseur d'estocs se plaignit, l'abbé, un œil sur le commandeur, promit d'éventuelles commandes. Depuis que le Lithuanien Jagello était sur le trône de Pologne, il fallait se préparer à la guerre. Puis, comme sur un mode plaisant, il demanda si Slichting, mis derechef devant la possibilité d'être divorcé de Dorothée, répondrait encore d'une voix forte plusieurs *Non,* comme un fou à clochettes. Et l'armurier dit que son ménage était comme une croix à porter, sa femme une garce confite en dévotion, et la perspective d'en être débarrassé le suprême espoir de ses vieux jours.

Les messieurs, y compris le commandeur, sourirent. A leur demande, Slichting appauvri montra les dernières pièces qui lui fussent restées : une dague ciselée dans sa gaine d'argent, deux épées de longueur différente aux poignées serties de pierres et aux pommeaux en tête d'oiseau, et une arbalète aux applications d'or mince que le prince anglais Henry Derby avait commandée lors de son passage, mais laissée sans la payer.

On consola le maître-armurier — Derby était fou, mais il reviendrait — et enfila des anecdotes sur le prince qui pratiquait tout l'hiver durant la chasse au Lithuanien comme chez lui en Angleterre la chasse au renard. Puis il fut encore question, comme depuis des années, de prendre en considération la fondation d'un couvent de brigittines à l'exemple suédois. Avant d'être transporté en Suède au couvent de Wadstena, le corps de sainte Brigitte avait été exposé dans une chapelle attenante à l'église Sainte-Catherine de Danzig. Toutefois l'abbé Johannes Marienwerder opina : plus qu'un couvent de nonnes en sus, ce qui manquait aux Terres de l'Ordre, c'était une sainte ici même entre les cours d'eau, née de paysans du Bas-Pays, attestée par de pieuses actions. Il était inadmissible à la longue que les miracles ne pussent être avérés que dans le Royaume de Pologne.

Puis Albrecht Slichting fut admis à se retirer. Sa femme fut appelée dans la longue chambre étroite qui donnait par deux fenestrons élevés sur la cour des Boisseliers, les maisonnettes de colombage et les chaumières de pisé de la Mare-aux-Carpes sur la rive opposée de la Radaune.

Dorothée de Montau entra vêtue d'une haire grossière ; elle avait alors quarante et un ans et restait belle d'une beauté que le seul embarras ne suffit pas à dire indescriptible. En tout cas, l'espace changea quand elle parut. Et les quatre messieurs, comme pris sur le fait, rectifièrent la position. Leurs mains aux ongles rongés — même l'abbé Johannes rongeait — enfilèrent les manches ; ils se tenaient assis très droits, le dos aux deux lucarnes tenant lieu de fenêtres. Devant eux, vide, sauf l'écritoire du docteur Roze, une lourde table.

Dorothée ne voulut pas s'asseoir devant les quatre messieurs. Légèrement penchée en avant, elle se tenait debout, d'une taille élancée et regardait d'un œil, de l'autre par l'une, l'autre lucarne, comme si son regard perçait le ciel d'avril voilé depuis des jours. Puis elle fixa sur le commandeur un regard incoercible et rapidement, d'une voix blanche, avec une syntaxe bizarre, prédit malheur, mort et passion. Elle savait au jour près comment l'Ordre des Chevaliers teutoniques fut vaincu à la bataille de Tannenberg. Sans doute, parce que la date tombait dans le siècle suivant, les quatre messieurs trouvèrent refuge dans une masculine hilarité. Ensuite on entendit plus nettement le bruit que faisaient les boisseliers.

Dans son exorde abrupt, Christian Roze s'efforça de réduire à un sot bavardage la mauvaise prophétie. Il blâma le comportement indiscret de Dorothée. Qu'est-ce qui lui prenait de rire sous cape pendant la Sainte Messe et, la bouche ouverte, d'agiter la langue comme une pute en chaleur ? Si elle réduisait en cendre le bois de cercueil pourri, pourquoi pas les cornes du bouc ? Quel galant l'attendait-il quand la nuit, avec un rire strident, elle courait les ruelles du Hakelwerk ? Était-il exact qu'elle pouvait se soutenir en l'air à deux travers de main au-dessus du sol ? Ne s'était-elle pas sauvée de la sorte quand elle dérivait sur un glaçon dans la rivière d'Elbe ? Et à qui avait-elle payé de son âme la faveur de semblables tours ?

A toutes les questions Dorothée répondait : sa bouche en parlant se mettait un peu de travers et s'avançait comme fait un poisson ; elle enfilait des mots qui ne donnaient pas toujours une phrase, mais permettaient de supposer, grâce à leurs rimes, une méthode poétique.

« Bouche de Jésus me baise
Quand ma langue mal à l'aise. . »
« Des maux de Jésus
Mon chef est vêtu,
De cendre du feu
Qui plaisir me veut... »
« Quand le jour s'envole,
Mon cœur se désole ;
But de mon désir, Jésus doux ami
Ton corps me réjouit.
Toujours me soulève
Quand Jésus m'élève
Par bouche d'amour... »
« J'ai donné mon âme

Pour Jésus sa flamme. »
« Aux messieurs qui à table sont
Cuire j'ai fait quatre poissons,
Harengs de Scanie venus,
Récompense de Jésus. »

L'abbé, le commandeur, le confesseur dominicain et même le docteur ès canons en furent saisis au cœur. Ce n'était certes pas Satan qui parlait si joliment par la bouche de cette pauvre fille. Cette langue — parfois folâtre, il est vrai — c'était probablement le Seigneur Dieu qui l'avait déliée. Certes, les assemblages verbaux de la rimeuse Dorothée ne traçaient pas exactement le départ entre la volupté sensuelle et la fête de l'âme, mais l'amour du Seigneur s'exprimait cependant de manière indubitable : comme le fit observer l'abbé qui était d'origine alémanique avec une consonance franchement helvétique qui donnait du charme au bas-allemand. Le docteur Johannes Marienwerder cita des exemples de mystique chrétienne. Ce qu'il venait d'ouïr par la bouche de Dorothée supportait absolument la comparaison avec les légendes de Hrosvita de Gandersheim et les poèmes de Mechthild de Magdebourg. Et puisque l'expérience de la foi mystique, tant qu'elle n'était pas en relent d'hérésie, s'accordait pleinement au droit canonique, le savant docteur Roze n'élèverait sans doute pas d'objections. A quoi le curé de Sainte-Marie acquiesça sous la réserve, par prudence, de demander ceci ou cela, y compris concernant le pus des lépreux soutiré en bouteilles.

Sur quoi Dorothée remit sa bouche de travers et rapporta le « soulagement de son cœur » à « de Jésus la douleur ». Quant au pus recueilli des pauvres affligés de l'hôpital du Corps-de-Jésus, elle l'appela « miel du cœur de Jésus », ce qui lui inspira une rime en u. Elle prit ses distances vis-à-vis de Satan en invectivant contre son faux langage qu'elle fit rimer avec la gueule en biais d'un savoureux poisson plat, le flet.

« Bouche de Satan contrefait
Du flet la grimace en biais. »

Enfin le docteur canonique se déclara satisfait. Le commandeur Wallraff von Scharfenberg, à qui parler ne disait guère, envoya Dorothée à la cuisine préparer enfin les harengs promis de Scanie qu'elle avait gracieusement mis en rimes.

Quand Dorothée ôta son regard de l'une, de l'autre fenêtre, se détourna et prit la pièce en long pour gagner la porte, les quatre messieurs qui étaient derrière la table pensèrent la voir en lévitation à deux travers de main au-dessus du plancher.

Se retrouvant entre eux, ils s'assirent plus à l'aise. Un ton de presque-enthousiasme inspira Roze qui parla le premier : C'est une sainte. Les messieurs en tombèrent d'accord. Mais ce furent plutôt des considérations terre à terre qui rendirent soudain éloquent le Chevalier teutonique Wallraff : la prédiction assurément trop sinistre de cette Dorothée ignorante de la politique, fût-ce à l'avantage de l'Ordre, se vérifierait. Une guerre était imminente contre les royaumes réunis de Lithuanie et de Pologne. Comme Hedwige de Pologne était parvenue à convertir le païen Jagello et à en faire un Wladislaw chrétien, le peuple, jusqu'au sein du Pays de l'Ordre, attribuait à cette femelle ambitieuse le nimbe de la sainteté. La complexion polaque produisait de façon périlleuse des miracles visuels, tandis que le prosaïsme allemand se contentait de dévotions stupides et que l'esprit mercantile des Hanséates commençait toujours par compter deux fois le prix de revient du miracle avant de l'acheter. Lui, Wallraff von Scharfenberg, se portait garant pour l'Ordre teutonique au service de la Mère de Dieu ; il était prêt à souscrire à un protocole attestant la sainteté de l'armurière. Qu'on fasse vite. La guerre s'annonçait rude. En sus de tout l'armement nécessaire, le Pays de l'Ordre menacé avait besoin d'une sainte patronne et protectrice. A quoi s'ajoutait que la beauté aux cheveux de blé, comme celle de Dorothée — qu'on le dise ! — affûtait l'épée de l'homme : on n'en combattait que mieux.

Alors Johannes Marienwerder, avec un soupir, renversa ses mains en arrière. Certes l'abbé, quoique pour des motifs moins guerriers, s'associait au commandeur, mais les ecclésiastiques ne savaient par quel moyen introduire le procès en canonisation. Obstacle banal : Dorothée vivait. Et malgré les nombreuses fatigues de ses pèlerinages, malgré d'épuisantes pénitences, ses extases frénétiques, autres absences et migraines accompagnées d'insomnie chronique, elle semblait en bonne santé : ses fréquents saignements de nez ne l'affaiblissaient pas, purifiaient manifestement ses humeurs corporelles.

Quand Wallraff, en termes à peine voilés, offrit de pourvoir au nécessaire (car utile au Pays de l'Ordre) décès de Dorothée, éventuellement avec un coup de main des dominicains, le moine Nicolas réussit à s'indigner : Pas comme ça ! Il s'interdisait même d'y penser. Tout au plus pouvait-on envisager d'envoyer Dorothée en pèlerinage à Rome. C'est là-bas, qu'on veuille bien s'en souvenir, qu'était morte la Suédoise Birgitta qu'on avait canonisée in promptu. Le sol de la Ville éternelle, tout saturé du sang des martyrs, et aussi le climat de là-bas étaient idoines. En outre cela disposait en principe favorablement la commission pontificale canonique si la future sainte choisissait si humblement le lieu de son dernier séjour. Il faudrait toutefois attendre une année jubilaire. Selon l'information dominicaine, cela pouvait encore prendre du temps.

Cela ne fut pas du goût du commandeur. Le moine préférait sans doute la domination polaque. En tout cas, la guerre ne se ferait pas attendre. Et qu'arriverait-il si la vivace Dorothée survivait aussi à Rome et à son climat fiévreux ? Non, par sa foi, il ne doutait pas du loyalisme des dominicains. En tout cas pas pour le moment.

A peine les quatre messieurs avaient-ils entre eux discuté toutes les possibilités et bavures possibles — Et si on la prenait en flagrant délit de sorcellerie ? — Dorothée entra ; cette fois-ci, ses pieds touchaient l'un après l'autre le sol de planches. Dans un plat, elle portait devant elle les harengs de Scanie

On peut les utiliser frais, les saler, les fumer ou les mariner. On peut les bouillir, les rôtir, les frire, les griller, les étuver, leur ôter les filets, ôter l'arête pour les farcir, les rouler sur des cornichons, les mettre à l'huile, au vinaigre, au vin blanc, à la crème aigre. Bouillis dans l'eau salée avec des oignons, ils vont avec les pommes de terre en robe de chambre d'Amanda Woyke. Mis sur des feuilles de lard et saupoudrés de chapelure, ainsi Sophie Rotzoll les mettait au four. La religieuse-chef de cuisine Margarete Rusch aimait faire revenir dans la choucroute mitonnant avec des baies de genièvre, sur la fin, de petits harengs de la Baltique défaits de leur arête qu'on appelle encore bouffis. Agnès Kurbiella faisait le filet attendri dans le vin blanc cuit à l'étuvée pour les jours de régime. Lena Stubbe, à son premier et deuxième époux, c'était des harengs communs roulés dans la farine et faits à la poêle. Mais les harengs de Scanie, tels qu'ils étaient livrés salés par le comptoir danzigois de Falsterbo, Vitte, dans des caisses — c'est pourquoi les faiseurs de caisses et les ambulants de Scanie, bien que séparés dans leurs confréries, fondèrent en commun l'autel de la Vierge et les fonts baptismaux de l'église Saint-Jean — furent accommodés par Dorothée, le jour qu'elle eut à table les quatre messieurs, selon les règles de sa cuisine de carême. Elle mit douze harengs soigneusement lavés sur la braise dans la cendre chaude, pour les faire ainsi venir à point sans huile, épices ou autres ingrédients dans leur lit de cendre jusqu'à en avoir les yeux blancs. Avant de disposer les harengs un par un sur le plat de terre — côte à côte mais tête-bêche — elle en ôta en soufflant dessus le plus gros de la cendre, mais il en restait un peu de gris argenté sur le mets si bien que les messieurs, à peine Dorothée repartie, se demandèrent quelle sorte de bois la cuisinière de carême avait bien pu réduire en cendre.

Après une brève prière qu'à la demande de l'abbé Johannes récita le confesseur dominicain de l'armurière, les quatre messieurs, après une brève hésitation, attaquèrent et déclarèrent qu'ainsi préparé le hareng de Scanie était fameux. Personne n'eut plus envie d'éclaircir l'origine ligneuse de la cendre. Tous quatre, même Roze qui avait des manières, calèrent leurs coudes, prirent les harengs par la tête et la queue et les mangèrent — le moine Nicolas avec des dents en mauvais état — de part et d'autre de l'arête centrale avant de la déposer, décharnée, dans l'ordre préalable, à béchevats ; puis chacun prit dans le plat son deuxième, puis troisième harengs. Seul, le commandeur Wallraff croqua les bouts de queue croustillants de ses harengs. L'abbé Johannes céda son hareng troisième au moine dominicain. Tant qu'on mangeait régna le silence. Seul Monsieur le curé archiprêtre de Sainte-Marie récita un peu de latin entre le premier et le second, le second et le troisième hareng.

Quand enfin les douze arêtes furent rangées, l'abbé, le commandeur, le docteur en droit canon et le dominicain revinrent à l'affaire en cause. On décida qu'à l'occasion de la prochaine année jubilaire chrétienne — l'occasion se présenta seulement en 1390 quand le pape Boniface proclama un jubilé — on enverrait à Rome, grâce au fonds ecclésiastique des pèlerinages, Dorothée en compagnie de Dame Marthe Quademosse, agente dominicaine. On attendrait de savoir si la pèlerine avait supporté les fatigues du voyage et le climat inhabituel. La Quademosse ferait son rapport.

Certes Dorothée tomba gravement malade à Rome quand elle fut admise à voir la relique conservée à Saint-Pierre, le suaire de Véronique, mais, bien que soignée par Dame Quademosse, elle guérit comme par miracle et rentra florissante à Danzig le dimanche d'après l'Ascension par la porte Saint-Jacques en compagnie d'autres pèlerins retour de Rome.

Pour le cas où elle reviendrait à son domicile fraîche comme un gardon, les quatre messieurs arrangèrent qu'avec son accord le vieux mari serait déclaré mort et la petite Gertrude censément placée chez les bénédictines de Kulm. Depuis le pèlerinage d'Einsiedeln, la maison sur la cour des Faiseurs de seilles appartenait d'ailleurs aux dominicains. L'armurier endetté devait payer loyer aux moines.

Ainsi fut fait : déclaré mort et enterré dans un cercueil vide au cimetière Sainte-Catherine, Slichting fut enchanté d'être tenu quitte de ses dettes et de pouvoir enfin rejeter sa croix conjugale. Trois jours avant que Dorothée ne rendît une première visite à Sainte-Marie parmi la cohorte des pèlerins annoncés par la femme Quademosse, le père et la fille allèrent secrètement s'établir à Konitz par l'auxiliaire des dominicains ; Slichting entra en corporation sous un autre nom et, comme la guerre régnait, acquit à nouveau quelque richesse tandis que Gertrude épousait un armurier et, sur ses vieux jours, vit se réaliser la prédiction de Dorothée : la défaite de l'Ordre teutonique à Tannenberg.

Selon les dispositions arrêtées à table par les quatre messieurs, l'abbé Johannes se déclara prêt à faire emmurer enfin Dorothée devenue veuve sous son nom de jeune fille de Swarze dans la cathédrale de Marienwerder.

En dépit des retards dus au refus prolongé, peut-être sous pression polonaise, opposé par l'évêque compétent, cela eut lieu. Solennellement, le 2 mai 1393, en présence des quatre messieurs prévoyants, la pieuse pénitente fut soustraite au siècle sous l'escalier sud du chœur supérieur. Toutes les briques bénies. Mêlée au mortier, de la laine de l'Agneau pascal. Ainsi Dorothée trouva sa liberté. Il ne resta qu'une petite fenêtre par où elle put respirer, prendre un peu d'aliments de carême, évacuer sa petite crotte, suivre la messe dans la cathédrale, recevoir la communion chaque jour et confesser sa sainte vie à Johannes Marienwerder ; c'est pourquoi l'abbé a consigné par écrit sa biographie en latin d'Église qui ne put être imprimée qu'en l'an 1492 par Jakob Karweysse, premier typographe de Danzig.

De même les quatre messieurs s'engagèrent par serment, survolant le plat plat où gisaient dans leur ordre, à béchevats, les douze arêtes axiales des douze harengs de Scanie, au cas où l'on en viendrait à la réclusion de Dorothée Swarze, dite de Montau, aussitôt après son décès — on lui accordait six petits mois — à présenter le procès de canonisation.

Ainsi fut fait. Pourtant la recluse tint le coup plus longtemps que prévu : elle mourut le 25 avril 1394. Puis la cellule, après qu'un vaste concours de peuple crédule eut jeté par la lucarne un regard sur le cadavre gisant à plat sur le sol, fut murée à l'étanche. Certes on introduisit sans retard le procès de canonisation, certes le Grand-Maître de l'Ordre von Jungingen inscrivit au protocole l'intérêt particulier qu'il portait à une sainte prussienne, mais les vicissitudes du schisme contraignirent le postulateur de la Commission de canonisation à transférer les actes du procès à Bologne où ils furent perdus. D'où ne résulta rien du tout. Le Pays de l'Ordre n'obtint pas de sainte. Et si le procès repris en 1955 sur des documents clairsemés devait être mené à bien au sens du Vatican, ce triomphe tardif de l'infaillibilité catholique ne réjouirait plus que Monsignore Stachnik, mon vieux prof de latin ; pour lui, Dorothée fut toujours une pieuse préoccupation.

Ensuite les quatre messieurs ne tardèrent pas à s'en aller. Aucun bruit de travail ne venait plus de la cour. Maintenant on entendait le cours rapide de la Radaune. Venait un lent crépuscule baltique. On était de bonne humeur, dans la certitude d'avoir entre hommes pris les précautions que dicte une intelligence pratique. Roze opina que la canonisation bénéficierait à l'afflux des aumônes consacrées à l'achèvement de Sainte-Marie. Le seul à se faire du mouron était le commandeur Wallraff de Scharfenberg : il se pouvait qu'étant sorcière cette femme, avec l'aide de Satan, survécût emmurée plus longtemps qu'on ne l'avait méticuleusement envisagé.

En partant, ils jetèrent encore un regard dans la cuisine enfumée ; ils virent la petite Gertrude jouer avec du bois pourri tiré d'un cimetière. Le vieux Slichting, comme oublié, se tenait assis près du feu. Dorothée, comme d'habitude, était agenouillée sur des pois chiches qu'elle voulait, ainsi attendris, faire bouillir le lendemain. Les quatre messieurs l'entendirent prier :

« Jésus, ton dard en mon cœur
Porte délice et douleur... »

Dédié à Ilsebill

Le dîner refroidit.
Je ne rentre plus à l'heure.
Plus de « Me v'la c'est moi » poussant la porte habituelle.
Pour m'approcher de toi par le biais,
je me suis aventuré trop haut : arbres, pentes à champignons,
champs sémantiques éloignés, incursions dans la poubelle.
Ne pas attendre. Tu dois déjà te mettre en quête.

Je pourrais me tenir au chaud dans le fumier
Mes terriers ont trois sorties.

Je suis plus réellement dans mes histoires
et en octobre quand c'est notre anniversaire
et que les soleils s'érigent sans tête.

Parce qu'aujourd'hui nous ne pouvons pas vivre
ce jour et ce bout de nuit,
je t'offre des siècles,
le quatorzième, par exemple.
Nous allons en pèlerinage à Aix-la-Chapelle,
vivons du denier à Dieu
et laissons chez nous la peste.

C'est encore un conseil que m'a donné le Turbot.
Ça y est, encore en fuite.
Pourtant il fut une fois — je me souviens —
où en plein milieu d'une histoire
qui voulait aller bien ailleurs, en Lithuanie par la glace,
tu m'as trouvé chez toi : tu es aussi cachette.

Monsieur le Docteur Stachnik

Quiconque se souvient de Dorothée et envisage de noter ses potages de carême, ou bien projette d'esquisser à l'intention de la sainte (qu'on n'a toujours pas canonisée), entre le goétique et le gothique, une contre-image de son exaltation, se heurtera de front à votre savoir plus édifiant qu'assuré, peut s'attendre à subir votre critique et compter sur votre catholique effarement ; car vous avez, poil et peau, totalement pris possession de Dorothée.

Au temps où vous étiez encore (avec un succès médiocre) mon professeur de latin et moi un idiot de Jeune-Hitlérien, vous étiez déjà spécialisé en Dorothée de Montau et leur XIVᵉ siècle, bien que notre époque (c'était la guerre) tolérât peu d'échappatoires : n'avez-vous pas été en effet, jusqu'à l'interdiction prononcée en 1937, le président du parti du Centre et son député à la Diète populaire de Danzig. Votre qualité d'adversaire provisoirement silencieux du national-socialisme vous imposait la prudence. Et pourtant on vous a persécuté jusque dans le train-train scolaire ; notre sottise de potaches ne trouvait pas ça tellement drôle.

Pour nous autres écoliers, vous demeurâtes étranger par votre rigueur romaine : un homme qui — Stalingrad pouvait succomber ou Tobrouk aller au diable — s'attachait passionnément à la seule grammaire. Et c'est seulement les fois où vous vous permettiez d'être un peu catholique dans la quotidienneté en parlant (affectueusement, ça se voyait) de la défunte Dorothée et de sa canonisation imminente que vous parveniez à m'intéresser au dessous des choses ; en tout cas, à treize ans, j'étais après une fille qui aurait pu être Dorothée : je songe à un lacis de veinules bleues sur tempes blanches. Naturellement, aucun succès ne me fut réservé au sens concret. La fille avait les cheveux noirs. Pourtant vous et moi sommes certains que Dorothée von Montau avait des cheveux de lin. Nous serons peut-être également d'accord sur le fait que sa beauté n'avait aucune valeur pratique. Et comme vous je suis d'avis qu'elle ne valait rien comme épouse, bien qu'en vos écrits vous affirmiez hautement que Dorothée s'est donné du mal comme ménagère et femme du fourbisseur d'estocs Albrecht. (Comme elle était sujette à de fréquentes insomnies, elle lavait la vaisselle la nuit.)

Vous écrivez dans votre dernière lettre : « Si je me suis intensément engagé pour la sainte de notre terroir, patronne de la Prusse, et si aujourd'hui encore je travaille pour elle, vous voudrez bien admettre, s'il vous plaît, que Dorothée fut une créature sortant de l'ordinaire. Je la tiens sur le plan de la spiritualité et de l'éthique religieuse pour la femme la plus importante de l'État prussien de l'Ordre teutonique. » Sur ce point, j'oserai (je dois) être d'un avis différent et regarder Dorothée comme peu banale, mais sans une étincelle de sainteté.

Dans votre lettre vous invoquez des dépositions de témoins effectuées devant la Commission canonique de l'époque. Vous citez des gros bras de l'Ordre des Chevaliers teutoniques : Jungingen et tutti quanti. Vous faites fond sur le biographe de Dorothée, Johannes Marienwerder, et me recommandez de compulser sa grande trilogie Vita Venerabilis Dominae Dorotheae. Mais ce ne sont pas seulement mes calamiteuses connaissances du latin qui me retiennent de recourir à l'autorité du professeur de théologie pragois, plus tard doyen du chapitre cathédral de Marienwerder. Johannes était trop partie au procès ; il voulait (fût-ce en vendant son âme au diable) produire une sainte pour l'Ordre des Chevaliers teutoniques. Je préfère me confier — car à votre égal, cher Monsieur Stachnik, je suis costaud de l'imaginative — à mes souvenirs personnels et pénibles expériences que j'eus avec Dorothée : car avant, pendant et après la peste noire, je fus cet armurier, batteur de plates et fourbisseur d'estocs nommé Albrecht qui, en dépit de son zèle artisanal, voyait de par l'envie qui hantait Dorothée de faire des largesses devant tous les portails d'église, tourner en eau de boudin sa maigre aisance ; qui était aux réunions corporatives la cible des orfèvres et taillandiers ; que cette pieuse garce a fait tourner en chèvre. Ah, si seulement j'avais, en l'helvétique Einsiedeln, quand elle voulait nous virer, moi et le dernier enfant, comme un poids mort, dit oui à la dissolution du contrat de mariage !

Vous me direz : en quoi pèsent mes ennuis bourgeois et ma privation pérenne de volupté (car elle ne voulait plus, pas question de l'approcher !) en regard des extases et des illuminations de Dorothée, combien peu mon argent jeté par les fenêtres si on le mettait en balance des bénéfices quotidiens réalisés par Dorothée grâce à ses flagellations agréables à Dieu (jusqu'au sang), qu'importe la perte de huit enfants (compte tenu de la mortalité infantile générale) si elle parvint grâce à Notre Seigneur Jésus (avec lequel elle avait un commerce quotidien) à la vraie divine maternité ; à quoi bon enfin enregistrer les embêtements terrestres pourvu que finalement, après bientôt cinq cents ans de patience, et même six cents, soit enfin réglé le salaire céleste : affaire instante !

Si l'on mesure à cette aune, vous avez raison. Ma misère gothique et patrimoniale se réduit à une foutaise au soleil de votre pieuse attente. Vous écrivez, en proie à un saint transport : « Ainsi que me le confiait il y a peu le rapporteur général de la Sect. Histor. de la Ste Congrég. des canonisations, c'est vraisemblablement cette année qu'interviendra la Confirmatio cultus Dorotheae Montoviesis, Beatae vel Sanctae nuncupatae par bref apostolique et que par là sera clos le procès de canonisation de Dorothée. »

Ce que j'aime à croire, car je suis resté suffisamment catholique pour que me fasse frémir le pouvoir qu'a la Sainte Église, unique dispensatrice de salut, de suspendre le temps. Je sais que la foi, pour obscures que soient ses erreurs, éclipse l'escarbille raison. Et pourtant je me permettrai d'insinuer un sens plus terrestre à l'imminente canonisation de votre mais aussi de ma Dorothée : ce fut (dans nos confins) la première femme à se rebeller contre la contrainte patriarcale du mariage médiéval. Peu après la mort de son père, son frère aîné l'a donnée pour femme (à seize ans) à un homme déjà d'un certain âge (moi) ce sans lui demander son avis. Je ne trouvai rien de mieux que de faire à cette tendre enfant un marmot après l'autre, que de traîner ma Dorothée, en de coûteux atours, à de fastidieux banquets de corporations, de lui démontrer ma lâcheté en participant à contrecœur à une ridicule rébellion d'artisans (je vous demande un peu en quoi me concernaient les desiderata des brasseurs et des tonneliers) et de la battre de ma dure main qui battait les plates ou encore — cf. retour d'Einsiedeln — de lui jeter des pierres, parce que je haïssais sa personne et sa maléficieuse idée de liberté.

Car elle ne voulait que cela : être libre. Libre de l'étau du mariage. Libre du devoir conjugal. Libre de la menue monnaie bourgeoise. Libre pour quoi ?

Vous, cher Monsieur Stachnik, direz : libre pour Dieu ! Libre pour l'amour de Dieu ! Pourtant, devant le tribunal féministe de Berlin — vous avez sûrement lu ça dans le journal — quand on délibéra de l'affaire Dorothée de Montau, la présidente dit : « Dorothée Swarze voulait la liberté pour elle. La religion et Jésus n'ont été que le véhicule et la seule personne de référence autorisée pour réaliser sa revendication d'émancipation et échapper à l'exorbitant pouvoir des hommes. N'ayant le choix que d'être brûlée comme sorcière ou emmurée comme sainte, elle s'est décidée à servir au doyen du chapitre de Marienwerder une légende à demi plausible : pour l'amour de sa liberté. Un cas typique du Moyen Age, non sans références au temps présent. Nous autres femmes d'aujourd'hui devons reconnaître en Dorothée Swarze la militante d'avant-garde. La fin inévitablement tragique qu'a connue sa tentative d'auto-libération nous oblige à considérer son malheur d'un œil fraternel, son échec — oui, ma foi — ignoré de Dieu comme une mission, et à rendre honneur à son nom. »

Tant de prolixité, d'exaltation féministe, vénérable Monsignore Stachnik, vous arrachera tout au plus le stoïque sourire romain. Et pourtant je vous prie d'examiner ma proposition iréniste, compromis entre les positions du catholicisme et du féminisme.

Je ne dirai plus jamais — pourtant j'aurais des preuves — que Dorothée fut une sorcière ; vous-même n'insisterez pas — bien qu'elle ait eu l'étoffe d'une sainte — sur la canonisation imminente. Nous tombons d'accord tous deux que Dorothée Swarze fut une pauvre femme, souffrante des contraintes de son temps ; plutôt sotte que sage, tracassée par l'insomnie et sujette aux migraines, souillon dans son ménage, mais douée pour la planification quand il fallait organiser les processions de flagellants, d'une beauté maigre et d'une volonté brutale, médiocre dans l'invention des miracles visuels en dépit d'extases grelottantes qui duraient plusieurs heures, sachant un peu écrire parce qu'effleurée d'un souffle lyrique, peu vaillante au lit et ne marquant de zèle que pour la flagellation, ingambe et de ce fait volontiers par monts et par vaux, gaie en la seule société des pénitents gyrovagues et autres loqueteux, riche en désirs énormes, mais pratique et novatrice dans la préparation de ses cuisines de carême à inférences égotiques : c'était réellement bon. Ah, sa semoule de manne de Pologne à l'oseille ! Ah, son hareng de Scanie ! Ah, sa laitance de cabillau sur galettes de sarrasin ! Ah, son caillé aux herbes !

Vous n'aurez pas été sans remarquer, cher Monsieur Stachnik : comme vous (bien que ce fût sans récompense céleste) j'ai aimé Dorothée. Mais elle a reçu le baiser du Turbot, ce sur quoi son biographe Johannes Marienwerder ne voudrait pas perdre son encre. Certes, après le baiser, et après la chose infecte opérée avec le poisson (on en a vu bien d'autres dans le pénitentiaire de Burkhard de Worms) elle avait la bouche décalée, mais sa tronche de travers et son regard en biais ne l'empêchaient pas de rester belle. Le poids de ses cheveux. Sa chair meurtrie par la discipline. J'aimais jusqu'à sa façon de faire rimer cœur et douleur. Et que je te mêle de la cendre à tous les potages. De même, elle était susceptible de se soutenir réellement dans l'air à deux pieds au-dessus du sol : je l'ai vue, plusieurs fois (pas seulement en plein air dans le brouillard).

Mon Ilsebill, qui me prie de vous transmettre ses salutations, ne croit pas un mot de tout ça. « Toi, avec tes échappatoires historiques et tes menteries ! » Voilà ce que sa mauvaise humeur lui fait dire chaque jour. (Ilsebill ne croit que ce qui est dans le journal.) Mais vous et moi savons que les histoires n'en finissent pas de se dérouler effectivement d'une autre manière. Comme professeur de latin, vous êtes rentré bredouille, mais vous m'avez inoculé durablement le venin dorothéen. Trêve de vénération et de suspicion. Nous ne savons ni l'un ni l'autre ce qu'a voulu Dorothée...

Plus-value

Ou bien une acclamation gelée
que j'ai recueillie pour l'exposer.

Les verres qui sont sur mon rayon
aiment un éclairage latéral ; tout ce qui est verre n'est pas de
Bohême.

Chaque jour deux sont particulièrement.
Tant d'amour prêt à la casse.

Souffle qu'on va chercher loin, qui ne se brisa pas.
Ainsi suivit sans nom

l'air, et sa plus-value :
les souffleurs de verre, c'est dans les livres, mouraient jeunes.

Au troisième mois

Comment le flet fut protégé des sévices

Lorsque le tribunal féministe siégea pour la première fois, le Turbot fut amené dans la salle grâce à quatre auxiliaires féminines poussant une baignoire à roulettes d'un mètre cinquante sur deux. Un éclairage d'en haut l'illuminait. On aurait aussi bien pu remplir la baignoire de carpes vivantes entre Noël et la Saint-Sylvestre.

Tant que dura la lecture de l'acte d'accusation, le Turbot demeura sans mouvement sur la tôle galvanisée de son vivier comme s'il n'était pas concerné par le reproche d'avoir depuis le néolithique récent, en fonction exclusive de conseiller, et sciemment au préjudice des femmes, promu la cause masculine. C'est seulement quand la présidente du tribunal, dame Ursula Schönherr, docteur en droit, l'invita à prendre position sur l'accusation que sa réponse passa sur les haut-parleurs. Le Turbot se refusa à toute déclaration tant qu'il devrait croupir dans une eau baltique éventée, qui plus est renfermant du mercure. Sans mobiliser la défenseuse d'office, il dit : « Cela frise les méthodes de torture trop suffisamment connues de la justice de classe contre lesquelles chacun est appelé à combattre ; y compris le mouvement féministe. » De plus il faudrait « et dare-dare » éteindre le projecteur supérieur comme discriminatoire.

Le tribunal fut contraint de s'ajourner. Désormais on fit venir chaque jour par British Airways de l'eau fraîche en bidons puisée dans la mer du Nord. L'une des assesseuses, Beate Hagedorn, qui fonctionnait comme biochimiste à l'aquarium du zoo de Berlin, surveilla le changement d'eau.

N'étant plus éclairé par en haut, le Turbot fit face à l'accusation. Mais pendant qu'on délibérait de la phase néolithique du poisson légendaire et des trois seins de la déesse régnante Ava, l'accusé dans sa baignoire en zinc éleva une protestation itérative : le fond métallique le gênait. Son bien-être, habitué qu'il était à se coucher à plat, était troublé par la tôle galvanisée. Sa face inférieure tendre et sensible faisait une réaction allergique au métal inconnu. Il ne pouvait pas se concentrer suffisamment sur le déroulement du procès. L'eau n'était pas son unique élément. Il n'avait rien où se bauger. Lui manquait le sable. Et encore : le sable de la Baltique. Il ne voulait que celui-là. Tant qu'il ne pourrait être dans une situation correspondant à ses besoins, il ne fallait pas compter sur sa coopération à ce projet qui par ailleurs serait appelé à faire époque. Il ressentait sa conservation comme une impossibilité. Car enfin il ne comparaissait pas devant un tribunal militaire fasciste.

Il fallut une seconde fois interrompre le procès. Du sable de la Baltique fut apporté par avion. Mais dès les débats portant sur l'âge du bronze et du fer jusqu'à la christianisation — les affaires Wigga et Mestwina — l'accusé rédiciva : il ne voulait pas, comme un poisson d'aquarium, être alimenté de mouches séchées et de nourriture préparée en pochettes et, pourquoi pas, criminellement drogué de la sorte. Il exigeait un aliment frais. La technicienne d'aquarium préposée à son service était manifestement dépassée. Qu'elle veuille bien s'adresser aux instituts ichtyologiques et halieutiques de Cuxhaven ou de Kiel. Ce qu'il réclamait n'était que tout naturel.

Après établissement des contacts désirés, le Turbot fut ravitaillé en algues, petits crustacés et autres aliments frais pour poissons et le procès roula comme sur des billes jusqu'au moment où l'affaire de la cuisinière de carême Dorothée de Montau approcha du compte rendu récapitulatif.

Probable qu'il y eut de l'agitation dans le public parce que l'accusé avait réussi à apporter plusieurs détails qui, rapprochés d'autres faits établis et de preuves appuyées sur des rapports d'experts, aboutissaient à un contexte historique atténuant ses charges. (Dorothée faisait du mouchardage pour le compte des dominicains.) En tout cas, un caillou gros comme le poing parti des rangs du public manqua certes la baignoire en zinc, mais aurait toujours pu l'atteindre. Le public fut évacué. Avec l'accord du Turbot, des ouvriers (de sexe masculin) entourèrent la baignoire en zinc d'un treillage à mailles serrées. Seulement on n'y voyait pour ainsi dire plus rien. L'ensemble faisait optiquement péjoratif. Les commentaires de presse reprirent avec insistance le mot cage.

Quand le public fut à nouveau admis, il y eut d'autres attentats contre le Turbot. C'était le plus souvent de jeunes femmes qui occupaient les sièges à bascule réservés au public. Et, un jour que le Turbot, avec un authentique cynisme, étalait sa théorie de la migraine dans le cas de Dorothée de Montau, une des jeunes femmes lança un petit flacon sur le treillage protecteur. La jeune femme se donna pour une laborantine de profession. Dieu merci : le flacon ne se brisa pas. Le Turbot exigea une analyse du contenu mais, quand il s'avéra que c'était du cyanure de potassium, il s'abstint de commentaires diffamatoires pour le mouvement féministe.

Il fallut encore un coup suspendre, ajourner, exclure le public. Il fallut une semaine entière à des spécialistes (hommes) premièrement, pour isoler la baignoire en zinc à l'aide d'une vitre blindée, deuxièmement pour y monter une alimentation d'oxygène en bonne et due forme, pour troisièmement incorporer au récipient un dispositif de questions et réponses. La voix du Turbot, quand le procès reprit, était exactement sinistre et comme dans le conte qui l'a rendu légendaire et populaire : *Wat wüll se allwedder!* Manifestement le Turbot avait conscience de son effet acoustique, car à l'occasion il semait ses phrases habituellement fort compassées et bâties à l'ancienne mode d'ornements bas-allemands, d'exclamations d'un charme vulgaire et de jeux de mots sur le prénom féminin Ilsebill. La sono semblait l'amuser.

Pourtant, dès le commencement du débat sur le cas de Marguerite Rusch, à peine le Turbot avait-il avoué devant le tribunal que c'était lui qui avait conseillé de mettre au couvent la petite Margret, ou mieux : tout de suite après que le poisson accusé eut illustré par quelques menues anecdotes la vie des moniales et même, avec une virtuosité vocale, imité les pets de nonne de Gret la Grosse, quelqu'un dans le public tira sur lui un coup de feu. Le coup bien ajusté — il s'avéra par la suite qu'il avait été tiré par une vieille dame, bibliothécaire de profession, toucha la paroi arrière étroite de la baignoire en zinc. Elle avait tiré debout du onzième rang. La balle entra sans bavures. Resta enfouie dans le sable baltique. Mais l'impact était assez grand pour laisser fuir un jet d'eau gros comme le petit doigt. La procureuse en personne, Sieglinde Huntscha, tenta de boucher le trou à l'aide d'un mouchoir Tempo. La spécialiste en aquariums était au désespoir. On appela un plombier. On entendit le Turbot diffuser par la sono un rire mal élevé : « Y a du pet. Pt'êt un coveboi, sûrement pas une nénette. Et pan que je te cartonne sur le hareng. Pourquoi pas tout de suite au canon ? »

Pendant une suspension réduite à quatre jours seulement, on installa un logement de verre blindé à hauteur d'homme ayant en long et en large les dimensions de la baignoire en zinc, mais rempli jusqu'à mi-hauteur de sable baltique. Naturellement, cette maison de verre était pourvue des dispositifs techniques nécessaires.

Maintenant on voyait beaucoup mieux le Turbot : son âge vénérable, sa peau cailloutée quand, plat comme il était, il ne se cachait pas tout entier dans le sable, montrant seulement sa bouche en biais et ses yeux de travers. Mais personne ne pouvait plus lui infliger de sévices par jets de pierres ou coups de feu ou addition de poison. Sa sécurité était suffisante.

Il était aussi garanti d'un enlèvement (par un dispositif d'alarme). (Voici peu de temps que s'étaient manifestées des menaces anonymes de source présumée masculine : « On veut nous le voler. Ces messieurs ne reculeront devant rien. ») Le Turbot se plaisait dans le coffre vitré à l'épreuve des balles. Si on le lui demandait, il faisait droit aux photographes, largement. Même la télévision fut admise pendant une pause du procès à transmettre sa beauté protégée sur des millions de vitres dépolies. On continua de débattre le cas de la nonne cuisinière presque sans parasites gênants.

Comment je suis devenu son marmiton

La poêle de cuivre luisant.
Sa voix du petit matin. Ho ! Je répondais : voilà !
et courais à elle chaque fois
que j'essayais de couper court à ses casseroles.

A Pâques j'ai pelé des langues de mouton — les protestantes,
les catholiques — comme mon âme pécheresse.
Et quand en novembre elle plumait des oies
j'ai soufflé sur les plumes, le duvet,
pour que le jour reste suspendu en l'air.

Elle avait les dimensions de l'église principale Sainte-Marie,
pourtant il n'y avait pas de souffle mystique
ni jamais de froid en elle.
Ah, son pucier
où ça sentait le lait de chèvre
où seraient tombées des mouches.
Captif de son odeur d'étable.
Quand était-ce ?

Sous la robe de religieuse — abbesse elle était —
le temps ne restait pas immobile,
l'histoire s'effectuait,
la controverse sur la chair et le sang,
sur le pain et le vin y était tranchée sans mot dire.
Tant que j'ai été son marmiton,
je n'ai jamais eu froid ni honte.

Gret la Grosse : une moitié de courge
rit et crache des pépins.
Je la vis rarement
mêler de bière la panade ;
sur quoi elle poivrait sec : sa tristesse
ne restait pas sur la langue.

Le retour de Vasco

Qui encore, ô flet, qui encore ! Le forgeron Rusch, le moine franciscain Stanislas, le ministre Hegge, le riche Ferber et l'abbé Jeschke : si au temps de l'abbesse Marguerite j'ai vraiment été l'un, l'autre, ou successivement tel ou tel — son père, son marmiton, son ennemi ou sa victime — pourquoi ne pas imaginer que bien loin, pour lui rendre service et abaissant le prix du poivre, j'ai ouvert aux caravelles portugaises la route maritime des Indes ? Le « São Raphael » jeta l'ancre en effet devant Calicut le 28 mars 1498 ; à cette époque, Kristine Rusch du Hakelwerk était déjà enceinte de la grosse Gret.

A côté de soucis habituels (Ilsebill) cette question ne me remuait d'abord qu'à titre de jeu, puis ce devint un tic quand je partis en voyage : Peut-être fut-ce la crainte d'une réalité étrangère qui me fit chercher un rôle. (Comment, autrement, survivre à Calcutta ?) Ou bien de fugitives lectures sur l'hindouisme m'induisirent à étendre mes avatars est-européens au sous-continent indien : je ne voulais pas être pour autant Lord Curzon ou Kipling. Finalement je me dis : ce n'est pas pour des prunes que l'abbesse Marguerite Rusch aura marié sa fille aînée à un négociant portugais dont l'intention d'ouvrir un comptoir sur la côte de Malabar au sud de l'Inde fut spécialement insérée au contrat. Avec l'autorisation du vice-roi, on élirait domicile à Cochin et de là-bas, comme il était garanti par le contrat de mariage, on enverrait chaque année à la Saint-Martin et à la

Saint-Jean la quantité convenue de poivre. Les interdictions d'entrée ayant eu cours au temps de Vasco et d'Afonso d'Albuquerque avaient été atténuées pour les femmes chrétiennes. On avait pris pied.

Ils s'établirent à Cochin où le négociant Rodrigues d'Evora et sa femme Hedwig s'enrichirent promptement dans le commerce des épices — poivre, girofle, gingembre, cardamome — mais ne purent supporter le climat : ils moururent avec quatre de leurs cinq enfants avant la sœur Marguerite qui, grâce aux expéditions d'aromates à elle garanties, a répandu l'usage des épices indiennes à Danzig et aux environs : gras-double au gingembre, mil relevé de curry, civet de lièvre, pain d'épice. Du poivre partout. Et parce que la visite de la ville portuaire de Cochin, dans l'État indien de Kerala, figurait à mon programme de voyage, je résolus d'y aller aussi, à titre non officiel, en qualité de Vasco de Gama. J'étais encore à l'aéroport de Francfort-Rhin-Main, mais j'avais déjà bouclé ma ceinture que j'écrivais dans mon cahier de brouillon : le retour de Vasco.

Il arrive en Jumbo-Jet. Tout ce qu'il veut faire, c'est aller voir la noire Kali qui tire une langue rouge.

Vasco a lu toutes les statistiques. Vasco sait ce que le président de la Banque mondiale pense de Calcutta. Vasco doit faire une conférence : il l'a déjà réduite en phrases longues et courtes et, par précaution, notée par écrit. « Selon une estimation grossière » est le titre de son discours. Vasco, bien nourri, souffre de la faim du monde. A force de renaissances, Vasco est maintenant écrivain. Il écrit un livre dans lequel il a existé de tout temps : paléolithique, protochrétien, gothique, réformé, baroque, despotique éclairé et la suite.

Tout de suite après l'envol, il se cite : il faudrait écrire un rapport sur la faim. Il faudrait mettre en parallèle la faim historique, la présente, la future. La famine de 1317, quand il n'y avait plus que la bouillie à l'élyme des sables. La disette de viande de 1520, après laquelle on inventa les boulettes, quenelles, profiterolles et autres. La faim en Prusse avant l'introduction de la pomme de terre et la faim chronique dans le Bangladesh. Il faudrait noter la gesticulation, le langage de la faim. Comportement dans l'attente de la faim. Évocation de faims passées : l'hiver dix-sept, dit « des rutabagas ». Le pain de maïs gluant de quarante-cinq. Qu'est-ce que ça veut dire, crever de faim ? Il nous faut un catalogue de citations sur la faim, se dit Vasco, et sa fourchette paresseuse trifouille le pâté sans goût, parce que surgelé, d'Air-India.

La déesse Kali passe pour l'aspect féminin du dieu Siva. Sa force détruit. Selon son humeur, elle jette bas ce qui tient debout à grand-peine. Nous vivons dans son kalpa. (Vasco pense accessoirement à sa femme Ilsebill qui aime casser les verres et a des goûts énergiques.)

Dès avant l'escale de Kuwait, il casse ses lunettes. Autre précaution qui demeure : Vasco s'est acheté des pantalons, des chemises, des chaussettes de coton dans un magasin spécialisé de Hambourg contre l'humidité atmosphérique de Calcutta. Vasco a sur lui du Mexaform-plus. Vasco est vacciné contre le choléra et la variole. Vasco, par trois fois, a pris à jeun des capsules colorées contre le typhus. Vasco emporte avec lui deux kilos de matériaux statistiques. Vasco est l'hôte du gouvernement indien. On le sait à bord du jumbo-jet. Vasco s'appelle autrement et on le connaît sous un autre nom.

A Delhi, devant son public ravi, il aurait dû parler de la noire Kali qui tire une langue rouge et non citer de grossières estimations chiffrées qui par leurs nombreux zéros attestent le manque de protéines, l'excédent de population, le pattern de mortalité : ce sont là des grandeurs abstraites auxquelles est rendu le seul culte des notes en bas de page ; tandis que la noire Kali est partout comprise au sens totalement pratique, mais surtout à Calcutta sur la rivière Hooghly. Avec son collier de crânes et de mains coupées. Enjouée, dominatrice, effrayante, dravidienne : elle, Kali. (Elle peut aussi s'appeler Durga, Parvati, Uma, Sati ou Tadma.)

Tandis qu'il est encore dans le jumbo-jet (sans sommeil) Vasco tente de construire une parenté entre Ava, la déesse spéciale néolithique aux trois mamelles et Kali l'étrangleuse aux quatre bras. Il s'imagine une insurrection : les hommes du marais de la Vistule, opprimés par la gynécocratie, se solidarisent. Dans leur fureur d'engendrer, ils veulent (à l'instigation d'un flet) introduire le patriarcat. Mais Ava l'emporte et fait émasculer cent onze hommes à la hache de silex. Depuis, elle porte en sautoir les pénis racornis sur ses hanches qu'elle a fortes ; ainsi la Kali indienne se pare de mains et de têtes coupées.

A peine arrivé, Vasco écrit des cartes postales : « Chère Ilsebill, ici tout est insolite... » Puis il fait refaire ses lunettes pour que l'insolite lui devienne perceptible.

1498 : Vasco sait qu'en ce temps-là il s'est lui-même raconté des blagues comme aujourd'hui. On n'arrête pas de faire reluire les objectifs : Pour l'honneur de Dieu... Pour sauver l'humanité menacée... Pourtant c'est l'ambition du navigateur qui l'a poussé à atteindre par voie de mer le pays des aromates. La bonne affaire, ce sont les autres, les trafiquants de poivre, qui l'ont faite !

Le soir, lors d'une réception (en son honneur) des dames qui ont fait leurs études en Angleterre l'interrogent sur les objectifs et les mobiles du mouvement européen de libération féminine. Vasco fabule sur un tribunal féministe siégeant à Berlin mais qui fournit aussi de gros titres le plan suprarégional. On y traite à grand renfort de symboles le cas d'un flet détenu. Le flet incarne le principe masculin de domination. Il comparaît dans un bassin blindé à l'épreuve des balles. Puis il propose aux dames de placer l'émancipation féminine sous l'égide de la déesse Kali. (Est-ce qu'Indira, fille Nehru, ne pourrait pas fournir à Kali une incarnation effrayante ?) Tout en grignotant des pignons, on marque de l'intérêt, quoique les dames appartenant à des familles de brahmanes nanties donnent la préférence à Durga, l'aspect bienveillant ; Kali est plutôt populaire dans les castes inférieures.

Le lendemain, Vasco ne veut pas aller au musée, mais visiter un slum. On l'y regarde avec étonnement. La gaîté des miséreux et leur inattaquable grâce l'intimident. Le rire sous cape des fillettes en guenilles qui, ayant des hanches, les montrent. A coup sûr : les mains et les yeux mendient, mais rien n'accuse. (Ils n'ont pas faim, ils sont seulement sous-alimentés de façon régulière.) Tout semble naturel. Comme s'il en devait être ainsi : pour toujours. Comme si la pullulation incessante de nouveaux slums était un processus organique qu'on ne doit pas troubler, tout au plus un peu désinfecter.

Vasco (le Découvreur) pose des questions relatives au travail, au salaire quotidien, au nombre d'enfants, à la fréquentation scolaire, au planning familial, à la flore intestinale, aux latrines. Les réponses confirment la statistique, rien de plus. Puis il doit encore visiter une forteresse (d'époque mongole) où sont casernées dans les locaux vastes des unités de l'armée indienne. Du haut des créneaux, Vasco veut se marquer d'une image : sur le glacis de la forteresse dont les vaches ont exterminé le gazon, à midi, sous un soleil d'hiver, cinq cents corps en guenilles gisent comme tués, comme fauchés par des mitrailleuses anglaises postées aux meurtrières de la forteresse. Chaque paquet gît séparément. Unités de poussière. Cadavres en attente de putréfaction. Le soleil doit réchauffer leur sommeil de mort : figurants d'un film colonial, restés sur place pour le prochain gros plan. Dommage que Vasco ait laissé à l'hôtel sa caméra petit format. Il fixe le mot : sommeil de mort. Il dit : Et c'est ça que j'aurais découvert? C'est en vain que Vasco s'interdit de trouver beaux les cadavres endormis rangés par le hasard ou une autre loi. S'il voulait, étant fatigué, s'étendre parmi eux, il aurait l'air gauche.

Le président de la Commission du Plan remplit un costume deux pièces type Nehru et parle, encadrant Vasco, en distance et en profondeur : nous avons, comme vous le savez peut-être, trois mille ans d'histoire derrière nous. Nous n'existons pas seulement depuis que ce Portugais nous a découverts par mer.

Vasco écoute avec un air d'attention tout en cherchant vainement à se rappeler encore un coup les manœuvres d'accostage à Calicut en 1498. (A tout hasard, nous envoyâmes à terre un condamné à mort.) Le président de la Commission du Plan explique que l'Inde, pour inconcevablement diverse qu'elle soit, constitue une unité. On ne vient pas à bout de nous connaître. Calcutta, dit-il, est certes un problème, mais il y a aussi beaucoup d'artistes dans cette ville fascinante. Et le lyrisme bengali...

Le prochain slum croît (organiquement) à côté de la centrale thermique de Delhi (qui vomit imperturbablement des masses de fumée). En face du slum est le bâtiment moderne de l'Office mondial de la santé, section Asie méridionale. Les fenêtres de l'OMS reflètent sur de nombreux étages les masses de fumée et non le slum. A côté, pour être complet, les pavillons de l'Indian Council of Cultural Relations qui a invité Vasco à voir et à concevoir : Nous sommes une démocratie moderne.

Dans le slum, Vasco parle à des femmes venues d'Uttar Pradesh qui ont six ou huit enfants mais ne savent pas combien gagnent de roupies leurs maris qui travaillent à l'usine d'à-côté comme manœuvres-balai (les balais sont de paille). Ce slum passe pour propre. Vasco trouve un médecin, mais qui n'a jamais mis les pieds à l'OMS qui est en face, tout comme l'OMS n'est jamais venue voir le médecin. Naturellement il y a ici des cas de variole, dit-il. Alors je fais mon rapport. Mais on vaccine toujours trop tard. Je ne fais qu'exercer à titre libéral. Pour ce motif, les gens d'ici me prennent pour un idiot. Le médecin ne parle pas anglais. Une fois traduit, tout paraît plausible. Il n'est peut-être qu'infirmier. Vasco dépose sur la table du cabinet-paillote un billet en roupies pour la médecine. Les enfants de Vasco lui ont dit à son départ : Surtout ne nous rapporte pas de cadeaux. Des trucs idiots et compagnie. Donne l'argent à quelqu'un d'autre. Et même Ilsebill n'avait cette fois-ci pas de désirs particuliers.

Pour visiter des monuments datant de sa période mongole Vasco se rend à Fatehpur-Sikri. Il sourit aujourd'hui de sa tentative passée d'être tolérant dans son vaste logis-forteresse en accordant le statut d'épouse non seulement à une mahométane, mais aussi à une femme hindoue et à une dame portugaise de la chrétienté de Goa. Seule la femme hindoue lui donna un fils (contrefait). Sont restées des sculptures sur grès rouge. Toutes les colonnes sont travaillées différemment. Mais le désert ne l'a pas admis. Quand l'eau manqua, il fallut évacuer la ville. Tant de tolérance pour rien. (Quand Vasco mourut en 1524 à Cochin, la sœur-cuisinière Margarete Rusch devint abbesse des brigittines ; après quoi, selon son humeur, elle prit des amants réformés, catholiques ou navigateurs, voire des moinillons en rupture de froc : on voit jusqu'où allait sa tolérance vaste.)

Dans un village qui est encore situé en Uttar Pradesh, Vasco visite l'école : du torchis comme les autres maisons et bâtisses. Tout est brun torchis : la rue du village en terre battue, les vaches, les vélos, les enfants, le ciel. Seuls les saris des femmes sont de couleur, délavés. Déjà la pauvreté se pare à nouveau de beauté. Le maître d'école a des yeux noisette. Il montre à Vasco des manuels scolaires. Dans un petit livre qui raconte l'histoire de l'Inde en écriture hindi, Vasco se voit dessiné au trait simplement : il a une barbe sous une barrette de velours. Dans un quelconque repli de son existence voyageuse, il est fier et ému ; et pourtant il se sent vaguement vexé d'avoir fait de l'histoire dans des bouquins scolaires et d'être entré dans le programme d'enseignement. (Que savent-ils seulement de moi ? De mon inquiétude. J'ai toujours cherché des objectifs derrière des horizons. Je voulais atteindre Dieu par l'art du navigateur. Et toute ma vie ma peur d'être empoisonné par les dominicains. Tout s'éteignit. Il ne restait que mon musée intérieur...)

Parce qu'on s'y attend, Vasco pose des questions. Le maître d'école déplore les gens venus du dehors qui poussent au planning familial étatique à l'aide de tableaux sans rien d'écrit comme pour des idiots. Quarante-cinq pour cent des enfants fréquentent temporairement l'école. En guise de démonstration, les écoliers villageois lisent à haute voix dans le petit livre où Vasco est devenu matière d'enseignement.

Au temple, la déesse danse, cette fois sous l'aspect bienveillant de Durga, dans la niche de gauche. Dans celle de droite, un dieu-singe.

Vacarme des corneilles, rires des enfants. On traduit pour Vasco les plaintes des paysans : le prix du blé vient de doubler brusquement. La plupart ont vendu au bas cours. Un tiers des paysans n'a pas de terres. Beaucoup émigrent en ville. Un paysan riche loue son tracteur. Par crainte d'enlèvement, comme c'était l'usage au temps des Mongols, les femmes cachent leur visage au passage de Vasco. Au milieu de la poussière, un vieil homme qui mâche du bétel lui fait cadeau d'une carotte. Le lendemain, Vasco a la colique et doit ingurgiter du Mexaform : trois comprimés par jour. Ça agit à retardement. Mais il a encore le caca blond moutarde liquide. Le tout fait des bulles. Il voudrait trouver des vers ; et il est déçu de ne pas filer la note comme le poète Opitz que la peste enleva. C'était du temps où la terre était une vallée de larmes. La cuisinière d'Opitz s'appelait Agnès. Dans son registre, Vasco lui attribue des sentiments qu'elle servait au poète en guise de régime. La peste, à ce que l'on disait, avait été subrepticement apportée des Indes par mer.

Quand, à Sikri, Vasco inspecte les vestiges de son époque mongole et visite aussi son tombeau, il accroche, comme le font aussi d'autres touristes, au filigrane ajouré de sa chapelle funéraire, un cordon de coton exprimant un désir. Mais il ne sait quoi désirer : Mon Dieu ! Cette démence vivace. Cette splendeur splendide. Tes erreurs de planning, Dieu ! Pourquoi m'as-tu dirigé par ici ? (C'était un pilote arabe qui connaissait la route et la mousson. Ahmed Ibn Madjid avait coutume de chanter en vers ses prouesses nautiques.)

A l'aérodrome, on passe au cou de Vasco une guirlande de fleurs. Partout des drapeaux (ils ne sont pas pour lui). A Calcutta, le championnat du monde de tennis de table a lieu dans la sphère politique. La Fédération internationale de tennis de table a exclu Israël et l'Afrique du Sud ; en revanche les Palestiniens ont leur visa d'entrée pour venir jouer. Seule la Hollande proteste. Comme il manque aux participants brésiliens quelques vaccinations préventives, on les refoule en quarantaine. La moderne halle de ping-pong a été construite en quatre mois. Le conseil municipal et la ville de Calcutta, nonobstant leurs trois mille slums qu'on appelle ici bustees, sont fiers de cette réalisation. Pour cause de championnats du monde de tennis de table, tous les hôtels sont pleins. On loge donc Vasco dans l'aile des hôtes, au ci-devant palais du vice-roi où, depuis l'indépendance des Indes, réside le gouverneur du gouvernement central. Dans la chambre de Vasco, sous sept mètres de plafond, le lit est au centre, protégé par la moustiquaire. Deux ventilateurs à trois hélices agitent l'air. Sur la table de travail, deux encriers du temps de la reine Victoria : Vasco note des mots-repères sur Amanda Woyke, cuisinière des valets. Sa correspondance avec le comte Rumford. Tous voulaient combattre la faim du monde par des cuisines géantes : elle au moyen de sa soupe aux pommes de terre à la mode de Prusse-Occidentale, lui par la soupe des pauvres à la Rumford. Vasco écrit : Mais les Kachoubes ne voulaient pas se faire aux pommes de terre ; ainsi la semoule de blé répugne aux Bengalis mangeurs de riz, même quand ils ont faim. C'est pourquoi les Kachoubes mangèrent encore longtemps trop peu de mil, jusqu'à ce qu'enfin ils se remplissent de pommes de terre en robe de chambre.

Le palais du gouverneur s'appelle Raj Bhavan. Partout de discrets valets en habits rouges élimés sous le turban blanc joignent les mains quand ils saluent Vasco. Les soldats dans les couloirs saluent. Le cuisinier est de la maison depuis trente-six ans. Il a fait la cuisine pour les Britanniques et leurs hôtes. A table, quatre valets s'escriment autour de Vasco. Le vieux chef sert ce qu'il appelle cuisine européenne. Au petit déjeuner (ham and eggs) on sert à Vasco le journal où sont des derniers résultats de ping-pong. Par le canal d'un aide de camp, le gouverneur sollicite l'honneur de prendre son repas avec Vasco. Ça ne dit rien à Vasco, ce repas avec le gouverneur. (Non non ! A quoi bon être ici ?) Il veut rentrer chez lui auprès de son Ilsebill.

Mais Calcutta, cette ville friable, teigneuse, grouillante qui mange ses propres excréments a choisi la gaîté. Elle veut que sa misère — et partout la misère pourrait être photographiée — soit d'une affreuse beauté : la décrépitude masquée de panneaux-réclame, le pavé défoncé, les perles de sueur qui forment le total de neuf millions. Les gares dégorgent des être humains qui, comme hier encore Vasco, ont la dysenterie : asticots en pyjama blanc sur tas de merde barbouillé de victorianisme, jamais à court de nouveaux tarabiscotages. Sur le tout se crache le jus rouge du bétel.

Aller et retour à pied jusqu'au pont sur la Hooghly. A gauche s'offre un bric-à-brac : souliers éculés, fibres de coco, tables d'ardoise, chemises pâlies, outils rudimentaires, camelote de Hong-Kong, camelote indigène. Le passage de droite pour piétons est bordé de paysans qui viennent des villages entourant Calcutta. Ils offrent en petits tas : oignons violets, lentilles jaunes, gris sable, rouge cinabre, racines de gingembre, canne à sucre, mélasse comprimée en pains, riz non décortiqué, blé concassé, galettes. Le pont, qui n'a pas de pilier central, vibre sous le double courant des pieds nus, des camions, des rickshaws, des chars à bœufs. Tout à coup, un sentiment de gaîté inonde Vasco perdu dans la foule. Lui aussi veut mâcher du bétel. C'est seulement sous les culées du pont, où il ne reste plus que la misère, qu'il s'effraie au spectacle de femmes épuisées et de vieillards microcéphales que la mort a déjà marqués.

Il n'y a pas à Calcutta de slums ou bustees isolés. Toute la ville n'est qu'un bustee ou slum. Ni la classe moyenne, ni la first class ne peuvent s'y dérober. On voit dans la rue des lycéennes portant des livres scolaires qui se fraient un chemin dans la cohue devant et derrière des paquets de guenilles de leur âge, qui forment des îles dans le courant, qui ne font qu'un avec le tout. Là où le courant laisse des vides, le pavé a aussi ses habitants. A côté de parcs ou de maisons de maître dégénérées se groupent des cabanes de village de tôle et de carton. Ceux que la dernière famine (il y a un an à peine) a charriés dans la ville, ceux que les bustees excrètent ou ne veulent pas accueillir restent. Ils viennent du Bihar, sont étrangers parmi les Bengalis. La nuit, accroupis autour des feux devant chaque hutte de carton, ils font cuire ce qu'ils ont tiré des ordures. Reste en dernier l'instinct de cueillette. Les feux consument du poussier aggloméré en petits gâteaux avec de la paille, ou de la bouse séchée. L'âge de la pierre taillée retrouve un avenir. Il a déjà commencé la conquête de la ville. Déjà les autobus ont l'air de trouvailles archéologiques. Vasco se réfugie au palais du gouverneur. Déjà les gardes le connaissent.

Figure au programme : thé chez un auteur de films qui part demain par l'avion de Chicago pour montrer aux étudiants américains son film sur Calcutta. Conversation souriante : deux producteurs froids. Vasco veut savoir si l'on peut s'imaginer un autre film où Vasco de Gama, renouveau-né, visite l'Inde d'aujourd'hui, craint la déesse Kali, passe à Calcutta. Il a de la dysenterie et loge au palais du gouverneur. Puis il parle de ses cuisinières temporaires : la néolithique Ava, la super-gothique Dorothée, la révolutionnaire Sophie, l'abbesse-cordon-bleu Margarete Rusch à qui importait une baisse sur le poivre de cuisine. Il mentionne le flet et ses activités depuis le paléolithique. Et le faiseur de films opine du chef : on connaît aux Indes un poisson d'espèce voisine qui assume la même fonction depuis l'époque dravidienne ; il est par principe contre Kali, mais en vain.

Ensuite le metteur en scène parle du prochain Festival du film et évoque tangentiellement les morts qui gisent dans les rues de Calcutta et qu'on ramasse au petit matin. Il y en a toujours. Dès 1943, alors qu'il était un enfant, deux millions de Bengalis sont morts de faim parce que l'armée britannique avait consommé tous les stocks de riz dans la guerre contre le Japon. S'il y a un film là-dessus ? Non, malheureusement. La faim ne se filme pas.

Partout dans Calcutta, que ce soit chez le fabricant de films ou chez les religieuses de Mère Thérèse ou au lunch que le gouverneur donne en son honneur, tous, comme si ça regardait l'Inde, veulent savoir de quoi traite son prochain livre.

Même pendant la visite d'un bustee, le planificateur du ministère de la Planification qui le cornaque lui demande des détails littéraires. Et Vasco s'explique en détail. Il s'agit de l'histoire de l'alimentation. Tout se passe aux bouches de la Vistule. Mais dans le fond ça pourrait aussi se passer aux bouches du Gange, par exemple ici sur la rivière Hooghly. La déesse de son livre s'appelle Ava. Malheureusement il est un peu sec sur la dravidienne Kali.

Puis Vasco cherche le salut dans des interrogations statistiques, obtenant des réponses qu'il pourrait retrouver en compulsant les statistiques. Il existe dans Calcutta trois mille bustees. On craint de les appeler slums. Dans chaque bustee habitent entre cinq cents et soixante-quinze mille hommes. Çela fait trois millions d'habitants de bustees. En moyenne, huit à dix personnes vivent dans une pièce. Dix ou douze cabanes forment autour d'une cour un carré ouvert. Les excréments et les débris de cuisine coulent par des caniveaux ouverts au milieu des voies principales. La salle d'école pour environ quarante-cinq enfants est confiée dans ce bustee à un travailleur social ; encore cette gaîté, la fierté d'avoir une école. Vasco tente de noter la puanteur. Stigmates de misère et l'habituelle injustice. Il faut payer des loyers usuraires à des propriétaires de cabanes qui vivent aussi dans les bustees. Tout le monde crotte là où il a envie, là où il peut. Oui ma foi, écrit-il, mais à l'opposé de ce qui se passe à Francfort, ici on vit. Plus tard, il veut biffer cette phrase.

Les habitants des bustees viennent de la campagne. Il faudrait, dit le planificateur, assainir d'abord les villages si l'on voulait assainir Calcutta. C'est pourquoi Vasco va dans des villages : huttes de boue sous cocotiers. Il voit les silos ronds, bâtis sur un surplomb pour éviter les rats, mais vides. Vasco a le statut de visiteur. Une paysanne souriante à laquelle pendent sept enfants envoie son fils aîné sur un cocotier. Vasco boit du lait de coco et se souvient. Le riz nouveau dans les rizières manque d'eau. Le canal qui longe la route a été mis en chômage : il doit être dragué, personne ne sait quand. Les paysans sont endettés, surtout du fait des noces de leurs filles. Quand ils empruntent, ils paient quarante pour cent d'intérêt. Les impurs sont exclus des travaux de la récolte. Femmes et hommes se baignent dans des mares différentes où l'eau de pluie de la dernière mousson s'est accumulée et s'évapore. Tous se baignent vêtus. (Après le puritanisme mahométan est venu le victorien.) Tous les enfants ont des vers. Vasco confirme : c'est un beau village. Il aime les cocotiers, les bananiers, le pisé des huttes, les enfants véreux et les femmes souriantes. Mais déjà le village malade est en route vers Calcutta.

Au cours des championnats du monde de tennis de table, la Chine et la Tchécoslovaquie se classent premières de leurs poules. Les billets d'entrée sont trop chers même pour la classe moyenne. C'est pourquoi le stade de tennis de table tout neuf est presque vide.

Ayant reçu de ses quatre serviteurs le journal du matin et le petit déjeuner (poached eggs), Vasco rend visite au Premier ministre du gourvernement de Front populaire du Bengale occidental. En face de lui, assis, un monsieur d'un certain âge en cotonnade blanche qu'agitent les courants d'air. Non, il appartient au parti communiste marxiste et non à celui qui prend ses ordres à Moscou. Sans amertume, il cite des échecs. Vasco apprend comment les Naxalites ont opéré leur scission et se sont constitués en mouvement révolutionnaire. Beaucoup de jeunesse intelligente, constate avec regret le marxiste avant d'ajouter non sans ironie : issue de bonnes familles. Quand le succès se fit attendre — car toutes les informations concernant des « territoires libérés » étaient de l'intox chinoise — les Naxalites se mirent à supprimer leurs anciens camarades, quelque quatre cents marxistes. Non, dit-il, le maoïsme ne saurait se transplanter dans l'Inde. Dans le fond, l'extrémisme naxalite n'avait été qu'un de ces gestes par quoi la bourgeoisie exprime son impuissance.

Ici, je serais aussi extrémiste, s'entend dire Vasco. Il décide (intérieurement riche en figures) d'inventer dans son livre un dialogue dans lequel Lena Stubbe, la cuisinière de la cantine populaire de Danzig-Ohra, discute avec le camarade de passage August Bebel (vers 1895) la question de savoir si les femmes d'ouvriers doivent s'orienter sur la cuisine bourgeoise ou bien s'il faut un livre de cuisine prolétarien.

Le marxiste mélancolique (brahmane) assis dans une pièce nue oscille des genoux. De temps à autre, de laconiques coups de téléphone. A côté de trois canards sauvages en bois qui suggèrent un décor mural, un petit portrait de Lénine. La semaine dernière, il y a encore eu deux attentats contre des camarades. Devant la maison, autour de l'auto noire, sa garde du corps.

Ensuite Vasco rend visite à des poètes. Ils se lisent en anglais des poèmes sur les fleurs, les nuages de la mousson et le dieu Ganesh qui a une tête d'éléphant. Une lady anglaise (en sari) chuchote des impressions de voyage aux Indes. Une quarantaine d'individus éperdus d'intellectualité, enveloppés de belles étoffes vastes, sont assis en tailleur sur des nattes de sparterie sous l'hélice du ventilateur ; les bustees commencent sous les fenêtres.

Vasco admire les éditions soignées, la causerie de garden-party-gens-de-lettres, les affiches pop importées. Comme tout le monde, il grignote des pignons et se demande laquelle des poétesses lyriques il baiserait à l'occasion.

Pourquoi pas un poème sur ce grumus merdae tel que Dieu l'a laissé tomber en l'appelant Calcutta. Comment ça grouille, ça pue, ça vit et n'arrête pas d'enfler. Si Dieu avait lâché un tas de béton, ç'aurait donné Francfort. L'aéroport de Calcutta s'appelle Dum-Dum. Où continue à fonctionner l'ancienne usine britannique de munitions. Des tartuffes chrétiens discrient que les projectiles dum-dum ayant une entaille à la pointe faisaient des trous si grands qu'ils évitaient les douleurs habituelles, notamment en cas de blessure au ventre. La prison de Dum-Dum contient ce qui reste de Naxalites. Dans un poème sur Calcutta, l'espérance ne devrait point paraître. Écrire avec du pus. Gratter les scrofules...

Une religieuse originaire de Wattenscheid (Westphalie) qui appartient à l'ordre de Mère Thérèse conduit Vasco dans un bustee de lépreux. Ci-gît un enfant mort seulement à moitié. De sa main blanche, elle chasse les mouches de sur l'enfant mort à moitié. En face pue l'abattoir dont les toits de tuiles sont habités de vautours en brochettes. Tout ce qu'on peut faire, c'est traverser, enjamber, regarder ailleurs.

Vasco ne sait plus où il est ou fut. Maintenant au Foyer pour enfants : l'affection des petits de deux ans. Le voici à l'école : où les élèves chantent les yeux clos des choses catholiques. Le voici à la pouponnière : un couple brahmanique sans enfant adopte le fils nouveau-né d'une mère intouchable. Vasco souhaite bonne chance. La distribution de lait à côté de l'ambulance : tout ça ne suffit pas. Une religieuse à poigne canalise la cohue. Sœur Amanda déclare ce que Mère Thérèse dit de tous les problèmes concernant Calcutta : Même si nous ne sommes qu'une goutte dans l'océan, sans nous l'océan ne serait pas plein.

Ne regarde pas. Enjambe. Mets-toi du plomb dans les oreilles. Travaille le regard indifférent. Laisse la pitié dans ta valise entre les chemises et les chaussettes, ou coince le billet dans ton Guide, là où, à K, est Kalkutta, voir Calcutta. Ou bien regarde. Arrête-toi. Écoute. Sois accablé de honte. Tire une langue rouge parce que ta pitié n'est qu'un billon promptement distribué.

Maintenant à Kalighat où les paquets de guenilles ramassés de nuit dans les rues reçoivent encore une fois leur suffisance de riz dans le mouroir de Mère Thérèse. A côté (enfin) le temple de la déesse Kali. Vasco paie cinq roupies au prêtre explicateur. Sur le lieu du sacrifice, du sang couvert de mouches rappelle les chèvres qui furent sacrifiées le matin. Des jeunes femmes grattent de petits symboles porte-bonheur dans la terre saturée de sang. A côté, un arbre pour les mères qui désirent des enfants, beaucoup d'enfants, encore un enfant, davantage d'enfants, toujours davantage d'enfants, un enfant par an. Les mères suspendent à l'arbre des pierres de vœu. L'arbre est plein de pierres suspendues qui toutes signifient des enfants, davantage d'enfants. Partout un cauchemar en fleur et du saint-sulpice hindouiste de qualité catholique. La noire Kali reste cachée derrière le flot des fidèles.

Vasco se tient à l'écart. Il veut savoir pourquoi elle tire une langue rouge. Le prêtre raconte que Kali, après avoir massacré les démons (et autres contre-révolutionnaires) ne pouvait pas s'arrêter de tuer et ne reprit ses esprits qu'au moment où elle avait mis le pied sur la poitrine de Çiva, son aspect masculin, couché par terre. Alors Kali eut honte et, de honte, tira la langue. Nulle part Vasco ne voit un ministre, gouverneur, brahmane, un poète chuchoteur tirer la langue rouge. Il a vu les langues pâles des vaches qui paissent placidement les ordures. Il a vu comment la sous-alimentation blondit les cheveux des enfants. Il a vu les mères plonger les tétines de leurs enfants dans une eau sucrée corrompue. Il a vu des mouches sur tout ce qui est. Il a vu la vie devant la mort.

Vasco cherche refuge dans la gazette. A côté de l'information concernant la grève des transporteurs de produits alimentaires de Calcutta-Nord, il lit comment se déroulent les championnats du monde de tennis de table : les participants suédois ont la diarrhée. Après avoir brièvement flâné en ville, ils sont rentrés à l'hôtel, horrifiés. Maintenant ils veulent partir avant la fin. Et Vasco de son côté écrit à son Ilsebill enceinte de trois mois des demi-phrases hagardes sur une carte postale dont la face illustrée glacée montre la noire Kali : « Ici, on ne comprend pas ça. Rien à tirer de la raison. Les lépreux sont pires que je ne pensais. J'ai fait la connaissance d'une religieuse à la foi robuste, toujours gaie. Qu'est-ce qu'on peut suer ici. Demain je prends l'avion. Je visiterai la côte de Malabar où Vasco de Gama prit terre… »

Envoyer de Calcutta, sur carte postale, un signe de vie. Voir Calcutta et ne pas mourir. Trouver à Calcutta son chemin de Damas. Vivant comme Calcutta. A Calcutta (dans le temple de Kali où l'on sacrifie les chevreaux et où l'arbre est plein de pierres de vœu qui crient après des enfants, toujours davantage d'enfants) mettre au clou ses parties nobles. A Calcutta, momie sous la moustiquaire, rêver de Calcutta. Se perdre dans Calcutta. Sur une île déserte écrire un livre sur Calcutta. En société, dire que Calcutta est exemplaire. Réinventer Calcutta dans la région de Francfort-Mannheim. Envoyer se faire voir à Calcutta les enfants pas sages, les femmes qui, comme Ilsebill, ne sont jamais satisfaites, et encore les hommes venus à échéance. Recommander Calcutta comme but de voyage de noces à un jeune couple. Écrire un poème intitulé Calcutta et où les mouches marquent les points, points-virgules, virgules. Faire mettre en musique par un compositeur toutes les propositions tendant à l'assainissement de Calcutta et les donner en première audition à Calcutta sous forme d'oratorio (chanté par une chorale Bach). Des contradictions de Calcutta, déduire une dialectique neuve. Transférer l'ONU à Calcutta.

Quand Vasco de Gama deuxième avatar vint à Calcutta, se souvenant à peine encore de sa première escale, il voulut raser la ville à l'aide de dix mille bulldozers et la rebâtir à neuf selon ordinateur. L'ordinateur alors cracha trois mille bustees à seize étages, l'hyper-super-slum, sauf qu'il était surgelé, donc beaucoup plus solitaire, sans espoir d'occurrences fortuites et tout refermé sur soi, depuis que tout bruit était absorbé. Alors Calcutta mourut bien qu'on l'ait assaini juste au-dessus du minimum vital. Il ne manquait en effet plus grand-chose, si ce n'est le strict nécessaire. Des êtres humains qui se multiplient par besoin de se prouver. En tout cas, se dit Vasco, maintenant il meurt moins de nourrissons. Ou bien, en revendant les statistiques au prix du vieux papier, on pourrait financer un nouveau rapport. Pas un mot de plus sur Calcutta. Rayer Calcutta de tous les guides touristiques. A Calcutta, Vasco a pris deux kilos.

Trois questions

Comment puis-je,
quand l'horreur devrait nous mouler en plomb,
rire,
dès le petit déjeuner, rire ?
Comment devrais-je,
là où ne vient plus que l'immondice,
parler d'Ilsebill parce qu'elle est belle
et discourir sur la beauté ?
Comment vouloir,
là où la main, sur la photo,
reste jusqu'à la fin vide de riz,
écrire sur la cuisinière :
comment elle farcit les oies ?

Les rassasiés entrent en grève de la faim.
Les belles ordures.
C'est à crever de rire, ce truc-là.

Je cherche un mot qui veuille dire honte.

C'en est trop

Entre les jours de fête,
quand il se fait assez tard et que le silence suffit,
je lis le roman-utopie d'Orwell, « 1984 »,
que j'ai lu pour la première fois en 49
avec des yeux tout différents.

A part, à côté du casse-noix et du paquet de tabac,
repose un livre de statistiques
qui dénombre la population mondiale,
chiffre sa nourriture — et sa faim,
pousse la courbe jusqu'en 2000 — et s'arrête.
Quand je m'arrête,

quand je prends mon tabac
ou casse une noisette,
des difficultés me rattrapent
qui, comparées à Big Brother
et à l'insuffisance globale des albuminoïdes,
sont minces
mais n'en finissent pas de ricaner pour moi tout seul.

Je relis à présent les méthodes d'interrogatoire de l'avenir.
Maintenant je vais mémoriser les chiffres :
profil actuel de la mortalité
infantile en Asie du Sud.
Maintenant je m'effiloche en partant des bords
parce qu'avant les jours fériés
on a mis en petits paquets ficelés les disputes en retard :
les désirs d'Ilsebill.

Les coques de noix remplissent la moitié du cendrier.
Tout ça est de trop.
Il faut rayer quelque chose : l'Inde
ou le collectivisme de l'oligarchie
ou la Noël en famille.

Esaü parle

Être par grâce mis au régime lentilles.
Se noyer dans un océan de lentilles.
Sur mon oreiller bourré de lentilles.
De l'espoir, gros comme une lentille.
Et tous les prophètes ne veulent jamais que
la miraculeuse multiplication des lentilles.

Et quand il est ressuscité le troisième jour
il avait une grosse envie de lentilles.

Dès le petit déjeuner,
réduites, jusqu'à ce que la cuiller y tienne debout.
Avec du collier de mouton à la marjolaine fraîche.
Ou bien lentilles mémoriales : un jour que le roi Batory

revenait à son camp d'une partie de chasse,
la religieuse Rusch lui fit cuire un faisan
(coriace avant l'âge)
bouilli aux lentilles en potage à la polonaise.

Je partis la musette pleine et sans crainte.
Depuis moi, on peut avoir des primogénitures.
Je vis de lentilles, mon compte est à jour.
C'est mon cadet qui se plaint.

Le festin du bourreau

La tour de Justice, maçonnerie commencée en 1346, agrandie, à mesure des besoins croissants, de cachots, d'une chambre de tortures et de locaux utilitaires, qui fut placée en bastion avancé devant la porte Haute, resta vide et sans emploi depuis son remaniement effectué en l'an 1509, quand les architectes de ville Hetzel et Enkinger surélevèrent la tour de deux étages et d'un toit pointu, jusqu'au jour de la mi-avril 1526 où le roi de Pologne Sigismond, appelé par le bourgmestre Eberhard Ferber, occupa la ville, fit placarder dans chacune des sept églises principales des règlements contre-réformateurs et comparaître tous les chefs de l'insurrection contre le Conseil patricien, à l'exception du ministre Hegge en fuite, devant un tribunal d'échevins qui trancha : les six meneurs auraient la tête coupée, parmi eux le forgeron Peter Rusch, dont la fille présidait depuis peu comme abbesse au couvent de Sainte-Brigitte : une femme d'importance, de réputation discutée, dont la cuisine conventuelle flattait le goût de tous les partis, faisait chaque fois son bilan et, même en cas de perte générale (désordres guerriers, peste, renchérissement) faisait encore du bénéfice.

Et parce que sœur Rusch n'était pas sans influence, elle ne put certes obtenir la grâce de son père, mais de faire une dernière fois la cuisine pour le condamné. Même des personnalités haut placées ne déclinèrent pas son invitation. Le bourgmestre Ferber, dégommé par les corporations insurgées, chassé dans sa starostie de Dirschau, maintenant réintégré dans ses fonctions, et l'abbé du monastère d'Oliva, Jeschke, vinrent bordés de fourrures et vêtus de drap brabançon à la tour de Justice pour partager avec le forgeron Rusch son mets favori. Le bourreau Ladewig était invité ; il vint. Dès la veille au soir, la religieuse cuisinière avait mis la marmite pleine sur le feu du bourreau (chargé d'ôter le couvert) si bien que l'odeur en gagnait tous les culs de basse-fosse de la tour maintenant occupée à plein.

Qui veut manger avec moi des tripes, du gras-double ? Ça rend pacifique, aplanit la colère de l'homme indigné, endort la peur de mourir et rappelle le gras-double et les tripes des temps anciens, quand la marmite à moitié pleine était toujours sur le feu. Un morceau de grand colon et les parois lobées, comme tricotées, de la panse : les quatre livres pour trois cinquante. C'est le dégoût qu'inspirent les abats qui met à bas prix le cœur de bœuf et les rognons de porc, le mou de veau et le gras-double.

Elle prit son temps. D'abord battre et brosser les lambeaux au-dehors et en dedans comme si c'était les dépouilles trempées de sueur d'un crocheteur mises sur la planche à laver. Certes elle arracha la membrane ridée, mais réserva la graisse qui entoure l'amorce de l'intestin, parce que la graisse de tripes est une chose à part : elle s'émulsionne comme du savon et ne fige pas.

Quand le forgeron Rusch et ses invités la virent préparer le festin du bourreau, on mit sept litres d'eau, du cumin, des clous de girofle, une racine de gingembre, du laurier et du poivre grossièrement pilé à feu vif, coupa en tranches de la longueur du petit doigt les morceaux informes tant que la marmite fut pleine ; et d'écumer quand ça bout. Puis la fille fit bouillir quatre heures durant le mets favori du père. Pour finir, elle incorpora de l'ail, râpa de la muscade, remit du poivre.

Le temps que ça prend. Ce sont les meilleures heures. Quand le coriace doit s'attendrir, mais sans rien précipiter. Que de fois la religieuse Rusch et moi-même, pendant que le remous baveux des tripes chauffait la cuisine comme une étable, avons-nous, assis à la table, poussé la meule des moulins, découvert la route maritime des Indes ou attrapé des mouches sur le bois luisant en nous racontant des tripes archaïques : au temps où nous étions pomorzes et encore païens. Et d'avant avant, quand il n'y avait que des élans femelles.

Plus tard, après que la fille eut cuit pour son père les tripes dernières, elle a cuisiné pour de riches tonneliers tenant leur banquet de confrérie, des négociants hanséatiques, pour qui comptaient seuls les tarifs douaniers du Sund, des abbés dodus, et pour le roi Batory qui voulait les tripes en saupiquet à la polonaise. Et, plus tard encore, Amanda Woyke, dans sa cuisine des communs, a fait le potage de tripes aux choux-raves et aux pommes de terre qu'elle assaisonnait de livèche. Et encore plus tard Lena Stubbe, dans la cuisine populaire de Danzig-Ohra, rendit populaires les soupes aux choux prolétariennes aux tripes (de bas-étal). Et, aujourd'hui encore, la cuisinière de la cantine des Chantiers navals Lénine de Gdansk, Maria Kuczorra, fait une fois par semaine une soupe initiale de kaldauny qu'elle lie à la farine.

Quand tu as froid dans le corps : gras-double du quatrième estomac de la vache. Quand tu es triste, dégringolé à fond de cale, triste à mourir : gras-double ; ça rend gai et donne un sens à la vie. Ou bien avec des amis doués d'humour et suffisamment cyniques pour en rigoler : manger à la cuiller des tripes au cumin dans des assiettes creuses. Ou encore cuites à la tomate, avec des pois chiches à l'andalouse, à la lusitanienne avec des haricots rouges et du lard. Ou bien des tripes cuites d'abord au vin blanc étuvées avec du céleri coupé en dés en guise de hors-d'œuvre à l'amour. Par temps froid et bise d'Est qui s'appuie aux fenêtres et arrache des plaintes à ton Ilsebill ratatinée : tripes à la crème aigre avec des pommes de terre rondes, c'est fameux. Ou quand nous devons nous séparer pour un temps ou pour toujours comme autrefois, quand j'étais à la tour de Justice et que pour la dernière fois ma fille me servit du gras-double au poivre.

Le lendemain matin, l'exécution devait avoir lieu sur le marché Long en présence du roi de Pologne, du Conseil assis et debout, des échevins et de quelques prélats et abbés ; donc l'abbesse des brigittines avait, tôt dans la soirée, mandé ses hôtes dans la prison de son père. Des torches murales éclairaient la maçonnerie. Un bassin garni de braise sous le regard grillagé tenait la marmite de tripes au chaud. Après avoir goûté, Margarete Rusch ne mangea plus du tout. Elle récita le bénédicité, y introduisit une prière pour le forgeron condamné et servit ensuite son père et les hôtes de ce dernier. Mais tandis que les hommes plongeaient leurs cuillers dans les écuelles de terre et qu'elle leur servait dans des chopes la bière sans houblon, elle parlait par-dessus la tête impérieuse du patricien, le crâne rond, grassouillet dès cette époque, de l'abbé, la calvitie de l'exécuteur des hautes œuvres et la tête que son père courbait sur l'écuelle : sans alinéas ni points de suspension.

Margarete Rusch était connue pour ça. Quand la soupe était trop chaude, que ces messieurs rongeaient une cuisse d'oie, avant de servir le poisson, maquereaux sur poireaux, parce qu'on était vendredi, l'abbesse parlait à tous ceux qu'elle avait nourris, avec un accent écrasé qui coupait court à toute réplique. Elle pouvait simultanément débobiner plusieurs actions (ou rédactions instructives) sans en perdre le fil. De l'élevage des brebis dans le delta, par la Mottlau qu'envasaient les eaux usées, elle passait aux filles du conseiller Angermünde, n'oubliait pas de comptabiliser après coup les taxes danoises sur le hareng de Scanie, de lâcher la dernière bonne histoire concernant le prédicant Hegge, de mentionner l'intérêt constant des brigittines pour quelques terrains sis dans la Vieille-Ville, et trouvait encore assez d'air pour développer jusque dans le détail du droit commercial — entrelardé de pieuses invocations à tous les saints archanges d'Ariel à Zedekiel — son thème favori : la fondation d'un comptoir du poivre à Lisbonne (y compris le dépôt sur la côte indienne de Malabar). Quel que fût son client, ses propos de table étaient inclus : un bavardage subsonore dont les harmoniques étaient confuses comme la politique de son temps. Elle parlait comme en aparté, mais assez fort pour que l'évêque de Leslau, qui trempait son pain suri dans le civet de lièvre de Margarete, que les conseillers Angermünde et Feldstedt, à qui elle avait cuisiné du jarret de bœuf avec du mil, pussent discerner l'intention de son blablabla, bien qu'on ne sût jamais exactement si la sœur Rusch prenait parti pour le Conseil patricien ou pour les basses unions de métiers, si elle travaillait pour la couronne de Pologne ou pour la Hanse, si elle était catholique par le dehors et totalement luthérifiée par dedans. Et pourtant le sens parallèle de ses propos de table frappait l'oreille de chacun. Il inculquait à l'un son droit, injectait à l'autre un scrupule, suggérait à tout coup une habileté tactique et, à longue portée, servait les intérêts du couvent de Sainte-Brigitte : à lui revenaient des droits de pêche lucratifs (lac d'Ottomin), des brevets de métayage (Scharpau, les bergeries de Schidlitz et de Praust), des concessions de terrains dans la Vieille-Ville (sur le Rähm, dans la Ville-au-Poivre), des garanties contre l'espionnage des dominicains (grâce à une patente épiscopale interdisant la perquisition).

Ainsi donc, comme en d'autres circonstances, le jour où l'abbesse Margarete Rusch servit des tripes dernières à son père et à ses invités, son babil allait bon train. Pas moyen de faire autrement. Elle distribuait à la louche son intérêt finement apprêté.

Les hommes qui étaient à table commencèrent par manger sans rien dire. Seuls cliquetaient les fers de Peter Rusch, car le forgeron mangeait enchaîné. Et devant le trou d'aération grillagé les pigeons de la tour s'agitaient bruyamment. Succions, mâchis, déglutitions. La pomme d'Adam du bourreau faisait ho-hisse.

Pourtant la rigueur de la sentence ne répondait pas exactement à l'intention du roi de Pologne. Jeschke et Ferber avaient sciemment travaillé pour le bourreau, mettant l'épée de justice en place de jugement dans la bouche des échevins. Ferber, parlant le premier, l'admit : l'Ordre exigeait une preuve visible. Du reste, concéda l'abbé, on aurait pu épargner le forgeron si Hegge, le suppôt de Luther, n'avait déguerpi. Il pouvait s'imaginer, dit, par-dessus les tripes, le riche Ferber vêtu de drap forlongé de pelleteries, qui avait permis à Hegge de fuir la ville bouclée. Tout le monde le savait, même si la preuve manquait, dit l'abbé Jeschke sans lâcher sa cuiller. Le bourreau Ladewig assura hautement que, le lendemain, le col décharné du dominicain défroqué l'inspirerait plus que la nuque du forgeron. Peter Rusch haussa le visage par-dessus son assiette et dit sur le ton de l'acquiescement plutôt que de l'affliction : lui non plus n'était pas sans savoir qui avait permis au chef spirituel du soulèvement bourgeois, le prêtre Hegge, d'échapper aux argousins de l'ordre patricien ; mais Ferber, tout en glissant son écuelle du côté de la sœur Rusch pour qu'elle lui en remette, dit rudement : Alors le forgeron savait sûrement aussi à qui il était redevable de sa sentence capitale. Oui oui, dit Jeschke, même son propre enfant ne voulait pas épargner le père. Ça venait tout simplement du fait qu'on abandonnait la chaire à la parole pécheresse. Du reste, Hegge, ayant filé à Greifswald, y continuait à prêcher comme si de rien n'était.

Alors, sous la voûte de la prison, la sœur Rusch éclata de toute sa viande en un rire qui élargit les murs et dit ensuite négligemment, tout en remettant de la bière : Toutes ces allusions la visaient probablement, elle. Peut-être y avait-il même du vrai. Car en avril, quand il plut au roi de Pologne d'occuper la ville, elle avait, de nuit, près de la porte Saint-Jacques, là où le mur de ville est bas, vu pendre un individu habillé en femme. Il voulait passer de l'autre côté. Mais l'homme manquait de force. Cette misère appelait du secours. On pouvait l'aider. Elle avait empoigné le pauvre diable sous les jupes et, comme à hue et à dia il n'y avait rien à faire, elle lui avait enlevé d'un coup de dent la partie droite ou gauche. Là-dessus, il s'était hissé par-dessus le mur avec une notable aisance. Peut-être bien que c'était Jakob Hegge. Mais personne ne pouvait plus s'en assurer. Car elle, Margarete, elle avait de frayeur avalé la chose gauche ou droite. Ce pourquoi depuis lors — ça faisait déjà trois mois — elle se sentait comme enceinte. De qui, je vous demande un peu, de qui ? Ferber, tant qu'il y était, pourrait en personne naturelle se rendre à Greifswald en compagnie de l'abbé Jeschke et, arrivé là, mettre une main entre les flûtes de ce Hegge toujours inspiré. Alors on saurait à quoi s'en tenir.

Cela fit rire le forgeron Rusch et le chauve Ladewig. Puis on n'entendit plus, en sus des chaînes, que la cuiller dans l'écuelle, les déglutirs et les mâchers, les pigeons sur la fenêtre. Et quand elle vit les hommes à ce point accaparés par le gras-double, la sœur Rusch reprit son papotage à double fond : car l'abbesse ne parlait à cœur ouvert que dans le réfectoire du couvent de l'Ordre de Sainte-Brigitte où, à l'heure de la collation et le soir, les religieuses et les novices étaient rassemblées le long de la longue table de chêne.

En période troublée — partout moinillons et nonnettes se sauvaient de leurs couvents pour aller se faire tanner le cuir dans le siècle — il était souvent malaisé de lier les pieuses filles à leurs vœux solennels : elles frétillaient, guettaient la sortie, voulaient avoir un mari portant culotte, être épousées, mettre bas des kyrielles d'enfants et, tout en pétant dans le velours et la soie, s'échiner à suivre la mode.

Donc l'abbesse, tandis que la bouillie de mil diminuait sur la table, contait, à ses moniales de qui le goût de vivre chatouillait l'arrière-train, ce qu'est la vie et combien promptement elle s'émiette. Elle énumérait les libertés conventuelles et mettait en balance les pénibles devoirs du mariage. Des crêpes de sarrasin farcies de lard et d'épinards se dégustaient déjà le long de la table sur deux rangs quand l'abbesse, utilisant à cette fin les carottes cuites à point qu'il y avait en guise de garniture dans du beurre au persil, expliquait la consistance masculine à son troupeau de femelles en chaleur. L'exemple choisi faisait de cent manières tomber sous le sens tout ce que l'homme peut faire. Sa pénétration en profondeur et sa constitution bulbeuse. Sa si précoce déconfiture et sa misérable débandade. Combien il devient grossier quand l'envie lui manque. De quel médiocre profit est pour les dames l'amène-toi-que-je-te-saute. Comme quoi ce qu'il veut c'est d'abord des enfants et des fils tout d'abord. Quelle n'est pas sa hâte à chercher l'alternance dans les draps d'autrui. Comme quoi son épouse en revanche n'a pas le droit de chasser l'andouille volante. Et la main lourde qu'il a. Avec quelle abrupte rapidité il retire sa faveur et se fait cuire à point la carotte et dégauchir le panais en ville, histoire d'essuyer son coupe-choux.

Mais comme les religieuses et spécialement les novices n'arrêtaient pas de roquer sur leurs escabeaux et entendaient voir dans les carottes au beurre la promesse de plus dures et durables surprises, l'abbesse leur donna licence de recevoir désormais des visites par la porte de derrière du couvent, et voire de papillonner librement extra muros, histoire de mettre en pratique les appétits charnels et d'apprendre de la sorte à d'autant mieux résister à des promesses d'établissement bourgeois.

Avant d'ôter la table et de conclure par l'habituelle oraison, l'abbesse donna encore tel et tel conseil : que jamais chamailleries touchant une braguette ne vinssent troubler la paix conventuelle. Qu'elles restent toujours comme sœurs. Ce n'était pas leur affaire que de garder l'immobilité. Il fallait à propos, tant à hue qu'à dia, jouer du serre-croupières. La reconnaissance de l'homme devait s'équilibrer en argent monnayé. Et jamais, mais réellement jamais, l'amour, ce sentiment plaintif, ne devait s'emparer d'elles.

En ce temps-là sœur Rusch, bien qu'elle n'eût pas encore la trentaine, était déjà depuis une bonne année supérieure du couvent, ce qui récompensait les multiples mérites de la religieuse-cuisinière. Et la prestigieuse abbesse — au lieu que dominicains et béguines, franciscains et bénédictines voyaient le personnel monastique s'égailler sur les traces de Luther — réussit à sauvegarder la cohésion de son troupeau monial. Il y eut de l'agitation, la rébellion des corps de métiers, la vague iconoclaste et les appels aux armes, à quoi firent suite peu de modifications et au mieux les expéditions punitives des rois de Pologne. Le prédicant Hegge parvint certes à fuir de la ville, mais sur le forgeron Rusch et cinq autres artisans, tous de pauvres diables de petit métier, fut levé le glaive de justice. C'est pourquoi la fille servit à son père pour la dernière fois du gras-double que, depuis qu'elle se sentait grosse — sûrement de Hegge peu avant sa fuite — elle poivrait trop généreusement.

Et le poivre en effet revint en ritournelle lorsque pour la troisième fois elle remplit les écuelles du forgeron et de ses hôtes.

C'était sa manie. Gret la Grosse était portée sur le poivre. Il la rendait spirituelle, elle lui attribuait des prodiges. Ce qui l'embêtait, c'était qu'à côté du coûteux poivre de terre qu'apportait depuis toujours le trafic vénitien on pût obtenir à présent le nouveau poivre de mer à bon marché venu par Lisbonne. Certes les gens d'Augsbourg avaient là-bas un comptoir pour accumuler les stocks et forcer le prix du poivre à la hausse, mais la bonne affaire échappait aux villes de la Hanse. C'est pourquoi, depuis des années, non seulement l'intérêt culinaire normal animait la religieuse Rusch, mais aussi l'ambition politique l'orientait vers la politique mondiale.

Quelle que fût la haine qu'elle vouait au patricien Ferber, elle tenait quand même à faire entrer dans ses plans le négociant expérimenté et l'amiral toujours apte à naviguer.

Quand pour la troisième fois elle eut remis du gras-double à son père et à ses invités, elle mit ses propos de table en route pour l'outre-mer. Il était inadmissible qu'on abandonnât le Nouveau Monde aux Lusitaniens et aux Ibères. Déjà, en Hollande et en France, on avait décidé de s'y mettre avec force. Il n'y avait que la clique des Fugger qui, outre la commandite, pratiquait le trafic du poivre. Mais la Hanse s'en tenait à l'étroit horizon des mers côtières, entrait en conflit, pas plus tard que l'année dernière, sans parvenir à rien avec les Danois, sur les péages du Sund et le hareng argenté, se chicanait comme Lübeck et Danzig, s'accrochait au bois, drap, blé, au poisson en caque et au sel, ne songeait pas à tirer à soi le marché du poivre, n'armait pas de navire au long cours, n'osait pas fonder, comme les Portugais l'avaient fait à Goa et Cochin, un dépôt hanséatique sur la côte indienne du poivre, bref se complaisait aux scissions théologiques et coupait la tête aux meilleurs, comme à son père.

Puis elle enchaîna sur une avalanche érudite, sur quelques variétés de poivre, leur poids à la cueillette et leur poids sec, le stockage et le marketing, s'offrit à débaucher pour des expéditions outre-océan les timoniers arabes de caravelles portugaises, envisagea une guerre des épices entre l'Empire hispanique et l'anglais, parla même de se lancer en personne — et ce en accord avec l'abbé Jeschke — de tout son poids sur la route des Indes pour y propager la foi catholique, pour un peu que Ferber fût enclin à surmonter sa lassitude et à cesser d'essuyer les murs d'antichambre de la cour polonaise, à commander enfin des portulans.

Mais Ferber resta froid au-dessus des tripes. Jeschke ne fit que soupirer : il craignait le climat de ces terres lointaines, pour agréable à Dieu qu'y fût la mission. Le forgeron Rusch garda le silence. Le bourreau Ladewig songeait à autre chose. Et quand le patricien, ayant pour la troisième fois vidé son écuelle de tripes, s'adossa en arrière, son contre-propos fut abrupt.

Il connaissait le monde. Il était humaniste et parlait cinq langues. Que ce soit dans l'espace baltique ou ailleurs. Les dépôts et comptoirs éloignés ne pouvaient se maintenir que peu de temps et moyennant de fortes pertes. On avait déjà trop d'ennuis avec Novgorod. Falsterbo coûtait plus que ce qu'on y gagnait. Goa ! Les Portugais auraient du mal à digérer la chose. Et les Anglais ne se doutaient guère des charges qui leur en résulteraient. Des comptoirs aux Indes. Simplement grotesque. Savoir si, après la guerre blanche de l'an dernier, en sus du hareng argenté, on voulait payer aux Danois encore un droit de barrage sur le poivre. Pareil trafic allait à la rigueur pour Hambourg. Pour entretenir des colonies, il fallait un accès à la mer libre. La devise de la ville était et restait : ni dur ni mou. Il était une bonne fois ennemi des aventures. Et, pour ce qui était de sa lassitude : il ne l'avait pas volée, rien qu'à voir de quelle ingratitude le payait la populace du cru. Demain, aussitôt après les exécutions, il rendrait sa chaîne de bourgmestre et s'organiserait un tranquille soir d'existence dans une starostie. Oui-da ! Il voulait collectionner des tableaux d'Anvers. On lui chanterait en italien sur un air de luth. Si l'abbesse en avait le goût, elle pouvait le suivre à Dirschau mais, foutredieu ! pas aux Indes. Pourquoi ne ferait-il pas les frais chez lui d'un établissement des pieuses brigittines ? Il y aurait là-bas du poivre à gogo pour leur cuisine.

Puis, pour la quatrième fois, la religieuse regarnit de tripes d'abord l'écuelle de son père, puis celles des invités. Ce faisant, elle blâma vertement le cul de plomb des hommes. Puis elle se tut. Maintenant, le tour de s'exprimer était au bourreau. Ladewig lamenta le côté mesquin de son office : tout ce qui lui permettait de la gratte, c'était de raccourcir. Il ne pouvait même pas, moyennant finance, assommer les chiens surnuméraires. Pourtant la ville languissait dans la crotte et le pipi.

Ladewig, dont le service en chambre de tortures avait pour règle d'y mettre le temps qu'il faut et ne souffrait pas les aveux prématurés, esquissa un système d'hygiène modèle pour la ville ceinte de murs ; mais le forgeron était le seul à l'écouter. Encore un coup, Ferber ne voyait pas assez long et large pour confier au bourreau la propreté de la ville, la capture des chiens errants sans maître, le contrôle des épidémies et la vidange assujettie à taxe des viviers-dégorgeoirs appartenant à tous les riverains de la Mottlau (comme ce fut le cas deux bons siècles plus tard, grâce aux « Dispositions rénovées » de 1761, tant dans la lettre que dans l'esprit des lois).

Pour raisonnablement que discourût Ladewig, soucieux de se gagner la faveur du patricien Ferber, tout en chargeant régulièrement sa cuiller de tripes, était déjà tout entier dans sa réserve de Dirschau. L'abbé Jeschke restait perdu dans les tripes, rêvant pour soi d'une prébende en un monde sanctifié que ne troublât nulle hérésie. Seule la religieuse, quoiqu'elle fût décidée à l'assainissement de la ville, en revenait toujours au poivre des Indes. Et comme elle était enceinte, son espérance allait croissant.

Ce sera une fille ! Et ce fut une fille qu'on baptisa Hedwig et qui dix-sept années plus tard, après qu'elle eut été élevée dans le Hakelwerk par les tantes de Gret la Grosse, devait être mariée au négociant Rodrigues d'Evora qui appartenait à la grande famille du trafiquant d'épices en gros portugais Ximenes et ouvrit un comptoir de commerce à Cochin sur la côte indienne de Malabar. Deux fois par an, à la Saint-Jean et à la Saint-Martin, le gendre, aux termes du contrat de mariage (car Hedwig était physiquement belle dans le genre baltique) expédiait un tonnelet de gingembre, deux balles de cannelle, une charge de safran, deux caisses d'écorces d'orange, un sac d'amandes, un sac de noix de coco râpée, subséquemment de la cardamome, des clous de girofle, des noix muscades et, dans cinq tonneaux, l'équivalent en poivre du poids de sa belle-mère (au moment de la signature du contrat de mariage) en poivre noir et blanc et, pour un tonneau seulement, en poivre vert non sec : ça faisait deux quintaux d'époque, ce qui correspondait à un quintal métrique.

Quand moururent des fièvres à Cochin le négociant d'Evora et son épouse ainsi que quatre de leurs filles, la seule fille survivante, celle qui a plus tard épousé le *boss* espagnol du poivre Pedro de Malvenda, aurait continué les livraisons effectuées à la religieuse jusqu'à la mort de celle-ci. Isabel de Malvenda vécut à Burgos, plus tard à Anvers d'où, après la mort de son mari, elle entra en relations de correspondance avec Martin Enzensperger, l'expert en poivre des Fugger, et plaça ses représentants associés jusqu'à Venise même.

A cette époque, Londres et Anvers étaient dans la course. A Hambourg, où l'on était xénophobe comme dans toutes les villes de la Hanse, un comptoir du poivre ne se maintint qu'un petit nombre d'années. Et les guerres du poivre situèrent des dates au bout desquelles l'Espagne perdit son Armada.

Et quand les écuelles furent vides une quatrième fois, le forgeron et ses convives n'avaient toujours pas leur comptant de tripes au cumin et au poivre. Donc la religieuse puisa une cinquième fois au fond de la marmite et remit de la bière dans les chopes de grès. Elle remit aussi sur la table son discours : allusions noyées dans le train-train de la ville, menaces instillées aux habituels ragots de monastère. Mais si le patricien Ferber et l'abbé Jeschke, bien qu'ils eussent les dents du fond qui baignent, avaient eu encore une oreille disponible, ils auraient eu en tête une autre idée : jusque dans le détail de toute chose, la religieuse Rusch leur présentait leur ardoise à payer. Ce qui eut lieu : trois ans après, elle étouffait sous le poids de son quintal le riche Eberhard Ferber dans son lit ; quand à l'abbé crossé Jeschke, c'est cinquante ans plus tard — tant Gret la Grosse vécut pour la vengeance — qu'elle vint à bout de l'engraisser à mort — il mourut d'un plat de gras-double.

Il se peut que le forgeron Rusch ait déduit des propos tenus à table par sa fille l'orientation de ses projets et le comment de sa vengeance, car le pauvre diable ricanait au large sur son écuelle vide. Le seul sentiment d'ultime réplétion ne suffit pas sans doute à le satisfaire. Il loua sa fille et, accessoirement, s'exprima confusément. Parla d'un poisson : un flet de mer, dit-il. Il célébrait le flet parce que, du temps où le forgeron avait encore ses boucles brunes, l'autre lui avait conseillé de mettre sa fille la plus jeune, dont la mère avait péri de fièvre puerpérale, dans un couvent afin qu'elle y devînt subtile et rusée, gouvernât librement sa couenne féminine et pût chaque jour tenir la soupe chaude à son père âgé.

Puis, plein de tripes, il se tut aussi. Seulement, par intervalles, tout en rotant, on plaçait un mot ou une demi-phrase. Ferber appelait de ses vœux sa vie champêtre : il voulait désormais ne vivre plus que sans querelles au milieu de ses collections tout en s'instruisant dans les livres. Tout ce qui venait à l'esprit de l'abbé, c'était après les tripes encore des tripes qu'à l'avenir il espérait s'empiffrer bouillies avec du poivre façon abbesse. Mais d'ici là il fallait — fût-ce à force de force — que le monde entier fût déluthérifié. Le bourreau Ladewig anticipa quelques articles des « Dispositions rénovées » et voulait commander aux tonneliers du cru des tonneaux, tels que les tonnes où l'on met ici la bière, pour servir au nettoiement de la ville. Pour chaque tonne vidée il n'empocherait que dix groschen. Mais le forgeron Rusch mit le Conseil patricien en garde à perpétuité contre l'agitation et les revendications révolutionnaires des corporations et bas métiers, ce qui s'avéra exact jusqu'au mois de décembre de l'an 1970 au sens où l'entendait Peter Rusch : on n'a jamais cessé de combattre la morgue patricienne et de mettre sa tête en jeu pour un peu plus de droit civil.

Puis les invités se retirèrent le ventre plein. Ferber sans un mot. Jeschke se répandit en une bénédiction latine. Ladewig emporta l'assiette creuse une cinquième fois vidée. Dans le trou de la fenêtre, les pigeons cessèrent. Les torches avaient brûlé bientôt jusqu'aux torchères. Enchaîné, Peter Rusch resta, versant quelques larmes sur le festin du bourreau. Tout en marchant, portant à droite à gauche la marmite et le tonnelet à bière vide, sa fille se remit à discourir . « Tu vas en avoir bientôt fini. Tu vas bientôt te trouver mieux. Tu vas prendre ta petite place au ciel sur le banc des corporations. Puisses-tu y avoir toujours du gras-double à satiété. Mais ne t'inquiète guère. La Gret va leur faire leur compte. Je finirai bien par en venir à bout comme cuisinière. »

Puis la religieuse Rusch exhorta son père à bien tenir sa tête chenue immobile le lendemain sur les lieux de l'exécution et à ne prononcer de malédictions contre quiconque. Il devait se tenir à genoux bien droit sous l'épée. Il pouvait s'en remettre à la vengeance qu'elle préparait. Elle la savourerait après coup comme le poivre des Indes. Elle n'oublierait pas. Non, elle n'oublierait pas.

Peter Rusch a écouté sa fille. Il avait probablement encore dans les boyaux un bon tas de tripes à demi digérées quand le jour suivant (lui quatrième de six candidats) sur le marché Long, devant la Cour d'Arthur où le roi Sigismond de Pologne, les patriciens et prélats à son entour se tenaient droits comme des statues peintes, il se laissa, muet, mettre la tête où il avait les pieds. Pas de coup manqué. On pouvait compter sur le bourreau Ladewig. L'abbesse regardait. Une soudaine averse de pluie fit luire son visage. Et, devant le tribunal féministe, le flet dit : « Bref, mesdames. Pour rigoureusement que Margarete Rusch ait poursuivi ses objectifs, pour inébranlablement qu'elle ait ramassé les enjeux, pour tardivement que fût réglé son compte — lorsque le 26 juin 1526, à côté d'autres meneurs séditieux, fut exécuté le forgeron Peter Rusch, la fille a pleuré le père. »

Dans le goudron et la plume

Elle ne m'aimait que plumé.
Plumes — j'écris
sur des conflits de mouettes
et contre le temps.

Ou bien un jeune dont le souffle
chasse le duvet par-dessus les clôtures
vers nulle part.

Duvet : sommeil et palmipèdes au kilo selon tarif.
A chaque lit son fardeau.
Tandis qu'elle plumait entre ses genoux bêtes
et que volaient, ainsi qu'il est écrit, les plumes,
le pouvoir réglementaire dormait sous l'édredon.

Volailles pour qui ?
Mais je soufflais, maintenais en l'air.
C'est la foi qui se communique ;
Doutes goudronnés et roulés dans la plume.

L'autre jour, au petit bonheur,
j'ai taillé des plumes
à ma convenance.
D'abord des moines, puis des greffiers municipaux,
des secrétaires généraux de nos jours
entretiennent le cours du mensonge.

Le pétarouk

de Gret la Grosse était vaste comme deux collectifs de production chez Popov. Et quand je l'approchais par-derrière, elle aimait ça les mercredis, et qu'avant, pour tout attendrir, je lui papouillais la bordure et le reste comme une chèvre, ce qui n'offrait pas de difficultés quand la grosse Gret présentait aux hommages son double trésor, j'aurais alors voulu vous avoir, tas de sexologues attentifs à compter les pattes de mouches, et d'évêques confits dans le lard des névroses, en guise de témoins susceptibles de vivre en sa forme originelle l'amour du prochain, notre ferveur axée sur le partenaire ; pourtant mon Ilsebill — qui, le jeudi, a souvent des hardiesses — ne m'a jamais papouillé le chose, craignant d'y perdre la langue avec la dernière pudeur.

Elle a été beaucoup trop bien élevée. Elle craint toujours d'avoir à se pardonner quelque chose. Elle a honte d'être portée sur la bagatelle comme elle l'est. Et parce qu'elle met constamment la bouche en cul-de-poule pour articuler « Voyons ! » elle a le bec cloué par le puritanisme.

Et avec ça Ilsebill lit des livres d'épaisseur variable où la levée de l'inhibition est la base d'une société non répressive. Et je lui ôterai ces mécanismes de refus empreints de bourgeoisie tardive — « De toute façon », dit-elle, « j'ose pas, j'ose pas encore » — comme il est dit dans ses bouquins : par des socio-psychodrames conflictuels centrés sur partenaire, jusqu'à ce que par un vendredi catholique — Crois-moi Saint-Père ! — elle finisse par y prendre goût. Car ce goût-là ne se vend pas ni ne s'achète. Il est au même prix pour tout le monde. Il échappe au conditionnement de classe. Le père Marx n'y connaissait que couic. C'est l'antichambre de la beauté. Voir chiens. Ils se flairent, lèchent, goûtent, hument.

Même quand je dis à Ilsebill : « C'est demain samedi ; je prends un bain meumeu et après je sens de partout la lavande », elle dit : « Et alors ? » On a perdu le pli. On voit ça seulement dans les livres qu'on lit. « Comment devenir une femme sensuelle. » Parce qu'on voit la chose symboliquement. Parce qu'on en a discuté, trop souvent discuté. On n'a pas idée de ce qu'un tutu pareil, tout au long de la semaine, se met en cul-de-poule.

Car nos plaines de jeu — les tiennes, Ilsebill, les miennes — sont justement mesurées : aucun spéculateur, aucun promoteur bétonnant ne peut mettre en parcelles un terrain, aucun aparatchik rouge ne peut exproprier purement et simplement mon cul, ou le tien, en tant que tu en as, que j'en ai l'usufruit. Pas d'idéologie qui s'y risque. Pas moyen d'y mettre les doigts. Ça n'inspire pas la réflexion abstraite. Du coup, il est sous-développé. Ou bien faut être de la pédale. Tout ce qu'on permet, c'est les coups de pied au cul, en veux-tu en voilà. Et le terme est employé sans discernement en guise d'injure. On parle péjorativement de lèche-culs ; pourtant le béton capitaliste et la bible marxiste s'entre-lèchent sans y trouver leur agrément, en service et en dehors du service ; ils gardent leur pantalon : flanelle, moitié peigné et fifty synthétique ; ça n'a guère de goût.

Non, Ilsebill. Il faut que ça reluise. Mon fond, ma base, mon fondement, ton terrain varié. Nos champs. J'adore cette ronde image de Dieu. Il m'a toujours semblé, depuis le néolithique clair à nuageux, quand les fossettes d'Ava étaient encore innombrables, que le ciel était plein de fesses. Quand la nonne-cuisinière Rusch pour la première fois montra son cadran solaire au franciscain défroqué — donc à moi — je compris sans voiles l'hymne de Saint-François : dévotion, jubilation, zèle. N'oublier aucune fossette. Pause le long des chemins ruraux. Brouter doucement les éminences au passage. Plongé dans un dialogue. Bonjour, bonsoir, j'entre, je sors. Où porte-t-on les plats ? Qui baise qui ? On y gagne en perspicacité. Je ne tarderai pas à te connaître sur le bout du doigt. Ah, Ilsebill, maintenant que tu es enceinte et grossis de partout, tu devrais bien... Vas-y donc ! Puisque c'est dimanche et que tous deux, pendant toute la sainte semaine n'avons fait que parler à tort et à travers, et beaucoup trop gravement, de la phase anale des nourrissons.

Quand Gret la Grosse laissait filer une flouse parce que mon introspection poussait des pointes, nous admettions tous deux ce souffle de vent contraire. Nous avions, comme tous les mercredis, mangé des côtelettes de porc avec des navets et des fèves : tableau ; quand on ne tolère pas que flatule sa bien-aimée, ne point parler d'amour.

Tu peux bien rire. Ne me regarde pas comme ça. Sois un homme. Aie un cœur. C'est marrant, les navets. Je te parlerai de haricots blancs et de pets-de-nonne. Pendant ce temps-là, ils ergotaient sur le pain et le vin et le vin et le pain, pour savoir dans quel ordre la Sainte Cène : un siècle querelleur au long duquel Gret la Grosse a bien rigolé.

Pour égayer un peu mon Ilsebill qui est dans son troisième mois de grossesse — mais elle resta figée et me traita de cochon — j'avais fait du rôti de porc sauce au poivre avec des haricots blancs liés. Il y avait aussi des petits navets de Teltow, exactement le menu que la sœur Margarete Rusch, au printemps de 1569, servit à l'abbé Jeschke, au Castellan de Danzig Johannes Kostka et à l'évêque de Leslau Stanislas Karnkowski, au monastère d'Oliva. Les trois messieurs s'étaient réunis pour ajouter quelques additifs stupides à un fagot de décrets de contre-réforme. Car les « Statuta Karnkowiana » furent certes utilisés par le roi de Pologne Sigismond-August comme un instrument de la Contre-Réforme, mais leur objet propre était de rogner la puissance économique de la Ville de Danzig tout en ameutant les corporations dépourvues de droits politiques contre le Conseil patricien. Et, comme cette idée perdue parmi de sinistres ordonnances contre l'hérésie n'était pas surgie des têtes de Jeschke, Kostka, Karnkowski, mais était due à la religieuse-cuisinière Margret, je racontai à mon Ilsebill l'histoire de Margarete Rusch ; car enfin je veux mettre bas cette grosse Gret telle qu'elle réside en moi.

En l'an 1498 de l'Incarnation de Notre Seigneur, quand l'amiral portugais Vasco de Gama, grâce à la science des vents et des courants que possédait un pilote arabe, aperçut enfin la terre, jeta l'ancre devant Calicut et ainsi découvrit la route maritime des Indes avec toutes ses conséquences embrouillées jusqu'à nos jours, il arriva dans l'agglomération ci-devant pomorze dite Hakelwerk — le faubourg paysan — devenue un quartier de la Vieille-Ville de Danzig, que naquît chez le forgeron Peter Rusch, de son épouse Kristin qui mourut en couches, un septième enfant qui était une fille, le jour même de la Saint-Martin ; c'est pourquoi par la suite des armées entières d'oies adultes se refroidirent sous les doigts de la grosse Gret qui les plumait.

A partir de sa douzième année, la petite Margret travailla dans la cuisine des brigittines de la Vieille-Ville, grattant des raves, écaillant des carpes, pilant du grain, taillant des tripes en rubans longs d'un doigt : en effet le flet avait conseillé au forgeron Rusch (ou bien, en mon temps, à moi) de mettre au couvent dès sa naissance l'enfant surnuméraire ; l'impérieux poisson plat fut de ce fait exposé aux questions du tribunal féministe ; il y répondra par ailleurs. En tout cas Margarete devint novice à seize ans et prononça ses vœux perpétuels l'année où l'augustin Luther prit un gros marteau pour afficher ses thèses.

Étant religieuse, bientôt préposée à la cuisine conventuelle, Margret (bientôt surnommée Gret la Grosse) faisait aussi la cuisine à l'extérieur dès que les affaires largement ramifiées des brigittines requéraient sa diplomatie culinaire. Quand le prédicant Hegge criait Luther sur le Hagelsberg, elle préparait au pied du coteau des soupes contre-réformistes aux tripes et au poisson pour le peuple accouru. Et quand moi-même, le franciscain en rupture de ban, je devins son marmiton et, selon l'humeur, son concubin, nous dirigions la cuisine du bourgmestre Eberhard Ferber que haïssaient si fort les corporations, soit dans son hôtel patricien de la rue Longue, soit dans ses biens corvéables du Bas-Pays ou bien là où il cherchait refuge : dans sa starostie de Dirschau ; car Ferber devait souvent fuir de la Ville, tant cet homme opiniâtre savait répugner aux tonneliers, drapiers, nautoniers et bouchers.

Juste au moment où, à Cochin, au sud de l'Inde, le vice-roi portugais Vasco de Gama mourut de la peste noire, de la fièvre jaune ou du poison des dominicains, Ferber fut déposé de sa charge de bourgmestre. L'agitateur Hegge, voyant croître le flot de ses partisans mené par le forgeron Rusch, s'était porté à la tête de la Ville, bien que pour peu de temps. Car l'année d'après le roi Sigismond de Pologne se présenta devant la ville avec huit mille hommes et l'occupa sans combat. On afficha les « Statuta Sigismundi ». Ferber revint au pouvoir. Un tribunal se réunit.

La religieuse Margret prépara pour son père, devant qu'il ne fût exécuté, ce qu'il mangeait volontiers ; puis elle suivit Eberhard Ferber quand, aigri, à peine réintégré dans ses fonctions de bourgmestre, il se démit aussitôt pour trouver une avant-dernière demeure dans sa starostie de Dirschau. Trois ans plus tard il mourait déjà, ayant pour cuisinière Gret la Grosse. A son couvent il légua plusieurs terrains dans la Vieille-Ville, la bergerie de Praust et des terres dans le Bas-Pays ; au total, par sa cuisine ambulante, la sœur Margret accrut à ce point la richesse de l'ordre de Sainte-Brigitte qu'aux Pâques de l'an 1530 elle se retrouva mère-abbesse, bien qu'elle eût partout le décri de tenir à portée de main une brigade de marmitons baiseurs et d'être une foutue gaupe.

Car j'en étais toujours. Que ce soit moi ou un moinillon franciscain toujours nouveau en rupture de la Sainte-Trinité, elle nous a ouvert son lit, engloutis dans sa viande et ressuscités, rappelés à la tiédeur animale, couverts de son lard comme du sanglier en saupiquet, satisfaits comme des nourrissons et usés à intervalles précipités. Dehors on pouvait bien pousser à la Réforme, ou bien la Contre-Réforme dominicaine tâtait les doublures de tout pauvre diable : sur la paillasse de Margret stationnait cette senteur que le flet, devant le tribunal féministe, qualifiait de « fortement païenne ».

Il dit : « S'il est permis de dire une révolution douillette, alors les processus révolutionnaires ayant pour théâtre le lit de l'abbesse Margarete Rusch évoluaient dans un espace à la chaleur douillette. » Et moi aussi je prouvai à mon Ilsebill qu'en tout cas les nonnes étaient jadis des femmes émancipées : libres du désagrément des devoirs conjugaux, à l'abri de tout droit patriarcal, à l'écart des sottises de la mode, constamment protégées par la solidarité fraternelle, parce que fiancées à l'époux céleste, sevrées des égarements d'un amour terrestre, protégées par leur puissance économique, redoutées même des dominicains, toujours gaies et bien informées. La religieuse Rusch était une femme éclairée et par-dessus le marché si grosse que ses grossesses n'y paraissaient pas.

Elle a eu deux filles. Étant en voyage. Pour accoucher, il se trouve toujours une étable. Mais jamais je ne pus lui parler de paternité, devoir paternel, droit paternel. « Y a qu'un père », disait-elle chaque fois avant d'éclater d'un grand rire, « et c'est l'bon Dieu qui doit être au ciel ».

Indifférente aussi, quand des pisse-vinaigre protestants ou catholiques trouvaient aux deux filles, élevées dans le Hakelwerk par des sœurs de Gret la Grosse, une ressemblance tantôt avec le prédicant Hegge, tantôt avec le patricien Ferber, ou même avec des clercs franciscains de rencontre. Les pères lui semblèrent toujours grotesques. C'est pourquoi elle réservait aux épouses dans leurs clapiers bourgeois le nom de « lapins frisés » qui devaient subir en silence les assauts du bouc, tandis qu'elle-même pouvait à volonté s'en mettre jusque-là. De même Gret la Grosse ne gardait pas une immobilité résignée, mais ne tardait pas à prendre lourdement le dessus sur ses partenaires épuisés, tant et si bien que souvent j'en avais le souffle coupé. Elle m'a littéralement opprimé. Après, j'étais comme un fromage mou, pompé, vidé. Il fallait qu'elle me frictionne à l'eau vinaigrée pour me ranimer.

Il est encore possible qu'elle ait à ce point coupé le souffle à l'impérieux Eberhard Ferber, étouffant le vieux bouc sous son fardeau lascif, car il ne lui suffisait pas de faire la cuisine à ses bonshommes changeants. Fallait aussi que ça rigole, qu'on se divertisse et qu'on joue ; toutes choses qu'une âme puritaine doit trouver obscènes.

C'est ainsi que l'abbesse Margarete Rusch apporta sa réponse à la question capitale de son époque : comment servir le pain et le vin, la Cène ; à sa manière, au lit, en faisant les pieds au mur et en présentant en guise de calice son derrière pour qu'on y verse quelque chose. Du vin rouge. Du pain à tremper. Ou des hosties bénites. Cela ne soulevait pas la question de savoir si cela était effectivement ou seulement signifiait le pain et le vin. La querelle oiseuse des théologiens tournait en eau de boudin. Plus d'ambiguïtés. Jamais je n'ai communié aussi dévotement. Tant Margret mettait de simplicité à m'offrir le sacrifice et l'eucharistie. Jamais je ne me suis abîmé dans le grand mystère avec une foi plus naïvement enfantine. Par chance, jamais l'œil d'un dominicain n'a espionné nos messes horizontales.

Ah ! Si seulement cette coutume domestique était devenue la religion mise en pratique par les mennonites et les calvinistes. Mais ils s'entre-massacraient allégrement. Mais ils payaient la controverse sur les bonnes mœurs à table par d'interminables expéditions guerrières, des extorsions, et par la dévastation d'aimables paysages. Mais ils se combattent et se désarçonnent jusqu'à nos jours, vivent tristement les uns contre les autres, et leur morale pincée tient loin de leurs lèvres le calice pécheur de Gret la Grosse. Et pieuse avec ça : après le moindre frisson fugitif, elle remboursait le bon Dieu par une prière d'action de grâces.

Deux ans après la paix d'Augsbourg, Sa Majesté polonaise Sigismond-Auguste se trouva encline à reconnaître la Cène à la rigueur sous deux formes ; alors les bourgeois de Danzig se décidèrent en majorité pour l'ordonnance luthérienne de la table et continuèrent à se battre désormais seulement avec les calvinistes et les mennonites. Alors, après vingt-sept ans de régence, l'abbesse Rusch marqua sa lassitude. Elle pria ses sœurs de l'Ordre de Sainte-Brigitte de lui accorder de se retirer, lui permettant de reprendre du service à l'extérieur comme religieuse-chef de cuisine.

Tant d'humilité fut interprétée comme esprit de pénitence. Tout ce que voulait la vieille femme encore dynamique dans sa graisse, c'était retrouver un peu de mobilité politique. Désormais, toujours en avance sur les vicissitudes de l'histoire, elle œuvra pour la cause des protestants sous le voile catholique. Il ne s'agissait plus de la Cène, mais encore un coup des droits refusés aux corporations. Tout bien pesé, Margret sortait du Hakelwerk. Ce qui avait coûté la tête à son père le forgeron Rusch, la rogne démocratique et les discours subversifs à chaque beuverie des corporations, c'était maintenant la fille qui le faisait : mais en catimini, entre le foie de morue fraîche à l'étuvée, le civet de lièvre et les grives qu'elle bardait de tranches de lard et farcissait aux baies de genièvre.

C'est en 1567 que Stanislas Karnkowski devint évêque de Leslau ; sous sa présidence, une deuxième Contre-Réforme chercha son règlement de table ; la vieille religieuse cuisinait alors, mais pour l'abbé Jeschke dont le monastère d'Oliva n'avait cessé d'être un centre de réaction contemplative. Gret la Grosse, après une soupe de poisson laiteuse, lui a servi ou bien du civet de lièvre ou bien des cœurs de bœuf farcis aux pruneaux ou bien ce fameux rôti de porc au poivre avec des haricots blancs et des petits navets qui filaient des vents hautement politiques à l'abbé alors engagé dans une conspiration.

Elle dans sa cuisine croyait religieusement à la force libératrice des flatulences. Si l'on dit pet-de-nonne, c'est à cause de son insouciant parti pris de lâcher des flâneuses. Que ce fût pour ami ou ennemi : au beau milieu du bavardage de table, souvent histoire de mettre un point ou en guise de réponse à une question posée, mais aussi, en manière de fioriture, en une suite joyeuse, elle se donnait de l'air au colon. Échos de lointains orages. Girandoles sonores solennellement compassées. Salves à blanc. Ou bien entrecoupées d'éclats de rire parce que la nature lui avait accordé deux façons d'exprimer son âme gaie : ainsi l'année où elle remit sous forme de farce dans une tête de mouton au roi Batory la clé de la ville assiégée ; sur quoi le roi hilare et pétant, surpris dans sa dignité, fut avec sa suite entraîné par l'exemple, déconcerté par le rire et libéré de ses arrière-pensées. Il ne resta plus guère au roi qu'à dicter à la ville des capitulations modérées et à passer noblement outre au lèse-majesté de la cuisinière-nonne. Ensuite ce fut Margret qui, le 15 février de l'an 1577, incita les corps de métiers inférieurs à l'insurrection et les induisit (en tout la fille de son père) à incendier le couvent d'Oliva.

L'abbé Jeschke qui avait pris la fuite revint, aussitôt la paix solennellement conclue, dans son monastère incendié pour surveiller les corvéables occupés à le reconstruire ; il insista pour que la religieuse Margret — pour odieux qu'il lui fût — tînt sa cuisine. Jamais elle n'avait été obligée de cuisiner par force. Pour elle, la cuisine avait toujours été aussi œuvre de charité. Trois ans de rang, elle habilla sa vengeance en poitrine de bœuf farcie, en oies gavées, en fromage de tête ou en cochons de lait qu'elle farcissait de choufleur à la polonaise, de pommes et de raisins secs, sans jamais lésiner sur le poivre.

Ce qu'il pouvait engloutir, ce type. Sa machine à mâcher n'avait pas de cesse. Pourquoi n'en laissait-il jamais ? Combien de gens ontils eu faim pour que, rassasié, il en rotât ! Enfin, l'été de 1581, elle eut gavé à mort l'abbé Kaspar Jeschke. Il mourut à table. Ce qui veut dire : sa face mafflue de moine, aux pommettes duquel la puissance catholique avait, durant des décennies, plaqué ses reflets, tomba précisément dans ce mets qu'une vie d'homme auparavant Gret la Grosse avait préparé pour son père, le forgeron Rusch : tripes au poivre.

La religieuse cuisinière n'avait rien oublié. Même le flet opine : engraisser à mort un abbé était certes une pratique extrême de la cuisine, mais en plein accord avec le mode de vie du défunt.

En l'an 1585, Margarete Rusch mourut d'une arête de brochet mise en travers, étant présent le roi Stephan Batory qui avait confirmé au Conseil de la Ville de Danzig, par le traité dit du Droit de capitation, tous ses privilèges de douane et de commerce ainsi que la prépondérance des patriciens. Encore un coup les corporations, les bas métiers et les sans-grade de la navigation s'en retournèrent bredouilles. Patriciens et sangsues de cour firent des jours durant force banquets. Sans doute la vieille religieuse avait en travers de la gorge plus que l'arête de brochet.

Soudain, comme il ne restait que des vestiges du rôti de porc aux haricots et aux navets, mon Ilsebill, avec cette rigueur obstinée des femmes enceintes, voulut savoir ce que Gret la Grosse, mises à part l'année de sa naissance et l'arrivée à Calicut datée de la même année 1498, avait eu affaire avec Vasco de Gama. Je tentai de m'en tirer par des histoires de nonnes — comment l'abbesse Margarete Rusch, en échange de sa fille aînée s'était assuré auprès d'un négociant d'épices portugais des expéditions annuelles de poivre en provenance de la côte indienne de Malabar — quand Ilsebill mit fin au repas en disant : « Voilà ce que j'appelle finement imaginé. Par toi ou par le flet. Tout simplement troquer sa fille contre du poivre. Ça encore, c'est typique ! »

Renvoi à plus tard

La pointe d'un couteau de sel rédempteur.
Encore une fois renvoi à plus tard, quand ma question : quel siècle jouons-nous maintenant ? Réponse
de la cuisine : quand s'effondra le prix du poivre...

A neuf reprises elle éternua sur l'écuelle
ou la fricassée de lièvre gisait dans son jus.
Elle ne voulut pas se souvenir.
que j'aie été son valet de cuisine.
Elle regarde sinistrement la mouche dans la bière
et (plus de renvoi à plus tard) veut
se libérer de moi par la peste et à l'occasion...

Potages où triomphe le gruau.
Quand elle louangea la faim comme un repas,
qu'elle rit, causale, et non de petits navets,
qu'elle obtint de la mort, sur le banc de cuisine,
en lui offrant des pois (qu'on appelle pois gris)
un renvoi à plus tard...

Telle accroupie en moi elle se libère par ma plume...

Pensées diverses qu'inspirait au flet la vie d'un couvent de filles

C'est peut-être parce que je ne sais pas tellement sous le nom de qui je m'inscrivis temporairement dans l'orbite de la religieuse Margarete Rusch et parce que par exemple je me souviens plus exactement de ma vacation temporaire dans le néolithique que des troubles situations propres à l'ère de la Réforme que les dépositions du flet devant le tribunal féministe ont été qualifiées de confuses : il prétend avoir été mon conseiller quand j'étais le père de la petite Margret, puis le patricien Ferber et plus tard l'obèse abbé Jeschke. (Il suggéra ailleurs qu'existaient des engagements, obligations de politique mondiale. Il aurait voulu abaisser le prix du poivre et c'est pourquoi il envoya aux Indes par voie de mer un certain Vasco de Gama.) Ce qui est certain, c'est que le flet prit une position nette sur Margarete. Trois jours après la naissance de la petite fille, le forgeron Rusch lui avait crié de sortir de la mer que râpait novembre : que faire de ce marmot ? La mère était morte de fièvre puerpérale. Il fallait la nourrir au lait de chèvre. Encore tiède de la traite. Ça ferait une grosse nana. Que le flet daigne indiquer ce qu'il fallait faire, mon Dieu !

On comprendra mieux la question désespérée de Peter Rusch si l'on sait que le forgeron appartenait aux bas-métiers et non à la jurande corporative. C'est du moins sous cet aspect de cas social médiéval insoluble par suite du comportement égoïste des corporations que le flet m'a présenté au tribunal : « Ce Peter Rusch, ô justes dames, appartenait au lumpenprolétariat de son temps : il n'était admis à aucune beuverie, méprisé des compagnons de corporation, bien qu'ils fussent tout comme lui exposés sans couverture juridique à l'arbitraire des patriciens ; de plus il était chargé de sept enfants. Voilà que, dès la naissance de sa fille Margarete, meurt sa femme Kristin. Par-dessus le marché, il a des dettes. Bref : l'agitateur de naissance. Prompt à sortir le couteau. Bête par nature, mais braqué sur la justice. Un pauvre diable qui sollicita mon avis. »

Voilà ce que j'aurais été. Et non le moinillon en fuite permanente, le marmiton et concubin ? Le flet doit le savoir. Et Margret n'aurait pas, de façon si vexante et en toute occasion, appliqué ses pets sarcastiques aux pères et à toute paternité si j'avais été son père de bonne grâce, si je pouvais être fier de mon énorme fille, bien que la seule compassion l'eût induite à me régaler de gras-double en potage. En tout cas le flet m'a conseillé, à peine la fillette était-elle sevrée de la chèvre, de la mettre chez les saintes femmes du couvent de Sainte-Brigitte. S'il me conseillait, c'était pour me venir en aide. Mais, pressé de questions par le tribunal, il a invoqué d'autres motifs.

« Mais voyons, ma très respectable accusatrice, mesdames mes jugesses ! Jamais je n'aurais par un sentiment purement social — parce que ce pauvre abruti avait besoin d'une aide — donné un conseil si gros de conséquences. Pour dire la vérité : je voulais, en offrant à Margarete l'asile d'un couvent, lui ouvrir une liberté toujours possible. Elle était petite, mais par la suite elle fut de partout bien en chair : que fût-il advenu d'elle ? Dieu sait quel chaudronnier de l'avenir aurait dû l'épouser. Écrasée d'enfants et d'exiguïté domestique, elle eût dépéri dans le Hakelwerk. Le lit conjugal ne lui eût apporté qu'un rentre-dedans lugubre. C'était une destinée commune en ce temps-là. Car les femmes n'avaient pas la partie belle à l'époque dite de la Réforme, qu'elles présentassent leur tirelire au mari de façon catholique ou évangélique. Seules étaient libres les religieuses et peut-être encore les filles de petit métier qui hantaient la Ville-au-Poivre, parce qu'elles s'étaient dotées d'une organisation aussi rigide et savaient choisir leur abbesse — celle qu'on appela péjorativement par la suite mère maquerelle. Ce n'était pas les acariâtres épouses, entretenues dans une constante jalousie, non c'était les religieuses et les garces qui pratiquaient cette solidarité féminine qui, de nos jours, est à bon droit revendiquée dans des congrès et des écrits polémiques. Sans me vouloir immiscer dans les affaires du mouvement féministe, je prie cette Haute Cour, devant laquelle j'ai l'honneur d'être accusé, de reconnaître sinon dans l'institution bordelière du Moyen Age, du moins dans la vie monastique des nonnes de ce temps, une étonnante proportion d'émancipation féminine. Mon conseil donné à un sot de forgeron a, ce que démontre l'itinéraire biographique de la religieuse Margarete Rusch, ouvert au sexe féminin de larges zones de liberté qui, pour le présent — Mesdames, soyons honnêtes — se sont bel et bien refermées.

Peut-être devrais-je apporter quand même quelques faits à l'appui de ma thèse.

La religieuse Margarete Rusch n'a pas appartenu à un seul homme ; c'était plutôt une bonne douzaine d'hommes qui, selon son envie et à sa convenance, furent à son service. La règle de l'ordre que l'on dit si stricte — vie cloîtrée, exercices de piété, obligation de silence — lui permettait le loisir, la concentration et la distance par rapport au tumulte quotidien. Bien qu'elle ait donné le jour à deux filles parmi la douleur qui était encore d'usage en ce temps-là, Gret la Grosse ne fut pas enchaînée à la maison par l'élevage d'enfants. Aucun patriarcat ne lui fut prescrit. Elle n'a jamais été fléchie par une poigne patriarcale. Elle ne fut pas une mégère au foyer faisant cliqueter son trousseau de clés. Elle a pu éprouver librement ses forces corporelles et spirituelles en faisant la cuisine et en dictant des menus incitant aux plaisirs de la chair tout en plaçant dans la politique masculine, toujours et exclusivement adonnée à l'usage impérieux de la force, quelques, ma foi oui, quelques touches de lumière démocratique. Puis-je évoquer les « Statuta Karnkowiana » qui, sans les pressions de Gret la Grosse, n'auraient sans doute guère accordé de droits aux corporations. Bref : voilà tout ce que mon conseil a pu promouvoir. Car, si je n'avais pas préservé la fillette en l'amenant au couvent, jamais nous n'aurions eu de Gret la Grosse. Et pour ce qui est de l'époux céleste et des vœux monastiques, je vous prie de me croire quand j'avance que les couvents de nonnes du XVIe siècle étaient indemnes de mystique gothique à son apogée. Plus de ravissements. Plus rien ou peu de chose pour le fils de Dieu. La fustigation de la chair, l'ascèse déchaussée et la danse de Saint-Guy étaient passées de mode. Plus de Dorothée qui voulût se faire emmurer pour dépouiller la chair. Une terrestre direction incitait les religieuses de la maison de Sainte-Brigitte à sagement accroître leur richesse, à utiliser leur force. Bien sûr il y eut aussi de la contestation intra-moniale et des paires de claques. Mais depuis que et aussi longtemps que l'abbesse Margarete Rusch fut à sa tête, le couvent abrita une ligue féminine où la solidarité fraternelle était la suprême vertu pratiquée. Unies, elles furent fortes. Jamais les dominicains n'ont ramené leur froc, bien qu'ils allassent partout clabaudant le long des rues que Gret la Grosse était de mœurs horrifiques. »

A ce discours, la procureuse Sieglinde Huntscha répondit sur-le-champ avec âpreté et par d'impressionnantes figures de rhétorique. Il, le Turbot, tentait une manœuvre de rapprochement. La solidarité encore sous-développée qui existait entre les femmes — à supposer qu'elle le fût — était l'objet de sa sollicitude. Il offrait un modèle somptueusement monté en épingle. Tenir compte que la religieuse Margarete Rusch s'était comportée en opportuniste politique. C'était lui, le Turbot, qui, en conseillant de mettre la fillette au couvent, était responsable de ce que la nonne-cuisinière avait mésusé de sa liberté. A y regarder de près, elle n'avait jamais fait que se prostituer. Le cas Ferber en apportait la preuve irréfragable. De menues affaires de nonnes lubriques n'étaient pas, il s'en fallait, une preuve de comportement émancipé. Il valait mieux comparer la prétendue liberté de la religieuse Rusch au libéralisme petit-bourgeois d'une ménagère des classes moyennes qui, pour faire son persil, se serait inscrite à un club de call-girls. On pouvait à la rigueur qualifier de prérévolutionnaire le comportement sexuel de la religieuse, bien qu'il procédât d'un égotisme simplement corporel et ne fût pas transférable à d'autres femmes à l'étroit dans leur dépendance. Il, le Turbot, se posait pour la frime en conseiller des femmes après n'avoir rien fait pendant trois millénaires et demi que pour promouvoir la cause des hommes. Mais la sœur Rusch ne valait rien comme modèle. Les pets-de-nonne ne contribuaient pas à la formation d'une conscience féminine. Et l'excès consistant à utiliser le pudendum muliebre comme calice à des fins de Cène chrétienne ne pouvait qu'être taxé de perversion. C'était une faute contre le bon goût ! Elle disait cela en sa qualité d'athée et non par crainte de blesser de quelconques sentiments religieux. Pour finir, la procureuse proposa de limiter le temps de parole du pleuronecte accusé : « Nous ne saurions admettre que notre tribunal que des millions de femmes opprimées suivent avec les yeux de l'espoir et de l'expectative soit abusivement transformé en une tribune de la propagande patriarcale ! »

A quoi la défenseuse d'office opposa des motifs de forme juridique. De même la majorité des assesseuses ne voulut pas anticiper sur le jugement. L'assesseuse Ulla Witzlaff en particulier, qui jusqu'alors réagissait lentement et souvent tardivement, devint même bonnement grossière : il fallait donner au Turbot une chance régulière. Et puis il n'était pas de l'intérêt des femmes de reprendre les pratiques infâmes de la justice de classe masculine.

Donc — passant outre aux objections de l'accusation — on lut les quatre rapports que le Turbot avait confiés, par le canal de la défense d'office, à des historiens patentés.

Le premier rapport d'expertise définit la sorcellerie médiévale comme une tentative particulièrement désespérée d'émancipation féminine. L'exploitation statistique des procès fit apparaître que la participation des religieuses au total des sorcières brûlées au XVe siècle se situait très haut en pourcentage avec trente-deux virgule sept, tandis qu'au XVIe siècle il n'y avait plus que huit pour cent à peine de religieuses envoyées par force au bûcher. Le XIVe siècle n'avait pu fournir de données statistiquement exploitables.

Le second rapport d'expertise prouva pourquoi la sorcellerie conventuelle décrut au siècle de la Réforme, tandis que le nombre des sorcières dans le siècle accusait particulièrement la détresse des femmes d'artisans. Dans les couvents qui extérieurement restèrent indemnes à l'Église catholique, la Réforme aurait opéré comme une émancipation, en orientant la conscience des nonnes vers l'action terrestre, ce qui favorisa le type de la religieuse vaillante, robuste, qui allait à l'ouvrage, aussi habile que sage. En revanche, il ne resta plus aux femmes de condition bourgeoise que la fuite dans la vésanie religieuse ou dans la sorcellerie excentrique. Suivait l'indication des sources.

Le troisième rapport d'expertise examinait l'influence politique des couvents de femmes au Moyen Age : la cuisine conventuelle comme centre de pouvoir, les couvents et leurs cuisines comme lieux où se concluent les traités de paix, s'effectuent les rencontres de conspirateurs et les réunions de société désordonnées. C'était dit par l'expert : le couvent de femmes s'était avéré être une institution où le déficit féminin pouvait à tout le moins trouver sa compensation temporaire.

Le quatrième rapport d'expertise traita de l'élargissement de l'horizon conventuel depuis la découverte du Nouveau Monde par Colomb, Vasco de Gama et consorts. Il confirma notamment l'opinion avancée par le flet selon laquelle l'abbesse Margarete Rusch, en l'an 1549, aurait marié sa fille Hedwige pour des raisons de politique alimentaire à un négociant portugais qui plus tard aurait fondé un comptoir de commerce sur la côte de Malabar. Il aurait été tenu de fournir deux fois par an à sa belle-mère des colis d'épices — curry, girofle, poivre, gingembre. Toujours est-il que le rapport put démontrer sur pièces qu'à partir du milieu du XVIe siècle des navires armés par les Portugais entrèrent au port de Danzig. Aucun doute : Gret la Grosse correspondait avec le Nouveau Monde.

Ensuite le Turbot reprit la parole. Modestement et n'utilisant qu'à peine l'avantage des rapports, il raconta la mince part qu'il avait prise au processus de prise de conscience émancipatrice de la jeune novice, puis sœur-cuisinière, ensuite abbesse Margarete Rusch. Il esquissa un tableau de Gret la Grosse, soulignant le côté comique de ses entrées. Des anecdotes frivoles alternaient avec des scènes grotesques : comment elle contraignit le prédicant Hegge, quand il appela à détruire les images, à ingurgiter rubis sur l'ongle un saint Nicolas grandeur nature qu'elle avait formé de gâteaux au saindoux et farci de saucisses ; comment Gret la Grosse avait remonté le zizi défaitiste du patricien Ferber en empilant en obélisques suggestifs des florins d'argent et des écus brabançons ; comment, après avoir incendié la cuisine du monastère d'Oliva, elle fit cuire pour le bas peuple des croquettes à la fournaise du couvent ;

comment Gret la Grosse, à cheval sur un cochon pour entrer au camp du roi Batory, plumait les oies. Et d'autres histoires encore que le public accueillit par un début d'hilarité ; le tribunal féministe avait en effet, après une brève interruption — le conseil consultatif menaçait de se dissoudre — admis à nouveau le public.

Ainsi encouragé, le Turbot dit : « Voyez-vous, belles dames qui maintenant réprimez quand même un sourire, une femme pareille, d'une gaîté indestructible, parce que personne ne pouvait lui en imposer, voilà ce que fut la sœur-cuisinière Margarete. Non seulement son époque, mais aussi sa vie éclairée permettraient qu'on vît en elle une sœur du curé de Meudon, François Rabelais. Ah, s'il l'avait connue ! Je suis sûr qu'il s'en fût inspiré pour donner à Gargantua une réplique aussi pesante sous l'aspect de notre grosse Gret et qu'il en aurait tiré un livre plein à éclater. Car nous manquons de figures féminines dans le rôle de premier comique. Qu'il s'agisse de don Quichotte ou de Tristram Shandy, de Falstaff ou d'Oscar Matzerath : ce sont toujours des messieurs qui battent monnaie comiquement de leur désespoir tandis que les dames dépérissent dans un incassable tragique. Marie Stuart ou Électre, Agnès Bernauer ou Nora, toutes, toutes sont éprises sottement de leur tragédie. Ou bien elles s'usent en de mélancoliques soupirs. Ou bien la démence les pousse au marécage. Ou bien le péché les grignote. Ou bien elles échouent dans l'enivrement d'une puissance masculine ; qu'on songe seulement à Lady Macbeth. Manquant de tout humour, elles se dévouent à la souffrance ; sainte, salope, sorcière ou tout en même temps. Ou bien elles se statufient dans leur détresse : âpres, amères ; muette plainte. Parfois comme Ophélie elles peuvent perdre la tête et dégoiser un lyrisme farfelu. Seule la 'vieille drôlesse' loin de tout sex-appeal ou la camériste niaise pourrait être citée en exemple d'humour féminin qu'on qualifie volontiers d' 'increvable'. Mais qu'elles soient comiquement vieilles ou niaisement jeunes, ce ne sont jamais que des seconds rôles à qui l'on permet l'esprit version féminine. Pourtant nous en avons un urgent besoin, du premier rôle de sotte ! De même pour le film. Ce ne doit pas rester une prérogative masculine, d'assumer la spécialité du comique triste avec Charlie Chaplin et Laurel et Hardy ! Je vous convie, Mesdames, à mettre en scène enfin la grande comédie féminine. Le gynécée comique doit triompher. Mettez une jupe de femme au Chevalier de la Triste Figure et faites-le charger contre les moulins à vent des préjugés masculins. Je vous offre la religieuse-maître queux, Margarete Rusch, Gret la Grosse. Son rire a créé pour les femmes un espace libre et cette liberté dans laquelle l'humour, enfin un humour féminin, peut tirer ses pétards et lâcher la truie-mammouth qui sommeille ! »

Peut-être le Turbot avait-il escompté une ovation sympathique ou du moins une discrète hilarité de faveur. Mais à son propos succéda le silence, puis le toussotement. Enfin la procureuse dit plutôt à la cantonade, comme si elle entendait ne pas donner trop d'importance à un événement pénible : « Ne trouvez-vous pas de mauvais goût, accusé Turbot, de vous divertir ici en homme de lettres aux dépens de femmes partout opprimées de par le monde ? Bon, nous sommes habituées à ce que les prétendus seigneurs de la création trouvent, à la rigueur, spirituelle notre lutte pour l'égalité de droits. Mais pour nous c'est une affaire sérieuse. Pas tragiquement, mais objectivement sérieuse. Nous n'admettrons pas qu'on ravale Électre et Nora au rang de figures qui par malheur ne seraient que tragiques. Nous ne manquons pas de don-quichottades féminines. Merci de nous offrir des rôles. Si ça se trouve on nous colloquerait une doctoresse Fausta et une Méphista en robe du soir de lamé. Au fait ! Votre nonne de gargote nous importe trop de par ses insertions dans la société de son temps pour que nous la laissions tourner en ridicule. Tout compte fait, Margarete Rusch a tué deux hommes sciemment et à longue échéance. Tous deux étaient au premier chef intéressés quand son père, le forgeron Peter Rusch, fut condamné à mort le 26 avril 1526 et exécuté par l'épée. Trois ans plus tard, c'était l'ancien bourgmestre de Danzig, Eberhard Ferber, qui s'était retiré après la sentence de mort, qu'elle étouffait dans son alcôve au cours d'un coït. A cette époque, Margarete Rusch avait trente ans : exactement l'âge de ce monseigneur Kaspar Jeschke dont, cinquante-trois ans après, elle provoqua la mort à force de le gaver, alors qu'il était abbé du monastère d'Oliva. Voilà ce qu'était, sieur Butt, votre Gret la Grosse qui était si drôle, la spirituelle religieuse Rusch, la boule-de-suif hilare. Non, ce fut une femme au projet grave, jamais périmé. Une femme qui savait haïr ses ennemis. Et où voyez-vous que vous ayez pris part, vous, à cette double action de nécessité politique ? Est-ce d'aventure votre conseil prolixe qui a secondé l'héroïque mémoire de Margarete Rusch ? Nous voulons savoir la vérité. Rien que la vérité. Et pas d'échappatoires, s'il vous plaît, dans les emplois comiques. »

Alors le Turbot admit avoir conseillé le patricien Ferber et même l'abbé Jeschke. Seulement — à ce qu'affirma le Turbot — le vieux

Ferber n'avait pas voulu entendre ses conseils. Sa sénile salacité l'avait porté sur Gret la Grosse. De même il avait en vain pressé l'abbé Jeschke. Mais ce n'était pas l'appétit charnel qui l'avait enchaîné à la vieille Margret, seulement la goinfrerie, monnaie courante à l'époque, et la manie du poivre.

« Toujours est-il », dit le Turbot, « qu'en l'an du Seigneur 77 j'ai pu encore persuader ce vieil idiot de prendre la fuite quand je lui signalai le coup de main qui devait réduire en cendres le monastère. Mais sa boulimie — et il savait que la religieuse voulait le gaver à mort — était inapte à rendre grâce au conseil le plus bienveillant. Oui, j'admets. J'ai tenté d'empêcher l'un, l'autre meurtre parce qu'il me déplaisait de voir ternis par une vengeance recuite les grands mérites acquis par la religieuse Rusch au nom du progrès démocratique. Elle a — bien qu'en pure perte — rendu service aux corporations sans droits. Elle a, par ruse et sûre de son talent culinaire, soutiré au roi Stephan Batory une paix indulgente. Et ce n'est pas tout : car elle a ouvert à la vie monastique du XVIe siècle des facilités qui de nos jours encore pourraient passer pour exemplaires. En revanche, l'expédition ad patres de deux vieillards n'a rien effectué. Seule compte l'action émancipatrice ! Et si la Haute Cour veut, par ce procès, rendre un service aux femmes opprimées, comme je l'espère, un petit service, qu'elle daigne alors inscrire au procès-verbal, même s'il ne devait pas être suivi, mon conseil d'expert. Car enfin nous sommes tous intéressés à ce que le déficit féminin soit enfin, je dis enfin, comblé. »

Il fut donné suite à ce désir du Turbot. Et l'on trouve donc dans le procès-verbal de l'audience finale consacrée à l'affaire Margarete Rusch que le Turbot accusé a conseillé au Mouvement international des Femmes de fonder partout dans le monde des couvents féministes à objectif strictement terrestre et ainsi de créer des contrepoids économiquement puissants aux ligues masculines partout régnantes. Ainsi, ainsi seulement, en état d'indépendance économique et sexuelle, on pouvait à nouveau exercer la solidarité féminine obsolète et enfin la pratiquer au sens d'une égalité des droits des deux sexes. Cela modifierait les structures ambivalentes de la conscience féminine. L'on pourrait de la sorte supprimer les déficits sexuels spécifiques. Et cela aurait des conséquences amusantes.

Ne figure pas au procès-verbal qu'aussitôt après la clôture de l'audience plusieurs dames du public auraient posé leur candidature aux fonctions d'abbesse. Le tribunal s'ajourna.

Mais admettons, Ilsebill, qu'on en vienne là ; d'abord en dix, puis cent, bientôt dix mille lieux, de la Souabe au Holstein, surgiraient des couvents d'obédience féministe dans lesquels cinq cent mille femmes en chiffres ronds se soustrairaient au mariage et, partant, au commerce sexuel de relevance masculine ; et admettons que vous autres femmes puissiez venir à bout d'être libres au sens désiré et non plus, comme depuis des siècles, dépendantes de la revendication masculine et du patriarcat, des caprices phalliques des hommes, de l'argent du ménage, de la dérive des modes et de la surpression masculine générale ; et admettons que vous arriviez à constituer en un tournemain des centres de puissance économique, soit par l'édification d'une industrie féminine des produits de consommation, soit en conquérant le marché correspondant qui d'ailleurs (bien qu'elles n'en sachent rien) est dominé par les femmes, n'est-il pas vrai que le conseil donné par le flet de fonder, à l'exemple de l'abbesse des brigittines Margarete Rusch, des couvent de femmes en guise de contre-pôles à la coterie masculine prédominante serait alors transposé et couronné de succès ?

Car en admettant, Ilsebill, que dans des couvents féministes toujours nouveaux et des ateliers de production monasticalisés on travaille la solidarité féminine en sorte qu'il ne soit plus possible de monter femelle contre femelle selon les rites de la concurrence sexuelle, ou bien de les mesurer selon l'humeur du jour à un idéal de beauté le plus souvent bardotesque sans cesse réinventé par des hommes pour parer constamment de nouveaux atours la permanente dépendance des femmes ; et en admettant, Ilsebill, qu'il y ait dans le monde entier des couvents féministes avec une puissance économique située en leur mouvance, que le mariage patriarcal traditionnel ne se maintienne plus qu'en une minorité déclinante ; qu'il grandisse dans ce genre de couvents, par une libre option certes, des enfants conçus sans liaison et sans revendication de paternité ; que s'impose, grâce à l'appui des hommes conscients de leur propre impuissance grâce à la raison féminine, le droit martriarcal nouveau, parce que monial ; que conséquemment ne s'effectue plus d'histoire datée par l'homme ; que de ce fait il ne se fasse plus de guerres ; que nulle ambition masculine et nulle démence progressiste n'envoient plus de fusées et de superfusées sonder le stupide espace sidéral ; que la consommation n'use plus de la terreur ; qu'enfin se dilue l'angoisse d'être inférieur à autrui ; que personne ne désire plus posséder autrui ; que le dramatique combat des sexes n'ait plus de spectateurs ; que seule désormais la tendresse soit en hausse ; qu'il n'y ait plus de vainqueur dans un lit ; que personne ne sache ce qu'est la victoire ; que personne ne compte plus le temps ; et en admettant, Ilsebill, que tout soit calculable, démontrable et expectorable par computers (ensuite superflus) sous forme d'Ordre nouveau, alors le tribunal féministe donnerait raison au Turbot qu'il accusait hier encore et suivrait son conseil de poisson ; l'on verrait partout fleurir, cf prophétie, des couvents féministes où serait préservée la mémoire de la grosse abbesse Margarete Rusch ; et dès demain (quoique enceinte de mes œuvres et de trois mois) tu te retirerais dans un de ces couvents pour être libre, libérée, non plus opprimée, possédée par moi et par personne : alors — en admettant que tout se passe ainsi — est-ce que j'aurais le droit d'aller tout simplement en homme te rendre visite une heure ou deux ?

Civet de lièvre

Je n'arrêtais pas de courir.
Au rebours des poteaux indicateurs, avec ma fringale,
je dévalais l'histoire, j'étais une avalanche de cailloutis,
je piétinais à plat ce qui gisait à plat,
j'étais un courrier à contre-courant.

Les guerres qu'on rumine,
Sept ans, Trente ans, Cent ans
(celle de Scandinavie) je les parcourais pour mon compte
Des attardés qui par habitude regardent en arrière
me voyaient diminuer et faire des crochets.
Ils m'informaient : Magdebourg brûle ! sans se douter
que je traverserais juste à temps,
hilare, la ville encore intacte.

Suivant la pente et non le fil.
Des corps morcelés se reformaient,
sautaient à bas des chariots de la peste
se dénouaient de la roue
sortaient de feux qui s'affaissent,
des sorcières couraient avec moi un bout de chemin.
Ah, les déserts des conciles qui traînent des années,
la soif de dates
jusqu'à mon arrivée : hors d'haleine, émacié.

Elle soulevait le couvercle de la cocotte et remuait la sauce
« Qu'est-ce qu'il y a ? »
« Du civet de lièvre, quoi d'autre. Je savais bien que tu venais. »

Si vous voulez ses recettes

Du farci par exemple. Nous vivons dans l'attente. L'hiver n'en finit pas d'arriver. Le brouillard rapproche tout à l'excès et déjà le Noël en famille menace.

« Notre dispute », dit Ilsebill, « est cuite à point dans son jus sur les assiettes. On trouve ça bon — seulement on ne sait pas ce que c'est ni pourquoi. »

Mon dernier essai d'attribuer un sens : un cœur de bœuf farci de pruneaux en sauce à la bière que la religieuse me cuisinait, quand j'étais moine en rupture de ban, sans m'interroger sur mes raisons. Mais nos invités — deux architectes, un curé — cherchaient le sens toujours caché dans l'occurrence.

Les cavités cardiaques s'y prêtent : il faut les farcir. Acheter le cœur de bœuf entier et ouvert d'un seul côté. Oter le sang caillé, retrancher les ligaments, dégager, détacher l'enveloppe grasse. Laisser poliment nos hôtes aller au bout de leur propos.

« Les pruneaux revenus dans l'eau chaude », dit Ilsebill à l'instar de la religieuse, « doivent être laissés avec leur noyau. » Et quel sens, s'il existe un sens, aurait un sens ?

Pour faire revenir nous utilisons la graisse préalablement détachée. « Encore faut-il qu'il y en ait un », dit ouvertement le curé, « fût-il négatif, car à défaut de sens comment vivre au jour le jour ? »

A flamme vive, dorer le cœur farci et ficelé de fil blanc sur tous les côtés, puis mouiller à la bière brune. (« Cela aussi, Monsieur le Curé, devrait tomber théologiquement sous le sens. »)

Mais les architectes ne cessent de ramener leur pure doctrine du Bauhaus. Laisser cuire une heure à feu doux. Muscade et poivre à la fin, moins tout de même que la religieuse ne tenait pour sensé de mon temps et de son temps. C'est pourquoi Noël signifiait pour nous deux jours en plus de congé payé. Faute de trouver un sens, le curé s'abandonne bravement au désespoir. Et la crème aigre qui se mélange mal et forme des îlots pensifs : en ce temps-là Ilsebill, quand Vasco de Gama en quête de Dieu...

Peut-être l'hiver attardé qui survient enfin grâce à l'anticyclone de Scandinavie apporterait-il un sens. Avec des pommes vapeur, dit Ilsebill, et chauffer les assiettes au préalable, parce que la graisse de bœuf fige comme celle de mouton.

Il était une fois quarante-sept agneaux qui, parmi huit cent soixante-trois brebis avec d'autres agneaux non dénombrés paissaient à Scharpau, une grasse prairie basse que le futur bourgmestre Eberhard Ferber administrait en tant que maître de la dîme. Les agneaux ne connaissaient que leur pâture jusqu'à l'horizon plat qu'ils voyaient entre les pattes de leurs mères. A goûter l'herbe, on ne savait pas à qui ils étaient.

Jusqu'en l'an 1498 où fut découverte la route maritime des Indes et enfantée la future religieuse Rusch, l'administrateur de Scharpau avait été le conseiller Angermünde qui pressurait les pêcheurs, cultivateurs et bergers ; mais quand, après de longues intrigues, le mariage envisagé entre Moritz Ferber et la fille du patricien Angermünde tourna court, les frères Ferber devinrent l'un évêque d'Ermeland, l'autre bourgmestre de Danzig ; tous deux étaient poussés par le clergé et soutenus par la noblesse.

Les brebis de Scharpau et les paysans corvéables n'y virent que du feu quand les frères Ferber réussirent à éliminer les Angermünde de l'administration de Scharpau et de la starostie de Dirschau. La tonte et le merlin, les taxes et la corvée demeurèrent stables. Mais en l'an 1521 ce ne furent ni les moutons ni les paysans qui regimbèrent : les corps de métiers de la Vieille-Ville et de la Ville-de-Droite, et aussi les artisans non incorporés du Hakelwerk se soulevèrent contre les frères Ferber et leur coterie cléricale. On éteignit des cierges dans les églises. Prêtres et dominicains furent lapidés. Les tracts sentaient l'encre d'imprimerie. Des pasquinades où les drapiers et tailleurs étaient comparés aux moutons de Ferber clopinaient par les ruelles sur leurs rimes boîteuses et donnaient leur rythme aux semelles dans les colloques de corporations. Déjà, d'ailleurs, le fanatique Hegge prêchait contre les curés et leur clique.

Cependant à Scharpau, à Tiegenort, à Froide-Auberge, à Fischer-Babke, partout où les paysans étaient traités pis que bétail, les agneaux grandissaient paisiblement, parce qu'ils ignoraient l'approche de Pâques. On devait en abattre quarante-sept et les rôtir sur la braise en l'honneur de l'évêque d'Ermland dans la propriété de la famille Ferber. La cuisinière de l'Ordre de Saint-Brigitte avait demandé à l'évêque d'Ermland la permission de préparer les quarante-sept mous et les quarante-sept cœurs à la sauce aigre-douce pour le vendredi saint.

Gret la Grosse n'avait eu aucune peine à convaincre les papilles épiscopales que les abats de l'innocent bétail pouvaient à peine passer pour chair ; que le mou d'agneau conservait sans mélange le parfum de serpolet des pâtures de Scharpau ; qu'il plairait au Seigneur Jésus-Christ qu'on élevât le cœur et le mou des agneaux de Pâques au rang de maigre du vendredi saint. La religieuse avait dès lors l'ambition d'interpréter largement les règles de jeûne. Elle dit : « Un agneau comme ça n'a pas encore succombé au péché. Aucune concupiscence ne l'a effleuré. A peine si c'est de la viande. Sûrement pas ses intérieurs. » Gret la Grosse, ayant fait cuire avec de l'anis et du poivre les poumons entiers et les cœurs coupés en deux des quarante-sept agneaux, après les avoir laissés refroidir, les avait faits en hachis, puis mis à cuire dans le reste du bouillon un sac de lentilles, mais sans les réduire en bouillie. Au hachis vinaigré, lié à la farine de sarrasin, elle avait incorporé pour finir des raisins secs et des pruneaux — pour elle, tout ce qu'elle cuisinait ne pouvait se passer de poivre en grains, de raisins secs ou de pruneaux à suffisance.

Lors de ce repas de vendredi saint, le bourgmestre Ferber décida en sus de cingler sur le Danemark avec six navires armés en guerre. A son retour victorieux, il voulait, aidé par les matelots dûment récompensés, s'en prendre rudement aux corporations et à tous les conseillers infectés de peste luthérienne. Il en sortit du vent. Les navires rentrèrent bredouilles à l'automne. Il fallut de nouveaux impôts pour couvrir les dépenses de guerre. D'où troubles. Même les matelots désertèrent Ferber.

Cependant la nonne-cuisinière et future abbesse Margarete Rusch garda la mémoire du plat de vendredi saint qu'elle avait créé et, bon an mal an, servit à ses nonnes et novices du mou d'agneau sauce piquante avec des lentilles au premier service, d'autant qu'à partir de 1529 les bergers, paysans et pêcheurs de Scharpau furent tenus de payer la dîme au couvent de Sainte-Brigitte, d'y amener les agneaux à Pâques et de fournir des anguilles vivantes dans des bourriches..

La chimie les a chassées des rivières. Les eaux-vannes savonneuses ont taché de rougeâtre les ventres clairs, les nageoires dorsales et ventrales, entamé le mucus qui les protège. Seul souvenir : les nasses visibles à marée basse sur les deux rives de l'Elbe. On les achète au prix fort, venues d'eaux étrangères : les anguilles surgelées d'Écosse dégèlent et reviennent miraculeusement à la vie.

Je sais des histoires, Ilsebill : prises dans une fourche de branches, elles battaient mon dos. Il y en avait de pendues dans tous les tableaux. Comme moi, elles se glissaient sous le pis des vaches. Elles sont aussi vieilles que le pleuronecte.

« Pourquoi », dit Ilsebill, « les enfants ne doivent-ils pas voir et apprendre comment tu tues et coupes en morceaux les anguilles ; il n'y a que moi pour regarder. »

Acheter les anguilles vivantes. « Non les enfants, elles sont bel et bien mortes. Ce sont les nerfs qu'il y a dans chaque tronçon. C'est pourquoi ils se démènent. Même la tête cherche encore à se fixer par succion. »

Les enfants savent donc ce qu'ils mangent. Au bleu avec du vinaigre, roulées dans la farine ; j'enveloppe les tranches avec des feuilles de sauge. Un voisin a aiguisé les couteaux hier.

Le bouquet de sauge venait jadis dans un jardin anéanti entre-temps par les excavatrices à proximité de l'embouchure de la Stör, où maintenant on bâtit le barrage avec écluses et le grand pont-levis, pour modifier le cours de la rivière et l'isoler par rapport à l'Elbe en cas de grande marée.

Nous mettons chaque tranche côte à côte dans l'huile et salons modérément. Il reste un peu de vie. C'est pourquoi elles se tortillent dans la poêle. Maintenant la sauge vient dans notre jardin. Notre voisin qui nous a aidés à la repiquer était tueur à domicile et tue encore aujourd'hui les lundis pour le boucher du village : il a mis du sang de porc comme engrais et murmurait en croix son jargon littoral.

A petit feu, faire rôtir les morceaux dans la sauge jusqu'à les rendre croustillants : c'est une entrée pour un plat léger. J'espère que la sauge passera l'hiver.

S'il vous faut des conseils : ne pas acheter de grosses anguilles qui ont du lard, en acheter de minces. Une croix au couteau derrière la nuque doit bloquer les nerfs. Ne pas retirer la peau. Je vous conseille d'ailleurs de faire attention à la bile quand vous videz l'anguille ; si on l'entame elle se répand, rend tout amer, les gâte si bien qu'on n'en a plus qu'un avant-goût et un après-goût de péché et de pourriture partout, comme le prédicant Hegge.

Hegge ! Ses prêches m'ont rendu muet. Rien ne pouvait lui clore le bec. Pour lui, rien de plus facile que de faire des mots. Seule la grosse Gret en balançait du même titre. Quand il prêchait « Saumure d'enfer ! Bouillon peccant ! » elle vitupérait en riposte : « Foutu barbouilleur ! Débiteur de balivernes ! »

Gret la Grosse et Hegge le hareng-saur ; quand elle farcissait et mettait à la broche ses canards, cailles, bécasses, bécassines et ramiers, elle leur donnait sur-le-champ des noms d'anges : Uriel, Ophaniel, Gabriel, Borbiel, Ariel ; lui, pour chaque joie des sens il connaissait un nom de diable : Stauffax qui pelote, Bles qui baise, Haamiach du pourri, Asmodée maniaque du sein, Mammon argenté, le satyre puant Beelzebub. Et comme la cuisinière élevait au rang d'ange Zedekiel une oie sauvage farcie de pruneaux dans de la crépine de porc, de même, pour ce barbichu de Hegge, toute joie gustative n'était qu'un léchi-lécha de Bélial.

Ce Hegge que l'abbesse Rusch appelait le plus souvent Bouc-en-train, dès les débuts de la Réforme, introduisit à Danzig les enculages de mouches de la propagande protestante. Son père, un tailleur, était immigré, venu de la mer de Souabe. Mais sa mère aurait été du cru : du Hakelwerk, spumeuse, profil de poisson, bouche de travers, avec des pellicules dans les cheveux. En Jakob Hegge se mêlaient le clapot babillard de la Baltique et le blablabla des Souabes du lac de Constance. Il inoculait du péché même au bébé qui suce son pouce et à moins encore que ça. Alors les bourgeois l'envoyèrent pour un semestre à Wittenberg. Ils voulaient bien être de bons protestants, mais Hegge, par les débordements vipérins de son zèle calviniste, leur mettait trop de cendre grise dans leur soupe de chaque jour. Les corporations lui payèrent le séjour.

A Wittenberg, le Docteur Luther lui aurait conseillé de s'en tenir à réconforter selon la rectitude biblique les hommes souffrants et de faire chanter à la communauté des cantiques spirituels : « Donne-nous par grâce la paix... »

Mais Hegge ne voulut pas démordre d'en remettre et de baver. En lui se livraient un étrange duel le dominicain en rupture de froc et son héritage paternel : la manie souabe de faire le ménage à fond. Bien qu'on l'eût à Wittenberg instamment exhorté à laisser aux braves bourgeois quelques images coloriées et leurs statuettes traditionnelles de bois sculpté, il voulait partout faire table rase sur les murs. Peut-être avait-il rapporté quelques sentences pratiques du Docteur Luther, mais dès qu'à son retour il se remit à prêcher à son public croissant du cimetière Sainte-Gertrude, il eut des insultes plein la bouche comme un grouillement d'asticots qu'on renverse, même si le sentiment de Jakob Hegge n'était que d'enseigner la pure parole de Dieu. La seule atténuation venait des tilleuls ombrageant le cimetière.

Ainsi, peu après son voyage, il dit du haut de la chaire à l'église principale de Danzig, Sainte-Marie, qui pouvait contenir une plèbe assoiffée de meurtre : « Les moines gris ont une corde à la ceinture. Mieux vaudrait qu'ils la portent au cou ! »

Le mot pouvait se traduire en pratique : le lendemain, quelques dominicains étaient pendus à leurs cordes. Sans parler d'autres mots que le frénétique Hegge lâchait pour leur valeur d'images, bien qu'il fût par ailleurs prompt à tonner radicalement contre statues et portraits : il voulait voir toutes les églises vidées et crépies de blanc. Et derechef le peuple le prit au mot, vidant radicalement Sainte-Marie, Sainte-Catherine, Saint-Jean, fendant les statues, les tableaux, les bois ouvrés, balançant les autels à la décharge, et pour un peu aurait fait le ménage à fond à l'église Sainte-Brigitte de la Vieille-Ville.

Déjà quelques savonniers, transposant littéralement la formule favorite de Hegge : « Au pilori ! » avaient traîné hors de Sainte-Brigitte le saint Nicolas de bois sculpté pour mettre le saint polychrome au pilori municipal quand l'abbesse Margarete entra dans la mêlée avec ses vingt-sept religieuses et novices : les sœurs n'y allèrent pas de main morte. Nicolas fut sauvé. Hegge, appréhendé, sous les quolibets de son public changeant, fut kidnappé et enfermé dans le monastère voisin de Sainte-Brigitte.

Ce qu'il advint de lui nuitamment, je l'ignore. Sûrement comme d'habitude. Le lendemain, il fut puni selon les lois culinaires de Gret la Grosse. A l'aide de trois cent onze petits pains qu'elle avait de sa propre main cuits dans le saindoux fut confectionné un saint Nicolas glacé au sucre pareil au saint de bois, et le prédicant dut, depuis l'auréole mince comme une hostie jusqu'au socle de pain noir, le manger, le mâcher, remâcher, le mastiquer, l'avaler. De plus les religieuses avaient farci le Nicolas de boudins et d'andouillettes dont il ne devait pas rester un seul.

Trois jours durant, Hegge mâcha. Il lavait le poivre en buvant de l'eau. Les boudins relevés de raisins secs poussaient au cul des petits pains et, pour aider les andouillettes assaisonnées de marjolaine, il s'enfilait des petits pains par-dessus. Il paraît qu'au début il aurait énuméré tous les diables, d'Aschomath à Zaroë, puis le caquet lui manqua. En revanche, parce qu'il était intérieurement graissé de saindoux et poivré d'un bout à l'autre, pas le caca : il aurait conchié ses braies. Paraît qu'il aurait — par-derrière — restitué intacts les boudins et les andouillettes qu'il n'avait pas mâchés — par-devant. Ensuite — par-derrière — il aurait mis une sourdine notable — par-devant — à ses évocations de l'Enfer.

L'année suivante, le roi Sigismond de Pologne avec huit mille hommes occupa la ville rebelle et ordonna une cour de justice ; alors Jakob Hegge s'enfuit déguisé en femme. L'abbesse Margarete Rusch l'aurait aidé à fuir. On disait que Hegge avait trouvé refuge à Greifswald, n'y menant plus qu'une vie contemplative.

Le peuple, quant à lui, catholique ou protestant, tous les 6 décembre, a fait frire au saindoux désormais des saint Nicolas — plus petits, et sans les farcir de saucisses ; car l'art culinaire de la religieuse Rusch se répandit partout, tant à la ville que dans le plat-pays kachoube.

Si l'on veut aujourd'hui reprendre ses recettes, de grives par exemple, la musicienne à tête gris-cendre, barder les oiseaux de lard en tranches minces, garnir l'intérieur avec le petit foie et ce qu'il faut de baies de genièvre, faire cuire la demi-douzaine à feu de braise sur le gril, mais ne pas inviter des écologistes. Moi qui étais un franciscain en rupture de monastère, j'avais honte des petits oiseaux savoureux quand Gret la Grosse en farcissait comme amuse-gueule pour la table du roi Batory tout en imitant le cri des oiseaux : par exemple le chevrotement des bécassines qui vaut à ces oiseaux de marais le nom de chèvres célestes.

Mais si vous connaissez des convives amateurs de munchhausiades, faites-leur un abattis de lièvre : les pattes, les têtes fendues en deux, les côtes, les mous, le foie, avec du lard entrelardé, comme le faisait Gret la Grosse, une petite poignée de raisins secs, laisser mitonner, relever le tout de poivre pilé, déglacer au vin rouge et, après une brève ébullition, cuire à feu moyen une heure ou davantage, pour le cas où les invités tardent à venir : comme cette fois-là où l'évêque de Leslau, se rendant à Oliva, s'égara dans les hêtraies non frayées où il erra sur son cheval tant qu'il rencontra un fantôme effrayant dont il parlait plus tard avec aisance. Tandis qu'il allait fredonnant pour soi tout seul, mais plein d'images intérieures, à travers bois, un lièvre sortant d'un arbre fendu lui avait prophétisé en latin sans faute, quoique avec l'accent kachoube, qu'il rencontrerait ce même jour un second lièvre qui d'ailleurs serait pris de vin. « Donne-lui le bonjour de ma part ! Surtout donne-lui le bonjour ! » aurait lancé le lièvre linguiste ; l'évêque de Leslau donna suite à ce vœu devant que les messieurs ne s'entretinssent gravement de la situation politique autour d'un civet de lièvre fumant.

Mais si vous voulez surprendre vos hôtes comme Gret la Grosse le fit au roi de Pologne Stefan Batory le 12 décembre 1577 en lui servant dans une tête de porc une tête de mouton qui, ouverte, contenait la clé complexe de la ville assiégée enfin réduite à capituler, alors désossez à l'aide d'un couteau court une tête de porc, puis une tête de mouton sans entamer la peau, garnir la tête de porc de marjolaine et y placer ensuite la tête de mouton qui, quand tout est bien recousu, devrait ahurir l'invité : quand après avoir cuit au four une heure et demie la tête de mouton dans la tête de porc est servie et tranchée, les invités doivent s'écrier « Ah ! » parce que ce qui est là, reluit, tombe, est beau, dur, merveilleux et porte deux fois bonheur ou autre chose : par exemple une petite botte d'or où est rangé plié en seize un contrat d'épargne-logement où Dieu sait quoi qui réponde au cordial désir de mon Ilsebill.

Et si quelqu'un veut, quel qu'il soit, reprendre les recettes de Gret la Grosse et a la même raison qu'elle lorsque, partageant temporairement son lit, j'étais à court de flèches et le carquois dégarni, demandant ce que signifiait tout cela, et ne faisais qu'essuyer les murs à la paresseuse, qu'il suive cette recette.

Prendre douze à dix-sept crêtes de coq, les mettre dans du lait chaud jusqu'à ce que la peau se détache facilement, arroser les crêtes d'eau froide, pour que le rouge pâlisse et devienne étonnamment blanc, presser dessus un citron comme Margret le faisait avec du suc de concombre, rouler les crêtes dans un œuf battu, saisir des deux côtés et servir avec des tranches de céleri étuvées à tout mâle qui, comme c'était mon cas, a du mal à présenter l'arme et à jouer les coqs glorieux quand il y a de quoi baisser la tête. Car il n'était pas facile de vivre dans son ombre : la cuisinière n'aimait pas le chose flaccide. Gret la Grosse n'arrêtait pas de me mettre l'obélisque droit. Il vaut la peine de reprendre sa recette.

C'est sans doute la raison pour laquelle, tant que fut délibéré le cas de Margarete Rusch, le public du tribunal féministe n'arrêta pas de prendre des notes. Seule l'assesseuse Ulla Witzlaff, quand il fut question de gras-double et de mou hâché, tout en riant bruyamment à tout propos comme seule pouvait rire Gret la Grosse, mit en garde contre un abus excessivement marqué de poivre : il promettait, dit-elle, plus qu'il ne donnait, il aurait dû rester là où il pousse ; il ne soulignait pas, mais oblitérait toute saveur, il rendait hectique et incitait, surtout les femmes, à une hâte excessive...

Ulla Witzlaff est organiste de son état et, comme la religieuse Rusch, est toujours en train. Elle est originaire de l'île de Rügen et connaît beaucoup d'histoires de terroir. Une de ses arrière-grand-mères qui venait en barque à Schaprode d'un îlot appelé Oehe, aurait à l'époque raconté en bas-allemand au peintre Runge le conte du flet qui parle. Ulla aussi parle le patois du littoral. Mince comme je la vois, elle pourrait quand même remplir Gret la Grosse. *My waart de tyd al lang !*, dit-elle ; elle trouve en effet le temps long, car après douze ans de service au temple protestant la tartuferie de tous les dimanches lui remonte en haut des tuyaux d'orgue. Elle en a plein le dos des redingotes noires de sa paroisse, parmi lesquelles un barbichu aussi fanatique que l'était Hegge.

L'autre jour que, lassé d'Ilsebill et de ses envies qui repoussent comme des fines herbes — voici en effet que la Noël approche — je pris encore un coup la fuite et accompagnai Ulla Witzlaff à son service dominical dans un temple néo-gothique, après qu'Ulla eut exécuté le prélude, chanté le Kyrie à la liturgie et donné le ton du cantique : « Seigneur, ouvre-moi la porte du cœur... » à la communauté anti-croupion, nous nous trouvâmes assis tous deux sur un petit banc du chœur supérieur à côté de l'orgue. Nous nous racontions à mi-voix le Turbot et ses activités au temps de l'abbesse Margarete Rusch, car en bas le Hegge d'aujourd'hui avait commencé à prêcher. Ulla tricotait en frise-à-plat un objet long, tandis que la barbiche fanatique répandait son récent vécu d'éveil mystique devant dix-sept vieillardes et deux adolescentes à l'âme piétiste : « Or voici que l'autre jour, mes très chères sœurs, je circulais dans un métro bondé, des gens se poussaient et se bousculaient. Ah Dieu ! m'écriai-je du fond de moi-même, où est ta charité. Et soudain le Seigneur Jésus m'adressa la parole... »

Sur quoi Ulla, sans transition : « Cette religieuse Rusch dans son couvent aura chanté d'un livre de cantiques dont Luther a écrit la préface. »

Je confirmai : « En 1525, Jakob Hegge rapporta de Wittenberg un volume de la première édition du *Livre de cantiques* de Klug et en fit cadeau à Gret la Grosse. Peut-être à l'instigation du Turbot qui était toujours au courant des éditions. Sur quoi la Rusch avec toutes ses nonnes chantait chaque soir ‘ Réjouissons-nous, joyeux chrétiens, et sautons en cadence... ’ »

Et Ulla dit : « Il se pourrait que la religieuse, soit à Sainte-Brigitte, soit à la chapelle du couvent, ait possédé un orgue, fût-il d'une seule main. » Ensuite elle laissa tomber son tricot, se glissa de côté sur le banc, enfonça ici des boutons, là déplaça des leviers, manœuvra tous les registres et tant à la main que du pied fit gronder l'orgue comme il faut. Sans prendre garde au prédicant qui s'échinait au rez-de-chaussée et à ses épanchements interminables, elle me fit une démonstration du *Livre de cantiques* de Klug dans son importance pour le seizième siècle, tandis que sa voix sonore et joyeuse — comme jadis la Rusch sous le voile du catholicisme — faisait retentir le latin translaté en tudesque et les créations personnelles dudit. D'abord « Je m'en vais en paix, l'âme en joie... » Puis « Au beau milieu de l'existence... » Ensuite « le salut s'en vint jusqu'à nous... » Et enfin toutes les strophes selon l'air ancien : « Notre Dieu est une citadelle... » jusqu'à « qu'ils laissent la parole en paix... »

Ainsi l'enthousiasme d'Ulla vida le temple, car cet assaut excédait les forces du Hegge contemporain et de ses bigotes. Après un Amen épouvanté et une bénédiction fugitive, le pasteur et ses mémères en chapeaux pot-de-fleur gagnèrent en hâte la rue où régnait le froid de décembre.

O bienfait des temples vides ! Pendant une petite heure, la Witzlaff chanta et joua de l'orgue pour moi seul. Elle fit, par des exemples musicaux, apparaître comment la religieuse et ses brigittines ont été conventuelles d'une part et d'autre part évangéliques orthodoxes. Au passage elle me fit un cours élémentaire dans les matières de liturgie et d'hymnologie.

Quand l'orgue après avoir achevé « Viens, Esprit saint... » rendait le dernier soupir, l'organiste me prit dans ses bras. Mais, comme j'allais lui rendre grâces sur place et sur l'heure ainsi que sur l'étroite banquette, Ulla dit, se remémorant peut-être la chaude litière de la sœur Rusch : « Tu peux attendre un instant. Faut tout de même du confort. »

Ainsi qu'il est écrit : Nous fûmes une seule chair et n'arrêtions pas de moquer le Hegge de jadis et celui d'aujourd'hui. Et par la suite il y eut toujours chez Ulla des lentilles de la veille et des histoires insulaires qui tiraient le Turbot à la nage hors des contes de fées.

Le baiser de la cuisinière

Quand elle ouvre ou resserre sa bouche
qui fredonne plutôt que chantonne :
bouillie filante, grumeaux du palais
ou, de ses dents pratiques,
me refile d'un coup de langue un morceau
de collet de mouton tendre, mord le blanc

gauche de l'oie et le transmet
roulé dans sa salive.

Viande fibreuse prémâchée
passée à l'attendrisseur si c'est trop coriace.
Son baiser nourrit.
Ainsi les joues de truite, les olives,
les noix aussi, le fruit du noyau de prune
qu'elle a cassé avec ses molaires,
le pain noir lavé d'un coup de bière,
un grain de poivre intact
et du fromage en bribes qu'elle divise encore en baisant.

Déjà caduc et enfoncé dans les édredons
par la fièvre, le dégoût, retourné par les pensées
rongeuses, je renaissais toujours de ses baisers
qui ne venaient jamais vides ou sans arrière-pensées.
Et je rendais :
chair de moules, cervelle de veau, cœur de poule, lard.

Un jour nous mangions un brochet à même l'arête,
moi le sien, elle le mien.
Un jour nous échangeâmes des pigeonneaux ;
et même les petits os par-dessus le marché.
Un jour (et encore d'autres jours) nos baisers
nous rassasièrent de fèves.
Un jour, après une querelle toujours identique
(parce que j'avais bu l'argent du loyer)
un radis noir nous réconcilia à distance de rave.
Et un jour le cumin de la choucroute nous amusa :
nous l'échangions sans cesse en ayant faim d'autre chose.

Quand Agnès, la cuisinière,
baisa le poète Opitz mourant,
il emporta comme viatique une pointe d'asperge.

Au quatrième mois

Coproscopie

Étant enceinte de trois mois (et, pour cette raison, soudain entichée des noisettes) Ilsebill qui ne veut pas avoir été ma fille de cuisine mais pense avec rigueur droit devant elle et pourrait s'inscrire parmi celles qui dénoncent le flet, perdit en haut à droite une molaire enrichie d'une couronne d'or qu'elle avala par surprise comme si un crapaud mâle l'avait approchée ; elle ne cracha que la coque brisée de la noisette d'ailleurs vide.

Je dis : « Eh bien ? Est-ce que tu as regardé ? C'est tout de même de l'or. »

Mais elle refusa d'examiner le lendemain sa selle matinale ou bien de la sonder à l'aide d'une fourchette qu'on lave ensuite. Et il me fut interdit de fouiller dans ce qu'elle appelle, dédaigneuse, ses « excréments ».

« C'est ta trop bonne éducation manquée », dis-je ; car nos fèces devraient être un objet d'intérêt et non de répugnance. C'est bien à nous. A notre température. Depuis quelque temps les livres en sont pleins, ça se tourne en films et se peint en nature morte. On les avait seulement oubliées. Car aussi loin que je me reporte dans le passé et regarde derrière moi : toutes les cuisinières (en moi) ont toujours examiné leurs fèces et — à quelque époque que je séjournasse — les miennes aussi. J'étais toujours sous contrôle.

Par exemple Gret la Grosse, quand elle était abbesse, ne s'est pas contentée de se faire montrer les vases de nuit de ses novices ; tout marmiton qu'elle recrutait devait d'abord faire ses preuves par une défécation saine.

Du temps où, armurier Albrecht, j'étais assassiné chaque jour de mets de carême, aucune censure ne m'était épargnée à posteriori. Mon épouse Dorothée qui ne cuisait jamais de viande était si impitoyablement maniaque de la diète ascétique que non seulement elle ne me servait jamais rien au saindoux mais vérifiait si j'avais mangé trop gras dans mes repas pris au-dehors : elle criblait de trous mes fèces à la recherche de restes fibreux, de couennes de lard et de filaments épithéliaux et comparait à ses propres selles archigothiques de pénitente, toujours sèches et d'une pâleur séraphique, tandis que moi je me serais adonné au péché : lors des banquets de corporation, quand on découpait des porcelets farcis à l'intention des forgerons et des armuriers ou bien quand avec mon ami Lud, le sculpteur sur bois, on pique-niquait sur l'herbe en douce, ou bien dans l'atelier de l'église Saint-Pierre : rognons de mouton et queues grasses grillées à feu ouvert. Rien n'échappait à Dorothée. Les cartilages et les petits os qu'on avalait et qui passaient tout droit m'ont souvent trahi.

Et quand j'étais le général Rapp et gouvernais la République de Danzig pour le compte de Napoléon, c'était ma cuisinière Sophie Rotzoll qui, sous prétexte que je traitais péjorativement d'indigestes plâtras ses préparations de champignons, me servit concrètement mon sous-produit sur un plateau d'argent. Je pris cette insurbordination courageuse avec l'humour du soldat exact : pas de chiquets en peau de champignon, pas d'insectes dans ces restes. Bientôt je goûtai comme délicats la morille, le lactaire, le bolet et la chanterelle. Et même, étant ainsi édifié, je ne voulus pas renoncer au tricholome équestre de Pologne qui est plein de sable, bien qu'il se laissât identifier dans ma crotte gouvernale.

Mais quel aspect révélateur eût pu présenter mon ultime défécation gouvernale pour le compte de Napoléon, si j'avais mangé de cette garniture de champignons dont Sophie avait farci la tête de veau qui tint lieu de repas mortuaire à six de mes convives — parmi eux trois officiers polonais et un de la Ligue rhénane — cela je n'ose l'envisager, bien que soit connu l'effet purgatif de l'amanite vénéneuse.

Toutes les cuisinières, dis-je, ont pratiqué la coproscopie, voire la copromancie et même, aux temps anciens, le coprodialogue païen. Wigga, par exemple, a vu dans le bronze encore fumant d'un stratège goth qui avait, par suite d'une éducation négligée, débourré à proximité de notre agglomération du Hakelwerk, le funeste avenir de ces Goths qui, peu de temps après, partirent en invasion barbare. Dans notre parler protopomorze (forme archaïque du kachoube actuel) elle a prédit leur partition en Goths de l'Est et de l'Ouest, en Ostrogoths brillants et Wisigoths sublimes : Ermanric et les Huns, Alaric à Rome. Comment Bélisaire fait prisonnier le roi Witigèse.

La bataille des Champs catalauniques où mourut Théodoric, roi wisigoth de Toulouse. J'en passe...

En revanche, au temps du néolithique, quand régnait mon archi-cuisinière Ava, la coproscopie était une procédure cultuelle. Hommes de l'âge de pierre récent, nous avions des habitudes tout autres, et pas seulement pour manger. On mangeait isolément en se détournant de la horde, non sans doute par pudeur, mais dans une méditation muette, perdu dans sa manducation et le regard comme mort. Mais la selle était communautaire ; on se disposait en cercle et se prodiguait des encouragements.

Après la chose collective, on devisait et blaguait joyeusement dans un sentiment de soulagement collectiviste, en se montrant les produits, en établissant des comparaisons rétrospectives, non sans taquiner ceux qui, la matière étant duriuscule, prolongeaient leur accroupissement.

Il est superflu de dire, mais je le dirai quand même, que la flatulence accessoire était un processus socialisé. Ce que l'on nomme aujourd'hui pet et rattache, à la façon des bidasses, aux latrines et au plancher des goguenots — « Ça sent l'adjudant-chef ! » — nous était naturel, parce que nous étions identiques à notre excrétion ; on sentait, on se sentait soi-même. Ce n'était pas un corps étranger. S'il est vrai que manger nous était indispensable et goûteux, l'élimination de la nourriture utilisée ne pouvait être qu'un plaisir. Reconnaissants, mais avec un air de mélancolie, nous voyions ce qui nous quittait. C'est pourquoi la suite de notre expulsion communiste, objet d'une réunion, d'un rassemblement, dis-je, populaire bi-quotidien obligatoire était un decrescendo cultuel, l'action de grâces, l'hosanna, l'écho hymnique.

Notre prêtresse Ava inspectait (étant cuisinière syndicale) nos fèces entre temps refroidies en parcourant la circonférence du cercle et en trouvant pour chacun, pour le moindre caca, un mot d'interprétation ; c'est pourquoi il faut reconnaître dans cette humaine formalité l'origine de la démocratie (populaire). Personne ne s'accroupissait sur un piédestal. N'étions-nous pas tous ses enfants. Quiconque avait, par constipation, manqué à la norme, était passible d'un avertissement. Quiconque restait en grève opiniâtre deux jours était frappé de défécation solitaire. Celui qui malgré tout ne parvenait pas à éjecter une saucisse sèche se voyait engamer du frai de crapaud ; Ava tenait la cuillère lithique, l'omoplate spatulée d'élan femelle. Ça opérait !

Tout ce que notre humaniste modernité (entre autres innovations bestiales) a imaginé pour le châtiment et la torture des délinquants politiques — les ennemis du peuple dûment démasqués doivent manger leur propre excrément fasciste ou communiste, anarchiste ou même simplement libéral — n'aurait pas été pour nous un avilissement, parce que notre relation à l'excrément était non seulement cultuelle, mais aussi objective : en temps de famine nous en mangions sans plaisir, mais sans dégoût. Seuls les petits enfants ont encore cette relation naturelle avec les résultats de notre digestion et le plaisant exercice du métabolisme que les adultes ont tartiné de mots : faire aa, faire tata, faire sa grande ou sa petite commission. Ou bien aller quelque part. Où l'empereur va-t'à pied. On doit s'esquiver un instant, se laver les mains, chercher un coin tranquille.

« Vous êtes des barbares ! » s'écria le Turbot un jour qu'en passant je lui décrivais nos besoins comme l'objet d'une expertise tutélaire. « Cochons ! », pestait-il. « Chez le roi Minos il y a déjà l'effet d'eau. » Il voulait me faire honte. Et bientôt, deux mille ans seulement plus tard, je fus pris de honte au point de faire mes besoins tout seul, comme tout le monde les faisait désormais. Le Turbot m'avait fait des amphis sur la culture et la civilisation. Je me rangeai à ses avis quoique je ne pusse jamais concevoir si et comment l'individualisation de la selle a été le résultat d'un processus culturel ou civilisateur. En tout cas, au néolithique, quand nous connaissions le seul accroupissement collectiviste et qu'Ava deux fois par jour entamait son Ite missa est plein de voyelles, l'hygiène ne nous était pas étrangère : jamais on n'a trouvé mieux que la feuille de tussilage ou pas-d'âne.

(Ah, si seulement on avait les goguenots biplaces, à défaut de l'installation familiale.) Sois honnête, Ilsebill, même si tu n'as pas voulu récupérer ta couronne d'or où elle était et si tu emploies le mot merde (comme tout le monde) à contre sens comme une insulte. Reconnais-le, Ilsebill, et n'invoque pas le prétexte de la grossesse : toi aussi tu regardes derrière toi, en dépit de ta timidité trop bien élevée. Comme moi, tu sens volontiers. J'aimerais une réciproque. C'est ça l'amour.

C'est ainsi que la fille de cuisine Agnès Kurbiella qui travaillait pour le peintre Möller et le poète Opitz en les nourrissant de régime, appliquait quotidiennement des formules au caca de ses maîtres. Il lui venait à l'esprit des rimes salutaires. Et quand la peste noire abattit Opitz, Agnès reconnut à ses braies souillées que le poète était à échéance et le plaignit à mi-voix :

« Ah ! le Bon Dieu nous en garde
Des vers grouillant dans la marde :
Après le péché la camarde. »

Vide et seul, vacant et vaquant

Pantalon bas, mains jointes comme pour prier ;
mon regard vise et frappe en plein
la troisième brique en partant du haut
la sixième en partant de la droite.

Colique. Je m'entends.
Deux mille cinq cents ans d'histoire
Intuition première et ultimes pensées
se mêlent et s'abolissent.

C'est l'infection habituelle : le vin rouge y est pour quelque chose
ou bien la dispute que j'eus avec Ilsebill sur l'escalier.
Angoisse : le temps, je veux dire ma montre,
a chroniquement la courante.

Second service : problèmes de petit déjeuner.
Rien à faire de compact, même l'amour
file dans un trou sans fond.

Tant de vide est déjà plaisir ; seul aux WC
avec son derrière bien à soi.
Adieu Dieu, État, Société, Famille, Parti...
Purge totale. Je sens, donc je suis.
Maintenant pouvoir pleurer.

Du fardeau d'un temps rude

En la seizième année de guerre, comme les Saxons négociaient avec les Impériaux et qu'une fois encore la Silésie était menacée, Andreas Gryphius, âgé de dix-huit ans, dont Glogau, la ville natale, était réduite en cendres, se rendit à Danzig pour y gagner de quoi payer ses études supérieures d'histoire, de théologie, d'astronomie et de mathématiques en enseignant des enfants de bourgeois habitant derrière des façades dont le crépi remis à neuf conférait à la vie une expression luxuriante et, à force de canules et de cannelures, un arrière-sens doré.

Jusqu'alors, le jeune homme n'avait composé que des épopées latines ; maintenant, ayant pris connaissance d'un opuscule sur les règles de la poésie, il écrivait des vers allemands qui, du premier choc, enfoncèrent si brusquement les portes qu'ils frappèrent d'étonnement l'auteur dudit opuscule, lequel avait élu domicile à Danzig en qualité d'historiographe de la Cour royale de Pologne, tant ils s'adonnaient à la volupté de la douleur, à la fureur de proclamer la vanité de toutes choses, à une exubérante tristesse ; en effet, Martin Opitz von Boberfeld lut en copie que lui fit tenir un ami :

« Qu'est-ce qu'un homme ? Un lieu de fâcheuse souffrance,
Un jouet de fortune, un feu-follet du temps,
Un théâtre d'angoisse et de désespérance
Une neige bientôt fondue, un cierge éteint... »

de telle sorte que, par l'entremise du mathématicien Peter Crüger son ami, il souhaita rencontrer le jeune poète.

Opitz, alors âgé de trente-huit ans, était un valétudinaire qu'avaient écœuré la guerre continuelle et les insuccès de la diplomatie. L'année précédente encore, lorsque son père, l'increvable boucher de Bunzlau, se maria pour la quatrième fois, il avait écrit lui-même en pesant les termes :

« Mon esprit comme avant
Ne luit ni ne s'enflamme,
J'en connais la raison :
Je hais la servitude,
Le fardeau d'un temps rude
Et la guerre à foison. »

Dans la maison du ministre réformé Nigrinius, où Opitz faisait ménage à part — si l'on veut bien excepter une servante singulière qu'on appelait Agnès et qui faisait la cuisine à mi-temps pour lui et pour le peintre de ville Möller — la rencontre eut lieu le 2 septembre 1636, ainsi que l'atteste une lettre à Hühnerfeld, l'éditeur d'Opitz : « En ces lieux je vins à rencontrer un nouvel écrivain, hautement doué d'un heureux langage, bien qu'il ne soit pas au fait de toute règle. Il s'appelle Andreas Gryph et vient de Glogau. Tout dans sa façon m'a blessé. »

Opitz et Gryphius parlèrent jusqu'à la tombée de la nuit. Le tardif été baltique restait devant les fenêtres. Par-ci par-là sonnaient vêpres. La fille de cuisine allait et venait pieds nus sur les tomettes vertes et jaunes. Tous deux avaient le parler silésien · c'est impossible à rendre par écrit ; ou parlaient comme un livre : on peut le citer.

Gryphius avait un visage poupin de gamin qui pouvait soudain s'obscurcir et comme s'amaigrir, s'émacier, si bien qu'un archange courroucé parlait par sa bouche. Sa bouche d'annonciateur. Les yeux ahuris d'horreur. Malgré son aspect rose, le jeune poète était de substance atrabilaire tandis que l'aîné, roidement assis à la mode hispano-flamande, laissait les paupières supérieures intercepter le regard : on eût dit d'un chien battu dont le regard fuyait aux quatre coins de la chambre dès qu'il parlait, pour lui-même plutôt que pour son hôte. Manifestement les bruits faisaient souffrir Opitz. Dehors, on cerclait de fer des tonneaux.

Au début, Gryphius semblait embarrassé et s'adressait sur un ton de badinage estudiantin à la fille de cuisine Agnès, qui ne répondait d'ailleurs pas, chaque fois qu'elle servait au jeune poète du vin aux épices et à l'aîné un suc de baies de sureau pressées. On parlait du vacarme de la ville portuaire et de la Silésie à nouveau perdue. Gryphius raconta que la peste avait enlevé les deux fils de son protecteur Caspar Otto de Fraunstadt auxquels il enseignait le latin. Puis on satirisa l'ostentation des négociants du cru. On cita des connaissances communes de Glogau et de Bunzlau. Il y eut de la raillerie de reste pour la « Société fructifère », cercle littéraire de là-bas.

C'est peut-être avec un excès de distance, après avoir mentionné la mort du dernier protecteur des réfugiés silésiens des districts polonais de Lissa et de Fraunstadt, le prince Raphael Leszczynki, qu'Opitz loua la métrique hardie, parfois certes trop libre, de quelques sonnets de Gryphius. Puis il déplora que les manifestations de douleur effrénée qu'il y trouvait, leur ton vallée-de-larmes et la condamnation même de la moindre joie terrestre comme un néant pur et simple excédassent la mesure. Il dit qu'en vérité le beau vers « Faut-il que l'être humain, cette bulle, subsiste ? » le remettait lui-même douloureusement en question, lui qui cherchait avec fièvre et connaissait l'échec, d'autant que lui-même avait jadis écrit des choses d'un semblable néant ; pourtant il ne pouvait rejeter toute action humaine à l'effacement comme « paille, poudre, cendre et vent ». Tout compte fait, il y avait des choses utiles. Souvent elles gisaient sous les décombres, ce qui sauvegardait leur existence. La trace se continuait. Même dans les vanités restait perceptible le courage de l'honnête homme. Rien ne tombait de soi-même. Le chancelier de Suède Oxenstierna l'avait convaincu de la nécessité de l'action politique. Le bon ne se trouve pas dans le pas d'un cheval ; il faut un crible. D'ailleurs Gryphius était trop jeune pour reconnaître en le monde entier une vallée de larmes et, joufflu comme il était, éclatant de santé, souhaiter mort et sépulture. Tout cela, la joie et la douleur, il fallait d'abord l'avoir vécu.

Là-dessus le jeune Gryphius vida son gobelet de vin aux épices, regarda fixement le girofle et la fleur de muscade qui restaient au fond, s'obscurcit à la façon de Jérémie ; plus question de faire de l'esprit en présence de la fille de cuisine qui lui en remettait ; il parla droit devant lui, comme s'il avait prémédité son discours, tandis que son index droit battait des rythmes au bord de la table.

Tout d'abord il affirma hautement combien sa génération de poètes avait su faire bon usage de l'ouvrage théorique d'Opitz, avec quelle résolution lui et les autres jeunes gens avaient adopté la versification allemande et vomi les fadaises latinisantes ; puis il montra nu, au maître, objet de ses louanges, l'index qui tout à l'heure jouait du tambour. Lui, l'excellent Opitz, avait gaspillé sa force en faisant de la politique ; lui, que l'empereur avait couronné, anobli, Opitz, avait donné à la diplomatie le dû de la poésie ; lui, Opitz, le législateur du Parnasse avait, dans la misère de l'homme, drapé d'un fatras verbal ses syllabes accentuées et atones ; lui, Opitz, toujours par monts et par vaux, avait, depuis que durait la guerre, vaqué aux affaires malpropres de princes changeants et ne pouvait même pas s'abstenir, bien qu'il fût dans un asile sûr, d'écrire au roi Wladislaw de Pologne des lettres de direction où il soupesait le pour et le contre, d'une part, et d'autre part d'adresser au chancelier de Suède Oxenstierna des rapports confidentiels sur le recrutement de mercenaires prussiens pour les armées impériales. Assurément Opitz faisait tout cela par amour de la pauvre Silésie à nouveau contrainte déjà de retourner au catholicisme, mais c'était aussi moyennant espèces sonnantes à lui versées de source polono-suédoise pour un double service en grisaille, pour ses fonctions de mouchard et ses entremises de renard. Voilà pourquoi l'ambiguïté lui, Opitz, coupait la parole, tandis que la guerre d'extermination et la détresse d'âme des humains impuissants auraient dû sans détours inspirer l'éloquence du poète. Quant à lui, le trop habile Opitz, il avait, selon les cas, servi les protestants ou translaté en langue tudesque les manuels antihérétiques des jésuites. Dans les messes catholiques, il s'était agenouillé, l'hypocrite. Quand Magdebourg succomba et fut vouée à la détresse, il avait même écrit des satires sur la pieuse cité. « Elle dormait toujours seule, cette pieuse vieille fille... » — de telle sorte que le camp protestant n'avait pu que le maudire. Et même à des filles de Breslau, on en connaissait deux, il avait fait des enfants au passage, mais refusé de payer les aliments. Et tous les hymnes et panégyriques troussés à l'antique qu'il avait, lui, le servile Opitz — certes en y observant toujours bien proprement la règle — mis en vers pour le comte Dohna, ce vampire... « Tu m'élèves au-dessus de moi, tu veux me libérer tout entier. Par le poids de tes armes tu veux me prêter aux messes... » étaient certes des chefs-d'œuvre, à en croire son opuscule si estimable sur la teutsche Poeterey, mais, dépourvus du sentiment nécessaire et d'un verbe ardent, ils étaient plutôt du genre tiède. Pourtant il pouvait, lui, Gryphius, réciter des poèmes d'Opitz, par exemple ceux du début, ceux de Transylvanie, mais aussi celui sur la peste de Bunzlau, où l'art ne se poussait pas du col, où le verbe ne cachait rien, mais renvoyait à une vallée de larmes sans issue :

« ... Que sa peine est amère
A celui qui, gisant, de mourir désespère,
Et quel corps est le sien ! De miasme alourdi,
Son sang lui monte, poix, à son chef étourdi,
Puis s'étend jusqu'aux yeux qui brûlent comme forge ;
Le chemin de sa voix s'étrangle dans sa gorge,
Son poumon se refuse et son ventre se meurt
Et ses forces s'en vont. L'atroce puanteur
Dont à l'accoutumé la charogne relance
S'exhale de son col, et sa triste existence,
Un pied jà sur le seuil, cherche des yeux comment
On peut porter remède à cet affreux tourment. »

Alors, après un intervalle pendant lequel la fille de cuisine Agnès traversa la pièce, disposa sur la table des assiettes d'étain et que dehors la ville portuaire allait son train — on roulait des tonneaux — l'aîné Opitz dit au jeune Gryphius : Oui, oui, c'est à peu près exact. Il s'était dispersé en affaires qu'embrouillait la guerre, toujours par monts et par vaux à porter des messages, des requêtes de médiateurs, des appels au secours en forme de missives ; avec les filles de Breslau, il s'était épuisé bien plutôt que complu ; il avait bien fallu qu'il craignît les jésuites, s'assurât la faveur des princes, mais pourtant, à l'exemple du savant Grotius qu'il avait eu assis comme ça en face de lui à Paris, il voulait se prendre pour un iréniste ou homme de paix, car ce qui le portait n'était pas un parti, mais le désir que fût tolérée toute croyance ; même encore maintenant, quoique déjà las de lutter, mesurant la faiblesse de l'empereur, il voulait par ses lettres inciter le chancelier Oxenstierna à renforcer l'armée du maréchal Baner afin que le Suédois, ayant fait jonction avec la cavalerie de Torstensson et les régiments écossais Lesley et King, empêchât la jonction des troupes impériales avec les traîtres saxons ; oui, ce qu'il voulait, à vrai dire, puisque l'enfant royal était tenu sottement par sa mère dans le château de Stockholm, c'était que si possible la puissance suédoise s'alliât avec Wladislaw de Pologne contre le Habsbourg, d'autant que le roi de Pologne avait toujours des vues sur la couronne suédoise ; ce pourquoi il, Opitz, avait composé l'année précédente un panégyrique en vers de Sa Majesté polonaise dans lequel il vantait l'amour de la paix propre à ce prince et le soin qu'il avait sagement pris de ne pas recourir aux armes — « ... Tu choisis, Wladislaw, la paix plutôt que guerre... » — pourtant comment n'être pas, fût-ce au détriment de la poésie, préoccupé des malheurs de la Silésie, même s'il avait élu domicile en un lieu préservé, histoire de réussir encore quelque poème. Car ce dont il s'agit, dit Opitz en manière de conclusion en dardant à présent sur le jeune Gryphius un regard instructif : « Tout compte fait, un vers est ou iambique ou trochaïque ; non point qu'à la façon des Grecs et des Latins nous prenions garde à une certaine longueur des syllabes ; mais aux accents et au ton nous reconnaissons quelle syllabe doit être placée en haut et quelle en bas. »

Mais déjà, devant que Gryphius ait pu vider son sac, la fille de cuisine, ayant toujours un certain sourire alentour de la bouche, apportait sur un plat d'argent un cabillau bouilli qu'elle appela pomuchel. Maintenant Agnès parlait par-dessus la table. Elle pria le jeune monsieur, pour l'amour de Dieu, de ne plus quereller, afin que son maître, dont l'estomac se détraquait facilement, pût manger en paix le poisson cuit au lait et relevé de fenouil. Une strophe de mirliton qu'elle énonça d'un large accent de la campagne et en le scandant de travers : « Mangeux de poisson querelleur au Bon Dieu ne fait pas honneur » créa le silence ; car le poisson se détacha doucement de son arête et son œil blanc ne regardait personne.

Ce n'est pas la seule raison pour laquelle ils mangèrent sans mot dire. Il n'y avait plus rien à offenser. Ils avaient tout dit. Le jeune Gryphius s'en fourrait jusque-là de la main gauche tandis qu'Opitz, médiocrement en train, fourgonnait avec une fourchette qu'il avait des années auparavant rapportée de Paris comme un couvert à la mode. Gryphius suça l'arête centrale et encore l'humeur des deux orbites de la tête de morue. Les yeux restaient à part. Quant à l'étuvé de millet sucré au miel, mêlé de fleurs de sureau confites, qu'Agnès servit sur la table quand il ne resta plus du poisson que l'arête nettoyée, les nageoires caudale et dorsale sucées et le squelette démantibulé de la tête, Opitz n'en prit pas ; mais le jeune Gryphius, comme s'il devait résoudre le problème principal dans le conte du pays de Cocagne, se frayait un chemin dans le tas de semoule : orphelin de si bonne heure, si tôt livré au désespoir, si affamé, étant silésien.

D'abord on n'entendit que la mastication du poète qui devait bientôt devenir célèbre par son éloquente nostalgie de la mort et son renoncement à toute joie terrestre ; puis on entendit l'estomac nerveux d'Opitz, dont les nerfs furent sans doute irrités par la présence du convive : grouillement, gargouillis, renvois acides. Opitz portait sa douleur derrière le rideau de ses paupières baissées, sauf que de temps à autre il tiraillait la barbiche qui prétendait à la façon suédoise souligner son menton chétif.

Quand le tas de mil fut déblayé, le jeune Gryphius rompit le silence par une question : que faisait le maître, avait-il des projets, quel grand ouvrage avait-il conçu, que pensait-il de la tragédie allemande après qu'il avait si proprement traduit Sophocle. Alors Opitz sourit, c'est-à-dire qu'il détendit en grimace le rideau grognon de sa laideur et assura que, de longue date à court de feu intérieur, il ne voulait plus faire grand' fumée. Inutile de chercher la braise dans un fourneau froid. C'est pourquoi son idée de jeunesse, totalement tournée en friche, d'un poème sur l'antique Dacie ne deviendrait jamais un écrit ordonné. Pour ce qui était d'une tragédie allemande, c'était plutôt l'affaire de quelqu'un comme Gryph, qui fût encore bien en scène. En revanche, il voulait précautionneusement traduire les Psaumes de David, ce qui l'induirait à entreprendre sous direction érudite l'étude des lettres hébraïques. Et puis encore « translater en notre idiome et donner ici même à la presse » des épigrammes grecques et latines. Il avait aussi l'intention de donner au jour les trésors de Breslau et de faire à nouveau connaître l'Annolied, œuvre oubliée depuis des lustres, afin qu'il survécût. Rien de plus.

Comme s'il voulait s'excuser, Opitz montra d'un geste la table vide d'aliments et dit : « Ce pourquoi personne ne veuille nous reprocher de dérober à l'étude notre temps que nous tuons en bâfreries, bavardages et querelles inutiles et refusons à ces choses que souvent pauvres possèdent, mais que riches ne peuvent acheter. »

Sans doute était-ce une invitation adressée au jeune Gryphius de ne plus se perdre en paroles, mais de maintenant partir et d'étudier avec zèle dans le silence du cabinet. Le jeune homme se leva, montrant un visage horrifié. Il dit combien le maître qu'il vénérait toujours lui était apparu au bout de ses forces. Et quand Opitz — à peine la singulière fille de cuisine qui maintenant fredonnait sur une seule note constante eût-elle enlevé les plats vides — avec un ricanement mauvais avoua que la charnelle chaleur d'Agnès, bien qu'il dût la partager avec le peintre de ville local, depuis peu le rendait tendre, lui rendait vie, le mettait en joie, quoique trop tard et avec un demi-succès, Gryphius écœuré boutonna son pourpoint : il voulait maintenant partir. Il ne voulait pas déranger. Il en savait suffisamment. Il était resté trop longtemps.

Comme il était déjà sous la porte, le jeune poète eut cependant encore une prière. Sans barguigner, de plein fouet, il pria Opitz de le mettre en rapport avec un éditeur bien disposé. Bien qu'il, Gryphius, sût que toute impression de livres et toute quête d'une gloire ultérieure était vaine, il voulait pourtant voir imprimer ses sonnets qu'il avait écrits ici, dans cette ville qu'un illusoire bonheur ensoleillait d'un éclat trompeur, parce que justement ils étaient dirigés contre cette illusion. Opitz écouta, réfléchit un peu et promit ensuite de rechercher la faveur d'un éditeur.

Prenant soudainement ses distances en latin d'école et par des citations (sur quoi Gryphius passa au latin) Opitz, après avoir assez longuement cité Sénèque, dit qu'il connaissait un conseiller impérial qui, retiré pour cause de maladie, menait une vie contemplative et avait du temps de reste pour les beaux-arts. Il voulait espérer que le titre ne dérangeait pas Gryphius. Tous les Impériaux n'étaient pas du genre mauvais. Il enverrait un mot d'introduction.

(Cela fut bientôt fait. Gryphius se rendit au manoir d'un certain monsieur Schönborner, acquit sa faveur, enseigna ses fils et, dès l'année suivante, financé par le conseiller impérial, fit imprimer ses sonnets à Lissa, pour qu'ils lui survécussent.)

Mais quand le jeune Gryphius, saturé de poisson et de mil, mais aussi pénétré de tristesse, fut enfin parti, la fille de cuisine Agnès alluma deux bougies, disposa du papier, à côté une plume d'oie fraîchement taillée. Puis elle mit sur le côté un ramequin de cumin dont Opitz prenait volontiers quand il écrivait des lettres. Il se servait en mouillant la pointe du doigt. Son petit travers : le cumin.

Il écrivit au chancelier de Suède de mettre enfin en marche les troupes de Torstensson et les régiments écossais. Selon les renseignements qu'il avait recueillis dans la ville portuaire — « Car Danzig est un carrefour de tous agents possibles et courriers des cours » — il était temps de battre les Saxons se trouvant en

Brandebourg avant qu'ils ne se joignissent aux forces impériales. Le désastre de Silésie et la situation militaire appelaient également une décision.

(Un mois plus tard, le 4 octobre 1636, les troupes impériales séparées des saxonnes furent battues près de Wittstock sur la Dosse, un affluent de la Havel, entre la forêt et les marécages, par les Suédois du maréchal Baner, les régiments écossais à pied Lesley et King ayant fait la décision : sans compter les pertes en hommes intervenues de part et d'autre, on dénombra les drapeaux, les canons et le fourrage enlevés ; rien de plus.)

Ayant scellé sa lettre à Oxenstierna, Opitz resta encore un temps immobile près des bougies, mâchant le reste du cumin, loin de tout bruit, attendant la fille de cuisine Agnès qui ne tarda pas à venir arranger les choses, presque toutes les choses.

Abattis d'oie aux carottes

En novembre,
quand l'eau de rinçage a été jetée,
usés les derniers coloris
et plumées les oies,
ponctuellement à la Saint-Martin,
Agnès, qui savait toujours
quoi cuire et quand,
mettait à bouillir le cou dans sa peau ridée
le gésier et le cœur, les deux ailes : l'abattis d'oie
aux carottes et au potiron coupé en dés,
longtemps, à petit feu, et en songeant
à un enseigne suédois qui s'appelait Axel
et avait promis de revenir :
sans faute à l'automne.

Mettre dans le bouillon :
une poignée d'orge pilé, du cumin, de la marjolaine
et un peu de valériane contre la peste.
Tout cela : l'estomac, l'os de l'aile, les vertèbres du cou,
le peintre Möller le suçait
quand Agnès servait, tandis que le poète Opitz
plongeait sa cuiller dans le bouillon doux, la carotte molle

et ne trouvait pas de paroles —
bien que partout en novembre
et dans le bouillon trouble flottât
un cœur d'oie qui cherchait sa comparaison.

Pourquoi le flet voulait rallumer deux poêles

Le tribunal féministe vint à traiter le cas Agnès Kurbiella ; les mesures de sécurité concernant le Turbot passaient pour assurées, bien qu'il fallût toujours s'attendre à des agissements (kidnapping, poison) ; dans son coffre de verre, le pleuronecte respirait, enfoui le plus souvent dans le sable baltique, à peine discernable : le renflement des yeux et la bouche parlante étaient à découvert. Sauf quand l'accusation plaida pour obtenir une réduction de la matière du procès, sinon on n'en finirait jamais, en la ramenant, en l'espèce, à ce qu'elle appela « liaison relevante » d'Agnès Kurbiella et de l'historiographe royal-polonais Martin Opitz von Boberfeld : alors le Turbot protesta et ses nageoires agitèrent le lit de sable.

« Haute Cour féministe ! Cette prétendue économie de temps réduirait de cinquante pour cent, c'est-à-dire à néant, toute intelligence des choses, car la jeune Agnès ne vivait pas seulement une liaison double, mais était de surcroît effectivement partagée, bien que sans dommage pour elle. Un naturel élastique lui permettait, sans se fendre, de tenir en qualité de cuisinière-maîtresse d'abord le ménage du peintre Möller, puis du poète Opitz et finalement de tous les deux ; elle leur chauffait le lit et, si j'ose ainsi le dire avec décence, elle leur rallumait le feu ; sur ce point je reconnais avoir prodigué mes conseils à Möller comme à Opitz : tous deux m'appelèrent en ce point convenu de la côte baltique ; les ayant ouïs, je les aidai. C'était un jour où la brise soufflait de nord-est vers la terre. Mais si l'honorable accusation veut absolument, c'est-à-dire pour un gain problématique, épargner du temps, alors il faut que je me dédouble comme Agnès. La mode du jour exige manifestement des décisions extrêmes. Faut toujours que tout aille cahin-caha, vas-y comme j' te pousse. »

La défenseuse d'office, Frau von Carnow — une dame que le Turbot sciemment ignorait, si bien qu'elle faisait une drôle de figure — s'associa à la demande reconventionnelle du poisson. Sa voix pépiante articula : « Si, pour des raisons d'économie de temps, on fait cela, il en résultera que pourrait naître l'impression qu'on veut rendre une sentence préconçue, mener au knout un procès-spectacle. Cela ne saurait être à aucun prix une méthode de femmes C'est une vilaine pratique masculine ! »

L'agitation qui saisit le public ne fit apparaître aucune opinion définie. Après une brève délibération, le tribunal décida de traiter comme une double affaire le cas d'Agnès Kurbiella. Mais le Turbot fut exhorté à ne pas se répandre et à renoncer à décrire à foison les voyages accomplis par Möller pour le perfectionnement de son art comme à étaler en tartines la diplomatie opitzienne. On s'y intéressait à peine en ce lieu. En effet le peintre de ville Anton Möller avait bel et bien soixante-huit ans quand il prit en condition Agnès qui en avait quatorze, et Opitz tirait bel et bien sur la quarantaine quand Agnès, ayant dans l'intervalle atteint dix-huit ans, se mit à son service.

« Vous m'épargnez des explications », dit le Turbot. « C'est parce que ces deux messieurs, bien que l'un eût pu être le fils de l'autre, étaient déjà si chargés d'ans, dépenaillés, usagés et à bout de combustible que j'ai conseillé ces deux pauvres diables. Ils me faisaient de la peine, les pieds dans l'eau peu profonde près de Weichselmünde et criaient, l'un d'abord, l'autre des années plus tard : 'Flct ! Dis-donc ! Mon lit est toujours à moitié vide. J'ai froid au-dehors et en dedans. Je suis obstrué de scories et sens la fumée refroidie' — c'est pourquoi je leur fis ce conseil : 'Prenez quelque chose de jeune. Rafraîchissez, rajeunissez-vous. Réchauffez-vous à la féminité. Revivez.' Car Möller tout comme Opitz avait besoin de l'inspiration, de l'incitation sensuelle, je veux dire : il fallait rallumer ces fourneaux si l'on voulait attendre de leurs talents moyennement dimensionnés qui un exploit tardif, qui un éclair de jeunesse attardé. Tous deux, déjà éteints, avaient besoin du bouche à bouche. A défaut du proverbial baiser de la Muse. Même si je risque de passer pour vieux-jeu sous le regard scrutateur de dames nettement assagies, je dirai : au peintre, au poète, je recommandai en guise de muse la douce Agnès. »

Le public admis ne fut pas seul à se moquer du Turbot. En sa qualité de présidente du tribunal, Frau Dr Schönherr dit : « Elle est bien bonne ; vous accordez, sinon aux femmes en général, du moins, en l'espèce, à Agnès en particulier, accessoirement à la profession culinaire et à la mission de chauffer le lit à la façon d'un cruchon, une fonction subsidiaire : être muse, donner des baisers, fumer le terreau tiède et, grâce à la haute inspiration transmise, tirer d'artistes à bout de munitions des performances médiocres. Si l'on remettait cela en pratique, cela rendrait service à nos génies vieillissants. Qui plus est, ils pourraient déduire leurs muses de leurs impôts. L'annuaire des chemins de fer, devenu *Nouvel Almanach des Muses,* y gagnerait demain des lecteurs intéressés. Mais plaisanterie à part : qu'est-il sorti de cette division du travail ? »

« Peu de chose, hélas trop peu ! » dit le Turbot. « Quelques études de nu burlesques, méritant un regard fugitif, d'après Agnès enceinte ; car le vieux Möller était parvenu à tirer de sa sénilité virile une preuve maison. Opitz ? Agnès ne lui inspira pas un sonnet, ni une ode. Pas même une réaction iambique à sa petite plate-bande de fenouil. Il procurait, d'une âme grondeuse, la réédition de ses poèmes anciens. A chaque tirage de sa traduction d'un bouquin anglais intitulé ' Arcadia ', il apportait force corrections. Sa traduction des Psaumes de David est d'un bon élève du catéchisme plutôt que d'un poète inspiré. Des travaux sur commande : les habituels panégyriques de princes, ça oui. Même la fécondation excédait ses forces, à ce qu'il est loisible d'inférer, car lorsque trois ans après la mort de sa première fille Agnès s'arrondit pour la seconde fois, Opitz était déjà par monts et par vaux : Thorn, Königsberg, Varsovie. Il se peut que le peintre Möller ait ranimé un peu de braise sous la cendre. Non, honorable tribunal. Une œuvre d'art qui demeure, un don fait au siècle, le gros coup, par exemple un tableau à l'huile d'arrière-saison — cette crucifixion longuement méditée sur le Hagelsberg avec à l'arrière-plan la ville pécheresse de Danzig — ou bien une émouvante allégorie de la guerre, de la peste et de la vallée de larmes, comparable au poème de jeunesse sur la peste de Bunzlau : ni Möller ni Opitz n'ont pu les tirer d'eux-mêmes à grand ahan bien que la jeune Agnès en son charme saisissant, avec ses airs de sotte, ait su créer ce silence studieux où l'art commence à pointer. Pour sûr, Opitz, l'œil fixe, la voyait transparente, quand Agnès à l'écart mêlait un œuf au bouillon de poule et semblait alors diaphane comme un corps astral ; mais il en restait au premier vers du poème, à un bredouillement prometteur qui ne trouvait jamais son ordre iambique. Pour sûr, quelques croquis fugitifs tombèrent, où les grandes études se laissaient deviner, mais rien ne fut exécuté. Tout ne resta que promesse. Bref : après que mon conseil bienveillant eut rallumé les feux du peintre et du poète comme un amadou, les deux poêles se refroidirent encore. »

Après un silence où le Turbot pensa guetter l'effet de son demi-aveu, car les bruits de la demi-salle publique étaient retransmis dans son logement de verre à l'épreuve des balles, il constata, tandis que sa voix tournait au fausset : « J'entends des rires ironiques. Le public qui manifestement est infatigable tente de faire de l'esprit à mes dépens. Disons que je concède sans détour avoir dilapidé la qualité artistique de la jeune Agnès Kurbiella. J'aurais en effet pensé que le génial Möller, le théoricien Opitz auraient pu, moyennant discussion, sortir encore une œuvre durable. Car après tout Möller, comme peintre de ville, n'était pas le premier venu. Et sans Opitz la poésie allemande serait à peine parvenue à rimer correctement et à faire régulièrement alterner les temps forts et faibles. C'est pourquoi je demande à la Haute Cour de prêter audience aux hommages grâce à moi rendus à l'œuvre opitzienne et d'autoriser une conférence illustrée de projections, afin que le public ignorant voie combien de promesses recélait Möller à ses débuts, avec quelle rapidité il donna dans l'allégorie et gâcha, combien misérablement, un talent par ailleurs brillant. Ensuite seulement, qu'on veuille bien apprécier si moi, le flet si âprement vilipendé par les femmes, j'ai agi en criminel, ou par erreur, ou même peut-être à bon droit quand je procurai une muse à ces deux artistes comme qui dirait éteints. »

Malgré les protestations qui s'élevaient dans le public — « Il veut nous faire avaler ses baisers de la Muse ! » — « Histoire de vous apprendre ce qu'est le Turbot : un germaniste de merde ! » — le tribunal trancha dans le sens de l'accusé, d'autant que la défenseuse d'office, Frau von Carnow, avec des gesticulations frénétiques et d'une voix qui déraillait, menaçait de remettre son mandat. (Elle versa quelques larmes et l'emporta.)

Furent exhibées d'abord des photographies montrant en totalité ou en partie tout particulièrement les œuvres principales de Möller : le *Jugement dernier* et le *Denier de César,* projetées sur l'écran du cinéma tourné en salle d'audience. Puis furent montrés des spécimens de son talent populaire : bourgeoises de Danzig devant façades hanséatiques d'une profusion ostentatoire, marchandes de poissons sur le marché Long, telle ou telle donzelle appétissante, des demoiselles allant à l'office, toutes en toilettes d'époque. Un historien de l'art venu de Hollande commentait le peintre de province inconnu : comment le fils d'un barbier de la Cour, originaire de Königsberg, s'était formé par ses voyages au Pays-Bas plus qu'en Italie ; combien il était regrettable que ses copies de Dürer aient disparu ; pourquoi, malgré les nombreuses influences subies, il n'était pas licite de le traiter d'épigone ; combien les jeunes talents avaient du mal à percer entre la Renaissance parvenue à son terme et le début du baroque ; combien remarquable avait été Möller devant que sa vigueur créatrice ne s'éteignît autour de 1610 et quel espoir supérieur avait pu susciter son talent de peintre.

Furent ensuite lus les rapports d'historiens notables de la littérature. On apprit qu'Opitz, si on le compare à Gryphius et à Hofmannswaldau, manquait de force dans la métaphore et de raffinement formel. L'on démontra sur citations quelle perfection Opitz avait mise à enrichir de citations étrangères ses propres productions. Sa biographie mettait en dates une vie riche en péripéties, aventureuse, de plus en plus ambiguë, obscurcie par son activité d'agent double. Ensuite on fut au regret de constater : « De tout cela, peu apparaît dans ses poèmes : Tout est codé, transposé en esprit, travesti de mythologie ou bien tourné en pointes didactiques, même les poésies amoureuses. Dommage que se soit perdu son livret d'opéra — *Daphné,* 1627 — sur une musique certainement supérieure due à Heinrich Schütz ». Furent cités ensuite quelques vers — « ... Il faut à liberté gêne, alarmes, combats... » — pour marquer en tout cas que des vers pouvaient avoir la vie dure. « Ce fut un homme de compromis qui, en exerçant sa diplomatie tantôt dans le camp des catholiques, tantôt dans celui des protestants, a tenté de jeter un pont entre les deux confessions : ... Ni le dévot n'est fait, ni le chrétien, par force... »

Un second rapport localisa, en dépit de toutes palinodies d'allure opportuniste, la position politique inébranlable du poète : En pleine guerre de Trente ans, ce fut un iréniste. *Eirênê,* le mot grec qui veut dire paix, fut sa règle. On pourrait voir sa devise dans le mot tolérance. C'est pourquoi sa poésie n'exprime aucune passion partisane, mais un sens équilibré de l'art, ce qui tourne souvent à son désavantage. Trop sage et trop soumis aux mandats de la raison pour se permettre des métamorphoses hardies, téméraires et sottes dans leur beauté. C'est pourquoi aussi, tout au début de son séjour à Danzig, la rencontre douloureuse pour Opitz du jeune Gryphius, ardent à libérer le langage, qui aurait reproché au maître vénéré de perdre son temps à faire de la politique, de toucher de l'argent comme agent secret, de craindre une manifestation de douleur sincère et tout égotisme cru. En tout cas Opitz avait exercé une influence sur la littérature. Récemment les travaux des germanistes avaient pu prouver que la description de la bataille de Wittenberg-sur-Dosse dans le *Simplicissimus* avait été pour le moins inspirée par les batailles de l' « Arcadia » opitzienne. Il se peut que le jeune Grimmelshausen, du haut d'un arbre, ait comparé de visu les scènes de bataille aux métaphores imprimées et en ait reconnu la véracité parce que la réalité, telle qu'il la trouvait préfigurée par la littérature, était d'un épouvantable vérisme ; ce qui démontre une fois de plus que tout événement est déjà dans les livres.

Mais l'authentique apport d'Opitz — tous les rapports le confirmaient — résidait dans son opuscule théorique *De la poésie.* Il avait élevé au rang de langue artistique le ton populaire depuis Luther, mais qui ne dépassait pas le vers de mirliton. Un des rapports allait même jusqu'à dire : « Opitz a libéré la poésie soutenue du carcan séculaire où la tenait le latin ; il fit œuvre d'émancipation. »

Le tribunal, ayant pris note, aurait été enclin à une sentence d'indulgence si la procureuse, Sieglinde Huntscha, n'avait posé au Turbot des questions acérées, provocantes. Cette femme qui, même assise, a une touche héroïque, se teignit de rouge jusqu'à la racine des cheveux, chargea, même avant de parler, sa voix de mépris, pointa un index maigre vers le coffre de verre à l'épreuve où le Turbot, ragaillardi peut-être par les rapports des historiens de la littérature, jouait de toutes ses nageoires à quelques empans au-dessus de son lit de sable, énonça, non, lança (avec une pointe subite d'accent saxon) question sur question en direction du pleuronecte et obtint un avantage initial : le poisson, comme touché, se laissa choir. Il se roula dans le sable baltique, sa nageoire caudale jeta du sable sur sa peau primordiale et troubla l'eau du bassin à l'épreuve des balles qui ne tenait pas devant un feu roulant de questions : il était comme parti, disparu, semblait ailleurs, restait insaisissable.

Pourtant les questions de l'accusatrice n'étaient même pas recourbées en hameçons intellectuels. Le Turbot n'était pas mis en question par principe. Sieglinde Huntscha voulait savoir par le plus court : « S'il est vrai qu'une femme peut être muse par profession, peut-il y avoir aussi des hommes qui exercent cette profession ? Si oui, quels hommes ont-ils, en qualité de muses, c'est-à-dire par une promotion indirecte de l'art, procuré leurs inspirations à des artistes femmes ? Ou bien l'accusé pense-t-il que la relation des femmes avec l'art n'est que d'intermédiaire, de fumier, de support passif, de servante ? Sommes-nous ici exclusivement pour rallumer des poêles éteints ? Y a-t-il un tarif horaire pour l'activité de muse féminine ? Est-ce que le Turbot veut par conséquent, et par protection, nous classer parmi les travailleuses à domicile tarifées et nous recommander d'instituer un syndicat des muses ? Des femmes, je le demande, peuvent-elles entretenir également des muses masculines bien payées ? Ou bien l'accusé veut-il masquer son véritable propos à l'aide du bavardage stipendié qui alimente les rapports ? Car en réalité voici ce qu'il veut dire : les braves filles savent parfois fort joliment jouer du piano et se lancent dans la poterie ou les métiers d'art, l'architecture intérieure convient à leur talent de décoratrices ; elles peuvent sans peine, dès qu'elles souffrent, aiment ou fraternisent avec la schizophrénie ophélienne, à grand renfort de sang, de sécrétion vaginale ou d'encre splénétique, écrire des vers émouvants, mélancoliques ventouses. *Le Messie* de Händel, l'Impératif catégorique, la cathédrale de Strasbourg, le *Faust* de Goethe, le *Penseur* de Rodin et le *Guernica* de Picasso, tout cela, les sommets de l'art leur sont interdits. Est-ce cela, Turbot ? »

Entre-temps, le sable soulevé de la Baltique s'était déposé. Le pleuronecte gisait immobile. Seules des bulles minuscules montaient à l'endroit des branchies. Et sa bouche oblique vivait : « Oui, oui », dit-il, « c'est cela, malheureusement ».

Le public ne fût même pas soulevé d'indignation. Seul un soupir profond fit l'unanimité. Seule la défenseuse d'office dit dans un souffle : « Comme c'est affreux. »

Alors le silence incita le flet à poursuivre : « Je veux, en parlant d'Agnès, non reprendre en partie mon oui, mais glorifier l'aptitude musique comme prérogative féminine. Elle était à elle seule plus que Möller et Opitz réunis. Même un Rubens, même un Hölderlin n'auraient pu épuiser son éventaire. Ce fut ma faute d'ensevelir sous sa plénitude deux talents usés. Non, Agnès ne faisait pas de l'art. Mais elle était la source de tous les arts : sa forme fluide, son silence épique, sa pensée d'où ne sortait rien, sa plurivocité, sa moite chaleur. C'est seulement quand elle ménageait l'estomac d'Opitz malade en faisant étuver une cervelle de veau aux pointes d'asperges que sa cuisine devenait création, d'autant qu'elle chantait sur les casseroles, sur une seule note qui suffisait, l'emportant en richesse sur toute mélodie. Le plus souvent, elle chantait des chansons dans lesquelles les Suédois avaient réduit en rimes tous les effrois de la guerre. Il faut savoir qu'à l'âge de treize ans Agnès, au printemps de 1632, sur la presqu'île de Hela, fut rendue orpheline de père et de mère par des reîtres suédois appartenant au régiment d'occupation d'Oxenstierna qui la violèrent, ce qui troubla sa raison. Parfois elle parlait d'un certain Axel. Sans doute un des reîtres. Lui seul avait marqué sa mémoire.

Voilà tout ce qui concerne, honorable tribunal, Agnès Kurbiella. Agnès n'avait pas à produire, à créer. Elle n'avait pas à être créatrice. Car elle était créature : accomplie. »

Bien que l'exposé du Turbot, en retrouvant son timbre de contrebasse, se fût communiqué au public ainsi qu'au tribunal, la sentence fut rendue contre lui. Il fut jugé coupable d'avoir livré à deux hommes usés afin qu'ils en abusassent à titre de stimulant une enfant qu'avaient par ailleurs égarée les atrocités guerrières d'autres hommes. On parla de maquerellage masculin. Souriante comme si elle avait goûté des amandes amères, la présidente, lors du prononcé des motifs, concéda pourtant que la médiocre intelligence que l'accusé avait des hommes entraînait quelque indulgence : « Ces seigneurs de la création ne savent pas s'y prendre autrement. Leur privilège de créer est immarcescible. Nous autres femmes devons être des créatures, et même des créatures achevées. Grâces soient rendues aux reîtres suédois, surtout au fatidique Axel, d'avoir si savamment troublé la sensibilité de la jeune Agnès. Une démence discrète qualifie éminemment les femmes pour l'état de muses. Nous attendrons avec intérêt de savoir avec quelle astuce poissonne l'accusé, lors de la prochaine audience, s'exprimera sur l'amour. »

Quand la défenseuse d'office se leva pour plaider le contraire, une bonne partie du public quitta la salle ostensiblement. De même le Conseil consultatif du tribunal féministe refusait d'entendre Frau von Carnow. Moi-même je supportais difficilement sa voix toujours plaintive, pleurarde, confinée dans un pépiement monotone, bien que Bettina — pas mal roulée par ailleurs, un ange déplumé par nature — pût ressembler à mon Agnès : le cheveu bouclé nuance rouille, les yeux toujours cillant, son sourire ineffaçable, le front haut, bombé comme celui d'une enfant.

Peu d'auditeurs perçurent l'intempestive plainte de Frau von Carnow : « Mais n'est-il pas déjà beau et méritoire d'être en tant que femme la muse d'un artiste, son verre fêlé, son fond de mousse, sa matrice originaire ? N'est-il pas vrai que toute grande œuvre est née de la sorte, et seulement de la sorte, par la muette intercession de femmes inspiratrices ? Faudrait-il que nous déniions ce sublime service rendu et par là obstruions les sources de l'art ? Le dévouement n'est-il pas la plus valable preuve de la force féminine ? Faut-il nous durcir jusqu'à l'impénétrabilité ? Et où, je vous le demande, où situer l'Éternel-Féminin ? »

« Bon, bon ! » dit le Turbot, lui coupant la parole, « vos petites propositions interrogatives vont jusqu'à m'émouvoir. Pourtant vous êtes, chère Madame, passée de mode. Rien de pire ne peut arriver à une femme. Je crains que vous ne soyez même capable, comme cette Agnès, dont on débat ici l'affaire, d'offrir un amour inconditionnel. Mon Dieu ! Personne de nos jours n'y résiste. »

(Alors je quittai aussi les lieux, tant Bettina von Carnow m'inspirait d'attrayants souvenirs.) Ah Agnès ! Ton poisson bouilli. Ton sourire insensé. Tes pieds nus. Tes mains somnolentes. Ta voix qui fatiguait. Ton vide que rien n'eût su remplir. Toujours du fenouil frais à la maison : ton amour vivace, toujours vivace..

Tard

Je ne connais,
pour autant qu'elle se montre,
que la nature.

Ma main tâtonnante
la voit par fragments,
jamais,
ou bien seulement quand la chance me frappe,
en entier.

Ce que tant de beauté
manifeste le matin
dans l'élimination
veut dire ou vise,
je n'en sais rien.

C'est pourquoi je tarde à me coucher,
car le rêve rend l'objet fluide
et le persuade d'un sens.
Je veux rester éveillé.
Peut-être la pierre bougera-t-elle
ou viendra
m'apportant ce qui me rend las, Agnès :
cumin ou fenouil.

Opinions d'un poisson sur l'amour et la poésie

Il s'est imposé, à force de paroles, aux hommes que nous sommes (et s'est vendu à toutes les Ilsebills comme stimulateur cardiaque). Car au début, sous le règne d'Ava, quand toutes les femmes s'appelaient Ava et tous les hommes Edek, nous ne connaissions pas l'amour. Il ne nous serait pas venu à l'idée d'attribuer à une seule Ava une valeur spécifique. Nous n'avions pas d'élue, bien qu'existât cette Superava qui fut adorée par la suite comme déesse-mère et m'a toujours marqué une petite préférence parce que je traçais dans le sable des figures à ses cotes ou savais les modeler en argile. Mais amoureux, épris, toqués l'un de l'autre, non.

De ce fait, point non plus de haine. Dans le système relationnel quotidien de la horde, personne n'était évincé, abstraction faite de ces pauvres diables qui avaient enfreint un tabou et que pour ce motif on traitait individuellement en les refoulant dans les marais. Tabou, par exemple, était : manger en bavarde compagnie ou faire son caca tout seul. Et sûrement notre Superava aurait frappé d'un tabou rigoureux l'amour entre deux personnes — si nous avions été à ce point éblouis — qu'elle eût sanctionné d'un bannissement à deux. Il paraît que la chose serait arrivée ailleurs.

Pas chez nous. Nous ignorions l'exclusivisme. Et toutes les Ava étaient pareillement grasses. Et nous aussi, les Edek, on nous prenait comme ça tombait. Naturellement il y avait des différences. Naturellement il y avait de petites préférences, pour employer ce terme. Qu'on ne nous imagine pas comme une masse néolithique inarticulée. Non seulement les groupes d'âge, mais aussi la division du travail conditionnaient notre schéma hordique. Quelques femmes ramassaient les champignons et rencontraient dans les futaies de hêtre le détachement masculin qui s'était spécialisé dans la chasse à l'ours mais perçait surtout des blaireaux. Comme j'étais au nombre des pêcheurs — même si j'aimais, ce qui n'était pas tabou, pêcher seul — j'étais utilisé par des tresseuses de nasses à anguilles plutôt que par des champignonneuses. Mais cela n'a rien à voir avec l'amour, même en groupe. Et pourtant nous étions soutenus par un grand sentiment qu'on aurait pu nommer sollicitude.

A peine avais-je remis en liberté le Turbot que je venais de prendre, qu'il m'interrogea sur ma vie de horde, voulant savoir à laquelle des femmes lithiques à trois seins je plaisais particulièrement, quelle minette pouvait se flatter d'inciter mon zèle à dépasser la norme, quelle vannière ou autre Ilsebill autrement occupée pouvait être portée sur ma chose : « Dis donc, mon fils. A quelle femelle as-tu tourné la tête ? »

A seule fin de répondre, je lui expliquai notre système d'assurance hordale. « On prend soin d'abord des mères et grand'mères. Puis de leurs filles et petites-filles. Puis, au cas où des accidents de travail élimineraient des hommes, des sœurs de nos mères et de leurs filles et petites-filles. Notre apport — venaison, pêche, lait d'élan femelle, rayons de miel et autres produits de cueillette — est réparti par les mères des mères dans le sens de la Superava. Ainsi notre apport nous revient, les hommes d'âge étant servis les premiers. »

En vertu de ce principe, aucune Ava, aucun Edek n'était favorisé, même si notre Superava m'a un peu gâté en me donnant le sein. Si on a aimé quelqu'un, c'est elle. Car la question du Turbot — « Bon. N'y-a-t-il personne que tu préfères, que tu aimes au point de le manger de préférence (même symboliquement) c'est-à-dire par amour ? » — reçut de notre horde une réponse univoque : quand un beau jour mourut la Superava, nous l'avons mangée chacun de notre côté. Mais ce ne fut pas par amour, mais parce qu'Ava nous avait commandé en mourant de ne pas la mettre au marais comme d'habitude en position accroupie, mais de la manger en entier. Elle prit même soin de nous léguer ses instructions culinaires. Elle voulait être vidée (par mes soins, d'ailleurs) ; ensuite remettre le cœur et le foie, farcir aux champignons forestiers et aux baies de genièvre. Nous devrions la garnir d'une croûte d'argile épaisse d'un pouce, la mettre sur la braise et recouvrir de braise et de cendre. Ainsi nous avons fait cuire Ava à l'étouffée : vers le soir, elle était à point. On put détacher l'argile cuite. Ainsi, hiérarchiquement distribuée, nous l'avons mangée. Je reçus un morceau du collet, l'index de sa main gauche, un peu de foie et un échantillon du sein médian. Elle n'avait pas de goût particulier : comme un élan femelle hors d'âge.

Non, Turbot, nous ne l'avons pas mangée par amour. Un dur hiver qui n'en finissait plus avait embâclé les cours d'eau et la mer, noyé les carottes sous la neige, chassé les blaireaux, les cochons et les élans. Il ne restait plus de semoule de manne. La famine régnait. On mâchait l'écorce de bouleau. Déjà nos nourrices mouraient. Seuls se cramponnaient les vieux. Ava s'offrit. C'est seulement plus tard, beaucoup plus tard, que la coutume s'établit de cuire à l'étouffée et de consommer l'Ava décédée du moment selon une recette traditionnelle, même si nulle famine ne régnait. Tu peux appeler cela cannibalisme. Possible, Turbot ; mais nous ne nous sommes jamais entre-mangés par amour, amour réciproque, passion d'amour, fringale d'amour.

Même au temps de Wigga et, plus tard, de Mestwina, nous ne nous vîmes pas transfigurés, rougissants, pâlissants. Pour sûr, j'étais le charbonnier de Wigga et le restai, et Mestwina me troquait rarement contre un pêcheur ou un vannier. Mais de grands sentiments qui serrent ou dilatent le cœur, disjoignent la poitrine, le pouls qui s'accélère, l'envie d'embrasser le premier arbre venu, le monde, de se dévouer totalement, de se liquéfier, de s'absorber dans l'autre, de s'entre-appartenir, de ronger à deux le même os, la sotte inspiration de chercher la mort partagée avec la bien-aimée, avec le chéri, ou bien de trépasser dans un amoureux délire, tout cela, l'extravagance sans fond, la parade gazouillante d'âmes en chaleur, nous demeura étranger : ce n'était sans doute pas même un besoin caché.

Non point que nous fussions tièdes. Pour âpre et tardivement lithique que fût la maîtrise que Wigga exerçait sur les hommes, elle savait être tendre sur les peaux de mouton et, quand elle avait fait des quenelles de brochet, même enjouée. Et quand la goutte eut noué nos membres et que nul aiguillon charnel ne nous chatouillait plus, nous nous tenions souvent assis sans rien dire devant notre hutte et regardions le soleil tomber derrière les forêts. On aurait presque pu croire que nous avions été capables de vivre l'amour sénile, la main dans la main tremblant et le te-souvient-il.

J'aurais pu pareillement vieillir en compagnie de Mestwina. Bien que nous ne nous appartinssions pas et dussions, quand venait le printemps, coucher ici ou là, c'était devenu notre habitude de passer l'hiver ensemble. N'ayant jamais connu l'amour, nous ignorions la jalousie. Nous nous tolérions, elle, mes saillies caprines, moi ses hennissements de jument en mars.

Tout cela changea quand l'évêque Adalbert vint avec la croix. En tout cas le Turbot affirme que Mestwina, à peine fut-elle devenue la cuisinière du saint homme et eut bientôt partagé l'ascétique feuillage de sa couche, aurait commencé d'avoir le regard noyé et le sourire étiré de mélancolie.

« Crois-moi, mon fils », dit le Turbot après qu'eut défuncté le saint, « elle l'a aimé, bien qu'elle l'ait assommé. Ou bien elle a pris la fonte pour l'assommer parce qu'elle l'aimait, mais qu'il ne voulait pas démordre de son amour de Dieu. Et pour cause d'amour non réciproque elle s'est mise à boire : hydromel et koumys. En tout cas l'amour semble être un machin qui détourne les femmes de leur prééminence naturelle : elles se soumettent, veulent être sujettes, se présentent comme soumises et donnent alors seulement dans l'amour-massacre quand leur offre de servage inconditionnel est déclinée ou bien — ce qui fut le cas pour Adalbert de Prague — est à tort interprétée comme une tentation satanique. Bref l'amour est un instrument qui veut être manié. Nous travaillerons la chose, mon fils ».

Et ensuite le Turbot développa sa théorie de l'amour comme moyen de relayer la gynécocratie : il déchaînerait les sentiments. Il apporterait une mesure qui dépasserait quiconque. Il alimenterait un plaisir durable, mais sans pouvoir rassasier. Il inventerait un langage des soupirs : la poésie obscurifiante à force de lumière. Il se communiquerait à la chute des feuilles, aux nappes de brouillard, au ver qui est dans la poutre, à la fonte des neiges et à la salace explosion des bourgeons. Il produirait des rêves d'une intensité colorée surnaturelle. Il teindrait en beau. Il tournerait (mal) en exigence vorace à perpétuité, pour dédommager les femmes de leur puissance perdue. Il serait la plainte oblongue de toutes les Ilsebills.

Puis le Turbot donna ses instructions. On érigerait l'amour en manière de superstructure pour que sous ce parapluie fidéiste pût se développer, garantie de la possession, le mariage pratique. Car l'amour n'avait rien de commun avec le mariage. Le mariage créait la sécurité ; l'amour ne pouvait entraîner que souffrance. Cela serait démontré non seulement en d'émouvants poèmes, mais par les actes criminels qui en découleraient : la rivale qu'on empoisonne, qu'on étrangle, qu'on larde d'aiguilles à tricoter. Pourtant l'amour était d'autre part susceptible d'un tel raffinement et extensible à de tierces et quartes personnes qu'il pouvait plusieurs actes durant se réaliser sur le théâtre, se mettre en musique, se filmer et procurer ainsi aux femmes des maladies psychiques, donc compliquées. (Le Turbot énuméra, en commençant par le manque d'appétit, en passant par la migraine, en allant jusqu'à la folie furieuse, tout ce qui fut reconnu entre-temps comme maladies mentales par les caisses de Sécurité sociale elles-mêmes.)

A la péroraison de sa théorie nourrie de citations de poètes lyriques allant des troubadours aux Beatles et préfigurant les chansons à succès et le jargon moderne de la publicité, figurait la proposition d'objectifs : « C'est seulement si l'on parvient à rendre plausible aux femmes que l'amour ait pouvoir de libération et que la certitude d'être aimée constitue le bonheur suprême et si secondement les hommes se refusent ne varietur, même quand ils sont aimés, aimés comme des dieux, à aimer en retour ou à conférer la durée à des amourettes d'un soir, si donc la dépendance de la femme par rapport à la certitude jamais garantie d'être aimée de lui, encore aimée de lui exclusivement, plus faiblement, de nouveau aimée de lui, plus du tout aimée de lui est devenue une angoisse, un sentiment d'infériorité, une torture à vie et une écrasante servitude, qu'enfin sera brisé le matriarcat, qu'enfin l'emportera le symbole phallique et que seront dévaluées toutes les idoles vulvaires, qu'alors enfin l'homme aura élucidé l'obscure préhistoire du sein maternel et pourra se continuer et s'éterniser dans l'auto-magnification du père. »

Oui, Ilsebill. Comme toi, beaucoup de femmes furent indignées quand l'autre jour le Turbot se mit à causer devant le tribunal. Au début du procès l'accusation avait soulevé la possibilité de s'attaquer à la théorie de l'amour selon le flet dès que fut examiné le cas de Dorothée de Montau ; mais comme l'armurier Albrecht Slichting n'avait pas été aimé de Dorothée et par elle divinisé, mais qu'en ma sottise, au mépris de toute théorie turbotienne, je m'étais toqué de la sorcière, l'accusation retint ce sujet hybride jusqu'au jour où vint à l'audience le cas d'Agnès Kurbiella.

Quant à moi, en tout cas, l'amour ne m'a pas apporté la liberté, mais une quenouille de malheurs. Certes le Turbot m'avait conseillé de ne jamais épouser la femme qu'on serait capable d'aimer ; mais moi j'épousai la blême gamine et pour un peu j'aurais par-dessus le marché, singeant la mode, célébré courtoisement cette mangeuse de bon Dieu si j'avais été noblaillon : « Ah ! doulces dames avenantes... » Car les langueurs des troubadours hantaient mon séjour aux temps du meilleur gothique. C'étaient d'écœurantes simagrées qui faisaient de nos Teutoniques frigides par ailleurs des soupirants et des rêveurs à nacelles. Jusque dans la plus pétante des donzelles on se figurait une madonne. Nos vénérables parades nuptiales devenaient un flirt pernicieux. Il n'y avait plus que le fruit défendu qui déclenchât l'érection. L'amour mis en sérénades jurait une chasteté éternelle pour, deux strophes plus tard — « tout éperdu d'amour » — une fois trouvée la clé de la ceinture, la mêler à l'habituelle viande en salade. Pourtant nos dames — au premier rang d'elles ma Dorothée — restaient d'une dévotion cristalline et, dès qu'une braguette était repérable, baissaient les yeux. Seuls les hommes frétillaient à cette ficelle par laquelle, à l'instigation d'un poisson loquace, les femmes avaient voulu nous lier au lit conjugal.

Dorothée ! Que n'ai-je pas fait pour obtenir de cette garce de glace deux sous d'amour ! Mais, même en faisant face, elle refusait. Je pouvais miauler, roucouler et me démener devant elle comme un nain amoureux courtois, elle en restait d'ennui confinée en ses pénitences complexes et n'en pinçait que pour la céleste amour. Tributaire de son doux Jésus, elle m'a tenu la dragée haute, me réduisant à l'état d'une chiffe. Voilà, Ilsebill, ce que l'amour a fait de moi. Voilà, Turbot, ta contribution à l'émancipation des hommes. Si seulement on en était resté à Ava, Wigga, Mestwina et à leur domination attentive : tant de chaleur constante et de berceau, tant de terre humide. Ava et ses prêtresses ne nous ont jamais frappés d'amour.

La pression diminua seulement quand Gret la Grosse fit notre cuisine. Entre-temps, le mariage qui garantit la possession avait été travaillé au point que les femmes, lasses peut-être d'amoureuses effusions célestes et de chastes yeux recuits, furent prises d'une vraie envie de coiffer le hennin de mariage ; il leur restait suffisamment de domination par la puissance des clés, de la maison et de la cuisine. Elles étaient fidèles et chaudement dévouées à leurs époux. Et comme l'infidélité de la ménagère était punie du fouet, du pilori ou de la répudiation, les hommes pouvaient être paternellement sûrs de leur élevage domestique d'enfants.

Enfin une praxis idoine s'était greffée sur la théorie d'amour poissonne du Turbot : et de ratiociner sur un liard, et de lorgner, et de cancaner, et de s'aboucher, et de se chamailler entre voisines, ce qui faisait d'elles des maritornes ou des matrones. Seules ne suivaient pas le train les filles de joie et les religieuses — en tête Gret la Grosse ; celle-là, elle aurait pu être non seulement abbesse, mais jouer aussi les mères tape-dur.

Tandis que Dorothée se rebellait contre le mariage en introduisant chaque jour son céleste fiancé par le biais de la cuisine maigre, Margarete Rusch ne s'attardait pas à des situations tourmentées. Étant religieuse, elle était déjà fiancée au ciel. Quant au reste concret, il fallait vivre sur terre. Dans sa situation d'abbesse, elle enseignait à ses jeunes nonnes à ne pas se laisser embobeliner par des hommes — fussent-ils moine ou paterfamilias standard. De même que le Turbot avait conseillé à nous autres hommes d'allécher les femmes par l'amour mais de ne jamais se permettre — sinon, avec prudence, hors de la maison — d'amoureux délires, de même Gret la Grosse conseillait à ses brigittines gyrovagues de ne jamais croire à ce que chuchote un homme : « Pas d'histoires. Vous portez déjà la coiffe. » Pourtant deux ou trois religieuses (c'était le temps de la Réforme) ont filé du couvent de Sainte-Brigitte pour tourner en de misérables épouses inconsolables.

Il se peut que Mestwina ait porté Adalbert aux nues ; et peut-être Ilsebill pense-t-elle à moi quand elle cherche la clé du contact. Gret la Grosse — ça, j'en suis sûr — n'a aimé aucun homme, bien qu'elle ait cuisiné pour une douzaine d'entre eux. Quant à moi, franciscain en rupture de ban, elle m'a offert une sorte d'amour maternel. Elle avait la trentaine gaillarde et j'étais un novice âgé de dix-sept ans. Pas besoin pour elle de faire du sentiment avec moi. Je comptais à peine. Son marmiton constamment variable. Il y avait tant de moines déracinés qui traînaient en quête d'abri et de chaleur, de la couverture maternelle de son lard. Ça, Margarete Rusch en avait à foison. Elle en donnait à qui lui plaisait. Quelques messieurs peut-être, comme moi, prenaient ça pour de l'amour.

C'est Agnès qui, la première, douce cuisinière de régime aux pieds nus, fut cette personne aux grands sentiments que le Turbot, ce rusé poisson, avait imaginée sans doute, car Agnès Kurbiella m'a aimé (le peintre de ville Möller) moi (le poète Opitz au service du roi de Pologne) absolument selon les règles de la théorie turbotienne, en sorte qu'on pourrait épingler sur son amour tous les jolis mots qui devinrent usuels par la suite : dévouement, sacrifice de soi, silencieuse humilité, cœur débordant, au-delà de la mort, sans égoïsme, sans problème, sans une plainte. Et avec ça elle n'était pas aimée, seulement utilisée. Opitz ramenait tout par trop à son estomac souffrant et s'embarrassait de trop de trames politiques pour concentrer le grand sentiment ; le peintre Môller n'aimait que la crevaille et la crapule. Mais Agnès nous aimait sans exiger de retour. Elle était notre humble servante. Elle était le seau où nous vomissions notre misère. Elle était le mouchoir épongeant nos sueurs froides. Le trou qui nous servait de gite. Notre capiton de mousse, notre cruchon, notre narcotique, notre oraison du soir.

Elle a peut-être aimé Opitz plus que Möller, bien qu'elle ait six ans de rang, sans un froncement de narines, changé les braies où le peintre avait encore un coup fait sous lui. Mais elle s'attacha davantage au poète, si avare qu'il fût de ses deniers et de ses sentiments. Quand la peste l'enleva, elle ne voulut pas livrer sa paillasse mortuaire et son drap détrempé. Les exempts de ville durent lui taper sur les doigts. Elle aimait totalement. Quand Hofmannswaldau, un autre poète de Silésie, vint à Danzig pour recueillir les papiers posthumes d'Opitz (et trouva à qui parler en la personne du sieur Roberthin que Simon Dach avait dépêché de Königsberg), il semble qu'Agnès Kurbiella ait brûlé au feu de sa cuisine la dernière version de la traduction des Psaumes, une liasse de poèmes dégrossis seulement, le manuscrit inachevé de la Dacia

Antiqua auquel il avait travaillé depuis le séjour qu'il avait fait en qualité de jeune professeur en Transylvanie roumaine, en un lieu qui s'appelait Gyulafehèrvàr ou Zlatna, ainsi que la correspondance reçue par lui, des années durant, du chancelier suédois Oxenstierna. Elle a même refusé de remettre à Hofmannswaldau les plumes d'oie d'Opitz. (Pourrais-tu pas, Ilsebill, un jour par hasard huiler ma vieille machine à écrire portative, en ôter la poussière et lui vouer un culte approximatif ?)

Le Turbot était d'avis que tant d'imperturbable amour était déjà une puissance dominante et ne rentrait pas dans son système. Agnès Kurbiella n'avait pas souffert un instant de son amour sans retour, jamais mordu un mouchoir trempé de larmes, se contentant de rayonner d'un pur éclat, si bien qu'on pouvait dire que l'amour ne l'avait pas rendue tributaire et serve, mais l'avait fortifiée et élevée au niveau du colossal. Même si ce triomphe ne répondait pas à ses projets initiaux, il marquait nonobstant son respect à la fille de cuisine pour tant d'indulgence, de dévouement, d'acceptation.

Et devant le tribunal féministe, quand enfin la théorie de l'amour fut en butte à l'accusation, le Turbot dit pour sa défense : « Mollo, mollo, belles dames. J'ai déjà reconnu qu'initialement, au temps où les hommes étaient encore tenus en minorité et qu'on pouvait à bon droit parler de leur situation opprimée, j'ai conçu l'amour comme contre-batterie : il devait, par un compromis, créer le privilège masculin et la dépendance féminine. Pourtant, à l'exemple d'Agnès Kurbiella, beaucoup de femmes sont parvenues à remodeler en symbole de l'éternelle grandeur féminine cet instrument — pour reprendre les termes de l'accusation — perfidement imaginé en vue d'une oppression : tant de victoires sur soi-même, tant d'actes désintéressés, tant de force d'âme, tant de sentiment briseur de digues, tant de fidélité. Toutes les grandes figures de femmes aimantes ! Que serait sans elles la littérature ? Roméo, cette jeune andouille, n'aurait pas eu de Juliette. En qui, sinon en sa Diotima, Hölderlin eût-il pu épancher ses hymnes ? Ah, et cet amour, qui nous émeut encore aujourd'hui, de la petite Catherine de Heilbronn : 'Mon maître, et seigneur !' Ou bien la mort d'Ottilie dans *les Affinités électives* du sieur Goethe.

De cette muette, parfois mélancolique, de cette toujours présente, mais toujours invincible force était l'amour de notre Agnès. Même s'il me faut bien constater que les révérendes dames du tribunal qui m'accuse affectent une autre attitude et se voient contraintes de s'aligner sur leur époque, que Madame Huntscha, par exemple, commence par rationaliser les sentiments qu'indubitablement elle nourrit, devant qu'elle ne les verbalise, je demande un peu de compréhension fraternelle pour la pauvre enfant livrée, je l'admets, par moi livrée, à deux mecs complètement lessivés. Je parlai de l'aptitude d'Agnès à l'état de muse sans pouvoir convaincre la Haute Cour de cette qualité exclusivement féminine. Pourtant la taciturne Agnès a su glisser un mot en ma faveur. En transformant en pur sentiment le méchant tour que j'avais conçu, l'amour qui rend esclave, elle a fait vaincre à la fin la force affective des femmes et rendu les hommes petits, si petits. »

En guise de péroraison, le Turbot invita la présidente, les assesseuses, l'accusatrice et l'ensemble du Comité consultatif révolutionnaire du tribunal féminin à ne plus se durcir, mais, à l'exemple d'Agnès Kurbiella, à se fondre tout entières en amour : « C'est cela, cela seulement qui était sa force. Ça, les hommes n'y arriveront jamais. Ce n'est pas votre sagesse — pour autant qu'elle m'ait pénétré, mis à nu, convaincu, réfuté — non, c'est la force de votre amour qui un jour changera le monde. Déjà je vois paraître la nouvelle tendresse. Chacun et chacune touche soi-même et les autres. L'éclat d'amour va tout embellir. Des millions d'Ilsebill sans désirs. Confus de tant de douceur d'âme, les hommes renonceront à leur trône de domination. Il n'y aura plus que l'amour et partout... »

Ici le Turbot eut la parole coupée. On lui coupa la sono dans sa boîte de verre blindé. Même après que la défenseuse d'office du Turbot, Frau von Carnow, eut baigné de larmes sa protestation tandis que le Comité consultatif (encore une fois) éclatait en deux — pour la première fois se condensa cette fraction qu'on appela plus tard turbophile —, le tribunal persista dans son refus de valoriser l'amour de la fille de cuisine Agnès comme une contribution à l'émancipation féminine. On s'ajourna. Rapports d'experts — contre-rapports. Querelles fractionnistes.

Pourtant le thème amour fut encore l'objet de fréquentes délibérations, fût-ce à titre marginal : quand, au cours du procès, le cas d'Amanda Woyke vint à être débattu et que ses lettres au comte Rumford furent qualifiées lettres d'amour, bien qu'au long, en large et en travers il n'y fût question que de culture de la pomme de terre, de cuisinières économiques, de soupes populaires et de la soupe des pauvres à la Rumford. Le cas de la cuisinière Sophie Rotzoll, dont la vie fut appréciée par le tribunal comme une tentative révolutionnaire, était, selon le flet, bien plutôt marqué d'amour tragique : finalement, à l'âge de quatorze ans, elle a dû céder à la forteresse de

Graudenz, où il fut incarcéré à vie pour complot révolutionnaire, son bien-aimé Fritz. Quarante ans durant, Sophie avait résisté à toutes les tentations masculines, puis enfin il était revenu : sensiblement hors d'usage. Il fallait bien reconnaître là un amour, et de format agnésien.

De même les cas de Lena Stubbe, la cuisinière des pauvres, de Sibylle Miehlau dite Billy, si malheureuse dans son désir de changement, et celui, non encore éclairci, de Maria, la cuisinière de la cantine des chantiers, ne devaient pas, selon le flet, être réalisés à l'écart de tout amour. Il surgissait partout. Il faisait des fils. Il survivait à la faim, à la peste, aux guerres. Il réfutait les calculs économiques de rentabilité. Il rongeait, il était, en ce qui concerne Lena Stubbe, une muette torture. Confisquée par lui, Sophie demeura jusque dans sa vieillesse une demoiselle à petits plis qui ne cessait pas d'espérer. Amanda l'a codé dans ses lettres. Et Maria, sans doute, parce que l'amour peut aussi durcir les gens, deviendra lentement pierre.

« Non ! », dit l'accusé, couché dans le sable, devant le tribunal féministe. « Je ne regrette rien. Sans l'amour il n'y aurait plus que le mal aux dents. Sans lui, on n'en serait pas même resté au niveau de l'animal, et c'est un poisson qui le dit. Sans lui, il n'y a pas une Ilsebill qui s'en tire. Et s'il m'est permis de revenir une fois encore à la cuisinière Agnès : en soignant avec dévouement le régime du peintre Möller au foie congestionné et la gastrite nerveuse du poète Opitz, elle a donné au proverbe apparemment idiot : 'L'amour passe par l'estomac' un sens tutélaire. Ah, ses flocons d'avoine ! Ah, sa poule en potée !

Je vous prie, Mesdames les dures à cuire, de ne me prêter l'oreille encore qu'un instant. Car dans un des poèmes aujourd'hui perdus d'Opitz il est dit, s'il m'est permis de conclure sur une citation :

'Amour est-il néant, qui vient m'ardre et saisir ?
Ah, chère, hâtons-nous : ce poisson délectable
Au court-bouillon pourrait refroidir sur la table,
Tandis que par poisson tu me voulus guérir.' »

Le poisson bouilli rappelle Agnès

Sur le cabillau d'aujourd'hui
que j'ai cuit au vin blanc, en songeant à la morue

quand elle était encore à bon marché (Pomuchel !),
à petit feu,
je mis, quand l'œil devint laiteux
et que des yeux blancs de poisson roulaient
sur le papier blanc d'Opitz fiévreux,
des concombres frais coupés en lamelles longues
puis, l'ayant ôté du feu, du fenouil
dans le court-bouillon.

Sur le poisson bouilli j'ai semé des queues de crevettes
que nos invités — deux messieurs qui se connaissaient —
tandis que cuisait le cabillau,
tout en parlant de l'avenir qui les préoccupe,
avaient décortiquées.

Ah, cuisinière, tu me regardes
quand, à l'aide de la pelle plate, je détache la chair :
il fait exprès de renoncer à l'arête
et veut se souvenir, Agnès, se souvenir.

Maintenant les invités se connaissaient mieux.
Je dis, Opitz, à notre âge, mourut de la peste.
Nous parlions de l'art et des prix.
La politique ne nous échauffait pas.
On comptait les noyaux de jadis :
quand nous étions encore qui gentilhomme,
qui mendiant, paysan, pasteur...

Il se serait appelé Axel

Il en va tout autrement, Ilsebill, de l'amour. Cela n'est pas imaginé seulement parce que le Turbot des contes de fées avait une idée derrière la tête. Il existe au contraire comme existe la pluie. Impossible à court-circuiter, ne sent pas le poisson, ne court pas dans le cinéma, trouve des occasions sans y penser, par exemple : quelqu'un aime boire du lait battu, c'est étrange, moi aussi ; ça y est : il est là.

Tu es maintenant enceinte de trois mois parce que nous cherchions une expression de l'amour : il faut bien que, pratiquement, il en ressorte quelque chose ! Cela ne doit pas rester une fin en soi ! Mais l'amour est plus vaste qu'un lit pour deux personnes et se mesure et s'accroît sans considération du temps : partout il végète, tout éparpillé, divisé et pourtant intact.

Donc Agnès Kurbiella, du poisson bouilli qu'avait laissé Möller, n'eut aucun mal à faire une soupe pour Opitz en rajoutant du fenouil frais. Et toi de même, si je laissais des restes, tu saurais les utiliser savoureusement extra muros : n'importe où ailleurs où aucun téléphone ne sépare. Il doit nous être possible de nous rencontrer à titre rétroactif : par exemple à la porte Verte qui, du temps d'Agnès, s'appelait Porte-aux-Nefs. Voici Agnès qui revient du marché et a fait bouillir pour le peintre Möller une poule non plumée tandis que je (en pourparlers avec le roi Wladislaw) suis intérieurement plein de figures et de citations empruntées. Elle est enceinte et c'est aussi l'hiver. Elle patauge dans la neige fondante. Sa démarche dandinante. Elle prend par la Beutlergasse. Pourvu qu'elle ne tombe pas !...

« Tout ça ne sont que des faux-fuyants », dis-tu, et dardes un regard sévère par la fenêtre sur le présent janvier. Mais comment vivrait-on sans échappatoires. Toi aussi tu en es une. C'est pourquoi Agnès ne fermait jamais les portes. Elles n'étaient jamais qu'appuyées. Elle venait et partait sans transition. Souvent elle était là, mais je ne voyais que moi tandis qu'un autre la voyait bien qu'Agnès fût avec moi. Son amour était sans lieu. C'est pourquoi je ne suis jamais arrivé à concevoir sa présence ; était là ce dont je ressentais l'absence. Et le Turbot aussi, pour qui logiquement tout, comme son arête principale, se rétrécit en nageoire caudale, n'a pu comprendre que c'était le fenouil qui ne lui faisait jamais défaut. Il pensait que l'amour faisait clic comme une tapette à souris : elle aurait été la dupe de moi et de Möller. Pourtant ce fut un des quatre ou cinq Suédois qui occupaient Putzig avec leur régiment, et ne pensaient que faire un tour à cheval pour tirer le lapin dans les dunes, où ils tombèrent par hasard sur Agnès assise par terre dans l'élyme des sables, le cheveu fou, gardant ses oies. Tout d'un coup elle en eut quatre après elle, coup sur coup, qu'on en finisse. Mais seul le premier a compté pour de bon. Il l'a touchée de plus près que ne l'ont fait plus tard Möller et Opitz. Il paraît qu'il s'appelait Axel. Et sa barbe floue aurait été blonde. Et sa voix cassante garda son écho : impératif. Il ne revint jamais et il était proche d'elle tandis qu'assis à ma table, quand Agnès traversait la chambre, sur le papier blanc, je revenais à Zlatna où, pendant mon stage transylvain de professeur débutant, il fut échaudé sur la paille de pois par une servante qui ne m'a pas fait la cuisine : de même que toujours tu tends l'oreille, quand je suis là, vers qui viendrait. Pourtant il y a longtemps que je suis ailleurs et ne fais plus que fumer.

Mes échappatoires — les tiennes. Nous nous rencontrons, je propose, là où le ruisseau de Striess se jette dans la Radaune et la Radaune dans la Mottlau qui se jette dans la Vistule et où toutes les eaux ensemble se jettent dans la mer Baltique. Là-bas je t'expliquerai ce qui en était d'Agnès à qui je pense, Ilsebill, quand je viens à toi et, par distraction — ce qui provoque toujours une scène — t'appelle Agnesel.

Venant de la presqu'île de Héla où sévissait la garnison suédoise, Agnès Kurbiella vint en ville où, devant l'église Saint-Tobie, elle vit le vieux Möller, adonné à la boisson depuis des années, jouer bêtement avec des coquillages, tout ce qu'elle avait rapporté des plages de Héla. Les Suédois lui avaient pris son père, sa mère et toutes ses oies. (Plus tard, elle ne sut jamais exactement qui ou quoi en premier.) Möller vit son attitude oblique, comme pensive, et la prit chez lui dans sa maison du Vivier-aux-Carpes où il l'employa dans la cuisine.

Après qu'Agnès eut trois ans durant posé pour le peintre de ville en fille du marché, en porteuse de hotte kachoubc, en brossière grave ou en fille de bourgeois sur son trente et un, tout en le nourrissant de mets légers (bien qu'il aimât tellement le gras) il lui troussa le cotillon : elle posa les femmes enceintes.

Après un grand nombre de dessins plutôt sages exécutés à la sanguine, Möller, peu avant qu'elle n'accouchât, comme s'il voulait confirmer son imminente paternité, traça au pastel son autoportrait sur l'abdomen bombé de sa souillarde : un portrait animé, car dès que le fruit bougeait ou essayait ses membres, il cabossait le portrait de son père putatif. Avec ses yeux hilares, ses bajoues nombreuses et ses poils rougeâtres autour de la bouche, il avait l'air d'un paysan.

Ensuite Möller peignit Agnès enceinte jusque-là, telle qu'elle portait sa saine physionomie, au naturel à l'huile sur toile ; mais sur le côté droit du portrait il ménagea une place libre. Peu après la naissance (d'une petite fille qui ne vécut pas un an) il s'esquissa d'abord au pastel sur l'abdomen affaissé de la jeune mère, puis il mit Agnès à l'huile, avec son air d'avoir la jaunisse, sur la place encore libre à côté de la figure enceinte (sur lequel était figuré le visage de ce farceur) : on y voyait ainsi le père joufflu à côté du père cachectique.

Le peintre Möller se voyait double. Tout à ses yeux devenait allégorie. Dommage que le portrait achevé, séduisant malgré son maniérisme, ne soit pas venu jusqu'à nous, car après la mort de la petite Jadwiga Möller aurait gratté, lardé, crevé la toile et, en ce qui le concernait, se serait deux fois assassiné.

Les statistiques font apparaître à leur lecteur — à côté d'autres épouvantes paperassières — que les nourrissons européens, grâce à leur alimentation spéciale, ingurgitent neuf fois autant d'albumines, d'hydrates de carbone et de calories (à moins qu'ils ne les laissent se gâter pour y avoir seulement touché) que n'en ont les nourrissons des Indes. Agnès Kurbiella n'entendait rien aux protéines et aux vitamines. Certes Érasme de Rotterdam avait déjà (en latin) recommandé de façon pressante aux mères d'allaiter elles-mêmes leurs enfants mais, comme le lait lui manqua au bout de peu de jours et que Möller ne voulut pas payer une nourrice, elle avait nourri cette enfant née chétive de lait de vache étendu, puis de farine d'avoine en bouillie, enfin d'aliments qu'elle mâchait d'abord : poulet au mil, cervelle de veau aux navets, laitance de hareng aux épinards, langue de mouton à la purée de lentilles. C'étaient les restes du peintre Möller.

Et je n'ai pas utilisé autre chose par la suite, quand mon Ilsebill allait en voyage (Petites Antilles) pour nourrir notre enfant : c'était en bocaux étiquetés, la pièce 1,50 à 1,80 DM, dont les fermetures sous vide doivent faire clic quand on les ouvre. Je donnais du bœuf avec des nouilles aux œufs à la sauce tomate. Ce mets contenait 3,7 % d'albumine, 3,0 % de matières grasses, 7,5 % d'hydrates de carbone, 82 calories aux 100 g ; le poids au remplissage était de 220 g, dont 28 g de viande.

Par une fluctuation compensatrice d'amplitude hebdomadaire programmée — épinards à la crème, œuf frais aux pommes de terre, dinde au riz, jambon avec jardinière de légumes et nouilles aux œufs — les chiffres avaient des hauts et des bas. Pour la morue sauce aux herbes avec pommes de terre, il y avait marqué 5,4 % d'albumine et 93 calories. La proportion de poisson pesait 49 g. De plus, tant que mon Ilsebill était en voyage (et courait blonde parmi des hommes foncés sur des plages blanches comme dans le prospectus) une fois par jour je délayais de la semoule perlée pour enfants tirée d'une pochette de conservation à de l'eau venant de bouillir. La bouillie contenait, en sus de lait, graisse végétale et semoule de blé dur, du miel et du sucre. Elle était (c'était sur le paquet) enrichie de vitamines. Le matin à six heures et demie et à midi, je donnais à notre enfant du lait en poudre pareillement délayé et enrichi dans un biberon dont j'avais, sur l'injonction d'Ilsebill, d'abord stérilisé la tétine à l'eau bouillante. (Ah, si j'avais payé à mon Agnès la nourrice, Frau Zenlein, qui habite à côté !)

Élever des bébés. Ce n'est plus aujourd'hui un problème pour l'homme resté seul, parce que tout est là à portée de main : couches absorbantes toutes prêtes à jeter après usage, onguents et poudres, le cas échéant des suppositoires calmants et des numéros de téléphone qui promettent un docteur, une doctoresse. Et puis il existe des livres de poche avec instructions et dessins explicatifs pour tous les trucs pratiques. On pourra bientôt faire confiance à l'homme. Il pourra bientôt exister par lui-même. Bientôt appris à tenir un ménage par sa chaleur propre. Il est déjà plus maternel que prévu...

« Ne t'en fais pas. C'est d'une facilité enfantine. Je fais tout ça en un tournemain. Pourquoi un homme seul ne pourrait-il. 'Turellement ce n'est pas une exclusivité féminine. Bon voyage, Ilsebill. Et repose-toi. Et émancipe-toi bien. Et ne nous oublie pas. Et pense à moi de temps en temps. Et prends garde à toi. Paraît qu'il y a là-bas des requins. Mets-moi un mot de ton île. Nous nous débrouillerons bien. »

Du temps où Dorothée alla en pèlerinage à Finsterwalde et à Aix-la-Chapelle, me chargeant du ménage et des quatre enfants qui restaient, parmi eux les deux jumelles qui n'avaient pas un an, tout était plus difficile. A Calcutta j'ai vu des mères qui comme moi, quand Dorothée de sa façon gothique supérieure me planta là, prémâchaient les aliments de leurs enfants comme Agnès mâcha des petits navets et du blanc de poule pour sa fille Jadwiga. (Möller, assez pingre pour lui refuser la nourrice, l'avait aussi inscrite à la sanguine.) Mais le bébé ne partait pas, ne pouvait pas, prenait de moins en moins de poids, ne gardait rien, faisait tantôt dur, tantôt avait la diarrhée, tout passait non digéré, ce n'était qu'une plainte, elle se flétrit de bonne heure et mourut par dépérissement : nourrie jusqu'à la mort.

C'était chose courante à l'époque, comme l'a calculé la statistique rétrospective : partout, et pas seulement chez les tanneurs du faubourg ou les paysans serfs. La pauvre petite Marthe, l'Annette, le pauvre petit tas de Gudule. Stine, Trude, Lovise : j'ai tellement perdu d'enfants que j'avais eus de Dorothée, d'Agnès, d'Amanda, j'avais tant de chagrin sur l'échine qu'en donnant à notre enfant son biberon stérilisé ou en ouvrant (claquement) la fermeture sous vide des bocaux, ou bien en délayant à l'eau bouillie la semoule perlée et en regardant les résultats bien digérés — ça sentait franchement — dans les couches à jeter, j'étais de joyeuse humeur et louais par un hymne l'industrie des aliments pour enfants d'Europe centrale, bien que je susse que notre enfant et des millions d'autres suaves bébés ôtent le minimum de la bouche aux nourrissons de l'Asie du Sud. Mieux, ou pire : il est en effet connu que notre lait en poudre enrichi de vitamines tue littéralement beaucoup de nourrissons extra-européens ; c'est pourquoi il faudrait qualifier de criminelle la réclame d'une multinationale qui cherche en Afrique un marché pour le lait sec. (Dégoûter du lait maternel les mères africaines.) C'est pourquoi le Turbot, quand il fut question de nourriture pour enfants devant le tribunal féministe, put dire sur un ton de sollicitude profonde, harmonieuse : « Voyez-vous, Mesdames, c'est ici qu'il faudrait une solidarité féminine. Si vous mettez en pratique le gâchis de luxe, alors venez au secours de vos sœurs d'Afrique : par exemple en boycottant les jolis emballages de la maison en question. On ne saurait résoudre le problème mondial de la surpopulation par la mortalité des enfants en bas âge. Ou bien quoi ? »

Mais le public féminin protesta : il tenait au lait en poudre. Le comité consultatif révolutionnaire, à la majorité, opta pour l'aliment tout prêt en bocaux à fermeture sous vide : sûrement que le Turbot avait un grain. Proposer aux mères, par un fait exprès, de rogner sur leur consommation. La femme à occupations professionnelles en avait besoin. Une décharge de travail ménager libérait des forces émancipatrices. Pas question de renoncer à ça. En toute solidarité. On enverrait en Afrique des télégrammes d'encouragements. Bien sûr c'était dégueulasse, ce que la firme en question faisait par là-bas. (Et de rédiger une motion qui, adoptée à la majorité, alourdie de signatures recueillies dans le public, fut télégrammée urbi et orbi. Amen...)

Quand fut mort le bébé d'Agnès, elle voulut bientôt en avoir un autre, mais pas du peintre Möller qui lui avait refusé la nourrice.

Martin Opitz, qui se disait aussi von Boberfeld, n'avait pas encore atteint quarante ans lorsqu'il entra au service du roi de Pologne et élut domicile à Danzig, tandis que Möller avait sauté la soixantaine. Peu de temps après son arrivée, le poète s'éprit d'une jeune fille de lignée patricienne qui savait réciter des poèmes latins, mais était par échange de bagues promise au fils d'un négociant du cru. Agnès qui, par l'entremise du pasteur Niclassius, ne tarda pas à tenir les fourneaux pour Opitz, lui a passé le goût de cette gourde — une certaine Ursula — par sa seule présence muette et déchaussée. Pourtant ses plaintes allaient toujours à l'Ursule à papa, et il en fit probablement des vers latins.

Toujours la tangente. Il n'y est jamais parvenu : durer. Agnès fut sa première concubine régulière. Son père, le boucher Opitz, de Bunzlau en Silésie, après le précoce décès de sa femme, en prit une seconde, troisième, quatrième et fit à ces quatre femmes enfant sur enfant sans désemparer. Il ne restait plus grand-chose à faire pour le fils. Rien que de petites affaires généralement courtoises. Une ou deux affaires bourgeoises avec suites pécuniaires à Breslau, d'où il s'enfuit encore. Du temps qu'il était au service du prince Bethlen Gabor en qualité de professeur stagiaire, il aurait reçu d'une servante daco-roumaine le rudiment exact de la chose, ce qui l'horrifia. Même la guerre qui dura autant que sa vie ne lui accorda pas ce qu'elle offrait au premier venu des reîtres suédois (voir le cornette Axel). Toujours sur les livres et parchemins, mais salement seul sur la paille ou au lit, enlaidi par un menton fuyant. Et d'adresser à des princes changeants des vers et des épîtres de remerciements. Ainsi lassé, ainsi vanné, quand l'Ursule à papa lui fut refusée, Opitz échut au cordon bleu Agnès Kurbiella.

Agnès, qui avait son comptant, ne voulait pas recevoir, mais donner. Trois ans de suite elle l'a entouré de sa chaleur domestique. En dépit du zèle deux fois rétribué qui lui inspira ses missives d'agent double envoyées à X et à Y, il faut dire qu'en versifiant il ne couchait sur le papier que festons et astragales ; en vain Agnès lui donnait sans trêve des plumes neuves quand elle avait plumé une oie pour le peintre Möller ; tandis que moi, quand il s'agit de mon Ilsebill, il me vient sans arrêt des idées : c'est comme dans le conte de fées, elle n'a qu'à dire ce qu'elle désire. Ilsebill veut. Ilsebill veut.

Par bonheur, mes belles lettres ont réussi à la rendre malade. (Je sais y faire.) La porte seulement poussée laisse ouvert sur la pièce à côté l'espace qui est derrière mon dos. De là-bas me parvient sa toux qui insiste, qui veut mettre les points et les virgules. Des nœuds et des ventres bivouaquent sur la feuille autour du godillot que j'y ai dessiné. La pommade pour frictions contient 60 mg de camphre. La maison subit un vent d'ouest. Et le fuel léger devient de plus en plus cher. (Qu'elle tousse, bon Dieu, qu'elle tousse un bon coup !) Car même par un temps pareil Agnès vient et s'amène.

La cuisinière Agnès Kurbiella et nous, dit le Turbot, formons un triangle classique : Tous les coins sont occupés. Il peut donc être, ou il est vrai que sous les espèces d'Anton Möller j'ai peint Agnès enceinte de mes œuvres bien que (peu de temps après) j'aie été cet Opitz qui a vainement tenté de mettre en langage baroque ladite Agnès (peu avant mon affreux trépas). Après qu'eut péri de cachexie le premier bébé, je dus, aux ordres du flet, faire mes preuves : entre des strophes malheureuses, je l'ai engrossée sans demander à qui Agnès songeait sur le moment : il se serait appelé Axel.

Le peintre, le poète. Ils ne s'aimaient pas. Pour Opitz, Möller était trop rude ; Möller voyait en Opitz une théorie montée sur asperges. Néanmoins Agnès devait méditer un menu qui convînt à tous deux et ménager l'estomac trop émotif d'Opitz en même temps que le foie cirrhotique de cet ivrogne de Möller. Je voulais être à la fois peintre et poète : à touches légères de sanguine en comptant les pieds du bout des doigts.

Ce que nous aimions chez Agnès, c'était son vide allégorique. On pouvait loger en elle ce qu'on voulait, elle admettait toute signification. (Elle n'avait pas d'aspect net ; elle pouvait avoir à peu près l'air de.)

Et chaque jour il y avait de la semoule de mil sucrée au miel et améliorée pour tous les deux par des noisettes. Agnès savait ce qui ne faisait mal ni aux intérieurs du peintre, ni du poète : bouillon d'os de bœuf où nageaient des rissoles farcies aux épinards, blancs de poulet aux petits pois nouveaux ou encore soupes à la bière : avec de la muscade et de la cannelle.

Mais Möller souhaitait, exigeait, gueulait pour avoir du lard fumé et des croustades de mouton grasses. Et Opitz raffolait de cumin. Il en devint maniaque, car un excès de cumin produit une ivresse cuminique : créant des rêves éveillés, piqués de vert, où la vallée de larmes redevenait habitable, peuplée de nymphes et de muses chantant des vers que nul jamais n'écrivit, où régnait la paix, où ne vainquait jamais que la paix.

Agnès laissait l'un et l'autre s'abîmer à faire gras ou à s'intoxiquer de cumin jusqu'à ce qu'un jour l'estomac de l'un fît la culbute et que le foie de l'autre fît saillie gros comme le poing. Ensuite on redemandait sa cuisine de régime : poisson bouilli se détachant de l'arête, semoule de mil au lait et petits beignets de farine de blé noir. L'alcoolique Möller, le splénétique Opitz : pour autant qu'Agnès leur fît une cuisine attentive, ils cherchaient d'autres saveurs et les trouvèrent : aussi vrai qu'ils en sont morts.

La porte tient encore bon. Mais si elle vient à se rompre tu me chercheras querelle ou bien, par ta question : « Tu n'aurais pas des pièces de deux marks pour l'automatique ? » tu me feras chercher des pièces de deux marks. Mais alors la porte s'ouvrit doucement, Agnès entra, se pencha sur moi, sur mon scribouillis, et dit des mots par jeu. Je ne connais rien de meilleur que de faire front à cette angoisse ou espérance et — tant que la porte tient encore bon — de mettre mes virgules et mes points. Ici on peut m'avoir, quoique jamais en entier. Et toi aussi tu passes un moment fugitif et te voilà déjà partie avant d'être là. Une fois et avant, encore plus avant et avant-tôt tu es venue rester là le temps d'une courte vie ; nous ne savons pourquoi ni l'un ni l'autre.

Et une fois tu es venue — Agnès sans doute — voulant seulement un petit instant m'entendre écrire. Rappelle-toi. Je m'appelais Martin. Je venais de Bunzlau. Celui des *Règles de la poéterie.* Mais tu ne voulais pas savoir pourquoi je suis resté si longtemps au service des catholiques et n'ai jamais refait d'opéras profanes avec le pieux Schütz. Tu ne voulais que m'entendre écrire. Mais je voulais mourir pour quitter la vallée de misère : nu comme j'y étais venu.

Si je savais seulement si tu m'as suivi dans la mort par une fièvre puerpérale quand naquit ta fille — elle s'appelait Ursule. C'était encore une fois une année de peste et n'importe qui pouvait mourir à volonté.

Quand je crevai — pour avoir en mon avarice demandé au mendiant qu'il me rendît la monnaie d'une grosse pièce — aucune porte ne s'ouvrit. Seul Niclassius, le prédicant de Saint-Pierre, était présent. Il a plus tard purifié ma sale mort en vers latins. Ou bien es-tu venue en effet, et alors je n'aurais pas entendu la porte s'ouvrir ?

Le jour de l'été de l'an 1639 où Martin Opitz von Boberfeld donna un florin d'argent à un mendiant qui tendait la main devant Sainte-Catherine et, étant d'un naturel parcimonieux, voulut avoir le billon du mendiant, il reçut en même temps que la monnaie la peste noire. Avant de n'être plus capable de rien, il écrivit encore des lettres à Oxenstierna, chancelier de Suède, et à Wladimir, roi de Pologne, mangea encore un peu de cabillau que sa cuisinière lui fit bouilli avec une sauce au fenouil. (Agnès lui retapait ses oreillers, lui tamponnait la sueur. Elle lui a changé ses draps souillés de noir. Agnès entendit s'éteindre sa respiration.)

Tout de suite après la mort, avant qu'on ne pût incinérer la paillasse mortuaire et enfumer la maison, la chambre du poète fut forcée et pillée. Ç'aurait été le fait d'un colonel suédois et de deux mercenaires voulant mettre en lieu sûr les documents écrits par les généraux Baner et Torstensson, les lettres d'Oxenstierna et, de la partie polonaise, des lettres de remerciements venues en retour des rapports d'Opitz. Nous ignorons le nom du colonel, mais il fut longtemps soupçonné que la fille de cuisine Kurbiella aurait été une agente de la couronne suédoise en contact avec l'officier. Pourtant on ne put rien prouver à la charge d'Agnès. Et le flet ne tint devant le tribunal féministe que ses usuels propos obscurs : « Nous savons trop peu de chose, Mesdames qui voulez toujours tout savoir par le menu. Certes, le viol d'Agnès Kurbiella, âgée alors de treize ans, par des reîtres du régiment Oxenstierna, peut avoir imprimé à la jeune fille une marque précoce en sorte qu'elle restât pour toujours attachée à l'une des quatre brutes — il se serait appelé Axel — mais la mort du poète n'en a pas pour autant de rime ni de raison. La seule chose certaine, c'est que la fille de cuisine accoucha d'une fille peu de temps après. Toutes deux vécurent encore longtemps. »

Cacarime

Fume, mérite le coup d'œil.
Odeur sui generis, demande à être vu,
veut être nommément.
Excréments. Métabolisme ou selle.
Le caca : se dépose en anneaux.

Fais ton beau caca ! disent les mères.
Masse plastique précoce, nœud de honte,
et résidu d'angoisse : ce qui est allé dans la culotte.

Identification : non digérés : pois, noyaux de cerise
et la dent avalée.
On se regarde étonné.
Nous avons quelque chose à nous dire.
Mon excrétion, plus proche de moi que Dieu et tu et toi.

Pourquoi s'isoler derrière une porte verrouillée
et ne pas admettre d'invités
avec qui, la veille, bruyamment autour d'une table
nous avons prédéterminé des haricots et du lard ?

Nous voulons maintenant (suivant décision) manger
chacun à part
et faire en société ;
Il sera plus aisé de se connaître
à la façon des paléolithiques.

Tous les poèmes qui prédisent et riment la mort
sont fiente de constipé
où file le sang, où survit une vermine ;
c'est sous cet éclairage qu'Opitz, le poète
qui s'était prescrit la peste comme allégorie
vit sa diarrhée suprême.

Une seule fut brûlée comme sorcière

Pourtant, si la sorcellerie avait cours, c'était bien dans toutes les cuisines. Toutes savaient et transmettaient des recettes pour épaissir, fluidifier, teindre en gris cendre ou troubler des bouillies, des soupes et des extraits qui faisaient enfler l'un, purgeaient l'autre et rendaient sourd un troisième. Depuis le début (Ava) la valériane était le remède de quelque chose, l'ergot de seigle était mêlé, l'amanite tue-mouche (séchée) réduite en poudre, lessivée dans le lait ou bien, si on en prenait mêlée à de l'urine de jument, valait un voyage dans la transcendance succube. Nous autres hommes étions comme par sortilège attachés à Wigga qui, parmi d'autres racines, cultivait la mandragore. Mestwina nous râpait de l'ambre dans des soupes de poisson. (Et Ilsebill aussi — j'en suis sûr — mêle, incorpore, additionne.) J'ai toujours été au milieu d'un rond de sorcière. Non point qu'il n'y en eût pas ; seulement on ne brûlait pas les vraies. Toutes les bonnes femmes cueilleuses d'herbes, demoiselles et matrones tondues qu'on mettait à grand feu dans des piles de bois n'étaient pas de vraies sorcières même si sous la torture elles avaient avoué des inepties comme de chevaucher un balai ou de faire des abominations avec des cierges bénits.

Tout ça, bien entendu, n'existait pas : nuits de Walpurgis, satyres à pieds de bouc, marques diaboliques, mauvais œil ; mais des officines et des cuisines de sorcières, ça existait. J'ai bel et bien vu Dorothée faire revenir du frai grenu de crapaud dans la graisse d'un petit garçon mort-né qu'elle obtenait à l'hôpital du Corps-de-Jésus et le refroidir à l'eau bénite tirée de Sainte-Catherine. Ça se sentait par toute la maison chaque fois que la sorcière blême se retrouvait déjà seule dans la cuisine en train de réduire en cendre la corne d'un sabot de chevreau. Tout le monde savait qu'elle mêlait de la corne réduite en cendre à ses soupes maigres, et non seulement la cendre de cercueils vermoulus. On disait qu'elle récupérait l'eau de lavage des maladreries où elle avait ses pieuses entrées, pour l'apporter directement à notre cuisine. On disait qu'elle avait mis en flacons les suppurations des lépreux et la sueur des femmes fiévreuses en couches. On disait qu'avant la campagne de Lithuanie elle faisait bouillir les chemises de mailles des Teutoniques dans l'urine de pucelles. Mais on ne faisait que dire. Elle ne fut pas mise à la question, mais d'autres. On en a brûlé d'autres, de braves sottes de voisines qui avaient bravement fait la soupe à leurs maris, mais étaient marquées d'envies poilues au derrière, sur les seins. (Je suis sûr que Dorothée, dont le corps était sans défaut, a donné des tuyaux à son confesseur dominicain : car elle voyait venir à elle les pauvres bonnes femmes et les dames du patriciat qui, sous le sceau du secret, demandaient en rougissant de confusion des pommades contre les verrues et les taches de vin. Et même peut-être un abracadabra en sus.)

Elle aussi, Gret la Grosse, savait des recettes de sorcellerie et n'eut pas à fricasser. Qui ne se rappelle pas comment, à l'aide de laitance de hareng mêlée au sperme de franciscains en goguette, elle avait rendu sa roideur virile à Eberhard Ferber, bourgmestre déchu qui l'avait perdue avec son fauteuil; comment elle a brouillé la mémoire du vieil abbé Jeschke — car il en savait trop en fait de politique — en prenant une cuillerée de ses excréments (à lui), la râclure de grains de poivre, du pavot, du miel sauvage et de la farine de blé noir pour en faire une pâte qu'elle mit au four à l'Avent; comment elle m'a aussi ensorcelé. Je ne sais avec quoi. Elle mélangeait tout à n'importe quoi. Elle ne préparait rien par simple goût du goût. Raisins secs battus dans du sang d'oie. Cœurs de bœufs farcis aux pruneaux dans une sauce à la bière. Quand je ralliai son camp, devenant l'hôte assidu de son pucier, elle m'a souvent nourri de carottes qu'elle s'était mises où je pense. Et quoi encore sans se gêner! Il était notoire en effet qu'elle ne se faisait pas seulement envoyer de loin des épices indiennes. On savait bien, mais pas exactement, qu'elle avait fait des festins de sorcière avec ses nonnes et offert des sacrifices païens. Des pâtisseries figuratives (on songe déjà aux trois seins d'Ava) auraient servi de collation aux brigittines gyrovagues et ensuite elles auraient chanté d'après le petit livre de Wittenberg : « La maison que Dieu n'a bénie... ! »

Pour elle non plus, pas question de pile de bois. Ce ne fut pas Dorothée, ni Margarete Rusch, c'est la douce Agnès qui dut passer au feu. Certes je persiste à croire qu'elle serait morte en couches peu après que la peste m'emporte : elle était encore bien jeune ; mais le flet fit porter au procès-verbal qu'elle y était passée cinquante ans plus tard, étant une vieille gaupe, et sans faire long feu. Non, je ne veux pas décrire comment le vent tomba soudain, un nuage creva, la pluie tomba et que pour un peu il y aurait eu un miracle. Il est admis que la version du flet a été entérinée par le tribunal féministe. Longtemps après la mort par peste du poète Opitz, Agnès Kurbiella, tenant des propos insensés en compagnie de sa fille Ursule tout aussi folle, aurait couru les rues en citant des vers latins et allemands du poète défunt jusqu'au jour de l'été commençant de l'an 1689 où elle rencontra un autre poète, Quirinus Kuhlmann, celui qu'on appelle communément le monarque des fous.

Kuhlmann fut aussi présenté au tribunal sous forme de rapports d'expertise confiés à des spécialistes du baroque. Mais l'accusation ne put rien tirer de l'excentricité de ce génie. Kuhlmann aurait nourri de ses spéculations l'esprit égaré d'Agnès Kurbiella. Il aurait quotidiennement communiqué sa propre mégalomanie à la pauvre créature. Exploitée qu'elle était, elle lui aurait tenu lieu de muse à lui aussi : il aurait produit de dangereuses chimères et entraîné la vieille femme avec lui dans la mort.

C'était une trop bonne aubaine pour les féministes de l'accusation que de voir en Agnès Kurbiella une victime de l'outrecuidance masculine : elle avait suivi Kuhlmann de Danzig par Riga, par la vaste Russie jusqu'à Moscou, elle lui était dévouée et servait de médium aux manifestations organisées par la communauté des disciples de Jacob Böhme ; même devant la Cour et sous la torture elle continuait de bredouiller des rimes opitziennes et des rigmaroles à la Kuhlmann ; elle avait dû aller au bûcher avec la demeurée Ursule tandis que brûlaient sur des bûchers voisins, pour blasphème et conjuration politique contre la couronne des tsars, Kuhlmann et encore deux autres fanatiques à l'esprit troublé. Les hommes aussi, la statistique le démontre, étaient bons pour le feu. Pourtant, de l'avis du tribunal féministe, l'Inquisition et ses procès de sorcières, sans parler des bûchers protestants, auraient été des instruments de domination typiquement masculins, conçus pour briser dans l'œuf la volonté de liberté des femmes. La procureuse dit textuellement :

« Ce que l'on appelle une sorcière est, en sa fonction de fiction masculine, à la fois une représentation projective du désir et un modèle de l'angoisse. »

Possible. Mais Agnès ne voulait pas la liberté et dut pourtant être livrée aux flammes comme sorcière tandis que Dorothée de Montau et Margarete Rusch, qui toutes deux voulaient la liberté et s'en offrirent des tranches, ne furent juchées sur aucun tas de bois. Ce fut le léger et poétique égarement de sa cervelle qui rendit Agnès idoine à l'état de muse ; seul un siècle béotien traitait Agnès de sotte, de possédée, de sorcière et de monture de Bélial. Même son carré de fenouil était un sujet de suspicion, et cela dès les temps de Möller, d'Opitz. Ils ont dû protéger la pauvre fille des griffes catholiques et luthériennes, car lorsqu'il s'agissait de brûler de la sorcière, les bons dévôts des deux religions étaient encore plus prompts à s'entendre qu'il ne faut de temps pour empiler des fagots et du quartelage.

Amanda Woyke elle-même, qui savait des recettes, et très certainement Sophie Rotzoll, qui connaissait tous les champignons, auraient été de bon combustible pour messieurs les chrétiens. Mais aux temps d'Amanda et de Sophie, les hygiénistes de la Révolution avaient imaginé d'autres victimes : les prétendus contre-révolutionnaires. Ceux-là furent passés au fil de la Raison.

En position de plané au-dessus de son lit de sable, le Butt dit à ses jugesses : « En ma qualité de poisson dont les savoureux congénères sont cuits à l'étouffée, bouillis ou rôtis, je sais ce dont je parle quand il est question de la force purifiante du feu. Réjouissez-vous, Mesdames : de nos jours, on subventionnerait la sorcellerie plutôt que de la punir. On a présentement faim d'une dimension télécinétique. Mais auriez-vous existé à l'époque ? Mesdames. Je ne sais pas ! Je ne sais pas ! Quand je vous scrute du regard et vous considère, assises à l'étage supérieur pour me juger : tant de gravité recueillie, tant de concentration dynamogénique. J'entends grésiller les media. Vos regards tantôt impérieux tantôt hypnotiques touchent ma peau pétrée. Et pourtant : quand on vous prend tête après tête, une beauté particulière. Le moi onze fois érigé. Sourires fugitifs, vicieux. Dans le pincement de nez déjà un accord : avec quoi ? A onze exemplaires les cheveux taillés en toit de chaume ou frisottés à la mode africaine, mais aussi brouillés par la sorcière, faciles à enflammer. Bref : je vous vois brûler toutes. L'honorable présidente, le chœur des assesseuses, vous aussi, ma bonne Madame Paasch, je vous vois jetées sur des charrettes d'équarisseur, vêtues de cilices, tandis que le peuple médiéval bâille aux mouches, que les moines débrident leurs patenôtres et que les enfants se mettent les doigts dans le nez. Sur des piles de bois artistement stratifiées, je vous vois : la belle demoiselle Simoneit, à côté d'elle Madame Witzlaff en sa corporelle splendeur, d'abord environnées de fumée, puis habillées de flammes. Quelle clameur rentrée ! Que d'extase en fagots ! La hargne onze fois supprimée et la liberté enfin. Même Frau von Carnow, ma défenseuse d'office aussi zélée que maladroite, se dissoudra poétiquement en hautes flammes, bien qu'elle soit aussi anodine que le fenouil dans le courtil de la fille de cuisine Agnès Kurbiella. Toutes, je vous vois toutes brûler. De même la majorité du Conseil consultatif est bonne pour le feu. A l'exception de Madame Huntscha : mon accusatrice ressemble trait pour trait comme une sœur excessive à la cuisinière de carême Dorothée de Montau. Elle était en sa pâle beauté surnaturelle trop parée de lointains mystiques et trop détachée de la chair pour devoir subir, à l'égal de la pauvre Agnès, une purification si radicalement physique... »

(Quand, après une brève averse, enfin elle brûla, ses propos incohérents ne contenaient qu'un lyrisme de régime, mais rien de politique ; là-dessus l'ambassadeur de Suède à la cour du tsar, Sire Alfred Ludström, fit instruction à Stockholm de refermer le dossier Kurbiella.)

Et toi, Ilsebill ? Préférerais-tu le bois de bouleau aux bûches de hêtre auxquelles allait le choix du bon usage de ces temps-là ? Je te livrerais au feu. Je serais le doux moine dominicain Hyacinthe venant tout exprès de Cracovie avec ses instruments spéciaux dans des caisses à outils garnies d'argent. Je viendrais tout près, plus près, avec les fers subtils. Précautionneusement, sans oublier aucun membre, je ferais sauter tes têtes d'os de leurs réceptacles. La peau qu'on enlève du dos clair en commençant par les épaules. Ah, les pensées ! Enfin énoncées. Mes questions chantables se succéderaient avec une précision cruciale. Ton aveu pur et simple. Car je viens de loin pour te faire parler. C'est ce que nous voulons entendre. Susurré à voix basse. Lu sur des lèvres que la douleur déforme : Oui, j'ai. Oui, plusieurs fois. Non, pas seule. Avec une autre Ilsebill. Une troisième est venue ensuite par temps de brouillard. Nous avons et sommes. De nuit, mais aussi tous les jours. Par nouvelle lune et à la Saint-Jean. Avec notre sang menstruel. Marqué de petits signes sur des objets et des plaques de sonnettes. Sur des piles de ponts et dans des usines, dans le champ où sera située la centrale atomique, sur des ordinateurs fraîchement programmés et sur quelques machines à écrire. Même sur la tienne. A l'intérieur, sous la touche I...

Lorsque enfin brûla mon Ilsebill sans pourtant rien perdre de sa beauté jusqu'à la fin, je pleurai sous ma capuce. Je regrette, Turbot, de lui avoir donné cette liberté.

Immortel

Quand j'ouvris dans toutes les directions
les fenêtres qui m'étaient promises,
j'étais sûr, étant amorti,
de ne rien voir.

Mais sur une contrée plate,
proprement urbanisée
et en face, dans les fenêtres ouvertes
d'où hommes et femmes semblaient vieux,
vers le ciel clair à nuageux,
les sansonnets dans les poiriers,
les écoliers apportés par le car du ramassage,
le bâtiment de la Caisse d'Épargne,
l'église avec horloge
je vis : une heure et demie.

En réponse à ma plainte :
C'était l'habituelle survie
et ne tarderait pas à prendre fin.
Voici que les voisins âgés me saluent.
De toutes les fenêtres,
ils veulent m'avoir réellement vu.
Et Ilsebill rentre à pleine charge
de faire les courses.
Demain est un dimanche.

Au cinquième mois

Utilité de la fécule

Début février, le tribunal féministe commença de débattre le cas d'Amanda Woyke, cuisinière des communs ; le Turbot (s'appuyant comme toujours sur des rapports d'experts) fit un exposé sur les situations de famine, de mouvements stratégiques et d'épidémies, cita la littérature afférente — la peste de Londres, de Venise, de Marseille — et signala que nous devons *le Décaméron* et sa forme, la narration-cadre élastique, à la Peste noire de Florence. Pour la première fois il admit le secours de sa défenseuse d'office, Frau von Carnow. Elle cita : « ... à son début, il apparaissait aux aines ou aux aisselles des abcès qui, chez l'un en plus grand nombre, chez l'autre en nombre moindre, atteignaient parfois la grosseur d'une pomme ordinaire, ou seulement d'un œuf et furent nommés par le peuple bubons pesteux. » Ensuite, le Turbot poursuivit par un topo instructif sur la lèpre, la fièvre jaune, le typhus, le choléra, la trypanosomiase (en excursus) et les maladies vénériennes. Présentation de diapositives.

Dans mon environnement, la peste, depuis qu'en l'an 1332 elle arriva des Indes à Venise pour s'infiltrer en Occident, a toujours eu porte ouverte. Trois des filles que j'eus avec Dorothée furent comme prises au passage, et aussi la servante qui vint avec moi et la petite Gertrude s'établir à Konitz, mourut de la peste pulmonaire exanthématique qui, parce qu'elle teint la peau en bleuâtre, est aussi nommée Peste noire ; tandis que ma gamine garda la peau claire et eut encore longtemps à vivre. Mais une de ses filles, Birgit, fut enlevée par la pestilence qui battait le pays sur les talons des Hussites, à l'égal de ce fléau de Dieu.

L'an 1523, quand l'abbesse Margarete Rusch, en pleines vêpres à l'église de la Trinité (à côté du couvent des franciscains) m'emmena, elle me sauva en même temps du sort qui guettait la petite cohorte des frères lais pour me mettre dans son lit ; l'année d'après, ce qui restait des moines, et l'abbé avec eux, fut raflé par la peste bubonique.

L'an du Seigneur 1602, où la paille mortuaire de 16 919 individus fut brûlée dans les rues de la riche ville de Danzig, j'y perdis beaucoup de mes modèles dont j'avais besoin comme peintre de ville pour une peinture murale destinée à orner l'Artushof sous le titre de *Jugement dernier ;* cette pièce, aux desseins d'avertissement et d'offrande, était censée protéger les patriciens avares du constant retour de la pestilence.

J'étais venu quand même à bout du tableau, mais je perdis encore une fois des modèles vingt ans après quand la peste revint, séjourna quelques mois, repartit, revint comme si elle avait oublié quelque chose et enleva neuf mille personnes la première année, sept mille la seconde. En vain on interdit la foire des dominicains et la procession du vendredi saint ; on ferma les débits de bière et de brandevin ; il fallut charroyer des cadavres dans toutes les rues et les enterrer dans de grands trous derrière le Hagelsberg.

Même plus tard la peste revint à l'occasion, comme à regret, seulement de passage, puis en garnison, et m'enleva mes compagnons de beuveries et mes accortes donzelles. Seule me resta la jeune Agnès, au rang de fille de cuisine. Elle me vit vieillir en souffrant de mon foie de buveur jusqu'au jour où vint cet Opitz auquel elle fit pareillement la cuisine et la couverture. En l'an 1639, quand la peste se transmit au poète qui, de toute façon, était valétudinaire, je suis mort avec lui ; Agnès partit sans regarder derrière elle, comme si moi, le peintre allégorique Möller, j'étais allé à la fosse aux pestiférés avec ce phraseur d'Opitz et sa vallée de larmes. Ce n'était que par sénilité. J'étais sinon mort, et quoique toujours assoiffé, du moins éteint depuis belle heure. Pas besoin de peste pour y passer.

Toutes étaient immunisées. Ni Dorothée, ni Gret la Grosse, ni Agnès, aucune des cuisinières n'a jamais été frappée de bubons, de taches noircissantes ou d'épidémies renouvelées par Dieu ou par son infernal acolyte. Et après le deuxième partage de la Pologne, quand Amanda Woyke procura de la réputation à la pomme de terre prussienne, elle crut même, et l'écrivit à son ami par correspondance, le comte Rumford, qui était venu de loin, avoir trouvé dans la fécule de pomme de terre un remède contre le choléra ; car après la guerre de Sept ans, quand plusieurs mauvaises récoltes rendirent la faim unanime dans les basses classes et que les rats, bouillis en pot-au-feu, eurent leur cours sur les marchés, le choléra (sans préjudice d'autres épidémies) devint monnaie courante.

Sur le domaine d'État royal-prussien de Zuckau, tous les valets, servantes, journaliers, métayers, paysans d'âge et les messieurs de l'administration du domaine, suivant la prescription d'Amanda, se frottaient préventivement tout le corps à la fécule de pomme de terre. Tant que dura l'épidémie, les corbillards de Danzig et de Dirschau firent deux tournées par jour. Il y eut aussi des cas à Karthaus. Chez nous, la clochette des morts n'en fit pas plus que d'habitude. On se frottait et on y croyait. Les messieurs de la ville pouvaient bien sourire. Le comte Rumford, dans ses lettres si raisonnables, doutait du pouvoir obligatoire et de la force répulsive des restes tirés des pommes de terre de semence.

Plus tard, Amanda Woyke frictionnait contre n'importe quoi, servait la fécule en bouillie, en remplissait des sachets à suspendre dans les armoires et en semait sur les seuils de porte. On venait la voir quand on s'était brûlé. En barbouillage sur la clôture, elle éloignait les esprits. Et quand selon la recette d'Amanda je mis à mon Ilsebill qui traîne ses lubies de femme grosse dans le cinquième mois un sachet de fécule de pomme de terre sous son oreiller et que même j'en mis une petite cuiller rase dans son poudrier, elle m'a une semaine durant marqué de l'amitié, fut sans désirs, resta miraculeusement indemne de migraine ; et même, tout en garnissant le lave-vaisselle, elle chantait des refrains superstitieux : « Lotte est morte, Lotte est morte, Julie est mourante... »

Tout en pilant des glands, plumant des oies, pelant des pommes de terre : histoire d'Amanda

On a beaucoup écrit sur les histoires qu'on raconte. Les gens veulent savoir la vérité. Mais si la vérité se présente, ils disent : « Tout ça n'est que pure invention. » Ou bien ils rient : « Il en a des idées. »

Et après une longue histoire que j'avais racontée sur l'effet curatif des remèdes de bonne femme contre le mal de dents, le chagrin d'amour, la constipation, la goutte et le choléra diarrhéique, tandis qu'on épuisait le pot de soupe aux pommes de terre jusqu'à n'en pouvoir plus (et même Ilsebill y prenait un peu goût) un des invités dit : « Ça ne peut pas s'inventer. Un truc pareil — je veux dire votre cuisinière des communs — on n'y arrive pas par hasard. A-t-elle réellement vécu ? Je veux dire pour de bon ? Ou bien tout cela n'aurait-il été que possible ? » Et Ilsebill dit : « Raconte ça à qui tu voudras, pas à moi ! »

Un récit qui remonte les épluchures d'Amanda, parcours sinueux qui mène à Tu-t'en-souviens, souvenirs tardifs de mon cordon ombilical qui, quand on le rembobine, conduit à elle : elle est assise sur le banc de la cuisine. Son épluche-légumes savait la suite de l'histoire. Je lisais, je lis ses épluchures, ce qui glissait en boucles par-dessus l'index et formait un rapport finement pelé : la faim des paysans de la sablonnière entre Tuchel et Stolp Dirschau, quand on mangeait des lombrics, tant que les enfants restaient des larves qui rentraient sous terre ; des sept filles que je lui ai faites, tant que la guerre dura, entre les campagnes, trois moururent et devinrent de mortellement tristes histoires qui s'appelaient Stine, Trude, Lovise et finissaient toutes au ciel près du bon Dieu.

Pour faire la soupe, elle prenait de préférence des pommes de terre d'hiver germées. La pelure n'en finissait pas de tomber toujours différemment sous le sens. Quand j'étais pour repartir, ici ou là, en Saxe ou encore plus loin, Amanda, qui avait voulu me suivre, faisait demi-tour avec sa hotte derrière les feux d'herbes et disait : « Faut que je reste avec les patates », afin que chaque fois, quand je revenais plus miteux qu'avant, elle pût me raconter tout ce qui s'était passé entre-temps, devenu comme une chaussette tricotée.

Elle même n'a vécu que peu de choses (et tout sans voyages). Amanda Woyke, née en 1734 à Zuckau qui était encore polonais, serve ; décédée en 1806 à Preussisch-Zuckau, serve du domaine d'État. Mais les aventures vécues lui couraient après : moi avec mes sept années de guerre, neuf cicatrices et vingt-trois batailles. Ce fou de comte Rumford qui ne tenait jamais en place et devait toujours faire des inventions utiles. Le vieux roi vint, perclus de goutte et l'écouta (comme moi, son vétéran et son inspecteur) tandis qu'elle épluchait des pommes de terre. Car Amanda savait que les histoires ne peuvent finir, qu'un voleur arrive toujours à travers champs portant une argenterie volée dans une église, qu'on parle de la précédente année de souris quand échoit la suivante, que la dernière religieuse prémontrée morte il y a des années cherche éternellement, les nuits de pleine lune, ses bésicles de fil de fer pour voir de près dans le coffre à farine, que les Suédois ou les Cosaques viendront toujours avec leurs barbiches et leurs moustaches, que les veaux parlent à la Saint-Jean, que toute histoire veut être racontée tant qu'il reste des pommes de terre au panier.

Mestwina ne connaissait pas les pommes de terre. Elle racontait tout en pilant dans un mortier de pierre, avec un pilon de bois, des glands lavés à l'eau de chaux pour en faire une farine. Nous mettions de la farine de glands et de pois pour allonger notre pâte à pain.

La religieuse-cuisinière Margarete Rusch racontait tout en plumant des oies sous le hêtre, sous le tilleul, dans la cour du couvent ou dans l'étable. Un après-midi, elle avait plumé neuf ou onze oies pour un repas corporatif.

En pilant, en plumant. Mestwina connaissait les histoires d'Ava : comment Ava rapporta le feu du ciel, comment Ava inventa la nasse à anguilles, comment Ava fut mangée par ses enfants affamés et devint ainsi déesse. La religieuse racontait des histoires qui faisaient rire : Comment, à un fils de négociant qui avait envie d'elle, elle avait glissé dans son lit un cochon tué la veille. Ou bien : Comment elle farcissait une tête de porc d'une tête de mouton. Ou bien : Comment elle avait aidé le prédicant Hegge à sauter le mur de la ville quand il dut fuir devant les catholiques. Et d'autres histoires qui ne puisaient pas aux sources du mythe comme celle de Mestwina, mais sentaient le fumier terrestre.

Mestwina, l'hiver durant, pilait des glands en farine qu'elle mêlait au pain d'orge et cuisait en galettes. La religieuse plumait des oies de la Saint-Martin aux Trois-Rois. Au printemps, en été, il n'y avait rien à raconter. Mais la cuisinière des communs Amanda Woyke, quand elle fut enfin parvenue à faire de la solaniculture une vertu prussienne, épluchait des patates toute la sainte année. Même au printemps et en automne, quand étaient servies des pommes de terre nouvelles avec du caillé maigre, elle épluchait en supplément des pommes de terre anciennes pour sa soupe de toute l'année, inépuisable, toujours chaude ; comment aurait-elle pu autrement mater la faim de tout le personnel du domaine ?

A propos, ce que je voulais, ce n'était pas raconter des histoires (à mes invités et à Ilsebill) mais citer des chiffres et mettre enfin statistiquement à sec le marais des légendes kachoubes : combien de paysans furent réduits en servitude après la fin de la guerre de Trente ans ; ce qui devait être fourni comme corvées en Prusse-Occidentale avant et après les partages de la Pologne ; comment les enfants de serfs apprenaient de très bonne heure à fournir la corvée ;

comment les terres du couvent de Zuckau, ruinées, devinrent sources de bénéfices sous le régime prussien ; par quels procédés les propriétaires fonciers d'Ostelbie (y compris l'administration des domaines royaux) tournaient en dérision tous les décrets de la réforme agricole et pratiquaient en guise de sport le rachat des terres libres ; comment la noblesse rurale prussienne usait de ses serfs considérés comme biens meubles, les gagnant, les perdant aux cartes ou les échangeant selon son bon plaisir ; pourquoi en Hollande et en Flandre on cultivait déjà le trèfle et la navette en assolement sur jachère, tandis que chez nous la rotation obligatoire par tiers interdisait toute innovation ; pourquoi dans les traités d'agronomie et les idylles pastorales on vantait poétiquement la vie rustique alors que le paysan, quand le mil manquait, souffrait de la faim en mars comme le bétail ; depuis combien de temps les villes de Danzig, Thorn, Elbing et Dirschau fumaient du tabac anglais, buvaient le café d'outre-mer et mangeaient dans des assiettes avec des couteaux et des fourchettes, tandis qu'à la campagne le temps faisait le pied de grue. Mais j'aurai beau aligner des chiffres et des rendements à l'hectare, additionner la gabelle et les autres maltôtes, peindre l'effrayante mortalité infantile, l'exode rural croissant, l'extension des friches, le relais de la peste par le typhus et le choléra, épucer le XVIIIe siècle de ses dates et de ses faits, je n'arriverai pas à composer de tableau rétroactif : je suis assis sur un tabouret à côté du panier d'Amanda, et comme jadis je regarde son couteau qui épluche : « Dans le temps », disait-elle, « y avait que la semoule et, quand y avait pas de semoule, y avait plus rien. Alors le Vieux Fritz nous a envoyé des pommes de terre par ses dragons, pour qu'on veuille bien en planter… »

Ilsebill dit : « Je voudrais tout savoir exactement. Salaire en nature, combien ? Corvée avec attelage, fréquence ? Comment était organisée l'administration prussienne des Domaines ? »

Mais ce qui compte est ce que l'on raconte, non ce que l'on compte. Mis en paroles, ça prend. Hedwig, arrière-petite-fille de Mestwina racontait en tressant des paniers le baptême forcé dans le ruisseau de Radaune, de même que l'arrière-petite-fille de la susdite Hedwig, tout en cuisant des briques pour le monastère d'Oliva, racontait la mort de saint Adalbert afin que son arrière-petite-fille Damroka, qui s'était déjà mariée en ville avec le forgeron Kunrad Slichting, puisse tout en filant à son rouet raconter à ses arrière-petits-enfants comment Adalbert avait été assommé, les Pomorzes baptisés, les pêcheurs du Hakelwerk contraints de cuire des briques pour les cisterciens, la guerre perpétuelle, les incursions des Pruzzes, la faim après la grêle, mais aussi un miracle : lumineuse apparition en plein pays maraîchin, où la Sainte-Vierge tout en racontant des histoires cueillait des brimbelles ; c'est pourquoi, comme la cuisinière de carême Dorothée le racontait plus tard à ses enfants en triant des pois, on a édifié l'église paroissiale Sainte-Marie.

Même l'histoire du Turbot a été ainsi transmise. Chaque fois on la racontait autrement quoique réelle. Un coup le pêcheur voulait le manger bouilli à même l'arête, mais Ilsebill, la femme du pêcheur, disait : « Laisse-le causer. » Un coup Ilsebill voulait le mettre au pot, mais le pêcheur voulait savoir ceci ou cela. Un coup le Turbot voulait être cuit à l'étuvée, il disait : enfin délivré, mais le pêcheur et sa femme avaient toujours un restant de vœux à satisfaire.

Et un coup que Mestwina racontait l'histoire du Turbot en pilant des glands, elle approcha de la vérité. Elle dit en patois pomorze : « C'était au temps où Ava résidait ici et où seule comptait sa parole. Cela tracassait le Loup céleste, car Ava lui avait volé le feu et s'était rendue puissante. Tous les hommes lui étaient attachés. Aucun ne voulait plus sacrifier au loup, mais seulement à l'élan femelle. C'est pourquoi le vieux Loup du ciel se métamorphosa en poisson. Il savait parler bien qu'il eût l'apparence d'un turbot ordinaire. Un jour qu'un jeune pêcheur lançait sa ligne, le loup qui était dans le Turbot mordit. Couché sur le sable, le vieux dieu-loup se fit reconnaître. Le pêcheur pris de crainte promit de faire tout ce que lui ordonnerait le Turbot. Alors le loup qui était dans le Turbot dit : « Votre Ava m'a volé le feu. Depuis lors, les loups doivent manger la viande crue. Parce qu'Ava, grâce au feu, a pris la haute main sur tous les hommes, il vous faut donner un sens masculin au feu qui cuit, qui réchauffe et sur quoi l'on fait des pots en terre cuite. Il faut fondre le dur qui, refroidi, redeviendra dur. » Le pêcheur raconta cela aux autres hommes, puis ils commencèrent à tirer du sol des pierres qui n'étaient pas comme les autres. Quand les blocs de minerais furent portés à l'incandescence, le fer qui était dedans fondit et fit des hommes des forgerons puissants. Avec leurs fers de javelot, parce que le loup qui était dans le Turbot l'ordonnait, ils ont percé Ava. Et moi aussi », disait chaque fois Mestwina quand elle pilait des glands en farine dans le mortier, « je serai tuée par une épée forgée dans le feu. »

Pourtant le Turbot dont parlait Mestwina, à la nouvelle qu'Ava était morte, s'était à nouveau transformé en loup et, grâce au fer forgé, avait amené la guerre dans la contrée. C'est pourquoi aussi

Amanda Woyke, chaque fois qu'elle évoquait les Suédois, les Pandours, les Cosaques, les Polaques, disait toujours pour terminer : « Des loups ils étaient. Et ils ne laissaient rien sans le casser. Et ils ont aussi mis en pièces les petits enfants. »

(Mais ce fameux conte que le Turbot, par l'intermédiaire d'une vieille femme, transmit au peintre Runge et aux poètes Arnim et Brentano, aux frères Grimm, avait été arrangé pour l'impression en une version univoque, au lieu que le récit non imprimé ne connaît que la prochaine histoire, celle qui tourne tout autrement, la dernière en date.)

Mestwina et Amanda racontaient, tout en pilant des glands ou en faisant grandir sur le pouce des pelures de pommes de terre, des histoires du temps passé, mais toujours comme si elles y avaient été : comment les gars percèrent à mort la Mère originelle Ava de leurs pointes de fer, comment les Suédois venus de Putzig firent irruption en Kachoubie où, pour chercher des pistoles, ils éventraient jusqu'aux femmes enceintes.

Seule Margarete Rusch, dans ses récits, ne parlait pas de temps révolus, mais seulement d'elle-même et de son existence claustrale : comment, le 17 avril de l'an 1526, Sa Majesté polonaise avait mis fin à l'hérésie, occupé la ville, fermé toutes les portes, fait jeter au cachot dans la tour de Justice tous les meneurs (y compris son père à elle, le forgeron Rusch), annoncé une Haute Cour et fait placarder les *Statuta Sigismundi* aux portes des sept églises paroissiales. Comment ensuite le prédicant Hegge cherche misérablement refuge chez les brigittines où les nonnes commencent par se le payer un bon coup toutes à la file, jusqu'à ce que Gret la Grosse, prise de pitié, le vête d'une ridicule défroque féminine, attende la nuit et, par un demi-quart de clair de lune, le conduise hors du couvent par la gargouille donnant sur la ruelle, parmi les couinements des rats, puis le long de la rue Paradis jusqu'au fossé Pourri où, derrière l'hôpital Saint-Jacques, grésille en fumant jour et nuit la paille mortuaire, et arrivée là, tente de le soulever par-dessus le mur de ville qui en ce lieu est plutôt bas. Mais elle a beau lui pousser et ahaner au cul, ce fichu Hegge n'arrive pas à trouver la prise salvatrice. Il se peut que les sœurs de Sainte-Brigitte l'aient trop surmené. Le voilà pendu comme un sac à la muraille. Déjà l'on entend venir de la Ville-au-Poivre la garde royale polonaise en patrouille : ils chantent, parce qu'ils sont saouls, des cantiques de la Vierge et font un bruit de ferraille. Alors Gret la Grosse empoigne le pauvre prédicant (qui auparavant était plus expéditif) sous les jupes par les cuisses. Elle le soulève, ho hisse, jusqu'au moment où elle voit ses joyeuses danser la pavane devant son nez — car il n'avait rien en dessous — et s'écrie : « Tire ! Mais tire-toi donc là-haut, eh foutu cochon, tire ! » Il parvient certes à saisir le rebord du mur, il appelle tous les diables par leurs noms de A (Asmodée) jusqu'à Z (Zadeck), lâche une salve de pets et autant de soupirs, mais même la litanie avinée beuglée par la garde royale ne parvient pas à le pousser par-dessus le mur. Déjà la portion de lune met des jours sur les casques oscillants. Alors Gret la Grosse, après l'avoir traité d'enfoiré et de queue molle, ramasse en un seul élan toute sa rage et sa sollicitude et croc, elle tranche d'un coup de dents la couille gauche du ministre de Dieu.

C'est exact, Ilsebill : les hommes ont peur d'être mordus de la sorte. Il y a des élucubrations selon lesquelles frétille en toutes les femmes le désir de trancher d'un coup de dents les joyeuses et même le zizi de tous les hommes. Dans des livres avidement lus et, de ce fait, crasseux, on trouve des chapitres intitulés : « La vulve-ratière » ou « L'envie de pénis ». La vagina dentalis est un symbole connu. Il y a en circulation plus de monorchides que n'en assigne la statistique : héros fatigués, voix de tête, castrats hypersensibles, bœufs gras et matous-chanoines. Avant tous les insectes, la mante religieuse qui dévore bien lentement son mari tout de suite après l'acte génésique pourrait être l'animal héraldique de toutes les Ilsebills. Elles affichent un sourire incisif, montrent les dents, et ne veulent plus grignoter seulement des radis. « Prenez garde, hommes ! », s'écria le Turbot devant le tribunal féministe, « vous êtes tous trahis ! Depuis la Préhistoire, vous êtes guettés par un prurit de vengeance. En vérité je vous le dis : quand j'ai demandé à la Veuve noire, un exemplaire rare parmi les araignées exotiques, des nouvelles de son mari, elle a tiré un long fil de discours sur ses travers, ce qui paraît-il, l'aurait rongé, totalement détruit… »

Margarete, quant à elle, était libre de vengeance recuite et de l'envie secrète de vous l'attraper, même si, pour rire, elle lançait au pauvre Hegge et à d'autres moines en rupture de ban des exclamations de ce genre : « C'est à te la mordre ! » histoire de les encourager et peut-être de les effrayer. Il fallut une situation inextricable et une sollicitude désespérée, car le péril approchait sans cesse, pour qu'elle enlevât le morceau ; ensuite le prédicant Hegge franchit le mur à l'instant et tira au large tout en criant par le chantier au bois de la Jeune-Ville. (Il a couru jusqu'à Greifswald où sa prédication recruta de nouveaux adeptes.)

Quand Margarete racontait cette histoire en plumant une oie, il pouvait advenir que, les plumes volant gaiement, elle ajoutât un codicille. Interrompant sa litanie mariale, la garde royale polonaise l'avait interpellée d'un ton rogue, lui demandant pourquoi ces cris hors les murs de la ville. Alors elle n'avait eu de mieux à faire que d'avaler la partie noble du prédicant, car elle ne voulait pas, étant muette, s'expliquer avec ces types pris de boisson.

Du reste, les oies nombreuses que Gret la Grosse dut plumer de la Saint-Martin aux Trois-Rois étaient destinées aux banquets corporatifs des tonneliers et forgerons d'ancres, aux patriciens de la confrérie de Saint-Georges ou aux festins officiels que le Conseil de Ville offrait en l'Artushof aux délégations hanséatiques ou aux évêques venus de Gnesen, de Frauenburg ou de Leslau. Et de même, pour Constantin, fils de Ferber, et pour l'abbé Jeschke, tant sur le domaine des « Trois têtes de porc » qu'au couvent d'Oliva, elle a sa vie durant plumé des oies et toujours trouvé en même temps matière à raconter : comment à un maître-arquebusier de Brandebourg elle avait échangé cinquante-trois sacs de poudre à canon contre un nombre égal de sacs de pavot — et ce la veille du jour où l'assaut fut donné à la ville. Comment, pour mieux assaisonner, elle fit tirer par un mousquetaire, dans une gigue de chevreuil marinée au poivre, des grains de poivre noir que sa fille lui envoyait des Indes. Comment elle descendit (en riant) le Hagelsberg dans un tonneau et gagna de la sorte son pari contre les dominicains. Et une reprise à succès durable : comment, par un coup de dents résolu, elle aida le prédicant Hegge à franchir le mur de ville.

Amanda Woyke, en revanche, n'ayant jamais parlé de soi comme d'une femme éminente et répandant de ce fait une ombre circulaire, mais relatant toujours ce qui touchait les autres et leurs peines, savait des histoires venues des temps primitifs que l'on trouvait cependant à la grosseur d'une noix dans les emblaves de pommes de terre du domaine d'État royal-prussien de Zuckau : en labourant les terres (toujours à l'araire, car, faute de bœufs, on attelait des journaliers polonais) on dégageait des grumeaux d'ambre si transparents qu'on pouvait croire qu'au début de tout, longtemps avant Ava, les eaux baltiques avaient rongé les forêts kachoubes, n'y laissant que ces larmes de résine qui, avec le temps, devinrent d'ambre.

Il aurait d'ailleurs fallu dater de bien plus tard ces étonnantes trouvailles. Et Amanda racontait, tandis que les épluchures se déposaient patiemment en un tas, au jour près comment l'ambre se répandit soudain jusqu'aux collines du pays kachoube. Le 11 avril de l'an 997 de l'Incarnation de Notre-Seigneur, un bourreau bohémien a en effet décapité, pour effacer le meurtre d'Adalbert, évêque de Prague, la femme de pêcheur pomorze Mestwina, si bien que son coup d'épée ne sépara pas seulement la tête du tronc mais trancha le fil poissé qui ceignait le cou de Mestwina ; alors tous les morceaux d'ambre se détachèrent du cordon et, partant du lieu de l'exécution, là où confluent Radaune et Mottlau, s'envolèrent vers l'intérieur des terres ; car le désir exprimé par Mestwina (le jour était déjà sur son déclin) de pouvoir s'agenouiller face à l'ouest n'avait éveillé aucun soupçon chez l'exécuteur et les autres chrétiens apostoliques.

Amanda racontait tout cela non dans le parler kachoube que je ne comprends pas, mais en bas-allemand écrasé du littoral : pendant le vol par-dessus les croupes baltiques, les trous de l'ambre s'étaient refermés tout seuls en hommage funèbre à Mestwina.

Toujours, quand Amanda Woyke fondait en histoire les trouvailles d'ambre dans les champs de Zuckau, une de ses filles devait aller chercher la boîte en carton imprimée de motifs polychromes que je lui avais offerte, garnie de bonbons de Saxe, après la capitulation de Pirna, et où les objets trouvés avec leurs inclusions d'insectes étaient couchés sur de l'ouate.

Bien plus tard, alors qu'Amanda était déjà devenue si sourde qu'elle n'entendait plus les pommes de terre mises cuire à l'eau racler la grande marmite, qu'eut lieu la première invasion de doryphores, que les champs de pommes de terre perdirent leur vertu, apportant de mauvaises récoltes, une nouvelle famine, un jour de printemps, la boîte de carton se trouva vide. Tout en comparant les anciennes famines avec l'actuelle, Amanda suggéra par allusions qu'elle avait reporté les bouts d'ambre dans les champs, les enfouissant dans les emblaves de pommes de terre. D'ailleurs le fléau du doryphore s'atténua quelque temps.

On a beaucoup écrit sur la narration et le style particulier de celle-ci. Il y a des abstracteurs qui mesurent la longueur des phrases. épinglent des leitmotive comme des papillons, labourent des champs sémantiques, dégagent les structures linguistiques à la façon de terrassiers, sondent psychologiquement les aspects du subjonctif, opposent à la fiction un scepticisme de principe et ont démasqué le récit du passé comme un comportement de fuite à l'égard du présent ; mais pour les conjurations de ma Mestwina, pour les débordements incoercibles de Gret la Grosse et pour le chabrouillis de la cuisinière des communs Amanda Woyke, seul (pour irrémédiablement qu'elles tinssent au passé), c'étaient toujours les processus ergonomiques présents qui marquaient leur style.

Par exemple, quand elle pilait des glands dans le mortier de pierre, une modalité nettement motrice raccourcissait en brèves phrases de report les conjurations mythiques de Mestwina. Elle racontait, le souffle entrecoupé, la révolte des hommes contre la gynécocratie : « Ont maintenant javelots, pointes de fer. Veulent trancher au fil du couteau. Ça leur plaît : lumière sur métal. Tout un plat de leur technique de forge. Danser au cliquetis des armes. Fendre l'air, les nuages, l'ennemi imaginaire. Debout sur un tertre, debout. Chercher un objectif. Et Ava se présente : tous frappent au cœur. La découpent, la vident, la partagent, la mangent crue, boivent son sang qu'ils recueillent dans des coupes en crânes de loup. Acte viril ! Meurtre de la Mère ! »

Il en fallait tout autrement de la religieuse à qui plumer des oies donnait un style aérien, voltigeant : « Ben, je me disais, voilà que ce bonhomme, sans vouloir cracher douze écus de Scanie gagnés à trafiquer des harengs qui puent, veut me trifouiller la nature avec ses doigts de rechange comme si j'étais une truie dans la souille, eh ben, que je me dis, il l'aura : tuée d'hier, remplie de briques chaudes aujourd'hui et enfilée dans ma chemise de nuit, je la lui glisse pour qu'elle soit tiède à point dans ses plumes quand il voudra la saillir. »

Et aussi l'effroi du jeune négociant Moritz Ferber, quand il découvrit qu'en guise de chair religieuse il avait fait un enfant à une truie tiède, permettait à Gret la plumeuse de soutenir en l'air les duvets du récit. « Il a crié, il en était hérissé de l'entre-jambes. Sorti du lit comme un pet. Et quelles suites. Depuis lors, aucun désir ne suffisait plus à remonter sa morgue patricienne. Allait tête basse, le carquois dégarni. C'est pourquoi d'ailleurs plus tard il a fait le pèlerinage de Rome pour renoncer du tout à la chair. Ensuite le saint homme a pu empocher les grasses prébendes de l'évêché d'Ermeland : l'époux de la truie ! »

Ainsi l'épluchage des pommes de terre, ce travail qui ne s'interrompt que pour ôter les yeux, contribuait à styliser le cours égal du récit, coupé d'exclamations pitoyables comme « Dieu nous en garde ! », d'histoires campagnardes dans lesquelles après les années de souris, la sécheresse et la grêle, on est réduit à mâcher l'écorce des arbres ; au cours desquelles la peste suivait toujours les rançonnements suédois, le choléra, les maraudeurs cosaques ; à la fin provisoire desquelles — car les histoires d'Amanda se prolongeaient comme l'épluchage de pommes de terre — toujours était célébrée la victoire finale sur la faim qui frappe à perpétuité les paysans corvéables : « Et comme alors les dragons du roi Vieux-Fritz nous avaient apporté quelques petits sacs de cartoufes, personne savait comment faire. Alors je m'ai dit à part moi : on les met en terre. Et comme elles poussaient et étaient en fleur, mais qu'il s'y formait rien que des méchantes pommettes aigrelettes, je me dis à part moi : qu'est-ce que ça va donner, bon Dieu ? Mais quand sont venus les soirs d'octobre et que les sangliers sortis des forêts de Ramkau retournaient les touffes d'herbe, je me suis dit, et à Erna et à Stine et à Annette et à Lisbeth ; allons aux cartoufes qui sont dans la terre. Et il y en avait pas mal. Et ça a suffi jusqu'après l'hiver. Même c'était bon. Dieu soit loué de sa bonté. »

Plus tard seulement, quand Amanda Woyke avait déjà commencé de correspondre avec le comte Rumford, inventeur du feu continu et de la soupe des pauvres qui a gardé son nom, elle ne changea pas son registre, car elle racontait toujours comme si elle épluchait des pommes de terre, mais le déroulement temporel de son récit : Amanda anticipait l'avenir. Elle décrivait des cuisines collectives nourrissant tout le monde. La pratique de la cuisine des communs lui inspira l'utopie d'une soupe aux pommes de terre prussienne distribuée dans le monde entier. Chez elle, il y avait toujours assez. Dans ses marmites, il y avait toujours place pour le rabiot. Elle ôtait du monde la faim. N'oubliait aucun nécessiteux. Elle parlait avec sollicitude de Nègres et de Mamelouks rassasiés. Sa cuisine des communs cadrait même avec les Esquimaux et les Fuégiens. Et, avec la gravité du technicien, en écho à l'inventif Rumford, elle parlait de l'utilité pratique des futures machines à éplucher les pommes de terre : « Ça filera comme sur des roulettes. Et en un rien de temps on aura son panier vide. »

Mais où en resteront le Tu-te-rappelles et le Il-était-une-fois ? Nos invités qui avaient apprécié la soupe aux pommes de terre d'Amanda au point de vider le chaudron étaient avec moi d'avis que le processus ergique normalisé à la chaîne ne permet pas de raconter d'histoires. Même quand Mestwina ensache à demi automatiquement de la farine de froment, même quand Gret la Grosse, travaillant dans un abattage en grand, aspire les dernières plumes des oiseaux aux hormones qui défilent ébouillantés aux crochets de la chaîne, même si aujourd'hui Amanda Woyke existait et (rétribuée selon tarif du SMIC) poinçonnait en cadence des pommes de terre uniformément pelées dans des boîtes de fer blanc : il n'y a, n'y aurait plus le temps, tout en ensachant, aspirant, poinçonnant, nécessaire aux longues histoires, ne fût-ce que de vagues ragots (à qui d'ailleurs ?).

« Exact ! », dit Ilsebill. « Mais piler des glands en farine dans un mortier, les femmes n'en veulent plus. Je préfère acheter les oies toutes plumées. Les quelques pommes de terre qu'il nous faut, je les pèle en un rien de temps et encore je fume en même temps. Tu voudrais sans doute qu'on se mette au rouet. Tu regrettes sans doute la machine à coudre Singer à pédale. Tu dois être fatigué, tu veux t'asseoir sur le banc du poêle. »

Puis elle se tut résolument. Et je m'égarai dans l'histoire qui vient tout de suite après.

Plainte et prière d'Amanda Woyke, cuisinière des communs

Quand les trois gamines
appelées Stine, Trude, Lovise,
parce que le chaume avait pourri, couché par la grêle,
sec de sécheresse et rongé des souris
si bien qu'au battage il ne restait rien,
que le mil ne grainait pas, que la semoule ne tenait pas,
qu'il n'y avait ni flocons d'avoine doux ni galettes aigres,
moururent de faim toutes les trois,
avant que vînt le soir deux fois en mars — car la chèvre
avait été passée au fil d'un couteau cosaque,
la vache emmenée par des fourrageurs prussiens,
qu'il n'y avait plus de poule sur le fumier,
que des pigeons il ne restait que la colombine,
et qu'aussi le gars à la moustache en croc
qui avait fait les trois gamines
comme qui rigole avec son bâton,
parce qu'Amanda lui était accueillante,
était déjà reparti et, moyennant solde,
allé en Saxe, en Bohême, à Hochkirch,
car le roi, le roi l'appelait —
quand les trois poupées de chiffon
qui s'appelaient Stine, Trude, Lovise,

pendirent molles,
Amanda ne voulut pas y croire
et les laisser.

Et quand les fillettes
pâles, grises et rabougries de faim,
vieillardes affreusement précoces,
tout juste nées, à peine sevrées — Lovise
était sur le point de marcher — furent mises dans une caisse,
clouées, recouvertes de terre,
Amanda poussa une plainte bruyante
au ton soutenu à la limite du gémissement :
un hululement tremblant
avec beaucoup de aïe, maïe, vaïe, naïe, yaïe,
qui entre des euh et des uh
laissait passer (ce que l'homme dit dans la douleur) des phrases :
Ça devrait pas être souffrance possible,
Ça devrait attendrir même le Diable,
Un couillon trouverait que c'est justice.
Ça vous dégoûterait du bon Dieu.
Les plaintes devraient lui faire de la peine.
Non y a pas de bon Dieu,
même si c'est écrit...

Elle cria trois journées glacées de mars à la file
si bien que sa plainte filtrée n'était plus que iiih.
(Et pareillement dans les autres chaumières,
à Zuckau, Ramkau, à Kokoschken
où quelqu'un avait perdu quelqu'un mort de famine,
on criait : iih...)

Tout le monde s'en moquait.
Comme si de rien n'était, le sureau bourgeonna.
Le blé noir, l'avoine épièrent.
Assez de pruneaux à sécher.
Cela valait la peine d'aller aux champignons.
Et menant par le licol une vache, le gars à la moustache
revint de ses quartiers d'hiver, invalide comme d'habitude.
Depuis Zorndorf, il avait deux doigts en moins,
il rentra de Torgau en ne riant que d'un œil,
après Hochkirch il eut une balafre sur le crâne,
ce qui le rendit plus fou que bête.

Mais toujours vaillant pour la bagatelle,
parce qu'elle fit face,
il lui fit des filles comme rien ;
elles s'appelèrent Lisbeth, Annette, Martha et Ernestine
et restèrent en vie,
si bien qu'à nouveau Dieu valait qu'on le prie :
Il devait bien savoir pourquoi tant de maux.
Il portait sa croix pour l'éternité.
Ça valait la peine
et il y avait de l'amour plein les huches célestes...

Il y avait dedans beaucoup de cœur en réserve
des rimes pour rimer avec la pomme de terre en fleur —
et un grain d'espoir
que Stine, Trude, Lovise soient maintenant des anges
au ventre plein.

Vieux-Fritz

Patata, potato, tartuffel, cartoure, crompire, pomme de terre... Raleigh ou Drake l'auraient déportée en Europe. Mais étant donné qu'elle vient du Pérou, ce fut le cas des Espagnols au temps de l'abbesse Margarete. Shakespeare l'aurait connue comme objet d'invocation hymnique puisqu'il fait dire à Falstaff : « Le ciel fasse pleuvoir des pommes de terre ! » — sur ce point, il est bon d'apporter une restriction : Shakespeare songeait à la patate douce, un comestible de choix, coûtant un bon prix dans le commerce, alors que notre pomme de terre commune, comme tous les végétaux de la famille des solanées (tomates, aubergines) auxquels s'attache l'étrange qualification d' « ombre nocturne » (Nachtschatten), était encore suspecte, susceptible d'être mise à la question et condamnée par l'Inquisition à être brûlée sur un bûcher ; on n'en voulait même pas comme aliment du bétail.

Ce sont les Irlandais faméliques qui l'ont cultivée d'abord. Parmentier l'a donnée à la France ; à sa suite, la reine Marie-Antoinette s'est parée de fleurs de patate. Le comte Rumford l'a inculquée aux Bavarois. Et qui à la Prusse ?

Aujourd'hui, nous mangeons : des pommes de terre cuites à l'eau et au sel (farineuses), bouillies avec des os, des pommes de terre persillade ou seulement en robe de chambre avec du caillé. Nous connaissons les pommes de terre revenues aux oignons ou à la sauce moutarde, au beurre, gratinées au fromage, en purée, cuites au lait, en papillotes, les pommes de terre d'hiver qui se gardent en cave, les hâtives de printemps. Ou bien en sauce verte. Ou bien en purée avec des œufs pochés. Ou bien en boulettes de Thuringe, du Vogtland, de Henneberg en sauce blanche avec de la chapelure. Ou bien dans un verre d'Iéna avec du fromage ou, comme les faisaient les frères Nostiz, au four sous un beurre de crevettes. Ou encore (en temps de guerre) le gâteau de pommes de terre, la tarte aux pommes de terre, le pudding aux pommes de terre. Ou bien l'alcool de pommes de terre. Ou bien le ragoût de mouton façon Amanda quand (pour les jours de fête), avec du flanchet de mouton revenu dans la graisse des rognons, elle mettait des pommes de terre en quartiers, couvrait d'eau et faisait cuire tant que le bouillon n'avait pas réduit. Alors seulement, elle déglaçait à la bière brune. Ou bien sa soupe aux pommes de terre que le petit personnel du domaine d'État de Zuckau mangeait chaque soir quand le ciel jetait son encre et que la forêt venait tout près.

Ce fut après le deuxième partage de la Pologne. Tout devait devenir mieux ordonné, plus lucratif, prussien. Le monastère (fondé en 1217 par Damroka, fille de Mestwin) à vau-l'eau avait été sécularisé et déclaré domaine d'État. C'est ce que l'on appelait le progrès. Le progrès devait être inspecté, tenu sous contrôle, par Lui en personne.

Quand Il vint à Zuckau, il pleuvait. Il pleuvait déjà depuis des jours, si bien qu'il fallait creuser les patates. Le personnel royal travaillait à la houe, remuait la terre, ramassait dans des paniers, mettait les paniers ruisselants en tas sur les lisières des champs : autant de corbeaux géants cafardeux entre lesquels les corbeaux ordinaires cherchaient leur pitance, tandis que le coche royal encroûté de boue, attelé de quatre chevaux, monté en landau sans ressorts, à bout de course, devenu déjà légendaire, circulait toujours. Cette fois il venait de Karthaus par la grand-route pleine de nids de poule, puis la calèche prit à droite, suivit en cahotant le chemin rural qui menait à Zuckau, là où le petit personnel, dans les champs noyés de pluie, redressait l'échine, tandis que le véhicule royal apparaissait entre des bouleaux, disparaissait dans un chemin creux, reparaissait à la taille au-dessus, événementiel, puis s'arrêtait sur des mares d'eau de pluie ; puis, derrière les moreaux fumants, la portière droite fut ouverte de l'intérieur et, le tricorne en avant, que tous connaissaient, redoutaient et saluèrent, le vieux roi, le second Frédéric, Fridericus-Rex, Sa Majesté, le Vieux-Fritz avec sa canne, vêtu de son habit tel qu'on le peignit ensuite à l'huile, descendit et s'engagea dans les champs de pommes de terre ; l'aide de camp et moi, August Romeike, son vétéran, nommé de ce fait inspecteur, nous marchions derrière lui.

Comme partout, il vint à Zuckau sans prévenir. Il voulait surprendre et éviter les placets, requêtes, guirlandes, demoiselles d'honneur et les représentants des États-Provinciaux. Il n'aimait pas ça : les singeries. Sa légende le lui imposait. Donc, tout tordu par la goutte, sous son tricorne, avec sa canne, il marchait à travers champs, invitant par de brefs aboiements la main-d'œuvre à ne pas bayer aux corneilles, mais à continuer de courber le dos, et il ne s'arrêta que parvenu près des paniers pleins de tubercules.

Premières remarques sur la consistance du sol sablonneux kachoube comparé aux sols de Poméranie. Postérieure. Propos instructifs, tirés de traités de vulgarisation que l'on avait (à son intention) traduits de l'anglais ou du néerlandais en français, concernant l'assolement et la culture du trèfle. L'aide de camp prenait des notes sous la pluie. Je, son inspecteur, dus citer les rendements à l'arpent. Il lui fallait des chiffres précis qui devaient confirmer le commerce croissant des pommes de terre de semence. Comme je ne savais pas de combien de pfennigs de florin les races hollandaises (parmi lesquelles figuraient les arrière-aïeux de l'actuelle bintje) étaient plus chères sur le marché de Hanovre, il me frappa de sa canne. Cela aussi, quoique pour d'autres raisons de bastonnade royale, est passé dans l'anecdote.

Puis, tout luisant de l'infatigable pluie kachoube, il demanda qu'on l'informât d'une certaine personne du sexe qui, la première, un exemple pour toutes les nouvelles provinces prussiennes, avait poussé à la culture des pommes de terre et de la sorte apporté la preuve que la nouvelle racine était non seulement nourrissante, mais aussi de bon goût.

Je le conduisis auprès d'Amanda. Elle était comme toujours assise sur le banc du fourneau de cuisine et pelait des pommes de terre pour la soupe de chaque jour. Sans le moindre étonnement, elle dit : « Tiens, v'là quand même que Vieux-Fritz est v'nu. » A cette époque, elle avait déjà inventé la pomme de terre sautée. Beignets de pommes de terre : invention d'Amanda. Avec des concombres, des oignons, de la livèche hachée menu et de l'huile de tournesol, elle aurait accommodé la première salade de pommes de terre : pour les jours de fête. C'est elle aussi qui a formé la pomme de terre quotidienne aux changements de goût ; elle la variait sans cesse en y mettant du cumin, du fenouil, des grains de moutarde, de la marjolaine et du persil. Mais la soupe aux pommes de terre d'Amanda restait identique à elle-même, cuite avec des couennes de lard, fidèle à son goût, parce qu'on y remettait chaque jour à cuire des pommes de terre : il y avait toujours un reste.

Qu'elle continuât striktemang d'éplucher, ordonna le roi en s'asseyant sur un tabouret à côté du panier de patates. Comme il dégoulinait, une flaque d'eau se formait à ses pieds. Ernestine, la fille d'Amanda, mit des chandelles, parce que déjà la cuisine des communs devenait obscure. Pour éplucher, Amanda prenait ses lunettes pour lire. Au début, Vieux-Fritz apprécia l'épaisseur des pelures, trouva sans doute que la perte par épluchage était minime puis, tandis qu'il dégoulinait, et que Lisbeth, Anna, Martha, Ernestine, filles d'Amanda, faisaient des yeux ronds, il écouta, tenant obliquement sa tête vieille ; car Amanda, le couteau en arrêt, raconta le temps jadis quand le mil et le blé noir ne faisaient jamais la soudure, avec autant de détails que maintenant il tombait de pelures au tranchant de son couteau.

D'abord les vieilles histoires de famine. Elle célébra la mort par famine de ses trois fillettes Stine, Trude, Lovise. Puis elle énuméra les remèdes au doryphore (enterrer de l'ambre dans le champ), puis elle affirma que la fécule de pomme de terre en friction était bonne contre le choléra, puis s'adressant directement au roi : Bon, qu'il soit enfin venu ; la pluie faisait partie du tableau ; lui fallait-il des chaussettes sèches. Puis elle en vint au sujet. Ç'avait été bien jugé de faire une propriété d'État bien tenue de ce monastère tourné en chèvre — étant jeune fille, elle avait encore dû broder des vêtements sacerdotaux sur un motif de tulipes — où il ne restait plus que quatre cinq religieuses qui n'auraient pas tardé à mourir sans servir à rien ; mais elle, Amanda, ne pouvait pas concevoir pourquoi donc Vieux-Fritz avait toléré que cet imbécile d'inspecteur prenne aux paysans leur dernier lopin de terre leur appartenant et aussi les champs du couvent qui étaient affermés. Ils avait tourné à la friche, infestés d'orties. C'est pourquoi aussi les paysans ne voulant rien faire s'en allaient à Elbing ou Danzig, jusqu'au jour où cette andouille que voici avait eu comme une lueur. Alors seulement on avait selon son plan à elle — car elle, Amanda, savait où le bât blessait — mis en parcelles le terrain entourant les chaumières des métayers et on les avait louées à bas prix au personnel serf moyennant promesse de n'y cultiver que des pommes de terre ;

comme aussi sur le fonds de terres d'État que les serfs corvéables travaillaient pour rien, depuis quatre ans, il n'y avait plus que des patates en herbe et un peu d'avoine et d'orge pour la semoule. Mais par malheur ce foutu proparien qui se disait inspecteur à trois poils — du bout de son éplucheur, elle me montrait — avait imaginé un tour de cochon. Il fallait que Vieux-Fritz entende ça. L'inspecteur, et avec lui tout ce qui se disait administration du domaine, savoir le vieux colonel dans son fauteuil qui avait froid jusqu'en plein mois d'août, ils voulaient ressouder toutes les parcelles parce que cela s'administrait mieux. C'est pourquoi on avait interdit de cultiver pour son compte, et cela striktemang. C'est pourquoi il n'y avait plus à Zuckau de gens se nourrissant eux-mêmes, rien que des valets de corvées. Comme si ça ne suffisait pas d'être serf. Et ça toujours de père en fils. Ça ne pouvait pas être au goût de Vieux-Fritz. — Oui, elle faisait la cuisine pour tout le monde. Aussi pour les petits enfants et les petits vieux et pour le vieux colonel dans son fauteuil. Soixante-dix-huit bouches à nourrir. Ce qui d'ailleurs avait son bon côté parce qu'avec une cuisine en grand comme celle-là, Vieux-Fritz devait le savoir, on économisait sur le combustible : elle pouvait lui compter le cubage de tourbe et la gratte en cordes de bois, s'il le voulait.

Le roi écouta tout cela ; par le regard qui lui était propre, il faisait instruction à son aide de camp de noter certains détails sur les avantages économiques de la cuisine collective et sur l'avenir des cuisines collectives en général. De même fut retenue la méthode par laquelle Amanda obtenait la fécule. L'aide de camp nota aussi quand Amanda se paya ma tête (et aussi celle du roi) en disant que le « châssis de Monsieur l'Inspecteur » était un livre d'images où étaient marquées en cicatrices toutes les batailles que le roi avait livrées pour sa gloire. En effet Monsieur l'Inspecteur, en sus d'un œil à Kolin, s'était fendu à Hochkirch une paire de doigts à gauche à droite au crédit de l'histoire de Prusse, si bien qu'il ne pouvait plus, quand il pensait des choses, se mettre les doigts dans le nez, et ainsi ne faisait que rassotter, couillonnant les pauvres gens et tenant des propos idiots. Tout ce qu'il savait faire, c'était de l'alcool de patates à l'alambic pour lui et ses copains.

Ensuite Amanda parla encore de grêle et de souris et dit encore une fois qu'elle avait perdu par la faim trois de ses enfants sur sept — que, du temps où elle était une jeune gourde, le Romeike lui avait faits à la va-vite entre les glorieuses batailles — sans que le bon Dieu les prenne en pitié. De ce temps-là y avait pas d' patates, seulement un peu de mil et de blé noir, jamais le compte.

Bref, quand le panier fut à peu près vide et les épluchures en tas confus comme le dedans de ma petite tête, quand Lisbeth, fille d'Amanda (engendrée après la bataille de Burkersdorf) eut mis les pommes de terre lavées et coupées en tranches dans la grande marmite qui bouillottait doucement, quand l'Annette (conçue après la bataille de Leuthen) — enceinte pour l'instant de la future Sophie Rotzoll par le fait d'un marchand ambulant de schnaps — commença de faire blondir des oignons hachés dans la graisse de bœuf et que Martha (mise en chantier après Hochkirch) eut égrené dans la soupe les tiges de marjolaine, tandis qu'Ernestine (souvenir de l'intervalle de temps qui sépara la capitulation des Saxons dans Pirna et la bataille de Kolin) donnait un coup de torchon à la grande table des valets et qu'entre-temps les effets du roi eurent séché, car il était près du feu de cuisine, Amanda pressa Vieux-Fritz de ne plus gagner que des batailles de la pomme de terre. Elle esquissa un paysage futur, allant de la Marche de Brandebourg par la Poméranie et la Kachoubie jusqu'en pays masure, et tout planté de pommes de terre en long et en large et promettant de fournir d'une récolte à l'autre des cuisines géantes selon l'idée d'Amanda. « Alors y aurait pas de faim. Rien que des ventres pleins. Et le Vieux-Fritz serait aimé du bon Dieu. »

(Et si Amanda en avait su plus que les sages de son temps n'en croyaient savoir, elle aurait énuméré au roi les hydrates de carbone, l'albumine, les vitamines A B C, et puis les minéraux sodium, potassium, calcium, phosphore et fer : tout ce qu'il y a dans la pomme de terre.)

Est inexact ce qui fut plus tard répandu par anecdotes : que le vieux roi aurait pleuré quand la cuisinière lui enjoignit, après tant de carnages, de vaincre pacifiquement la faim ; ce qui est vrai, c'est qu'après avoir épluché et mis en dés dans la grande marmite la dernière pomme de terre, elle le plaignit d'avoir manqué d'affection dans son enfance : « Où pas un corniaud n'aurait pu caresser le jeune garçon comme une mère. » Son regard panoramique avait mesuré le roi trempé de pluie et maintenant au sec. Avec une authentique tendresse elle lui dit : « Mon vieux Fritz » et « Mon petit », car Amanda dominait d'une tête Sa Majesté rabougrie.

Le roi prisait, prisait sans arrêt comme par un commandement intérieur. Il était assis, l'œil chassieux, sous les propos bienveillants issus d'un cœur affectueux. Nous l'entendîmes lui dire comme à un enfant : « Maintenant ça ira mieux. Tu n'as plus besoin de t'inquiéter. T'auras qu'à venir. Vieux-Fritz. T'auras toujours une soupe chaude. Tu trouveras ça bon et ça te mettra de bonne humeur. »

Pendant le temps d'une bonne heure kachoube (en temps normal, elle représente plus d'une heure et demie) elle l'a choyé tandis que grouillait le pot-au-feu. Même qu'elle lui a ôté avec du malt froid quelques taches de tabac à priser qu'il avait sur son habit. Il a peut-être un peu fermé l'œil quand à la fin elle hachait du persil. Les vieux paysans le long des murs et à côté, dans la cuisine où l'on fait la buvée des porcs, se parlaient à voix basse, conscients de l'historicité de l'heure. Chacun tenait à la main sa cuiller. Et leurs cuillers de fer étamé tapaient doucement le bois du banc de cuisine. Sur la table des valets étaient déjà disposés les récipients où ils plongeraient leurs cuillers : une terrine pour sept.

Alors, avec nous tous — car avec la tombée de la nuit tous nos gens étaient rentrés des champs — le roi a plongé sa cuiller dans la soupe aux pommes de terre d'Amanda. On lui avait mis une petite écuelle exprès. Il avait pris place à côté d'elle : un homme vieilli de bonne heure qui, ayant la main tremblante, se faisait des médailles de soupe. De temps à autre, ses yeux éteints, chassieux (reproduits par les tableaux ultérieurs) s'ouvraient en yeux bleus de roi. Comme tout le monde suçait sa cuiller, on ne s'aperçut pas qu'il suçait aussi.

Comme ma place était assez loin, je n'entendais pas ce que tous deux se disaient entre les cuillerées. Il paraît qu'Amanda se serait plainte de la noblesse rurale de Prusse : on n'exécutait pas Ses édits. Il faudrait pour le moins que le servage ne fût pas héréditaire. Il faudrait supprimer enfin le rachat des terres des paysans. Comment voulait-on tirer une armée sérieuse d'une paysannerie traitée comme du bétail. Car il fallait que la Prusse soit sur ses gardes parmi tant d'ennemis et reste sous les armes.

En réalité — Amanda le raconta plus tard en épluchant et l'écrivit aussi à son correspondant Rumford — le Vieux n'a fait que demander la recette de la soupe aux pommes de terre qu'il jugeait digeste et réchauffante pour ses vieux os perclus de goutte ; mais à son goût il aurait fallu poivrer. Seulement il n'y avait pas de poivre. Dans la cuisine des valets du domaine d'État royal-prussien de Zuckau, il n'y avait de poivre ni pilé ni en grains. Amanda mettait des grains de moutarde et du cumin en guise d'assaisonnement, et des herbes comme marjolaine persil. (Naturellement on peut mettre aussi de la saucisse à cuire ou des lardons blondis. Parfois Amanda faisait cuire quelques carottes, du céleri ou du poireau pour donner du goût. En hiver : des champignons séchés, quelques poignées de jaunets et des gyromitres à cuire avec.)

Lorsque le roi partit dans sa voiture sans ressorts, il pleuvait toujours. Je (Inspecteur Romeike) ne reçus pas de tabatière en cadeau. Amanda ne trouva pas de ducats dans son tablier. Il ne caressa pas les filles Lisbeth, Anna, Martha et Ernestine. Il n'y eut pas de choral chanté par le personnel toujours trempé. Aucune ordonnance spontanée ne supprima le servage. Aucun miracle éclairé n'eut lieu sous le despotisme. Mais la date de la rencontre historique fut transmise par l'aide de camp : immédiatement après le départ de Zuckau sous la pluie, le 16 octobre de l'an 1778, la soupe aux pommes de terre d'Amanda Woyke, par décret royal, fut élevée au rang de mets royal favori ; ce qui la propagea par-dessus les frontières de Prusse-Occidentale.

Et quand le tribunal féministe, attendu que la discussion du cas Amanda Woyke tombait en temps de carnaval, organisa au lieu du vulgaire Mardi gras des Femmes une fête féminine interne en costumes du temps d'Amanda, l'assesseuse Thérèse Osslieb, qui aurait pu aussi bien diriger une cuisine des communs, a mis en œuvre dans ses casseroles habituées à la cuisine de Bohême la soupe aux pommes de terre ouest-prussienne d'Amanda. Toutes, avec le Conseil consultatif révolutionnaire, étaient invitées à la « Cabane à Ilsebill », le restaurant tenu par la femme Osslieb, même la défenseuse d'office. Les hommes étaient naturellement exclus. Helga Paasch se serait déguisée en Vieux-Fritz. Ruth Simoneit en August Romeike. La femme Witzlaff s'est couronnée de persil et de marjolaine. Naturellement Thérèse Osslieb en Amanda Woyke s'est accoutrée en couleur pomme de terre. Et après la soupe les bonnes femmes prétendent avoir dansé la polka.

Parlons du temps qu'il fait

Voilà tout d'un coup que personne ne vole la priorité.
Où vont-ils donc et pourquoi iraient-ils vite ?
Ils se pressent seulement derrière
— mais où est derrière ?

Savoir si ces gens nombreux
qui souffrent de la faim à grande distance,

mais par ailleurs se font à peine remarquer
pourraient en être empêchés
est une question qu'au passage
on n'arrête pas de se poser.
La nature — c'est ainsi qu'on dit à la Troisième Chaîne —
saura se débrouiller.
Soyons réalistes.
Il nous en reste suffisamment à faire.
Tous les ménages détruits.
Méthodes grâce auxquelles deux fois deux font quatre.
Au besoin, technocratie.

Le soir, nous constatons, furieux,
que même le temps était prévisionnellement faux.

Comment des citations de lettres missives furent lues au tribunal

Je les trouvai dans cette boîte de carton aux impressions polychromes que j'avais rapportée en butin, remplie de bonbons saxons, après la capitulation de Pirna, sans préjudice d'autres bricoles. Plus tard la boîte fut garnie de morceaux d'ambre tiré des sablonnières kachoubes. Et encore plus tard, quand l'ambre fut réenfoui dans les champs pour combattre le doryphore, Amanda Woyke mit dans le carton les lettres du comte Rumford avec par-dessus les bésicles qu'elle mettait pour lire. Puis elle mourut tandis que j'étais en tournée d'inspection à Tuchel.

La première lettre fut écrite à Munich le 4 octobre 1784. La dernière est datée de « Paris, le 12 septembre 1806 ». Jusqu'à l'été de 1792, toutes les lettres sont signées « Votre sincère ami Benjamin Thompson » ; ensuite, élevé au rang de comte d'Empire, il signa sincèrement « Comte Rumford ».

Je trouvai vingt-neuf lettres au total dans la boîte en carton d'Amanda. Et comme dans les papiers posthumes de Sally, fille de Rumford, on trouva également vingt-neuf lettres d'Amanda Woyke signées à l'encre violette, on peut admettre qu'aucune idée ne s'est perdue, d'autant que les lettres se correspondent sans solution de continuité. Tandis que Rumford (encore en qualité de Benjamin

Thompson) pendant l'année révolutionnaire 1789, relate en détail la création du jardin Anglais de Munich et décrit la consommation débridée de bière que le public fit le jour de l'inauguration. Amanda, dans sa réponse, veut savoir quelles sont les dimensions du terrain, s'il est gras ou marneux, à quoi la lettre suivante répondit : 612 arpents de jachères, friches, sombres ou guérets comme surface au cadastre. « Bon terrain de pâture », écrivait Thompson. « A côté des jardins traités en parc public, nous y élèverons, pour améliorer le misérable cheptel bavarois, des bœufs du Holstein, de Flandre et de Suisse dans une ferme-modèle, donnant ainsi un exemple vétérinaire. »

Après mon décès alors intervenu, la correspondance fut perdue et resta perdue. Amanda Woyke n'est mentionnée dans aucune biographie de Rumford. Quant à elle, Sally Thompson, par jalousie ou par sottise, a occulté l'échange d'idées accordant son père à une cuisinière des communs kachoube. Sally, dans ses mémoires, cite seulement quelques idées que son père écrivit à Amanda, par exemple « la déclaration par fiches de police pour contrôler toutes les personnes étrangères ».

Tout cela, Ilsebill, doit faire à présent l'objet d'une rectification. Car la correspondance perdue a été retrouvée. A Amsterdam, où tout fait surface. Un antiquaire fut l'inventeur. Le Turbot, dès le début du procès, avait fait faire des recherches. (Il a partout d'honorables correspondants.) Tant que le cas d'Amanda Woyke fit l'objet des délibérations du tribunal féministe, des extraits de lettres firent donc le déroulement du procès. Il ne fut question de moi qu'à titre adventice bien qu'à l'instigation du Turbot j'aie fait durer le servage sur les domaines d'État soumis à ma surveillance en interprétant à grand renfort d'astuces les édits royaux et le droit rural réformé, ne frappai pas de nullité l'hérédité du servage (sauf cas d'exception) et la rétablis par un nouveau règlement du personnel dans son état ancien. C'est pourquoi je laissai en Prusse le souvenir d'un inspecteur exécré, ignorant toute indulgence · Amanda elle-même mourut serve.

L'accusé admit devant le tribunal m'avoir utilisé comme instrument de la réaction. Selon lui, le peuple d'Ostelbie n'était pas mûr pour des réformes. On ne se sentait pas si mal au sein de la grande famille serve. Le règlement concernant les valets garantissait la sécurité et une protection au sens d'enfants mineurs. Les journaliers polonais, en dehors de la saison des récoltes où ils mangeaient en tout cas à leur faim à Zuckau et ailleurs, avaient un sort bien pire. Et tout compte fait le tribunal ne pouvait pas contester que la cuisinière Amanda Woyke, en dépit du servage de son époque, avait été susceptible de vastes pensées qui ailleurs, à Munich, à Londres, à Paris, auraient été suivies d'effet ; par une naïve affection, elle s'était servie d'un certain Benjamin Thompson. En sa qualité de flet, il en savait plus qu'il n'y en a dans les documents et qu'il ne convient aux manuels scolaires. C'est pourquoi, s'appuyant sur les lettres retrouvées, il voulait ériger un monument sur le socle duquel, à côté d'un certain Thompson, la cuisinière aurait eu sa place, et ce à aussi juste titre.

« Une vie de femme », dit le Turbot, « qui devrait aussi servir d'exemple au mouvement féministe : Amanda Woyke, non contente de nous donner le goût de la pomme de terre, avait par sa cuisine en grand posé un jalon vers la future alimentation à la chinoise du monde qui débutait sous nos yeux. » (« Et si on en est enfin arrivé là », dis-je malignement à Ilsebill, « je voudrais savoir où tu en restes avec tes désirs. »)

Le certain Benjamin Thompson naquit en l'an 1753 dans la province coloniale anglaise de Massachusetts. Son père mourut de bonne heure et fut remplacé par un parâtre — ou bien, pour reprendre les termes de Thompson écrivant à Amanda, « par le tyrannique époux de ma pauvre mère ». Étant apprenti dans le négoce, Thompson s'intéressa à l'entreposition et à l'embarquement rationnels de poissons salés. (Le Turbot ne contesta pas avoir eu des contacts consultatifs avec le jeune homme : « Directement ou indirectement. Je suis en effet chez moi dans toutes les mers. »)

Entre-temps, Boston s'était pris d'une effervescence antibritannique. Thompson fut accidenté en bricolant des pièces d'artifice qui devaient être tirées pour fêter la victoire des colons américains sur l'administration coloniale — les libéraux de Londres avaient fait tomber par voie parlementaire la loi dite du timbre. Du coup, il prit parti pour la puissance coloniale, devint son espion et dans ce rôle mit à l'essai sa dernière invention, une encre invisible qui pourtant reparaissait lisible après un délai calculé.

Ses brûlures une fois guéries, il fit de vagues études à Harvard College et devint maître d'école dans la petite ville de Concord qui précédemment s'appelait Rumford. La circonstance qu'une riche veuve prit le jeune maître pour mari semble avoir agi sur Thompson comme une deuxième explosion anticipée de pièces d'artifice, car il entra dans l'armée, devint major dans le second régiment de la province de New Hampshire, porta l'habit rouge, se vit encore brièvement le père de sa fille Sally, s'enfuit alors sous le mépris de ses compatriotes, fut arrêté par les gardes civiques, ceux qu'on appelle minute-men, passa devant un tribunal de Concord et fut acquitté, bien que persistât le soupçon qu'il aurait été un agent des services secrets britanniques, envoyant des lettres chiffrées de son encre spéciale au gouverneur de Sa Majesté.

Quand éclata la guerre de libération, Thompson mit à profit la dernière possibilité de quitter Boston assiégé par un navire allant à Londres. Le Turbot excusa cette fuite devant le tribunal féministe par une ambition juvénile : Thompson aurait voulu s'ouvrir l'avenir. Chose curieuse : dans la vieille Europe. A Londres, on l'avait nommé gouverneur de la province coloniale de Géorgie. Par malheur ç'aurait été lui qui aurait proposé et réalisé l'achat de mercenaires hessois, dont il aurait organisé l'acheminement outre-mer. Mais son élection comme membre de la Royal Society confirmait qu'en tout cas il avait exercé une activité scientifique.

A quoi l'accusatrice répondit au milieu de l'hilarité générale : « Des mérites scientifiques ? Appelons-les par leur nom. Le sieur Thompson a déterminé la meilleure position de la lumière dans les armes à feu d'infanterie. Dès sa jeunesse il en pince pour la poudre à canon. Ce monsieur veut jouer à la guerre. Créer à New York un nouveau régiment bien que la guerre soit déjà perdue. Et voici son dernier exploit : il fait construire un fort dans le cimetière de Huntington. En utilisant les pierres tombales comme matériau. Même le four à pain de munition est maçonné en pierres tombales si bien que les noms gravés en creux des défunts se retrouvent écrits plus tard en relief inverse sur les pains frais qui s'appellent Josiah Baxter, John Miller, Timothy Vanderbilt ou Abraham Wells, attestant l'ambition scientifique du colonel Thompson. En récompense de cet exploit, à peine est-il de retour en Angleterre que le voilà en demi-solde à vie. Ne pouvant jouer au soldat aux Indes, il passe sur le continent dans l'espoir de guerres européennes. Il a emmené avec lui ses chevaux de selle. Toujours grotesque en uniforme écarlate. Par Strasbourg, Munich, il gagne Vienne. Partout il fait figure. Mais la guerre contre les Turcs tourne court. Il entre au service de l'électeur de Bavière Theodor-Karl (celui de Mannheim) mais se fait tout d'abord armer chevalier par l'Angleterre et s'établit à Munich en qualité de Sir Benjamin Thompson.

Voilà tout ce qui concerne, accusé Turbot, les antécédents de votre grandiose protégé le sieur Thompson. Un archiréactionnaire. Un espion. Un charlatan d'aventure. Un guignol. Un philanthrope qui grogne parce que déçu dans son espoir de jouer à la guerre, qui, non sans talent, apprend vite les langues, car dès l'automne de sa première année bavaroise il écrit à la cuisinière Amanda Woyke une lettre guindée où il lui demande conseil sur la façon dont, sur le modèle de la solaniculture de Pomérélie et de Prusse-Occidentale, on pourrait faire également bénéficier de cette grâce le peuple bavarois. » La procureuse cita : « Ce n'est pas moi, certes, mais c'est l'univers qui sait vos mérites agronomiques grâce auxquels la Prusse affligée de guerre a pu si excellemment guérir. »

Crois-moi, Ilsebill : ce n'est pas le Turbot, c'est moi qui ai donné à Thompson l'adresse d'Amanda. Mais comme le tribunal féministe n'a reconnu pour valable que mon existence à chaque époque séparément et non ma tenace pérennité, je ne pus paraître à la barre des témoins. Dommage. Je leur en aurais mis plein la vue, à ces bonnes femmes. Elles ne m'auraient pas coupé le sifflet. Finalement, c'est moi, par mes dragons, sur ordre du roi, qui ai fourni les pommes de terre de semence aux Domaines de Prusse-Occidentale. Sur quoi (en qualité de vétéran à neuf blessures) je devins inspecteur. J'ai fortifié la Prusse par la pomme de terre. J'ai organisé le transport, la commercialisation des excédents. J'ai mis de l'ordre dans la pétaudière polonaise. Mes comptes ont reçu des mentions élogieuses à la Chambre des Domaines. J'ai fait de larges voyages : jusqu'en Hanovre. Et discuté avec les vétérans les expériences de Thompson sur la poudre à fusil pour déterminer le recul, la vitesse de la balle et le positionnement rationnel de la lumière dans le vulgaire fusil.

Donc j'écrivis à la Royal Society. (Ou bien ce fut un camarade de régiment sachant l'anglais.) Et Thompson répondit de Munich. Tout en nous promettant des mesures exactes pour la lumière de fusil prussien, il demanda qu'on l'informât en retour sur la culture des pommes de terre en Kachoubie après le partage de la Pologne. Alors je lui fournis, outre mes expériences d'organisation, non sans étourderie l'adresse d'Amanda. Et il améliora notre fusil par retour du courrier, sans retenir toutefois l'attention des suprêmes instances. Une négligence de ces messieurs de Potsdam qui devait se payer à Iéna et Auerstaedt. Mais personne n'a jamais voulu m'entendre. Tous n'en avaient qu'après elle. Elle savait. Elle se souvenait. Elle présidait. Elle voyait l'avenir. Elle avait des visions.

Le malheur voulut que je perdisse les lettres de Thompson à Leipzig où je visitais la Foire, après une nuit de beuveries, avec tout mon bagage. Seuls furent cités devant le tribunal son courrier adressé à Amanda et les réponses de celle-ci. Quand on l'interrogea sur les origines de cette correspondance, le Turbot dit avoir par des intermédiaires refilé à Sir Benjamin une relation détaillée de la visite effectuée en octobre 1778 par le roi de Prusse sur le domaine d'État de Zuckau. C'est ainsi que l'Américano-Britannique au service de la Bavière aurait appris le mémorable entretien d'une cuisinière des communs kachoube avec le second Frédéric de Prusse ; c'est pourquoi, dans sa dernière lettre, Thompson mentionnait l'historique rencontre : « Nous eûmes connaissance, honorée amie de l'utile pomme de terre, de l'hommage rendu à vos bienfaits par Sa Majesté. Le Grand Frédéric ne dit-il pas dans le document que j'ai sous les yeux : il y a là une femme kassoube qui fait une potage de cartoufes qui pourrait rendre la paix déliciöse à nos peuples. Mais ce qui m'émerveille, honorée amie, c'est l'étonnante circonstance de vos prompts succès. Comment avez-vous pu si rapidement enseigner la solaniculture au peuple inerte des campagnes ? Ici règnent la superstition et la timidité catholique. L'on médit de notre utile tubercule : il favoriserait le rachitisme et la phtisie, répandrait la lèpre et le choléra. Pourriez-vous me donner conseil ? Je dispose, par la grâce du Prince-Électeur, d'un régiment de cavalerie de jeunes paysans recrutés par force dans le service militaire et qui perd son temps en garnison, car depuis la curieuse guerre de Succession de Bavière qu'on appelle ici ' guerre des pommes de terre ', plus rien n'a bougé ; seule la mendicité va croissant. »

Le Turbot a su prouver devant le tribunal que les conseils d'Amanda, mis en œuvre par Sir Benjamin Thompson, donnèrent le branle à l'introduction de la pomme de terre en Bavière. L'attribution des terres arrachées à l'administration des Domaines (et à moi), l'affermage de friches parcellées au petit personnel serf sans terre du domaine de Zuckau afin qu'y fût exclusivement cultivée la pomme de terre — j'ai par la suite mis bon ordre à tout cela — furent reportées mot à mot par Thompson sur son régiment en faisant aménager des jardins militaires parcellés sur les friches du futur jardin Anglais : chaque soldat et brigadier disposait pendant son temps de service de 365 pieds carrés de champ de pommes de terre, la récolte lui appartenant ; chaque fils de paysan quittant le service rentrait avec des sacs de pommes de terre de semence dans son village étonné. (Mais Amanda disait, quand je repris au personnel serf ses lopins de terre pour qu'on pût les travailler en grand : « Le bon Dieu n'aime pas ça. » Du reste elle fit connaître à son ami par lettres sa panacée contre la peste, le choléra et la teigne — frotter le corps tout entier à la fécule de pomme de terre — sans doute en a-t-il souri.

A la fin de l'été 1788, Thompson fut nommé ministre électoral-bavarois de la Guerre et de la Police, élevé au rang de conseiller d'État, promu au grade de major-général. Proclamant ces titres, le Turbot dit devant le tribunal : « Cela, Mesdames, ne vous dira pas grand-chose. Je crois entendre déjà vos commentaires : une carrière typiquement masculine ! Peut-être ; l'ambition de Thompson prenait parfois des dimensions risibles. Et pourtant la correspondance avec la cuisinière provoqua sûrement chez lui un changement aussi essentiel que le font d'ordinaire les seules lettres d'amour. Oui, je l'affirme : la robuste quadragénaire et demi, l'Américain venu entre-temps en sa trente-sixième année, pour des raisons de raison passionnée, se sont écrit des lettres d'amour sur la politique nutritionnelle. Pour une fois, enfin, pas de confiture d'âmes. Pas de cœur pissant l'encre. Oyez ce qu'il écrit à Zuckau. »

« A vous seule, honorée amie et bienfaitrice, je suis redevable de la grande et importante vérité que nul ordre politique ne saurait être bon s'il ne sert au bien de la généralité. J'ai entrepris d'associer l'intérêt du soldat à celui de la population civile et de mettre la force militaire, même en temps de paix, au service du bien-être populaire, par le fait que désormais toutes les garnisons des pays héréditaires de Bavière entretiennent des jardins militaires où, en sus de l'excellente pomme de terre, on cultive aussi des choux-raves et, en assolement, la plante fourragère qu'est le trèfle. Je me permets, philanthropique amie, de vous envoyer par le même courrier quelques semences et pieds de chou-rave à repiquer. Ce légume sarclé extrêmement nourrissant fut obtenu, non sans que j'y prêtasse la main, par sélection à partir de la navette. Du reste, seul mon devoir de réserve diplomatique me retient de communiquer aux Bavarois ce qui m'est une certitude du cœur : qu'une éminente Prussienne leur a donné la pomme de terre et du même coup la boulette de purée. En conclusion : savez-vous ce qu'il serait loisible d'entreprendre raisonnablement contre la mendicité fâcheuse qui règne à Munich ? Une simple action policière n'aurait pas de sens. »

Je dois ici introduire une digression : grâce au colis-express de Thompson, le chou-rave acquit droit de cité en Prusse-Occidentale et fut bientôt populaire sous le nom de colrabe : colrabe avec abattis d'oie, poitrine de mouton au colrabe, tripes au colrabe bouillies. Et même les colrabes cuits avec rien pendant l'hiver des choux-raves de 1917.

Le Turbot n'en dit rien devant le tribunal. Mais le grand coup de Thompson, l'arrestation soudaine, l'enregistrement et le cantonnement de tous les mendiants de Munich dans une maison de travail, fut célébré par lui dans des citations de lettres où l'honneur revenait à Amanda Woyke d'avoir inspiré le ministre de la Guerre et de la Police. N'avait-elle pas écrit à Thompson : « Cher Monsieur, si par hasard il voulait passer par ici à Zuckau des frimants et mendiants gueux, il faut d'abord qu'ils scient du bois et défassent des effilures dans la chambre de débarras s'ils veulent avoir de ma soupe. »

Cette indication suffit à Thompson pour orienter sa pensée. Il répondit : « Ah, très chère amie ! Si vous pouviez voir à quel point le délit de mendicité est général ici. On crève les yeux, on mutile les membres à de tendres enfants pour qu'ainsi exposés ils excitent la pitié du public. On tient la chose pour sans remède. On s'habitue peu à peu à mettre la mendicité au rang des institutions civiles. Ou bien l'on tient pour acquise la nécessité de rendre d'abord vertueux des misérables pour les rendre heureux. Mais pourquoi, sur votre excellent conseil, ne tenterions-nous pas l'essai du sens inverse ? Rendus heureux par le travail, ils seront vertueux. »

On sait ce qu'il en fut. Thompson fit réquisitionner dans le faubourg un ancien couvent de frères minimes qui fut aménagé en maison de travail militaire avec ateliers de tourneur, de forgeron, de teinturier, de sellier et caetera, supplémentairement de dortoirs, d'un réfectoire et d'une cuisine de masse à foyer maçonné que par la suite Amanda (selon le schéma de construction fourni par Thompson) fit reproduire plus tard dans sa cuisine des communs : en forme de fer à cheval, avec de nombreux foyers et trous de cuisson. Puis il fonda dans les quinze cantons de Munich des Comités de bienfaisance, ordonna qu'on écrivît en lettres d'or au-dessus du portail donnant sur la cour de la maison de travail la devise « Ici on ne reçoit pas d'aumônes ! », fit enfin, le 1er janvier 1790, dans une vaste rafle, ramasser 2600 mendiants qui furent enregistrés sur des questionnaires préalablement établis et acheminés pour le lendemain sur la maison de travail.

Une lettre de Thompson en informa la cuisinière : « Nous fabriquons ici des tabourets, des couvertures de cheval et des uniformes pour l'ensemble de l'armée bavaroise. Nous bobinons du fil, filons la laine. 1400 habitants permanents sont industrieux et heureux. Même les petits enfants prêtent la main. Puisse mon heureux succès encourager autrui à suivre mon exemple ! »

Mais ce qui fit l'objet du débat devant le tribunal, ce ne fut pas la victorieuse opération policière du ministre Thompson, mais la thèse de l'accusé Turbot : le conseil d'une cuisinière des communs kachoube, et qui plus est serve, tendant à ce qu'on donnât aux mendiants et autres économiquement débiles du travail, partant un salaire et du pain, aurait empêché que la Révolution française ne fît tache d'huile sur l'électorat de Bavière.

A l'abri dans son aquarium blindé, le Turbot dit : « Si pareils conseils avaient été donnés à un praticien français, c'est-à-dire si l'on avait fourni au bas peuple de Paris des maisons de travail bien chauffées avec cantines attenantes, donc des marmites pleines et des yeux garantis sur le bouillon, l'on n'en serait sans doute pas venu à la Révolution, la guillotine n'aurait pas fonctionné (rien qu'à Paris) seize mille sept cent quatre-vingt-trois fois (sauf omission ou double emploi), on ne nous aurait jamais parlé d'un Robespierre, parlé d'un Napoléon, mais des princes éclairés auraient dû se résoudre au bienfait d'intérêt public. Mais ainsi le conseil d'Amanda Woyke ne profita qu'au peuple de Bavière. Tandis qu'ailleurs sévissaient les furies, les mendiants de Munich recevaient une formation de citoyens utiles. »

Encore un coup tu as raison, Ilsebill : le sucre et le fouet. On peut se représenter comme en technicolor la façon dont la procureuse, Frau Huntscha, tailla en pièces les spéculations du Turbot sous l'adage : « Si le chien n'avait pas crotté, il aurait attrapé le lièvre », dans un sens strictement matérialiste ; mais en fait elle s'exprima tout autrement, disant : « Déduction absolument correcte. » Puis elle prit ses distances à l'égard des « rites révolutionnaires masculins » et vomit Robespierre et Napoléon en démasquant chez l'un le complexe de Tartufe, chez l'autre celui de la grosse tête. Puis elle prit son élan pour l'exécution panoramique.

« Mais où, accusé, voyez-vous les bienfaits des princes éclairés ? Peu d'années après, la maison de travail de Thompson avait tourné, avec ses amorces d'autogestion, à un vulgaire pénitencier où l'on donnait la trique et multipliait les brimades. Et sur le domaine de Zuckau le servage se prolongea loin dans le XIXe siècle. Plus encore : votre génie aux mille tours, le philanthrope Thompson, fut dégommé par les États généraux bavarois. Et Amanda Woyke dut voir un inspecteur maniaque de son importance chasser le personnel du domaine de ses parcelles solanicoles. Oui, à coups de cravache. Et il n'y avait pas de bon Dieu qui tienne. Et même Thompson, devenu entre-temps gentilhomme bavarois, en qualité de comte Rumford plus tard, à Londres ou à Paris, ne put que chercher son salut en des idées neuves allumées dans une cuisine kachoube qui avaient fait boum dans sa tête.

Nous l'admettons volontiers : grâce à la division du travail, le couple épistolier Woyke-Thompson en a beaucoup fait — le fourneau économique, la marmite à vapeur, la soupe populaire — mais où trouver la part du Turbot dans cette collaboration qui souvent posa les jalons de l'avenir ? Il veut avoir été l'Esprit du Monde. Il prétend avoir accouplé l'ambition d'un arriviste antisocial et le sens collectif d'une cuisinière enracinée dans le terroir. Il a, au sens de la cuisinière Woyke, voulu jouer le bon Dieu et, dans l'intérêt du comte Rumford, incarner le progrès social. Un entremetteur rusé, ce Turbot. On dirait presque qu'il a su entortiller le tribunal, que les astuces de son égalité de droits ont séduit nous autres féministes, que le monument tardif par lui élevé à la cuisinière des communs nous a réduites en public étonné, qu'il contribue, à sa façon turbotesque, à notre émancipation. Mais ce n'est qu'une apparence. Aveuglante, mais non convaincante. A peine si elle peut étonner ; elle ne contribue en rien. L'intention était trop claire. Car, la morale du Turbot, la voici : les naïves inventions que la brave femme mûrit à son fourneau familier — par exemple : la soupe aux pommes de terre ouest-prussienne — tournent à l'exploit social de l'homme — par exemple : la soupe des pauvres à la Rumford qu'on a mangée un siècle durant à Munich, Londres, Genève et Paris. En d'autres termes : la modestie de la mémère inventive, l'éclat de la liberté intérieure au sein du servage prolongé, la subordination humble en tant qu'égalité de droits, voilà ce qu'il faudrait en ces lieux louanger, célébrer, pérenniser. Infecte morale de Turbot ! Truc de poisson ! Je dépose ma conclusion : Plus de citations de lettres ! »

Les conclusions de l'accusation ne furent pas retenues. (Déjà la fraction turbophile réussissait à faire prévaloir des décisions à la majorité simple dans le Conseil consultatif révolutionnaire.) Ensuite le tribunal féministe s'ajourna parce que le Turbot invoqua un coup de fatigue, ou le sentit réellement ; en tout cas il quitta son lit de sable, montra l'incapacité de ses nageoires à le diriger, trembla, menaçant de chavirer, de nager le ventre en l'air et murmura tout contre la surface de l'eau dans son microphone : « Combien regrettables, combien pénibles ces attaques. Tant d'injustice pourrait me rendre muet. Tout ce que je voulais — hélas ! — si ces sanglantes offenses n'étaient pas intervenues, c'était interpréter l'idéologie du comte Rumford par référence à la tour Chinoise du jardin Anglais de Munich. Mais — hélas ! — je ne suis qu'accusé et déjà trop faible pour faire face au droit de réponse qui m'appartient et à d'autres citations des lettres. Ah ! Ah ! Mais peut-être ce tribunal rigoureux parce que féminin pressent-il que moi aussi, le Butt, le principe masculin si exécré, je pourrais être mortel. »

N'aie pas peur, Ilsebill ! Naturellement le pleuronecte se remit par la suite. Et le procès suivit son cours. On continua d'admettre les citations tirées de lettres. On lut la recette de la soupe des pauvres façon Rumford : « Faire cuire deux heures et demie à l'eau jusqu'à les réduire en bouillie des pois, du gruau, des pommes de terre ; alors y incorporer de la bière aigre, puis des restes de pain coupés en dés et revenus à la graisse de bœuf, saler. » Fut pareillement citée la véhémente réaction d'Amanda Woyke à cette pâteuse falsification de sa soupe de pommes de terre : « Que le diantre prenne goût à une pareille colle de pâte. »

On traita de façon relativement brève comment Rumford quitta Munich, aigri, s'activa ensuite à Londres, déménagea pour se marier à Paris, et le conflit du père avec sa fille d'outre-mer Sally, retracé citations de lettres à l'appui ; enfin fut débattu le credo politique de Rumford, son adhésion à la providence chinoise venue d'en haut, complétée par l'assistance kachoube d'Amanda aux petits personnels : ce fut le point culminant du débat judiciaire public.

Il suffit au Turbot d'une seule phrase qui n'était à vrai dire qu'une question purement rhétorique : « Oui, n'est-il pas vrai que le comte Rumford et Amanda Woyke, par leurs descriptions utopiques de mouvements culturels de masse et leurs cantines rassasiant tout le monde, ont pressenti le maoïsme ? » pour déclencher le tumulte, et le tribunal aurait été balayé si la présidente, Frau Dr Schönherr, n'avait trouvé des paroles apaisantes : « Accusé ! », s'écria-t-elle contre l'émeute en gestation. « J'admets que vos suppositions n'aient voulu dire que ceci : que les idées du grand Mao Tsé-toung sommeillaient depuis longtemps dans les peuples, mais que souvent, comme dans le cas Rumford, elles rencontrèrent un absurde malentendu et, comme dans le cas Woyke, restèrent trop étroitement liées à la base pour propager dans les masses une agitation révolutionnaire, que par conséquent c'est seulement de nos jours qu'elles ont trouvé leur juste expression. »

Le Turbot se hâta d'acquiescer aux propos de la présidente. Vite il cita les passages en question. « Écoutez à ce sujet ce que dit

Amanda : ‘ Et un de ces jours il n’y aura plus que des valets et de la cuisine des valets. ’ Et écoutez Rumford : ‘ De même qu’aujourd’hui les fils de paysans sont contraints à l’oisiveté militaire, demain des armées de paysans pourront cultiver les champs tout en les protégeant. ’ Il y avait en chacun d’eux bien de la prescience, même s’ils ne pouvaient se douter qu’il reviendrait seulement à cette Haute Cour d’attribuer à leurs lettres cette importance qui, selon moi, et tout scepticisme personnel mis à part, s’impose. »

Qui l’eût cru ? Le parti turbophile recruta des adhésions au sein du Comité consultatif. (Toi aussi, Ilsebill, tu hésites.) Les filles astucieuses se laissaient imposer par le Turbot un Rumford qualifié de « feu-follet à tête chercheuse » et ma brave Amanda comme une « Walkyrie-patate nuance sable ». Même la procureuse parla sans croche-pieds quand le débat sur le cas d’Amanda Woyke trouva sa conclusion à tirer des larmes ou presque : on fut pris de pitié pour Rumford parce que sa méchante épouse, la veuve du physicien guillotiné Lavoisier, l’avait usé par les tapages de sa vie mondaine ; pourtant, de ce riche parti — huit mille livres par an — même les lettres d’avertissement violettes d’Amanda — « Ça doit être un démon querelleur, une Ilsebill en chair et en os, une fichue garce » — n’avaient pu le détourner. Même l’opportunisme de Rumford trouva de la bienveillance chez la procureuse : on lui pardonna d’avoir troqué l’Angleterre menacée contre la France napoléonienne par un esprit de neutralité scientifique bien qu’il y eût écrit noir sur blanc dans les lettres violettes : « Pour ce qui est du Napoléon, celui-là je ne lui garderai pas une soupe chaude. »

Le tribunal féministe, après la condamnation contestée du Turbot dans l’affaire Agnès Kurbiella, avait décidé de montrer de l’objectivité. On accorda à l’accusé des intentions d’instruire. On affina le comte et la cuisinière en exemples prophétiques de l’égalité de droits ; on mentionna même à la conclusion la « composante protomaoïste » du couple, et laissa subsister sans y toucher la fable montée par le Turbot en guise de couronne mortuaire d’Amanda : le comte Rumford, aussitôt après les fatales batailles d’Iéna et d’Auerstaedt, aurait, partant de Paris et passant par Munich, en proie à un pressentiment, pris le chemin de la Prusse-Occidentale. Il aurait eu la chance d’atteindre le bourg kachoube de Zuckau avant l’invasion des maraudeurs de Napoléon (et avant l’investissement de Danzig). Ainsi Amanda, lasse à mourir, avant d’expirer dans ses bras, aurait pu encore raconter son rêve de cantine surmontant la faim du monde. Même que la cuisinière mourante aurait pardonné au comte sa soupe des pauvres à la Rumford, cet étouffe-chrétien qui empâte l'estomac. (De moi qui, rentré précipitamment de Tuchel, fus la seule escorte funèbre quand Amanda fut enterrée dans l'ancien cimetière du couvent, pas un mot.) Elle ne fit que tenir les mains jointes jusqu'à sa fin que transfigura la raison.

Le lendemain, le *Spiegel* daubait sur l'atmosphère de la salle. Le tribunal féministe avait donné des signes d'émotion. La procureuse dont l'œil était habituellement froid avait écrasé une larme. Le public en majorité féminin qui d'habitude était prêt à aller aux barricades s'était permis quelques sanglots. Un groupuscule que par la suite rejoignit la majorité avait entonné un « Vinceremus » non pas triomphal, mais soutenu. Le Turbot, quant à lui, fit, profondément enlisé dans le sable, monter une dernière bulle : « Quand Amanda fut morte, l'Europe s'obscurcit. »

Cela eut lieu en novembre. Trois mois plus tard, le 24 février 1807, après que les Prussiens eurent été vaincus à Dirschau, comme la ville en flammes était visible jusqu'en Kachoubie, des grenadiers français de l'armée du maréchal Lefebvre occupèrent le domaine de Zuckau et mangèrent nos pommes de terre de semence.

Pourquoi la soupe aux pommes de terre a un goût de ciel

Une fois morte, Amanda Woyke ne prit que ses lunettes et chercha partout dans le ciel où était le bon Dieu. Il s'était caché, car il avait peur d'Amanda qui voulait lui régler son compte pour cause de justice absente, car il n'était pas un bon Dieu, peut-être même il n'existait pas. Au passage, dans les salles du ciel, Amanda rencontra beaucoup de vieilles connaissances qu'elle avait eues à Zuckau, Viereck, Kokoschken et Ramkau, mais aucun ne savait où restait le bon Dieu et ils avaient l'air de se languir parce qu'ils ne vivaient que de souvenirs. C'est seulement dans la grande huche à farine du ciel, qui était vide, qu'Amanda trouva ses trois gamines Stine, Trude, Lovise, qui étaient mortes de faim sur terre parce que le roi Vieux-Fritz avait fait la guerre sept ans de suite et que donc les Pandours, les Cosaques et les grenadiers de ligne prussiens tour à tour mangeaient le blé noir et l'avoine en herbe.

Stine, Trude, Lovise étaient devenues vers de farine dans la huche à farine céleste et criaient : « La huche est vide ! La huche est vide !

Dis donc, maman, donne-nous de la farine d'avoine ! » Alors Amanda rabattit le couvercle de la huche et la poussa devant elle, cherchant le bon Dieu par toutes les salles du ciel, que ça faisait un raffût.

Sur son chemin, elle rencontra le roi Vieux-Fritz. Il jouait avec des soldats de plomb peints de toutes les couleurs. Comme il avait apporté d'ici-bas un petit sac de poivre noir en grains, il n'était jamais à court de munitions. Avec les doigts de sa main gauche, d'une pichenette, il tirait les grains du creux de sa main droite et abattait les Pandours, les Cosaques et l'infanterie autrichienne vernie blanc, tant qu'il gagnait la bataille de Kolin. Amanda, piquée, l'apostropha vertement : « Pourriez pas enfin fiche la paix ! » Elle jeta tous les soldats de plomb et le poivre noir dans la huche où comme ça les trois vers Stine, Trude, Lovise eurent de la compagnie. Puis elle attela le roi devant la huche comme un cheval de trait. Ils passèrent ainsi, que ça faisait un raffût, par les salles bondées et pourtant comme vides du ciel en cherchant le bon Dieu Amanda poussait.

Sur leur chemin, ils rencontrèrent le comte Rumford qui entre-temps était mort bien loin à Paris d'une fièvre soudaine. Il se réjouit de voir Amanda et lui montra sa toute nouvelle invention : une petite machine toute brillante qui ronronnait doucement. Montrant le portail rougeoyant de l'Enfer, il dit : « Rendez-vous compte, honorée amie, je suis enfin parvenu à emmagasiner avec ma petite mécanique la chaleur primordiale, le feu d'Enfer, ce scandaleux gaspillage de combustible, et à l'offrir condensé en pilules pour un emploi profitable. Finissons-en avec la superstition ! Nous pouvons enfin établir ici votre projet favori, la cantine collective kachoube dans les salles du ciel et, à l'aide du feu d'Enfer, passer à la pratique. Vous et moi savons ce qui manque au monde : le maximum dans le minimum. Commençons ensemble l'alimentation universelle. Malheureusement il nous manque encore les ingrédients de votre excellente soupe, avant tout notre mate-faim : la pomme de terre. »

Amanda opina qu'il faudrait d'abord demander la permission au bon Dieu ; peut-être donnerait-il à bail, moyennant un modeste service de corvée, une paire de champs célestes. Elle voulait bien récolter les pommes de terre. Elle mit la machine-qui-exploite-le-feu-d'Enfer et la première douzaine de pastilles chauffantes dans la huche à farine où étaient déjà les trois vers Stine Trude Lovise, les soldats de plomb peints de toutes les couleurs et les grains de poivre noir, attela ensuite le comte Rumford à côté du Vieux-Fritz devant la huche et s'en alla cherchant le bon Dieu par les salles du ciel, que ça faisait un raffût.

Sur leur chemin, ils me rencontrèrent moi, le vieux soldat et inspecteur des Domaines August Romeike qui dans les intervalles des batailles de la guerre de Sept ans avait fait sept enfants à leur mère Amanda, dont trois étaient morts de faim et, devenus vers de farine, avaient maintenant de la compagnie dans la huche. Juste comme la Grande Armée de Napoléon, s'étant fait étriller en Russie, revenait en bribes et ravageait aussi la Kachoubie, une horde de grenadiers pillards de qui je voulais sauver nos pommes de semence m'avaient abattu sur place à coups de fusil. Je ne pus emporter dans l'au-delà qu'un sac de patates. J'étais assis dessus quand Amanda, ayant comme attelage Vieux-Fritz et Rumford, m'aperçut et m'engueula sur l'heure : « Espèce de teigneux, corniaud, couillon ! » Mais elle était bien contente des pommes de terre de semence que j'avais sauvées et de quelques cornets de graines qui par hasard se trouvaient dans ma poche : cerfeuil, moutarde, cumin, persil et marjolaine. Et même Vieux-Fritz et Rumford s'écrièrent l'un : « Superb ! » et l'autre : « Excellent ! ». Je dus caser le sac de pommes de terre dans la huche en prenant garde de ne pas blesser les vers Stine Trude Lovise et les soldats de plomb ou d'abîmer la machine-modèle pour l'utilisation du feu d'Enfer. Ensuite, entre le roi et le comte, je fus attelé à la charrette bruyante. Amanda n'avait plus besoin de pousser.

Ainsi nous cherchâmes le bon Dieu dans toutes les salles du ciel jusqu'au moment où nous trouvâmes une eau qui faisait de petites vagues comme la Baltique et sentait pareil.

« Bon Dieu de bon Dieu ! », criait Amanda par-dessus l'eau d'un vert baltique. « Où t'es-tu caché ? Viens ! Sors ! »

Mais il n'y eut pas de bon Dieu qui se montre, car il n'y en a pas. Seulement un poisson plat sauta hors de la mer et il nous regardait de travers. C'était le Turbot des contes de fées. Il dit de sa bouche de travers : « Puisqu'il n'y a pas de bon Dieu, je ne peux être votre bon Dieu. Mais je veux bien vous rendre service s'il y a quelque chose qui ne va pas. Qu'est-ce qu'il y a donc ? »

Alors, avant que les trois hommes attelés à la huche aient pu dire un mot, Amanda déplora au Turbot d'abord ses souffrances terrestres, puis les célestes : comment elle avait tout supporté et, malgré la peste, la vie chère, la faim et la guerre et l'injustice permanente elle avait toujours été du côté du bon Dieu ; comment elle était à sa recherche dans le ciel, mais n'avait trouvé en chemin que le roi Vieux-Fritz, son inspecteur idiot de celui-ci, et l'ami auquel la liaient des années de correspondance, l'inventeur bien connu du fourneau de cuisine économique ; comment elle les avait attelés à la huche vide où étaient ses trois gamines Stine Trude Lovise, les soldats de plomb du roi et ses grains de poivre, le sac de patates de l'inspecteur idiot, quelques sachets de graines telles que marjolaine, moutarde, persil, cumin et cerfeuil, et la machine à récupérer le feu d'Enfer de son correspondant avec les pastilles chauffantes. « Et maintenant que faire, *Buttke ?* Si tu ne veux pas être le bon Dieu, sois notre bon Turbot et nous viens en aide. »

Ainsi flatté, le Turbot dit : « Ce que vous n'avez pu sur terre, vous le pourrez ici-haut. Votre bon Turbot y veillera comme s'il était le bon Dieu. »

Aussitôt il disparut dans la mer d'un vert baltique. Et les salles du ciel se transformèrent en bonnes sablonnières kachoubes : légèrement ondulées, déjà fumées et labourées, environnées de genêts et de mûres. Sortant de la huche, les soldats de plomb du roi Vieux-Fritz commencèrent à travailler la terre comme des paysans en plantant les patates de semence sauvées par cet imbécile d'inspecteur et en disposant à côté un courtil pour les herbes. Déjà le comte Rumford construisait pour Amanda un grand modèle de cuisine céleste pour vaincre la faim du monde et y faisait du feu avec ses comprimés de chaleur dont la machine à récupérer le feu d'Enfer produisait trois pièces à la seconde.

Les vers de farine Stine Trude Lovise grandirent en même temps, devenant de jolies filles, et si sages par-dessus le marché que le roi Vieux-Fritz n'avait plus la peine de gouverner, le comte Rumford celle d'inventer, et que l'inspecteur stupide n'avait plus personne à couillonner, car dans la Kachoubie céleste l'aide sociale était désormais la seule affaire d'Amanda et de ses trois filles rieuses. Comme bientôt eurent poussé les herbes et les raves, que grognaient des cochons miraculeux et que même les oignons s'acclimataient dans le ciel, il y avait chaque jour assez de soupe aux pommes de terre. En épluchant les pommes de terre, on racontait les vieilles histoires du bon Dieu en histoires du bon flet. Et les enfants n'étaient pas seuls à pouvoir réciter par cœur les formules d'Amanda : « Tous les gens qui sont par ici — Aiment la moutarde et le persil » — ou bien : « Au ciel on a l'égalité, les patates et la liberté ».

Ainsi, jour après jour, tous mangeaient paisiblement la même soupe, et il n'y avait plus que les grains de poivre du roi Vieux-Fritz qui trainaient inutiles et dangereux parce qu'ils étaient gros comme des boulets de canon ; tant qu'un jour Amanda les fit rouler dans l'Enfer qui n'en chauffa que mieux.

Mais le Turbot qui, accusé devant le tribunal féministe, raconta ce conte de fées à sa décharge, il dit en manière de conclusion : « Bref, Mesdames : c'est ainsi que je me permis de créer au moins dans le ciel une situation mao-kachoube. Il vous est permis de voir en moi à la rigueur, sans que je dise oui ni non, le bon Dieu d'Amanda Woyke. »

Car il faut dire enfin que ce Turbot n'était pas un poisson, ni même un pleuronecte comme les autres, car je dois enfin m'expliquer sur sa vraie nature ; si ç'avait été un flet, il n'aurait pas eu de concrétions sous la peau ; donc c'est un turbot, mais il n'est pas comme les autres, attendu qu'il offre au sable son flanc gauche : un turbot de conte de fées.

La grande ceinture

De tout temps, le ventre creux de la huche
dispensa le réconfort
et une neige en tombait pour preuve.

Si on ne se mettait la ceinture qu'au long de la Semaine sainte,
ce serait un jeu que le jeûne,
on n'y mangerait que de la fouace faite avec rien,
mais, l'hiver, jusqu'en mars
un drap couvre de mort mon pays natal
tandis qu'ailleurs les greniers sont à jour
et les marchés saturés.

On a beaucoup écrit contre la faim.
Dit qu'elle vous embellit.
Combien son idée est nette de scories.
Combien sot demeure l'asticot dans le lard.

Et il y eut de tout temps des Suisses
qui devant Dieu (en devant Dieu sait qui)
se montraient bienfaisants : il ne manquait guère
que le plus nécessaire.

Mais quand enfin il y en eut assez
et qu'Amanda Woyke avec son panier, la houe et ses filles
allait aux pommes de terre, il y avait ailleurs, à une table,
des messieurs qu'inquiétait le cours descendant du mil.

C'est la demande, dit le Professeur Bürlimann,
qui finalement décide —
et, libéral, de sourire.

Comment le Grand Bond doit mettre le monde à la cantine chinoise

Après avoir mangé des pommes de terre en robe de chambre et du beurre avec du caillé maigre et du cumin — c'est bon — lors d'une des rares promenades digestives que s'impose mon Ilsebill depuis qu'elle est enceinte — je revenais d'un congrès au cours duquel fut discuté point par point l'avenir du socialisme — par une journée ensoleillée qui pressentait mars (peu après quatorze heures) mon Ilsebill, malgré mes cris : « Ne saute pas ! Non ! Ne saute pas ! » sauta par-dessus un des nombreux fossés appelés drains qui drainent la contrée de pâtures située entre l'Elbe et la Geest, le gras marais de la Wilster. Elle réussit, toute lourde qu'elle était, à sauter la largeur d'un mètre cinquante, mais sur le talus d'en face elle piqua en avant, où heureusement le sol était mou.

Plus tard se posa la question de la responsabilité : J'aurais déclenché le saut par ma manie des modifications lentes, progressives, sciemment retardées.

Sur les prairies du Marais, il avait été question du Congrès socialiste et de ses résolutions. (Qu'aurait-il pu advenir, si le contraire avait été vrai ?) Quand je dis : « Le printemps de Prague vint de façon trop soudaine et avait, peu de temps avant l'occupation soviétique, quelques aspects bondissants qui ne tenaient pas compte de la situation d'ensemble prévalant dans le Bloc oriental et des espérances prématurées de l'Ouest, si bien qu'une fois encore la réforme, certes mûre depuis longtemps, mais toujours trop précoce, du communisme d'État avorta sous forme de grand bond et eut pour conséquence le clopinement trop bien connu... » Quand j'eus parlé en ces termes, réfléchissant à voix haute au congrès bien plus que pour provoquer Ilsebill, elle dit : « De quoi ! Avec ta philosophie de l'escargot. Ce n'est pas ainsi que le progrès s'effectue s'il faut jamais ramper seulement. Songe à Mao en Chine. Ceux-là ont tenté le Grand Bond. Ils sont en avance sur nous. Ils ont franchi le ruisseau. »

Ce disant, mon Ilsebill avait déjà dans l'idée le watergang ; elle prenait déjà son élan, devancée par son idée elle lui courait après. Je criai : « Non ! », mais elle sauta quand même, enceinte vers la fin du cinquième mois, sauta quand même et contre toute raison et tomba sur un sol ramolli par la pluie, en tournant les reins de côté dans sa chute. Je sautai à mon tour, un jeu d'enfant, et dis : « Tu t'es fait mal ? Pourquoi n'as-tu pas écouté ? C'est enfantin. Dans ton état. » Pour la première fois au cours d'une grossesse fertile en disputes, nous avions des craintes pour l'enfant. Palpation. Auscultation. Mais ce n'était rien. Ilsebill s'était seulement foulé le pied droit. Déjà nous recommencions à nous disputer. (« Toi et tes escargots à la merde ! — Toi, avec tes sauts à la chose ! ») Ilsebill dut prendre appui sur moi, ce qu'elle n'aime pas. Pas à pas, boitillante, je la ramenai à la maison.

Là j'étais toujours inquiet ; je lui fis des compresses à l'eau vinaigrée, auscultai encore, palpai. L'enfant — « Mon fils ! » comme disait Ilsebill — gigotait. « Ç'aurait pu mal finir. S'il y avait eu là une pierre. Ou n'importe quoi de dur pointu. D'ailleurs tu te trompes si tu ramènes les succès chinois à de grands bonds. Ils se sont déjà bien des fois foutu la gueule par terre avec leur perpétuelle révolution culturelle. Une chose pareille ne marche pas à la va-comme-je-te-pousse. Songe à Amanda Woyke. Il a fallu des dizaines d'années pour que le mil soit relayé par la pomme de terre. Et la suppression du servage a duré encore plus longtemps. Toujours des régressions. Après Robespierre vint Napoléon et ensuite ce Metternich... »

Après quoi je fis à mon Ilsebill tombée — comme elle était allongée là, sans pouvoir m'échapper — un compte rendu du tribunal. Je fis, pour l'amuser, le Turbot arrogant avec sa bouche en biais quand il fut question de l'utopie d'Amanda, la soupe populaire à l'échelle mondiale. Je raillai son truc : faire preuve de compréhension et de bienveillance pour tout, même la plus sotte sottise. Puis je parodiai sa harangue : « Or donc, Mesdames, en votre rigoureuse bienveillance ! Naturellement je me réjouirai si ma thèse de la cantine mondiale woyko-rumfordienne, conduisant à rassasier égalitairement, trouve des adeptes dans vos rangs, mais ça n'ira pas comme sur des roulettes. Il faut d'abord constituer des commissions de travail qui démêlent la question des produits alimentaires de base dans l'histoire et dans le présent : à fond et faits à l'appui. Par exemple se pose la question suivante : quelle importance avait en période de famine la manne de Pologne tirée de graminées sauvages ? Ou bien : quelle position prenons-nous sur la carence en albumine et, de ce fait, sur le problème du soja ? Ou encore : est-il loisible d'établir une comparaison entre, d'une part, le déficit européen en mil avant l'introduction de la pomme de terre et le manque de riz en Chine avant l'ère de Mao Tsé-toung ? Mais si vous voulez tout à trac lancer la cantine mondiale à la chinoise sur une base centre-européenne, alors je vous prie de passer sans tergiversations de la théorie à la pratique et de recourir à la soupe aux pommes de terre ouest-prussienne d'Amanda Woyke. Autant que je sois informé, l'assesseuse Frau Thérèse Osslieb tient un restaurant bien achalandé. Ne pourrait-on pas y instituer une cuisine expérimentale ? Ne serait-ce pas le lieu idoine pour qu'on y procédât lentement, sciemment rallentando, non sans un échelonnement phasique et pour ainsi dire au ralenti, à la mise en route du Grand Bond ? »

« Et alors ? », dit mon Ilsebill invalide. « Est-ce que ces gourdes se sont laissé avoir ? Est-ce qu'on redemande des cordons bleus ? Voudrait-on maintenant — O mon Dieu ! — s'émanciper à l'aide de la cuiller à ragoût ? »

Dès le temps où les libertés monastiques de l'abbesse et cuisinière Margarete Rusch faisaient l'objet du débat et où le Turbot — par jeu — avait proposé qu'on créât des couvents féministes, avait commencé à se former au sein de toutes les fractions du Conseil consultatif, plus tard en recrutant parmi les fauteuils du tribunal, un groupe informel, puis structuré qui, aussi longtemps qu'on traita du cas Agnès Kurbiella, demeura stagnant plutôt qu'il ne gagna en profil, mais qui s'arrondit en fraction dès que la cuisine d'Amanda Woyke devint exemplaire ; ensuite la fraction dénoncée comme révisionniste fut appelée d'abord dans la presse, puis par l'opinion « Parti Turbot-réactionnaire ». Thérèse Osslieb, restauratrice et assesseuse du tribunal, passait pour son porte-parole. Ulla Witzlaff et Helga Paasch en étaient. Ruth Simoneit, avec des réserves. La présidente du tribunal, Frau Dr Schönherr, aurait à titre privé marqué des sympathies. Et même la défenseuse d'office du Turbot, Bettina von Carnow, tenta de s'aboucher avec le parti du Turbot.

Cette évolution dans le sens d'une scission, voire d'une partition, surtout des groupes libéral et mao-spontex, eut pour effet un conflit durable avec les tendances à idéologie plus consistante du Conseil consultatif, d'autant que l'hérésie apparut chez les marxistines. La censure fractionnelle s'aggravait. Quiconque se faisait inscrire dans les commissions de travail du prétendu parti était désavoué ou exclu. Et pourtant une influence croissante était le fait de ces féministes classées à tort comme « modérées », car le Turbot-party le prenait de haut avec l'accusé, Thérèse Osslieb étant particulièrement virulente : de même qu'Amanda Woyke avait traité l'inspecteur des Domaines Romeyke d'andouille ou de couillon, de même la femme Osslieb jetait à la face du Turbot des épithètes comme « limande » et « super-Hegel ».

On considérait le Turbot d'un œil critique, mais sans pencher pour une condamnation globale. L'accusation ne pouvait que reconnaître que sa position de bourgeois éclairé avait été (pour l'époque) relativement progressiste. En effet, on lui devait — ainsi qu'à son protégé Rumford — un apport de documents révélateurs sur les fonctions novatrices de la cuisine des communs. L'actuelle situation mondiale de l'alimentation — plus de la moitié de l'humanité serait sous-alimentée — exigeait la suppression radicale de la cuisine familiale et une réflexion rétrospective sur les formes historiques de cuisine collective. Cette thèse du Turbot était à peine contestable et, au sens strict, devait entrer au programme du mouvement féministe. On pouvait — tout en critiquant et réprouvant à juste titre son arrogance masculine — être reconnaissant au Turbot des impulsions qu'il apportait à la pensée. En sa qualité d'assesseuse, Thérèse Osslieb voulait prendre au sérieux pratiquement l'alimentation mondiale égalitaire ou, comme le disait le Turbot, chinoise. Et chez elle encore. Qu'il restât un amusement d'homme de baratiner seulement sur le Grand Bond en avant. C'était l'affaire des femmes de le risquer enfin.

Or le restaurant que Thérèse Osslieb tenait à Kreuzberg était plutôt un local extraffiné où fréquentaient des esthètes et dont la cuisine était recherchée dans le folklore de Bohême ; la grand'mère maternelle de Thérèse aurait été une Viennoise d'origine tchèque. Pourtant la tenancière réussit en peu de temps à refouler la plupart des personnalités géniales, à revivre intuitivement la cantine d'Amanda Woyke et à rendre populaires, à côté de la soupe aux pommes de terre prussienne-occidentale, d'autres mets spartiates : manne de Pologne en semoule avec lardons ; épinards faits d'oseille ; mil au lait ; pommes de terre en robe de chambre avec du caillé maigre au cumin ; cervelas sur pommes purée ; sans oublier naturellement les boulettes tant bavaroises que bohémiennes ; et les pommes de terre sautées garnies de ceci ou de cela : harengs, œufs sur le plat, fricandeau, fromage de tête.

Si le restaurant avait été connu jusqu'alors sous un nom à coucher dehors, il ne tarda pas, étant le rendez-vous des féministes, à s'appeler le « Hangar d'Ilsebill ». Le décor façon austro-hongroise (mousseline impériale et royale : K.u.K.) disparut. Des attributs rustiques ornaient parcimonieusement les murs blanchis de frais. Il ne restait qu'une faible partie de la clientèle d'avant. Cependant, au bout de quelque temps, les prix subirent une seconde rectification en hausse parce que régulièrement, chaque soir, sous l'impulsion du mari de Thérèse Osslieb, lequel savait s'adapter, avait lieu un programme destiné à divertir autant qu'à informer le public. On faisait des exposés : « Sir Walter Raleigh et la pomme de terre » — « La pomme de terre chez Goethe » — « Phénoménologie du hachis Parmentier » — « Heidegger dans la purée » — « L'introduction de la pomme de terre comme condition de l'industrialisation et de la prolétarisation de l'Europe ». Et, d'une émouvante actualité : « Le prix de la pomme de terre hier et aujourd'hui ».

Helga Paasch, assesseuse au tribunal, promit de mettre au printemps un demi-arpent en pommes de terre exclusivement destinées au « Hangar d'Ilsebill » dans son exploitation maraîchère de Britz ; elles seraient biologiques et accessibles aux visiteurs désireux de s'instruire. Bientôt, après un concours de peinture réservé aux enfants des femmes engagées, des motifs solanifères furent l'ornement du local. De plus on composa des tubes célébrant la patate. Dans un local adjacent, on pouvait exécuter des impressions à l'aide de pommes de terre sculptées. Assis en cercle comme pour une table ronde, le public client pouvait peler des patates pour lui-même et pour d'autres convives. Quelques bébés de sexe féminin nés au temps où se débattait le cas Woyke et dont les mères (et pères) appartenaient au public habituel du « Hangar » se virent colloquer à perpétuité le prénom d'Amanda.

Et pourtant, en dépit du côté amusette — quelques jeunes femmes portaient en collier une enfilade de tubercules d'hiver (germés) — le sérieux de l'intention initiale persista : on discutait en commission de la valeur nutritive des aliments de base, du soja qui contient de l'albumine, du mil, du riz, du caractère exemplaire de la cantine des communs, de la nécessité de livrer à la faim une bataille globale, de l'objectif final : la gamelle mondiale chinoise, et revenait sans trêve au Grand Bond.

On l'avait déjà commencé. On se trouvait en pleine phase aérienne. Conçu sous l'angle dialectique, le Grand Bond n'était pas une action instantanée, mais un processus durable, se déroulant en plusieurs phases. On bondissait en permanence.

Je n'aurais pas dû, quand Ilsebill prit son élan pour franchir le fossé plein d'eau, crier : « Non ! Ne saute pas ! Je t'en prie ! Non ! Ne saute pas ! » Car de ce fait elle devait sauter et s'affirmer au nom de cette loi qui la fait agir et que je ne connais pas, ne serait-ce que le temps d'un grand saut promptement exécuté qui, lorsque je la vis soudain en apesanteur avec son ventre, sembla s'étirer sur plusieurs phases. Je vis mon Ilsebill après la prise d'appel, tandis que mon cri « Ne saute pas ! » vibrait encore, je la vis se détacher en hauteur, miraculeusement du limon du polder, la vis gagner deux pieds puis franchir un mètre de distance sans perdre de hauteur puis, entraînée par son poids propre, après une inflexion sensible, retomber : elle franchit le fossé de justesse.

Mais avant de m'occuper de la chute d'Ilsebill, j'aimerais, le temps d'un instant prolongé, célébrer l'apogée de son saut. Elle était belle, bien que le saut rendit plus perceptible la lourdeur, voire la balourdise de son état. Son visage de chèvre butée, en querelle avec le monde entier. J'aurais eu envie de la graver sur cuivre en Melencolia sauteuse (en interprétant Dürer). A Knossos, les jeunes filles minoënnes sautaient d'un bond par-dessus un taureau arrivant en courant (en l'honneur d'Héra et pour embêter Zeus). Et notre mère nourrice Ava, quand elle découvrit son ambre et voulut s'en débarrasser, sauta le ruisseau de Radaune — comme Dorothée, comme nous revenions de pèlerinage, franchit l'Elbe en sautant de glaçon en glaçon. Car en voyant Ilsebill sauter ainsi, prévoyant sa chute, je remontai le temps. Je vis Ava, je vis Dorothée sauter pour me réfugier enfin dans le XVIIIe siècle finissant quand Amanda Woyke, serve de l'État de Prusse, pesait de tout son poids sédentaire sur le banc proche du fourneau de la cantine et pelait paisiblement des pommes de terre ; puis cent ans plus tard je rendis visite à Lena Stubbe dans sa cabane ouvrière du Brabank (nº 5) et y trouvai confirmée la vieille sédentaire misère devenue question sociale. Ensuite seulement je devins un participant du congrès tenu à Bièvres, dans la banlieue parisienne, qui prétendait examiner l'avenir du socialisme.

J'y étais invité par des émigrés tchécoslovaques. Un communiste français risqua l'exclusion pour venir me prendre à l'aéroport d'Orly. A peine installé à l'hôtel, j'achetai une carte postale que je voulais envoyer à mon Ilsebill après l'avoir couverte de phrases comme : « Fais attention à toi ! Ménage-toi, je te prie. Ton état ne permet pas de sauter. Le colloque d'ici promet d'être intéressant. Quelque cent révisionnistes... »

Assis à la longue table, ils ont le regard émigré. Barbes clairsemées où se feutrent encore des restes de la dernière Révolution et de celle qui était la dernière auparavant : devenus à la longue naturels. Entre les vétérans ont pris place de jeunes barbes encore non écrites où l'avenir fait son nid et crée l'espoir d'espérer.

Le colloque de Bièvres (il paraît qu'il y aurait eu jadis des castors ici[1]) a été bien préparé par des exposés qui se prolongent et ne laissent dans l'ombre aucun aspect historique. Les discours, pendant qu'on les prononce, sont fournis en traduction française ronéotée. Chacun parle comme devant une plus grande assistance, jadis, sur des places publiques, dans des halls d'usine, devant les délégués du célèbre congrès du Parti, en s'adressant aux masses laborieuses. Les mots complices se guettent au passage. Le stalinisme condamné par contumace. La volonté, malgré tout, de vouloir rester socialiste. Les appels à la raison. Le lamento des esprits éclairés.

Ceux qui ne parlent pas gribouillent des quadrillages pour jouer au morpion ou des intrications pubiennes. Dans les cabines de traduction, des femmes émancipées translatent sans erreur les propos d'hommes errants en langue anglaise, allemande, tchèque et italienne. Devant les fenêtres qu'on ne peut pas ouvrir, février prétend être en mars. Ils sont venus de partout. (Seuls ne sont pas venus les camarades chiliens.) Un vieux trotzkyste marqué par quatre scissions écrit (en espagnol) des procès-verbaux : son testament politique.

Protège tes yeux, ton front de tes paumes et de tes doigts serrés jusqu'à ce que surgisse le vide : une nouvelle promesse. Il faut, depuis que la raison et la pomme de terre ont vaincu la superstition... Il faut, maintenant que nous savons tout, que la faim la plus brute... Il faut enfin, si nous ne voulons pas tous, tous y passer, risquer enfin le Grand Bond...

Soudain j'aurais envie d'être dehors dans mon manteau, assis sur un banc pour les retraités et les moineaux, casser la croûte avec du fromage en buvant du vin rouge au litre jusqu'à subir l'injure du temps, être absolument sans espoir, ou bien rencontrer d'autres vétérans avec qui j'aie partagé le banc de la cuisine d'Amanda Woyke, ressassant en long et en large toutes les batailles, de Kolin à

1 Jeu de mots : en allemand, castor se dit : *der Bieber* (N.d.E.).

Burkersdorf. tout en mangeant des pommes de terre en robe de chambre avec du glumse au cumin.

La parole au suivant. Sur la touche s'enfante une résolution. A la demande des Italiens. Il s'agit du printemps de Prague : il n'en finit plus.

(Non non ! J'en reste là. C'était de l'étourderie. Même si nous eûmes de la chance.) Comme elle esquiva latéralement le bassin et toucha terre d'abord avec les coudes, la chose a pu encore une fois bien tourner. Mais longtemps encore, tandis que je prononçais ma petite phrase — « Nom de nom, ça s'est encore bien passé. Mais ce n'était pas sérieux » — le repas des vétérans s'étire dans la cuisine d'Amanda (et le Congrès des révisionnistes européens se déroula point par point suivant l'ordre du jour). Car aussitôt après la paix d'Hubertsbourg mes services me valurent d'être nommé inspecteur. Mes camarades de régiment se casèrent bien ou mal, la plupart comme régents d'école. Et Amanda ne voyait pas à redire que nous nous retrouvions une fois par an, quand était finie la buvée du petit personnel, accoudés à la table beaucoup trop longue, buvant du schnaps de pommes de terre avec des pommes de terre en robe de chambre, tant que nous reprenait le feu des batailles : « Ben mon 'ieux, quand je pense à Torgau... Tu te rappelles quand, fouillant les bagages des Saxons, nous avons trouvé en plus du tabac la boîte en carton pleine de bonbons... » (Et à Bièvres, pendant les pauses de la conférence, on m'a raconté quelques bonnes histoires politiques que j'ignorais : Brejnev et Nixon rencontrent Hitler en Enfer...) Et je dis à mon Ilsebill après la chute : « Ç'aurait pu plus mal finir, chérie. Quand Amanda était enceinte d'Annette, la plus jeune de ses filles que son Romeike lui avait faite peu avant la fin de la guerre, après la bataille de Burkersdorf, elle fit une chute comme elle cueillait des champignons en sautant un ruisseau dans les bois, sur des gneiss micacés, ce qui provoqua une naissance prématurée. »

Cependant, l'Annette a grandi. Et sa fille Sophie a été même plus tard cuisinière chez Rapp ; le gouverneur de Napoléon. Et la petite Sophie, quand nous fêtions notre rencontre d'anciens caporaux, nous a servi ces pommes de terre en robe de chambre avec du glumse au cumin (avec de l'huile de lin) qui reviennent à la mode aujourd'hui.

L'autre jour, quand j'eus envie de revoir Berlin — le pied foulé d'Ilsebill allait mieux — j'emmenai Ruth Simoneit. Nous pûmes entraîner Sieglinde Huntscha pour qui le Hangar est par principe « de la merde ». Nous étions à une table avec Ulla Witzlaff. Et même la femme Osslieb, à la façon des hôtesses, s'assit plusieurs fois avec nous pour tailler une bavette. Seul homme présent, je n'étais pas si mal. Ulla Witzlaff travaillait, *striktemang* une maille à l'envers une maille à l'endroit, à un pull-over d'homme. (Ces filles sont plus braves qu'elles ne s'en donnent l'air.) Et comme je parlais de mon Congrès des socialistes sans espoir, elles allaient jusqu'à m'écouter. Seule Ruth Simoneit qui, à peine en place, avait commandé sur-le-champ une eau-de-vie de pommes de terre dans un verre à dégustation, tira dans le tas : « Lécher des blessures ! Quoi ? Lécher des blessures? Ça vous savez le faire. Les hommes, vous n'êtes jamais que brutaux ou dolents. »

Mais la bonne humeur vint ensuite. A grand fracas, Helga Paasch vint nous rejoindre à la table. Osslieb apporta de la soupe aux pommes de terre. Ulla Witzlaff remplit équitablement les assiettes creuses. Jusque tard dans la nuit, les propos évoquaient l'avenir : la grande crise et l'effondrement des systèmes (masculins). Toutes saluaient déjà l'avènement de l'imminente cantine chinoise. J'offris quelques tournées de schnaps maison : « A la santé de la future gamelle unifiée ! » Puis ce fut le tour de la femme Paasch. Ruth Simoneit, naturellement, était fine saoule. La Witzlaff dit : « Notre Turbot est maoïste ! Notre Turbot est maoïste ! » Et Sieglinde Huntscha essayait de draguer Osslieb. Elles roucoulaient à qui mieux mieux.

Dommage que mon Ilsebill n'ait pas été là. Mais il fallait à tout prix qu'elle saute le fossé. Alors j'eus beau crier et implorer : « Ne saute pas ! Non ! Je t'en prie, saute pas ! » — elle sauta : elle voulait sa chute. Elle gisait dans la vase. J'avais sauté derrière elle. Elle était le cul par terre. Je l'engueulais. Elle gueulait en sens inverse « Je sauterai avec mon ventre quand et où je voudrai ! »

« C'est pas seulement ton enfant, ce sera notre enfant ! »

« Je ne te laisserai pas m'imposer quand je dois sauter ou non. »

« Tu aurais dû y penser avant, si tu ne veux pas cet enfant. »

« Foutu fossé ! Je recommencerai plus. »

« Jure-moi, Ilsebill, de ne jamais recommencer. »

Mais mon Ilsebill ne voulait pas jurer, abjurer le Grand Bond, ne plus jamais bondir.

Viande de bœuf et mil historique

La cuisinière qui est en moi et moi, nous ne nous faisons pas de cadeaux. Par exemple Ilsebill a en elle un cuisinier — moi sans doute — qu'elle combat. Notre controverse du début : savoir qui est dans qui, gras ou maigre, sous forme de complexe, tend à promouvoir de nouvelles préparations culinaires ou d'anciennes qui redeviennent populaires, depuis que nous cuisinons en pleine conscience historique.

Maintenant, tandis que deux kilos de jarret de bœuf cuisent à petit feu et que pour donner un coup de main je gratte des légumes sur mon pouce, elle lit un livre plein de notes en bas de page dans lequel il y a quelques indications concernant le mil comme aliment des pauvres, comme mets de fête, comme motif de contes de fées et comme aliment des poules.

Je me tiens tranquille et m'imagine des histoires qui tournent toujours différemment et peuvent avoir de temps en temps sucré la bouillie du petit personnel du domaine d'État de Zuckau dans les temps du servage quand la huche était vide et qu'il tomba une grêle de grains de mil gros comme des pois, si bien que tous furent miraculeusement rassasiés...

Par-dessus mon conte de fées, Ilsebill dit : « L'auteur nous a simplement oubliées. Jamais que des hommes qui. Et pourtant c'était par le mérite des femmes si, à partir de 1800, les emblaves de mil tombèrent de 53 000 hectares à 14 877 parce que la culture de la pomme de terre, surtout en Prusse, gagnait rapidement du terrain. Aujourd'hui le mil est tout au plus une spécialité diététique. Il y en avait dans les magasins d'alimentation réformée parmi les pignons, le couscous et le soja. Personne ne sait plus ce que c'était : une mauvaise année de mil. »

Je dis : « Et encore plus tôt, avant que la pomme de terre ne l'ait emporté sur le mil en Prusse et ailleurs, la mariée, le jour après la nuit de noces, pour être féconde, devait faire cuire un pot entier de mil gonflé au lait. On en mettait avec une spatule de bois tout chaud dans la main des enfants des pauvres vanniers, si bien qu'ils faisaient ouille ! et passaient les pâtons d'une main dans l'autre en l'air, pour les manger une fois refroidis. »

« Toujours tes histoires », dit Ilsebill. « Ça fait diversion au vrai procès. Tu veux m'avoir au baratin. » Elle referme le livre où sont les notes historiques. « Jadis le mil a rendu les femmes sottes. Et maintenant ? Et aujourd'hui ! »

J'observe un silence inquiet. Elle a raison, bougrement raison. (Et pourtant la cuisinière Amanda Woyke avait si bien copié l'écriture sur l'inspecteur Romeike que bientôt elle put mieux que lui correspondre avec le comte Rumford et lire à haute voix aux gens, en extraits du dernier journal, ce que Mirabeau avait dit sur le prix du pain et les principes de la Révolution.)

Le cuisinier qu'Ilsebill héberge, ne serait-ce que pour se disputer avec, lui obéit au doigt et à l'œil. Elle décide qu'aujourd'hui on n'épluchera plus de ces pommes de terre qui ne cessent de renchérir, mais qu'en revanche on mettra du mil historique arrosé d'un bon litre de bouillon dans une terrine à couvercle placée sur la marmite où cuit le bœuf : voilà que le mil gonfle selon l'usage du temps, et moi je continue cependant à éplucher des légumes.

« Ne coupe pas les carottes en rondelles ! Et le salsifis reste aussi entier. Voilà bien l'homme : veut cuire tout ensemble si bien que plus rien n'a de goût. »

Je tente de fuir en dévalant l'escalier de l'histoire : « Flocons d'avoine ! Gruau d'orge ! Bouillie de mil ! C'est avec ça que vous nous avez brimées des siècles durant. Mais ça ne prend plus, tu entends ! Maintenant c'est votre tour. Fais voir un peu et ne rêve pas. »

Je coupe docilement par moitiés le chou, le céleri. Je laisse entiers les carottes, oignons, salsifis, le chou-rave et les trois gousses d'ail. (Ah ! Voir ce qu'une tête de chou recèle, en coupe transversale, de beauté : ces structures, tant de système, le tracé labyrinthique, le trait sans fin...)

« Et qu'est-ce que je fais des colrabes ? » dit-elle pour elle, et non dit-il pour elle. Tout ce que j'ai paré, et un morceau de colrabe comme le poing en sus, Ilsebill le met à bouillonner et à cuire avec la viande bientôt à point sous le mil en train de gonfler ; pas question qu'elle le laisse bouillir et rebouillir comme le voudrait un homme typique.

Puis vinrent les invités. Ils louèrent notre mets à conscience historique et s'en firent servir, et encore servir.

Quand les invités furent partis et que j'eus garni puis dégarni le lave-vaisselle, plus tard, beaucoup plus tard, après minuit, je rêvais à côté d'Ilsebill : je dois me frayer un chemin en mangeant une montagne de mil. Mais quand j'en suis enfin venu à bout, voici que se dresse devant moi une montagne de pommes de terre cuites et encore fumantes. Déjà, résolu que je suis, je me mets à jouer des mandibules pour faire le trou, mais arrivé à mi-chemin une angoisse me prend : si, derrière le mil sucré et les pommes de terre fumantes il y avait une montagne de colrabes crus, qu'on appelle Wruken, me barrant le chemin de la Terre promise ?

Tous deux

Il ne dit pas ma, mais la femme.
La femme ne veut pas de ça
Faudra que j'en parle avec la femme.

L'angoisse, lovée en nœud de cravate.
L'angoisse de rentrer chez soi.
L'angoisse d'admettre.
Angoisses, tous deux se possèdent l'un l'autre.

L'amour pleure ses exigences.
Et le petit baiser habituel ensuite.
Seule compte encore la mémoire.
Tous deux vivent de la valeur contestée.
(Les enfants, par le trou de la serrure, remarquent une chose
et décident de faire le contraire plus tard.)

Mais, dit-il, sans la femme je n'aurais pas tant.
Mais, dit-elle, il fait ce qu'il peut et même davantage.
Bénie soit la malédiction, et quand elle devint la loi.
Une loi qui n'arrête pas de devenir plus sociale.
Entre les éléments incorporés qu'on a fini de payer,
la haine fait
des nœuds dans le tapis : pas facile à entretenir.

Tous deux ne s'entre-découvrent,
quand ils sont assez étrangers l'un à l'autre
plus qu'au cinéma.

Au sixième mois

Robes indiennes

Enceinte de six mois, elle ne voulait plus effacer le ventre, serrer la taille, la contraindre à une tournure idéale ; elle cessa d'obscurcir les miroirs, de forcer sa nature en prenant des comprimés et de trouver à volonté des sujets de dispute en cherchant la clé du contact. Comme l'enfant, désormais placé sous le nombril, frappait pour protester, Ilsebill se mit à porter plus tranquillement et à présenter son ventre comme digne d'étonnement partout où elle allait. Plus de sauts à l'étourdie. Rarement encore des trous et une haine écumante de l'homme mâle. Il y avait des moments de bovidité douce. Déjà elle empilait la première layette. Et, après le saut du fossé plein d'eau, comme si tout pouvait aller de travers, elle se confectionna une robe déjà de circonstance, un truc pendant couleur caca que je qualifiai d'impossible.

Donc nous allâmes dans une des boutiques de camelote indienne qui, à Hambourg et n'importe où, sont pas chères et bourrées jusque sous le plafond : à travers des haies de robes et des avenues de blouses. Y a tellement de choix. Y a qu'à prendre.

Elle prit, non, arracha des cintres cinq ou sept des robes larges à la taille, resserrées sous les seins, d'une coupe vaguement Restauration, et emporta sa proie dans une des cabines d'essayage séparées par des rideaux. Puis à de brefs intervalles elle apparut cinq ou sept fois en coton ou en soie d'Inde : brodée, piquée de facettes miroitantes autour de la poitrine gonflée, ou bien jaune maïs ou vert mystique, ou tout en rouge drapeau.

Une représentation pour moi seul. J'opinais du chef, faisais remarquer, louais ce que je n'aimais pas, débinais ce que j'aurais voulu voir sur elle, collais à mon rôle et remportai une demi-victoire quand elle se décida, sinon pour le jaune maïs à manches longues et en tout cas le temps de cinquante-neuf secondes pour le vert mystique, carrément pour le rouge-drapeau brodé de rouge-seulement à l'empiècement. Une robe jusqu'à terre à manches spacieuses. Le drapé opulent prévu pour l'abdomen en hausse : solennel et négligé. Pas cher la pièce : quatre-vingt-cinq marks cinquante ; ça irait encore sans problème jusque dans le huitième mois et n'aurait pas besoin d'être mis au rancart après. Déjà elle se voyait mince en société, à des fêtes, à des tables rondes, en voyage.

« C'est chouette ici à l'Ouest », dit Ilsebill. « Je veux dire, on fouille, on essaie, on n'en veut plus, on peut se décider librement, choisir. » Et à la cantonade seulement elle purgea sa mauvaise conscience : « Naturellement les machins sont si bon marché parce que c'est encore de l'exploitation. Les travailleurs au rabais du Pakistan, de l'Inde, de Hong-Kong et de Dieu sait où. » Elle dit cela, vêtue de rouge drapeau, comme une accusation jetée à ma face. Étant son mari, j'ai pour mission de venir à la barre répondre de tout méfait masculin commis à date historique et maintenant. « Ou bien tu pourras peut-être me dire ce que les gros patrons paient pour ça aux couturières ? Là. Regarde. Tout est à la main ! »

Pendant ses cinq ou sept entrées à l'indienne, je piétinais parmi des femmes qui fouillaient, essayaient un instant, rejetaient, choisissaient ; parmi elles, quelques-unes étaient pareillement enceintes ou pouvaient l'être. Dans des bocaux, sur des coupes en sparterie, dans des boîtes de carton collées de papier multicolore : du toc asiatique. Comme le questionnaire me laissait des secondes de répit, je retombais dans mon tic : l'idée maniaque d'avoir été Vasco de Gama, découvert la route maritime des Indes : surgit la côte de Malabar — des palmiers, partout des palmiers — à portée de main devant nous. En guise de sondage, on envoie à terre un condamné à mort qui revient sain et sauf et raconte des mirabilia. Et aussi Napoléon, au temps duquel vécut la plus gracile de toutes les cuisinières, Sophie Rotzoll, aurait remué l'Inde dans son cerveau militaire. Mais du temps où j'étais encore Vasco de Gama, plein d'inquiétude et riche d'un cinéma intérieur...

Ça tenait à l'odeur de musc. Plusieurs coupelles exhalaient une fumée aigre-douce. De nulle part venait une musique emballée dans l'ouate qui rendait tout encore plus toc. Les vendeuses, bien que toutes du standard hambourgeois, se mouvaient comme des danseuses du temple en première année de formation. On ne parlait qu'à voix basse et suggestive : « Le bleu lessive se porte bien avec la petite frange blanche. » Finalement, ce fut le rouge drapeau.

Ilsebill dit : « Je me sens maintenant toute différente. Non, pas indienne bien sûr. Mais différente je ne sais comment. »

Je dis : « Nous devons tout à Vasco de Gama et à ses successeurs. Il n'a pas tellement diminué le prix du poivre. »

Nous promîmes aux vendeuses de revenir dans le huitième mois. « Oui », dit l'ombre bleue qui souffrait à la caisse, « nous aurons alors notre collection d'été. Vraiment des choses tout à fait suaves. »

En payant, je mis un mark dix dans le cochon-tirelire de l'œuvre « Du pain pour le Monde ». Dehors, malgré le soleil de mars, il faisait trop frais pour le rouge drapeau dont la coloration satinée se modifiait à la lumière du jour : Ilsebill avait froid dans sa nouvelle acquisition couleur d'amanite tue-mouche. Je l'aidai à passer son manteau.

Sophie

Nous cherchons,
Croyons trouver ;
mais il s'appelle autrement
et a d'autres affinités.

Un jour nous en trouvâmes un
qui n'existait pas.
Mes lunettes s'embuaient,
un geai cria,
nous nous sauvâmes.

Dans les forêts environnant Saskoschin,
on dit qu'ils se sont arrangés.
Comme elles se reconnaissent toujours,
on se moquait des chanterelles.

Les champignons ont un sens.
Il n'y a pas que les comestibles
qui montent la garde sur un pied,
roidis de symboles.

Sophie qui par la suite devint cuisinière
et aussi politique
les connaissait tous par leurs noms.

L'autre vérité

Quand fut décédée Amanda Woyke qui cuisait pour les valets, après quoi les Français furent cantonnés partout, et que Sophie, petite-fille d'Amanda, eut commencé de gouverner la cuisine du gouverneur de Napoléon dans un esprit qui restait révolutionnaire, il arriva qu'à l'automne de 1807, comme les champignons venaient en forêt à pleines panerées, les frères Jacob et Wilhelm Grimm rencontrassent les poètes Clemens Brentano et Achim von Arnim à la maison forestière de la forêt d'Oliva, où ils voulaient préparer une édition et échanger leurs idées.

L'année précédente, von Arnim et Brentano avaient édité un recueil plein de morceaux précieux, *le Cor enchanté de l'enfant;* et parce que la misère générale provoquée par la guerre accroissait le besoin de belles paroles, et que l'angoisse cherchait refuge dans les contes de fées, on voulait, à l'écart de l'agitation de la ville et loin des querelles politiques quotidiennes, puiser dans la masse encore désordonnée de trésors étranges la matière d'un second et d'un troisième volumes afin que le peuple, après tant de lumières froides et de rigueur classique, trouvât enfin un réconfort : ne serait-ce que par la grâce de l'oubli.

Avec deux jours de retard survinrent le peintre Philipp Otto Runge, qui était passé par Stettin, et Bettina, sœur de Clemens Brentano, qui venait de Berlin. La maison forestière avait été recommandée aux amis par le pasteur Blech, diacre de l'église primatiale de Danzig, grâce à l'entremise de Savigny qui entretenait une correspondance avec Blech ; de plus, les jeunes gens aimaient les rendez-vous secrets au sein de la nature.

Les seuls habitants de la maison de bois proche de l'étang et de la Clairière-au-Chevreuil étaient le vieux forestier ainsi qu'un bûcheron kachoube avec sa femme et quatre enfants : ils y vivaient comme en dehors du temps.

Les amis eurent du mal à supporter le silence. Brentano, dont la première femme Sophie était morte et dont le second mariage conclu l'été précédent s'annonçait déjà malheureux, se trouvait soit de triste humeur ou bien irritait les autres, notamment le délicat Wilhelm Grimm, par son esprit forcé. Sa sœur était encore pleine de souvenirs de voyage : au printemps, elle avait vu Goethe en chair et en os, correspondait avec la mère de ce dernier à qui l'unissait un échange de vues qui mena tout naturellement à des notes sur l'enfance du grand homme.

Jacob Grimm et von Arnim, lequel après le désastre d'Iéna et d'Auerstaedt avait transféré ses pénates à Königsberg, tinrent des propos amers sur la récente paix de Tilsitt qu'ils nommèrent un honteux diktat. Von Arnim ne voulait plus s'occuper que de cultiver ses biens. Jacob Grimm se demandait s'il devait accepter l'offre de devenir bibliothécaire privé de l'odieux arriviste Jérôme [1] au château de Wilhelmshöhe. (Il le devint.) Wilhelm qui venait d'achever ses études de droit, vu la dureté des temps, pensait être de préférence homme de lettres à son compte. Seul le peintre Runge resta muet (bien qu'il regorgeât de discours intérieurs) et à l'écart du devenir historique. Il était parti de Hambourg, visitant au passage sa ville natale de Wolgast et la proche île de Rügen où, quelques années auparavant, il avait, de la bouche d'une vieille femme décédée entre-temps, entendu quelques contes en patois de la côte, notant l'un et l'autre. C'était un homme à favoris, aux yeux saillants et au front constamment soucieux, qui trois ans plus tard devait être mort poitrinaire ; tôt achevé, comme on dit encore.

La maison forestière était à une bonne lieue de chemin d'Oliva, et, si ses mansardes où les amis rêvaient leur bonheur ou dormaient leur chagrin étaient étroites et basses, la cuisine, avec sa table longue sur un sol de terre battue, offrait quand même assez de place pour des allées et venues inspirées, des propos enthousiastes, des éclats de rire en traînée de poudre et le nombre très excessif de feuillets manuscrits proprement calligraphiés et quelques lettres d'éditeurs. Le fourneau maçonné où s'affairait constamment la femme du bûcheron qui voulait être appelée Lovise, donnait une bonne chaleur. Il y avait toujours du café de malt chaud et, au panier, une miche de seigle dont les amis rompaient un morceau parce que, sortant du four, il donnait faim. Rarement pleurait un des quatre enfants qui, du nourrisson âgé de six mois jusqu'à l'aînée Amanda, six ans, se partageaient le sein de Lovise. Les amis en étaient étonnés et comme ahuris. Seulement Betina s'écriait enthousiaste : « C'est la vie, simple et authentique ! »

Puis ils se rappelaient à l'ouvrage. La continuation du *Cor enchanté* devait être encore plus brillante. La controverse initiale

1. Jérôme Bonaparte, frère de Napoléon 1er. Roi de Westphalie, de 1807 à 1814, (N.d.E.).

portait sur le principe. Tandis qu'Arnim voulait juxtaposer poésie et tradition populaire sans toucher à rien afin d'obtenir à la fin une poésie populaire allemande — « Car si les trésors se sont conservés si longtemps, personne ne devrait prendre la lime pour les apprêter... » — Brentano voulait tirer profit du trésor de chansons, contes et fables, enseigner donc au peuple à parler avec plus d'art : « Seule la main de l'artiste ennoblit la pierre grossière, bien qu'elle nous semble superbe quand elle n'est pas taillée. » Jacob Grimm voyait l'ensemble d'un œil plus objectif et voulait introduire dans ce flot un ordre méthodique : « Tout cela est un fleuve de langage, a donc une source à laquelle il faut remonter pour la questionner sur ses origines. » Seul le tendre Wilhelm était d'avis qu'en toute modestie, mais d'une oreille attentive, il fallait écouter ce qui se racontait sur le banc du poêle ou autour du rouet et le rendre sans y rien ajouter afin qu'il fût conservé. « Cela me suffirait », dit-il. (Et plus tard il a patiemment recueilli des contes de fées et les a fidèlement rassemblés dans son *Trésor du foyer.*)

Chose singulière, Mademoiselle Bettina parvint, pour véhéments que fussent leurs propos alternés, à inspirer à tous ces hommes une humeur à la fois enfantine et blasée. Elle était pour la juxtaposition de la poésie et de la tradition populaire, pour le conte littéraire, pour l'exploration du fleuve et pour la simple notation des trouvailles faites au coin du feu. Et quand le peintre Runge, hésitant et obscur, parla de forces élémentaires de la matière, de souffle du hasard, puis encore d'étamines, du fugitif aspect de toute chose vivante, puis en d'autres images, Bettina lui donna raison à lui aussi : ils étaient tous épatants. Chacun avait raison. Il y avait place pour chaque idée. Ainsi était la nature en son beau désordre : spacieuse. On pouvait livrer tout ça au lecteur dans sa profusion spontanée et n'y mettre qu'un ordre médiocre. A lui d'y chercher son bien. « Alors vous pourrez continuer vos recherches ! », s'écria-t-elle.

Sur quoi le peintre Runge dit : « Voici maintenant que le conte en dialecte apporté par moi, *De genièvre,* a reçu un accueil favorable dans la *Gazette pour solitaires ;* mais l'autre, pareillement noté par moi il y a des années de la bouche d'une vieille femme de l'île de Rügen et, qui plus est, comme variante, parce que la vieille, avec une opiniâtreté singulière, le racontait tantôt comme ceci, tantôt comme cela, je veux dire le conte *Du pêcheur et de sa femme,*n'est toujours pas imprimé, bien que le libraire Zimmer ait déjà recommandé, il y a deux ans déjà, à Messieurs Arnim et Brentano d'insérer le *Conte du flet* dans *le Cor enchanté.* Voici l'occasion de reprendre l'affaire telle que je vous la présente enfin sous deux versions. C'est pourquoi, à l'instance de Messieurs Grimm, je suis venu de si loin. Car au fond je devrais être à mon chevalet travaillant à mon tableau. Il s'appelle *le Matin* et je n'en viens pas à bout. »

Là-dessus, le peintre Runge déposa sur la table longue pleine de papiers son conte en dialecte sous deux variantes. L'une d'elles nous a été transmise ; pour l'autre, il reste à en parler.

En effet, cette vieille femme qui habitait sur une petite île appelée Oehe entre l'île allongée de Hiddensee et la grande île de Rügen mais par vent favorable venait en canot à rames dans la grande île pour y vendre son fromage de brebis les jours où il y avait marché à Schaprode avait dicté deux sortes de vérité au peintre Philipp Otto Runge qui les avait notées dans son cahier de brouillon. La première accréditait la querelleuse Dame Ilsebill qui veut en avoir toujours davantage, voudrait être roi empereur pape et qui pourtant à la fin, parce qu'elle exprime au flet omnipotent le désir d'être le bon Dieu — *Ik will warden as de lewe Gott...* — est renvoyée à sa chaumière, dite « Pisspott », c'est-à-dire pot de chambre ; la seconde des deux vérités dictées par la vieille femme au peintre Runge montre une Ilsebill modeste et le pêcheur sans mesure dans ses désirs : être invincible à la guerre. Il veut construire des ponts par-dessus le cours d'eau le plus large, des maisons et des tours qui touchent les nuages, des voitures rapides qui ne sont tirées ni par des chevaux ni par des bœufs, des vaisseaux allant sous l'eau, y entrer, y habiter, les piloter. Il veut dominer le monde, vaincre la nature et s'élever au-dessus de la terre : « Maintenant je veux aussi pouvoir voler... », ainsi était-il dit dans le deuxième conte. Et comme à la fin le mari, bien que sa femme Ilsebill ne cesse de lui conseiller la satisfaction — *Nu will wy ook niks meer wünschen, sunners tofreden syn...* — voudrait partir là-haut dans les étoiles — « Je veux aussi voler dans le ciel » — tout, les tours, les ponts et les engins volants, toute cette splendeur s'écroule, les digues se rompent, vient la sécheresse, des tempêtes de sable ravagent tout, les montagnes crachent du feu, la vieille terre tremble pour rejeter la domination du mari, après quoi un grand froid annonce le nouvel âge glaciaire qui nivelle tout. « Il sont encore sous la glace jusqu'au jour d'aujourd'hui » achevait le *Conte du flet* qui accomplissait chaque désir de l'homme qui en voulait encore et toujours davantage, sauf le tout dernier : voler dans le ciel jusqu'au-delà des étoiles.

Quand le peintre Runge demanda à la vieille femme lequel des deux contes était le bon, elle dit : « L'un et l'autre tout ensemble. » Puis elle retourna sur le marché vendre son fromage de brebis car elle voulait être de retour sur son île avant la tombée de l'obscurité « avec quelques friandises et une bouteille ».

Quant au peintre Runge, il retourna à Wolgast où il habitait la maison de son père. Il y rédigea les deux contes, l'une, l'autre vérités en calligraphie en transcrivant son cahier de brouillon sans y changer un mot.

Quand les frères Grimm, les poètes Arnim et Brentano et Bettina, sœur de Brentano, eurent lu l'une, l'autre rédactions et demandé, faute de comprendre suffisamment le bas-allemand, ce que voulaient dire « snack » et « lüttje », ils louèrent la morale interne et le naturel en termes divers : Arnim était prêt à reprendre aussitôt dans *le Cor enchanté ;* Brentano en revanche voulait émonder le dialecte, mettre en vers et en tirer une vaste épopée ; Jacob Grimm goûta une grammaire qui ne s'embarrassait pas de vétilles ; Wilhelm Grimm voulait à l'avenir recueillir ces deux contes avec d'autres. Seule Bettina ne pouvait pas se faire à l'un des deux contes : Ilsebill était par trop méchante. Si l'on éditait le conte tel quel, les hommes l'auraient belle de dire : Voilà comment sont les femmes, querelleuses et avides, l'une vaut l'autre. « Pourtant les femmes sont dépourvues dans ce domaine ! », s'écria-t-elle.

Alors son frère Clemens dit : « Ce qui en revanche me déplaît, c'est que dans l'autre conte l'action et l'ambition du mari, son rêve de grandeur est cruellement anéanti. Tout ce qui nous est sacré, l'histoire aux mille détours, le brillant Empire des Hohenstaufen, les abruptes cathédrales gothiques, tout cela n'existerait pas si une frugalité sotte devait être le fait de l'homme. Si l'on confiait le conte au public dans cet état, et donc dénonçait le fait que toute ambition masculine aboutirait au chaos, l'autorité masculine serait bientôt ridicule. Au reste, les femmes sont sans doute plus démesurées dans leurs désirs. C'est de notoriété publique. »

Ensuite le frère et la sœur se disputèrent par-dessus la table et autour. Et même le reste des amis fut bientôt lancé dans la controverse. Même le réaliste Jacob Grimm inclinait à préférer la méchante Ilsebill au pêcheur présomptueux. Il connaissait (en Hesse, en Silésie) d'autres contes où c'était toujours la femme qui voulait sans cesse en avoir davantage. A quoi le tendre Wilhelm objecta : il est pourtant connu que la manie dominatrice de l'homme opprime le monde. Napoléon — comme César — n'était-il pas un mauvais exemple ? Est-ce que le Corse, par une escalade incessante, n'avait pas voulu devenir consul quand il était général, Premier consul parmi trois, puis, étant Premier consul, empereur et ensuite, étant empereur, subjugué toute l'Europe ? Ne songeait-il pas à aller aux Indes, ne voulait-il pas briser l'hégémonie britannique et peut-être, comme l'avait tenté Charles de Suède, s'enfoncer en Russie ?

A quoi les amis, sensibles au malheur de la patrie, acquiescèrent. Seule Bettina ne voulait pas qu'on touchât à la grandeur du petit homme. Puisqu'enfin Goethe en personne, lui-même un grand, lui avait fait comprendre en termes clairs l'importance de Napoléon. Sur quoi Arnim s'en prit à Goethe et donna dans un patriotisme bruyant. (Par la suite, il fut capitaine dans un bataillon de la Landwehr lors de la guerre de Libération et montra de la bravoure.)

Runge écoutait tout cela sans mot dire, bien qu'il eût une dent contre le grand homme de Weimar, parce que ce dernier, dans un concours de peinture, n'avait pas trouvé suffisamment classique son tableau *Combat d'Achille avec les dieux du fleuve.* Une fois seulement il objecta sans être entendu : la vieille femme avait déclaré véridiques l'un et l'autre contes.

Mais quand alors Brentano eut proclamé femme en soi la querelleuse, avide Ilsebill de l'un des contes en citant à l'appui des exemples orduriers tirés de son mariage récemment contracté et pourtant déjà raté avec une certaine Auguste Busmann, Bettina s'emporta (après la Révolution de 1830 elle devait rompre des lances pour les droits des femmes) contre son frère excessif : « Est-ce que nous autres femmes ne sommes pas déjà suffisamment humiliées ! » Le regard sur la muette femme kachoube qui se tenait près du feu (et ses enfants angoissés) elle mit un terme à la mauvaise dispute : « Amis, prenons le temps de réfléchir à tout cela. Tout à l'heure, la bonne Lovise me disait que les forêts sont pleines de champignons. Nous devrions nous confier à la nature et recueillir dans des paniers ce qu'elle nous offre. C'est encore le début de l'après-midi. Le soleil automnal nous fait une lumière d'or. Où, sinon dans la cathédrale sylvestre, s'apaisera la querelle. Du reste, la bonne Lovise a annoncé pour ce soir la visite de sa cousine. Elle est cuisinière chez le gouverneur local et de plus connaît les champignons. »

Ils allèrent donc au bois et le virent chacun à sa façon. Chacun portait un panier. Ils voulaient rester à portée de voix pour ne pas s'égarer. La forêt d'Oliva était une hêtraie à quoi faisaient suite la forêt qui entoure Goldkrug et, en allant vers l'intérieur des terres, les forêts vallonnées du pays kachoube. Brentano (comme s'il voulait travailler dès maintenant sa conversion ultérieure au catholicisme) fut envahi par un sentiment de piété profonde et haute, vaste et rétrécie : rien dans son panier, appuyé au tronc lisse d'un hêtre et pleurant de mal du siècle, il fut trouvé par le tendre Wilhelm qui lui prodigua des consolations si vaines que bientôt Wilhelm fondit en larmes : sur quoi tous deux se tinrent embrassés jusqu'à retrouver le calme et finalement ramassèrent encore, comme à l'aveuglette, quand même quelques champignons : des russules non comestibles pour la plupart et plus d'hypholomes que d'armillaires.

Pendant ce temps Arnim et Bettina (qui se marièrent quelques années plus tard et devaient avoir huit enfants) s'étaient rencontrés comme par hasard au bord d'une clairière qui s'étendait autour d'un obscur trou d'eau. Ils se montrèrent ce qu'ils avaient ramassé dans leurs paniers : Arnim était fier de quelques nonnettes et de nombreux bolets bais; Bettina l'enjouée invoquait trois quatre meuniers comestibles et demanda l'indulgence pour les amanites tue-mouches qu'elle avait récoltées : elles étaient belles comme un conte de fées. Il en émanait un charme. Elle savait que l'amanite tue-mouche, même quand on n'en absorbe que peu, donne des rêves, suspend le vol du temps, délivre le moi et réconcilie tout, quelle que soit l'hostilité existante. Là-dessus, elle retira la peau du chapeau, détacha un peu d'amanite tue-mouche, en mangea et en donna à Arnim. Puis tous deux attendirent immobiles l'effet produit. Il ne tarda pas à se faire sentir. Leurs doigts voulaient jouer ensemble. Quand ils se regardaient dans les yeux, ils se voyaient le fond de l'âme. Et ils formaient des paroles qui viraient au pourpre et se reflétaient dans toutes les eaux : Bettina comparait la mare d'à-côté à l'œil triste d'un prince ensorcelé.

Quand l'effet de l'amanite tue-mouches régressa un peu — c'était déjà le crépuscule du soir — Arnim trouva dans sa poche un couteau rustique qu'il avait acquis à bon marché lors du voyage en Rhénanie qu'il avait fait avec l'ami Brentano. Et de ce couteau il tailla dans un tronc de saule, lisse comme celui au pied duquel avaient pleuré Clemens et Wilhelm, le mot *ewig,* qui veut dire éternellement, et les lettres A et B. (Donnant ainsi un sens à la clairière et au trou d'eau sombre. Bien plus tard, il y eut là une pierre dont l'inscription rappelait leur mémoire.)

Pendant ce temps, Jacob Grimm et Philipp Otto Runge avaient su mener de graves entretiens, et pourtant ils avaient rencontré de nombreux paxilles et quelques cèpes. Étant peintre, Runge était aussi un théoricien sachant écrire sur les couleurs, c'est pourquoi on trouva dans ses papiers posthumes l'étude « Sphère colorée » ; tandis que Jacob Grimm cherchait à explorer sous l'angle de l'histoire linguistique la régularité de la mutation consonantique, l'arrière-plan mythologique de toute chose et les champs sémantiques à perte de vue ; c'est pourquoi aujourd'hui encore nous citons le dictionnaire qui porte son nom.

Finalement tous deux en vinrent pourtant à reparler du *Conte du flet* sous ses deux versions. Il penchait pour la première version selon laquelle l'avare Ilsebill devait retourner à son vase ; ainsi Jacob Grimm. (C'est pourquoi, un an après la mort de Runge, le conte *Du pêcheur et de sa femme* fut inséré dans le recueil des *Contes pour enfants et du foyer* de Grimm.) Quant à l'autre version — et ce fut finalement le sentiment de Runge — il fallait sans doute la garder sous le coude à cause de son atmosphère de fin du monde. « Sans doute faut-il », dit le peintre avec quelques amertume, « que nous autres mortels ne voulions jamais souffrir qu'une vérité sans l'autre. »

Alors l'aîné des Grimm proposa d'envisager que l'on pût remanier l'autre conte en le tournant en morale sur Napoléon, afin qu'il opérât comme brochure politique et secourût la patrie infortunée. (Et en 1814 parut en langue littéraire un texte ainsi conçu contre le tyran : d'ailleurs il était déjà vaincu.)

Et comme le crépuscule obscurcissait désormais la forêt d'Oliva, les amis s'entr'appelaient jusqu'à se retrouver, mais ils ne savaient comment revenir. Déjà ils étaient sur le point de s'inquiéter — même Runge et l'aîné des frères Grimm étaient soucieux — quand le vieux forestier surgit du fond des bois. Il avait sans doute entendu leurs appels. Sans mot dire, comme s'il n'y avait rien à dire, il les emmena.

A la maison forestière avoisinant l'étang et la Clairière-au-Chevreuil déjà sombre était arrivée entre-temps la cousine de la femme kachoube du bûcheron ; elle apportait du pain frais pris à la cuisine du gouverneur. Lovise nomma sa cousine Sophie. Et quand la mince donzelle, par ailleurs forte en gueule, se mit à trier les champignons en donnant des explications — « Ça c'est un patouillard, il est vénéneux ! » — Brentano se rappela douloureusement que son épouse, morte un an plus tôt, répondait au nom de Sophie.

Et Sophie Rotzoll — ainsi s'appellera par la suite la cuisinière du gouverneur français — éplucha les bons champignons et les fit sauter dans une grande poêle avec du lard et des oignons pour leur faire rendre leur jus qu'elle poivra et, pour finir, releva de persil.

Les amis en mangèrent sur la table longue, et il y en eut assez pour Lovise et Sophie. Le vieux forestier et le bûcheron kachoube qui s'appelait Kutschorra étaient sur le banc du poêle en catelles et trempaient du pain que Sophie avait apporté dans des écuelles de soupe à la bière qui restait de la veille. De même les amis prenaient du pain. Dans la chambre à côté de la cuisine, les enfants de Lovise pouvaient rêver de croquettes. Elles étaient à l'anis.

Quelle sérénité gaie dans la conversation amicale. Quelle bonne humeur dans les renseignements que fournissait la cuisinière Sophie. Quand soudain il fut à nouveau question du flet et de ses vérités, Sophie et Lovise nièrent qu'elles connussent aussi des contes de ce genre. Mais ce qui était seulement vrai, c'est que l'homme seul en veut davantage, toujours davantage. « C'est bien eux qui font tout le malheur ! » s'écria Sophie, et son poing tapait sur le pain.

Pour un peu, il y aurait eu derechef matière à controverse autour de la table longue, si le tendre Wilhelm n'avait dit soudain : « La lune ! Regardez la lune ! » Et tous virent par les petites fenêtres la pleine lune épandre sa lumière sur l'étang où dormaient des cygnes et sur la Clairière-au-Chevreuil où viandaient des chevreuils.

Donc ils sortirent devant la maison forestière. Seul le forestier resta sur le banc du chauffoir. Mais comme ils étaient encore tous à regarder la lune et trouvaient de beaux mots pour la qualifier, le peintre Runge rentra dans la maison, en ressortit avec un tison enflammé qu'il avait pris au fourneau et s'en servit pour enflammer une feuille de papier écrite recto verso.

« Ho du flet ! C'est l'autre vérité », dit Runge quand le manuscrit fut cendre.

« Oh mon Dieu ! », s'écria le cadet des Grimm, « pourvu que ce soit juste. »

Puis ils rentrèrent dans la maison. C'est à moi d'écrire.

Derrière les monts

Que serais-je sans Ilsebill !
s'écria le pêcheur
satisfait

Mes vœux s'habillent des siens.
Ce qui s'accomplit ne compte plus.

Tout s'est inventé sans nous
Seul le conte est réel.
Le flet vient toujours quand je l'appelle.
Je veux, veux, veux être comme Ilsebill

Plus haut, plus bas, plus d'or, deux fois plus.
Plus beau qu'on aurait pensé.
Reflété à l'infini.
Et parce qu'il n'y a ni mort ni vie, rien que l'idée.
Maintenant il faudrait pouvoir réinventer la roue.

L'autre jour, je rêvais de richesse :
Tout était là comme je l'ai désiré,
le pain, le fromage, les noix et le vin,
sauf moi pour m'en réjouir.
Alors les vœux s'enfuirent à nouveau,
allant chercher derrière les monts
leur sens double : Ilsebill ou moi.

Quand nous allions aux champignons

Nos souliers qu'on trouva par la suite furent plus faciles à spécifier — ceux de Max, ceux de Gottlieb, ceux de Fritzchen — que notre aspect antérieur ; avec nos chapeaux ronds, il était possible de nous confondre comme les champignons des forêts environnant Zuckau et Kokoschken où nous allions avec Sophie qui appelait par leurs noms tous les champignons et nous quand, une fois encore, nous nous étions heureusement égarés.

Ce devait être en automne 89, car sept ans après, et après bien des événements, lorsque nous rentrâmes des forêts, Fritz Bartholdy voulut aussitôt proclamer la République ; et Sophie, qui rapportait à la maison des paniers pleins de châtaignes et de cèpes majestueux, crut ce que disait l'ami Fritz.

Les forêts de ce temps-là étaient si grandes : quand un enfant s'y égarait, il en revenait vieilli. Ayant à peu près atteint l'âge adulte, la bouche pleine de résolutions, le lycéen Friedrich Bartholdy, un jour que nous étions rassemblés dans le grenier de la maison que son père avait en ville, Beutlergasse 7, dit : « La liberté doit être instaurée par la violence ! » Tantôt il reprenait du Danton qui était déjà mort, tantôt du Marat et du Robespierre qui l'étaient aussi. Mais, parce que nous étions si longtemps et si souvent allés aux champignons, l'idée nous était restée. Elle était belle comme un tête-de-nègre isolé. Et quand Sophie nous lisait la dernière gazette qui parlait des victoires du général Bonaparte, Fritz disait : « L'idée, à présent, c'est peut-être ce Napoléon. »

Depuis, je suis toujours allé aux champignons avec Sophie, avec Ilsebill, avec Dieu sait qui encore. Des noms que j'ai criés dans la forêt. Le coup de peur quand ça ne répondait pas. Et parfois, quand on m'appelait, j'ai trouvé bon de répondre trop tard.

L'automne dernier, avant qu'après du mouton aux haricots et des poires nous mîmes un enfant en chantier comme si c'était une idée, Ilsebill trouva dans les forêts de la Geest, autour de Itzehoe, un champignon isolé de ce genre, si grand que nous cherchâmes longuement en vain des termes de comparaison ; jusqu'au jour où Sophie trouva dans la forêt contiguë, mais deux siècles tout juste avant, un cèpe encore plus gros sans pareil ; comme toutes les forêts à champignons où je suis allé avec Ilsebill, avec Sophie et avec Dieu sait qui, sont feutrées de fougères et tapissées d'une mousse sans couture, en sorte que je ne sais jamais qui a trouvé le plus gros cèpe, qu'au temps de Sophie on appelait aussi champignon-maître, effectivement et quand et où.

Ilsebill trouva le sien à l'orée d'une clairière pendant qu'à l'écart sur des sols d'aiguilles de pins je trouvais côte à côte une platée de lactaires délicieux (cuits au beurre, ils ont goût de viande). Ça vaut la peine d'aller aux champignons. Certes on perd du temps — combien de fois, Sophie et moi, nous nous sommes éloignés l'un de l'autre en nous appelant — mais les quelques années qu'on a pu perdre de la sorte, pas toutes, on les retrouve plus tard, tant qu'il y a des forêts. C'est ce que mon Ilsebill ne voulait pas croire quand je le lui disais. Elle croit que tout champignon qu'elle trouve est le premier et le dernier : jamais auparavant il n'y en a eu de comparables : jamais plus il n'y aura de cèpe érigé sur un pied pareil, voluptueusement préservé, tout seul sur son fond de mousse et qui — tandis que la main s'attarde encore — donne à quelqu'un du bonheur, incomparablement.

Sept ans durant, tandis que derrière les forêts la Révolution s'effectuait et qu'on célébrait la guillotine, humanitaire instrument du progrès, nous allâmes aux champignons avec de belles idées. Sous des lépiotes, couchés. La morille puante au chapeau vert, déracinée, nous courait après. Les agarics sylvicoles verdâtres à odeur d'anis formaient un anneau de sorcière. Sophie se coiffait d'un meunier, clitopilus prunulus, en entonnoir dont le pied réaliste escaladait le ciel, comme celui que mon père allait prendre en montant l'escalier pour aller à l'étage m'engendrer avec ma mère.

Bien plus tard, quand Ilsebill posait sur moi sous le clitopile et que je la croquais au crayon tendre, d'où résultait une Sophie au regard grave, elle n'avait plus l'air d'une enfant. Elle savait déjà tout. N'était plus curieuse. C'est pourquoi elle n'a jamais permis au gouverneur Rapp, pour impérial qu'il fût, de la sonder avec son satyre puant. Sophie resta close.

Naturellement on ne se perdait jamais pour de bon. Un geai criard montrait la piste. On suivait les fourmis. Par les layons, la fougère haute, entre les hêtres aux troncs lisses, on descendait jusqu'au ruisseau de Radaune qui menait à Zuckau où la grand-mère de Sophie, assise sous l'auvent, lisait à haute voix dans la gazette à l'inspecteur des Domaines Romeike tombé en enfance les derniers bruits du scénario révolutionnaire à mots affreux, les Massacres de septembre. Ensuite, la cuisinière des communs, Amanda Woyke, examinait notre butin de champignons et parlait de cèpes qu'elle avait trouvés par temps de famine dans les forêts de Zuckau, quand il n'y avait pas encore la pomme de terre.

Max, qui allait aux champignons avec nous, plus tard il émigra en Amérique. Gottlieb Kutschorra, qui était de Viereck, épousa Lovise, la cousine de Sophie, qui allait aux champignons avec nous. Il devint ouvrier des eaux et forêts ; quant à elle, elle tenait la maison forestière d'Oliva. Comme Anna, la mère de Sophie, après que Danzig fut devenu prussien, se maria en ville, Sophie Rotzoll, ainsi nommée de par son parâtre, un compagnon brasseur, voyait chaque jour par la suite le lycéen Friedrich Bartholdy qui, dans la maison que son père avait sur la Beutlergasse, procédait à d'ultimes préparatifs.

Le jeudi saint de l'an 1793, le lycéen Bartholdy avec quelques mariniers, flotteurs de bois, porte-faix et un caporal de l'ancienne garde municipale, avait tenté, par un feu désordonné de mousqueterie, d'empêcher l'occupation de la ville par les Prussiens ; quatre ans plus tard, il fonda un Club des jacobins et, suivant l'exemple de la France, voulut proclamer la Révolution et simultanément la République de Danzig. Sophie Rotzoll qui, après la mort du brasseur, vendait des flets, des éperlans et des lamproies avec sa mère près du Häkertor à quatorze ans, s'était toquée du lycéen qui en avait dix-sept et, pour ce motif, aussi de la Révolution en général. Depuis son enfance elle connaissait Fritz dont la mère invitait la famille Bartholdy à des parties de campagne. Fritz et Sophie avaient donné le coup de main aux enfants de Zuckau pour cueillir la framboise ; ils avaient pris des écrevisses dans la Radaune, aidé à la récolte des pommes de terre et, en automne, ramassé les champignons.

Fritz était pour Sophie la liberté proclamée, la bouche de la liberté, peut-être la liberté elle-même : grêlé de son, dégingandé. Autant le gars bégayait à la table familiale, autant il était débridé quand il lisait en petit comité des appels révolutionnaires, fluide quand il citait Danton ou Marat dans la partition. La présence de Sophie lui aplanissait son discours.

Pour Fritz et sa bande, elle cousait des cocardes de ruban tricolore. Pour le Club des jacobins, ils avaient volé quatre pistolets au vieil arsenal du Leegetor. Pour son Fritz, Sophie aurait fait davantage, tout. Mais par chance, le 17 avril 1797, quand les conspirateurs furent dénichés dans la Beutlergasse, il y avait marché régulier : Sophie vendait des éperlans. Les parents Bartholdy ne survécurent pas longtemps à la condamnation de leur fils. Le négociant, déchu d'office de sa bourgeoisie, gagna Hambourg où lui-même et sa femme seraient morts du choléra peu de temps après. Fritz Bartholdy, le caporal, quatre mariniers, trois porte-faix et deux flotteurs de bois polonais furent condamnés à mort ; mais seuls le caporal et les deux Polaques reçurent leur compte. Fritz et les autres, à la suite d'une requête en atténuation présentée en très haut lieu par le diacre de Sainte-Marie, le curé Blech, furent grâciés à la détention perpétuelle dans une enceinte fortifiée. Les mariniers et les porte-faix moururent en détention ou crevèrent comme chair à canons devant la citadelle de Graudenz qu'assiégeaient les armées napoléoniennes parce qu'on les avait envoyés au combat dans les tranchées les plus avancées. Quant à Friedrich Bartholdy, il vécut en forteresse le déclin de la Prusse qui lui donna de l'espoir, l'ascension et la chute de Napoléon qu'il subit et célébra en patriote, le Congrès de Vienne, et les résolutions de Carlsbad qui confirmèrent sa détention à vie et enfin, après trente-huit ans de forteresse, sa libération parce que Sophie n'avait jamais cessé d'adresser aux souverains changeants des demandes de grâce.

Un homme grognon rentra en sabots. Il traînait une mauvaise toux. Il avait gardé son bégaiement. Fritz Bartholdy n'avait plus d'enthousiasme, si ce n'est pour la daube au chou rouge. Pourtant il vécut encore bien dix ans, ayant pour cuisinière Mademoiselle Rotzoll, reprit des forces, et souvent on les voyait dès l'automne, partant de la sablière où ils habitaient une chaumière au pied du

Mont-l'Évêque, aller aux champignons avec des paniers. Les gamins du faubourg lançaient des refrains satiriques à la mère-champignons et à son homme des bois. (Bizarre, sinon suspect : les deux vieux, outre les espèces comestibles, rapportèrent l'amanite tue-mouche qui ne sert à rien.)

Même si longtemps je, Friedrich Bartholdy, ai refusé d'avoir été le Fritz de Sophie, je me vois encore derrière Schidlitz, là où il y avait encore des forêts, tout vieux et usé, aller aux champignons parce que Sophie le veut. Sous les hêtres, dans les peuplements mixtes, sur fond de mousse ou sur un sol d'aiguilles de pins, le temps avait suspendu son vol. Lactaires et chanterelles n'avaient pas changé. De même le cèpe s'érigeait encore sans égal, comme si la belle idée survivait intacte.

Jamais, ni dans la forêt, je n'ai parlé à Sophie de mes années de forteresse, pour immortelles que fussent ses questions. Elle cherchait en moi quelque chose que j'aurais été du temps où, encore jeunes, nous allions aux champignons et jouions à nous perdre. Sophie avait toujours la foi. Pour elle, le cèpe était toujours un symbole. Quand elle voulait rappeler, revivre la liberté, l'amanite tue-mouche l'y aidait, qui par ailleurs n'est bonne à rien ; on en trouve souvent dans les coins à cèpes.

Sophie Rotzoll, acquittée au procès des conspirateurs jacobins de la Beutlergasse, aimait chanter. C'est peut-être ce qui l'a par-dessus le marché gagnée à la Révolution, car l'époque apporta beaucoup de chansons. Même quand Fritz Bartholdy était en forteresse, elle resta fidèle à la Révolution et à ses chansons. Depuis l'an 1801 elle était cuisinière-gouvernante du curé Blech qui non seulement officiait à Sainte-Marie, mais enseignait aussi l'histoire au lycée Royal. Il y avait eu pour élève le jeune Bartholdy et, par des exemples historiques, l'avait enthousiasmé pour la République et les vertus de la raison.

Dans les débuts, le curé Blech, bien que ce fût sous un camouflage emprunté à l'Ancien Testament, s'était déclaré pour la Révolution. Quand fut guillotinée la reine Marie-Antoinette, l'idée de Liberté et d'Égalité y perdit un soutien en principe éclairé. Pourtant, et parce qu'en dernier lieu il appréciait le consul Napoléon comme force d'ordre, il tolérait les chansons entraînantes que Sophie poussait dans sa cuisine. Il donna à la mamzelle quelque teinture de français, ce qui renforça l'expression de son lyrisme. Pourtant, la plupart du temps, Sophie chantait en dialecte du port qu'elle stylisait pour cause de rime et enrichissait de son supplément de culture pastorale. Sophie restait à la hauteur de son époque. Elle aussi, elle chanta le sauveur de la Révolution, associant à la rime carbonade et barricade, canons et champignons, liberté et fricassée et (tout naturellement) Napoléon et Révolution. Comme son Fritz, détenu en forteresse, était d'une santé chancelante, elle lui envoyait de la saucisse de foie de veau maison et du pain d'épice où elle avait incorporé comme billets d'encouragements ses propres versiculets de barricade. Par une lumière avare, le prisonnier pouvait lire :

« Je fais le potage forestière ;
Napoléon t'ôtera du trou ;
On coupe le pied du lactaire,
Mais au prince on coupe le cou.
Les rois ont déjà la grelotte ;
On ira cueillir la golmotte.
Le champignon dont j'ai rêvé,
C'est le champignon liberté ! »

Et quand Fritz avait mangé du pain d'épice de Sophie, il retrouvait un peu la foi et ne sentait plus trop l'humidité glaciale de son cachot.

En attendant, Sophie allait au bois toute seule et n'avait pas peur. Même en forêt, elle chantait et rimait, ce qui remplissait son panier. Toute myope qu'elle était, elle en trouvait toujours. Ou bien les craterelles, les têtes-de-moine, les bolets jaunes, la lépiote élevée lui couraient après.

Et, tout comme en ramassant, la cuisinière rimeuse du curé Blech chantait en tournant la sauce, en pilant, en battant les œufs en neige, en lavant ou en mettant en boyaux du sang caillé ou du foie de veau haché. Quelques-unes de ses préparations servies à la table pastorale reçurent les noms de victoires napoléoniennes ainsi : chou-fleur à l'oison Marengo. Mais quand Sophie eut dénommé son ragoût de veau-pommes purée-champignons divers d'après le double désastre d'Iéna et d'Auerstaedt, le diacre Blech dit : « Ma chère enfant. Bien que selon toute apparence le roi ait perdu l'une et l'autre batailles, les malheurs de la guerre ne tarderont pas à nous visiter tous, tant justes qu'injustes. Déjà Stettin a capitulé. Déjà l'on a commencé chez nous à réparer les palissades des bastions. Déjà, après un séjour fugitif dans notre ville menacée, la famille royale a pris à nouveau la fuite pour prendre ses quartiers dans le lointain Königsberg. Déjà l'on renforce la garnison de cette place. Hier, deux régiments de ligne et deux bataillons de grenadiers ont fait leur entrée. On attend des fusiliers pour demain. On annonce même des Cosaques. Tu ne peux pas soupçonner, ma chère enfant, ce que cela peut vouloir dire. Après tous les sièges qu'a subis notre ville, lors desquels se sont distingués les Chevaliers teutoniques, les Brandebourgeois, les Hussites, le roi de Pologne Batory, les Russes et les Saxons et sempiternellement les Polonais, et les Suédois, c'est aujourd'hui le Français qui ramène chez nous sa poliorcétique. Ce n'est pas le moment de fredonner des chansonnettes sans-culottiques ou de laisser libre cours aux emportements d'un esprit culinaire. »

Ensuite le curé Blech que je fus à mon époque napoléonienne commença d'écrire sa chronique qui, publiée plus tard en deux volumes sous le titre de *Histoire de sept ans de malheurs de Danzig,* reçut un accueil mitigé. Blech n'épargnait pas les bourgeois collaborateurs. (Mais en ce qui concerne le double rôle de Sophie, je ne voulus qu'user d'allusion.) En tout cas, elle ne chantait plus dans la cuisine, dans l'escalier ou dans le jardinet du presbytère sur le persil frisé. En proie à une muette neurasthénie, elle cassait de la vaisselle comme rien. Tous les jours il y avait des panades ou des soupes à la bière avec des boulettes dedans ; et pourtant les forêts regorgeaient d'agarics sylvestres et d'armillaires couleur de miel, et on pouvait espérer les derniers cèpes. Plus de quête du bonheur. Rien que de mauvaises nouvelles pour rasséréner Sophie : à la mi-novembre, évacuation des faubourgs. On entreprit de démolir l'agglomération de Neugarten. L'église Sainte-Barbe devint magasin à foin, puis l'hôpital militaire de secours. Déjà des insurgés polonais travaillaient le pays kachoube. Certes les succès du début d'année, comme la victoire d'Eylau, firent renaître l'espoir sur quoi l'on chanta un Te Deum à Sainte-Marie à la mi-février ; mais Dirschau tomba ensuite, et, le 7 mars, Praust.

Deux jours plus tard, les Français commandés par le maréchal Lefèvre, les Polonais sous le prince Radziwill et les Badois du prince-héritier piétinaient devant Sankt-Albrecht, à Wonneberg, Ohra et Wotzlaff autour de la ville. L'encerclement n'avait d'ouverture que sur la dépression vistulienne par la flèche de sable qui file au nord-est, si bien que le comte Kalckreuth, récemment nommé commandant d'armes, put faire son entrée. Enfin, arrivèrent, objet de curiosité, les Cosaques.

Mais ce fut en vain. La flèche de sable fut barrée ; le cercle se rétrécissait. Les Russes perdirent le Holm. Une corvette anglaise apportant un renfort de munitions se perdit. Sur quoi, après un bombardement de plusieurs heures et de lourdes pertes de part et d'autre, des parlementaires se rencontrèrent pour la première fois à la porte l'Oliva. Certes la capitulation du 24 mars permit à la garnison de se retirer avec armes et bagages ; mais les bourgeois de la ville durent à nouveau fournir le cantonnement : le maréchal Lefèvre entra avec des régiments français, des troupes saxonnes et badoises et les uhlans polonais du Nord. Il fallut évacuer tout ou partie des maisons. Même au presbytère, l'espace devenait exigu. Mais Sophie s'était remise à chanter dans la cuisine, dans l'escalier et dans le jardin potager ; elle pensait que la liberté avait pris ses quartiers.

Et quand en juin le général, puis consul, maintenant empereur Napoléon fit son entrée sous son petit chapeau sans galon par la porte Haute, passa en revue ses troupes victorieuses, puis occupa dans Langgarten l'hôtel Allmond évacué pour lui où, le lendemain, les négociants et conseillers appelés à lui rendre hommage se virent taxés à vingt millions de francs de contribution de guerre, Sophie était du service des hôtes avec telle ou telle autre demoiselle de cuisine.

C'est ainsi qu'elle vit l'empereur (comme un cèpe isolé). Ce qu'il disait : des ordres, brefs. Ses gestes balayaient l'imaginaire. Il lui fallait toujours créer des faits. Drôle, sa façon de traiter les négociants. Il connaissait prodigieusement les finances de la ville. Son regard visait tout le monde, Sophie comprise. Et, comme il mangeait debout, et qu'elle lui servait des canapés de saumon fumé de la Vistule, elle fit un plongeon devant l'homme agité et demanda la grâce de son Fritz emprisonné ; l'empereur dit un ordre bref, et son aide de camp, le général Rapp qui venait d'être nommé gouverneur de la République de Danzig, promit à Sophie d'examiner promptement l'affaire. Il essaya sur elle sa gouaille alsacienne, prit plaisir à ses réponses qui sentaient l'eau du port et lui offrit de conduire dorénavant sa cuisine, à lui gouverneur ; elle pourrait ainsi sans trop de difficultés venir en aide à son Fritz.

Notre amour, Ilsebill, ce que nous nous sommes chuchoté d'une voix gourde, dissimulé dans des lettres, claironné du haut de tours ou par téléphone : couvrant la rumeur de la mer ou encore plus bas qu'on ne croit ; notre amour, que nous avions entouré d'une clôture si sûre, si secrètement rangé avec des bricoles dans un carton à chapeaux, qui était aussi visible qu'un bouton qui manque, qui était inscrit dans des arbres sous des noms changeants ; lui, notre amour, qui naguère encore était saisissable, objet usuel, notre colle-tout, le mot de base, la pancarte des toilettes, le film muet qui papillote, prière de nuit grelottante que l'on dit en chemise, qui a été la touche qui réenclenchait notre suave chanson à succès ; lui qui courait pieds nus par la brise tremblante, qui, brique, était agrégé, à peine effrité, une maçonnerie en ruine ; lui qui se perdait quand on faisait le ménage et qui se retrouvait parmi les justifications usuelles, quand nous cherchions autre chose, réduit aux dimensions d'un taille-crayon ; notre amour qui ne voulait jamais finir n'est plus, Ilsebill. Ou bien il ne veut plus qu'être possible sous conditions, peut-être. Ou bien il est encore — mais ailleurs. Ou bien il ne fut jamais et, pour ce motif, resterait encore pensable. Ou bien nous retournerons un jour, comme je le fis avec Sophie, au loin cueillir des champignons (mais quand un cèpe, isolé sans égal, était par toi trouvé, il n'était jamais question de moi).

On a tant écrit sur elle. Il paraît qu'elle fait mal au cœur. Qu'elle teinte tout de piqûres bleues. Seulement elle ne serait pas à vendre. Là où elle n'est pas, il y a un trou : estampé en forme de cœur. Personne ne peut la mettre en marche ou l'arrêter volontairement. Ne paraît qu'en entier. Pourtant, Agnès, la fille de cuisine, m'aimait moi aussi. Et quand la sœur Rusch débina le curé Hegge, c'est à moi qu'elle a pensé en outre. Tandis qu'Ilsebill se reconnaît en ma Dorothée gothique ou bien me confond avec ses vastes désirs. Mais Sophie que j'aimai sous les espèces du curé Blech et du gouverneur Rapp n'a jamais aimé sans partage que son unique Fritz qui, objet approprié, était emprisonné à vie dans une enceinte fortifiée, loin de tout et inusable, tandis que Sophie allait aux champignons pour d'autres (pour Blech d'abord, ensuite pour Rapp) et n'avait jamais en tête que la liberté, belle idée, quand, annoncé ou trahi par l'amanite tue-mouche, elle trouvait le cèpe isolé.

Sophie Rotzoll tint les fourneaux de la prime été de 1807 jusqu'à l'automne de 1813 pour le gouverneur de la République de Danzig et ses nombreux convives. (Entre temps, après sa grand-mère, mourut sa mère, par dépit, dit-on, que sa fille ait perdu sa bonne renommée comme fille de chambre du gouverneur.)

Et c'est ainsi que le diacre de Sainte-Marie, le curé Blech, a dépeint son rival dans la faveur de Sophie, Jean Rapp : « Ce jeune homme de quelque trente ans, favori de la fortune, promptement parvenu, comme son maître, d'une obscure classe moyenne au haut rang militaire, paré du précieux uniforme de général et d'aide de camp et de diverses distinctions, avec son visage en fleur et son port assez avenant, pouvait se faire passer au vrai pour un génie bienfaisant. Mais comme ses bonnes qualités n'étaient pas établies sur les fermes principes de la vertu, de même ses fautes ne découlaient pas d'une intime malignité de sa nature ; mais toutes ses fautes et toutes ses vertus étaient d'une âme faible, colérique, jouet de la circonstance et de l'éventualité, de l'humeur du moment, des inspirations soudaines, de la passion. D'où son orgueil prompt à se blesser et son amour croissant du faste ; d'où son inclination à ouvrir son oreille au plus misérable claque-patin de gazettes, et à prendre sans ambages les résolutions les plus promptes au risque d'offenser profondément maint innocent ; d'où la raillerie inconsidérée qu'il opposait souvent aux plus justes plaintes ; d'où cet oubli de soi-même qui l'entraînait à faire sur l'honneur les plus sacrées promesses sans garder parole à sa dupe ; d'où enfin cette lubricité qui ne faisait pas vergogne de se trop montrer au grand jour... »

Et quand aujourd'hui je songe à Rapp, je ne puis qu'acquiescer au portrait que lui a crayonné le curé Blech : comment cet homme généreux autant qu'avide, d'une galanterie enjouée à ses heures, et d'autres fois d'une lubricité bestiale, a-t-il pu des années durant tourmenter la pauvre Sophie par ses promesses constamment renouvelées concernant le prisonnier Fritz ; combien de fois son affection touchante, voire gauche et affinée par la timidité, a-t-elle tourné en importunité brutale ; et enfin combien de fois l'abus cynique qu'il faisait du pouvoir à lui concédé et sa raillerie du besoin général de liberté ont-ils blessé la foi toujours enfantine de Sophie en la belle idée, si bien qu'à mesure que s'écoulait la période française le napoléonisme lui devint suspect, puis odieux, enfin haïssable.

Et quand après cinq ans et demi l'histoire tourna en sens inverse et que la Grande Armée périt en Russie, que Rapp, ayant sur ordre de l'empereur pris part à la campagne, tenta de compenser son lot de gelures par la mauvaise humeur, il trouva en Sophie une ennemie affermie qui, lorsqu'elle allait aux champignons, faisait entrer en ligne de compte, à côté d'espèces comestibles, d'autres qui pouvaient avoir un effet politique.

En janvier 1813, les divisions Grandjean, Heudelet, Marchand et Cavaignac, pressées par les Cosaques, cherchèrent refuge derrière les murs de la ville. La garnison fut renforcée de légionnaires polonais, de Westphaliens de la Ligue rhénane, d'un régiment bavarois, de trois régiments napolitains, de chasseurs et de cuirassiers français. Et quand les magasins de l'Ile-aux-Docks furent regarnis, les bastions armés de bouches à feu supplémentaires et qu'enfin l'armée assiégeante prusso-russe eut achevé l'investissement de la ville, Sophie avait aussi arrêté son plan ; seulement, début mars, manquaient les champignons convenables.

Après de quotidiennes escarmouches et des raids de fourrageurs lancés en amont vers Schidlitz et dans le delta, après un premier bombardement de fusées à la Congrève, après des incendies énormes et des épidémies, fin août seulement, quand après six mois de famine la crue de la Saint-Dominique dépassa toute mesure en raison des fortes pluies qui gonflèrent la Vistule, si bien que de Schwetz à la pointe de Montau les digues furent enfoncées en sept endroits et que toute la bassée vistulienne jusqu'aux bastions de la ville était sous l'eau, tous les ouvrages extérieurs, le fort Napoléon, le fort Desaix étaient coupés de leurs arrières, et que les palissades et gabionnages couraient les ruelles inondées, pêle-mêle avec le fatras ménager — mais n'importe qui pouvait aisément à l'aide d'épuisettes prendre du poisson en quantité, et tout le monde, par ce miracle, fut rassasié — lors donc que la crue de la Saint-Dominique eut culbuté tout principe militaire chez les assiégeants et les assiégés, tandis que le cercle d'investissement devenait pénétrable par voie d'eau pour les paysans réfugiés du delta, on vit revenir dans la ville affamée des comestibles devenus rares comme fruits, légumes, œufs et caillé ; depuis le début de septembre, Sophie escomptait la livraison de champignons commandés : sa haine s'était coagulée en recette de cuisine.

Oui-da, Ilsebill. On la connaît, nous aussi. Quand nous portons l'amour doublure en dehors. Quand on s'est enfin percé à jour et reconnu. Quand tout, et le contraire de tout, s'est réduit à un point unique. Quand, étant un jour retournés dans les bois — nous n'avons plus présente à l'esprit la belle idée, mais son contraire qui a aussi sa beauté : déguisée en champignon, la haine s'érige sur sol de mousse et sous les chênes, il n'y a pas à s'y tromper.

D'ailleurs lorsque la crue de la Saint-Dominique vint jusqu'en ville, il paraît que le flet, questionné par Rapp, répondit au gouverneur de la République expirante de Danzig : « Mon fils ! Prudence à table. N'importe quelle farce à la tête de veau n'est pas également digeste. »

A la recherche de champignons pareils

Une portée de bovistes
heureusement trouvée,
à côté.

Quand j'eus raison,
j'abandonnai le reste,
tout le reste.

Ce chapeau va
une pointure de moins
sur mesure.

Prends-la par à peu près ;
même la lumière
triche.

Certes ce sont des bovistes,
maix faux,
exactement.

Cachés sous l'oseille

C'était un soir de mars ; le vent, soufflant par rafales de nord-ouest, devint ouragan, chargeait la maison ; nous avions invité des convives de la ville sans nous douter que le trafic du bac sur la Stör serait arrêté. C'est seulement quand la sirène rappela le temps de guerre et qu'on vit les pompiers courir volontaires contre le vent, quand on ferma les percées des digues et aussi la grande écluse, quand on se dit dans la boutique à Kröger qu'à marée haute ça pouvait être pire qu'en soixante-deux, quand le village se blottit derrière les digues sous l'assaut des nuages bas parce que les rafales tournaient à l'ouragan, tant que l'électricité avait des palpitations et même la cuisinière électrique tomba en panne pour quelques minutes, c'est seulement quand un jeune bouleau fut fracassé dans le jardin que mon Ilsebill s'avisa que nous avions mis trois couverts de trop.

Déjà elle faisait une mine comme derrière des volets fermés pour cause de tempête. Déjà, réponse féminine à l'inclination de la nature aux catastrophes, s'annonçait une migraine à remplir la maison : tintement de verres. Nouvelles fissures capillaires dans le crépi. Le téléphone décommanda les visiteurs : avertissements de l'actualité routière. Pas possible de traverser Wedel. Bien dommage. On était déjà content.

Pourtant il y aurait eu des choux-raves et des pommes de terre avec ragoût de mouton cuits ensemble, plat auquel Amanda Woyke (ultérieurement Lena Stubbe) aimait pour finir mélanger des dés de potiron aigre-doux. Il faut à cette potée des jours froids du poivre pilé, du piment, trois gousses d'ail et de la marjolaine émiettée.

Dans ma déjà totale solitude parmi les assiettes luisantes, je me prodiguais des consolations — ou bien était-ce le flet qui trouvait mon oreille ? « Hé quoi », disait-il, « la dépression tempêtueuse et la migraine ne sont qu'une moitié de la réalité. Combien de fois la Vistule a-t-elle débordé, pourquoi pas l'Elbe et la Stör ? Laisse ton Ilsebill s'imprégner de mélancolie derrière les volets clos de la chambre. Même sans le trafic des bacs : des invités arrivent de fort loin. Au temps d'Ava, les femmes de la horde voisine apportaient des rayons de miel et des morilles pointues séchées. Quand Wigga faisait cuire pour ses Goitsches, ainsi qu'elle appelait les Goths, de la semoule d'élyme des sables jusqu'à ce qu'ils en aient jusque-là et s'en aillent : on appelait ça Migration barbare. Et quand les prélats de Bohême et les Chevaliers polonais se voyaient par Mestwina servir du civet aux myrtilles. Quand Dorothée, bien qu'on ne fût pas un vendredi, présenta aux quatre ecclésiastiques du hareng de Scanie. Et quand Sophie usa de champignons politiques pour assaisonner les invités du gouverneur : tu parles d'une fête ! Tu n'as qu'à tenir la maison ouverte, mon fils, car il viendra des hôtes toujours nouveaux même si le bac ne marche pas. Les genoux raides, avec des craquements parasites, ils quittent les fosses communes, les archives et les autels du donateur. Ils ont un aimable appétit et sont gras d'histoires. Soixante-dix-neuf agneaux de Pâques en provenance des bergeries de Schidlitz et de Scharpau, voilà ce que la sœur Rusch fit rôtir cette fois-là au charbon de bois pour le riche patricien Ferber : il avait pour convives des abbés, de la noblesse polonaise et d'autres. Il faudra chauffer préalablement les assiettes, parce que la graisse de mouton fige facilement. Mais doucement, pour ne pas déranger ta douloureuse Ilsebill dans sa chambre de tourment... » Il a des sentences pour calendrier. « Les invités », dit le flet, « ne sont que des soupes allongées, à la rigueur les épices, l'inévitable additif ; seuls les idiots viennent trop tard. »

S'imaginer des invités : historiques, actuels, futurs. Quand Agnès cuisinait pour Opitz et que des réfugiés affamés venus de Silésie étaient à sa table pour délayer un lyrisme pour vallée de larmes. Et un jour, pour moi et ce qui me restait finalement de camarades de régiment, Amanda fit cuire une montagne de pommes-purée où elle versa des lardons frits à la poêle : le repas des anciens combattants. Et un jour (sans trop rien demander à Ilsebill), j'inviterai à manger des champignons les assesseurs du tribunal féministe de Griselde Dubertin. Et même le gruau d'élyme des temps de famine pourrait un jour ou l'autre...

Dehors, les rafales d'ouragan perdaient de leur punch. Le vent tournait à l'ouest. Pluie de mars. Les pompiers volontaires revenaient des portes de la digue, échauffés par l'eau-de-vie de grain. Mon Ilsebill ôta sa migraine, s'habilla en dimanche de rouge amanite et dit : « Mangeons tous les deux. A quoi bon des invités ? Est-ce que nous ne nous suffisons pas ? Faut-il qu'il y ait toujours la presse et ensuite deux machines à laver pleines de vaisselle ? Ceux-là, avec leurs névroses urbaines. Ceux-là, avec leurs éternels problèmes de mariage et de contributions. Qu'ils restent à Hambourg. Parle-moi plutôt de Sophie. »

Tel était son plan : servir une tête de veau farcie aux champignons. Elle était d'ailleurs célèbre par ses têtes de veau farcies. Et petit à petit les commensaux du gouverneur Rapp avaient pris confiance en ses préparations de cèpes, de nonettes, de champignons de bouleau, de chanterelles et de lactaires. Même les soupes noires de champignons aux abattis de lièvre passaient par des cuillères sans méfiance, et on omettait de faire par prudence, parce qu'on était en plein pays ennemi, de faire manger d'abord le personnel domestique de recrutement indigène.

Sophie obtint la tête de veau des Westphaliens alliés dont les étables étaient à Kneipab hors de portée des batteries prussiennes et protégées par les bastions de l'Ours et du Redan. Il n'y eut jamais de protestations en provenance de la fourrière, car le petit état-major de cuisine du gouverneur n'était pas seulement autorisé à réquisitionner les provisions bourgeoises : d'ailleurs il invitait régulièrement des officiers westphaliens et polonais.

Il fut plus malaisé d'introduire dans la ville assiégée des champignons forestiers frais. La crue de la Saint-Dominique fut utile. C'est seulement parce qu'avec la permission des Russes des réfugiés du Pays-Bas inondé cherchaient asile dans la Ville-Basse que Sophie parvint à s'aboucher avec des flotteurs kachoubes. Les réfugiés venaient sur des radeaux de Petershagen et devaient payer cinq ducats prussiens par personne, dont la moitié aux avant-postes russes, tandis qu'il fallait un ducat par personne pour graisser la patte au commandant français du bastion Gertrud. Et en échange de la tolérance brevetée marquée par le gouverneur de la République de Danzig au trafic des personnes, les Kachoubes sans parti (par principe) fournissaient moyennant finances, mais aussi contre du drap anglais confisqué, ce que réclamait la cuisinière Sophie Rotzoll : en début d'automne des perdrix, des lièvres, même des chevreuils qui avaient été tirés dans les forêts entre les lacs pour la table du gouverneur, avec de petits paniers de myrtilles rouges, des prunes et des champignons d'espèces comestibles. Puis Sophie mûrit son plan et demanda par messages secrets à sa cousine Lovise de la maison forestière d'Oliva des champignons particuliers : au milieu de l'habituelle liste de fournitures — beurre frais, œufs de poulettes, pommes de terre, oseille et fenouil — figuraient des mots vieux-kachoubes.

1813. Une année de champignons. Comme Sophie, sa cousine connaissait tous les champignons mangeables, immangeables et dommageables. Elle savait où ils poussaient : sur la mousse et sur fond d'aiguilles de pin, dans les clairières ou le sous-bois, tout seuls ou en ronds de sorcières. Étant enfants, souvent, Sophie en tête, nous étions allés aux champignons. En ce temps-là vivait encore la grand-mère Amanda Woyke. Sous l'auvent, elle avait appris à Sophie et à Lovise à réciter tous les champignons.

Voici la sinistre trompette de la mort. Elle pousse sous les hêtres et a du goût. Voici l'épervier à larges bords qui, une fois blanchi, perd son amertume et facilite la digestion. Voici le lactaire orangé, mais il a d'autres noms : vachette. L'hébélome échaudé foisonne sur les troncs d'aulne et de peuplier et relève les potages. Voici le cèpe que l'on appelle aussi roi des champignons. Il est tout seul. Heureux qui le voit. (Il est annoncé par l'amanite tue-mouche ou fausse oronge.) Voici le mince agaric anisé que la grand-mère mettait au vinaigre pour Monsieur l'Inspecteur des Domaines. Ça, des lactaires. Se trouvent sous les jeunes pins sur leur pied tubulaire cassant et ont un goût de jeune veau. Voici la superbe coulemelle. Tout le monde connaît ça. Sous son chapeau s'effectuent les contes de fées. Elle protège du mauvais œil. Crue, elle a un goût de noix. Ceci : un champignon qui vient en touffes, l'armillaire. Il vient en fin d'automne avec les paxilles et ne réussit pas à tous les estomacs. Les coprins (savoureux) sortent des décombres ou éboulis, le long du mur du monastère. Les tricholomes équestres, qui sont sableux, demandent à être bien lavés. Voici encore des morilles pointues qu'on met sur des fils ou pique sur des rameaux épineux pour qu'elles sèchent et donnent du goût aux potages d'hiver. Et ceux-là sont les champignons politiques. Il s'appellent : inocybe de patouillard, amanite panthère, clitocybe blanc et amanite phalloïde ou agaric bulbeux.

Automne treize. Certes elle savait qu'il était temps, certes il y avait déjà des années que dans sa prière du soir avant l'amen elle récitait la vengeance de son Fritz emprisonné ; pourtant Sophie fut longue à se décider : que faudrait-il mettre dans la farce de la tête de veau pour obtenir un effet ? L'amanite panthère détruit le système nerveux, les amanites sont souvent mortelles. Le patouillard contient le poison muscarine comme l'entonnoir blanc, mais à dose plus forte. Les globules sanguins sont détruits, seulement vingt-quatre heures après, longtemps après qu'il doit avoir été digéré, par l'amanite phalloïde verte, à l'odeur agréable faible, qui pousse volontiers sous les chênes et qu'on appelle agaric bulbeux.

Sophie se décida : tous. Sa cousine Lovise lui envoya de la maison forestière, à côté d'un panier de superbes cèpes à peine piqués de vers, les espèces désirées nouées dans un mouchoir. Elle ajouta même deux jeunes amanites tue-mouches en raison de leur effet stimulant. En outre, les flotteurs kachoubes, qu'on appelait flissaks, qui n'arrêtaient pas d'introduire dans la ville assiégée des réfugiés du delta détrempé, livrèrent un panier d'oseille et du persil frais qu'on ne pouvait avoir nulle part ailleurs. Le commando culinaire avait dès la veille réquisitionné la tête de veau westphalienne. (Le beurre, les œufs et les pommes de terre avaient été retenus par les Russes.) C'était le 26 septembre.

Au cours de la journée, les batteries prussiennes d'Aschbude et de Schellmühl avaient mis le feu au couvent des dominicains à coups de boulets rouges et de fusées à la Congrève. Partis d'Ohra, avec un faible soutien de mousqueterie, les Russes avaient lancé une attaque contre l'ouvrage avancé qui couvrait la redoute de l'Étoile, mais le commandant Le Gros, qui était invité au repas du soir, avait fauché l'ennemi dès devant les palissades par des obus à mitraille.

Toujours quand Sophie faisait bouillir au gouverneur Rapp et à ses hôtes une tête de veau soit pour la mettre en fromage de tête aux herbes, soit préparait des farces, elle en tirait du bouillon pour sa cuisine annexe et pour ses rationnaires : derrière la maison que le gouverneur habitait dans Langgarten, hors de la portée des batteries alliées, blanche en cette fin d'été, ombragée de tilleuls et d'érables,

les enfants affamés du Hakelwerk se faufilaient derrière les broussailles et faisaient cliqueter leurs gamelles.

Sophie, dès qu'elle avait à l'aide d'un couteau court bien aiguisé détaché des os du crâne le panicule graisseux et la joue, l'œil dans son logement, les oreilles et la bouche molle, séparé la langue, retiré du crâne fendu la cervelle à l'aide d'une cuillère et ensuite rempli l'enveloppe désossée à l'aide de la langue cuite d'avance, des oignons hachés et des champignons coupés en tranches, puis recousu le tout, mettait à bouillir les os détachés, donc aussi les mâchoires inférieure et supérieure du veau avec de la semoule et de la livèche qu'on appelle maintenant herbe Maggi, jusqu'à ce que les os soient nettoyés et qu'on puisse aisément arracher les molaires plates aux racines longues : elles étaient jolies à voir. Et en même temps que la soupe onctueuse à la semoule qu'elle servait dans les gamelles par-dessus la clôture, Sophie donnait aux enfants du Hakelwerk des dents de veau longues et plates qui remédient aux maux d'oreille, rendent les rêves légers, protègent du plomb volant, fortifient par clair de lune le premier, le deuxième et le troisième vœu, et, d'une façon générale, portent bonheur.

Des décennies plus tard, quand on porta la vieille demoiselle Rotzoll en terre au cimetière Sainte-Barbe, il y eut dans le convoi funèbre des messieurs et dames d'âge rassis appartenant à la bourgeoisie qui gardaient encore précieusement dans leur réticule ou leur tabatière la dent de veau de jadis. En ce temps-là disaient-ils — mais pas un enfant ne voulait entendre parler de ce temps-là — quand la faim était dans chaque demeure, qu'après les chiens on mangeait les rats, que même la chair humaine (des Cosaques en patrouille qui se perdaient) avait son prix sur le marché comme goulasch de porc, douze groschen la livre, tandis qu'on pouvait avoir déjà du cheval pour onze groschen — alors un ange, mais que les commères en ville traitaient de « putain à Rapp », nous a passé la faim par des soupes épaisses.

Jamais Sophie n'a donné de dents de veau ni au gouverneur ni à ses hôtes. Rapp avait chaque jour petite à grande table. Dans les années précédant le siège, il avait souvent des hôtes illustres : Murat, Berthier, Talleyrand, le futur prince Bernadotte. Mais aussi des citoyens choisis de la ville furent invités à l'hôtel Allmond : il leur déployait au dessert le rôle des contributions. Plusieurs fois le pasteur Blech avait été l'unique convive du gouverneur. Ces deux messieurs s'entendaient bien tant qu'ils en étaient aux *si* et aux *mais* des années révolutionnaires, à l'art culinaire de Sophie et à la culture des roses.

Au dessert, chaque fois, Blech présentait un recours en grâce pour son ancien élève Friedrich Bartholdy qui en était déjà pour lors à sa deuxième décennie passée dans la citadelle de Graudenz. Mais Rapp rejetait tout recours : il fallait d'abord que la paix régnât dans toute l'Europe. Tant que l'Angleterre ne s'inclinait pas, que des bandes comme celle du Major Schill tentaient le soulèvement, qu'on défiait l'empereur dans les sierras d'Espagne et ailleurs, il n'y avait pas à escompter une grâce. L'ordre avait besoin d'une démonstration péremptoire. De même Rapp faisait savoir au pasteur que l'orgueil virginal de la cuisinière Sophie — car l'homme de Dieu rédigeait ses demandes de grâce pour elle aussi — le contraignait à la fermeté. Oui oui, il était bel et bien toqué de cette personne revêche. Aucune forteresse ne lui avait encore résisté comme cette Sophie. Elle n'avait pas besoin de l'aimer comme elle aimait son Fritz incarcéré. Mais son éternel refus ne pouvait pas attendrir un homme. Si elle voulait ravoir son galant, il fallait qu'elle montrât plus d'ouverture à celles du gouverneur, lui. Ce qu'il réclamait n'était que naturel et, par-dessus le marché, ferait plaisir aux deux parties.

Par la suite, le pasteur Blech ne revint jamais comme convive. Et Sophie qui voulait rester pucelle pour Fritz ne fit plus présenter de requête. Mais quand Rapp, de retour de Moscou, eut guéri ses gelures, que la ville fut cernée et subit le siège des Russo-Prussiens, que les bourgeois de la ville furent en proie aux exactions, aux sarcasmes, aux prévarications des commissaires et (bien que témoins des ripailles françaises) à la faim, Sophie prit sa décision, attendit le début d'automne, écrivit à sa cousine Lovise et reçut livraison des ingrédients souhaités ensevelis dans l'oseille : la haine tournée en champignons.

Nous la voyons ainsi : la gracile toujours demoiselle, bien qu'elle ait trente ans, et pourrait être une madame. Elle tient la tête légèrement oblique au-dessus des cèpes. Ses cheveux brun tourbe tressés en chignon. Les yeux rapprochés. Deux rides verticales sur son front confirment sa résolution. Un saillant aigu : le nez. Sa petite bouche siffle des refrains de cuisine. Maintenant, du pied au chapeau, elle coupe les cèpes en tranches minces. Pas une entaille ne noircit. Qu'ils sont beaux. Silence dans la cuisine. On ne siffle plus. Elle les retire de sous l'oseille. Elle défait le nœud du mouchoir, prend un autre couteau : résolue.

Le 26 septembre. Quand Sophie farcit de champignons la tête de veau désossée de sorte qu'elle retrouva son aspect rebondi, étaient invités à table trois officiers polonais, parmi eux un jeune uhlan et fils du général Woyczinski, l'héroïque commandant français Le Gros et un négociant saxon du nom de Zetsche. On était de bonne humeur et fêtait Le Gros dont les canonniers, le matin, avaient par des obus à mitraille brisé l'assaut des Russes devant la redoute de l'Étoile. Comme entrée en matière, il y avait d'abord, parce que c'était temps de famine, une simple soupe à l'oseille avec des profiterolles. Ensuite Sophie apporta du saumon fumé de la Vistule dont il restait encore en réserve, parce que la crue estivale avait charrié du brochet, du saumon et du sandre jusque dans les fossés et les ruisseaux de la ville assiégée. Et ensuite vint, avec un riz au safran, fourni d'office à la table du gouverneur par les alliés napolitains, sortant craquante et croustillante du four, cette tête de veau que Sophie, histoire de venger la Révolution trahie et les années de contrainte, les atteintes portées à sa fierté virginale et son Fritz incarcéré, avait assaisonnée de quatre arguments définitifs. (Peut-être même que la soupe à l'oseille, par recherche d'un effet stimulant, avait-elle reçu en additif un peu de suc de l'amanite tue-mouche.)

Avec ça, Rapp ne lui était pas odieux, plutôt indifférent, et haï à titre de représentant. Il n'était pas le pire. Il tenait les pillages dans certaines limites. Il châtiait lourdement les violences de soldats ivres. Le temps d'un petit nombre de mois, tandis que Rapp suivit Napoléon en Russie, les bourgeois rêvèrent de son retour. En tout cas — et c'est ce que dit aussi le pasteur Blech — Rapp maintenait l'ordre. Que par ailleurs lui aussi ait fait fortune à force de confiscations, ait joué à la hausse des prix et par ses hommes de paille (parmi eux le négociant Zetsche) remis dans le commerce à son profit la contrebande anglaise confisquée (surtout le drap), qu'avant le siège Rapp ait entretenu des maîtresses dans les châteaux de Langfuhr et d'Oliva et réservé aux dames de la bourgeoisie sa rude verve alsacienne : tout cela sans doute n'aurait pas suffi à braquer Sophie sur l'imparable farce pour tête de veau ; il fallut une survenance pour tout déclencher.

Le pasteur Blech pensa par la suite, sans confirmer toutefois cette supposition dans ses notes sur l'occupation française, que peu avant le début du siège, quand la route de Grandenz était encore ouverte, Sophie s'était introduite dans le lit du gouverneur pour ainsi délivrer son Fritz ; mais Rapp n'avait pas pu. Sa volonté sotte n'avait pu se réaliser. L'acte naturel n'avait pu s'effectuer. Une malchance virile l'avait fait dérober. Pas de garde-à-vous qui tienne. Sans doute fut-ce l'innocence de Sophie qui désarma ce bras de fer. En tout cas elle était sortie toujours pucelle, et donc doublement vexée, de la couche d'impudicité.

Rapp ne voulut pas reconnaître sa défaite, mit tout sur le compte de Sophie (son héroïque froideur) et ne fut pas enclin à compenser la petite joie refusée par une attitude chevaleresque : Fritz resta détenu en forteresse par les Français. Et quand Graudenz tomba aux mains des Prussiens, un décret royal confirma sur l'heure la suite de sa détention. C'est avec autant de rectitude qu'alternent les systèmes. Aucun recours en grâce — le pasteur Blech restait inlassable — ne libéra le pauvre diable.

Mais peut-être tout cela est-il controuvé ; probable que Sophie ne s'est jamais infiltrée dans un lit français, peut-être n'y eut-il pas de virile malchance, ne s'agissait-il pas de Fritz, mais d'une liberté bien plus grande car, pour jacobine que la donzelle de cuisine ait été dans sa jeunesse, l'interminable occupation française fit d'elle une patriote du genre le plus allemand ; ainsi d'ailleurs les chansons sans-culottiques que Sophie poussait dans sa cuisine quand elle travaillait pour Rapp, après une brève phase d'enthousiasme napoléonien, prirent un ton patriotique. Il se peut que les quatre champignons infaillibles aient été consacrés à cette liberté diffuse qui ne dure jamais que le temps qu'une chanson à plusieurs couplets soulage l'âme oppressée. En tout cas la thèse « privatisante » du flet fut contredite devant le tribunal féministe. Sophie, comme l'affirmait à l'unisson de l'accusation le juge-assesseur Griselde Dubertin, n'avait pas agi par un amour puéril, mais pour la liberté. Et ce en partant d'un principe.

Aussitôt après le potage, on fut de la meilleure humeur. Au saumon fumé, les bons mots fusaient. Puis arriva le plat de résistance. Facile de débiter la tête de veau en tranches. Tous en mangèrent, sauf le gouverneur. Ah ! que la vie était belle ! Les uhlans polonais louangèrent la bonne farce. Le colonel westphalien s'en fit donner deux fois. Le Gros, tout en mangeant, racontait pour la troisième fois sa victoire du matin sur les Russes. Le négociant saxon Zetsche, vêtu de drap anglais de haut en bas, dégoisait sans se gêner la bouche pleine. Rapp ne voulait pas se trop charger l'estomac pour la nuit. Après le potage et le saumon, il prit un peu de riz au safran sur son assiette et seulement une bribe de la lèvre croustillante. Mais il encouragea ses convives à s'en donner à cœur joie et à trinquer avec lui à l'empereur, à la France et à la pléthorique année de champignons.

Quand le comte Woyczinski insista, il prit l'œil de veau qui était dessus : un fin morceau d'antique tradition. Là-dessus vivats, fleurs de rhétorique. Déjà on se guindait sur la quintessence. Le négociant Zetsche vanta le Blocus continental comme si c'était sa petite tête de Saxon qui avait concocté le génial verrou. Même le Westphalien en disait plus qu'il n'en pensait. Déjà les Polonais chantaient. Le Gros se citait lui-même parmi d'autres héros.

Et parce qu'elle connaissait les invités du gouverneur et leur goût des devinettes et charades, Sophie, avant de mettre au four la tête de veau farcie, avait tatoué dans les joues de chaque côté la date de l'année révolutionnaire, la date de la présente et, en tout petit, les initiales de son Fritz, en soulignant les entailles à la poudre de safran. Sur la peau cuite à point on lisait depuis quand la jeunesse d'Europe avait pris espoir. Quelques-uns des messieurs, connaissant la vénération intacte que Sophie vouait aux héros de la Révolution, blaguèrent un peu, mais restèrent pleins de tact. Le jeune comte Woyczinski fit même un discours enthousiaste sur Mirabeau. Un autre uhlan polonais répondit en citant Robespierre. Danton et Saint-Just prirent la parole. La Gironde et la Montagne, la Convention et après les Massacres de Septembre s'empoignaient à propos de Minimum et de Maximum. Et Marat proclamait le despotisme de la liberté.

Mais pendant qu'on en était encore aux oui et aux non, donnait mimiquement la parole à la guillotine, refaisait la Révolution au théâtre et cherchait à deviner qui pouvait désigner les initiales F. B. encochées dans la tête de veau — Rapp, qui s'en doutait, resta sur la réserve — après que la stimulante amanite tue-mouche eut créé l'ambiance, ce fut au tour de la muscarine, des patouillards et du clitocybe. Léger trismus des muscles faciaux. Pupilles dilatées. Sueurs. Zetsche et le Westphalien louchaient. Gestes imprécis. On renversa des verres. Le Gros bégayait sur le monde héroïque. Puis l'amanite panthère incita l'assemblée — sauf Rapp — à une excitation belliqueuse. Si, au début, on dissertait plutôt brillamment des relations existant entre le Comité de Salut public et la guillotine, maintenant les oppositions nationales éclataient : la Pologne reprochait à la France de l'avoir trahie. La Saxe faisait de la Ligue rhénane un scandale. Comme on était incapable d'articuler des paroles et que les armes manquaient, on empoigna des bouteilles, des couteaux à découper. Des chaises tombèrent à la renverse. A peine le Saxon avait-il d'un ton méprisant prononcé le mot

« Pumpernickel » que le Westphalien furibond le prenait à la gorge. Rapp, horrifié, se recula sans appeler la garde. Vite, il saisit un lourd chandelier d'argent pour se défendre. Car soudain, après que le Gros eut raccourci un uhlan polonais à l'aide d'un couteau à découper, le comte Woyczinski ôta du mur de chevaleresques estocs qui y étaient pour la décoration. Le Westphalien, lâchant Zetsche, s'enferra dans une épée que tenait le Gros. Puis l'héroïque colonel pourfendit un second uhlan. Et le Gros et Woyczinski, le système nerveux déjà entamé et la langue paralysée, s'exterminèrent l'un l'autre sans se voir ; leurs vêtements déchirés, criblés de coups, ils gisaient noués corps à corps avec beaucoup de naturel.

Seul restait sur pied Rapp avec son chandelier. Les flammes se calmèrent. Rien ne palpitait plus. L'amanite phalloïde dont l'effet commence presque toujours le lendemain n'avait plus de globules sanguins à détruire.

C'est alors seulement que vint du personnel domestique, entre autres Sophie. L'officier d'ordonnance appela la garde. Rapp fit un premier rapport : six morts, dont un civil. Lui-même n'avait été épargné que par hasard. Un conflit entre officiers, anodin à l'origine, s'était achevé tragiquement. Histoires de femmes, dettes de jeu, paroles attentatoires à l'honneur, surtout les rodomontades du civil avaient, comme on le voyait, tourné en folie furieuse.

Puis, en quelques mots, le gouverneur ordonna d'évacuer. On emporta le reste de la tête de veau avec le reste de farce. Les cadavres furent alignés et recouverts d'un drap. Pour le reste du protocole, Rapp s'en remit à l'officier d'ordonnance. Comme les larmes de Sophie menaçaient d'en trop dire, il emmena sa cuisinière sur la terrasse donnant sur le jardin. Arrivé là, Jean Rapp mit son bras d'uniforme autour de son épaule. Elle le laissa faire, ce qui peut-être lui fit plaisir.

Une nuit sans lune couvrait la ville assiégée. De Schellmühl venait un feu irrégulier de mousqueterie. Un tir de simple harcèlement venait des batteries prussiennes d'Ohra sans faire grand dommage. Dans la Vieille-Ville, près de la cour des Boisseliers, deux maisons bourgeoises brûlaient et donnaient un éclairage latéral à l'église Saint-Jean. Vent dans les tilleuls, dans les érables. Chute des premières feuilles. Le jardin sentait l'automne. Alors Rapp se mit à pleurer aussi.

Le gouverneur de la République de Danzig — lequel jusqu'à ce jour donne son nom à une avenue parisienne — incita sa cuisinière, comme ils étaient tous deux sur la terrasse du jardin, à prendre quelques semaines de congé. La scène affreuse, le sang répandu, les cadavres convulsés dans la rigidité de la mort, Woyczinski déchiqueté, tout cela lui avait sûrement donné un choc. Il ne voulait pas qu'elle fût encore surmenée par les enquêtes nécessaires. Même si elle, la chère enfant, était innocente en un sens supérieur, il fallait cependant s'attendre à des questions épineuses. Elle pouvait toujours compter sur sa bienveillance bien qu'elle vît en lui un ennemi et ne voulût pas exaucer son amour. Oui, il comprenait tout et regrettait, au fond, de n'avoir pas goûté la farce de la tête de veau. Une inspiration — Rapp ne voulut pas dire d'où elle venait — l'avait prévenu. Ah, si seulement il pouvait être son Fritz et croupir en prison. Qu'elle veuille bien lui pardonner. Lui aussi était un homme. Elle pouvait disposer. Elle allait lui manquer.

Ainsi Sophie Rotzoll entra dans la clandestinité. Le pasteur Blech savait où elle pouvait être à l'abri. Peu de temps après, un incendie détruisit les magasins de l'Île-aux-Docks. Ce n'était pas le bombardement ennemi, plutôt des attentats terroristes . Rapp n'avait plus guère d'invités.

Chanson à craindre

Crier fort dans la forêt.
Les champignons et les contes de fées
sont à nos trousses.

Chaque bulbe pousse en effroi rajeuni.
Encore sous son propre chapeau ;
mais les entonnoirs alentour
sont pleins à ras bord.

Il y a toujours eu déjà quelqu'un là.
La couche est détruite — était-ce moi ?
Celui qui m'a précédé n'a rien laissé.

Nous distinguons : savoureux
non comestibles vénéneux.
Beaucoup de mycologues meurent tôt.
et laissent un recueil de notes.

Lactaire, morille, trompette des morts.
Avec Sophie, nous allions aux champignons
avant que l'empereur n'allât en Russie.
J'ai perdu mes lunettes
et pris mon pouce ;
elle en trouvait des tas.

Nous mangions à trois

Une seule n'a jamais pu me retenir. J'ai tiré quelque chose de chacune, même de Helga Paasch quand elle tenait encore un étal de ses légumes de Britz sur les marchés berlinois et qu'une saison durant j'eus mes choux-raves et mes carottes pour moins que rien. Entre moi et Ruth Simoneit, l'histoire a mal tourné ; mais il est inexact qu'elle ait commencé par ma faute à se saouler au cognac, puis au vermouth à bas prix. Avec Sieglinde Huntscha, c'était au choix, à l'heure et à la course. Ça découle d'une vieille habitude et n'arrive jamais en rêve. Avec Bettina von Carnow, quand nous étions jeunes encore et n'y regardions pas de si près, j'ai failli me fiancer parce que l'automne était glacial. Je n'ai eu pour ainsi dire rien de Thérèse Osslieb bien qu'une relation durable à base de pommes de terre sautées me semble fort plausible. Mon respect pour Frau Dr Schönherr n'a point décrû pendant des années, même si elle ne veut pas se rappeler la nuit de Bielefeld (ou était-ce de Kassel ?) : « Vous devez confondre. Les hommes ayant des goûts de collectionneur y sont sujets. » Pour exagérés que soient les soupçons d'Ilsebill, c'est avec Ulla Witzlaff que ça marche le mieux. Elle me garde au chaud. Tout est pensable. Quand elle rit, c'est à pierre fendre. Nous préférons rester dans la cuisine. Je n'étais sans doute pas dans mon assiette quand l'autre jour j'ai voulu enfiler une autre histoire ou pis : réchauffer une histoire ancienne.

Nous engageâmes la conversation pendant une suspension d'audience, car ce fut le cas Sophie Rotzoll qui de nouveau nous rapprocha. Nous fîmes comme si on pouvait repartir à zéro, comme si rien n'était fini et passé sans remède. Elle aussi est assesseuse au tribunal féministe, et pharmacienne de profession. Avec quelques années de plus qu'Ilsebill (qui a dès maintenant de la mémère)

Griselde restera encore longtemps jeune fille. Depuis : rien que deux trois ridules de plus autour des yeux, un peu d'amertume cernant la bouche, sinon : à peine changée.

Nous nous connaissons depuis la construction du Mur (quand je marchais encore à peu près avec Sibylle Miehlau). Bien qu'elle me trouvât d'une stabilité trop masculine et donc médiocrement sensible, nous allions bien ensemble pour un temps. Des constatations justes comme : je devais toujours protéger, porter les valises, donner du feu, être paternel, mirent fin à son discours final plusieurs fois répété. Elle a toujours eu un goût des types faibles que tout arrête. C'est pourquoi elle m'a largué et s'est héroïquement sacrifiée pour un benêt qui s'intéressait purement et simplement à son armoire fermée à clé de pharmacienne et l'a bientôt laissée tomber pour étudier la théologie aux frais de l'État. Puis, avec Billy, les choses allèrent de travers. Et un troisième truc, je ne sais plus quoi, s'est mis à boiter tout à coup. En tout cas cela ne me revenait plus à la mémoire que comme une préhistoire grise et comme un simple malentendu quand, au début du débat Rotzoll, il y eut chez moi un tic-tac. Et Ilsebill qui eut tout de suite flairé le bon vent — il n'y a qu'avec Witzlaff qu'elle ne se doute de rien — se mit à grincher : « D'abord l'histoire avec la Simoneit, et puis avec la Huntscha, pendant que je suis enceinte, de plus en plus enceinte ! Et puis encore ça. Voilà pourquoi tu n'arrêtes pas d'être en voyage. Ces perpétuelles allées et venues. Je veux dire : d'une femme à une autre. Je veux lui parler. Tout de suite. De femme à femme. Tirer les choses au clair. Compris ? »

Je dus venir à résipiscence : « Bon, d'accord. Je vous cuisine quelque chose. Grande explication à trois. Si du moins elle vient. C'est ridicule, cette jalousie ! Tu sais bien que c'est toujours à toi que je pense... »

Donc, sur l'instance d'Ilsebill qui voulait « enfin la clarté » j'avais invité chez nous Griselde Dubertin (famille de huguenots gris souris) à partager un fromage de tête de veau : « Tu n'as qu'à venir. Je te paie l'avion et le train. De toute façon vous finirez bien par faire connaissance. » (S'il le fallait, je les aurais invitées toutes. Osslieb et Paasch, même Frau Dr Schönherr et — pour avoir enfin la clarté — même Ulla Witzlaff, en tas à notre table ; à n'importe quel prix.) Je dis aussi à Ilsebill : « Pourquoi seulement la Dubertin ? C'est de la neige d'hier. Pourquoi pas Carnow et Paasch ? Un lavage de vaisselle, Ilsebill ! Histoire d'avoir enfin ta clarté ! »

Mais on en resta au petit couvert. Nous mangions à trois. Griselde était venue pour le week-end. Le vendredi, elle avait encore déclaré le Turbot coupable de trahison et d'action contre-révolutionnaire. Sur quoi il fit encore une fois le mort et (le ventre en l'air) obtint l'ajournement. Le parti turbotique protesta également et demanda un rapport d'expert sur la légitimité de l'emploi de certains champignons comme armes politiques dans la lutte pour l'émancipation.

Je priai Griselde de se vêtir en vert mystique, car Ilsebill s'annonçait en rouge amanite tue-mouche. Je me réjouissais de l'explication. Et mon fromage de tête de veau « En l'honneur de Sophie » devait être particulièrement soigné pour cette fois. Mais j'aurais préféré chercher refuge dans la cuisine de chez Witzlaff, au cliquetis placide de son tricot (deux à l'endroit, deux à l'envers). Ou bien caché derrière son orgue d'église pour pleurer un bon coup tandis qu'elle aurait actionné à fond : « Du fond de ma détresse j'ai crié vers toi... » c'est-à-dire : « De profundis clamati ad te... ». Ou bien sa voix de soprano — mon Dieu, quel organe ! — m'eût transporté outre-Jourdain : « Soupirs, larmes, chagrin, détresse, angoisse, crainte et mort... » Car l'intrigue avec Ruth Simoneit me colle toujours à la peau. C'est peut-être à cause de moi qu'elle s'est mise à se saouler au vermouth. Et avec Griselde je ne parle que d'avant, par contraste. Et avec Ilsebill les difficultés vont croissant : les criailleries deviennent traintrain. Cette envie qu'elle a d'assassiner l'homme aimé. Cette fureur qui rebondit après chaque pause, simplement parce qu'elle n'est pas arrivée à être enceinte à elle toute seule (sans coopération masculine). Pourtant je m'en tiens toujours et seulement à Ilsebill...

Puis vint le repas à trois. (Elle apporta en cadeau pour Ilsebill une pile de livres pour femmes qui se « mancipent », ce qui renouvelle l'intérêt de la chose : instructions pour le nouvel ordre. Moi, elle m'offrit des torchons pour essuyer les culs de casseroles : « Voilà pour le chef ! »)

J'avais eu beau me réjouir, ce ne fut pas une partie de plaisir. Elles se plurent du premier coup d'œil et s'accordèrent sur le timbre et la voix. Ça me passait devant le nez. Elles se parlaient par-dessus ma tête. Avant que je ne serve le fromage de tête en le basculant intact sur une assiette — comme il tremblotait joliment dans sa gelée — toutes deux étaient d'accord : il n'y avait pas moyen de m'avoir tout entier, mais seulement par huitièmes, et encore. Je ne pouvais jamais me décider à fond. Toujours autre chose en vue : « Des faux-fuyants, ses éternels faux-fuyants ! Même maintenant ! Voilà qu'il recommence ! » s'écriait Ilsebill. « Regarde-le, Griselde. Ses grimaces insolentes. Il n'est pas ici. Il est bien ailleurs. Il a toujours de la visite dans ses arrière-cabinets. » Rien n'est permis. Tout est mené court, pour que je reste dans le sujet, sans diverger ni gagner du temps. Mais je ne veux pas être seul à croupir ici : présent et à moyen terme. Il y a des incitations à descendre en marche, à envoyer promener le merdier du moment ou bien, comme dit Ilsebill : « Tu as sans doute envie de prendre la tangente. De te désencorder. Faut croire que je ne te suffis pas. Et même Griselde qui est venue ici tout exprès sur ta demande est sans doute déjà rayée. Il te manque sans doute quelque chose ou quelqu'un ! »

Sophie m'écrivit à Graudenz, où j'étais détenu en forteresse depuis seize ans, que le siège de la ville avait pris fin le 29 novembre, quoique la garnison pût demeurer en place quatre semaines de plus : pour l'honneur. C'est pourquoi l'investissement était maintenu. Pourtant, par les avant-postes prussiens du Zigankenberg, on obtenait par contrebande, à des prix exorbitants, le minimum nécessaire : sirop, pommes de terre, lard et manne de Pologne. Le temps des champignons était malheureusement passé. Oui, elle venait de reprendre la cuisine chez Rapp, mais le cœur n'y était pas. Après l'affreuse boucherie — on ne savait toujours pas l'objet de la querelle — assez affectée par le sang répandu, elle avait rendu son tablier (« c'étaient des garçons tout jeunes ») pour s'établir dans le Hakelwerk. Peu de temps après, les vivres avaient tout à fait manqué au Français. En comptant exactement, 197 magasins avaient brûlé. Le coup d'œil avait été colossal. Et le bruit n'avait pas cessé de courir que ce n'était pas l'artillerie ennemie, mais des patriotes qui avaient mis le feu à l'Ile-des-Docks. Elle aussi, Sophie était soupçonnée, mais sans preuve. Rapp, manifestement, ne voulait pas la perdre (comme cuisinière). Elle travaillait à nouveau pour de nombreux convives. Les négociations de capitulation et les festivités subséquentes avaient amené dans la maison des officiers russes et prussiens. Amis comme ennemis avaient belle humeur : comme si l'on avait pour le seul plaisir échangé 12 460 obus, fusées à la Congrève et bombes, comme si la moitié de la garnison n'avait pas été fauchée par les épidémies ou les obus à balles. Mais les gueuletons laissaient au fond des casseroles, parce qu'elle faisait souvent des fromages de tête, beaucoup de bouillon de tête de veau avec des os à viande qu'elle réservait aux enfants du Hakelwerk. Si seulement il y avait encore des champignons ! Elle n'en aurait que trop volontiers servi à Rapp un pâté d'adieu.

Puis Sophie me conseillait de ne pas perdre l'espoir, car aussitôt libérée du Français elle ferait une requête écrite avec le sang de son cœur : puisse la reine, qui savait ce qu'était la souffrance, faire grâce et relâcher son tendre ami Fritz de la forteresse moisie où depuis seize ans déjà il usait sa jeunesse et se repentait depuis longtemps. Tout cela n'avait été qu'une erreur enfantine. On s'était imaginé une tout autre liberté.

Mais je dus encore croupir bien des automnes à champignons dans le réduit moisi. (Entre-temps j'avais oublié pourquoi.) Et je dis à Griselde Dubertin : « J'ai préparé ce fromage de tête de veau en l'honneur de Sophie Rotzoll et je l'ai laissé prendre tout seul et sans gélatine. » (Non non ! Je ne veux pas avoir été son conspirateur Fritz, prisonnier à vie dans une enceinte fortifiée.) Je dis à Ilsebill : « Un cas réellement intéressant, cette Sophie. Elle usait des champignons vénéneux, comme le Turbot a pu en apporter la preuve. » (Je préfère être le gouverneur Rapp qui a survécu à la tête de veau en maintenant l'ordre jusqu'au bout.) Griselde parlait alors en pharmacienne. Elle s'étendit sur les poisons bactériens, végétaux et animaux qu'on appelle toxines : « En particulier la muscarine qui peut être observée, quoique à faible dose, dans l'amanite tue-mouche. » (En tout cas, Rapp survécut. Et le pasteur Blech nota : « Le 2 janvier, après les Polonais, se retirèrent les Français, Napolitains, Bavarois et Westphaliens. Il restait encore 9000 hommes avec 14 généraux. Plus de 1200 malades restèrent dans la ville. Les officiers gardèrent leurs épées et leurs équipages. Devant la porte d'Oliva, les Bavarois, Westphaliens et autres Allemands rompirent les rangs et demandèrent à retourner dans leur patrie pour y servir contre l'ennemi commun, ce qui leur fut accordé... ») Et, comme devant le tribunal féministe, Griselde Dubertin s'adressa (par-dessus ma tête) à Ilsebill : « Le Turbot a trahi Sophie. Jamais ce Rapp n'aurait survécu à l'amanite phalloïde. La phalline propre à ce champignon vert à volve détruit le foie, les reins, les globules sanguins, attaque le muscle cardiaque... »

Non, je ne veux pas avoir été non plus Rapp. J'aimerais mieux rester le paternel ami de Sophie : une fois achevée l'affreuse époque française, elle reprit les fourneaux du pasteur Blech ; pour vingt-cinq ans, jusqu'à ce que le diacre mourût de vieillesse. Je ne fus pas Rapp (le traître). Et après que Sophie m'eut servi une tête de veau en gelée avec la langue, les ris et des câpres dedans, j'écrivis pour célébrer un jour pas comme les autres : « Ce 29 mars a été proclamé en ces lieux le statut royal du Pays et de la Ville qui, par édiction ad hoc, supprima à dater de ce jour la Loi Napoléon. »

Nous étions trois à table. Deux femmes à mi-chemin et aux approches de la quarantaine se faisaient face sur les côtés longs de la table tandis que moi-même, à peine avais-je retourné le fromage de tête sur une assiette, je restais à l'un des côtés étroits. (On appelle ça une relation triangulaire.)

Toutes deux, s'estimant l'une l'autre, s'étant souri, échangèrent le premier dialogue par-dessus moi ; il apparut alors que (cette fois encore) je m'étais vu trop grand. A ma place, il n'y avait rien, semblait-il, ou bien un trou, à la rigueur quelque chose qui portait certes mon nom, mais qui pendant une heure et demie fit l'objet d'un débat tantôt charitable et indulgent — « Les années de guerre l'ont sans doute abruti » — tantôt âpre — « Ce qu'il y a, c'est qu'il faudrait le faire interdire ! » Chaque fois qu'un accord s'était exprimé, le vert mystique et le rouge amanite communiaient, Griselde et Ilsebill se touchaient de la pointe des doigts ou échangeaient des regards comme on échange des boutons de nacre. Sans conspiration explicite, on commençait délicatement à pratiquer à table la solidarité féminine. Elles parlaient avec ferveur : « Tu sais, dans le fond je te comprends. Ce que tu dis, je le pense. Tu me fais du bien, Griselde. Ah, Ilsebill, comme tu es forte par ta grossesse. »

Avec le fromage de tête, il n'y avait que du cidre et du pain noir. Il y eut des louanges pour la tête, mais sans mention directe du cuisinier. Je remplissais les verres, servais et restais silencieux, songeant à Sophie qui, dans sa mansarde sous le toit de l'hôtel Allmond, avait élevé à son héros Napoléon un oratoire pour lui rendre hommage comme précédemment aux universelles lumières de la raison. J'avais peine à mettre à plat le désir d'avoir assise devant moi, bougonne mais juste, la femme Paasch, ou la Witzlaff tricotant sa chaussette familière à l'envers et à l'endroit.

Pendant une demi-tête de veau, la langue et les ris de veau qu'on appelle aussi *bries,* j'avais préparé mon fromage de tête avec ses ingrédients et une épice à part. J'avais gardé en réserve (de l'automne dernier) deux jeunes amanites tue-mouches séchées que j'avais pilées en poudre au mortier, tout en murmurant des vœux, fulminant des malédictions et dévalant en crochets pour fuir le cours de l'histoire : vous ne m'aurez pas, ne m'aurez pas...

M'ayant jugé comme par contumace, les deux femmes parlèrent en même temps de l'éducation des enfants et de la défectuosité des lave-vaisselles. Ilsebill dit que la sienne était un achat idiot. Griselde dit que par principe elle mettait en question toute éducation. Je restais muet, pensant à Sophie, qui m'a aimé, son Fritz, aimé, car aussitôt après la guerre de Libération (qui ne me concernait pas) elle a présenté des demandes de grâce et continué sans désemparer de m'envoyer en petits colis du pain d'épice où elle avait mis, pour m'encourager, de l'amanite tue-mouche en poudre fine. Puis je remis à Ilsebill et à Griselde une petite portion de gelée tremblante. Toutes deux étaient d'accord, quelle que fût l'insuffisance de leurs lave-vaisselles, pour éclatante que fût l'escroquerie des industriels, pour ne plus jamais accepter de jamais refaire la vaisselle à la main. Il fut dit également : il fallait, en principe, s'en tenir à l'éducation anti-autoritaire. D'ailleurs il n'y avait plus de vraies figures de père. « Exact ! » Telle fut ma contribution au débat ; elle ne fut pas entendue.

Je n'avais mis que du citron pour acidifier le fromage de tête. Je laissai la tête fendue bouillir à feu moyen deux bonnes heures, la langue une heure et demie, le ris une demi-heure seulement. C'est seulement à la fin, quand la chair se détache de l'os, que j'ai mêlé au bouillon la langue et les ris coupés en dés avec des câpres, du fenouil, du jus de citron, puis incorporé l'amanite tue-mouche réduite en poudre : vieille recette sibérienne que connaissaient également les conquérants indo-européens de l'Inde dravidienne et les Vikings. (Par exemple, les Varègues, peu après l'époque de Mestwina, avant d'attaquer les Pruzzes sur le Hagelsberg, avaient bu l'urine de quelques juments auxquelles ils avaient donné de l'amanite tue-mouche mêlée à leur fourrage, ce qui a favorisé l'éclosion du mythe jusque pendant la bataille ; de même les Védas indiens ont été écrits sous l'influence du soma, champignon d'immortalité, car l'amanite tue-mouche incite au voyage, suspend le temps, résout toute inhibition, nous rend plus réel qu'on ne le pense...)

Une fois traités le lave-vaisselle en soi et la pédagogie en général, je revins sur le tapis sans être appelé par mon nom. La formule était : il, il a encore. Il veut chaque fois. Il ne peut pas comprendre. Il croit qu'il n'y a que lui. Il se prend pour irrésistible. Il doit, il a, il va, c'est sa faute si, il lui manque au fond...

Le talent me fut imputé comme tare de naissance (et comme circonstance atténuante) : « Il n'y peut rien. Comme ça il arrive à quelque chose. Quoique au bluff et sans casser trois pattes à un canard. Faut l'entendre parler de la nature. En fait il n'y connaît rien. Il y voit une catastrophe. Et quand un truc va de travers — l'autre jour : plus de papier-chose à bord — il y date — c'est ça les hommes — le début de l'Apocalypse. »

Puis fut débattu mon travail politique : ce qu'en dépit des meilleures intentions j'ai (il a) mis à côté de la plaque. Et ce, logiquement parce que je (il) ne peux (peut) jamais me (se) décider nettement : c'est toujours d'une part d'autre part. L'absurde hostilité que je (qu'il) marque à l'idéologie, voilà déjà par où je (il) réintègre l'idéologie. « Dommage. Ça fait de la peine, Griselde, réellement, de le voir ainsi le cul entre deux chaises sans savoir où ni comment il va dans son embarras chercher des tangentes, historiques la plupart du temps. Quand par exemple je dis ' lave-vaisselle ', il dit : ' Oui mais au XIVe siècle... ' »

Ensuite toutes deux tombèrent d'accord que pour cause de talent d'une part — « Faut toujours qu'il fasse quelque chose ! » — et d'autre part en raison de mes randonnées politiques — « Toujours ailleurs, toujours parti ! » — ses (mes) enfants n'avaient pas eu la part belle, et ça à tout moment. Toutes deux (discrètement envoyées battre la campagne par l'amanite tue-mouche) commencèrent par refaire mon addition pour la première fois rétrospectivement en portant à mon débit les moutards illégitimes du poète baroque Opitz (pensions alimentaires non versées) et pour la progéniture exténuée de la cuisinière Amanda Woyke au temps de la guerre de Sept ans. « Faut pas s'étonner », dit Griselde ou Ilsebill, « si comme personne concernée de sexe masculin, il était interchangeable. Par exemple, la religieuse, chaque fois qu'il était à nouveau contraint de fuir, ne l'a toléré qu'en visiteur d'un soir dans son lit, dans sa cuisine. »

Ilsebill, après que toutes deux eurent reconstruit leurs rapports et ceux d'autres femmes avec moi, tant dans le présent que par récurrence, dit : « Faut à peine compter qu'il change. » Et Griselde Dubertin qui me connaît depuis plus longtemps qu'il n'est supportable à Ilsebill, dit : « Il ne changera jamais ! »

C'est exact. Ce sont des empreintes de jeunesse. Quand on a un jour appris la crainte près d'une Dorothée de Montau, embrassé la chaleur de la crèche avec une Gret la Grosse, ou craint sans cesse, on cherche un embrassement chaud, fût-ce dans la cuisine chaotique d'une organiste bien tempérée par ailleurs.

C'est aussi par une empreinte précoce que j'ai copié ma tête de veau en gelée sur Sophie Rotzoll qui, lorsque au printemps de 1837 je fus enfin relâché de la citadelle de Graudenz, m'en avait préparé une pour me fortifier. Cependant la demoiselle Rotzoll était demeurée multiplement pucelle. Et, comme Sophie, j'ai assaisonné mon fromage de câpres, de fenouil, de petits cornichons, je l'ai acidifié par du jus de citron et, grâce à une poudre — on sait à présent quels pouvoirs a l'amanite tue-mouche — je lui ai donné un sens interne et un double fond : alors tu te regardes. Tu es couché, fin réveillé, à côté. Tu es perdu dans Ava. Et autour de toi s'arrondit, tiède et moite, la caverne...

Fut-ce Ilsebill ou Griselde qui la première parla de mon complexe maternel ? (Ou bien qui : comme invitées à partager le fromage de tête, la Paasch (grognon) la femme Osslieb (somnolente) la fille Huntscha (provocante), Ruth Simoneit (saoule) à bâtons rompus ?) En tout cas Ilsebill dit : « Pour ce qui est de l'avoir, il l'a. Cousu main. »

Helga Paasch (puisant des arguments dans l'âge du fer) ayant également soulevé le couvercle de mon existence, Griselde Dubertin, contredisant la Witzlaff qui avait dit : Ben ? Et alors ?, formula un jugement pour ainsi dire définitif : « Ce qu'il y a de sûr, c'est que presque tout chez lui se laisse ramener à une liaison extrême avec la mère. Regardez-le : ce gamin, malgré sa tête rabougrie, est resté un éternel enfant à la mamelle. » Ulla Witzlaff, appuyée par Osslieb et Helga Paasch (Est-ce que Frau Dr Schönherr n'était pas aussi à table ?) fit observer que mon talent incontestable avait besoin d'une liaison-complexe. Bettina von Carnow énuméra des artistes pareillement connectés : « Le grand Léonard fut nourri par une chèvre ! » Ruth Simoneit bredouillait : « On est toutes encore au biberon ! » Mais Ilsebill et Sieglinde Huntscha s'écrièrent : « On n'a pas coupé le cordon ombilical ! Tout simplement ! Faut le couper ! Enfin le couper ! »

Et cette Griselde Dubertin en qui j'avais eu la sottise de chercher ma Sophie, révéla comment l'autre jour (faut être bête) je l'avais abordée en confidence : « Lui ? Il n'ira jamais chez le psychiatre. Il me l'a dit la semaine dernière aussi sec. Il parlait comme un furieux : Moi, vous ne m'amènerez pas sur le divan ! Mon complexe maternel est mon gagne-pain exclusif ! Ceci est mon testament. Je mourrai sans avoir vu le toubib. On mettra sur ma dalle : Ci-gît avec son complexe maternel ! »

Toute la tablée se moquait de moi. Ilsebill trouvait cela typique. La Witzlaff souriait, car elle en savait plus long. La Dubertin dit : « Bon, soit. » Et Frau Dr Schönherr qui, j'en suis sûr, mangeait avec appétit de ma tête de veau exclusive, se fit le héraut de tout le monde (car même Osslieb et Witzlaff hochèrent affirmativement) : « Le cas banal. Dans le fond, il est resté enfant. »

Ensuite je pris la parole. Peut-être le diable en forme d'amanite tue-mouche me lança-t-il, car soudain j'abandonnai le silence imposé et dis, plutôt à Frau Dr Schönherr qu'à Griselde Dubertin, tout en visant Witzlaff, mais en regardant bien en face mon Ilsebill (et en faisant du pied gauche sous la table à Ruth Simoneit, mais ce fut Osslieb qui répondit) : « D'ailleurs, chère Ilsebill, cette Sophie à qui je dois notre fromage de tête n'a jamais renoncé. Année après année, dès qu'elle en avait l'autorisation, elle se rendait à Graudenz pour parler à son Fritz : il devait tenir, tenir. Elle lui envoyait des pains d'épice avec des mots de lettre pris dans la pâte. Elle présentait des requêtes à la reine Louise. Elle a fait la révérence, tout cela pour lui, tant qu'il fut enfin libre. Ensuite elle m'a soigné, affectueusement, et nous allions ensemble aux champignons, comme au temps de notre prime jeunesse, quand j'avais encore une idée... »

Les femmes bien trop nombreuses à table ne m'entendirent sans doute pas — « Son côté enfantin est à la rigueur aimable. » Tout en s'esclaffant sur mon compte, elles constataient de concert : qu'il n'arrêtait pas de se faire des illusions, que par crainte des conflits il restait sur ses conflits, qu'il allait encore en avoir des borborygmes, qu'il en remettait, n'arrêtait pas d'en remettre, que le pauvre type avait encore une fois (avec Griselde) présumé de ses forces, qu'il ne voulait rien perdre, personne d'entre elles (y compris Ruth Simoneit qui boit) mais les garder toutes, y compris Helga Paasch, comme sa collection de verres anciens, qu'il était impossible, bref un homme tout craché.

Puis elles portèrent à ma santé un toast fraternel et, citant cette fois le cuisinier, honorèrent mon fromage de tête : il était réellement extra.

Thérèse Osslieb, pour étoffer un peu le culte d'Amanda tournant à l'exclusif honneur de la patate, promit de mettre le fromage de tête « à la Sophie » au menu de son restaurant. Alors Ilsebill demanda aux assesseuses réunies du tribunal féministe où en était exactement le cas de Sophie Rotzoll : « Il ne raconte que ce qui le concerne. Vous pourriez me donner quelques informations à usage interne. J'aimerais être au courant. Dis-moi, Griselde : Est-ce que cette fois le Turbot en prend un coup ? »

Bien qu'elle ait des enfants de son mari dont elle vit séparée par un quartier de distance pour s'adonner à de fugaces liaisons avec d'autres hommes, elle a gardé un air virginal qui m'engagea, cherchant Sophie, à la chercher en elle, non la gamine (grave sous un chapeau de champignon) mais la cuisinière légèrement fripée de retour au presbytère : Sophie venait de passer la trentaine, et à ce point troublée par les événements vécus au temps des Français qu'elle avait souvent un air de frayeur, comme si elle revoyait sans trêve d'horribles scènes ; ainsi la pharmacienne Griselde Dubertin, assesseuse au tribunal féministe, qui elle aussi a été marquée d'une épouvante (je ne sais quoi dans le privé) ; c'est pourquoi elle perdait souvent le fil quand elle entreprenait d'alimenter par des renseignements contradictoires le besoin d'information d'Ilsebill, tandis que Helga Paasch et Ruth Simoneit lui coupaient la parole.

Il s'agissait de l'inocybe vénéneux et de l'amanite phalloïde... Thèse n° 1 : le meurtre politique commis à l'aide de toxines était absolument inadmissible en tant qu'expression de l'émancipation féminine ; thèse n° 2 : le plat de champignons à effet politique était chaudement recommandé comme instrument d'auto-libération féminine. « Mais faudrait que ça fonctionne mieux que pour la Rotzoll », narguait Sieglinde Huntscha. Ruth Simoneit beuglait : « Je suis pour la matraque. Pas d'histoires ! Et toc ! »

Paasch ayant opiné que cette Sophie n'avait été qu'une gourde d'avoir toujours en tête son seul Fritz, Griselde me regarda fixement comme si elle me voyait en uniforme de gouverneur. Elle cria : « Un seul remède : le poison ! S'il s'agissait pour moi d'un Fritz incarcéré, j'opérerais de même : en mycologue. Mais cette fois sans bavures ! » Puis elle se répandit en plaintes : si manifestement que Sophie eût été esclave, son acte avait servi pourtant la liberté. Même le Turbot n'en disconvenait pas. Il prenait tout à sa charge. « Le salaud ! » Pour prévenir des maux plus grands, il avait vendu le Club jacobin de la Beutlergasse. « Le traître ! » A son instigation, le pasteur Blech avait tuyauté les argousins municipaux.

« Bof », interjeta Paasch, « c'est qu'il n'aime pas que des moutards jouent à la révolution. »

Bettina von Carnow aurait voulu mettre peut-être du baume : « Toujours est-il qu'après quarante ans de fidélité la bonne Sophie a eu son Fritz. »

Avant que Griselde n'ait pu en venir aux mains, la Witzlaff apaisa le tumulte naissant : « Rien à reprocher à Sophie et à Fritz. Les deux petits vieux, quand de leur pas branlant ils allaient aux champignons, devaient faire un couple touchant. »

Tu n'as pas cessé de me prendre par la manche. Mais ce n'était plus notre temps. Certes il y avait des champignons qui semblaient n'être que pour nous seuls ; mais l'idée, notre idée était passée et ne faisait plus le pied de grue, elle était montée à cheval : on parlait à l'époque d'un Esprit du monde cavalier. Nous ne l'avons jamais rencontré dans les bois. Il n'y avait jamais que nous. C'est pourquoi nous récoltions des amanites tue-mouches. Elles sont à part. Elles font des images. Elles remontent le cours du temps. Il faut les couper en tranches avec la peau et les écailles, les sécher, les piler en poudre qu'on mêle à des bouillons, des pâtes, du fromage de tête en gelée. Ou bien, sans les piler, on conserve les fragments coriaces grands comme l'ongle ; de temps à autre, le matin ou sur le soir, on en prend un morceau qu'on mâche jusqu'à ce que viennent les images, que le temps tourne à l'envers, jusqu'à ce que, notre enfance retrouvée, nous retournions aux champignons avec Sophie pour avoir une idée.

La vieille demoiselle Rotzoll et moi, nous vivions de champignons cueillis, séchés, réduits en poudre, faits au vinaigre. A côté du Häkertor, là où Sophie enfant avait vendu des flondres, notre étal était autorisé deux fois par semaine. Les tricholomes terreux alignés sur des fils et les gyromitres séchés se vendaient toute l'année. Dans le tissu d'orties qu'avait laissé la grand-mère de Sophie, je taillais des sachets (j'avais appris la couture à Graudenz) dans lesquels les bolets et les lactaires séchés tenaient leur prix. Mais du début de l'été jusqu'en novembre nous vendions le contenu de nos paniers, champignons nobles et champignons à potages. Nous étions à l'aise, ayant toujours à vendre sec ou frais. Notre clientèle — lycéens, sous-lieutenants de hussards ou stagiaires libéraux — aimait le voyage et cherchait une évasion au goût de l'époque. Naturellement nous avions aussi de vieilles gens qui, comme Sophie et moi, voulaient remonter le compte du temps et prenaient à cet effet de l'amanite tue-mouche qui d'ailleurs a sa beauté.

Ensuite Griselde Dubertin (et les autres assesseuses) comme nous mangions à trois (et quand même en nombreuse compagnie) donnèrent à entendre les quotidiennetés du tribunal féministe. On clabauda les tensions internes des coteries féminines. On dauba sur le parti de la turbot-réaction, subodorant qu'existait entre le Turbot accusé et l'accusatrice Huntscha une connivence croissante, peut-être un complot. A nouveau le pétard était à la maison. On discutait (de Griselde à Osslieb) l'affirmation du Turbot : Sophie Rotzoll et son ami Friedrich Bartholdy, depuis leur jeunesse et encore dans leur âge avancé, auraient été des maniaques de tue-mouche. Voire : Sophie aurait mené un vaste trafic de tue-mouche en poudre : même par la poste, grâce à des sous-traitants.

Ce point souleva un tumulte devant le tribunal féministe. La rumeur d'une Sophie droguée lancée par le Turbot avait été confirmée par un rapport d'expert sur « l'effet stimulant de l'amanite tue-mouche » ; et seule l'opposition de la présidente Schönherr avait pu empêcher la lecture du rapport devant le public que réclamait l'accusation. « La Schönherr avait bien raison ! » s'écria Griselde. « Si ça se trouve, ce serait venu à la mode de s'envoyer en l'air avec des amanites tue-mouches. La presse bourgeoise n'attend que ça : que nous fassions une gaffe. Et j'en suis sûre : Sophie elle-même n'aurait pas été d'avis. »

Elles en tombèrent unanimement d'accord et me remirent soudain au centre de leur intérêt : je n'aurais pas été le Fritz de Sophie, ni le pasteur Blech, ni Rapp le gouverneur, j'aurais — « Quel fumier ! » — été plutôt le père de Sophie, un marchand ambulant de schnaps qui escroquait les pauvres paysans kachoubes et aurait engrossé la fille cadette d'Amanda Woyke comme qui dirait au passage. « Ce salaud ! » Moi seul étais le pelé, le tondu. « Infect ! Indigne ! Dégueulasse ! Superflu ! » La Dubertin criait : « Qu'on en finisse, qu'on en finisse enfin avec ces salades ! »

Déjà les femmes prenaient un air menaçant. Déjà la peur m'envahissait. Déjà toute issue était barrée. Déjà je me sentais appréhendé pour être écartelé. Un chatouillis entre les jambes. (N'est-ce pas la Simoneit qui s'écria : « Au couteau de cuisine, allons-y ! ») Je fus sauvé par l'amanite tue-mouche.

En effet notre déjeuner à trois, grâce à l'ingrédient spécial, avait acquis entre-temps une dimension plus vaste. Il me semblait en effet n'avoir plus seulement à table Paasch, Osslieb et Witzlaff, le parti du Turbot au complet et, en la personne de la Schönherr, l'autorité personnifiée du tribunal ; non : Agnès Kurbiella et Amanda Woyke, la religieuse Rusch, la sainte Dorothée et Sophie Rotzoll avaient fui leur époque. L'atrabilaire Wigga faisait face à Helga Paasch. Ma Mestwina réconfortait Ruth Simoneit. Toutes avaient leur double. Car ma table s'était élargie. Et mon fromage de tête se multipliait merveilleusement en plusieurs terrines : il n'était pas sur le point de manquer. Un propos courait qui supprimait le temps. La Witzlaff mêlait son rire à celui de la religieuse. Et quelque part, non, omniprésente, était Ava, le principe à trois mamelles ; ainsi Frau Dr Schönherr portait partout sa sollicitude. Elle prit soin qu'il ne m'arrivât rien. Elle ne laissa pas de querelle s'élever entre les femmes, même si un pétillement sinistre s'élevait encore là où la Huntscha se tenait près de Dorothée. Tout à l'heure Sophie ou Griselde voulaient tomber à bras raccourcis, mais non certes sur moi, sur la douce Agnès et la pauvre Bettina von Carnow. Ne voyais-je pas la trace de coups d'ongles ? Des mèches de cheveux blonds, tourbe, frisés, ondulés, entre les plats de fromage de tête à demi mangés ? (La Witzlaff et avec elle la religieuse Rusch étaient sur pied pour me protéger, crachant le feu comme des Furies.)

Pourtant, après quelque épanchement lacrymal, prévalut la règle de solidarité féminine. Elles bavardaient, fraternisaient : le prix de la pomme de terre à telle et telle époque. On pleurait le prix élevé des harengs de Scanie et le mil qui ne faisait jamais la soudure. Et sur mon dos de bon père de famille, d'imbécile et de nourricier, d'éternel vantard, elles éprouvaient leur esprit. Et tout à coup il y eut un orgue, ou plutôt un harmonium de cuisine à côté de la table. Et la Witzlaff actionnait tous les registres tandis que la religieuse, avec Agnès et Sophie, entonnait : « Sois bienvenu, roi du ciel. » Ma Mestwina distribuait des grumeaux d'ambre à la ronde. Et même le Turbot était comme présent. Il nasillait ses sentences d'almanach : « Bref, Mesdames : avant qu'à bref délai la gestion féminine ne supplante la domination masculine... »

Le temps remontait son compteur. Des images étaient livrées à domicile. Ava se pencha. Et moi, l'homme, le précieux exemplaire unique, j'étais pris en tutelle. J'étais tapi dans le giron de mon Ilsebill enceinte et tétais sa grande poitrine : le ventre plein, pacifié, ailleurs, heureux, sans désir comme jamais...

Mais quand la tue-mouche nous ôta son effet, qu'une aube de bonheur ne voulut luire, que rentrant de siècles tous différents nous échûmes au présent banal, retrouvant la réalité transie sans plus de rêve dans la musette, il ne restait plus grand-chose de ce fromage de tête. Mon Ilsebill (en rouge) se retrouvait déjà de mauvais poil et n'avait plus envie que d'un bain chaud. Griselde Dubertin (en vert) se donnait l'air rigoureusement vierge. Déjà elles parlaient comme si j'étais zéro, à ras de moi, par-dessus moi tout en me prenant pour cible (le tir au fusil à canon coudé) disant : « Il ne fait que se l'imaginer : il se trompe profondément. Vouloir nous gélifier toutes dans son fromage. Faut lui tenir la longe courte. Qu'il se le tienne pour dit une bonne fois. Faut qu'il paie, qu'il paie tout ça. Sans rémission. Et par tranches mensuelles recta. » Je voulais lever la table et tâchais d'arranger les choses par un petit discours idoine —

« Ce fut véritablement un plaisir pour moi de préparer pour vous, mes sœurs de ce siècle et d'autres, mon fromage de tête maison. » Quand Ilsebill me coupa fraîchement le fil. « Si tu aimes tant que ça faire la cuisine, alors tu peux aussi intégrer la vaisselle. »

Donc j'intégrai. Il y avait plus de trois assiettes. Couteaux et fourchettes plus d'une douzaine. Beaucoup de plats. Et treize verres où clapotait encore, huileux, un reste de jus de pomme. Griselde me donna deux trois coups de main. Le lave-vaisselle était plein rasibus. (D'ailleurs Sophie mourut en l'an de révolution 48 sans comprendre de quelle liberté il s'agissait.)

Rien que des filles

Vers la fin du débat concernant Sophie Rotzoll, l'assesseuse Griselde Dubertin ayant affirmé que Sophie était morte vierge, la présidente, Frau Dr Schönherr, plutôt pour rire que pour obtenir une information précise, demanda au Turbot quelle différence il y avait entre les sexes ; le pleuronecte répondit sur les principes sans quitter son lit de sable.

« C'est une vieille rengaine, Mesdames ! Les femmes conçoivent, mènent à terme, enfantent, donnent le sein, élèvent, voient mourir un enfant sur six, en attrapent un autre comme un rien, le mènent à terme, l'enfantent dans la douleur aujourd'hui comme avant, lui donnent un sein puis l'autre, lui apprennent à dire Maman et à marcher ; jusqu'au jour où les filles — ce qui en principe compte ici, ce ne sont que les filles — font le grand écart pour le premier imbécile venu et derechef conçoivent, portent ce dont seule une mère accouche.

Combien déshérités en revanche les hommes. Ce qu'ils conçoivent ? Des ordres absurdes. Ce qu'ils portent reste spéculation. Leurs fœtus se dénomment : la cathédrale de Strasbourg, le moteur Diesel, la théorie de la relativité, le bouillon Kub, le masque à gaz, le plan Schlieffen. Nous savons une kyrielle de prestations semblablement considérables. A vaillant sire rien impossible. Il a fallu gravir la face nord de l'Eiger, découvrir la route maritime des Indes, crever le mur du son, fendre l'atome et en casser le noyau, inventer la boîte à conserves, le fil à couper le beurre et le fusil à aiguille, déterrer les ruines de Troie et de Knossos, achever neuf symphonies. Comme en effet les hommes ne peuvent concevoir par orifice naturel, porter, enfanter et que même la façon frénétique qu'ils ont d'engendrer ne laisse pas de soulever la question de la finalité exclusive issue du seul caprice, il faut bien qu'ils fassent des trucs astucieux, cassent trois pattes à un canard, escaladent des faces nord et verglacées et crèvent des murs du son, empilent des pyramides, creusent des canaux de Panama, barrent des vallées, inventent la poudre et fassent des expériences tant qu'à la fin tout soit synthétique ; il faut bien que par images, mots, sons, ils reposent sans arrêt la question du Je, du Moi, de l'Être, du Sens, du Pourquoi, du Pourquoi-faire et du Pour-aller-où ; qu'ils changhaïent tout le monde et le collent à tourner le moulin dénommé Histoire du Monde, histoire qu'il en sorte en série des arrangements entre les hommes : victoires et défaites avec la date, schismes de sacristies et partages de la Pologne, procès-verbaux, protocoles, monuments tout crachés. Un instant d'attention, Mesdames : ce Monsieur Nixon devra bientôt se retirer. Un guignol appelé Guillaume faisait l'histoire avant-hier. Et, au Portugal, les militaires se repassent le flambeau.

Affaires à sensation et exploits d'aujourd'hui : Calcutta. Le barrage d'Assouan. La pilule. Watergate. Ainsi s'appellent les ersatz masculins. Gros d'un principe quelconque, enceints de l'impératif catégorique. Tout ce qu'ils peuvent faire, c'est, grâce à la chose militaire qui est leur terrain exclusif, se mettre en situation d'antidater la mort comme vêlage tombant dans l'incertain. Mais ce qu'ils enfantent — création ou canular — n'apprendra jamais à marcher, ne saura jamais dire Maman. Faute du sein maternel, il va dépérir ou se propager par le papier seulement : enfants nés de sexe masculin, nés le cul tanné par le rond de cuir. Culture ? Bof ! on morgue. Des peaux de cochon remplissent les bibliothèques. La musique en conserve sur disques. La brique gothique s'effrite. Mis en musées climatisés, l'art se déprend de ses origines. Et l'enfer des archives des services secrets où les avortons masculins poursuivent sous forme de dossiers noirs leur existence à petit feu. Il y a déjà une banque des data. L'humanité se numérote à titre constamment révocable. Bref, comme performance, tout cela se ressemble que c'est horriblement étonnant. Nous parlons de l'acte du pionnier. Nous disons : il fut grand jusque dans l'échec. Nous demeurons émus par des preuves tragiques d'existence qui pourtant sont hors nature, font tout petit devant la nature et, obtenues contre la nature, ne valent que comme la preuve du contraire. En revanche les femmes — quand bien même elles auraient fait des études, se sont émancipées et améliorent l'ordinateur, augmentent le profit, modernisent les armements et pourraient donner un style à l'État — restent toujours nature, même en sortant de chez le coiffeur. Elles ont leurs règles. Elles donnent la vie même quand elles invoquent une semence anonyme en conserve. C'est elles, elles seules, qui ont à l'heure dite la montée de lait. Oui, par principe, elles sont des mères, dussent-elles ne pas ou pas encore l'être ou parfois ne jamais l'être et rester pour ainsi dire vierges comme Sophie Rotzoll.

Je vous le dis : les femmes n'ont pas à se soucier de la postérité parce qu'elles incarnent la vie ; les hommes au contraire ne peuvent marquer leur persistance posthume qu'en dehors d'eux-mêmes, en construisant la maison, plantant l'arbre, accomplissant l'exploit, tombant au champ d'honneur, non sans préalablement avoir engendré des marmots. Quiconque ne peut enfanter n'est père que par présomption légale et fait pauvre figure devant la nature. »

Ayant tenu ces propos et d'autres encore pires — il prédit aux femmes, si elles poussaient plus loin l'égalitarisme, une propension à la calvitie masculine — il quitta (comme en triomphe) son lit de sable et battit joyeusement des nageoires tandis que les assesseuses du tribunal féministe taxaient sa distinction fondamentale des sexes de « vision strictement biologique » et de « conservatisme endurci ».

Griselde Dubertin s'écria : « Il est et demeure réactionnaire ! » et Sieglinde Huntscha choisit le sarcasme avant de lire les conclusions de l'accusation : « Pauvres bonhommes ! Ils ne peuvent même pas avoir des enfants. J'en pleurerais. » Après une salve de rires qui sembla soulager le public féminin, elle dit sèchement : « En tout cas la révolutionnaire Sophie Rotzoll mourut célibataire sans enfants. »

A part elle, toutes m'ont donné des enfants, même Billy. Pour toutes j'entrai en ligne de compte au moins comme géniteur. Mais pour grand que fût mon désir d'avoir des fils, depuis que le patriarcat s'était imposé, ma volonté de me voir propagé nominativement et avec une possession accrue, elles ne m'ont jamais donné que des filles.

On se moquait de moi, on m'appelait faiseur de tirelires, on me conseillait des décoctions, des pilules de crotte de souris et des pèlerinages fatigants, mais après chaque naissance on ne me présentait jamais que le caractéristique petit pain fendu ; jamais un appendice ne voulut susciter mon orgueil paternel. Même le Turbot y perdait son latin. Quand, après la quatrième parturition féminine de Dorothée, je lui plaignis ma douleur, ses propos obscurs évoquèrent des contre-forces matriarcales. Toutes : les déesses Déméter, Héra, Artémis, Kubaba, l'Athéna pélasge et Ava-trois-mamelles étaient certes vaincues, mais leur pouvoir opérait encore en sous-main. Lui, le Turbot, il ne pouvait à la rigueur s'expliquer l'absence de fils dans tel et tel cas particulier que par une vengeance de la déesse-mère ; c'était là le prix qu'il fallait payer.

Les hypothèses du Turbot se sont vérifiées après chacun des engendrements ultérieurs. Il ne venait jamais que des filles. Je ne parlerai pas d'Ava Wigga Mestwina : la notion de père leur fut longtemps inconnue, puis matière à plaisanterie. Mais pour moi qui, maître armurier breveté employant deux compagnons et désireux de laisser un héritage à un fils, quand ma Dorothée m'eut donné neuf filles dont je l'avais engrossée, un fils unique n'aurait pas été volé. Le fait même que de ces neuf filles huit moururent (dont cinq de la peste) n'est qu'une consolation médiocre, car la survivante Gertrude n'a eu elle aussi que des filles (quatre ou cinq) parmi lesquelles Birgitta qui partit en guerre avec les Hussites et périt devant Bautzen quand la ville fut assiégée.

Je le dis : des filles, rien que des filles. La religieuse Rusch accoucha de filles, deux fois. Jamais il ne fut question de pères. Tandis que l'aînée Hedwig fut mariée à un Portugais trafiquant de poivre qui ouvrit un comptoir sur la côte de Malabar, Catherine fut mise dans le lit d'un boucher du cru. Hedwig et son Portugais moururent (avec trois de leurs quatre filles) d'une paludéenne aux Indes. Les filles survivantes de Catherine (trois sur six) épousèrent des bouchers de la place avec lesquels elles eurent des filles, rien que des filles. (Du reste, mon Ilsebill peut exciper de deux sœurs. Griselde Dubertin sort d'une « Maison des Trois Jeunes Filles ». Et la petite mère Witzlaff ne parle pas de frères non plus.)

C'était et reste un sortilège. On sait d'Agnès Kurbiella qu'en sus du marmot (du peintre Möller) mort de misère physiologique elle mit au monde une petite Ursule peu après que le poète Opitz fut mort de la peste. De même les sept filles d'Amanda Woyke furent tout ce qu'elle m'offrit. Stine Trude Lovise moururent bébés. Les autres restèrent kachoubes et serves, sauf sa dernière-née Anna qui (ayant été rachetée) alla en ville avec son enfant illégitime, y épousa le compagnon-brasseur Christian Rotzoll et devint veuve, sa fille Sophie étant âgée de neuf ans. Reste à dire que Lena Stubbe, en premières et secondes noces, a élevé quatre filles, la fille de Billy grandit chez les grands-parents, et les deux jumelles de Maria ont atteint leurs quatre ans depuis lors.

Ce qui me plaisait dans Sophie, c'est qu'elle resta close et, devenue vieille demoiselle, avait encore la pruine virginale. Quand son cas fut examiné devant le tribunal féministe, le public s'enthousiasma pour la joie passionnée qu'elle mettait à allumer les hommes, à les faire frétiller, à leur tenir la dragée haute. D'après son aspect conjecturé ou d'après les indications schématiques du Turbot (elle avait un air de l'assesseuse Griselde Dubertin) un poster fut confectionné et livré au commerce des fétiches féministes. On y voyait Sophie en costume de harengère danzigoise debout sur une barricade et tenant de la main gauche le Turbot par sa nageoire caudale, un couteau de cuisine à dextre. Son visage mince, sinistre. Le cheveu brun tourbe relevé d'un ruban tricolore. La bouche petite, ouverte, courbe, comme si elle chantait une carmagnole. Et devant la barricade, des champignons déracinés, suggérant sans ambiguïté l'occurrence échue d'un castrateur massacre.

On peut supposer que Sophie Rotzoll en polit-poster, placée entre des graphismes idoines (on trouvait en effet dans le commerce des Dorothées et des Amandas en poster) a contribué à relever l'aspect de nombreuses parois de chambres dans des constructions anciennes et nouvelles ; moi aussi, je me suis payé pour cinq marks un feuillet encore frais d'impression, parce que Sophie n'existe qu'en état de trop grand éparpillement dans mes souvenirs.

C'est l'affiche qui a premièrement simplifié la prude fille dont il paraît que je suis le père. Je ne l'ai jamais rencontrée aussi nettement nue : la fille, jamais mère. Et le Turbot affirma devant le tribunal : on pouvait concevoir la virginité de Sophie comme principe, bien que les quarante ans sonnés passés en forteresse par le lycéen révolutionnaire Bartholdy, son ami de jeunesse, n'aient pas effectivement été pour rien dans sa fidélité au principe.

Quand la sentence eut été rendue, le Turbot — grâce à l'intervention du parti favorable — tenu pour coupable sur le seul plan des idées (tandis que le culte de Sophie relayait celui d'Amanda) quitta son lit de sable pour célébrer dans une péroraison la révolutionnaire Rotzoll. Comme pour faire honte au public en majorité féminin, il s'écria : « Une chose est certaine, Mesdames de justice : Sophie a dit bas les pattes à tout le monde ! Tandis que la sainte Dorothée de Montau, à neuf reprises, conçut, porta, enfanta, tandis que la religieuse Rusch, à l'encontre de son vœu de chasteté, accoucha, je dois le dire, deux fois seulement, mais avant, entre et après, avait offert sa viande à trois bonnes douzaines d'hommes de confessions diverses, Sophie Rotzoll, sans qu'elle eût prononcé de vœux, demeura cependant occluse, même si elle trouvait drôle d'envoyer des baisers aux uhlans polonais ; ce qui lui valut la réputation d'une paillasse auprès des bourgeois de la ville de Danzig assiégée. Ah ! Plût aux dieux que vous autres, Mesdames, qui rendez une âpre justice et condamnez la cause masculine, fussiez à l'égal de Sophie demeurées occluses ! Si seulement chacune d'entre vous fermait boutique définitivement. Ne dépendrait-il pas de vous d'en finir avec la conception, l'enfantement ? Le moment ne serait-il pas venu d'arrêter le trafic, d'échapper aux filles et aux fils, de ne plus rien porter à terme et de permettre à l'humanité une sortie pensive ? J'ai devant moi des statistiques comportant espoir. Du mariage à deux enfants, au mariage à un, au mariage à zéro. Exit l'Histoire. Plus de taux de croissance. Après une progressive sénescence : l'extinction silencieuse, sans glas. La nature vous en saurait gré. Notre planète pourrait renaître. En un temps tout retournerait à la steppe, à la sylve, à la friche. Enfin les rivières pourraient déborder à leur aise. Les mers aussi pourraient respirer. Je ne dis ça qu'accessoirement, en dehors de ma légende, en ma qualité de poisson. »

Mais quand j'ai dénombré pour Ilsebill toutes les filles des cuisinières qui sont en moi, mentionné quelques filles de filles, dévidé l'histoire de l'exception Sophie et présenté la proposition du Turbot comme « en tout cas discutable » en me l'attribuant en propre, elle, procédant de la certitude que lui inspire sa grossesse, lança : « Je m'en tiens là : cette fois ce sera un garçon ! »

Propagation de l'espèce

Une pensée dépeuple.
Lapinisme
roule en touche.

Le témoin de la défense vient à la barre.
Le bas veut être le haut.
Une autre archie, pas l'anarchie.

Le champignon,
chapeau à terre,
racine en l'air.

A quand la coupe finale ?
Mais étonné, toi aussi,
et ouvert.

Propage-toi — Enlève le morceau.
Mais ce n'est qu'une menace
par jeu.

Au septième mois

Avec Ilsebill aussi

on pourrait voler des chevaux. Enceinte et entrée dans son septième mois, elle désire te le prouver, même si tu n'as pas envie de voler des chevaux : « Je suis ton meilleur copain, et tu peux compter sur moi si ça va mal. »

Ses vœux appellent des histoires. Elle déclenche des histoires. C'est une femme de pionnier qui rêve en grand écran de caravane vers l'Ouest — Go West ! — et de conquête périlleuse. Toujours contre le vent dans sa robe. Les cheveux épars. Les yeux s'emparent et ne clignent pas.

Pourtant nous ne sommes pas des squatters. Pas d'Indiens ni de desperados pour menacer la maison. Nous ne sommes pas même sous le coup d'hypothèques. (Certes, la récente crue, quand on a fermé les vannes des digues et suspendu le trafic du bac. Mais les eaux se retirèrent. Les dégâts de la tempête — chez nous, quelques vitres cassées — ont été supportés par l'assurance.)

Mais mon Ilsebill n'entend pas vivre hors d'un danger qu'elle brave ou détourne ou traverse. Depuis que la crise du pétrole a tout fait renchérir, elle dit, à peine à table pour le petit déjeuner : « Ça ne me fait pas peur. On se serrera les coudes, faudra se les serrer encore plus. »

Elle veut toujours des hauts des bas, avec quelqu'un, avec moi ou avec toi, quoi qu'il advienne. Elle éloigne de toi ta fichue parenté, mais aussi tes meilleurs amis qu'elle qualifie brièvement de « mauvaises fréquentations », elle éloigne de toi la vie avec ses faux-bourdons : « Ces faiseurs de dépenses, ces parasites ! Ils n'en veulent qu'à tes sous, ils ne pensent qu'à manigancer je ne sais quoi avec toi. »

Vigilante, Ilsebill, couchée devant le seuil, aboie à toutes les tentations. Si tu sues, elle projette sur ta personne une ombre vaste.

Elle fait le guet dès que tu t'élances à l'assaut des gratte-ciel d'abstractions. Elle siffle pour avertir quand des doutes barbouillés de peintures criardes ou farouchement tatoués t'approchent sournoisement par-derrière. Pour te sauver, elle laisse pendre ses cheveux d'or en de ténébreux in-pace. Elle garde le silence quand sa curiosité est à la torture. Elle ne trahit pas que tu l'as trahie de longue date. Elle est imperméable : ton regard ne peut divaguer dans l'à-peu-près.

Non qu'elle se plaigne. Mon héroïne souffre en silence, peinte héroïquement sur ciel fauve (les enfants à gauche à droite). La grande déblayeuse. La glaneuse. Toujours enceinte. Souci personnifié en femme. Volant du charbon. Donnant la dernière argenterie de famille pour du sirop de betterave. Petit poste sacrifié ; y vient la mousse. Sa volonté contraint à vivre des malades : rien à faire. Elle te rend malade pour te prodiguer son dévouement. Si tu tombes malade, elle revit. Si tu voulais mourir, elle coucherait avec la Mort pour obtenir un sursis, encore un sursis de grâce. Rien ne l'arrête. S'il le faut, elle jette ton argent par les fenêtres pour te prouver que la pauvreté aiguise ses facultés. Elle te laisse tomber à fond de cale pour te réinculquer précautionneusement, pas à pas, la marche (avec des béquilles). C'est seulement quand tu souffriras — elle y met du sien — que tu goûteras la profondeur de son affection compatissante. (« Veux-tu que je t'aide ? Comme ci ou comme ça ? Je suis sûr qu'un jour tu auras encore besoin de mon aide. Nécessairement. Mais alors il sera peut-être trop tard. ») Ébloui par elle, tu peux être sûr qu'elle te conduira (même dans la cohue des voitures).

En un mot : on peut compter sur Ilsebill. Elle a prêté serment d'ivrogne en ma faveur. Elle a payé ma note quand je fus pris en flagrant délit de grivèlerie. Elle a transfiguré mes laissés-pour-compte, un tas de petits tas de crottin. Elle fut toujours attentive à dépoussiérer mon portrait remis à la verticale au-dessus du divan. Grâce à Ilsebill, on se souvient de moi : « Il était pas mal, Otto. » C'était mon nom à l'époque. Et mon Ilsebill qui me tient à l'abri de tout s'appelait Lena.

A deux reprises, Lena Stubbe m'a eu pour mari. Et il a fallu les actions de l'ennemi pour la libérer : dans la guerre de soixante-dix-onze, ce fut un schrapnell français qui encloua ma grande gueule après vingt-huit ans d'héroïsme en paroles et, quand pendant l'hiver 1914 la deuxième réserve fut appelée contre l'invasion russe, je mourus proche de Tannenberg après cinquante-cinq ans de saoulographie, tombant au champ d'honneur une seconde fois. Lena m'a supporté en mariage une fois deux fois longtemps et m'aurait encore une troisième fois survécu.

Le phare, le bastion, le port, la femme qui tient le coup. Elle supportait mes brutalités dans un silence complice, comme si c'étaient des caresses. Comme j'étais minable au déduit, elle m'induisait par de bonnes paroles à de petits succès de week-end. Quand j'eus volé la caisse de solidarité, elle paya mon larcin en faisant la dame des waters à l'hôtel Kaiserhof. Elle traduisait en travail mes bavardages socialistes du dimanche. Quand il fut question de m'exclure du Parti, elle parla devant les camarades et couvrit « son Otto ». Elle allait pour moi au poste de police. Essuyant mon dégueulis sur le plancher. M'a d'un coup de sabre fait tomber du clou auquel je pendillais. On pouvait toujours compter sur Lena. Voler des chevaux avec elle. On pourrait aussi bien avec Ilsebill.

Mais je n'ai pas envie de chevaux. Je ne tiens pas à être sauvé. J'aime entrer en tentation. Ce que je préfère, c'est aller au hasard. Se sacrifier pour moi n'est jamais payant. Tout juste si, pour faire plaisir à Ilsebill, je pourrais demain être un peu malade, faible, caduc, pitoyable, exemplaire à titre clinique, et réchapper de justesse. Je resterai bien sage et dirai « Maman ! » en dormant. Pourtant Lena ne m'aurait pas aussi impitoyablement couvé et, par ses propos — « Ça va aller. Mieux tout de suite » — materné comme un enfant au sein que jamais je ne serais devenu soldat et (à force de peur tout simplement) un héros.

Lena distribue la soupe

Elle puisait au fond d'un chaudron
où nageaient du chou en loques et de l'orge mondé
ou des pommes de terre archicuites avec des choux-raves en purée
et où la viande n'était qu'un bruit qui court,
sauf si par hasard on avait trouvé des tripailles
ou qu'un cheval avait crevé à bas prix,
Lena puisait des pois gluants
dont il ne restait que les peaux
et du cartilage et des petits os
qui avaient été pied de cochon
et maintenant, quand Lena remuait le fond,

se faisaient entendre dans le chaudron
de même qu'eux, devant le chaudron,
formés en queue, faisaient entendre
leurs gamelles de fer battu.

Jamais au petit bonheur, ni en pêchant avec sa louche.
Son coup de louche avait de la réputation.
Et quand elle se tenait, surélevée, à côté de la marmite,
alignant de la main gauche des traits sur une ardoise,
de la main droite remuait la soupe, puis basculait
exactement un demi-litre dans la noria des gamelles
et que son visage ridé comme une pomme d'hiver
ne regardait pas dans le chaudron
mais, comme si elle voyait quelque chose, dans l'avenir,
on aurait pu espérer, espérer quelque chose.
Ce faisant, elle regardait derrière elle,
se voyait puisant des soupes révolues
avant, après des guerres, en guerre,
jusqu'à se retrouver jeune à côté du chaudron.
Mais les bourgeois
se tenant à l'écart dans leurs manteaux
et voyant Lena Stubbe surélevée
craignaient sa beauté durable.
C'est pourquoi ils décidèrent
de donner à la pauvreté un sens transcendant :
la réponse à la question sociale.

Une simple femme

Comme le Turbot le dit devant le tribunal : « Cette Lena Pipka, épouse Stobbe, remariée Stubbe, fut et resta, tant qu'elle occupa le centre du devenir régional, une simple femme, mais non une femme simple. S'il est vrai qu'à présent cette Haute Cour, devant un public trié sur le volet, veut déployer au large la vie de Lena Stubbe comme cas d'espèce, ma participation à son destin prolétarien va s'avérer faible ; car depuis la grande Révolution l'Histoire me mettait en présence de tâches gigantesques, excédant en effet le cadre de la région : l'âge de la politique planétaire avait commencé. Partout des cas controversés. Liberté, égalité, et caetera. On me demandait sur toutes les côtes. Je ne pouvais consacrer à la région baltique qu'une activité de routine. Fraîchement élevé au grade d'esprit du monde, je me voyais à l'occasion, comme Turbot (et comme principe) l'objet de sollicitations excessives : il me restait à peine un bout de temps pour appliquer l'attention nécessaire à des cas d'espèce comme celui que l'on traite ici. Pourtant je répondrai avec plaisir aux questions judicieuses que me posera l'honorable accusation ; d'autant que Lena Stubbe fut, en sa simplicité, une femme d'importance : inséparable du mouvement ouvrier proto-socialiste, même si son nom n'est enregistré nulle part, s'il n'a été donné à aucune rue, avenue ou placette infundibuliforme.

Quand la présidente du tribunal lut les coordonnées de Lena Stubbe, née Pipka, sa vie s'étira en litanie ; car sauf l'entretien qu'elle avait eu avec August Bebel en mai 1896, et un voyage à Zurich, seul son âge biblique — morte à quatre-vingt-treize ans — semblait remarquable. Deux fois mariée. Un enfant du premier lit. Trois enfants du deuxième. Et pourtant l'histoire du mouvement ouvrier correspond comme par hasard à ses dates : née l'année qui suivit la Révolution de quarante-huit à Kokoschken, district de Karthaus, troisième fille d'un ouvrier de la tuilerie, trouve à seize ans du travail à la soupe populaire de Danzig-Ohra, épouse un an plus tard le forgeron d'ancres Friedrich Otto Stobbe, est bientôt comme lui membre de l'Association générale des ouvriers allemands, adhère à la social-démocratie après le Congrès d'unification d'Eisenach, devient veuve en 1870, peu après le début de la guerre, une première fois, dirige pendant dix ans la soupe populaire de la rue du Rempart, peu après la mise en vigueur des lois sur les socialistes épouse le forgeron d'ancres Otto Friedrich Stubbe ; pendant les grèves qui touchèrent en automne 1885 les Chantiers Klawitter, administre la Caisse de solidarité ; s'assure un gain accessoire en cuisinant le samedi soir ; reçoit chez elle à table, peu après la suppression des lois sur les socialistes, le président de son parti ; ne trouve pourtant pas d'éditeur pour son *Livre de cuisine prolétarien ;* fait en été 1913 le voyage de Zurich et y consume ses économies ; devient veuve une seconde fois l'année suivante au tout début de la guerre ; travaille le temps de la guerre dans diverses soupes populaires, après la guerre à la cuisine de l'Aide ouvrière, puis dans une de la Charitas, puis au Secours d'hiver, puis à la communauté israélite, et pour finir elle distribue la soupe à la cuisine du camp de concentration de Stutthof. Non seulement ses maris, mais ses quatre filles moururent avant elle.

La présidente eut donné lecture des données sèches et rendu

hommage à Lena Stubbe comme à une héroïne certes passive, mais exemplaire en son temps ; alors elle invita toutes les personnes présentes dans la salle du tribunal à se lever de leur siège pour l'honorer ; le Turbot lui-même quitta son lit de sable et se soutint le temps d'une minute en jouant légèrement des nageoires.

La parole fut ensuite à l'accusation. Elle reprocha au Turbot, dans sa fonction, de moins en moins perçue d'ailleurs, de conseiller de la cause masculine, de n'avoir pas empêché Friedrich-Otto Stobbe ni Otto-Friedrich Stubbe de battre Lena quand ils étaient saouls. Voir : il les aurait même encouragés. On pouvait s'imaginer comment l'esprit masculin du siècle XIXe avait parlé par son organe : ses citations de Nietzsche à l'appui, son point de vue de charbonnier maître chez soi. Ses références ironiques au sexe faible. Ses plaisanteries de pédagogue. On connaissait trop bien la légende masculine qui prête aux femmes un prétendu besoin d'être battues.

Sieglinde Huntscha dit : « Moi aussi, un homme m'a l'autre jour envoyé ce refrain charmant roide en poire. Le salaud disait : Tu as sans doute envie d'une paire de tartes. Je vois bien que tu le veux. Pan sur la gueule pour de bon. Si possible un œil au beurre noir à exhiber. Mais je ne le ferai pas. Même si tu y insistes dix fois. Tout ce que tu veux, c'est un comportement typiquement masculin de ma part. Vous en avez besoin pour votre blabla émancipatoire : l'homme qui n'arrête pas d'ouvrir la boîte à gifles. Et ce joli monsieur — je ne citerai pas de nom — a pris place dans le public de cette salle et fait pleinement confiance au Turbot : Il sauvera bien la mise des hommes. Il sait que les coups étaient et sont nécessaires. Il a toujours été pour les arguments frappants. On peut compter sur le Turbot. — Et avec ça cet individu se prend toujours pour libéral. »

Le public exhala sa hargne par des pouah écœurés, et le petit nombre d'hommes présents dans la salle (moi aussi) se sentit démasqué ; alors le Turbot parla ; il avait retrouvé son lit de sable. « Vous savez comme moi, honorable accusatrice, que le châtiment corporel fut de tout temps l'expression d'une faiblesse masculine. Pour décevantes qu'aient pu être vos expériences du moment — je note qu'un homme vous a fermement refusé les voies de fait que vous provoquiez — en ce temps-là, au temps de Lena Stubbe, le sexe féminin était maltraité en l'absence désespérée de complexes. Dans toutes les classes. Sans excepter la noblesse et la bourgeoisie. Mais les femmes d'ouvriers en avaient leur part de façon plus régulière, à savoir tous les vendredis, parce que la faible conscience des prolétaires, le jour de paie, ne trouvait pas d'autre occupation autonome. Oui, même les ouvriers organisés battaient leur femme les vendredis en leur qualité de socialistes partiaux. Il ne faut donc pas s'étonner si Friedrich-Otto Stobbe et Otto-Friedrich Stubbe ont battu leur Lena, d'autant que tous deux n'avaient que l'apparence de types à poigne et d'agitateurs éloquents ; chez eux, en bretelles, ils ne tenaient pas debout. Mais Lena, même ponctuellement battue, restait toujours, souffrant en silence, la plus forte. Elle aurait usé dix costauds. Elle prenait les coups avec l'obscure intuition que la tendresse de l'homme est souvent sans mesure. Jamais elle ne s'est défendue, même à coups de tisonnier. Elle savait qu'après coup son Friedrich-Otto et son Otto-Friedrich étaient des bonshommes épuisés, humiliés, contrits, voire éplorés. Et si ce monsieur anonyme du public, chère Madame, qui vous a refusé des coups l'autre jour, avait vécu au temps de Stobbe et de Stubbe, il vous aurait sûrement frappée d'une main lourde. Je connais ce monsieur et ses pâles preuves d'amour. »

Faible, toujours à côté ou faisant des grimaces dans son ombre, accroché à elle, le cordon non sectionné, et toujours en fuite à travers champs ; faible, quoique réfractaire à sa chair, riche en échappatoires quand j'étais pris sur le fait, généreux à ses frais, constamment endetté à son égard, toujours certain qu'elle veillerait au grain quand tout est à vau-l'eau, encore un coup à vau-l'eau ; faible comme elle me voulait, me rendait et trouvait à la pointure de son amour, bien qu'elle ne régnât point, mais se penchât très bas sur l'homme faible, que sa charitable sollicitude devançât toujours mes insuffisances : elle m'a mené où elle voulait par le bout du nez, m'a aidé à retirer mon pantalon et mes chaussures, sachant toujours où j'étais tombé, dans quel pétrin j'étais encore coincé ; et mes minables histoires de femmes — les femmes, même celles du voisinage, étaient tout bonnement folles de moi — se délayaient en paroles bénignes dans sa soupe : « Peuh, Otto. Je sais bien que tu n'y vois pas malice. Tu me l'as déjà promis tant de fois. Ce serait bien. Mais va, va donc. Je me demande… »

C'est seulement le jour où dans la cuisine j'ai un peu peloté et tripoté Lisbeth, sa fille aînée (celle de Stobbe) qui venait juste d'avoir quinze ans, que Lena, rentrant avec la serpillière, piqua la mouche comme Ilsebill aujourd'hui s'aigrit au téléphone quand (recru d'elle) je prends la tangente : « Ne refais jamais ça. Tu devrais pour de bon en revenir de ces sottises. Va-t'en. Quand seras-tu vraiment adulte ? Quoi ? Avec une assistante sociale de Wedding ? Et qui serait assesseuse au tribunal ? Erika ? Laisse-moi rire. Seulement le temps du week-end. Aller simplement à Paris. Tu devrais avoir honte. Et tout de suite. Non, prends le premier avion. J'irai te chercher à Hambourg. » Et Lena m'écrivait de sa calligraphie du dimanche, le jour où j'avais filé à Berlin avec une sommelière de l'hôtel Kaiserhof et qu'on n'avait plus un radis : « Ci-joint le billet de retour, mon cher Otto. Je ne voudrais pas t'envoyer d'argent liquide. Rentre et dors un bon coup. On parlera de tout ensuite. Et je te prépare ce qui a toujours aidé : un potage avec des quenelles. Et ne fais pas de bêtises. Tu sais ce que je veux dire. Prends le train de midi à douze heures trois. J'irai te chercher. »

Je l'avais dans l'oreille comme elle m'avait sur ses genoux. Aussi forte à encaisser que j'étais faible à vouloir m'imposer en cognant, que je suis aujourd'hui peu sûr de moi : mon Ilsebill ou Sieglinde Huntscha ont beau me provoquer à coup de slogans féministes pour que je leur en mette un aller et retour sur la tronche : j'aime mieux rouler une cigarette et dire : « Non, Siggi. Je ne marche pas. Je ne te balancerai pas une mandane. Ça te plairait. Histoire de mieux fonctionner ensuite dans le lit. Histoire de pouvoir dire 'typiquement masculin'. Va raconter ça au Turbot. Il adore les proverbes d'almanach. »

Il y avait une semaine déjà que le tribunal féministe délibérait du cas Lena Stubbe, de sa performance particulière le *Livre de cuisine prolétarien* et de la brutalité de ses deux maris, quand le Turbot dit par le haut-parleur : « Ainsi donc, Sérénissime Tribunal, étaient les choses. Lena régnait. Ses maris ne faisaient que gigoter. Leurs perpétuelles histoires de femmes à tous deux. L'impuissance qui se transbahute dans des lits changeants. En face, l'inépuisable affection de Lena, pareille au grand pot-au-feu jamais vide de la cuisine ; car Lena ne laissait jamais tarir ni refroidir le bouillon de bœuf qu'elle tirait en faisant bouillir des os à bas prix, tant elle songeait aux vaches maigres. Tandis que son Friedrich-Otto et son Otto-Friedrich vivaient au large tant et si bien qu'il ne restait plus rien : tous deux n'étaient que des emplâtres, des couilles molles, tout juste bons à crier hourra. Même moi, je n'y pouvais rien.

Je pus tout au plus venir en aide à la bonne Lena par l'auxiliaire de l'histoire de ce temps, en mettant à profit l'une puis l'autre guerres ; quand on partit en 1870 contre les Français, Friedrich-Otto Stobbe, robuste gaillard à barbiche, courut voir la Baltique à Neufähr-Est et cria : « C'est la guerre ! Turbot, es-tu au courant, la guerre ! Enfin en sortir. Assez de chaussettes de laine, de pommes de terre sautées, de coffret de couture, de trucs de bonnes femmes

Le Premier et le Deuxième Hussards de la garde sont partis en campagne. Et aussi l'artillerie de campagne prussienne. Il ne reste en garnison que le Cinquième Grenadiers. Que dois-je faire, Turbot ? Rester toujours forgeron d'ancres et tenir ma Lena au chaud ? Il n'y a pas que ça ? C'est-y une vie ? Je suis pourtant encore jeune. »

Alors je lui ai conseillé de marcher avec le Cinquième Grenadiers, sur quoi d'ailleurs en deux temps trois mouvements — après deux trois actes de bravoure — il mourut au champ d'honneur à Mars-la-Tour.

Et en quatorze, quand la Première Guerre mondiale, ce chef-d'œuvre de virilité européenne, commença sur plusieurs fronts ensemble, Otto-Friedrich Stubbe qui, avec ses cinquante-quatre ans, se sentait encore un monsieur gaillard, courut au môle de Neufahrwasser et cria sur la mer Baltique : « Turbot ! Voici les Russes ! Déjà ils envahissent la Masurie. Ils tuent et incendient. La patrie est en danger. Elle a besoin de tous les bras virils. A quoi suis-je bon ici ? Un vieux maître-forgeron dans la forge d'ancres. On appelle la deuxième réserve sous les drapeaux. Nous autres socialistes ne devons pas rester à l'écart. L'empereur ne connaît plus de partis. Dois-je, Turbot, j'y vas-t-y, j'y vas-t-y pas contre les Russes ? »

A lui aussi, Sérénissime Tribunal, j'ai forgé le moral. A Tannenberg, où les armes allemandes l'emportèrent sous Hindenburg, il trouva conséquemment la mort pour la patrie. Deux hommes dignes de Plutarque.

Ah ! Féminissime Tribunal, comme dès ce temps j'en avais déjà marre de la cause masculine. Saoulé de cette imperturbable mentalité de va-t-en guerre. Que me restait-il à faire quand toute démence masculine prenait sur-le-champ des complexités internationales ? Moi qui conseillais l'abstention plutôt que l'engagement, je me rendais compte en même temps que la puissance virile s'épanchait toujours plus mollement au lit et ne s'avérait plus que monstrueuse dans le champ historique. C'est pourquoi, par bienveillance, je tentai de prendre des contacts quant au tournant de ce siècle, pour la première fois, les femmes, Lady Pankhurst et ses filles, descendirent dans la rue. Malheureusement, ce fut peine perdue. Les suffragettes refusèrent. Mon offre était prématurée. Il fallait le temps. La paranoïa masculine n'était pas encore à son comble. Il fallait encore accroître son efficience. Je ne pouvais qu'attendre et voir venir. Toutefois il n'a sans doute pas échappé à la Cour qu'en tout cas je suis parvenu à débarrasser notre Lena

Stubbe de ses maris dont la zéroïté allait croissant. Après la mort héroïque de son second mari, elle fut une femme émancipée : pendant l'hiver de guerre dix-sept, tout en distribuant la soupe populaire dans la rue du Rempart, Lena Stubbe eut des mots vifs contre les crédits de guerre et, par ailleurs, elle était très à gauche en tout point. »

N'est-il pas vrai, Turbot ? Est-ce pour ça que tu m'as envoyé deux fois au feu ? Est-ce que mon compte était déjà réglé de si bonne heure ? Avais-tu déjà commencé à virer de bord, à trahir ?

Après l'ajournement du tribunal — il fallait recueillir des rapports d'experts concernant la cuisine prolétarienne au XIXe siècle — j'allai boire (à titre strictement privé) une bière avec Sieglinde Huntscha, puis elle m'emmena (comme d'habitude) dans sa suite de mansardes aménagées au quatrième étage ; nous parlâmes premièrement du tribunal en général et passâmes à la moulinette Frau Dr Schönherr et toutes les assesseuses sans désemparer, puis Siggi en vint à la provocation directe : « Dis donc, il y a encore en toi un Stobbe ou un Stubbe. T'aurais bien envie, mais t'oses pas. Oui, de cogner. Me repasser la tronche à moi ou à ton Ilsebill. Et la petite Nöttke avait l'air d'avoir pleuré hier. C'était bien toi. Pas vrai ? Faire l'homme à poigne. Tac, tac. Tenir les femmes dans la discipline. Vlan ! Vas-y ! J'en ai besoin. J'en ai besoin. File-moi enfin une trempe et n'en reste pas à l'idée. »

Mais je refusai (par principe) de frapper. Je ne voulais plus jamais être encore Stobbe et Stubbe. « Écoute, Siggi. C'est bel et bien du passé. Ça va aussi bien sans. Tu voudrais seulement que je réagisse de façon typique. T'en as pas besoin. Nous n'en avons pas besoin. »

Ça marchait d'ailleurs très bien entre nous sans. A titre strictement privé et par un tendre divertissement. (Et j'élucidai l'affaire Erika Nöttke : « C'est tout paternel. Elle pleure pour d'autres raisons. Constamment surmenée. Même par le tribunal. Elle est trop jeune pour ça, je te dis, bien trop jeune. »)

Ensuite Siggi, poison exclu, dit : « Probable que tu en as encore envie. Toujours envie. C'est seulement parce que je te force à être raisonnable que ta main ne s'égare pas. Mais moi-même je ne sais pas davantage ce que je veux. Caresse-moi. Allez. Caresse-moi vite. »

Puis nous prîmes (comme d'habitude) un taxi pour Steglitz. Elle m'introduisit à l'aide de sa clé dans l'ancien cinéma. Mais cette fois elle voulut être en tiers quand je parlais au Turbot. Il en fut d'accord. Il quitta gaillardement son lit de sable et manifesta son jeu de nageoires. Il était content de cette distraction et dit à Siggi des galanteries à l'ancienne. Puis nous parlâmes de ma vie avec Lena Stubbe. Il me rappela quelques vagues histoires de femmes dont le souvenir me reste pénible. Puis il mentionna ce qui n'était apparu que sous forme d'allusions dans le procès-verbal : comment j'avais piqué dans la caisse de grève, et la soupe du clou et de la corde à la Lena. Je lui promis d'en faire état dans mon livre. Soudain il dit : « Au fait, ce livre. Va-t-il, ma foi, enfin s'appeler *le Turbot ?* J'y tiens. Et vous aussi, dit-il, Sieglinde — si j'ose ainsi m'exprimer — vous devriez veiller à ce qu'il en reste à ce titre simple dans l'esprit du tribunal féministe. Nous approchons lentement la fin du grand règlement de comptes historique. Mon fils, il est temps de tirer le bilan dans un chapitre ad hoc. Après avoir décrit la mort de Lena Stubbe, tu devrais encore une fois les faire mourir toutes à leur époque : Ava, Wigga, Mestwina, Dorothée la supergothique, horriblement ta Gret la Grosse. Le trépas d'Agnès fut affreux, paisible celui d'Amanda, retiré pour Sophie... » Puis il me donna des conseils littéraires. Il dit que je devais traiter d'abord en détail le chapitre du « Clou et de la Corde », puis développer « Bebel invité ». Mais n'oublie jamais ça, mon fils : ne deviens jamais compliqué. Ne perds pas ta jeunesse à faire la théorie du socialisme. Reste toujours simple, si tu peux, même quand il s'agit du révisionnisme. Simple comme Lena Stubbe. Elle n'est pas une Clara Zetkin. Ce fut une simple femme. »

Souvent, tard le soir, elle va au buffet de la gare qui reste ouvert manger une côte de porc en gelée. Mais je ne sais si Margret, Amanda ou Lena passent par le tambour. Elle ne veut plus être cuisinière, goûter des potages, rouler des quenelles ou saisir des harengs placés tête-bêche dans la poêle, envisager chaque fois la dernière touche d'assaisonnement. Elle ne veut plus inciter des convives — noble ou manant, mendiant, ménager ou pasteur — à des louanges et des comparaisons. Elle ne veut plus parader pour des papilles. Ni jamais plus forcer des enfants à manger des épinards. Elle veut châtier son goût. Fini de cuisiner pour un homme ; laisser refroidir le fourneau ; se distancer d'elle-même telle qu'elle repose en moi et devient histoire par mon opération expulsive. Ses recettes datées ; civet de lièvre et abattis d'oie, pomuchel au fenouil et cœurs de bœuf à la bière brune, le potage Parmentier d'Amanda, les rognons de porc sauce moutarde de Lena ; tout cela n'est plus accessible, est tombé hors du temps. Dans un buffet de gare restant ouvert la nuit, elle veut faire amende honorable à la côte de porc en gelée et à son goût chimique.

Lena, Amanda, Gret la Grosse ? Elle est assise dans son manteau trop étroit et se taille tranche après tranche. Le haut-parleur proclame les trains de la minuit. (Annonce rhénane, hessoise, souabe.) Que ce soit dans les buffets de Bielefeld, de Cologne ou de Stuttgart, de Kiel ou de Francfort : elle fait signe au garçon qui lentement, comme voulant retenir son siècle, vient entre les tables inoccupées et enfin (c'est moi) est là.

Seconde côte en gelée sans salade de pommes de terre, pain ou bière. (Est-ce la religieuse Rusch adroitement déguisée ?) Je lui réponds en citant les conservants. Elle coupe une bouchée, pique sa fourchette et avale comme par obligation de boucher un trou, voire de détruire quelqu'un (Est-ce toujours l'abbé Jeschke ?) qui, par la grâce de buffets ouvrant tard, s'est camouflé en côte à la gelée.

Je me demande si je ne sers pas Amanda ou Lena. Dorothée est la seule que j'aurais peur de reconnaître. Parfois, tout en servant, je lance des mots-harpons comme « bon Dieu » ou « clou et corde ». Mais elle continue, sourde, à couper des bouchées. Quand Lena, quand Amanda vient en cliente et commande, je suis sensible : je prends conscience du courant d'air qui ouvre et met hors-temps les salles d'attente faisant restaurant. Elle est seule à table. Une simple femme qui a vu bien des choses (et, à perpétuité, moi).

J'apporte à Lena une troisième côte tremblante dans sa gélatine — on en a en stock — et décris des circuits autour des tables vides tachées afin que, sans que j'y sois pour rien, elle prenne son temps, me voie venir, encore venir par de nouveaux détours. (Quand nous étions jeunes et que les hommes nous craquaient sous la dent. Quand sans un mot elle me laissa partir avec le Cinquième Grenadiers. La grève chez Klawitter. Quand elle me surprit avec Lisbeth dans la cuisine. Les vendredis quand je prenais le cuir à repasser les rasoirs. Pendu au clou, quand les lapins, de frayeur...)

Avant que nous ne devions fermer — car même les buffets de gare ferment — elle voudra emporter une quatrième côte en gelée avec rien, roulée dans une serviette en papier : pour aller où ? Quand elle s'en va — comme son dos est rond — dans son manteau trop étroit et s'efface dans le tambour, je me demande pourquoi elle ne me donne jamais de pourboire. Peut-être est-ce respect de la part de Lena, malgré tout ce qui fut et encore sera ?

Toutes

Avec Sophie,
ainsi commence mon poème,
nous allions aux champignons.
Quand Ava me donnait son troisième sein,
j'appris à compter
Quand Amanda pelait des pommes de terre,
je lus dans l'écoulement de ses pelures
la suite de mon histoire.
Sibylle Miehlau, voulant célébrer la Fête des Pères,
eut une fin misérable.
Tout ce que voulait Mestwina de saint Adalbert,
c'était l'aimer, l'aimer toujours.
Tandis que la religieuse Rusch plumait des oies polonaises,
moi, le proparien, je soufflais sur les duvets.
Agnès qui ne fermait
jamais les portes
n'était jamais que douceur à demi présente.
La veuve Lena provoquait le chagrin,
c'est pourquoi ça sentait le chou-rave et le chou chez elle.
Wigga, cette retraite à qui j'échappai.
Belle comme un glaçon qui pend : Dorothée.
Maria vit encore et durcit à mesure.

Mais — dit le Turbot — il en manque une.
Oui — dis-je — à mon côté,
Ilsebill veut fuir en rêve.

Le clou et la corde

Avec toutes j'ai mangé des pommes sur le banc du jardin, assis en face à la table de la cuisine ou debout sous l'arbre, les fruits tombés qui fermentent me montant à la tête : avec Agnès, avant que la peste ne m'emportât, avec Margret quand Hegge, retour de Wittenberg, pensa nous enseigner le fanatisme, avec Sophie quand, encore enfants, nous jouâmes à la révolution. Nous faisions craquer les pommes, nous nous regardions avec insistance tout en mordant, nous mordions sans nous regarder en face ou bien dos à dos :

Amanda, qui avait une découpe de grenadier de la garde, me dépassait d'une tête.

Il arrivait aussi que nous faisions craquer des pommes en des pièces attenantes — Lena dans la cuisine, moi dans la salle. Mais peu importe où et comment et dans quel siècle : ensuite on comparaît toujours. En affrontant les pommes du côté mordu, nous mesurions notre amour.

On connaît d'autres méthodes, dangereuses. La nôtre était anodine et peut être recommandée. Nous lisions la trace de nos dents, appréciant leur différence malgré tout constante, leur distance. Je tenais la pomme la queue vers le ciel et y mordais jusqu'au trognon ; Sibylle Miehlau (appelée Billy par la suite) tenait la pomme, avant d'y mordre, par la queue et le stigmate. Ça nous usait les dents. C'était la preuve. Le sentiment emmailloté devenait visible. L'aspect amour ; la doublure qui est de haine. Nous mordions en long et en travers et nous nous entendions mordre.

Il fallait le silence dans notre cuisine, dans le jardin. A peine si dans le chaudron chantait le bouillon fait d'os de vache ou bien les pommes piquées d'un ver tombaient sourdement, pommes déjà blettes, logement des guêpes, devenues compote. Jamais nous n'avons mordu de pommes dans l'obscurité, chargeant le lit qui craque, quand sonnait le cartel. Personne ne nous a jamais vus le faire. Souvent nous attendions pour comparer, rapprocher nos coups de dents, que nos traces dentaires brunissent, expressives. Mais sans dire un mot : contrôle de l'affection.

Ainsi nous nous tenions, Lena et moi, dans notre jardinet derrière les loges d'ouvriers couvertes de carton bitumé et les clapiers du Brabank, en face de la Digue de Paille qui fait l'autre rive de la Mottlau. Derrière nous le port et les chantiers navals. Mais pas de marteaux à riveter. Il y avait déjà quatre semaines que nous faisions la grève chez Klawitter. Enceinte de sept mois, Lena sous notre Boskop. Le matin, j'avais, ce qui était interdit, fait de l'agit-prop en distribuant des tracts près de la fabrique de fusils de la Ville-Basse. Le visage de soupe populaire de Lena, proto-socialiste : bien que j'eusse dès lors commis la faute, le truc inattrapable, je la regardais en face tout en mordant et l'entendais mordre.

Les pommes se tachaient rapidement, disposées morsure contre morsure sur la pile de bois flotté que j'avais ramené de nuit, avec Ludwig Skröver, de la Vistule-Morte. Lud était mon ami. Les pommes Boskop conviennent particulièrement. Ayant vérifié notre amour qui était fort malgré tout, Lena dit sans se douter de rien : « Je prends les pommes tombées et je nous ferai des beignets avec un peu de cannelle. » Ou bien se doutait-elle déjà de quelque chose ? La pomme que j'avais entamée fut jetée dans le tablier de Lena où étaient les fruits tombés.

Au temps des lois antisocialistes de Bismarck, à l'automne de l'an 1885, quand on fit grève aux Chantiers Klawitter, Otto-Friedrich Stubbe, qui avait de l'impact comme agitateur et était un dur, faisait partie du Comité de grève tandis que Lena Stubbe, bien que copieusement enceinte, étant l'ancienne cuisinière de la soupe populaire établie rue du Rempart, faisait des soupes de chou et d'orge mondé dans une ancienne buanderie pour les huit cent soixante-dix ouvriers des chantiers et leurs nombreuses familles ; en même temps, elle gérait la caisse de grève.

Les incidents habituels. Bagarres avec les briseurs de grève devant les portes des chantiers sur la Digue de Paille. Police montée tapant dans le tas à coups de matraque. Les blessés — plaies contuses pour la plupart — étaient toujours des ouvriers. Réunions des Socialos ; on ne faisait pas qu'y parler, mais on prétendait y appeler à une grève de solidarité, par des proclamations en caractères gras, les ouvriers des scieries du Port-au-Bois, les dockers de l'Ile-aux-Docks, les imprimeurs et typographes de l'imprimerie Kafemann qui avaient une bonne organisation syndicale ; elles étaient dispersées par les forces de police, les tracts confisqués.

Pourtant quand il y eut des arrêts de travail dans le port, à la fabrique de wagons, même à la fabrique de fusils et aux Chantiers de la Marine impériale, onze permanents du Parti furent arrêtés et — c'était la loi — mis à pied. Quelques-uns, ainsi Ludwig Skröver, l'ami d'Otto-Friedrich, émigrèrent en Amérique. Mais la grève continua et aurait peut-être au bout de six ou sept semaines arraché l'abaissement des normes de travail aux pièces et la journée de dix heures, si, dans la quatrième semaine, la caisse de grève n'avait été volée.

Lena Stubbe dénonça aussitôt le vol au Comité de grève et s'engagea à rembourser la somme volée — il manquait sept cent quarante-cinq marks — mais n'articula pas de soupçon : pourtant Lisbeth, dix-sept ans, sa fille d'un premier lit, fut soupçonnée à demi, et Lena savait que son Otto, qui soupçonnait et rossait tous les enfants, avait puisé dans la caisse. Dès l'accouchement survenu en novembre, la nouvelle-née (Martha), Louise et Ernestine qui avaient cinq ans furent confiées à Lisbeth et Lena prit du service comme dame des cabinets à l'hôtel Kaiserhof. Au printemps suivant, la moitié de la somme volée étant déjà regagnée, Otto-Friedrich Stubbe se vit accuser quand même ; alors Lena parla pour son homme devant les camarades, demandant l'interruption de la procédure d'arbitrage. Elle dit : « Je connais mon Otto. Y f'ra jamais ça. » Les camarades firent leurs excuses au camarade Stubbe.

Mais elle avait eu beau camoufler le vol, compenser le prélèvement en travaillant de nuit et paraître à Otto ne se douter de rien : il savait que Lena savait. Humilié de son indulgence, il se saoulait chaque vendredi à l'alcool de patates et la battait chaque vendredi en présence des petits enfants gémissants ; Lisbeth s'était sauvée. Et chaque fois qu'Otto Stubbe avait dérouillé sa bourgeoise, soit à la main qu'il avait lourde, soit avec la courroie à repasser son rasoir, il versait des larmes sur son infamie tant que Lena, qui ne pleurait pas, devait le consoler. Comment aurait-elle pu rester les bras croisés à regarder un homme d'âge adulte rendant son eau et sa morve et ne se cramponnant misérablement plus qu'à ses bretelles.

Ç'avait déjà été pareil avec Friedrich-Otto Stobbe. Ce Stobbe qui put tout juste lui faire un enfant (Lisbeth) avant de tomber à Mars-la-Tour en soixante-dix-onze dans le Cinquième Grenadiers de Danzig, buvait, tout comme plus tard Stubbe, d'un méchant tord-boyaux et battait Lena. Stobbe pleurnichait comme Stubbe et avait besoin de réconfort. Lena avait un penchant pour les costauds à l'âme molle

Au temps où chaque semaine elle était rossée par Otto Stubbe, forgeron d'ancres comme son premier mari, et tenue de le consoler ensuite, elle avait quelque trente-cinq ans, lui peut-être vingt-cinq. Lena par conséquent n'avait guère de peine à être la femme toujours complaisante du jeune homme et la mère qui comprend tout. Car ni dans la volée de coups ni dans les réconforts il n'était question de la caisse de grève volée. Le rituel hebdomadaire s'effectuait sans mot dire, abstraction faite du gnangnan maternel de Lena — « Là, ça va mieux. Ça va aller tout de suite mieux » — et les annonces infatigables d'Otto — « Je vas me pendre. Va falloir que je me pende. » On disait ça comme ça. Ces propos, Lena les connaissait déjà par son premier mari. (Et pourtant Friedrich-Otto Stobbe était décédé plutôt normalement d'une balle dans le ventre.) Tout ce que Lena savait y répondre, c'était : « Ben tu vas pas te faire ça pour rien, Otto. »

Mais un jour, une bonne année après la grève brisée — Lena était encore enceinte, le larcin remboursé — Otto-Friedrich Stubbe était pendu par le cou dans l'abri des lapins, derrière la cabane ouvrière, à un clou planté dans le linteau de la porte : en chaussettes, car il avait perdu ses sabots. Lena qui était à balayer la cour, vu que c'était samedi, entendit tomber lourdement le tabouret et les sabots, tandis que les lapins effrayés jouaient du tambour, laissa tomber le balai de bouleau, pensa à Stobbe et Stubbe ensemble — sans doute à toutes les pommes aussi où j'avais mordu avec elle pour vérifier notre amour — mit tout sur le compte du foutu tord-boyaux de patates — considéra toutes les raclées reçues comme nulles, attrapa le couteau à tuer les lapins qui traînait par là et coupa la corde où Otto se balançait au clou planté dans la poutre. Le forgeron qui par ailleurs avait un fort tempérament revint bientôt à lui, mais il dut pendant une bonne semaine porter boutonné jusqu'en haut le col de sa chemise bleue.

Il y a partout des gens ayant une raie correcte dans les cheveux qui pensent à moi quand ils demandent pourquoi. A la question de savoir pourquoi, quand le temps m'est si mesuré, je le gâche à dessiner au crayon tendre ou à la plume d'acier anglaise des clous forgés main, j'étais incapable de répondre, moi qui collectionne du bric-à-brac par seule passion ; car les trois clous tordus ont assez de signification, masquent un but, ne rappellent pas qui s'y pendit, ni une poutre où il peut avoir semblé raisonnable d'être planté du temps où chaque clou était rectiligne.

Mais comme la question du pourquoi reste l'arme au pied et que seules des histoires peuvent lasser le questionneur roide et sa voix qui en revient toujours à la cause, je raconte des histoires qui s'égaillent, où Margret, la cuisinière du couvent, a pendu des oies encore chaudes pour qu'elles s'égouttent dans l'écuelle à boudin, tandis qu'au clou du milieu les champignons séchés de Sophie (glaireux de pin, morilles, cèpes et lactaires) pendaient en sachets de toile. Mais au troisième clou (le dernier de mon dessin au trait) je me suis pendu parce que la misère sociale le voulait alors, parce que je cognais quand j'étais saoul et que je m'étais saoulé à l'alcool de pommes de terre, parce que j'étais un cogneur, parce que je n'avais jamais fait que parler de corde, parce que rien ne pouvait reprendre mon prélèvement sur la caisse de grève, parce que je ne supportais plus la compassion de Lena, sa compréhension sans limite, sa patience muette, son savoir non échu, cette bonté impitoyable et cette indulgence dévouée, parce que ma dernière fierté, le dard, ne voulait plus répondre et que j'étais constipé depuis des jours ; j'avais beau pousser et prendre de l'huile de ricin, rien à faire, rien. Alors j'ai pris un licou pour les veaux. Je savais déjà où était le clou dans la poutre. Je ne m'en faisais que pour les lapins. Ça pouvait faire peur à ces petites bêtes si je me pendais à la porte de l'abri. Mais Lena qui n'en finissait jamais de me sauver, n'était jamais sans espoir, qui connaissait des recettes pour tout, sur qui l'on pouvait compter, et bougrement, coupa ma corde à temps. Mon Dieu ! Quand c'est qu'on en aura fini !

Ensuite elle m'a fait un bouillon d'os de bœuf où elle avait fait cuire la corde une heure avec le nœud coulant et aussi le clou. Pour finir, elle a mêlé un œuf dans le bouillon et n'a pas demandé pourquoi ; j'avalais cuillerée sur cuillerée, et ça me faisait un peu mal au kiki chaque fois.

Plus jamais Otto-Friedrich Stubbe ne s'est pendu. Mais la fameuse soupe aux os de bœuf où l'on a fait bouillir le clou et le licol à veau, que Lena servait chaque samedi à Otto par mesure préventive en y mêlant un œuf pour le remonter, fut bientôt connue de tous les candidats susceptibles. Des pendus en puissance toquaient à ma porte. Ils se présentaient timidement. Ils s'invitaient. Ils s'habituaient au petit goût que laisse le chanvre des cordes. Ils n'arrêtaient pas de revenir. Et Lena ne demandait pas pourquoi ; chaque samedi elle faisait une marmite des familles pleine de soupe à la corde et au clou, et ça payait pas mal.

A part Otto qui n'arrivait pas à se défaire de sa manie — cogner, larmoyer et dire : « J'vas'core me pendre » il y avait là M. Eichhorn, chef de bureau royal-prussien, le propriétaire exclusif d'une florissante raffinerie de sucre (s'appelait Levin), un sous-lieutenant du Premier Hussards de la Garde, Götz von Pulitz, et le gamin des Chantiers Klawitter, Charlie, à la table de sa cuisine. Outre ces habitués, il y avait des convives changeants issus de tous les milieux. On vit même un temps le marguillier de Saint-Jacques, M. Wendt. Et Lena tenait table ouverte à de pauvres diables comme Kabrun qui portait les sacs et pour un jeune homme exalté du nom de Paul Scheerbart qui rêvait d'un monde de verre absolument transparent.

On s'amusait bien chez elle. Jusqu'aux controverses politiques qui s'achevaient en tapes sur l'épaule et fraternisation. Jamais il n'était question de pendaison ou de balle dans la tête, sauf pour plaisanter, par exemple quand M. Levin racontait comment, cherchant en vain une corde idoine, il avait finalement (pour punir du même coup une femme infidèle) pris le collier de perles de sa Clotilde ; mais le coûteux objet, quand il repoussait la chaise du pied, s'était rompu plusieurs fois. « Deux heures sonnées, Messieurs, j'ai ramassé et renfilé pour réparer le dégât. Car Madame mon épouse n'entend pas la plaisanterie. »

A côté de son arrière-goût de chanvre, la soupe de Lena avait donc un goût à côté qui vous mettait d'humeur positive. Le sous-lieutenant supporta désormais plus facilement ses dettes de chef d'escadron ; plus tard il quitta le service des Hussards de la Garde pour remonter la propriété paternelle en Poméranie-Postérieure. Le chef de bureau prussien, pour remplacer sa femme tôt décédée, en prit une deuxième qui le rendit veuf au bout de peu d'années ; mais grâce à la soupe de corde et de clou il a survécu à sa troisième (qui ne souffrit que peu de temps) tout en gardant sa gaîté en dehors du service. Pour M. Levin, quand plus tard il eut étranglé sa femme infidèle (à lui) à l'aide d'un châle brodé de perles, il voulut reconnaître dans son acte, devant le tribunal, non le désespoir qui valait circonstance atténuante, mais un acte qui l'avait libéré ; condamné à perpétuité, il écrivit ensuite à Lena, de sa prison, des lettres affectueuses, d'autant que jusqu'à sa mort (il mourut en 1909) elle lui apporta, les jours de visite, une boîte à fricot pleine de soupe affirmant la vie à la prison de Schiesstange : la substance encourageante demeurait identique, mais elle variait les ingrédients gustatifs.

Lena Stubbe savait offrir du changement à ses hôtes payants ou exemptés. Elle travaillait toujours sur le même clou d'origine, ci-devant inauguré par son Otto, qui s'était un peu tordu quand elle l'avait retiré de la poutre en ce temps-là, mais qui en ligne droite aurait eu la bonne longueur d'une belle bitte. Elle continuait d'utiliser des licols à veau qu'un négociant en accessoires d'agriculture de la rue du Pot-au-Lait lui vendait pas cher à la grosse et dont Otto, avant qu'ils ne fussent un par un mis à bouillir, exécutait par ordre, en homme de l'art, le nœud coulant. Pourtant le menu de Lena ne se réduisait pas aux os de bœuf et à l'œuf finalement délayé : elle cuisinait (avec les ingrédients ci-dessus) des cous de mouton et des haricots, des côtes de porc fumées avec de la choucroute au cumin, des abattis d'oie aux choux-raves, même, quatre heures durant, du gras-double de panse de vache, des quenelles, des soupes de pommes de terre ouest-prussiennes avec du cervelas aillé, des pieds de cochon, de vulgaires pois au lard ; et les jours de fête, où les convives devaient payer un supplément médiocre, elle faisait cuire avec la corde et le clou des langues de veau tendres qu'elle relevait de vin blanc et de petits navets comme garniture. Avec une mayonnaise à l'huile de tournesol avec du jaune d'œuf. Ou bien elle farcissait un cochon de lait avec le clou, la corde et des pruneaux.

Ce fut lors d'un repas de fête qui eut lieu le 18 janvier 1891 que M.

Levin, qui étrangla sa femme à peu de temps de là, célébra par un toast avec M. Eichhorn, chef de bureau dans l'administration, les vingt ans de l'instauration du Reich tandis qu'Otto Stubbe et Charlie Klawitter, fils à papa des Chantiers, qui avait la fibre extrémiste, chantaient la récente abolition des lois antisocialistes et la démission de Bismarck. Paul Scheerbart, qui en tenait un grain, s'épanchait en vitrauphanies futuristes. Quant au ci-devant sous-lieutenant Götz von Pulitz, désormais gentleman-farmer, pour des raisons vagues, car libérales, il ne voulut célébrer ni la fondation de l'Empire allemand ni le triomphe final des socialistes, affirmant que la récente fondation des Chantiers navals de Schichau agirait comme une importante initiative économique susceptible de profiter tant à l'Empire qu'au simple travailleur, car sans l'économie — et de cela, il fallait bien que se rendissent compte le sucrier Levin et aussi le forgeron d'ancres Stubbe — il n'y avait aucune accumulation de capital ni de progrès social. Il avait toujours été opposé à la politique protectionniste de Bismarck, tandis qu'au Reichstag les Socialos s'étaient plusieurs fois prononcés en faveur des droits de douane.

Là-dessus Otto Stubbe et Charlie Klawitter croisèrent le fer, plus par esprit d'escarmouche que pour de bon, à propos de la vraie voie menant au socialisme. Lena Stubbe cita Bebel pour opérer la synthèse. Ça tournait autour de la morne praxis et du sublime principe. Ainsi s'amorçait, quoique atténuée par les prédicats de la corde et du clou incorporés au cochonnet recousu, la querelle du révisionnisme de la fin des années quatre-vingt-dix : un jour de fête. Charlie Klawitter représentait l'aile révolutionnaire. Otto Stubbe faisait des réserves assorties de pressentiments. Tous deux invoquaient Engels, seul Charlie nommait parfois Marx. Impavide, Paul Scheerbart rêvait cependant son utopie en verre soufflé. Or, Lena Stubbe qui n'avait pas pris place à la table mais, avec un simple naturel, servait ces messieurs, tout en apportant au dessert une compote de Boskop à la cannelle avec de la crème fouettée, cita son livre de chevet et d'estomac : *la Femme et le Socialisme* de Bebel et dit en manière de péroraison : « Les hommes, ça cause, ça cause. Faudrait voir quand même ce que ça sait faire. »

En tout cas la fête s'acheva dans la bonne humeur, donnant lieu à des fraternisations. Charlie Klawitter et l'ex-sous-lieutenant se tenaient embrassés. Le chef de bureau Otto Stubbe et l'industriel Levin chantaient en chœur « Salut à toi que ceint le laurier du vainqueur » et « Debout, les damnés de la terre ! » Lena, qui cajolait Scheerbart ravi, se réjouissait qu'il ne fût rien resté du cochon de lait. Entre les petits os rongés et les noyaux de pruneaux gisaient le clou forgé légèrement torve et le licol noué en lasso, luisants de graisse. Malgré leur exubérance, les hôtes, avant de partir, non sans avoir encore une fois choqué leurs verres à eau remplis de cidre en l'honneur de l'amitié, du progrès et de la vie, ne manquèrent pas de porter un regard pensif sur la corde et sur le clou, chacun prenant à sa manière un air de réfléchir. (Par la suite, la corde rebouillie allait aux ordures ; mais il fallait laver le clou, l'enduire à l'huile de lin contre la rouille et l'enchâsser jusqu'au samedi suivant dans un coffret d'ébène fermant à clé que Kabrun le porteur de sacs avait façonné en remerciement des repas gratuits.)

Cela dura bien des années : car Stubbe demeurait susceptible. Devenu forgeron d'ancres aux Chantiers de Schichau, et après le Congrès d'Erfurt où il avait voté un coup contre Kautsky, un coup contre Bernstein, il s'était complètement englué dans la querelle du révisionnisme qui d'ailleurs se poursuit de nos jours. Susceptibles aussi les autres hommes, quelle que fût leur condition ; Otto Friedrich n'arrêtait pas de bredouiller sous les consolations que lui prodiguait sa femme : « J'vas prendre une corde. J'vas chercher un clou. J'en finis. J'en ai marre. Un qui s'arrache pas. Je marche pus. C'en est trop pour un seul homme. On a pas parié que tout à moi tout seul. Ça veut dire quoi, pourquoi ? Ça suffit pas comme ça ? Suffit pas ? Non non des fois. J'me laisse plus traiter en gamin. Même si j'y passe. J'me laverai le cou d'abord, oui da. Et un licol à veau. J'sais où c'est qu'y a un clou. Un qu'on peut compter dessus. Demain, pas plus tard si... »

Contre ça Lena Stubbe, on le sait, avait une recette. Peu avant que le président August Bebel ne vînt à Danzig — c'était en mai quatre-vingt-dix-huit — quand elle mit la dernière main à son recueil de recettes intitulé *Livre de Cuisine prolétarien,* elle avait noté proprement et assaisonné tous les mets de commentaires conscients de leur classe — Nota bene : sans ajouter la corde et le clou — car Lena était hostile à la cuisine bourgeoise et à son idéologie du prenez-une-douzaine-d'œufs. Elle disait en avant-propos : « Un tel gâchis de parvenu fait hésiter les femmes travailleuses qui font la cuisine, les induit à vivre au-dessus de leurs moyens et les aliène par rapport à leur classe. » Elle ne reprit pas dans son recueil la recette de la soupe au clou ; sans doute parce que cette préparation était dédiée aux désespérés de toute condition et de toute classe.

Mais quand le camarade August Bebel fut accueilli en invité dans la salle, le jour qu'après le repas de fête prolétarien — rognons de porc sauce moutarde — elle lui présenta le manuscrit de son livre de cuisine de classe, avant l'assiette principale elle lui servit un bouillon d'os de bœuf où elle avait (sans rien dire) mis à cuire la corde en nœud coulant et le clou, car à l'époque le bruit courait que le président du parti social-démocrate était fatigué. La lutte permanente pour toujours un peu plus de justice avait entamé son capital d'espoir. Il ne savait plus que répondre à la question pourquoi. Il était profondément déprimé par le conflit interne opposant au sein du Parti l'aile réformiste à la révolutionnaire. Souvent il regardait sans voir ou murmurait des phrases fatalistes. Il doutait à la base. Il fallait redouter le pire, sauf miracle...

Pommes de terre sautées

C'est-à-dire au saindoux.
Ce doivent en être de vieilles avec des germes qui pointent le doigt.
Elles ont passé l'hiver
en cave, sur une clayette sèche
où la lumière reste une promesse de loin.

Voici longtemps, à l'époque des bretelles,
quand Lena portait sous son tablier
la caisse de grève dans le sixième mois.

Je veux donner un film aux oignons et à la marjolaine,
de mémoire, muet, où mon grand-père,
je veux dire le socialiste, celui qui fut tué à Tannenberg,
avant de se pencher sur l'assiette, jure
et fait craquer tous ses doigts.

Mais seulement au saindoux en cocotte.
Pommes sautées avec
du boudin et d'autres mythes.
Des harengs qui aiment se rouler dans la farine
ou, tremblotant, un fromage de tête ou des cubes de concombre
restent beaux et naturels.

Au petit déjeuner, le grand-père Stubbe,
avant d'aller aux Chantiers pour la relève des équipes,
vidait déjà son assiette ;
même les moineaux devant les petits rideaux
avaient déjà la conscience prolétarienne.

Bebel invité

Plus un mot jeté par-dessus le bord de l'assiette. Plus de pour et de contre. Ne plus reparler dans le vide, entre deux chaises, à côté, par-dessus les têtes en bois tourné des camarades. Parce que dans le grand chaudron les pieds de cochon qui gravitent dans leur bouillon depuis deux heures, chaque osselet encore en place, avec du laurier et de la girofle, du poivre noir pilé, des oignons (sans clou pourtant ni corde) sont maintenant cuits à point et nous rendent muets, nous qui avons discuté de tout et même d'avenir.

Dans des assiettes creuses, du bouillon qu'on relève finalement de vinaigre. Pour chacun un pied fendu en deux, entre les deux orteils, jusqu'au cartilage. Un floc de moutarde au bord de l'assiette. Du pain gris pour tremper dans le bouillon. Ni couteau, ni fourchette. Les doigts bientôt englués, les dents qui se souviennent des fameux pieds de cochon que faisait Lena Stubbe avant, encore avant, entre des amis, en face d'amis et vieux camarades qui se sont chamaillés, expliqués, tant que rien ne reste plus que l'espérance miteuse, qui maintenant sucent l'un après l'autre, pour les nettoyer, de petits os, mordent dans le cartilage, tirent sur les tendons, tirent la moelle, mâchent les peaux archicuites, redemandent un, deux pieds de cochon fendus : sans rien dire, chacun seul à table, coudes calés, fentes de vision rétrécies, n'en parlons plus, soyons solidaires, unis par le bruit.

Les pieds de cochon sont toujours restés bon marché. A l'époque, trois livres pour un cinquante. Maintenant, rassasiés, nous tenons de nos doigts collants la bière dans les verres. Le calme est clôturé de soupirs. On est dans la gelée. On suce les interstices dentaires. On aurait des renvois et on dit de la gorge : « Bon, c'était fameux. C'est pas rien. » On cause en donnant raison à l'autre. Soyons raisonnables. Plus de rentre-dedans. Un repas simple qui mine de rien vous rend paisibles. On se regarde en amis. Les osselets font des tas. Ah oui, il y avait des concombres au sel avec. Quelqu'un — moi peut-être — veut haranguer la tablée et célébrer Lena Stubbe, cuisinière socialiste, qui par un chaudron plein de pieds de cochon a cloué le bec à tous les camarades en bisbille de son époque, les laissant décontenancés le temps d'un court bienfait ; c'est pourquoi elle a mis les « Pieds de cochon fendus avec pain d'orge et concombres au sel » dans ce *Livre de cuisine prolétarien* qu'elle présenta à l'inoubliable camarade Bebel quand une tournée de propagande l'amena dans notre pays et qu'il fut personnellement une soirée l'hôte de Lena.

A la lisière nord de la ville en tirant sur les emprises du port et des chantiers navals, là où la Vieille-Ville tournait en Jeune-Ville et où la pauvreté marquait les enfants, il y avait en rang plusieurs bâtiments sans étage de brique non crépis couverts de carton bitumé, logements ouvriers ayant appartenu jadis à Klawitter, ensuite à Schichau, habités chacun par deux familles d'ouvriers des chantiers. Les Stubbe voisinèrent longtemps avec les Skröver, jusqu'à ce que Ludwig Skröver, déchu de sa nationalité, dût avec sa famille émigrer en Amérique. Le charpentier de marine Heinz Lewandowski, avec sa femme et quatre enfants, occupa le logement contigu dont la porte peinte en vert côtoyait, au milieu du côté long de la bâtisse, celle des Stubbe. Au couloir faisait suite la cuisine-séjour avec fenêtre et porte-fenêtre donnant sur la cour, les cabinets à la turque et le jardin. Au corridor se raccordait à droite (chez Lewandowski, c'était à gauche) le salon avec deux fenêtres sur le devant. A droite et à gauche, mais plus petites que les salons, les chambres à coucher touchaient aux cuisines. Pas de place pour des mansardes sous le toit de carton bitumé. Par-derrière, les clapiers s'appuyaient à la maison. Les poêles en catelles s'alimentaient à partir des salons mais, partagés par la cloison, réchauffaient aussi les chambres à coucher des deux familles.

C'était dans la cuisine qu'il faisait le plus chaud. La pompe à eau de la cour était prévue pour les deux locataires. Ni chez Lewandowski ni chez Stubbe on n'aurait eu l'idée d'aménager en chambre des enfants le salon qui ne servait presque jamais. Donc, à côté du lit conjugal pour deux il y avait tout près deux lits d'enfant où dormaient les trois jeunes enfants du second mariage de Lena Stubbe ; et au pied du lit conjugal un lit étroit où dormait Lisbeth, fille du premier mariage ; puis, ayant dix-huit ans et parfaitement instruite de la vie conjugale, elle épousa un ouvrier de l'usine de wagons et s'en fut enceinte habiter le Troyl ; la couchette libérée fut occupée par Luise. Lisbeth, Luise, Ernestine et Martha vécurent nuit après nuit Otto et Lena Stubbe : ronflant, grinçant et soufflant, pétant, pleurant, soudain muets, parlant en rêve. Ainsi les enfants apprenaient dans le noir et n'oubliaient rien.

Quant au salon, il restait mystérieux et, sauf aux grands jours de fête, comme inhabité jusqu'au jour de 1886 où Lena Stubbe, peu après la grève des Chantiers Klawitter et le suicide manqué de son homme, ouvrit une table d'hôte du samedi pour suicidés potentiels qu'elle servait dans la cuisine et de la sorte, comme certains de ses clients appartenaient à de bons milieux, se fit un revenu accessoire assez considérable qu'elle employa pour une bonne part à se payer des livres et des abonnements à des revues : le salon devint la salle d'étude de Lena Stubbe. Quand elle n'avait pas égaré ses lunettes dans la cuisine, c'est qu'elles étaient sous des papiers dans le salon. Lena y lisait les « Nouveaux Temps » et la « Nouvelle Vie des Femmes », y alignait les recettes de son *Livre de cuisine prolétarien ;* elle y écrivit en écriture du dimanche deux lettres au président de son parti, pleines de questions touchant le livre qu'il avait écrit : *la Femme et le Socialisme,* et il répondit : il minimisa son utopie sur le libre choix de la profession, effectua un repli dans la question de l'État comme éducateur et, s'intéressant à la cuisine de classe, annonça une visite à Lena.

A Kiel, avec des conseillers d'entreprise : « Dis donc, collègue. Qu'est-ce qui te prend d'écrire des trucs vachement compliqués pour les seuls privilégiés bourgeois et pas pour nous, la classe ouvrière ? » Question posée par un tourneur. « Ça vise trop haut pour nous. Quand on en a ras le bol de gratter, y a plus que la télé. Nous faut nous servir du simple et du passionnant comme dans les polars. »

Comme si c'était à la chaîne : boulot, dodo, et puis bayer aux étranges lucarnes. Comme si en dormant on avait un quiz comme à la télé, et le tour à fraiser qui s'arrête jamais. Comme si, dans les processus de travail normalisé, il n'y avait pas des films glissés en douce et des contre-films rembobinés à rebours, des objections à l'envers et, en guise de matériaux, des frais de Sécurité sociale préventive, si bien qu'avec le copeau de fraisage il tombe toujours des déchets privés et autres conneries. Comme si, pendant que le quiz-master vend ses variétés diverses, la halle d'atelier n'avait pas le droit de protester. Comme si ne continuait pas l'autre film qui en rêve, pendant l'équipe du matin, dans les relations professionnelles, même pendant que ta femme à toi qui t'ignore t'accueille, passait, passe, casse, repart, se répète, sans arrêt sans chronométreur, comme s'il n'y avait pas un tarif, rien que des tubes à entendre, du chou rouge réchauffé et tout, même le noir et blanc, en couleurs.

« Je m'y mettrai, chers collègues. J'écris le temps confondu. J'écris ce qui est pendant qu'autre chose encore, submergé par autre chose, est à côté d'autre chose ou semble y être, tandis que, mine de rien, quelque chose qui n'avait plus l'air d'exister, mais qui, caché, durait bêtement, reste là tout seul : par exemple l'angoisse. »

« Exact, collègue. C'est ça. Ne pas pouvoir décrocher. Surtout ce qui va en travers. Et les enfants jamais tranquilles non plus. Toujours quelque chose en outre. Pas exactement de l'angoisse. Plutôt un sentiment j'sais-t-y comme. Mais tes phrases comme le bras, collègue, ça permet pas davantage d'en sortir. Avant que t'aies fini, je suis déjà dehors. Tu pourrais pas être simple ? »

« Je peux, collègue. Je peux. »

Lena Stubbe, l'une des nombreuses cuisinières qui sont en moi et veulent sortir, en l'an quatre-vingt-cinq, tandis qu'on faisait grève aux Chantiers Klawitter, était chargée de la soupe populaire pour tous et gérait la caisse de grève, quand elle s'aperçut un lundi qu'il manquait sept cent quarante-cinq marks dans la caisse ; elle n'en dit rien à son Otto qui cognait toujours tout de suite quand il était pris en flagrant délit ; elle subit patiemment quand, après avoir rossé les enfants qui portaient toutes des couettes, il frappa, d'une main pesante de père, d'époux, de socialiste et de forgeron d'ancres, sa Lena ; puis, épuisé, se mit à pleurer parce qu'Otto ne voulait pas être comme je l'ai décrit dans une phrase encore une fois trop longue, mais éprouver une conscience de classe et un sentiment de solidarité ; car peu de jours auparavant Otto Stubbe, devant les camarades, à la brasserie de l'Aigle, avait parlé contre les mauvais traitements appliqués aux enfants de prolétaires et aux femmes tôt éreintées : « Nous ne voulons pas éduquer des sujets, mais, comme dit Bebel, d'honnêtes Allemands ! »

Et les camarades de l'époque ont tous hoché la tâte en disant « Très juste ! » — comme vous aussi, chers collègues de l'association locale de Kiel, vous hochez la tête en disant « Très juste ! » quand j'essaie de vous expliquer pourquoi les phrases difficiles sont courtes, et longues les phrases simples. Donc voici une phrase courte : l'employé de la Chancellerie doit, étant un bon social-démocrate, être toute la journée particulièrement fiable. Mais vous ne voulez pas lire mes phrases courtes et longues parce qu'un vague quarteron d'enfants gauches de maison droite vous ont classés comme sous-privilégiés analphabètes et marqués comme prolétaires idiots, comme autant d'Ottos Boîte-à-gifles. Mais la cuisinière Lena Stubbe connaissait en son temps plusieurs livres qui remuèrent son temps. Quand elle eut distribué des pieds de cochon à ronger, cuits à point, aux camarades souvent brouillés, elle lut à haute voix des phrases et des extraits de l'ouvrage classique *la Femme et le Socialisme* pendant que les hommes bâfraient.

Et quand le président des Socialos rendit visite à la ville portuaire, en quatre-vingt-seize, pour aplanir les différends des camarades — ça roulait déjà sur et contre le révisionnisme — elle eut avec son président une longue conversation touchant le manque prolongé d'un livre de cuisine prolétarien. Ils mangèrent dans le salon. Au début, Otto Stubbe y était aussi. On entendait que dans la pièce à côté les enfants tâchaient de ne pas faire de bruit. On ne pouvait en dire autant des enfants Lewandowski dans le logement mitoyen. Dehors, c'était mai, et du lilas fleurissait entre les maisons. Otto avait proposé de tuer un lapin en l'honneur de Bebel. Mais Lena Stubbe fit des rognons de porc sauce moutarde. C'était fameux, chers collègues.

August Bebel, entrant au domicile de la famille Stubbe, dans le coron du Brabank, n° 5, fut aussitôt introduit par Lena dans le salon meublé, à la différence d'autres salons, notamment d'un secrétaire à nombreux tiroirs et de livres empilés où des cavaliers de papier marquaient des pages. Sur le secrétaire, à côté d'un coffret d'ébène où Lena conservait un clou de fer forgé, un cadre avec un portrait de Bebel parlant contre Bismarck au Reichstag. L'homme célèbre, avec tant de passé, avait maintenant pris place, chétif, sur le sofa, effectivement présent et décemment vêtu. Pourtant il avait l'air absent, car il cherchait un exorde. Il huma l'air : « Il y a sans doute une sauce piquante ? » Car une odeur venue de la cuisine par le couloir et la porte du salon annonçait sans erreur possible le goût d'urine non encore atténué du plat de résistance.

Peu de jours auparavant, Lena disait à son Otto : « Suffit, je te dis. Suffit ! » après qui l'eut battue non seulement comme chaque vendredi. « On f'ra comme ça tant qu'on en finira. Et cette fois pour toujours. »

Mais elle n'en vint pas pour cause de voies de fait habituelles à l'annonce que peut-être on en finirait un jour, et définitivement — en tout cas elle ajouta : « C'est toi-même qui te tapes dessus » — mais parce qu'Otto mangeait à belles dents la soupe aux pois qu'elle avait faite et n'aimait plus dans les rognons de porc sauce moutarde que le goût d'urine : « Tu peux bien voir ce que je fais comme potage et autres pour un emmerdeur en ton genre. Tu pourras toujours pleurer après : les rognons de Lena étaient les meilleurs.

Car là y aura plus moyen de biaiser. J'ai dit trop souvent : il ne peut pas faire autrement. Faut toujours qu'il joue les balèzes et donne du poing sur la table. Après, il regrette. Et il fond en larmes. Bon, fais-y, pisqu'il aime ça, une paire de rognons coupés en dés, pour qu'ils rendent bien. Et à la fin mets-y de la moutarde. Parce qu'il aime ça et n'arrête pas de geindre : Fais-moi donc encore des rognons en sauce. Car quand ils sont à point, j'y mets du poivre, j'y frotte du radis noir frais, puis à petit feu que ça ne durcisse pas, cinq cuillerées de moutarde, Mostrich, comme on dit chez nous, et de remuer. Mais maintenant ça suffit. Je le lui ai assez dit. Toujours sa grande gueule pour la ramener avec la solidarité. Bon, qu'il cogne, soit. Ça ne me concerne pas. Même s'il me fait des violettes. Mais mes rognons, rien à faire. Qui je suis que je fais la cuisine et le reste ! Et encore des petites pommes de terre pour aller avec la sauce. Ou bien pour relever quelques grains d'épices ou, comme disent les gens bien, du piment. Mais ça n'est plus assez bon pour lui. Faut que je remette de l'eau ou du lait, pour qu'ils n'aient pas goût d'urine. Comme si ça donnait du goût. Suffit, je dis, suffit. Qu'il aille voir ailleurs. Des fois qu'il en trouve une qui les lui mouille ou les lui affadisse avec du lait. Mais ce ne sera toujours pas ça. Et après il ira pleurer après les rognons de Lena. Mais alors il sera trop tard. »

C'est ce que Lena Stubbe répétait toujours, et elle faisait dégorger les rognons à l'eau une demi-journée avant de les cuire, durs d'abord, mous ensuite. Mais dans son livre de cuisine c'était marqué tout autrement. Et les rognons à la sauce moutarde destinés au maître-tourneur, voyageur de commerce, propagandiste, président du Parti, orateur populaire et député au Reichstag n'ont été mis ni à l'eau ni au lait ; c'est pourquoi on les sentait du salon.

Dès que fut finie la soupe aux os de bœuf (avec un deux ingrédients extra) le camarade Bebel se déboutonna un peu. Au début, il semblait accablé ou seulement fatigué des monotones obligations de ses charges. Sur un ton de virile maîtrise de soi, il dit à Lena plutôt qu'à Otto Stubbe qu'il avait lieu de se plaindre : combien n'avait-il pas perdu d'amis au cours d'années de lutte ; avec quelle rigueur, malgré les lourdes lois antisocialistes ou à cause d'elles, il avait pu diriger le Parti ; et combien la piétaille partisane, le succès aidant, versait d'un côté dans l'autosatisfaction et les querelles de boutique de l'autre. Combien il était difficile d'habituer le socialisme à la légalité sans que ce processus nécessaire encourageât l'esprit de compromis ; à quelle distance on se trouvait du but, à mesure que s'amélioraient les scores aux élections du Reichstag ; voire : quand le succès était à portée, l'objectif perdait en netteté.

Bebel émit des doutes et se démoralisa lui-même : il avait trop complaisamment prédit l'effondrement du système dominant et la Révolution, trop souvent daté littéralement la faillite imminente de l'État et crié ainsi un faux espoir de victoire finale. Pour sûr, il s'était laissé dévoyer par les pronostics de Marx. Même pour l'Angleterre, ils avaient été faux. C'était Bernstein qui, en ce qui concerne la paupérisation des masses, avait eu raison finalement. Il fallait reconnaître que le capitalisme était capable d'évolution et ne manquait pas d'idées. Mais d'autre part l'idée socialiste ne pouvait s'animer sans l'espoir du changement imminent et l'objectif saisissable d'une nouvelle société. Et en fait tout indiquait que l'économie d'exploitation allait donc s'affaisser. On pouvait sérieusement compter sur le jour de la Révolution. Bien qu'il ne pût pas le dire à haute voix, vu les lois imposées.

Tandis que Lena Stubbe attendait patiemment que son bouillon de bœuf eût agi sur l'homme profondément déprimé (elle faisait confiance à ses ingrédients) Otto Stubbe, tant que Bebel s'obscurcît de scrupules et remit la Révolution à des lendemains de cendre, s'agitait sur sa chaise ; mais à peine le président, grâce au bouillon de Lena, eut-il repris son alacrité, retrouvé son regard fulgurant de prospecteur d'avenir, que le forgeron d'ancres, être influençable, versa dans l'enthousiasme. Il lâcha des paroles fortes, révolutionnaires. Jouant discrètement de la pédale anarchiste, il adopta le regard C'est-Maintenant-ou-Jamais, ce qui lui valut, référence faite aux Résolutions du Congrès d'Erfurt, un rappel à l'ordre mesuré, mais inconditionnel de Bebel.

Alors Lena servait déjà les rognons de porc en sauce moutarde avec des pommes de terre à l'eau. Dans la carafe, la bière brune était prête ; c'était Luise, la fille à Stubbe, qui était allée la chercher dans un bistro de la cour des Boisseliers. Tout en mangeant, on entendait les enfants Lewandowski comme si on y était, et à peine les siens qu'on avait dans la pièce à côté. Bebel loua ce mets simple et pourtant si piquant. Lena parlait de sa fille Lisbeth dont le mari poitrinaire n'irait sûrement guère loin. Décontracté, cordial et s'intéressant aux petites affaires de famille, sans (comme il l'avait souvent fait au début) tirer sa montre en or, tel était le président, si bien que Lena, une fois distribuée sa fameuse compote de Boskop avec de la cannelle dedans, invita d'un seul regard impérieux (et grâce à l'autorité des coups reçus) à quitter le salon son Otto qui commençait à la ramener. Otto, conscient de son devoir, dit :

« J' vas aller voir un peu du côté des enfants qui s'agitent. » Il valait mieux que Lena et le camarade Bebel restent entre eux. Il ne comprenait pas grand-chose à la cuisine au sens politique. Il en tenait pour de solides nourritures maison, mais la théorie culinaire lui faisait défaut. Ça, c'était l'affaire de Lena. Mais si ça bardait, qu'il faille monter aux barricades etc., il serait le premier. Le camarade Bebel pouvait y compter.

Quand fut sorti Otto Stubbe, le silence se fit dans le salon. Il dura un instant. Il n'y avait pas même de mouches dans la pièce. Le président alluma un cigare et fit observer qu'il provenait de l'héritage d'Engels. Il ajouta, badin : le brave Friedrich, dans le fond, était demeuré industriel ; mais dans ses dernières années, peut-être parce qu'il était libéré de Marx, il s'était mué en social-démocrate utile. Nouveau silence. Lena cherchait ses lunettes, les trouva et déposa sans mot dire son manuscrit bien propre devant le président qui fumait à petits coups. Bebel, tantôt lisant, tantôt tournant les pages, se mit à feuilleter le *Livre de cuisine prolétarien*.

Quelques-unes des cuisinières que je loge auraient été de nos jours syndicalement organisées. Amanda Woyke sûrement. Peut-être Gret la Grosse. Orientée vers une gauche belliqueuse : Sophie Rotzoll. Mais à coup sûr Lena Stubbe.

Lors d'un colloque du syndicat Alimentation-Consommation-Restauration qui eut lieu récemment à Cologne, la déléguée Lena Stubbe parla à des cuisiniers-chefs de cantines et de la chaîne Wienerwald, aux fabricants de conserves et autres cuisiniers. Naturellement il y avait aussi dans la salle des garçons de café, des serveuses, des tueurs des abattoirs, des pâtissiers industriels, etc. Au début de son intervention « la cuisine de la classe opprimée », Lena, par badinage plutôt que par provocation, dit : « Chères collègues, chers collègues ! Pourquoi parler ici de cuisine express ! Au feu les plats tout préparés ! Même s'ils gagnent du temps, je vous demande : du temps pour quoi faire et pour qui ? »

Succès mitigé, clapotis d'ovations. Et son attaque de l'industrie des conserves, poivrée d'exemples de mauvaise qualité, ne fut appuyée que par un petit nombre de chefs de cuisine, ceux précisément d'ailleurs qui étaient en odeur d'élitisme parce qu'ils devaient répondre aux exigences dites internationales dans des hôtels à cinq étoiles (Rheinischer Hof, Hilton, Steigenberger) : blancs de faisan sur purée d'ananas. Le plat cuisiné en conserve — « Y a que ce moyen-là pour M. Tout-le-Monde de s'offrir une langue de bœuf sauce madère ! » — reçut de la majorité sa confirmation éclatante, et même un interrupteur parla de « progrès dans le sens de la solidarité syndicale ».

« Alors faudrait aussi bien célébrer la soupe aux pois condensée ! » s'écria Lena Stubbe. « Il faut dire que peu avant que n'éclatât la guerre de soixante-dix un cuisinier berlinois, un collègue, avait inventé le potage condensé en tube souple, ce qui eut pour effet de fortifier l'armée prussienne. » (Applaudissements. Hilarité.) « Ou bien il vous faudra nommer membre d'honneur le comte Rumford parce qu'au début du XIXe, en guise de réponse à la question sociale, ce monsieur a eu l'idée d'un emplâtre mate-faim qui porte son nom : c'est la soupe des pauvres à la Rumford où l'on cuit et recuit de l'eau, des pommes de terre, du gruau, des pois, du suif de bœuf, du pain rassis, du sel et de la bière éventée tant que ça ne tombe pas de la cuiller. » (Nouveaux applaudissements et rires des délégués.)

Puis l'ancienne dame des fourneaux de la soupe populaire de la rue du Rempart et de Danzig-Ohra puisa dans son expérience protosocialiste et versa toujours davantage dans l'Histoire ; elle réclama pour aujourd'hui le livre de cuisine prolétarien qui déjà n'existait pas à l'époque ; elle entreprit de démontrer que les femmes d'ouvriers aux temps du précapitalisme, faute de manuels culinaires imprégnés de conscience de classe, s'en tenaient bêtement à des compilations bourgeoises — Henriette Davides, et pires — s'aliénant ainsi vis-à-vis de leur propre classe et nourrissant des nostalgies petites-bourgeoises — « Votre langue de bœuf sauce madère ! » ; Lena prétendit que le mouvement ouvrier et, dans son sein, les syndicats d'hier et d'aujourd'hui avaient manqué à inculquer aux jeunes ouvrières d'usine la cuisine de classe — « Tout ce qu'on fait encore, c'est de taper dans les conserves ! » — alors les participants protestèrent en majorité. « Il y a tout de même des conserves de qualité ! » et « Ça y est, v'là qu'on va réchauffer ici la lutte de classes de longtemps révolue ! » Quelqu'un lança : « Voilà bien les lubies gauchistes ! »

Pourtant ce fut la cuisinière du XIXe siècle qui garda le dernier mot : « Collègues ! » dit-elle en se tournant vers les cuisiniers, « vous travaillez sans conscience historique. Parce que vous ne voulez pas admettre que le cuisinier homme ait été pendant des siècles un produit des couvents et des cours princières, de la classe dominante du lieu et du moment. Tandis que nous autres cuisinières avons toujours servi le peuple. En ce temps-là, nous restions anonymes. Nous n'avions pas le temps de fignoler des sauces. Il n'y a parmi nous ni Vatel, ni Fürst-Pückler, ni Brillat-Savarin, ni maître de cuisine en général. En temps de famine, nous allongions la farine à l'aide de glands. Il nous fallait inventer du neuf pour la bouillie d'avoine quotidienne. Une lointaine parente à moi, la cuisinière des communs Amanda Woyke, c'est elle, et pas le Vieux Fritz, qui a introduit la pomme de terre en Prusse. Mais vous vous n'avez jamais eu que des idées farfelues : perdrix à la royale façon diplomate, farcie au gibier truffé, garnie de quenelles de foie d'oie. Non, Collègues ! Je suis pour les pieds de cochon avec du pain noir et des concombres au sel. Je suis pour les rognons de porc à petit prix en sauce moutarde. Celui à qui l'Histoire n'enseigne pas à retrouver le goût du mil et de la manne de Pologne n'a pas à ramener ici ses grillades et ses sautés ! »

Vexés, les cuisiniers s'écrièrent : « Revenons à la question ! » — Ensuite il ne fut plus question que du prochain « Grenelle » à faire en Rhénanie Nord-Westphalie.

Entre-temps, le président du parti social-démocrate avait pris connaissance, fugitivement certes, mais assez pour se faire une idée, du manuscrit de Lena Stubbe : *Livre de cuisine prolétarien.* Il rendit hommage à l'entreprise. Il concéda que la jeune femme d'ouvrier, généralement issue de la campagne et habituée à se fournir elle-même, était restée sans orientation en milieu urbain, et sans le fil conducteur de la conscience de classe dans le ravitaillement de la famille. Il n'était pas sans connaître l'énorme et nuisible abus de sucre des ménages ouvriers. De plus l'alcoolisme des ouvriers était certainement en relation avec les habitudes alimentaires anarchiques du prolétariat. La séduction bourgeoise commençait avec les emplettes. Exact : il manquait à son livre sur la femme le chapitre correspondant. Apparemment, non seulement lui, mais le mouvement ouvrier tout entier avait négligé depuis le début de développer le goût avec le cerveau, de dégager une gastronomie de classe. On ne pouvait pas s'en remettre de tout à la raison. L'appel à la justice collait trop platement au papier. Manquait le côté sensuel. Le ventre ne demandait pas qu'à être plein. Manquait au socialisme, si âpre dans sa critique, l'humour. Un ouvrage de ce genre venait à son heure. La camarade Stubbe avait réussi les commentaires et renvois historiques ; ainsi par exemple montrant comment vers 1520 la raréfaction de la viande et le renchérissement avaient entraîné par voie de conséquence la diffusion des farineux comme les nouilles cuites à la vapeur et les boulettes. Il était d'accord aussi que l'introduction de la pomme de terre en Prusse en avait plus changé que la glorieuse litanie des batailles de la guerre de Sept ans Il ne pouvait que confirmer sa constatation : la victoire remportée par la pomme de terre sur le mil avait été un processus révolutionnaire. C'était la ligne de pensée marxiste, bien que Marx n'ait pas su — par l'effet peut-être de ses origines bourgeoises — identifier l'aspect des habitudes alimentaires prolétariennes. Le capitalisme, comme le socialisme, traîne depuis ses débuts une chape puritaine. Pour le reste, il admirait les connaissances de la camarade Lena. Il voyait en elle l'exemple typique d'une femme d'ouvrier se cultivant elle-même. Lui aussi, étant compagnon tourneur, avait dû s'approprier ses connaissances en l'absence d'une formation préalable suffisante.

Là-dessus August Bebel serra longuement la main de Lena Stubbe, tant elle l'avait convaincu. Il s'écria : « Quel jour inoubliable ! » Mais quand Lena pria le président de son parti d'écrire un avant-propos au *Livre de cuisine prolétarien,* car étant femme et inconnue elle ne pouvait trouver d'éditeur, Bebel se mit à louvoyer. Il ne croyait pas que la conscience des camarades fût mûre au point de concevoir que leur président de parti dût politiquement écrire une préface à un livre de cuisine. Il se rendrait ridicule et ne pouvait de ce fait que nuire à la bonne cause. Sans parler des réactions de l'opinion bourgeoise. Dans le camp adverse on n'attendait que ça : trouver l'ouverture. Hélas malheureusement.

Lena lui ayant suggéré de retenir au moins quelques passages importants de son livre — fût-ce sans en citer l'auteur à imprimer en petits caractères — pour une réédition de son ouvrage à succès. Bebel, tout en exprimant ses regrets, refusa. La camarade Stubbe, dit-il, lisait, à ce qu'il voyait, régulièrement la *Neue Zeit.* Donc elle connaissait aussi la discussion qu'il avait eue avec Simon Katzenstein sur la femme. On le pressait de reprendre dans son prochain tirage l'article critique de Katzenstein et sa réponse à lui. Donc — hélas malheureusement — il ne resterait plus de place pour des extraits du livre de cuisine. De plus, on ne pouvait envisager d'abréger cet excellent travail. Non non. Il ne voulait pas faire une chose pareille à la camarade Stubbe.

De son gousset, August Bebel tira cette montre en or que l'actuel président de la SPD, Willy Brandt, porte dans les grandes occasions ; alors Lena ôta ses lunettes, son regard glauque parcourut la table vide d'aliments. Elle dit : « Ça fait rien. » Il dit : « J'avoue être venu déprimé ; mais je vous quitte de bonne humeur. Car malheureusement je dois. Les camarades m'attendent à la brasserie Adler. Je crois que c'est le nom du local qui est dans la rue des Menuisiers. Encore une fois, c'est le révisionnisme qui est au programme. Cette éternelle dispute. J'aimerais bien mieux apprendre de vous autre chose sur votre arrière-grand-mère la cuisinière des communs Amanda Woyke. Oui oui. S'il n'y avait pas la pomme de terre... »

Au moment où August Bebel quitta le logement ouvrier du Brabank, n° 5, au milieu de la famille Stubbe, un grand concours de peuple l'attendait dehors pour l'acclamer, pousser des vivats et croire à la bonne cause. Il dut serrer des mains. Il y avait des larmes dans des yeux. Le soir de mai y allait d'un coucher de soleil. Un sous-lieutenant de police qui surveillait l'attroupement avec ses hommes dit : « C'est encore mieux que quand l'empereur vient en personne ! » Et une femme d'ouvrier, Mme Lewandowski d'à côté, répondit au sous-lieutenant : « Celui-là c'est notre empereur ! »

Le voyage de Zurich

commença le vendredi en gare Centrale de Danzig, après que l'information eut figuré le jeudi dans le *Journal du Peuple.* A vrai dire, le comité directeur local décida immédiatement d'organiser une digne cérémonie funèbre qui eut lieu le samedi au chalet de tir des Bourgeois et attira beaucoup de monde, mais on ne voulut pas envoyer de délégué d'autant que la camarade Lena Stubbe, qui avait depuis des années entretenu des contacts suivis avec le président du parti, décida sur-le-champ de faire à ses frais le long voyage ; elle emporta une couronne de laurier liée d'un ruban blanc où était écrit « Adieu ! » et « Nous jurons d'être solidaires ! » en lettres rouges, don du club local. De même, outre le strict nécessaire dans une valise de paille tressée, son bagage comprenait une miche de pain, un bocal de confit de porc et un filet de pommes. Le passeport établi exprès put encore être signé juste à temps.

Otto Friedrich Stubbe mena Lena au chemin de fer. Ses propos étaient d'une fermeté virile et pourtant marqués d'une profonde émotion ; néanmoins, la veille encore, il avait déconseillé ce coûteux voyage à Zurich qui allait manger toutes les économies de Lena : « Y aura déjà pas mal de monde. »

Tandis que je peux donner à peu près le départ du rapide de Berlin (peu après 11 heures) et me souvenir par ailleurs d'août 1913 avec quelque précision, je n'arrive pas à comprendre l'époque présente : en effet, il y a peu de jours, le président actuel de la SPD a dû démissionner de ses fonctions de Chancelier fédéral pour le seul motif que les communistes avaient infiltré un espion dans ses services. On n'y comprend rien, on jure « les salauds ! » et on se téléphone avec d'autres ahuris, on s'assied, parce que ça ne sert à rien de courir, on n'arrête pas de pleurnicher : « C'est pas possible ! » et, pour animer le passé, on écrit, sur August Bebel : Comment aurait-il agi à la place ? Qu'aurait-il dit du problème des espions ? Et pour ou contre quoi Bebel se serait-il prononcé le 22 avril 1946 quand la KPD et la SPD de la zone d'occupation soviétique se réunirent en un Congrès de fusion ? En cette occasion solennelle, un vieux camarade, sous les applaudissements du camarade social-démocrate Grotewohl, remit au camarade communiste Pieck la canne que Bebel avait tournée lui-même et dont il s'était servi pour demander le silence au turbulent Congrès d'Erfurt, en 1891.

Mais le mana symbolique de la canne n'a pas suffi à protéger quelques socio-démocrates (peu après le Congrès d'unification) de la prison centrale de Bautzen, et rien non plus ne put empêcher les communistes au pouvoir dans la RDA de s'espionner eux-mêmes, et chacun d'espionner tout le monde, y compris donc les successeurs de Bebel.

Ça, naturellement, le maître-tourneur n'y avait pas songé quand — toujours la pente professionnelle — il décida de tourner une canne maniable, histoire de donner plus de poids à son autorité quand se discutait à trop grand fracas le vrai chemin qui mène au socialisme. (Ou bien est-ce que Willy Brandt s'est retiré par dégoût du pouvoir ?)

Quand Lena Stubbe, à 19 h 30, arriva à Berlin, gare de Friedrichstrasse, elle dut changer pour la Stadtbahn car le rapide Halle-Erfurt-Bebra-Francfort-Karlsruhe-Bâle-Zurich partait à 22 h 13 de la gare d'Anhalt. A partir de Schneidemühl, elle avait pu dormir comme indifférente dans son coin tant la Poméranie était plate. Sur le quai où de nombreux camarades d'autres sections locales ou d'autres districts du Parti stationnaient avec des couronnes, elle mangea une pomme et plus tard, ayant par chance trouvé un coin-fenêtre dans son compartiment, coupa des tranches de la miche de pain complet et étendit sur ses tartines des rillettes de porc du bocal. Pour faire passer elle but une des quatre canettes de la Brasserie par actions que son Otto-Friedrich avait eu la précaution de lui mettre dans son sac de voyage.

Le président, dont l'activité d'écrivain avait été lucrative, avait construit pour ses vieux jours une maison au bord du lac de Zurich, parce que sa fille unique s'était mariée là. Lena, quand Bebel mourut à soixante-treize ans, en avait quarante-six. La camarade qui lui faisait face pouvait approcher la quarantaine. Il y avait encore dans le compartiment trois messieurs dont un seulement voulait aller à Zurich pour des motifs socialistes. Ce Monsieur Michels, professeur d'Économie politique résidant à Turin, bien qu'il eût débarqué par hasard dans le compartiment de Lena, connaissait pourtant l'autre voyageuse — il la tutoyait — et ouvrit peu après le départ du train un monologue de ton si extrême que les deux autres messieurs, avant même de descendre à Halle, changèrent de compartiment ; l'un d'eux, ce qui amusa les dames, parla de « lèpre communiste ».

De plusieurs points de vue, les messieurs furent injustes à l'égard de Robert Michels, car ce jeune homme était issu d'une famille de négociants rhénans. Certes, après un bref intermède comme officier prussien, il avait vite pris contact avec des socialistes révolutionnaires mais, dégoûté de la social-démocratie allemande et de ses principes d'ordre, il s'était rapproché des syndicalistes italiens et français. Influencé par Sorel, il vomissait le réformisme petit-bourgeois des Socialos, bien que Bebel, fils d'un sous-officier, n'ait pas été pour lui qu'un objet de désappointement mais encore, par la nostalgie d'une autorité vraie, de fascination. C'est pourquoi Michels se rendait aux obsèques du président d'un parti que, dans sa marche en avant, il avait depuis belle lurette laissé en arrière. Il se voyait loin à gauche de Madame Rosa, qui s'inscrivait elle-même à l'aile gauche du Parti. En Lena Stubbe qui, comme à tout le monde dans le compartiment, lui offrit des pommes, il ne voyait rien : comment aurait-il pu comprendre cette femme aux cheveux blancs qui se signait au départ du train et réitérait à chaque arrêt ce péché contre l'esprit des Lumières.

Le dialogue des deux plus jeunes parmi les voyageurs prit fin sur la thèse de la grève générale en tant que moyen de combat révolutionnaire des masses. Michels était lui aussi pour la grande grève, mais il reprochait à Rosa d'avoir marqué son respect anxieux de la légalité, d'être allée à Canossa devant Bebel, ce « politicien majoritaire notoire », et de n'avoir pas osé la scission à gauche. « Tu me la bailles belle avec tes histoires de démocratie. Les masses, en tant que force, sont aveugles. Elles doivent être galvanisées par une volonté directrice. La volonté du peuple. C'est toujours d'avoir trois quatre pfennigs de rab et, à l'occasion, la bière à l'œil. Votre social-démocratie pue la décadence. On met tout en statuts. Plus de place pour l'énergie anarchiste qui, de son balai de fer, met en tas la poussière millénaire et crée enfin la place de la liberté très agrandie. »

C'est ce qu'elle voulait aussi, dit Rosa. Mais la liberté ça ne se commandait pas de haut en bas. Elle devait procéder de la base et — fût-ce grâce à l'organisation — grandir. « Certes sans l'actuelle manie du compromis. Les Bernstein et les Kautsky à la porte. Maintenant que le vieux est mort, des forces jeunes vont se dégager. Nous devons retrouver la spontanéité. S'il le faut, contre le Parti. »

Ils parlèrent de la sorte jusqu'à Bebra. Il faisait déjà un peu jour dehors quand Lena dit : elle aurait encore mieux aimé dormir un peu. Mais cela devait encore être dit. Ce que disait la camarade Luxemburg, elle l'avait lu du pareil au même dans des publications. Et ça allait sur le papier. Et ce que le camarade Michels, dont malheureusement elle n'avait encore rien lu, balançait comme salade, c'était aussi beau que si Otto-Friedrich l'avait dit à la brasserie Adler, un coup que son dimanche extrémiste le prenait. Mais la vie, ça se passe le lundi, et après il y a la sainte semaine. C'est ce que le camarade Bebel avait toujours répété. Quel malheur qu'il n'ait plus la présidence. Qu'est-ce qui allait se passer si personne à gauche et à droite n'était plus fichu de mettre autant de vrai dans une phrase qui se tenait, pas plus. Car trop de vrai c'est dangereux. Ça vous entraînait tout de suite loin de l'unité. Savoir si la camarade Luxemburg ne voulait pas en tenir compte. Et pour ce qui était du camarade Michels qui était si calé et avait toujours deux mots pour tout, faudrait qu'il prenne garde que ses propos ne l'entraînent pas loin à gauche, sinon il en ressortirait à droite. Elle connaissait des gens, tiens, comme le Kärlchen Klawitter, on les aurait pas reconnus une paire d'années plus tard. Y avait que le réel, par exemple la misère, qui changeait pas.

Là-dessus, Lena Stubbe offrit encore une fois de ses pommes, ramena son manteau sur sa figure et dormit, tandis que le rapide fonçait par le matin clair et s'efforçait de faire l'heure, car le mécanicien-chef de machine et le chauffeur, de même les contrôleurs variables, étaient tous des camarades. Ils savaient fort bien qui ils menaient où, savaient que leur train régulier, de section en section, devenait de plus en plus historique.

Rosa Luxemburg et Robert Michels, aux paroles de Lena — elle avait dit une fois à Rosa « ma petite » et « gamine » — étaient devenus vaguement pensifs. Pourtant, parce que c'est la loi du socialisme et comme par habitude, il leur fallut encore, une bonne heure durant, à voix basse par discrétion tout de même, se quereller sur le principe, puis la fatigue les prit.

Naturellement Rosa ne voulait pas (ce qui eut lieu plus tard non sans fâcheuses conséquences) faire sécession du Parti. Naturellement, le fils extrémiste d'une bonne famille bourgeoise ne voulait pas, après un circuit excentrique, rallier le camp de la réaction (pourtant Robert Michels, peu après la Première Guerre mondiale — elle n'allait pas tarder — devint en Italie, où il était professeur, un fasciste enthousiaste et jusqu'au-boutiste). D'ailleurs, le train rapide de Zurich acheminait beaucoup d'avenir : Ebert et Scheidemann étaient dans un compartiment de première classe, de même Plekhanoff, que Lénine traitait déjà de révisionniste, vint par ce moyen prendre la parole sur la tombe de Bebel pour les camarades russes.

Ne pas croire qu'on puisse tout savoir à l'avance. Bebel estimait le brillant jeune homme, bien qu'il plaisantât les fils de bourgeois : sa science (libérale), son style (coloré). Et, pour Brandt, la fiabilité, l'humour imperturbable du camarade Guillaume étaient devenus pour lui une habitude rassurante. Les traîtres ont leur charme. C'était même assez flatteur, d'autant que Michels aussi bien que Guillaume, quand ils faisaient leur rapport, qui sur Brandt, qui sur Bebel, mettaient du respect jusque dans leur trahison. Quand on relit la nécrologie que Michels a consacrée à Bebel, on reconnaît, même dans les passages critiques, qu'il a sûrement beaucoup aimé ce vieux birbe. Et si d'aventure Guillaume voulait nous offrir les *Mémoires d'un traître,* il saura bien proprement opérer la distinction entre son mandataire politique et son sentiment à lui. En fait, on ne trahit que ce qu'on aime ; même s'il est vrai que Lena Stubbe, qui passa sa vie au service de la misère, demeura sans équivoque, même quand elle aima.

A 15 h 29 précises, le rapide arrivait à Zurich-gare Centrale. L'Union ouvrière avait préparé les quartiers pour les visiteurs. Comme toujours, organisation au point. Lena, ayant pris maternellement congé de Rosa — « Attention à toi, gamine ! Et écris-nous voir quelque chose de sensé sur nous autres les pauvres femmes » — et de Michels avec une tape amicale trouva un gîte dans la famille Loss. Il y avait, avec du café au lait, une variété helvétique des pommes de terre à la poêle qu'on appelle röschti.

Le père Loss, qui avait usé ses semelles comme facteur jusqu'à n'en pouvoir plus, raconta comment les camarades locaux et ceux du

Reich qui étaient dans les postes avaient collaboré au temps des lois antisocialistes et fait passer la frontière au *Socialdemokrat* imprimé à Zurich et interdit dans le Reich.

Lena Stubbe raconta la grève des Chantiers Klawitter et comment Bebel avait été l'hôte du Brabank. Elle mentionna au passage son *Livre de cuisine prolétarien* qui n'avait pas trouvé d'éditeur, mais éveilla l'intérêt de la mère Loss qui avait un âge en rapport.

Puis tout le monde fut envoyé au lit et réveillé par les cloches de Zurich. Une belle journée d'été faisait tout reluire comme astiqué. L'argent allait à l'église. Le bon Dieu veillait sur son secret bancaire. On ne voyait encore à rien que Bebel était mort.

C'est en mai que Willy Brandt démissionna. J'avais passé la journée du 6 à faire mon portrait avec des plumes de mouette : déjà un coup de vieux, de l'usure, mais toujours en train de souffler sur des duvets comme quand j'étais petit garçon (au temps du Zeppelin) et même avant (préchrétien, âge lithique) aussi loin que je m'imagine, trois quatre à la fois, le duvet, les désirs, le bonheur ; couché, courant, j'ai soufflé dessus pour le soutenir dans l'air. (Willy aussi. Son souffle qui étonnait. Où il allait le chercher. Depuis la cour de récréation de Lübeck.) Mes plumes (quelques-unes étaient siennes) se fatiguent. Par hasard elles restent au sol comme d'habitude. — Dehors, je sais, le pouvoir gonfle ses joues ; mais pas de plume, pas de rêve qui danse pour lui.

Les solennités funèbres étaient prévues le dimanche à deux heures après midi. Comme le camarade Loss appartenait au comité d'organisation, Lena reçut une carte d'entrée pour le cimetière de Sihlfeld et alla la chercher à l'Union ouvrière de la Stauffacherstrasse. Le cadavre exposé jusqu'au samedi dans la grande salle de la Maison du Peuple avait été accessible au public. Puis on transporta feu Bebel jusqu'à la maison de sa fille veuve dans la Schönbergstrasse. Ensuite le cortège funèbre se forma. En tête la musique « Konkordia ». Suivaient plus de cinq cents porteurs de couronnes, parmi eux Lena Stubbe qui n'avait pas voulu céder sa couronne. Puis le corbillard, plusieurs voitures chargées de fleurs, la voiture de la famille en deuil et deux autres voitures pour malades. Aux porteurs des fanions traditionnels faisaient suite les délégations venues d'Allemagne (avec le groupe parlementaire du Reichstag), de France, d'Angleterre, d'Autriche, de Suisse ainsi que d'autres groupes. Derrière la musique de l' « Harmonie » suivaient en masse compacte les associations politiques de Zurich et des environs. Les organisations syndicales fermaient la marche. Même la *Neue Zürcher Zeitung,* à qui le mouvement ouvrier faisait voir tout en rouge, s'étonna du caractère imposant et refusa de comprendre.

Le cortège funèbre prit la Rämistrasse, le pont du Quai, la Thalstrasse, la rue de Baden, en direction de Sihlfeld. Les églises restèrent muettes ; seul le sonneur de Saint-Jacques était manifestement un camarade. Des milliers de personnes couvraient les trottoirs. Les messieurs portaient pour la plupart des canotiers, les femmes des chapeaux ornés de fleurs artificielles. Tous les messieurs ne se découvrirent pas au passage du corbillard. Un an plus tard on photographia des chapeaux de paille dits canotiers quand partout en Europe des foules nombreuses se rassemblèrent pour acclamer la proclamation de la guerre ; pourtant l'Internationale socialiste, peu de temps auparavant, à Bâle, avait décidé l'union contre toutes les guerres, et Bebel avait conclu son discours pacifiste contre la course aux armements et la propagande belliciste, comme toujours, en appelant aux actes : « Marchons avec entrain, en avant ! »

Au cimetière de Sihlfeld, Lena Stubbe ne vit que brièvement la camarade Rosa, mais plusieurs fois le camarade Michels qui connaissait toutes les délégations et se tutoyait avec les Français et les Italiens. Lena ne fut pas admise dans le petit temple grec dont on n'aurait pas dit que c'était un crématoire. Il y avait une trop grande presse de délégations. Elle put encore rapidement déposer sa couronne et entendre un mot ou l'autre des discours. Parlèrent le conseiller national suisse Hermann Greulich, l'Autrichien Victor Adler, le Belge Vandervelde, le député au Reichstag Legien, le Russe Plekhanoff. Citons des noms qui furent connus plus tard : Otto Braun, Karl Liebknecht, Otto Wels, Ebert, Scheidemann. Au nom des femmes socialistes de tous les pays parla la camarade Clara Zetkin. Elle nomma Bebel « éveilleur de millions de femmes ». Elle dit : « Personne, avec une plus sainte fureur que toi, n'a combattu toutes les injustices et les préjugés qui frappent notre sexe... »

Son urne fut inhumée à côté de celle de sa femme Julie. Selon une disposition testamentaire d'August Bebel, le Männerchor Grütli chanta la *Chanson de Hutten* de Gottfried Keller : « Ombre claire, je te dis merci. »

Lena, ayant fait ce long voyage, resta trois jours encore chez ses logeurs. Mais elle n'a vu les montagnes que de loin : par temps de föhn, de la rive du lac de Zurich. Pour Frieda Lewandowski, sa voisine du Brabank, elle acheta une sonnaille de vache. C'est seulement le dernier jour qu'elle devint triste et se détacha de tout.

Quand la camarade Loss la conduisit à la gare, elle lui donna une miche, un morceau de fromage d'Appenzell et un cruchon de vin léger du Herrliberg. Dans le rapide de Berlin, elle eut une place entre des étrangers. Mais elle ne tarda pas à tirer de son sac de voyage un agenda. Elle trouva ses lunettes dans un étui de soie noire entre le reste d'argent, le passeport, quelques épingles à cheveux et le tube plein de sulfate de soude. Elle nota des recettes qu'employait habituellement la camarade Loss : tarte à l'oignon ou beignets au fromage en pleine friture ou émincé de foie avec röschti, ou soupe à la farine rousse. Pour la tarte à l'oignon, utiliser une pâte levée ; la diffusion de ce mets coïncide, semble-t-il, avec la colonisation burgonde ; les Burgondes étaient venus de Basse-Vistule. Ainsi Lena se rapprocha de son Otto-Friedrich auquel bientôt elle devait survivre : la guerre opéra des soustractions.

Où s'égaraient leurs lunettes

Parmi les épluchures de pommes de terre, dans le caisson à farine, avec les couennes de lard qu'Amanda Woyke mettait de côté pour en frotter les poêles.

Nombreuses natures mortes aux lunettes : je pourrais mettre en place l'armature de fil de fer de Lena Stubbe devant le clou tordu. sur la ficelle nouée en nœud coulant.

En coupant des oignons, et Dieu sait pourquoi encore, elles n'ôtaient pas leurs lunettes. En triant des lentilles, quand mon Ilsebill pique d'ail le gigot, quand on recousait l'oie de la Saint-Martin farcie aux pommes, devant la petite armoire aux épices de Lena Stubbe où jamais ne manquait la marjolaine, quand Sophie Rotzoll allait aux champignons.

Dans le caisson à farine, parmi les épluchures de pommes de terre, et Dieu sait où encore on retrouvait leurs lunettes égarées : après des semaines, tout au fond du pot de grès plein de saindoux de cretons, dans ce cœur de bœuf farci (aux pruneaux) que la sœur Rusch servit au méchant abbé Jeschke dans le couvent d'Oliva ; et ces lunettes que Sophie perdit en allant aux champignons, retrouvées tout juste un siècle plus tard dans une morue fraîche venant droit du marché, à côté du foie, quand Lena Stubbe l'ouvrit car c'était vendredi.

Combien en ont-elles porté, égaré et parfois retrouvé, de

lunettes ? Treize. Les dernières se brisèrent à la Fête des Pères de 1962 quand Sibylle Miehlau, dite Billy, passa sous les motocyclettes.

Maria compare les prix à l'œil nu. Agnès, qui ne savait ni écrire ni lire, ne portait pas de lunettes. Déjà emmurée, à la lueur d'une chandelle, quand elle gribouillait ses bulletins de confession, la cuisinière de carême Dorothée aurait eu besoin de lunettes ; son directeur dominicain lui avait enseigné les caractères gothiques haute époque dont elle usait. Le Turbot prétend encore que Wigga et Mestwina étaient myopes. Et non seulement parce qu'elle pose pour un tableau de l'âge lithique : qui pourrait s'imaginer Ava le nez pincé de bésicles ?

Donc Sophie, ayant encore une fois égaré ses lunettes, triait le petit panier de champignons qui était entré dans la ville en dépit du siège, d'un œil glauque, ce qui eut des conséquences politiques, tandis que Lena Stubbe sans lunettes sur le nez détacha en temps opportun, en coupant la corde, son Otto du clou.

Pour nettoyer leurs lunettes, elles prenaient leur manche de laine, ou encore autre chose, quand la vapeur des casseroles, les taches de gras, le brouillard ou les chiures de mouches troublaient leur regard.

La sœur Rusch, dont les lunettes provenaient de la succession du patricien Ferber, essuyait ses lunettes avec le duvet du croupion de jeunes canards. Une vieille demoiselle du nom de Sophie Rotzoll, avant de rédiger un recours en grâce destiné au commandant de la citadelle de Graudenz, prenait une patte de lièvre pour essuyer ses lunettes. Billy se prêtait mon mouchoir. C'est avec un petit mouchoir de soie, envoyé de Munich, Londres ou Paris par le comte Rumford, qu'Amanda Woyke frottait ses verres embués. Et Lena Stubbe qui, à l'instar d'Amanda et Sophie, s'était de bonne heure égarée dans la lecture d'ouvrages éducatifs, révolutionnaires, agitatoires ou rigoureusement scientifiques, poutzait ses carreaux, avant de prendre place à son secrétaire du salon, à l'aide d'un foulard rouge venant de son premier mari, un type allant et une locomotive.

Toutes : des femmes avisées qui alignaient leurs comptes de ménage sur des tables d'ardoise et du papier rayé, dans des cahiers écoliers ou sur des fiches taillées dans le papier bleu des pains de sucre, rédigeaient des lettres et des recours en grâce, des recettes et des notices soucieuses ; Lena Stubbe a rédigé au brouillon, avant de le transcrire en calligraphie du dimanche, son *Livre de cuisine prolétarien* en premier jet sur le verso de tracts vieillis ou d'appels à la grève périmés.

Plongées dans le journal, dans l'Almanach domestique, dans le manuel de chansons de Klug, quand elles cherchaient des poux dans les cheveux des enfants — à quoi encore leur servaient leurs lunettes ?

Aux goguenots, pour inspecter leurs propres excréments, la courante du mari en place, et les boudins miniatures des enfants ; pour lire la Bible à haute voix, comme Amanda Woyke et la sœur Rusch, tandis que grouillaient dans leur bouillon les langues de mouton, le gras double, le os de bœuf et les pieds de cochon ; pour s'informer de moi et de mes vicissitudes aux lettres de leurs filles et filles de filles — moi, j'écrivais rarement ou seulement quand, en faisant une fugue, je m'étais encore une fois mis dans l'embarras et les dettes.

Pour s'initier à Bebel, Lena mettait ses lunettes, assise à côté des chaudrons gargouillants-bouillants des soupes populaires d'Ohra et de la rue du Rempart ou près de la marmite familiale. C'est ainsi que je la vois : l'armature nickelée qui n'arrête pas de glisser, toujours en peine de progrès. Mais Lena, quand elle distribuait ses soupes populaires avec son pochon d'un demi-litre, ôtait ses lunettes et son regard bleu clair, un peu mouillé plus tard, plongeait dans notre avenir.

Requiem de Lena

Nous perdîmes Ava n'importe quand. Nous l'avons paraît-il mangée à moitié crue ou à moitié cuite parce que la faim commandait. Wigga mourut de septicémie. Elle qui ne parlait des traîneurs de fer gothiques que pour mettre en garde se blessa à une broche rouillée que les Goths à leur départ avaient abandonnée sur les alluvions des bouches vistuliennes.

D'abord baptisée d'office puis décapitée fut Mestwina parce qu'elle avait assommé l'évêque Adalbert avec un pochon de fonte.

Quand Dorothée de Montau se fit emmurer dans la cathédrale de Marienwerder, on réserva la dernière brique. A cette lacune de la maçonnerie nous devons des papiers couverts d'un gribouillis serré, élucubrations animées d'un confus ravissement, mirlitons sur le petit Jésus et messages codés sur lesquels, mâtinées d'oraisons obscènes, traversées de cris de liberté et liées d'humbles paroles de pénitence, étaient notées les recettes selon lesquelles Dorothée dans sa muraille souhaitait qu'on la nourrît, jusqu'au jour où elle ne prit plus d'aliments, n'évacua plus le moindre excrément, gisant roide dans son reste de corporéité.

Une arête de poisson étouffa la sœur Margarete Rusch, lorsque le 26 février 1585 le roi de Pologne Batory conclut avec la Ville de Danzig le traité de la Taxe d'amarrage et célébra cette convention favorable avec les patriciens en faisant un festin de brochet.

Tandis que le poète Quirinus Kuhlmann, le négociant Nodermann, la fille de cuisine Agnès Kurbiella et sa fille Ursule qui avait la tête quelque peu fêlée furent brûlés à ciel ouvert le 4 octobre 1689 à Moscou, eux pour conspiration, elles pour sorcellerie, Agnès, au milieu de la pile de bois déjà enflammée, après une recette de poisson, aurait cité un poème du poète Opitz : « De mon ami je suis et je reste la chose/Sa joie et son poisson sur moi seule repose/Viens, doux ami, restons à table en ces instants/Pour manger gras en paix et pour passer le temps. »

Et quand Amanda Woyke mourut paisiblement dans les bras du comte Rumford, son ami épistolier, elle aurait d'un regard visionnaire entrevu partout sur la terre des cuisines géantes actionnées par l'énergie atomique et proclamé la fin des vaches maigres.

Elle aussi, Sophie Rotzoll qui mena une vie si dangereusement abrupte et préparait la mort de ses ennemis sous forme de recettes de champignons mourut de façon tout à fait normale en automne de 1849 : de vieillesse. (Plus tard on disputa du point de savoir si ses dernières paroles avaient été « Vive la République ! » ou « Qui s'y frotte s'y pique ».)

Et Lena ? Lena Stubbe vécut longtemps encore, bien qu'elle eût préféré suivre dans la tombe son président August Bebel tout de suite après ses obsèques zurichoises.

Et puis vint la guerre, puis la faim, puis la grève. Puis ils proclamèrent la Révolution. Ensuite tout changea du tout au tout. Ensuite la faim toujours. Puis vint la Société des Nations. Puis on proclama l'État-libre. Puis la faim diminua un peu. Puis l'argent perdit sa valeur. Puis on en imprima de l'autre. Puis Lena devint arrière-grand-mère. Et toujours elle distribuait la soupe. Elle la mesurait toujours juste. Près d'un siècle déjà. De son vivant, déjà le monument de la femme à la louche.

Car de même que Lena, pendant les quatre années de guerre dans les soupes populaires, et pendant l'inflation comme cuisinière de l'Aide ouvrière dans le faubourg portuaire rouge de Neufahrwasser, à Ohra ou dans le Troyl, avait distribué la soupe au chou ou la soupe à l'orge pilé, de même elle puisait à la marmite de soupe quand les Organisations SA, la Fédération des Femmes NS, le Secours populaire NS et la Jeunesse hitlérienne, selon le programme du Secours d'hiver, les dimanches de plat unique officiel, faisaient distribuer par des roulantes militaires la soupe de pois au lard. Lors de ces manifestations qui, à partir de 1934, devinrent de plus en plus appréciées, la Musique de la Police municipale, sous la baguette du chef d'orchestre Ernst Stieberitz, jouait des marches et des airs entraînants avec tant de fracas que ni le gamin de trois ans qui battait furieusement son tambour de fer battu n'y pouvait rien, ni personne n'entendait la bientôt nonagénaire qui, entre un floc de soupe et le suivant, pestait en aparté, mais distribuait cependant sa soupe avec impartialité et sans reluquer les insignes que le mangeur de soupe portait au col de sa tunique.

C'est seulement plus tard qu'il fut remarqué et noté que Lena Stubbe, dans la cantine de secours de la communauté juive de la Schichaugasse, préparait en coup de main des soupes cachères pour de pauvres Juifs orientaux qui, depuis avril 1939, attendaient en vain leur visa pour l'Amérique ou ailleurs. Et quand, après qu'eut commencé la campagne de Russie, Lena tenait au chaud pour les travailleurs forcés venus d'Ukraine des soupes à la farine et au pain dont elle avait mendié ou retenu sur ses rations les ingrédients, quand la vieille femme, comme les travailleurs de l'Est affamés, se fit comme par dérision connaître de tout un chacun par un chiffon cousu où était tracé « OST », quand Lena commença de perdre la tête et ne parla plus que tout haut, elle fut à l'âge de quatre-vingt-douze ans appréhendée dans son logement du Brabank et déportée sans procédure judiciaire au camp de concentration de Stutthof, près de Danzig. Par mesure de protection sociale, selon qu'il fut répondu à la demande de sa petite-fille Erna Miehlau. (A cette époque, la petite Sibylle, arrière-petite-fille de Lena, douze ans, jouait encore à la poupée.)

Même au Stutthof, Lena Stubbe, une courte année, servit ration après ration des soupes d'orge moisie bleue dans des boîtes à conserves. Les détenus politiques n'étaient pas seuls à lui faire confiance. Elle ne quittait pas la louche. Elle devait rester équitable Son demi-litre. Née en quarante-neuf. Un siècle d'espoir en délayage. Sa façon de distribuer. Ses souvenirs utiles. Jamais un mot de mal sur ses époux tués dans deux guerres. Elle parlait des soupes de jadis. Tout en distribuant la soupe, comme si le temps était resté immobile, elle citait les écrits de son président perpétuel.

Décédée le 4 décembre 1942 : sénilité. Selon d'autres dépositions, un kapo de cuisine qui était parmi les détenus privilégiés parce qu'ils n'étaient que de droit commun aurait assommé Lena Stubbe qui voulait empêcher le kapo de mettre la main sur les rations déjà misérables de margarine et de suif de bœuf. Avec une bûche de hêtre. Deux détenus politiques qui avaient connu Lena au temps de l'Aide ouvrière trouvèrent le paquet désarticulé derrière le baraquement des latrines. Ils étaient là pour chasser les rats. Le binocle de nickel gisait à côté, brisé.

Quand la Deuxième Armée soviétique envahit Danzig, les cahutes ouvrières couvertes de carton bitumé du Brabank brûlèrent comme le reste, et avec elles le *Livre de cuisine prolétarien* de Lena qui n'avait pas trouvé d'éditeur.

A l'exception d'Amanda et de Sophie, rien que des morts violentes : la septicémie, la famine, la chair brûlée, le rire étouffé, la femme sans tête, la charité décervelée. Pas grand-chose à embellir. Pertes qui s'additionnent. Le compte courant violence.

Mon Ilsebill qui ne vient pas d'un conte de fées, mais de Souabe, règle volontiers leur compte aux hommes : « Ça, vous savez le faire, cogner. Votre Waterloo à perpétuité. Votre héroïque déconfiture. »

Et le Turbot a fait aussi les comptes avec moi : « C'est ce qu'on appelle tirer le bilan, mon fils. Ça n'a pas bonne façon. Je crains que tu ne sois négatif. »

C'est ce qu'il dit après la clôture des débats sur l'affaire Lena Stubbe. Sieglinde Huntscha m'avait encore une fois (en douce la nuit) laissé accéder. (Elle resta dans la salle de la caisse : « Videz votre sac ! ») Il se souleva de son lit de sable et semblait de bonne humeur jusqu'aux nageoires caudales, bien que sa condamnation fût imminente et que la détention l'ait marqué : son épiderme marbré a pâli, l'arête axiale se dessine comme s'il allait devenir de verre histoire de se rendre crédible.

Quand je voulus lui lire le dernier chapitre, le cas de ma pauvre Sibylle, il m'interrompit : « Assez de mort comme ça ! » Puis il commença à tourner des phrases comme « cessation de paiements » et « heure de vérité ». Depuis la néolithique Ava jusqu'à la protosocialiste Lena, il évoqua encore sa mission. Il enregistra comme ses victoires le patriarcat et l'État comme idée, la culture et la civilisation, l'histoire datée et le progrès technique, puis il déplora que le goût masculin de l'exploit dégénérât dans le monstrueux : « Je vous ai donné le savoir et la puissance, mais vous n'avez visé que la guerre et la misère. La nature vous fut confiée, sur quoi vous l'avez lessivée, polluée, rendue méconnaissable et détruite. Malgré toute l'abondance dont je vous ai ouvert les portes, vous ne savez pas rassasier le monde. La faim est en hausse. Votre ère se termine en couac. Bref : l'homme mâle est au bout de son rouleau. A peine est-il encore possible d'administrer un aussi parfait bourdonnement dans le vide. Capitalisme ou communisme : partout ratiocinent les dingues, vaticinent les maniaques. Ce n'est pas ce que j'ai voulu. Il n'y a plus de conseils à vous donner. La cause masculine se fait hara-kiri. Fermons boutique, mon fils. Faut démissionner. Fais-le avec grâce. »

Puis il me proposa de terminer le livre portant son nom par l'affaire Lena Stubbe et de lui donner la parole pour conclure dès que le tribunal féministe aurait rendu sa sentence : « Vous pouvez inscrire à ma charge Alexandre et César, les Hohenstaufen et les Chevaliers teutoniques, y compris Napoléon et Guillaume bis, mais non cet Hitler et ce Staline. Ceux-là ne sont pas de mon ressort. Ce qui est venu après, c'est sans moi. Cette époque présente m'échappe. Mon livre est terminé, mon histoire est finie. »

Et moi de m'écrier : « Non, Monsieur du Turbot ! Non ! Le livre continue et l'Histoire aussi. »

Ach Ilsebill ! J'ai rêvé que le Turbot te parlait. Je vous entendais rire tous les deux. La mer était d'huile. Vous étiez en train de faire de l'avenir. Moi, j'étais loin à l'écart, aboli. Existais encore à seul titre de référence. Un homme avec son histoire vécue : il était une fois...

Au huitième mois

Fête des Pères

Le jour de l'Ascension, qui est férié, nous célébrons la Fête des Pères. Nombre d'hommes, de secs réduits à l'état de tendons et de gras, capitonnés à toute épreuve, des hommes ridulés par le rire, couturés, déjà ratatinés, carrés, aggravés de leur service trois-pièces, tout un peuple d'hommes, rien que d'hommes va se mettre au vert : en calèches décorées de guirlandes, sur des vélos à fanions, en formation de club, plein des équipages hippomobiles, en autos de type ancien et nouveau.

Dès le matin, des hordes s'ébranlent, puant la bière, se ruent dans les compartiments du métro et de la Stadtbahn. Des autocars à deux étages portent des cargaisons d'hommes chantant. Des adolescents partent en meutes à motocyclette : cuirassés de noir, enveloppés de leurs décibels. Même des solitaires s'en vont bravement à pied. Les vétérans des dernières guerres, les équipes déchaînées de chez Börsig et Siemens, les messieurs des centrales hydrauliques municipales, les éboueurs, les routiers, les employés de guichet, le PDG de la maison Schering, les conseils d'entreprise au complet, et tout ce que vomit Hertha et Tasmania, les clubs de quilles et d'investissement, les tapeurs de skat et les philatélistes, retraités aigris, pères de famille épuisés, courtauds de boutanche et apprentis acnéeux, des hommes, rien que des hommes veulent être en soi, planter là Ilsebill, larguer les jupes et les bigoudis, veulent lâcher le sein, s'extraire de la vulve, quittes des chaussettes tricotées, de la vaisselle, du cheveu dans la soupe, veulent être hors d'eux-mêmes, se mettre au vert, aller à Tegel ou à Wannsee, grimper sur le Teufelsberg, aller à Krumme Lanke, à Britz et à Lübars, investir les lacs de Griebnitz, de Schlachten, de Grünewald avec bouteilles et sandwiches, cloches de vache et trompettes, sortir à carreaux ou à rayures, veulent sur des coussins de mousse, parmi des arbres et des aiguilles de pin, ou bien écraser leur séant qu'alourdit la bière sur des chaises de jardin aux pattes torses, donner libre cours au cochon suprême, veulent être libres, autonomes, détachés du cordon ombilical, sans mères.

Et, à la Fête des Pères qui tombe le jour de l'Ascension, Sibylle Miehlau voulut célébrer la Fête des Pères : A tout prix ! Ses amies qui s'appelaient Franki, Siggi et Maxi l'appelaient Billy ou encore Bill. Toutes quatre se croyaient d'une nature autre, bien que toutes quatre pussent être encore autres qu'autres, à ce que je sais exactement ; car au début des années cinquante Sibylle et moi avions envisagé le mariage : gros plans, nous étions fiancés. Il y a des photos : nous, sur la place Saint-Marc et sous la tour Eiffel. Nous sur la falaise de l'île de Rügen. Joue contre joue. Main dans la main. Nous allions bien ensemble. Dans toutes les positions. Et notre enfant...

Billy — je le dis encore aujourd'hui — était une femme bien. Elle avait terminé ses études de droit. Tous les hommes en étaient fous. Elle passait pour une panthère et marchait sur des talons aiguille Elle vous gâtait et on la gâtait. C'est pourquoi notre mariage tourna court, ce que nous trouvâmes regrettable ; car Sibylle avait un penchant de ménagère qui, même plus tard, quand elle eut déjà décidé de s'y prendre autrement, s'exprima fortement : elle prit Maxi (avec son sac de marin plein de fripes) dans son logement qui avait déjà été notre logement : avec une chambre d'enfant et lits jumeaux.

Le Maxi avait l'air d'un gamin menstrué : plate et fragile, tandis que Sibylle avait les cotes d'une pin-up girl : type Stars and Stripes. Siggi et Franki étaient aussi de la famille, mais la liaison était lâche : toujours en chasse et agitées comme des étalons de trois ans. Avec leurs allures masculines — toujours en pantalon, la voix montant de la cave — c'étaient quatre filles intelligentes et tout à fait normalement exaltées qui, pour avoir trop souvent rencontré des andouilles ou des hommes ennuyeux (comme moi, par exemple), s'étaient recroquevillées dans leur sexe. Maintenant elles voulaient être autre chose, une chose absolument autre. Avec ça j'aurais pu aussi bien m'envoyer les quatre. Tout compte fait, avec Sibylle, c'était de première. Et Siggi, qui était frigide, je me la suis carrée très normalement sans qu'elle se plaignît après coup. Et même le Maxi, quand elle commença son gougnotage avec Billy, je l'ai satisfaite comme qui dirait en passant. Il n'y a que Franki, cette espèce de charretier, qui ne me disait rien.

En tout cas, un jour toutes les quatre se mirent à jouer les folles : « Y en a marre. Ça nous écœure. On n'a pas idée d'être manche à ce point. Nous sommes habituées à de tout autres délicatesses. Tout ce que vous voulez, c'est vlan, badaboum et je me tire. Mettre en route et laisser en plan. Plus rien à faire avec nous, ceinture. Va te servir ailleurs. Sorry. On est faites autrement. Oui : autrement. Avant, tout ça ne compte pas. Fallait y passer, question de méthode. On peut quand même rester amis. Repasse par ici à l'occasion, boire un schnaps et le toutime. »

Exécution : boire des alcools durs et de la bière au goulot. Et dans la camionnette trois-roues découverte de Franki (achetée en cinquième main, qui aurait été jadis bonne pour le service rapide et les petits déménagements), quelques bouteilles d'eau-de-vie trinquebalaient dans le seau à glace, et deux caisses de bière, quand toutes quatre, Siggi au volant, remontèrent Hundekehle, puis l'avenue Clay, pour célébrer la Fête des Pères au bord du lac de Grünewald, parmi dix, non, parmi cent mille hommes tout au long de l'Ascension.

Billy portait un gibus. Franki un melon. Siggi avait cabossé sa casquette de rôdeur de barrière. Un grand feutre informe trop grand pendait sur les oreilles du Maxi ; il fallait le tenir contre le vent de la course. Personnages sortis d'un film de chapeaux. (Plus tard elles échangèrent leurs couvercles. Et le gibus de Billy, par un sort tragique, resta sur le carreau.)

Et les dizaines de milliers d'hommes qui voulaient tous se mettre au vert s'étaient aussi, selon leur rôle, coiffés de casques à pointe, de bonnets de coton, de chapeaux de paille dits canotiers, de casques de papier et d'authentiques casques d'acier. Quelqu'un, sur sa calvitie, avait tendu un mouchoir à petits carreaux aux quatre coins noués.

Tout ça n'était qu'un gémissement. En d'autres temps, ils ne portaient que rarement ou jamais de chapeaux ou de casquettes. Ils aimaient mieux aller tête nue. Depuis qu'elle ne voulait plus jouer les vamps, Sibylle portait les cheveux courts bouclés à la tête de loup. On n'avait jamais vu Franki sans une coupe masculine : teinte en bleu corbeau.

Siggi : coupe en page, blond éteint, à l'alignement des épaules. Un dimanche qu'il ne se passait rien, Billy avait fait au Maxi une américaine : à longueur d'allumettes, en brosse électrique.

Et, comme le prescrivait le film à rôles de composition, Franki fumait la pipe. Siggi un Brésil en silence entre ses dents, Billy laissait pendre à sa lèvre inférieure une clope cousue main, le Maxi mâchait du chewing-gum, toutes quatre bahutées sur le trois-roues orné de rosettes en papier, surmonté d'un parasol de jardin bleu et jaune, en direction de Grünewald : coincées entre une Mercedes décapotable pleine d'étudiants simiesques en grande tenue et un attelage à un cheval dans lequel trois messieurs d'âge chantaient inlassablement « A Grünewald, à Grünewald, on vend le bois aux enchères... »

L'humeur était bonne. Le temps était superbe et promettait de rester superbe. La matinée s'avançait : dix heures passées. La situation politique était tendue comme toujours : un an après la construction du Mur, Berlin-Ouest comme une île où l'on pouvait vivre. Même si le prix des terrains tombait, l'économie marchait encore à peu près. Franki en particulier n'avait pas à se plaindre : une masse de déménagements et de transports rapides. Et le cabinet d'avocat de Billy florissait au boom des divorces : « Ces sottes de femmes espèrent toujours jusqu'au dernier moment et elles l'ont dans le bazar à tous les coups. » Dans le chenil de Sieglinde, le berger se multipliait dans l'axe du pedigree, et aussi les petits lèche-mottes qui s'enlevaient comme des petits pains ; pourtant Siggi avait étudié le droit jusqu'à plus soif, mais le goût lui en avait passé. (C'est seulement une bonne décennie plus tard qu'au cours d'une session publique elle put placer sa panoplie juridique « J'accuse ! »)

A force de temps, on en était là : toutes avaient une profession, sauf le Maxi qui poursuivait (aux frais de Billy) ses études dans un studio de danse où elle travaillait pieds nus la danse extatique et accessoirement la classique. Oui ma foi : elles étaient capables, heureuses de vivre et non sans ambition. On pesait son poids d'homme sans être un de ces êtres excrémentiels qui, même quand ils baisent, ramènent leur fraise. Ou bien les chèvres avec leur crème de jour et de nuit, leurs indéfrisables et leurs quatorze paires d'escarpins, leurs larmes au presse-citron, leurs housses, leurs vide-poches, avec tout le bataclan qu'elles ont dans leur sac à main et leur pétoche d'engraisser. Non, pas seulement d'avoir une bedaine pour neuf mois. Toutes les anxiétés du boudin adipeux et les épouvantes des seins précocement avachis. Le cri qu'on pousse devant le miroir, parce que les ridules ricanent, les veinules bleuissent et que le double menton de maman ressort : surtout ne pas vieillir ! Ne plus être désirée, pelotée, biscotée et peuplée de tous les bouts par un morceau d'homme taille asperge ; car c'est autour de ça que tout tourne — autour de cette partie déprimée de chair à tâter qui forme un orifice taillé ad hoc pour que je tityre mon Dardanus. « Fousnous la paix avec tes psychonneries sur le statut de partenaires ! » s'écria Billy, un jour que je risquais un mot le dimanche.

Non, pas avec nous. Pas nous. On est des pères sexy, comme on dit, dans le vent. Toujours en voyage. Affranchies. Des natures de chasseresses. Heureuses sans enfants. Que Franki (quand elle était Franziska Ludkowiak) ait deux mômes de sa vie antérieure d'épouse au foyer à feu continu, qu'elle a laissés à son jules d'avant, le papa toujours soucieux, à l'entreprise de construction et à une nouvelle maman dévouée. Et aussi la fille (de moi) qu'a eue Billy grandissait depuis longtemps garée chez la grand-mère.

Finies les couches-culottes ! Les chiards ! Nous ne nous en ferons pas d'autres. Et nos nanas — car Maxi, lui aussi, tient à mener sa vie privée — ne deviennent pas grosses de notre fait, mais sont asservies d'une autre manière. Comme si nous n'avions pas des crises et des soucis domestiques ! La jalousie à répétitions et où étais-tu hier soir. Ce traintrain épuisant. Et les mensonges qu'il faut inventer pour la moindre vesse. Comme s'il n'y avait pas des problèmes plus grands, prioritaires, disons voir : intellectuels, qui sollicitent l'homme et lui lancent un défi productif. Mais non : tous les jours des scènes et des querelles. L'amie de Siggi en était à sa deuxième tentative de suicide. Franki n'a plus que la trique pour rétablir le calme et l'ordre. Billy est, disons-le franchement, déçue, parce qu'elle avait pris le Maxi pour tout autre chose et non un coup comme ci, un coup comme ça et encore comme ci, car le Maxi ramasse à l'occasion des jules, ou bien elle laisse ces mecs-là se rincer l'œil quand elle se farcit une nana. Rien que des égarements et quelques affaires tragiques. Tout le monde a eu son comptant d'épouvante. Siggi prétend, quand elle avait douze ans, avoir été carambolée par son père. Billy aime à parler d'impressions précoces parce qu'à l'âge de quatorze ans, alors qu'elle était déjà un brin de fille adulte, quand les Russes arrivèrent, elle fut violée par trois, quelquefois elle dit par cinq Russes, à savoir à la file. La mère de Franki aurait été écuyère de cirque (ou bien ventriloque). Et le Maxi n'a jamais voulu, mais a été contraint de jouer tout le temps à la poupée. (Et j'en passe : le lait trop chaud, l'affreux oncle, le fixe-moustache de pépé et un cousin de Stolp qui savait écrire son nom dans la neige en pissant...)

Mais aujourd'hui c'est la Fête des Pères. Aujourd'hui, toutes les nanas et les histoires précoces doivent rester à domicile. Nous seules sommes en randonnée. Parmi cent mille hommes pantins nous seules, quatre hommes par vocation, adéquates, surnaturelles parce que conscientes, avons pris la route : on se débrouille sans attributs.

on ne dépend pas du pendentif qui pend, nous sommes libres, nous sommes le sexe neuf. Déjà la nature nous a mis à son sein. Dans toutes les forêts domaniales marquées aux armes de Prusse, autour des corbeilles à papiers gras qui jalonnent les lacs, autour des tables des guinguettes pour excursionnistes nous faisons halte, nous faisons sauter les bouchons, nous nous installons et nous faisons des signes d'un groupe à l'autre : Hallo les gars ! Haut les tasses ! On est bien ici. Bâtissons ici nos huttes. Ici nous sommes entre nous, pour une fois sans être dérangés. Paix. Pas de criailleries femelles et je voudrais ci, et je voudrais ça. Pas d'Ilsebill loin à la ronde. Rien n'a plus besoin de tenir debout. Détendez-vous, camarades ! Et de boire un bon coup. A la santé de qui ? Ben, du père. Le père las, usé, bradé, qui peut enfin mollir. A la santé de nous tous parmi les pins du Brandebourg, le long des tables vernies des brasseries, parmi les rebuts des bords de lac. Comment nous sommes venus : à pied, à vélo, en voiture à chevaux ou à moteur. Oui, un peuple de frères, comme dans la chanson, des hommes en tas. Tout ce qui est homme célèbre au jour de l'Ascension le Père céleste, le Père briseur de normes. Et aussi les garçons sur leurs motos astiquées — « Oui, vous, sur l'autre rive ! » — qui ne savent pas encore que faire de leur force gainée de cuir : anges noirs, rivetés aux joints, réels comme des figures de film négligemment élastiques qui flairent toujours le bon vent. Brochets minces, à l'affût, debout. Et l'un d'eux tire de la trompette qu'il a apportée des signaux agressifs. Oui, célébrons la Fête des Pères, célébrons le Jour des Pères...

Au bord du lac de Grünewald, là où le peuplement sylvestre s'éclaircit, sous un bouquet de pins flammés de clair, sur le sable, le sol d'aiguilles, la brize tremblante, Franki et Siggi déposèrent la bière en bouteilles et le schnaps mis au frais dans le seau à glace. Le Maxi portait le panier de victuailles où étaient les steaks et les rognons de mouton. Après avoir déchargé la pelle de campagne, le pique-feu, le gril de fer, Billy apporta deux lourdes pierres trouvées dans le voisinage et les disposa pour un feu. Comme après un long voyage et des errances mythogènes, elle dit : « C'est féérique ici. C'est ici que nous ferons la cuisine. »

(En ce temps-là, pendant la retraite. A la débandade parmi les marécages de Masurie. Et après la bataille de Wittstock, quand avec la cavalerie de Torstensson et les régiments écossais Lesley et King nous avions battu les Impériaux et mis douze bœufs à la broche...) Faire des petits feux. Ramasser du bois. Le bois mort, le bois flotté, devenu dur comme l'os. Casser les branches sur le genou. Des planches de caisse où il y eut un jour des sprats fumés. Casser des rameaux à des buissons encore hivernaux. Et glaner des pommes de pin qui brûlent. Quoi encore ? Tes sentiments et d'autre amadou. Mes papiers froissés où la haine s'émiette en traînées. Toutes les idées sont nées du feu. Nous, tout ce qui se frotte et s'allume. La vieille querelle qui nourrit l'incendie. Mes preuves brûlent beaucoup mieux. Ton amour fume et végète. Votre moral n'a toujours pas fait d'étincelles. Ça nous laisse froids. Froids nous laisse ça.

« Non, Maxi. Si seulement t'étais restée à la maison », dit Billy tout en entassant entre deux pierres le petit bois sur le papier froissé. « C'est pas un truc pour toi, cette foire aux hommes. Là les petites filles comme toi n'ont rien à voir. Maintenant fais-moi des reproches parce que j'ai cédé, encore un coup cédé à ton gnangnan : emmène-moi, emmène-moi donc. C'était de l'inconscience. Si les gars d'en face s'en aperçoivent, à cran comme ils sont. Comment ? Tu ne vas pas me raconter ici que tu n'es plus une nana. C'est grotesque. T'as entendu, Franki ? Mini-Maxi ne veut plus être le chouchou à son papa, mais aller au charbon comme nous autres. Plus de trucs de bonnes femmes, rien que l'objectivité d'homme à homme. Tu trouves pas ça marrant, dément ? »

Déjà le feu brûlait tout petit et remontait, vorace, par le bas. Personne ne rit. Sauf quelques moustiques venus du lac. Et Franki dit en aparté plutôt qu'à Siggi : « Notre Billy n'a pas encore compris qu'à y regarder de près elle est notre brave mémère, c'est pourquoi le Maxi lui a offert à la Fête des Mères un superbe cache-nénés. A vrai dire et blague à part, notre Billy aurait dû rester à la maison à faire des mots croisés ou à raccommoder les chaussettes de Maxi. Ç'aurait été une vraie fête des ménagères aimantes. J'aurais pu lui envoyer ma Bettina et une paire des nanas à Siggi histoire de faire des cancans en grignotant des bâtonnets au sel. Tu trouves pas qu'elle est totalement déplacée ici, notre mémère ? Ou quoi ? »

Alors Billy qui fut jadis ma Sibylle garda le silence comme un homme (obtus, obstiné) et ne s'occupa plus que du feu. Il faisait maintenant de vrais symboles de flammes. Et pareillement sur tous les autres emplacements de cuisine de Grünewald et de la forêt de Spandau, dans les clairières entre les arbres de Tegel, partout où il est défendu de jouer avec des allumettes, des hommes, comme des boy-scouts compétents, avaient empilé du bois entre des pierres ; les patrouilles de police montée avaient du mal à ne pas voir : « Mais faites attention, les gars, même si c'est la Fête des Pères. Nous on veut n'avoir rien vu. »

Ça distingue l'homme. Partout où il arrive et trace son cercle, il repère un point pour le feu, scrute le vent, supervise le site et suit le règlement. Il sait ça depuis qu'il s'est mis en route. Son itinéraire est jalonné de traces de feu. C'est ainsi que les hommes marquent l'histoire.

A l'aide de la pelle de campagne, elles tracèrent un fossé autour de leur feu de camp. « T'as jamais entendu parler de feux de brousse ? » Siggi surveillait le vol des escarbilles. Franki fixait les flammes comme si on pouvait déchiffrer des messages dans leur calligraphie. Le Maxi sauta trois quatre fois par-dessus le feu qui tournait lentement en braise. Seule Billy avait conscience du but ; à côté, là où elle avait disposé les épices, le moulin à poivre et autres accessoires, elle claqua sur la planche à hacher les biftecks longs d'un pied et épais d'un doigt. Elle usa d'une couenne de lard pour frotter le gril de fer à quatre pieds dont on voyait qu'il avait souvent déjà séjourné sur des braises. Puis elle coupa en lanières les poivrons verts. Manches retroussées. L'avant-bras charnu. Le cuisinier Beil, pour qui tout se tranche et se hâche. Maintenant elle ouvrait les rognons qui rendaient leur eau.

Billy brillait près du feu, tâchant résolument de ne pas entendre le bavardage : tas de gourdes ! Qu'est-ce que vous en savez. Le gril à feu découvert fut toujours une affaire d'hommes. Dès l'âge de la pierre. Plus tard, les bœufs à la broche. Ce furent des hommes qui, vouant aux goguenots marmites et casseroles firent saisir à même la braise des steaks et des rognons de mouton. Jadis, en raid hivernal parmi les marais de Lithuanie. Sur les poutres encore brasillantes de monastères rançonnés j'ai fait des porcelets, des agneaux et des oisons... Quand les Hussites vinrent jusqu'à Oliva... Et après la bataille de Wittstock...

Mais Franki restait dédaigneuse, laissant toute la popote aux bonnes femmes. « Qu'est-ce que notre maman va nous mitonner de fameux aujourd'hui ? Des couilles de taureau tatouées ? Des quéquettes de bizuths comme le doigt ? Ah, si nous n'avions pas notre maman. Nous autres on est là en rond comme des cons, on parle de dissuasion nucléaire et de grave situation politique, mais elle s'active et se dévoue sans poser de question. Tout ça pour nous. »

Le Maxi dit seulement : « T'en fais pas. T'es chouette, Billy. Nous savons où tu en es. »

Mais ma Sibylle ne le sut pas ni jamais. Quand je l'ai débutée, c'était en mai cinquante, elle arrivait tout juste de la toute récente RDA. De Hoyerswerder où ses parents, des réfugiés de Danzig-Prusse-Occidentale, étaient restés, envoyant régulièrement à leur enfant unique de la compote de prunes et du gâteau perlé. En ce temps-là, Billy était une étudiante en jurisprudence aux boucles blondes, aux formes généreuses, tantôt appliquée, tantôt, selon son humeur, paresseuse, qui en fait aurait voulu faire de tout autres études : je ne sais plus lesquelles.

Nous passions pour fiancés. Et pendant les quatre premiers semestres elle a fait d'ailleurs ce que je voulais, puis elle devint vamp par exprès et je ne fus plus admis à baiser qu'avant ou après quelqu'un. Crises de larmes dans les intervalles. L'empreinte précoce. Cinq ou sept Russes. Dans la cave. Sur des sacs à pommes de terre. Elle voulait, pour ce motif, quitter ses études. Faire tout autre chose, quelque chose de normal : lancer un élevage de poulets ou n'être que ménagère, avoir des enfants (cinq ou six) ou émigrer en Australie, repartir à zéro virgule zéro.

Elle avait comme en se jouant passé son examen et classé aux archives comme usés une douzaine d'hommes, parmi eux deux trois Afro-Asiatiques. Je restais constamment à portée et disais mes formules : « Dis voir, qu'est-ce que tu veux au fond ? Dis voir, tu ne pourrais pas te décider enfin ? Dis voir, tu ne peux tout de même pas vouloir toujours autre chose ? Dis voir, combien de désirs as-tu encore ? »

Alors je lui fis, pensant lui venir en aide, un enfant vlan. Mais il était un embarras et fut refilé, vlan, à ses grands-parents. Être mère l'écœurait. Et même son genre vamp se débandait. Sibylle devint d'une maigreur littéralement caprine. Elle ne se donnait plus à moi ni aux autres. Ne faisait plus que parler d'existentialisme et compagnie. Et quand, tout de suite après son stage, elle ouvrit sa propre boutique à Schmargendorf, elle se lia d'amitié avec des femmes divorcées dont elle avait plaidé la cause avec succès devant le tribunal : parmi elle, Franki.

Mais après que sa décision — « Je suis différente et j'y consens » — fut pour ainsi dire prise, elle m'accorda de nouveau quelques faveurs. Nous nous entendions beaucoup mieux qu'avant. (Voilà bien ses contradictions.) Même qu'une fois par mois nous emmenions notre fille au zoo voir les singes et les otaries : nous avions l'air (en photo) de vrais parents, d'une petite famille.

C'est seulement pendant l'été soixante — Sibylle avait atteint la trentaine en fanfare — que j'avais été radicalement éliminé. Le

Maxi avait jeté l'ancre et n'admettait pas les poires en deux. (« Vous pouvez rester amis. Mais sinon ceinture en ces lieux. ») Au début, j'avais encore pensé ou espéré : le Maxi va être une nana comme les autres. Et Billy va s'envoyer cette échassière comme elle a croqué les hommes crus ou cuits avant. Même Billy crut encore longtemps porter la culotte. Avec ça elle devint gentiment dodue de la circonférence et maniaque du ménage avec cuisine incorporée, lave-vaisselle et meubles styliques de chez Knoll. Son refrain (avant un long discours sur l'art culinaire) était : « Si seulement j'avais encore le livre de cuisine qu'a écrit ma grand-mère qui a été tuée par les nazis au camp de concentration. »

Bref, elle a toujours aimé faire la cuisine, même quand elle jouait à la vamp ou à autre chose. (Son rôti en saupiquet à la rhénane, son goulasch hongrois au paprika, son saltimbocca, son coq au vin...)

En tout cas c'était le Maxi qui, à peu de temps de là, tenait le crachoir. Maxi déterminait quand et avec qui on passait les vacances à l'île d'Elbe, à Formentera ou cette fois à Gotland. Maxi décidait quel Beckett ou quel Ionesco devait être absolument regardé. Maxi fit décoller la moquette. Maxi disait : « Le téléviseur ira ici. » Maxi découchait. Maxi faisait des dettes et Billy payait. Et Maxi avait dit aussi : « A la Fête des Pères, tu me feras le plaisir de rester gentiment à la maison. »

Quel cirque. D'abord une crise de larmes de deux heures dont trépassèrent six verres à champagne et un mouchoir déchiré à belles dents avaient fléchi la volonté du Maxi. Et quand Siggi dit par manière d'entremise : « Et qui c'est qui va faire la cuisine ? Franki peut-être ? » Maxi avait dit c'est d'ac. « Ma foi qu'elle vienne, à titre excepts. Mais pas de scènes, compris ? Toutes ces lubies et ces simagrées, et ces histoires à propos de bottes, et ces désirs toujours nouveaux. Je n'y résisterai pas. Réellement, je ne le supporterai pas. »

Et quand la Fête des Pères eut commencé dans tout Berlin avec sa grande sortie, sa quête circonstanciée d'un emplacement et le rituel de l'allumage, sa grande corvée de cuisine, Billy se donna beaucoup de mal pour n'être ni une chèvre pleurarde ni une nana à lubies. Elle s'en tirait en tisonnant la braise. Et Franki, Siggi et le Maxi étaient à ce point excitées par la Fête des Pères que la molle schizophrénie de Billy devait leur échapper.

Il y avait suffisamment à faire. Comme tous les dix mille, non, cent mille hommes qui jalonnaient les lacs, poussaient les arbres, s'entassaient devant les buvettes ou les tables astiquées, Siggi (vautrée), Franki (debout) et le Maxi (marchant avec animation de long en large) avaient pendues au cou des bouteilles à bière, en ayant déjà sifflé cinq ou six, puis le besoin l'emporta et la fille garçonnière fit quelque chose de stupéfiant : elle ne s'accroupit pas en station écartée comme on fait d'habitude pour répondre à la pression vésicale opérée par la bière mais, jambes écartées, debout, comme un homme classique, le Maxi commença de purger son eau contre le tronc flammé clair d'un pin en ouvrant la braguette de son pantalon et mettant correctement en batterie d'une main, comme si elle l'avait appris, un membre couleur de rose. Si vous ne me croyez pas, vous n'avez qu'à essayer.

L'objet de résine artificielle s'adaptait manifestement au poil, grâce à un bourrelet de caoutchouc formant ventouse, à l'orifice du trou qui pisse ; car c'était avec un naturel confondant (surtout à distance) que le Maxi pissa longuement contre l'arbre, son regard fixé au loin, au-delà de l'arbre, par-dessus le lac, sur les hordes viriles fêtant les Pères sur l'autre rive. (Si ç'avait été l'hiver, le Maxi aurait pu aisément écrire un M majuscule en pissant dans la neige.)

L'effet produit fut d'amusement et de stupeur. Franki voulut avoir aussi le truc, le prendre, se le mettre où je pense grâce à la ventouse, essayer pour voir ce foutu dard. « Ben mon ieux ! Où tu l'as eu ? Quoi ? Au Danemark ? Pour dix-neuf quatre-vingts seulement ? Il m'en faut un, pour sûr. »

Comme un chef, Franki, debout, laissa un regard viril errer au loin, sur l'horizon de la prairie. Plus d'envie rapport au satyre puant. Plus jamais la féminine humiliation de s'accroupir. Comme les mille et encore mille hommes en rapport avec cent mille autres pins, Franki pissa tout debout selon un angle légèrement oblique (entre des arbres prussiens debout : oui Madame !)

Quand ce fut le tour de Siggi, elle avait même, tout en pissant par en bas, une bouteille de Schutheiss aux lèvres, suivant l'authentique façon masculine. La casquette de rôdeur de barrière rejetée sur la nuque. « Fête des Pères ! Fête des Pères ! » bramait le Maxi, et les cerfs des groupes d'hommes voisins, parmi eux les étudiants en costumes corporatifs complets, répondirent par un raire de rut.

Mais quand Billy, quittant son feu et son tas agrandi de braise dit : « Moi aussi. Je voudrais essayer pour voir », elle n'obtint que des propos paternels « Cela va trop loin, chère petite. Tout a ses limites. Arrête donc de demander tantôt ci tantôt ça. Notre mémère avait pourtant promis d'être bien sage. Est-qu'y aurait pas enfin quéque chose à bouffer ? » Et Franki s'écria : « J'ai faim ! J'ai faim ! » Puis le Maxi se mit à chanter : « Trois, quatre. On a faim faim faim. On a faim faim faim, on a faim... »

Alors il ne resta plus à Billy, ma pauvre Sibylle offensée et précocement empreinte qu'à ramasser la braise en tas à l'aide du croc à feu, à poser dessus le gril quadrupède, à poser côte à côte sur les barres quatre solides biftecks préalablement frottés de poivre pilé, de thym et d'huile et six rognons d'agneau fendus où elle avait pressé des gousses d'ail coupées en croix ; dans un sifflement, grésillement, monta son parfum qui se mêlait à l'odeur résineuse de Grünewald et aux relents de pourriture venus du lac.

Tel le cuisinier Beil au camp suédois, Billy avait du travail à toutes mains comme si elle devait répondre à la fois de douze bœufs en broche. « Griller, c'est une affaire d'hommes. Je l'ai toujours dit : exactement une affaire d'hommes. C'est un instinct ancestral. C'est la nature qui l'a décrété. »

Après avoir retourné les steaks et les rognons fendus, Billy disposa les rubans de poivron vert entre les viandes resserrées qui gardaient cependant leur suc. Seul le liquide des rognons s'égouttait dans la braise rouge. Quand le Maxi, accompagné de Franki, eut entonné une seconde fois la rengaine de la faim — « Trois ! Quatre ! » — Billy jeta : « Encore deux petites minutes, tas de voraces. Ça va y être. »

Elles mangeaient à quatre. A les voir mâcher les bouchées trop grandes, la denture à nu, sans rien reprendre en chipotant, on aurait dit qu'elles mangeaient gros comme quatre hommes. « Hé », dit Franki tout en mâchant, « c'était avant la bataille de Wittstock. On avait fait prisonnière la joyeuse catin en vêtements de femme, mais là-dessous y avait un minet, il fallait y regarder de plus près. Mais déjà on se tuait du monde... »

« Au premier émoi, comme dans la bagarre il n'y avait plus de garde qui tienne, je m'étais sauvé sur un arbre », dit le Maxi tout en mâchant, « et je lisais ligne par ligne dans un livre que j'avais volé au prévôt. Et dans le livre était la description exacte de ce qui arrivait sur le champ de bataille : en images et en paroles. »

« Il en est ainsi de la réalité », dit entre ses incisives effrayantes Siggi mastiquant. « Tout ce qui est se trouve écrit d'avance. Idem qu'on soit là en train de mâcher des steaks, ç'a déjà eu lieu, tout de suite après la bataille, quand nous eûmes rejeté les Impériaux au-delà de la Dosse et dans les marécages. Pas vrai, Billy ? »

« Oui », dit Billy mâchant, « en ce temps-là j'étais cuisinier au régiment ecossais Lesley. Seulement y avait pas de steaks, mais des bœufs à la broche. Et notre Maxi qu'on avait ramassé quelque part déguisé en femme, quand on eut fini de frapper de taille et d'estoc, descendit de son arbre avec le livre où tout était marqué d'avance pour recevoir aussi un morceau de poitrine, parce que le gamin était bien maigre, mais il était drôle et plein la bouche d'expressions copiées sur celles du peuple : un goujat d'armée de rencontre, un fou à clochettes et un Simplicissimus comme dans le livre. Veut toujours vendre sa salade. Se fait comme ça des idées dans sa petite tête. Il a des oreilles en voiles de bateau, le mec. »

Je l'ai déjà dit : le Maxi m'a évincé. Cette tringle, absurdement baptisée du doux nom de Suzanne. Le haricot où rien ne tenait : ni les cretons de porc, ni le bouillon de jarret de bœuf, ni la cuisse d'oie, ni le suif chaud. Rien ne pouvait capitonner sa clavicule, rembourrer son épine dorsale. Depuis que le Maxi s'éloignait de la danse d'expression extatique et donnait dans l'exercise du ballet, on parlait de son corps exténué et de son âme boulimique.

C'est pourquoi moi, l'homme supposé, ma Sibylle m'a chassé de notre logis commun. Non, c'est le Maxi qui m'a chassé, qui a pris ma place, occupé mon bureau et le fauteuil fait à mon séant, a scié, cric-crac, avec une scie à métaux, mon lit, que sa monture reliait à celui de Sibylle — comme pour une éternelle union.

J'étais là. Démonstrativement amputé. Séparation de table et de lit. Mon lit fut ainsi poussé à l'écart, injurié, condamné et conspué. L'oreiller, le lit de plume, les draps, le coussin en coin, les ressorts de sommier et le matelas, comme si un pestiféré y était mort, furent donnés contre pourboire aux éboueurs municipaux. « A la porte, ce fumier ! A quoi qu'on en a besoin. Ce qu'il sait faire, je l'ai dans le petit doigt. »

Alors Maxi fit venir des artisans dans la maison et, prenant sur le châssis de tubes de mon lit veuf et réduit à son squelette, elle se fit confectionner une pièce oblongue dont les extrémités recourbées en crampons furent scellées à la muraille. Depuis lors, le fragment de mon lit a été la barre d'exercise du Maxi. Muté à des fonctions ascétiques. Sans souvenir de moi et de Sibylle, du temps où dans un double lit commun (acheté en période de conjoncture) nous n'avions été qu'une chair. Ne restait plus que le rigoureux exercise à la barre. La beauté classique. L'exercice sudatif. Maxi voulait faire du théâtre et danser, sinon en solo, du moins en groupe. Suzanne Maxen, dite Maxi, passait pour douée.

Et Billy de son côté (ma Sibylle) considérait comme sa vocation, non d'interpréter les rôles des autres, mais de s'interpréter elle-même. Souvent après le repas, donc également le jour où c'était partout la Fête des Pères, une fois détruits les biftecks encore rouges à l'intérieur, salés seulement à la fin, et les succulents rognons d'agneau — avec du pain noir et, après, du fromage de brebis — Billy a dit : « Ma vie, ce n'est qu'un film. »

C'est pourquoi maintenant cette excursion faite à la Fête des Pères au lac de Grünewald, célébrée entre cent mille hommes par Billy et Franki, Siggi et le Maxi jusqu'à sa fin horrible, doit être évoquée sous l'angle de perspectives variables : à plat ventre dans l'herbe foulée, du haut des pins escaladables de Grünewald, des buissons, du lac sans ride, elles sont, sur la rive, un petit groupe parmi d'autres. Et aussi chez les quatre-vingt-dix mille et quelques hommes de reste situés à Spandau, à Britz et dans la forêt domaniale de Tegel, attablés devant des bières et en rond autour des autres lacs, il doit y avoir des cameramen qui cadrent qui cadrent. Partout des microphones camouflés, que nulle sottise proférée ne se perde. Maintenant, pendant la pause méridienne...

On rote à fond, puis on émet des paroles impérissables. (On va prendre tout ça et ensuite on fera des coupes de la bande.) Un employé de banque dans les quarante-cinq ans proclame par-dessus son escalope finie : « C'est la vie. » A la réunion de l'orphéon Harmonia, sous les hêtres de Britz, après le jambonneau choucroute avec purée de pois, un instituteur honoraire de première classe dit à ses confrères en chanson : « Seul le chant est la joie. » Juste après le troisième cervelas pris au bord du canal de Teltow, un contremaître du bâtiment tire le bilan : « Comme ça, voilà le monde rentré dans l'ordre. » Et du côté des loulous en cuir noir qui tiennent leurs motos toujours prêtes à partir, il y en a un, on l'appelle Herby, qui dit (après que tous ont mangé des cornets de frites) : « Un jour pareil sans tirer un coup, c'est toc. » Tandis que presque en même temps Billy y va de sa phrase significative : « Ma vie n'est qu'un film ! »

Puis elles s'attachèrent au cours de leurs pensées, en proie au calme éprouvant de midi. L'heure panique. Quelques moustiques en soprano. On ôte les chapeaux, les casquettes. Billy, Franki, Siggi, le Maxi sont couchés par terre chacune de son côté — Billy sur une couverture en poil de chameau — et mâchent des brins d'herbe ou fument, et le Maxi essaie, comme on l'essaie par milliers à Spandau et à Tegel, de venir à bout d'un chewing-gum. Les pensées qu'elles nourrissent à l'heure de midi sont de celles qui, dans le western classique, mènent au conflit entre héros.

Siggi ou Franki : seul contre tous. Billy ou le Maxi : dos à dos, on se dégage du piège, à coups de fusil. Des pensées quadruplement unes unissent les quatre en quatre victoires. Elles caressent la solitude du vainqueur. Elles méprisent la majorité. Elles en prennent à leur aise avec leur sécurité. Car en pensée elles vont toujours plus vite. Elles traversent la place poussiéreuse. Elles font de petits yeux avant de quitter le saloon. Toutes quatre au comptoir du bar. Leurs traversées du désert. Chargées des selles de chevaux crevés. Leur façon de faucher d'une balle les talons de bottes du shérif corrompu. Leur façon de tirer en général : en toute position, même grotesque. Siggi (après une longue traite à cheval dans le désert salé) est enduite de savon, assise dans le cuvier — baignoire, mais s'impose — peng-peng — en tirant à travers la serviette.

Et toujours il y a là un gamin à dents de lait qui crée des ennuis, rêve sur le chemin, stationne étourdiment dans le champ de tir et que Billy doit délivrer, même quand les Smithbrothers (Franki et Siggi) ont déjà passé le nœud coulant au gamin tremblant (le Maxi). Mais dans les pensées et les films qui ne cassent jamais, le jeune homme sauvé devient la fille maigre, bougonne et curieusement anguleuse dans son pantalon. Ça ressort des pensées et apparaît au naturel quand il faut cautériser la plaie par balle, dégager la pointe de flèche : des seins menus en chair de poule. Notre Maxi s'appelle Suzanne. Mais Billy renonce virilement à se l'envoyer derrière un cactus. Seulement, au moment de l'adieu, une rude tendresse, la débonnaire tape sur la croupe du garçon en fille : « Vas-y, Suzanne. Et garde-toi ! »

Puis derechef la solitude en selle, le jour, la nuit, le jour ; ou encore à côté du bourrin squelettique par la steppe et le désert. Les vautours rétrécissent sans arrêt leurs cercles. Il y a des carcasses sur les bas-côtés. Taons et moustiques en harcèlement permanent. De l'or, des femmes, songe Franki. Vengeance, se dit Siggi. Seule Billy veut rentrer dans le droit chemin, être libre de ne plus tuer, mais élever des bœufs sur les vastes pâtures onduleuses d'herbe bleue du Kentucky — « Viens faire un tour, Maxi... » — et dresser des chevaux à la monte.

Mais Franki sortant du film retombe au bord du lac de Grünewald où la Fête des Pères fait une méridienne pâteuse, et tire de la hanche avec ses index — peng-peng : « Salauds ! Tas de salauds ! »

Non ; Billy, ma Sibylle dont la vie est un film n'a pas joué le rôle principal que dans des films de Far-West. Billy, étant Bill, a navigué, ramené ses morues en Islande. Un métier d'enfer.

Ou encore dans des films de guerre : Billy a pris une part active à plusieurs campagnes. Dès la guerre de Trente ans, elle affirme avoir reconquis la Silésie sinon comme cuisinier d'un régiment écossais, du moins comme colonel sous le général suédois Baner (peu après la bataille de Wittstock), avoir chassé les catholiques, et avoir rencontré à Danzig, en qualité de courrier du chancelier Oxenstierna, ce poète (et agent double) Opitz à qui une fille de cuisine préparait des mets dc régime et a sucré ses pauvres dernières années.

Ou bien dans des films d'amour : Sibylle Miehlau, en homme, a toujours été irrésistible. Elle prétend avoir remplacé le doux Jésus auprès de la pèlerine gothique Dorothée de Montau quand, allant à Aix-la-Chapelle, elle fit une première halte à Putzig : elle était étudiant gyrovague et c'était sur la paille qui faisait fla-fla, et amène-toi que je t'en refile une sautée, et encore. Naturellement c'est le Maxi qui doit jouer la fragile Dorothée dans sa ferveur.

Et Billy tient le devant de la scène dans un film appelé Fête des Pères et qui commence avec la migration des cent mille hommes : à pied, en voiture, à moteur, ils cherchent une place, allument des petits feux, boivent de la bière, pissent contre des arbres, font la cuisine, mâchent des bouts de viande, font la sieste et suivent le cours de leurs pensées qui sont toutes déjà filmées.

Soudain un zéphyr. Les pins brandebourgeois toussotèrent. Sous la cendre du feu de camp, la braise eut un petit espoir. Le lac de Grünewald fronça le front. Sept, onze corneilles, messagères des rockers en cuir noir, prirent leur essor sur l'autre rive. Ailleurs, les pins s'agitaient au bord des lacs de Schlachten et de Griebnitz. Les chênes de la forêt de Spandau et du boisement mixte de Tegel se souvenaient vivement. Des odeurs changeaient de cantonnement. Les serviettes de papier et les restaurants du dimanche refleurirent. Et près du village de Lübars où la République démocratique allemande amène ses barbelés, le zéphyr — il venait d'en face — ne connut plus qu'une Allemagne. Comme si le bon Dieu avait voulu mettre fin par un souffle, plutôt que d'un mot, à la sieste de l'Ascension qu'on célèbre à Berlin et ailleurs comme Fête des Pères.

Et Billy, Franki, Siggi, le Maxi furent jetés à bas de leurs pensées et de leurs films à sensations. Elles se dressèrent sur leurs semelles de cuir. Le Maxi portait des spartiates. Franki des rangers de parachutiste. Siggi et Billy des chaussures normales, quoique d'un modèle rustique. Toutes quatre effectuèrent des temps de ressort dans les genoux. Elles secouèrent de leurs personnes les restes de pensée et la poussière de la prairie. Firent craquer pour voir tous leurs membres. Exécutèrent des pas trottinants comme des sparring-partners ou des sprinteurs avant le départ.

Pareillement, sur l'autre rive comme sur les rivages éloignés du lac, on rassemblait secouait étirait de virils membres. Placer le vieil Adam en chef de file. On va tout de même pas pétouiller sur la paillasse, à sucer des rêves en sucre, hors-cote pour ainsi dire. Non ? Le monde, c'est combien ?

« Dis donc, Siggi, qu'est-ce que t'as aujourd'hui ? Vas-y, Maxi ! Une bonne démonstration. Et Franki ? C'est ça notre bon vieux Franki ? Le roulier et le chien d'Enfer ? L'homme à la pince d'acier ? Allons-y les gars ! Toi aussi, Billy ! Est-ce que Billy ne nous avait pas promis de lâcher la truie qui sommeille ? C'est bien aujourd'hui la Fête des Pères, la Fête des Pères ! »

Alors commença partout la grande, grande, l'inouïe, l'inédite, la vraiment curieuse, parce que présentée par amateurs, épreuve pourtant professionnelle de force virile. C'est très simple : chacun montre ce qu'il sait faire. Ç'a toujours été comme ça dès le père Homère et le vioque Moïse, à preuve aussi la Chanson des Nibelungen et la lutte pour Rome, racontée par Felix Dahn (1834-1912). Non seulement la jeunesse du monde répond à l'appel, mais jusqu'au pépé, en saisissant tout en bas le pied d'une chaise qu'il élève ensuite du sol d'une auberge de Britz jusqu'au feuillage des hêtres.

Un tour à la portée de beaucoup : manger, après les avoir mâchés avec soin, des verres à bière. Ceux qui ont été bidasses exécutent volontairement cent flexions des jambes avec un bidon d'essence porté à bras tendu (le bidon n'est qu'à moitié plein). Marcher sur les mains, ce qui étonne toujours. Quoi encore ?

Partout où des hommes débondés se rassemblent : se crocher le petit doigt à la bavaroise, lutter à la corde façon panallemande, lutte libre style est-asiatique. Ce qui chaque fois démontre force cran adresse. Car c'est ça qui distingue l'homme : la gravité fondamentale dans le jeu.

En face, les mecs en cuir noir entre les motocyclettes — « Qu'est-ce qu'ils doivent pas transpirer ! » — se bombardent à l'aide de poignards exclusifs en visant exprès à ras de la cible : lame à ressort ou à cran d'arrêt. Tandis que les étudiants associés d'à-côté — eux non plus n'ôteraient pour rien au monde leurs oripeaux distinctifs — ne trouvaient rien de mieux à faire que leurs éternels culs-secs tout en gardant (avec une difficulté croissante) un garde-à-vous strict et en couinant du nez des toasts en ancien haut-allemand et en latin.

Un monsieur à calvitie tonsurale, dans les cinquante-cinq, ce solitaire universellement connu qui a toujours son petit numéro exclusif et protège son genou d'un mouchoir noué aux quatre coins, tapi à gauche sur le devant, au bord du lac, se mettait sur les jambes qu'il avait tristement vieilles des sangsues pêchées dans le bouillon de culture de Grünewald.

Pourquoi pas ? Faut bien que chacun s'amuse à sa façon. En effet nous vivons dans une société libre où chacun peut se poser des sangsues tant qu'il le veut et où il veut.

Alors le Maxi prit la liberté d'escalader un des pins de naissance prussienne : elle surgit hors de ses sandales, prit encore ses distances et mesura l'arbre choisi parmi le groupe, mais n'assaillit pas le tronc, mais se dirigea vers lui d'un pas élastique, en jouant des griffes à la façon des chats qui maraudent, pour faire devant le tronc une pause de recueillement et de réflexion, peut-être une courte prière ; car le Maxi, grandi dans la religion catholique, avait appris, quand les circonstances étaient particulières, si par exemple il s'agissait de gravir à l'instant pieds nus un pin flammé de clair, à solliciter l'auxiliaire de saint Antoine, parce que vu d'en bas ça paraissait plus facile qu'à mi-hauteur où maintenant le Maxi marquait un temps d'arrêt : pied à pied, main à main, la peau s'écorchant aux paumes et aux arêtes des pieds ; seule l'odeur de résine de l'écorce collante compensait l'effort, le danger et la douleur ; l'y aidaient les encouragements des amis Franki et Siggi, dont la comptine rythmée « Tenez-vous bien droits Comme des soldats d' bois » non seulement stimulait le Maxi mais aussi à mots couverts, juste avant le sommet raboteusement hirsute du pin phallique, la fit littéralement jouir ; c'est pourquoi la titanesque escaladeuse de ciel dut faire encore une pause : serrant le tronc vibrant jusqu'à ce que l'émoi lui vînt, tout naturel et très littéralement femelle : Ah ! Ah ! Ah !

Le mètre et demi qui restait fut laborieux. Mais enfin elle y était Au loin, bien loin, les amis. Ovations montant du sol. Comme elles étaient drôles, ces figures vues en raccourci. Naturellement elles s'étaient aperçues de quelque chose et faisaient de sottes plaisanteries. Le Maxi avait un peu le vertige, mais se sentait voluptueusement bien dans la cime ondoyante.

« Et alors ? » cria-t-elle de haut en bas. « C'est la blême envie, pas vrai ? » Vous y arriveriez si vous le vouliez. Il y a assez d'arbres aux alentours. Vas-y, Billy ! Espèce de veau. Lève ton gros cul. File-toi un mât pareil entre les cuisses. Hisse-toi, mais essaie, vas-y. Ou bien tu veux rester une nana, une fanchon-la-vielleuse, une mariecouche-toi-là, une nini-la-pompeuse, une maman-tétine, une tirelire. Et ne jamais que présenter la sébille ! »

Déjà ma Sibylle luttait à nouveau pour réprimer ses larmes automatiques, tandis que Maxi le prométhéen gesticulait en haut de la cime, poussait des cris de Mohican, revendiquait la grande liberté de faire les pieds au mur, réduisait toute féminité passée, présente et future à un orifice avec du poil autour et traitait de canules les hommes qui s'y adaptent. « Moi, Maximilien, je suis le nouveau sexe ! » Ainsi criait le Maxi perché dans les cimes en pleine Fête des Pères déjà très entamée : « J'engendrerai un fils. Il s'appellera Emmanuel. Em-ma-nu-el ! »

D'en bas, ça sonnait bien quoique plutôt sinistre et mûr pour l'asile régional. « Descends ! » cria Franki en s'affairant sur les deux pierres dont Billy avait fait le foyer. Tandis que le Maxi descendait en assurant un pied, puis l'autre, de son pin monte-en-l'air, Franki, chargée de part et d'autre, portait les deux lourdes pierres jusqu'au rivage où elle lança l'une, puis l'autre, étonnamment loin dans le lac. Avec une parfaite technique du lancer lourd dans l'axe de l'épaule. Franki, l'homme aux reins carrés et aux hanches étroites. L'eau de Grünewald fit deux fois plouf et développa deux cercles dont l'interférence finit par signifier quelque chose à quoi Franki — mais avec qui ? — semblait songer ; car si le Maxi semblait se suffire, Franki en était toujours réduite au partenaire : deux pierres encore chaudes d'un côté du feu qui était tombé entre-temps, faisant plouf et plouf et mêlant les cercles de leurs ondes.

Le pin phallique, les pierres faisant plouf. « Vous autres, avec votre symbolisme à la mords-moi-le-nez ! » dit Siggi en crachant son mégot mâchonné de Brésil. « Et ça veut dire quoi ? Tiens, voilà un bouton de culotte. Une aiguille et du fil. Où est la bonne ménagère ? Un écrou desserré quelque part ? Bouton en quête de boutonnière adéquate ? Attendez, j' vous dis. C'est pas de la sorcellerie. J' vas vous montrer. Mais du calme. »

Et à points réguliers, du dehors vers le dedans, en passant par les quatre trous, en croix et parallèlement, Siggi, sans un tressaillement et comme si elle n'avait fait que ça de sa vie, cousit le médiocre bouton de culotte à sa joue gauche. Il n'y eut pas une goutte de sang répandue. Maxi lui-même n'envoya pas de vannes. Billy en suait d'émotion tandis que Franki regardait fixement le bouton cousu comme si c'était davantage et non seulement un bouton de culotte trouvé contre la joue gauche de Siggi.

« Et toc ! » dit Siggi après avoir coupé le fil tendu par l'intérieur entre ses grosses incisives régulièrement espacées. « Hein ? Ça vous a l'air de quoi ? Bouton sur la joue. Ça veut rien dire. Pas un symbole. Extravaloriel si j'ose dire. Ou bien y aurait-y quelqu'un pour réciter une petite poésie sur l'amour perdu ? »

Siggi (comme la future procureuse féministe Sieglinde Huntscha) portait en évidence, dans toutes les situations de la vie, un visage d'une beauté classique stricte — nez grec, os malaires hauts, sourcils hardiment dessinés sur un regard taillé en oiseau de proie sous un front travaillé au ciseau : — le bouton fixé à sa joue en fuite mince vers le menton ne faisait pas drôle, mais faisait subtilement référence à sa beauté qui, sans bouton, eût été trop parfaite.

« Pas mal », dit Franki. Maxi mendiait : « Couds-m'en un aussi. Je te prie prie prie. » Mais quand Billy s'écria « Énorme ! » et tira comme du néant un miroir de poche — « Guette donc. Ça te va formidablement ! » —, Siggi refusa ce futile objet de vanité féminine. « Je sais de quoi j'ai l'air. Vous en faites pas un plat. Petite blague entre amis. Je vas me démaquiller tout de suite. Et toi, Billy, qu'est-ce que tu as à nous offrir ? »

Alors ma pauvre Sibylle qui avait toujours tout pris à l'envers décida de faire en Billy un truc vachement viril en force. Elle proposa, puisque tous étaient amis, de monter une pyramide de l'amitié. Elle ferait la base comme porteur. Elle soutiendrait volontiers sur ses épaules droite et gauche Franki et Siggi. Maxi qui était bon en gym pourrait, en s'équilibrant comme il faut, se mettre debout sur l'épaule droite (gauche) de Franki (Siggi) et sommer ainsi la pyramide. Bien sûr on pourrait penser à un appui tendu renversé exécuté tout là-haut par le Maxi. Mais il faudrait d'abord travailler sérieusement le niveau intermédiaire à mi-hauteur, c'est-à-dire sans porteur. D'ailleurs elle demandait qu'on se déchausse avant de grimper. On pourrait peut-être demander au solitaire chauve éleveur de sangsues de prendre en photo quelques souvenirs de la pyramide de l'amitié réussie avec l'appareil de Billy qu'un idiot pouvait manier sans faute. C'était toujours ça. On aimerait bien se revoir ensuite. Non non, comme porteur elle y arriverait.

Ce qui eut lieu non sans suspensions d'acte et incidents. Le Maxi sur l'épaule gauche (droite) de Franki (Siggi) travaille l'appui tendu renversé jusqu'à ce que ça marche, Billy étant spectatrice. Franki et Siggi ôtèrent leurs bottines. Le Maxi courut au lac demander au chauve solitaire s'il voulait bien tirer quelques clichés. Il en fut d'accord et s'ôta les dernières sangsues. Cuisses et mollets tendus, Billy se laissa gravir par Franki et Siggi, tandis que le Maxi fournissait l'aide. Mais alors, par un soudain caprice, le Maxi refusa de couronner la pyramide. Tout ça c'était supercon, une idée sotte qui vous vient comme un pet. D'ailleurs le Maxi n'entendait pas se faire commander par une nana. Où c'est qu'on irait. Il aimait encore mieux se taper encore un coup le pin longiligne.

Alors Franki descendit de l'épaule gauche de Billy, tandis qu'à droite Siggi gardait la position : « Ou bien tu marches, ou bien tu dérouilles ! », cria Franki.

Mais le Maxi rouspétait : « T'as rien à me dire. J' fais c' que j' veux ! »

Aussi sec, le mec Franki filait au Maxi un aller et retour gauche-droite : flac-flac ! « Tu vas-t-y ? Suffit pas encore ? Flac-flac ? Ça va-t-y mieux à c' t' heure ? Ou bien y t'en faut encore une paire. C'est bien ce que je pensais. »

Finalement le Maxi en larmes était debout sur l'épaule de Franki et de Siggi, toutes deux sur les épaules de ma pauvre Billy qui versait des larmes en l'honneur du Maxi giflé. Le Maxi ne tenta pas l'appui tendu renversé. Mais telle quelle la photo fut réussie non sans que le chauve complaisant eût gâché deux poses en remuant. Plus tard, Siggi a fait agrandir la pyramide de l'amitié en format géant, quand elle n'élevait plus de chiens et exerça une profession libérale, pour la fixer à l'aide de punaises à l'une de ses parois de mansarde.

« Foutredieu ! » disait la procureuse Sieglinde Huntscha quand on lui demandait le pourquoi de ce tirage grand format à gros grain « Tout ça et autre chose encore : voilà ce qu'a dû supporter notre Billy. »

Naturellement la pyramide de l'amitié dont Billy avait fourni le porteur et le Maxi, juché sur Franki et Siggi, le couronnement, réussie et photographiée le jour de la Fête des Pères, n'avait pas été vue seulement du groupe voisin des étudiants de corporation en grand costume, mais aussi observée de l'autre rive du lac de Grünewald où les mecs en cuir noir, ayant terminé le jeu du poignard, voulaient enfin avoir quelque chose à vivre. Je ne sais si les ivrognes étudiants s'inscrivaient au sein d'une association dite battante, si leur corporation s'appelait Teutonia-Saxonia, Thuringia, Rhenania, Friesia ou tout simplement Germania. Je n'ai d'ailleurs aucune envie de rechercher dans la bibliographie spéciale quelles tâches, devoirs et droits incombaient ou revenaient aux anciens et aux bizuths. Ces gamins n'affichaient aucune balafre de duellistes. Silhouettes rondouillardes ou montées en graine dont quelques-unes portaient lorgnon. En tout cas ils s'approchèrent pendant que la pyramide en place fut photographiée. Et de même les anges noirs de la rive opposée avaient envoyé deux éclaireurs motorisés qui à vrai dire prirent position trop tard sur le talus de la rive : la pyramide s'était défaite. On ne reverrait jamais les quatre empilées de la sorte. Jamais plus leur amitié n'a trouvé de porteur solide. (Ah Maxi, qu'es-tu devenu ? Dispenses quelque part — à Wiesbaden, je crois — la gymnastique curative. Et Franki ? Trouvé un job maous à Hambourg dans l'immobilier. Et Billy ? Ah, Billy !) Seule Siggi reste à ma portée avec ses accusations sans mesure.

Cependant les Teutons ou Rhénans corporatifs, tout obnubilés qu'ils étaient d'avoir fait cul-sec, avançaient toujours tandis que les anges noirs à motos auxquelles ne manquait pas un gadget restaient comme pétrifiés. Les Saxons disaient des conneries ; les cuirs noirs ne disaient rien.

« Énorme ! Phénoménal ! Absolument exorbitant ! » s'écria un Teuton à lunettes.

Un autre cria : « Bis ! Bis ! »

Tous les corporatifs en écho voulurent voir exécuter encore un coup la pyramide humaine. « Messieurs, si ce n'est trop demander, nous aimerions revoir cette spectaculaire singularité. »

Mais Franki fit un signe négatif : « Des clous. On ferme. Rentrez dans votre coin, les gars. On est ici entre nous. »

Fut-ce d'instinct, fut-ce par intuition ? Faut-il croire que ma moelleuse Billy leur avait dessillé les yeux : soudain un mot méchant : « Mais c'en est ! Inouï ! Je vous demande un peu ! Des bonnes femmes ! De très vulgaires bonnes femmes ! Ne serait-on pas d'aventure enclin à nous gâter la Fête des Pères par d'obscènes incongruités ? »

Et un gros pignouf à lunettes s'introduisit dans le rôle du porte-parole : « Mesdames — ou quoi que vous soyez — votre présence en général, et en particulier sur ce biotope exclusivement réservé en ce jour aux divertissements et ébats de la Fête des Pères est par nous enregistrée avec répugnance et protestation, je dis bien protestation. Il est loisible ici de parler de scandale. A l'écart de toute norme éthique s'instaure ici l'inconvenant. Non que nous soyons des misogynes bâtés. Au contraire. Bien au contraire. Les femmes ne sont-elles pas, comme le disait déjà le sieur Goethe, des assiettes d'argent sur ou dans lesquelles nous autres hommes pour ainsi dire plaçons des pommes d'or. Mais en ce jour — et quelque respect que nous inspirent vos exhibitions de cirque — la loi est enfreinte, Mesdames. Cela va-t-il à l'encontre de tout principe. Il faut qu'en ces lieux se fasse entendre par notre organe un impérieux mandement. Devant que vous n'évacuiez ces rivages, il nous faut quérir de votre part une explication. »

Déjà Franki, Siggi, Billy et le Maxi étaient à la parade. Franki avait saisi le pique-feu. Siggi fit tourner sa bague à ses armes ayant côté paume une excroissance courte et massive qui en faisait un coup-de-poing américain. Le Maxi s'empara du gril de fer quadrupède. Seule Billy restait les mains vides, mais usa de l'éloquence du verbe contre le surnombre estudiantin. « Qu'ouïs-je ? Vider les lieux ? Y avez-vous pensé ? Laisse-moi rire ! Des hommes ? Bande de veaux qui voulez être des hommes ? Vous êtes des moitié-faits farcis de complexes. Pas coupé le cordon. Des Œdipes fabriqués à la chaîne. Vot' maman vous a-t-elle refusé le sein ? N'avez-vous pu, à l'âge du biberon, y téter suffisamment ? Vous a-t-on laissé devenir apoplectiques à force de gueuler dans votre pipi ? Est-ce qu'on vous a refilé un nombre insuffisant d'unités-caresse avec un surplus de gaufres à la clé ? Et toi, petite tête ! Oui, toi ! Est-ce que tu grelottais en liquette en reluquant par le trou de la serrure papa maman faisant des horreurs ? Ou bien est-ce un clébard qui t'a léché ? Et toi ? Est-ce que tu avais toujours ton grand frère, ta petite sœur, le môme en travers du kiki ? Allons. Échangeons nos complexes. J'en ai une paire ou deux en double. »

Ils cédèrent. Avec et sans lunettes, ils allèrent à reculons. Ni le tisonnier, ni le coup-de-poing américain, ni l'armature de fer ne refoula du champ de bataille les étudiants de corporation ; ce fut l'allocution directe de Billy, jaculatoire : « Baiseurs à la va-vite ! Tas de glandeux ! »

Or ma Billy, ayant fait demi-tour soudain, baissa la pelure de jeans qui lui collait aux fesses et, par une présentation bien ajustée, montra aux Teutons et Rhénans son derrière à la vénusienne blancheur, lâchant sur le champ un pet qui saisit d'une sainte frousse les Saxons et autres Germains : ils s'esquivèrent en grand uniforme, laissant sur les lieux deux trois montures de lunettes et un recueil de chants estudiantins où par la suite le Maxi puisa les refrains qu'il chantait : Gaudeamus igitur et caetera...

On a bien ri. Franki à la charretière, dans un hennissement. Siggi montrait dans le rire son double rang de dents serrées. Le Maxi se tortillait en gloussant et serrait les cuisses comme ne le font habituellement que les filles ayant envie de pisser. Billy, jambes écartées, émettait vers l'ennemi en fuite des salves de rire. (Ainsi riaient, étant à la chasse aux païens borusses ou lithuaniens, les chevaliers de l'Ordre teutonique : en ce temps-là, dans leurs quartiers d'hiver, à Ragnit. Ainsi les reîtres suédois aux chausses des Kaiserlicks en fuite : en ce temps-là, près de Wittstock, quand tous les papistes périrent dans les marais du Brandebourg.

Un rire sec, auto-infectant. Et même il semble que les éclats des quatre héros aient opéré par contagion à distance, car le vent apportait de l'autre rive des rires en lambeaux. Partout au bord des lacs, sous les arbres, en formation de club autour de tables, on riait, quoique pour d'autres motifs. L'humour était à l'ordre du jour. Rire jovial, masculin. Et de se taper sur les cuisses et les épaules. Pour une fois à gorge déployée. T'étouffe pas, vieille noix. C'est à mourir de rire. Je vas crever de rire. Des bons mots roidement virils. Tu connais celle-là ? Quelle différence y a-t-il entre... Le petit Fritz voit son père qui, dans l'étable aux chèvres... Le comte Bobby a un œil enflammé... Le père Moïse allant au bordel rencontre le père Abraham... En Enfer, Hitler rencontre Staline... Alors le petit Fritz dit... Voyons, Moïse, dit Abraham... Si ce n'était que l'œil, dit le comte Bobby... Donc le grain de café s'identifie grâce à... Ben mon vieux, si j'aurais su, dit Hitler à Staline... Mais la chèvre n'y est pour rien, dit la mère du petit Fritz...

Mais les dix, non, cent mille hommes avaient eu beau montrer soit par les décibels, soit avec réserve, ou cordialité, ou bien en se tirant des larmes, leur humeur de Fête des Pères : ces deux anges noirs, témoins, sur leurs motos sophistiquées, de la grande rigolade, ne voulaient pas rire, rire par contagion ou seulement arborer un petit sourire volatil. Ceux-là, rien ne leur desserrait le fil de fronce. Ceux-là ne trouvaient drôle absolument rien. Ils n'avaient pas la tête à la blague. Ils avaient la rigueur écrite sur la face. Attentifs, comme par obligation professionnelle, les deux dans leur cuir noir avaient enregistré la prise de bec avec les étudiants corporatifs : chacun des termes provocants. Les offenses inouïes. L'outrage fait à la dignité virile. Le cul nu de Billy qui avait mis les étudiants en fuite les avait tous les deux — Herby, c'était lui ; Ritschi, c'était l'autre — profondément marqués : ben, comme un tampon sec ou un fer rouge.

A peine le rire avait-il reflué — seul le Maxi gloussait encore — que déjà les deux motos miaulaient crachaient mitraillaient. Après un virage ostentatoire effectué sur le pré riverain et un savant slalom entre les pins prussiens, les témoins s'éloignèrent dans leurs pétaradantes pour rendre compte du fait inouï sur l'autre rive.

« Hé les gars ! » leur lança Billy. « Pourquoi partir si vite ? » Mais quand les hommes situés en rond autour des lacs de Grünewald et de Wannsee, dans les forêts domaniales de Spandau et de Tegel eurent montré ce qu'ils savaient faire (manger du verre, lancer la pierre, lutter à la corde, grimper aux arbres pour en descendre, supporter les douleurs et soulever de lourdes charges) quand, en la Journée des Pères qui tombe à l'Ascension, à Lübars et à Britz, partout dans la verdure, le rire des hommes — fiers de leur performance — célébra son apogée et que tous en eurent leur saoul— même le Maxi n'en pouvait plus — Franki se plaça devant un chaste bouleau et rit ; rit de tout, de tout, même de soi-même en son absolue grandeur, jusqu'à ce qu'en fussent tombées les jeunes feuilles du bouleau. Le vieux roulier et vétéran de toutes les guerres (il fut de Tannenberg, de Wittstock et de Leuthen) pouvait par son rire dénuder les bouleaux.

Franki prit dix pas de distance pour avoir l'arbuscule en plein dans son angle de tir. Elle tira des salves de rire, tant ajustées qu'en arrosant le terrain. Elle effectua son grand numéro de rire cynique. (Rien n'est sacré pour un sapeur.) Il intima au tendre feuillage encore printanier un automne précoce avec chute des feuilles et, tandis que Billy, Siggi, le Maxi criaient « Encore ! Encore ! », dépouilla de leur parure le reste des bouleaux d'alentour, le dernier seulement à demi, car entre-temps partout de Spandau à Tegel et autour du lac de Grünewald le rire avait fait place à la tristesse virile, comme il est d'usage : d'un extrême à l'autre.

Tout ce qui, sur le moment, même la performance maison, était encore stupéfiant et appelait la photo remontait en relents amers, acidulés, avec (même le triomphe absolument net de tout à l'heure, quand les étudiants gagnèrent le large) l'arrière-goût de l'inutile. Le néant se pointait. La détresse de la Fête des Pères teignait en gris terreux les pommettes rougies des messieurs partout où ils avaient jeté l'ancre dans la verdure. Une affliction de plomb s'incorporait à chaque gorgée de bière. Taedium Mundi. La bile vous remontait à l'arrière-bouche comme existence. Des motivations archaïques larguaient des soupirs, montaient l'escalier, se pressaient au jour : blêmes esprits en bouteille qui ne supportaient guère l'âcre parfum résineux des forêts de Prusse, car ils éclataient, se liquéfiaient et retombaient à terre comme le mildiou, ce qui ne rendait pas la bonne humeur aux Fêtards des Pères.

En tout cas maintenant se déliaient les langues. On vidait son sac. Les siècles de misère — on était entre soi — s'avouaient. (« Sois sincère, mon petit vieux. On ne peut que tout plaquer sur la table. Pas question de camoufler. Il ne faut qu'être sincère, radicalement. ») Toutes les défaites, historiques et contemporaines, marquées d'un cran au couteau dans une longue latte. Négligences en écheveau qui, déchevelées, suffiraient à broder à l'homme, grandeur catégorique, sa chemise mortuaire.

« On est bien des charlots », dit Siggi, « à bout de course. Autant vouloir tirer un pet d'un âne mort. Sauf qu'on ne veut pas s'avouer, étant des hommes pardi, qu'on est à fond de cale. Devant l'Histoire qui fut notre affaire, la seule exclusivité masculine, nous avons échoué. Ou bien, pour recourir aux termes politiques : nous ne faisons plus que gérer la faillite. La crise encore un coup ajournée. Pour prévenir pire. La dissuasion atomique. Oui, et le Mur? Dégueulasse. Tout est dégueulasse ! »

Et le bilan de Franki : « Depuis que s'acheva le lithique, que l'avenir débuta grâce au cuivre, au bronze et au fer, nous autres hommes n'avons fait que foutre la merde ! » était écrit dans le ciel comme en lettres de fumée. « Des ratés ! On est des ratés ! »

Jusqu'au Maxi qui admettait être au bout de son latin viril : « Y a des fois où réellement je me demande s'il était bon d'assumer la pleine responsabilité du moindre problème. Ça surmène l'homme. Et chacun pour longtemps. Faudrait que soit le tour des femmes. Elles verront ce que c'est d'encaisser tout et rien. Moi en tout cas j'en ai ma claque. Je pense pus à rien. Pourrais faire une pause. Être mettons cinq six siècles ma foi en tutelle, mais à couvert. Ça doit être chouette : jouer à bobonne et rien d'autre. Papilloter des cils et tendre ses fesses. De temps à autre se faire faire un enfant. Se réjouir de la Fête des Mères. Bouquiner des romans et actionner le lave-vaisselle sur les bords. Ça serait chouette ! »

Alors Billy : « Tu peux t'y mettre tout de suite, Maxi. Ça sert à rien de gémir. Voilà encore les assiettes pas lavées qui traînent. Allez, vas-y, que ça saute. Avec du sable et de l'eau du lac. Bêh ! Tout est plein de fourmis. Bon je t'aide et j'essuie. » Et même Billy (par précaution) tenait en réserve dans le panier du pique-nique un torchon à carreaux rouges.

Mais le Maxi ne voulut rien savoir. Surtout pas laver la vaisselle. Ou pas encore. Pas en ce siècle : « Laisse faire les fourmis. Elles en viendront à bout. Elles ont déjà nettoyé des assiettes plus grandes. D'ailleurs faut que je réfléchisse. Oui, sur tout et le sens de tout. »

Mais comme Billy insistait sur la vaisselle et disait : « Tu peux réfléchir après, mon fils ! », Franki s'éveilla de sa mélancolie phréatique et y puisant une certitude idem, dit : « De quoi : mon fils ? Si quelqu'un parmi nous est le père de Maxi, c'est moi. Et pour que tout soit net : mon fils ne fera pas la vaisselle. Surtout pas un jour de Fête des Pères. »

« Exact », dit Maxi à Billy. « Mon papa c'est Franki. Et tu n'es et demeures qu'une nana. Hop ! Lave-moi ce tas d'ordures. Et nous casse pas les parties nobles. »

« Mais », dit Billy revenue au bord des larmes, « vous ne pouvez tout de même pas simplement me faire valser comme un toton et faire de moi une nénette. Je fais la cuisine et ci et ça. Mais ça ne veut pas dire que ce soit toujours moi. Je ne suis pas votre serpillière. Je veux être à égalité de droits avec vous. Car j'ai aussi ma fierté. »

Alors Siggi parla : « Comme des bonnes femmes. Ça se dispute comme des bonnes femmes. Je croyais que c'était du passé. Ou bien nous sommes tous les quatre ou personne. Je dis qu'on veut célébrer la Fête des Pères — et paisiblement. Compris ! »

« Exact », dit Franki à Maxi sur le ton de la sévérité ; « entends-tu, mon fils ? »

« Mais alors faut plus vouloir faire de moi une nana », sanglota Billy.

« Mais t'en es une. Une vraie nana-larme-à-l'œil ! », cria le Maxi : « Beuh ! Beuh ! Clop ! Clop ! »

« Tu n'es pas récupérable ! » dit Siggi ; et d'en abattre une paire une-deux-gauche-droite sur le Maxi. Sur quoi Franki mugit : « C'est moi qui bats mon fils, compris ? Moi seul ! » et de filer un coup de godasse dans le tibia de Siggi. Sur quoi le Maxi, tandis que Siggi plaçait une droite en direct à Franki, cracha au visage en larmes de Billy. Sur quoi Billy prit à deux poings la chevelure de chaume du Maxi. Et la bagarre était aussi achevée que jadis quand, après la capitulation des Saxons à Pirna, il s'agit de partager le butin et que Franki se battit avec Siggi pour une boîte de bonbons dans laquelle beaucoup plus tard Amanda Woyke, cuisinière des communs en Prusse-Occidentale, conserva sa correspondance avec le comte Rumford — l'original. (Il y eut d'ailleurs maintes circonstances historiques — dès le début des Migrations barbares — où il y eut du pétard pour rien, assez cependant pour qu'on en vînt aux mains...)

A distance respectueuse — un jet de pierre — les étudiants en grande tenue regardaient la scène. Deux autres messagers de cuir noir à moto se tenaient à portée de voix. Le nez du Maxi saignait pour de bon. Siggi fit un coquard à Franki. Franki déboîta le bras droit de Siggi. Mais celle qui encaissa le plus fut Billy ; car au moment où Siggi, Franki, le Maxi, leur bonne entente retrouvée, s'essuyaient réciproquement le nez, se bassinaient le coquard et se remboîtaient le bras, la bonne grosse mémère pleurait encore à chaudes larmes, information que les deux motocyclistes transmirent autour du lac de Grünewald. (En d'autres lieux, partout où la Fête des Pères cherchait son expression la plus forte, il y eut d'innocentes frottées, mais aussi de graves voies de fait s'il faut en croire le rapport de police diffusé le lendemain : le car de police-secours fut appelé par radio cent douze fois. Il y eut des dégâts matériels. Furent dénombrés quatre-vingt-sept blessés, parmi eux dix-neuf cas graves ; et un décès...)

O combattants de la Cause. Rêveurs qui avez la nostalgie du badaboum. O héros toujours prêts à antidater votre mort. Chevaliers servants de la justice. Vainqueurs de la vie. Attaquants et défenseurs. Hommes méprisant la mort.

Alors les combattants éprouvèrent une grande fatigue. Ailleurs aussi les dix, cent mille hommes, s'étant dépensés un bon coup, voulaient faire une petite sieste. Franki ronfla le premier. Puis couchée sur le ventre, les quatre membres étendus, Siggi s'endormit. Mais comme Billy ne pouvait pas s'arrêter de sangloter, le Maxi s'assit près d'elle et dit : « Dors donc un peu, mémère. Ils t'ont bien arrangée, hein ? T'avais besoin de ramener ta sotte vaisselle. T'aurais dû apporter des assiettes en carton. Si seulement c'était pour un truc sérieux. Mon Dieu mon Dieu. Encore de grosses larmes. Mais roupille donc à la fin. Ou bien dis : ceux-là je les emmerde ! Ou bien pense à quelque chose de beau. L'histoire des temps primitifs, quand les femmes avaient trois seins. Ou à autre chose ? Par exemple la story of the Turbot... »

L'était une fois une mémère. S'appelait, voyons comment, Ilsebill. Et elle avait un jules qui s'appelait Maxe. Elle restait toujours à la maison à se vernir les ongles en vert. Lui, le samedi, il pêchait toujours à la ligne sur le môle. Et pendant que Maxe était sempiternellement à la pêche, sa mémère, après s'être peint les ongles, s'emmerdait toute seule au creux du pucier à avoir envie de tel ou tel mec dans son lit.

Un jour de week-end que Maxe était encore une fois sur le môle à pêcher, un turbot mordit. C'est un poisson plat. Il a les yeux en billes de loto en travers de sa bouche en rebord de pot de chambre. On le rencontre dans le folklore. C'est pourquoi le Turbot savait parler et il dit à Maxe : « Rends-moi la liberté, tu pourras faire un vœu. »

Alors Maxe ôta le Turbot de l'hameçon, le jeta dans la mer avec un grand flac, et dit : « Ho, Turbot. Mon Ilsebill, qui est une mémère potelée, veut toujours qu'on la pelote et qu'on la tripote, baiser et être baisée par untel, ou par un autre. Avec moi elle n'a jamais son comptant. Elle veut toujours être besognée par un que je ne suis pas. Ma morille lui pue au nez. Que faire en l'occurrence, que faire ? »

« Qu'est-ce qu'il lui faudrait comme jules ? » demanda le Turbot en coulant un œil en biais hors de l'eau.

« Par exemple un capitaine de pompiers en uniforme », dit Maxe le pêcheur à la ligne en regardant la mer d'huile ; car il pêchait dans la Baltique.

« T'en voilà un avec les boutons et les galons », dit le Turbot ; et il plongea.

Alors le Maxe en uniforme gravit le lit de son Ilsebill et la prit dans ses bras tant que les boutons sautèrent. Et ça tant qu'Ilsebill n'en eut pas assez du capitaine ; et de gigoter tout en gémissant-missant : « Ah, si seulement j'avais un beau procureur où je pense. »

Alors le Turbot fit de Maxe, quand à l'appel de Maxe il émergea de la mer légèrement ridée, un procureur en robe avec des lunettes d'écaille et un couvercle noir sur le haut. Et quand Ilsebill eut le nez farci de sa morille puante et souhaita recevoir dans son lit un anarchiste névrosé vrai, le Turbot mit dans les plumes un Maxe-la-Terreur masqué d'un bas avec sa bombe faisant tic-tac ; déjà la mer Baltique faisait courir de petites vagues à foulée courte.

Ça carbura tout juste le temps d'une semaine parce qu'Ilsebill trouvait le type « follement intéressant ». Mais quand elle comprit à la fin du compte que même les terroristes n'en ont que deux, elle dit : « J'aimerais savoir ce que ce type peut avoir de particulier. N'arrête pas en pleine action de parler politique et pense à tout autre chose. Maintenant ce que je voudrais, c'est un PDG doré sur tranche pour rentrer dans le juste milieu et me déshabituer. »

Alors le Turbot, que Maxe avait appelé par brise de force cinq à six, fit arriver Maxe chez Ilsebill en président de la Banque fédérale dans une Mercédès bleu métallisé. Le président était grêlé de partout, y compris au dard. Quand Ilsebill à sa façon voluptueuse eut surmonté le capitalisme, elle voulut être enjambée par un permanent syndical alcoolique et — tandis que des rafales tempêtueuses rendaient périlleuse la Baltique — enfin par une vedette de cinéma ultramince, en gros plan et à cent mille watts.

Alors le Turbot cria par vent de force dix : « Ton Ilsebill n'arrivera jamais à se calfater la fissure. Il lui en faut encore et encore ! » Pourtant, mais sans entrain, il fit du grand patron syndical Maxe un véritable Belmondo qui, au ronron de la caméra, plongea (du haut de l'armoire) en saut carpé dans le lit d'Ilsebill où il enchaîna aussitôt des scènes de sexe, de morsures et de rentre-dedans, avec en surimpression des scènes de rentre-dedans tirées d'autres films.

Mais quand Ilsebill eut tiré toute la substance de celui-là jusqu'à ce qu'il devînt comique, elle cria, jamais rassasiée : « Maintenant je voudrais me farcir un chef d'orchestre symphonique avec sa baguette ! » Puis elle envoya le thème du Destin en imitation de trompette.

Alors, quand Maxe, debout obliquement pour tenir tête à l'ouragan, l'eut appelé, le Turbot soupira jusqu'au fond de la mer ; mais en un tournemain il fit de lui un chef qui savait diriger tout par cœur. Mais quand Ilsebill, à force de da capo et de rappels, eut encore phagocyté celui-là, elle versa, la mémère, quelques grosses larmes et geignit : « Ce ne sont jamais que des interprètes (par-devant). Plus rien n'est original (par-derrière). Tout est de seconde main (sous la queue). J'aimerais bien, moi, que ce vieux Loulou van Beethoven vienne (au milieu du lit) me jouer du turlututu par-devant et par-derrière. »

Mais quand Maxe à bout de forces lui rendit compte, le Turbot s'écria du milieu de son élément déchaîné : « Maintenant ça suffit ! Trop est trop. Touchez pas à nos classiques. A partir d'aujourd'hui elle n'aura plus — et ce à perpétuité — qu'à s'envoyer son Maxe queussi-queumi, tant pis si ça grince. Tous les samedis après la pêche. »

Aussitôt le mauvais temps calmit. Bientôt la mer se retrouvait d'huile et sans traîtrises. Et de grands nuages en forme de lits de plumes naviguaient dans le ciel.

Donc Ilsebill dut s'accommoder de son Maxe. Dès lors elle ne vécut plus que de souvenirs. Mais ils étaient agréables...

Voilà ce que le Maxi dit à Billy qui s'était endormie au fil des paroles. Les grosses larmes séchées avaient déposé un peu de sel Franki ronflait toujours comme un bûcheron canadien. A plat — comme un ange déchu — Siggi gisait à plat ventre. Le Maxi se blottit contre la moelleuse mémère et décréta peu avant de s'endormir : « J' vas lui faire un enfant, faire un enfant, un enfant... »

Sur le tertre sablonneux, entre les pins de Prusse, deux cuirs noirs en selle sur leurs motos considéraient gravement la paisible scène.

Il y a un remue-ménage au sein du sommeil profond. Des rêves dans le chalut. Tout est plus réel et se produit à retardement. J'eus ainsi récemment ce rêve : je suis une femme en fin de grossesse qui accouche d'une fille devant le portail principal de la cathédrale de Cologne, au pied des tours, à l'heure où la clientèle afflue ; or cette fille est pareillement enceinte — c'est mon Ilsebill — et peu de temps après moi enfante en présentation difficile par le siège un garçon ; mais il a une tête de turbot : la bouche de travers, les yeux saillants, le regard en biais. Venus de la Hohe Strasse et de la gare Centrale, des passants porteurs de cabas entourent notre double produit et s'écrient : Miracle ! C'est un miracle catholique ! Sur quoi le fils turbocéphale de la fille égogène s'adresse aux passants. Il leur explique le sens de la vie, la situation politique mondiale, les vicissitudes des prix des denrées alimentaires de base et la nécessité de la réforme fiscale. « Bref », dit-il, « nous vivons aux dépens... »

Franki se réveilla au cri du Maxi — « Je veux engendrer un fils ! » — qui avait d'abord réveillé Franki, puis Siggi aussitôt après, de sa sieste postméridienne de la Fête des Pères ; car Siggi et Franki avaient eu toutes deux, comme le Maxi, le rêve d'engendrement grand, univoque, évinçant tout acte adventice, existant par lui-même seulement, qui fonde et gronde plus profondément qu'on ne l'a jamais cru et dont l'énergie en son imbécillité primordiale s'érige même où la nature n'a rien prévu.

Certes toutes trois avaient rêvé sans se soucier de leur consistance naturelle ; mais seul le Maxi avait réussi au sortir du sommeil à pousser dans le soir précoce le cri d'appel au fils qui veut être engendré ; en sorte que non seulement Franki et Siggi réveillées s'écrièrent en mal d'engendrement « Oui ! Oui ! » mais que le Maxi réagit au choc en se réveillant toute seule avec sa volonté de trombone ; pendant ce temps, Billy, ange dodu, dormait sans se douter de rien bien que toutes trois, le roulier Franki, le héros Siggi, la punaise Maxi voulussent la rendre mère de leurs œuvres : c'était elle qui fournirait le terreau. Sa vulve aux poils follets devait être par trois fois visitée, sa chair couverte. La bonne grosse était visée. Elles voulaient placer leur capital en elle. Se propager en elle. En leur corporéité siégeait triple un espoir de fils : oui-oui-oui !

Le Maxi, ayant lancé l'appel, voulut naturellement y aller la première. Et tandis que les deux oui attardés se disputaient le pas dans le grand engendrement (et que partout dans les bois entourant les lacs berlinois cent mille hommes et plus, achevant leur sieste, s'étaient réveillés avec une sourde envie de faire un enfant à quelqu'un), Billy dormait toujours comme un ange et rêvait, sur un matelas de nuages, d'un capitaine de pompiers volontaires à baguette de chef d'orchestre, d'un procureur en robe noire cachant un terroriste, de Beethoven arrivant en saut carpé, de visites masculines toujours plus rapprochées et de sensations nouvelles et de désirs qui devenaient réalité.

Mais c'est à Maxi que Franki et Siggi avaient accordé les premiers honneurs. « Laisse faire le gars. Faut qu'y prenne son pied. »

Pendant que les deux pères en expectative jetaient leurs ombres par terre, le jeune candidat-père — « Vas-y toujours doucement, mon fils », rappela Franki — ôta le jeans et le slip à la chair profondément dormante de Billy ; il en résulta comme une odeur de Pentecôte.

O fâcheuse omission de la Nature ! Le Maxi dut alors se ceindre de plastique après avoir tombé le froc et dévoilé le rien du tout. Oui, et tout était à portée, y compris la pommade lubrifiante. C'est cela qui distingue l'homme de l'animal : il invente un succédané pour tout ce qui lui manque. On sait se débrouiller.

Billy gisait entre les broussailles sur sa couverture en poil de chameau et respirait comme dans son rêve. Pas un regard des étudiants à lunettes ou sans ne pouvait s'y rincer l'œil. Ils étaient bien trop saouls dans leurs uniformes pour en profiter. Seuls les deux cuirs noirs sur leurs machines en haut du tertre furent témoins quand pour la première fois Billy fut le théâtre d'un engendrement arbitraire par la vertu de la foi.

Comme le jeune étalon s'y prenait délicatement. Combien il est aisé de tromper la nature. Qu'est-ce qu'on ne ferait pas sur un théâtre de verdure. Suffit de pouvoir improviser et de s'imaginer le reste. Il faut, par des inspirations du genre prodigieux, boucher les trous de notre emmental existentiel. On ne saurait, par la seule vertu d'y croire, faire sans un clin d'œil complice être quand même ce qui n'est pas. Car si la pâte à oublier peut être la chair du Seigneur Jésus et un royal ordinaire son sang, alors un raccord subtilement inventé (bien plus design en sa forme que le zizi usuel) peut apporter le salut, ou du moins un doigt de rédemption. Ah là là ! Que les fouteurs, baiseurs, boucs, sires et autres sont bêtement constitués par nature ! Ah pères lapins et coqs, c'est tout ce que vous trouvez. Pères selon la Nature ! Que savez-vous, quand votre carquois est vide de flèches, de cet engendrement surréel qui se contente d'une allusion à la Nature !

Après que le Maxi eut fait ses preuves en idée, ce fut le tour de Siggi. Et Billy ne voulait toujours pas abandonner son rêve. Sur le tertre, les cuirs noirs imprimaient à leur mémoire ce qu'ils voyaient : l'inouï. Le superlativement cochon. Le coït synthétique. L'outrage fait aux braves gens de Pères en Fête : car les deux garçons en cuir, quand Siggi rendit visite à Billy, conçurent des inquiétudes pour la candeur de leurs machines chromées de partout et placèrent leurs gilets de cuir en écran devant le triple projecteur de leurs gros cubes. Pareillement choquées, les corneilles voletaient d'un pin proche au deuxième ensuite. Tout ça n'en valait pas mieux de n'être pas vu.

Donc les corneilles et les motos ne virent pas Franki à son tour baisser le froc et ceindre le plastique parlant. Mais cette fois le sacrement tourna court dès l'introït. Billy se réveilla. Son rêve partit en fumée. La réalité s'appelait Franki. Elle voulut le rejeter. Mais il resta braqué. Celui-là, Billy n'en voulait pas. « Non non ! » criait-elle. Siggi et le Maxi durent la tenir à gauche et à droite et la crucifier quelque peu. Car s'arrêter en route n'aurait pas été fair-play à l'égard de Franki, le vieux roulier.

« Vas-tu fermer ta malle ! » lança le Maxi. « C'est tout de suite fini », assura Siggi. Et après une paire de coups de reins que Billy subit en ne gémissant plus que faiblement, Franki crut avoir engendré le fils de Superman. Il marqua une pause d'essoufflement et dit alors en remballant ses outils : « Et voilà. Pourquoi gueuler. Maintenant je me sens mieux un cran au-dessus. »

Naturellement Billy pleurait après ce qui lui était arrivé. Elle pleurait pour elle seule, sans vouloir se laisser éponger par le Maxi. « Ignoble », dit-elle. « Vous êtes ignobles. Mon Dieu que vous êtes ignobles. »

Tout en sanglotant elle remit son slip et son jeans et fit jouer la fermeture-éclair. Les corneilles revinrent. Sur le tertre, les mecs démasquèrent les projecteurs de leurs motos, se retrouvant en selle et tout en cuir. Venue du lac, folâtrait une brise vespérale. Les moustiques étaient maintenant nombreux.

Alors le Maxi prodigua ses consolations verbales : « T'étais vraiment trop chouette en dormant. L'innocence même. On pouvait pas résister. On s'y est pris en douceur. Et si Franki n'y avait pas mis le paquet, tu ne te serais sûrement aperçue de rien. Viens, va, sois gentille maintenant. Je t'aiderai à laver quelques assiettes. Bien astiquées bien nettes. C'était pas pour ça. Et si tu as encore un vœu, on te donnera pour chez nous un nouveau lave-vaisselle Quelle, Miele ou Bosch avec tous les zizis. »

Et Siggi ajouta : « Il le fallait. C'est maintenant une vraie Fête des Pères. Haut les tasses. Tiens Billy, tape-toi donc un chlouc à la topette. »

Et Franki fit sauter la capsule d'une bière et, portant un toast à la nature, au fils trois fois voulu, but.

Mais Billy ne voulait pas être gentille. Ni laver des assiettes avec le Maxi. Porter la santé de personne. Lentement, comme sous le coup du sommeil encore, elle se leva, fit quelques brefs pas incertains et dit alors d'un ton ferme : « Je m'en vais. Je ne vous causerai plus jamais. Je n'ai pas voulu cela. »

Et prenant chacun, un par un, Franki, Siggi, le Maxi, dans le collimateur, elle dit : « Si je le veux, je prendrai un vrai homme. Je préfère ça. Je vous dis ça en qualité de femme. Compris ? De femme. »

Comme pour avoir un air autre, nouveau, plus adéquat, elle mit ses lunettes qu'elle n'utilisait d'ordinaire que dans sa profession. Puis Billy s'en alla sans regarder derrière elle par les lunettes d'écaille. Elle s'éloigna, vérifiable, pas à pas. Les corneilles la suivirent de pin en pin. Les motards observèrent la direction qu'elle prenait et lancèrent leurs machines pour aller porter la dernière nouvelle autour du lac de Grünewald.

Tout de même interloqués, le Maxi, Siggi et Franki suivirent des yeux Billy qui diminuait pas à pas ; pourtant Franki jeta négligemment : « Faut pas arrêter ceux qui partent. »

Là-dessus les trois n'ingurgitèrent plus que de la bière sur du schnaps, du schnaps sur la bière et prolongèrent ainsi la Fête des Pères jusqu'au crépuscule. Ailleurs il pouvait être question de Première Division, de toto et de loto, de l'impôt sur le revenu et des notes de frais ; les trois autres héros quant à eux dénombraient quand, où et combien de fois ils avaient au cours des siècles attesté leur force génésique. Le schnaps contribuait sans doute à leur abolir le temps.

Le Maxi racontait comment il avait gaspillé son obole en cent tirelires tant que dura la guerre de Trente ans, un coup ici, un coup là, quand brûlait Magdebourg, à Soest en Westphalie, devant Brisach, juste après la bataille de Wittstock et pendant les quartiers tranquilles. « C'était quand je m'appelais Axel Ludström. Nous étions cantonnés sur la presqu'île de Hela et fournissions l'escorte à Oxenstierna. C'était en mai, quand j'ai carambolé une poupée kachoube, Agnès c'était, dans un creux de dune. Et les autres gars lui sont passés dessus tout de suite… »

Siggi au contraire se plaisait en uhlan polonais, dépeignant en couleurs vives la rencontre au fond des bois du jeune preux de comte Woyczinski et de la prude cuisinière du gouverneur napoléonien Rapp, un jour qu'elle ramassait des champignons dans son petit panier pour la cuisine du gouverneur. « Bien entendu, quand je descendis de cheval, lui fis un baise-main et un compliment fleuri, la donzelle ne put naturellement pas résister. Il y avait autour de nous des morilles, des chanterelles, des bovistes et des lépiotes élevées. Ah, si ça sentait le champignon ! Ah, fûmes-nous une chair rassasiée ! Quel plaisir ! A part les fourmis importunes. Elle s'appelait Sophie. Par la suite, cette charogne patriote nous a tous empoisonnés avec une tête de veau farcie. Seul Rapp en réchappa. Pourtant je n'ai rien à regretter... »

Et Franki pour finir conta en long en large comment étant dragon prussien au temps du Vieux Fritz, il avait satisfait une cuisinière des communs dans les intervalles des batailles. « Ma bonne Amanda. Que ce fût après Rossbach, Kunersdorf, Leuthen ou Hochkirch, à quelque moment que je soignasse mes blessures près d'elle, ça prenait à tout coup. Après la guerre de Sept ans j'avais engendré une quantité correspondante de fils et devins pour ce motif inspecteur des Domaines. La Kachoubie ! Magnifiques sablonnières ! Où, par la discipline et la rigueur j'ai imposé en Prusse la culture de la pomme de terre. J'y fus aidé par mes fils, les sept au complet... »

Et autres exploits tant qu'enfin Siggi : « Elle est pour de bon ultrasensible. J' sais pas. On n'aurait peut-être pas dû la laisser partir comme ça. Si ça se trouve, elle aura des ennuis. Il y a plus que des poivrots en godaille qui n'entendent pas la plaisanterie. »

« Hop, on remballe ! » s'écria Franki en donnant un coup de pied au cul du Maxi qui ne voulait pas se lever. Rapidement elles casèrent le gril, les assiettes non lavées, la couverture en poil de chameau, les bouteilles vides, tout ce qui traînait sur le trois-roues de Franki et partirent : chercher Billy. En même temps les étudiants de corporation voisins s'ébranlèrent en chantant : « La petite diligence... »

Sur leur chariot à trois roues, véhicule de cinquième main, voiturette commode pour livraisons rapides et petits déménagements, avec l'engin de Franki par monts et par vaux, antédiluvien, lithique, hors de toute mode et tout juste autorisé à circuler — selon dernière Ordonnance Transports — avec leur support roulant où Siggi et le Maxi figuraient assises parmi les ustensiles de la Fête des Pères, bouteilles à bière roulantes et assiettes non lavées qui tombaient maintenant en éclats l'une après l'autre, tandis que le roulier Franki au volant tenait un cap embrouillé — « On va te trouver, Billy ! » — avec leur brouette fiable elles roulèrent, demeurées à trois, par tout terrain, contournant le lac de Grünewald qui, tout à fait calme, reflétait le couchant, allant jusqu'au pavillon de chasse, à la maison forestière, dans les ombres du soir, au milieu des compagnies partout décampantes de la Fête des Pères, muettes, ensevelies dans les gueulantes de — ante mille hommes à demi ou complètement saouls — et le Maxi ratiocinait larmoyante entre ses lèvres minces : « Fallait qu'elle se tire. Nous laisse en plan. N'entend pas la plaisanterie. Comme une saucisse à pattes offensée... » — elles prirent un chemin latéral, qui donnait latéralement dans un autre, devinèrent dans la pénombre comme un tas informe qui, au milieu du chemin sablonneux où l'on cahotait sur les racines saillantes, dans la lumière du projecteur frontal, s'avéra nettement être un jeans jeté en tas.

« C'est celui de Billy ! » s'écrièrent Franki, Siggi ou Maxi. (A l'écart, le pull-over rayé bleu et blanc, le soutien-gorge.)

Toute seule (archiseule) elle s'en était allée tout droit, s'enfonçant de plus en plus dans la forêt. Car au bord du lac, sur les clairières, devant les buvettes on se moquait d'elle : « Vise la nana ! » On lui faisait des propositions crues : « Qu'est-ce qu'elle cherche ici, celle-là, un jour de Fête des Pères ? » — « Ça te démange, dis ? »

N'être plus que pour soi. Reprendre ses billes. Elle s'était encoconnée dans sa solitude. Elle aussi réchauffe et se donne des airs sociables. Les écailles (ainsi pensait-elle à part soi) lui étaient tombées des yeux : « Fallait que ces gourdes viennent me la mettre. »

Quel sentiment neuf : être femme. Même solitaire, égarée. Mais décidément et sans retour. Brûler ses vaisseaux. Rompre les ponts. Former des phrases tournées vers l'avant : « Je suis d'une famille de réfugiés. J'en ai déjà vu de toutes les couleurs étant enfant. Je connais ça : repartir à zéro. C'est derrière moi, définitivement derrière moi. A zéro virgule zéro. Reprendre où l'on avait abandonné. Non, Heidi ne restera plus chez ses grands-parents, il faut qu'elle ait un foyer ; j'irai la chercher là-bas. Une enfant comme ça, il lui faut de la tendresse, la chaleur maternelle. J'en ai encore de reste. C'est ridicule : comme si je ne pouvais pas m'offrir moi-même un lave-vaisselle. D'abord j'en ai pas besoin. Ce ne sont que des tribulations par où il faut passer. Je veux. Et cela comme femme. Et nettement. Je vais... »

Parmi la futaie mixte, les taillis, sur des allées principales et secondaires, sur sol d'aiguilles ou sur la mousse, toujours plus profondément au fond des bois de Grünewald, Billy portait la belle révélation de la Fête des Pères : « Je suis une femme, une femme, une femme ! » Jaillissait l'alléluia. Offre sonore : le sexe faible. Agissait comme appât le mot désormais triomphal : « Mémère ».

Et d'ailleurs ils y mordirent. Ils ne l'avaient jamais perdue de vue. Ils connaissaient les pistes. D'arbre en arbre, les corneilles leur servaient de guides. Et ils la débusquèrent, les sept harengs de cuir noir. Ils arrivaient à petits coups de manettes, par les allées principales et secondaires, sur leurs machines encore non éclairées. Leurs moteurs grondaient, bonasses. Ce n'était qu'un jeu. Tout ce qu'ils voulaient, c'était vivre pour une fois de façon authentique. Ils dardèrent soudain la lumière de trois fois sept projecteurs, chassant Billy, la femme, la mémère, comme un levraut effaré devant eux, par ici, par là, dans des bifurcations isolées où seuls les papiers gras et les bouteilles à bière marquaient encore la Fête des Pères.

Billy s'écria encore : « Ho les gars ! Cessez donc vos conneries ! On va boire tranquillement des schnaps à Roseneck ou ailleurs... » Mais déjà le cercle s'était fermé. La trappe fit : clic ! C'était un scénario classique. Dans ce film, pas d'issue. La fin était connue d'avance.

« A poil ! » dit l'un d'eux tout bas. Les moteurs ne grondèrent plus. Dans les feux croisés, comme sous la douche, Billy dodue, plaisante, gauche, ses cheveux défaits, obéit non sans un certain embarras. Elle garda son slip et ses chaussettes à rayures transversales. Elle ne voulait pas aller plus loin : en aucun cas ! « Vous n'allez tout de même pas... »

Le lièvre se sauva, criant : « Vous êtes pas bien... » faisant des crochets ; mais sept moteurs repartirent à gronder. Billy prit un layon, contourna des arbres, plongea dans le bas taillis froissé, courut courut, à en tomber sur un sol meuble d'aiguilles de pin ; ils l'entouraient tous les sept : « Voyons, les gars, voyons... »

Mais ils ne lui disaient rien ou disaient seulement : « Salope, attends un peu, salope ! » — « On va t'ouvrir, salope » — et déjà ils ouvraient leurs braguettes de cuir. Et ils en avaient tous un l'un après l'autre, comme par commandement. Comme à la communion. Et trouvaient ça tout à fait normal. Et d'envoyer leur gourme dans Billy ; Billy débordait. Et même, avant et après, ils lui donnaient un coup de leurs bottes exclusives : « Crève salope ! »

Et, quand ils eurent tous fini, l'un d'eux lui bourra une pomme de pin sèche dans la plaie. « Cours maintenant, supersalope, cours ! »

Mais Billy n'en pouvait plus. Sauf pleurer. Et un vide qui s'ouvrait en un vœu suprême : Oh. Avec leurs motos contenues, ils poussèrent, heurtèrent, broyèrent Billy — « Vas-y donc ! » — puis il y en eut un, puis un autre qui donna les gaz et roula sur les cuisses et le ventre de Billy. Puis, car ils faisaient tous les sept toujours la même chose, les autres ensuite : et de passer et de repasser. C'était fait avec sérieux et minutie.

Était-ce encore un être humain ? Ainsi Franki, Siggi et le Maxi trouvèrent leur Billy sur un layon écarté : réduite en grumeaux sur sol d'aiguilles. A côté, ses lunettes cassées. Rien ne restait de sa beauté. Toute vie était partie. Tout ce qu'on pouvait faire, c'était de dire — et Franki le dit — « Merde ! » Le Maxi vomissait de côté contre un arbre. Franki se frappa des poings : « Nom de Dieu ! » Donc Siggi devait rester réaliste. « Il faut la laisser là, sur place. Et téléphoner en cours de route. Pour l'instant, il n'y a rien à faire. »

Donc le trois-roues pour transports express et déménagements les mena hors du layon, par des allées secondaires et principales ; Billy morte resta dans la forêt. Sur l'avenue Clay, elles furent prises dans le courant de retour de la Fête des Pères jusqu'à Roseneck où Siggi descendit pour disparaître dans la cabine téléphonique qui est à l'arrêt du bus. Franki, resté au volant, nettoyait sa pipe. Le Maxi n'avait plus de chewing-gum. Siggi rendit compte par téléphone : « Il faut quitter l'avenue Clay par la droite ; oui, exactement ; et ensuite encore à droite, puis à gauche, encore à gauche, puis à droite par le layon. Et à cinquante pas sur la gauche il y a une femme nue morte. Oui oui. Exact. Affirmatif. » Puis la vie continua.

Au neuvième mois

Lud

Nous autres hommes, nous sommes ainsi faits : capables d'amitié. De Ludek par Ludger jusqu'au prélat Ludewik, du tailleur d'images en bois Ludwig Skriever par le bourreau Ladewik jusqu'au Suédois Axel Ludström, de mon compagnon Ludrichkait et du capitaine bavarois Fahrenholz en passant par Ludwig Skröver qui partit pour l'Amérique jusqu'à Franki Ludkowiak, le vieux roulier : nous faisions bloc pour le meilleur et pour le pire. Amis ! Frères de sang ! Ah, et Jan. Jan Ludkowski. Lui, on l'a abattu d'une balle dans le ventre qu'il avait plein de chou au lard. Lud me manque. Comme Lud me manque !

L'autre jour mourut mon ami Ludwig Gabriel Schrieber. Qu'il donnât la forme à un plâtre bête ou que, sur des tranches de céleri grillé au gril électrique, il plaçât des filets de poisson fumé pour y balancer à cheval (pour lui, pour moi) des œufs brouillés, qu'il se tînt immobile assis derrière un verre et, du petit doigt, pour rafraîchir son front, il ôtât la goutte de sueur, ou bien qu'il fît son rapport de bidasse, en termes toujours identiques, sur la litanie de ses exploits (« Sur le front de l'Arctique, quand les Popovs arrivaient en tenues blanches... ») ou qu'il grinçât des dents de courroux ou caressât la pierre brute. Lud restait toujours univoque : un homme, un bloc, taurin, acteur, l'ange tombé dans le péché.

Ç'a toujours été comme ça. Sa façon de polir le poing pour s'exprimer. Quand il était prélat, venu dans l'escorte d'Adalbert de Bohême pour apporter la croix aux païens que nous étions. Quand il sculpta pour Pierre et Paul l'autel (gothique belle époque) et accessoirement, en bois de cerisier, une madone qui ressemblait à ma dame Dorothée : le regard fixe de ses yeux d'ambre serti, fixé sur un point d'ailleurs.

La plupart du temps, il mourait après moi. Mais pendant que j'étais encore à conter l'histoire *Du pêcheur et de sa femme* de façon toute différente et qu'Ilsebill est sur le point d'accoucher, Lud meurt avant moi par surprise, si bien qu'il me faut faire sa nécrologie : l'ami de tous les temps. Le pêcheur Ludek que la horde voisine prenait pour un artiste soupira quand il vit mes pacotilles céramiques. Alors le camarade Ludwig Skröver qui habitait à côté de nous sur le Brabank et plus tard, sous la pression des lois antisocialistes, dut émigrer en Amérique, à l'aide d'une longue barre d'anspect, tirait à terre le bois flotté de la Vistule morte. Alors le colonel Axel Ludström qui avait servi comme cornette à Hela dans le régiment Oxenstierna pressa un citron sur le cabillau à l'œil blanc que lui servait ma servante Agnès. Alors il advint que le bourreau Ladewig dut séparer la tête du corps de son ami le forgeron Rusch avec lequel il avait partagé la veille une dernière potée de tripes. Alors, d'un seul coup, Franki Ludkowiak enfonça le clou dans la table. Alors, devant les figurines d'argile de ses élèves, le sculpteur Schrieber récemment décédé s'assombrit pour ensuite parler de lui-même, des Hittites, de Mycènes et de la gaîté minoënne, puis, en termes rigoureux, de la forme.

Lud savait tout cela. Il en avait toujours été, comme sculpteur ou simplement comme l'homme qui porte un veau mâle. Le néolithique Lud et ses idoles de fécondité grandes comme la main. Ces Mères pomorzes, grossièrement taillées dans des blocs erratiques que des archéologues polonais ont exhumées à côté d'Oxhöft sont toutes de sa main. Quand Lud, converti de très bonne heure par saint Augustin, devint chrétien, il n'a jamais représenté les maux du Crucifié, mais trinitairement le Principe unique. Et lorsque le batteur de plates Albrecht Slichting lui rendait visite dans son atelier (à côté de Pierre et Paul) où, après la statue de ma Dorothée, il taillait dans le bois une madone, épouvantable, Lud grillait sur la braise des rognons de veau dans leur chape de graisse.

Ensuite, la langue suiffeuse, nous parlâmes de Dieu et du siècle. Il était mécontent. Il était contre le temps. Il grinçait des dents. Il aurait pu, comme le fit plus tard le sculpteur Schrieber, abattre tel ou tel enfoiré de son redoutable coup du tranchant de la main. Quand, peu de temps après, les corporations s'insurgèrent contre le patriciat, le sculpteur sur bois Ludwig Skriever en était. Au début, il s'agissait de bière importée de Wismar, puis des droits des corps de métier. Naturellement l'insurrection fut terrassée. Lud put fuir et passa pour hors-la-loi. Je ne le revis que deux siècles plus tard quand commença le nettoyage à fond des églises.

Bien qu'il fût chaudronnier de profession, Lud, qui s'appelait désormais Ladewik, avait perdu le goût de la cause. Pas pour Calvin, pour lui tout seul ; il devint iconoclaste dans la troupe de Hegge. Et il brisa de sa propre main une cuve baptismale qu'il avait travaillée en cuivre repoussé selon les cotes corporelles de la religieuse Rusch et opulemment ciselée, et ensuite, encore un coup, l'entrain lui fit défaut : Ladewik devint bourreau à la tour de Justice et dut m'exécuter ; j'étais son ami.

Lud était contre quoi ? Contre la fioriture et le filigrane, contre les autels des pieux fondateurs et leurs couleurs grasses, contre le toc et le truc, contre quelque portrait que ce fût, contre le Verbe, contre soi-même. A coups de marteau, du tranchant bien ajusté de la paume, à coups d'épée de justice. Ainsi était Lud : violent. De taille et d'estoc. Sons primordiaux dans un rugissement. Dans tout petit nazi vaincre le diable.

Pourtant, quand le cornette Axel Ludström avec d'autres reîtres du régiment Oxenstierna dévasta la presqu'île de Hela et tomba sur Agnès qui était encore une enfant, sa voix s'en souvint longtemps après. Elle montait. Elle n'était plus terrestre, elle était celle de l'archange. Car lorsque le colonel Axel Ludström, avec les reîtres de Torstensson, fut plongé dans toutes les atrocités de la guerre et occupa la Saxe à la façon suédoise, il chantait à l'occasion la partition de ténor « Je suis né nu du ventre de ma mère... », ainsi le 4 février 1636 lors des obsèques en musique du comte Henri de Reuss, pour le requiem ; la guerre prolongée n'avait laissé au maître de chapelle de la Cour Heinrich Schütz qu'un petit nombre de musiciens et de chanteurs.

Lud était beau en Suédois. Sa douce gravité. Son application froide. Et sa rigueur, sa colère. Pourtant quand nous nous retrouvâmes, le siècle suivant, au début de la guerre, Lud avait passablement dégringolé. Tout le monde l'appelait Ludrichkait. Tous se moquaient de lui. Sauf moi. Nous avions toujours de l'eau-de-vie. La guerre nuit. Pour le meilleur et pour le pire. Sept ans d'affilée. Nous fûmes à Leuthen, à Hochkirch. Vers la fin, il perdit une jambe à Burkersdorf. Et chaque fois il revenait clopin-clopant à Zuckau où la brave Amanda tenait constamment en réserve à notre intention le caillé maigre, les pommes de terre en robe de chambre et l'huile de lin des vétérans.

Ce fut peut-être Lud qui fut presque héroïque en capitaine bavarois, sous les ordres du gouverneur Rapp mis par Napoléon, dans la défense de la ville de Danzig, quand il dégagea Sophie Rotzoll que des Cosaques avaient surprise pendant qu'elle fourrageait. Je n'ai pas connu Fahrenholz. (J'étais détenu en forteresse à Graudenz.) Mais sûrement mon bon vieux Lud a emprunté la voix de ce socialiste extrémiste, ouvrier des Chantiers navals Klawitter, qui proclama la grève contre Klawitter et à la Fabrique de pain Germania, dans le Port-au-Bois et à l'Imprimerie Kafemann. Ludwig Skröver était ami avec Otto Stubbe. Souvent tous deux, sans que Lena s'en aperçût, se sont fait un lapin rôti (dans le petit bois de Saspe). Plus tard, la caisse de grève fut pillée. Expulsé, Skröver avec armes et bagages prit un bateau pour New York. Il n'envoya qu'une carte postale, pas de lettre. Par la suite, il aurait milité chez les anarchistes de Chicago.

Des hauts et des bas. Et sempiternellement. Pas moyen de réduire Lud. Quand la misère touchait le peuple, Lud était là. S'il fallait faire un truc vicieux, Lud savait comment. Sans Lud, rien ne se passait. Même à l'époque contemporaine quand il devint professeur d'art et repartit d'où il était resté (comme briseur d'images) au Moyen Age, Lud était au centre. On se rencontrait chez Lud. On se gonflait à bloc avec Lud. La légende de saint Lud. Il pouvait être ici abrupt, là brutal, mais il était toujours pieux, pieux au maximum quand il avait bu. Personne ne savait comme lui s'hypnotiser sur un verre vide et chanter à voix basse (avec les restes de sa voix d'archange) des paroles catholiques et, à travers le pied du verre, renvoyer ses regards jusqu'au temps où, prélat venu de Bohême et (bientôt, après la mort d'Adalbert) évêque de Pomérélie, il avait ordonné qu'on baptisât d'office tous les Pomorzes. Il se voyait — à preuve son auto-portrait en bronze — prince de l'Église, abbé ou martyr : inapprochable, introverti, légendaire et par conséquent canonisé.

Aspect de Lud si on le décrit : comme marchant contre un vent violent. Furibond préventivement quand il entrait en des lieux clos, dans l'atelier plein d'élèves. Le front et l'os malaire bosselés, mais le tout finement ciselé. Les cheveux éclaircis, souples. Les yeux rougis, parce qu'en tout temps le vent dominant était contraire. Une tendresse autour de la bouche et des ailes du nez. Chaste comme ses dessins au crayon.

Lud me manque. Comme Lud me manque ! Et même dans les conflits... Même quand nous y allions à coups de poing... Lud et moi avions entre nous une amitié fatigante...

C'était pareil avec l'ami Ludek, quand Ava et Eva nous échangèrent. Et quand Ludger m'emmena aux invasions barbares. Monseigneur Ludewig tolérait mes madones à trois mamelles. Je ne sais si

Dorothée a posé pour le tailleur d'images Skriever ; quelques-unes de mes filles étaient de lui. Avant que Ladewik ne m'exécutât, il loua ma robuste nuque. Quand la peste me tira de cette vallée de misère, le colonel Ludström, au nom de la Couronne suédoise (aidé de la fille de cuisine Agnès) inspecta soigneusement mes papiers posthumes. Avec Ludrichkait j'ai perdu mon argent (et mon âme) en beuveries. Je ne suis pas sûr que Sophie n'ait remercié le capitaine bavarois que par un baiser. Quand fut volée la caisse de grève, j'aurais volontiers partagé fifty-fifty avec Ludwig Skröver. Il n'y a que Franki, le vieux roulier, dont je ne veuille rien dire. Et quand j'allai à Berlin avec Lud...

Reste encore Jan. Mais Jan Ludkowski dont j'étais l'ami, qui parlait comme moi, Jan, qui faisait couple avec Maria, est mort comme Lud. Jan était autrement. Lud aussi. Avec Jan on pouvait parler en mangeant du pain, du fromage, des noix avec du vin. Avec Lud aussi. Nous chantions jusqu'à la nuit close et étions désespérés. Nous nous tenions ferme à notre rêve. Les hommes savent cela : rester amis. C'est ce qu'Ilsebill ne veut pas comprendre.

Retardé

Ilsebill est de sortie.
Je ne suis pas ici.
Dans le fond, j'aurais attendu Agnès.
Le reste — cliquetis d'assiettes —
c'est Amanda : sa vaisselle quotidienne.

Lena fut présente.
Peut-être avons-nous seulement oublié
de convenir d'une heure exacte.
Je rencontrai Sophie tandis qu'à toutes les églises
sonnaient vêpres.
Baisers comme au ciné.

Froids, voici les restes : du poulet, quoi encore.
Une phrase amorcée qui s'égaille.
Même l'odeur d'autrui n'est pas neuve.
Dans l'armoire, il manque une robe : celle à grandes fleurs,

conçue pour les fêtes avec Dorothée
qui allait toujours en guenilles.

Quand il y avait encore la musique
nous pouvions ensemble entendre différemment la même chose.
Ou bien l'amour, la photo : Billy et moi
sur le bateau blanc qui s'appelait Marguerite
et pouffait une fumée épaisse entre les stations balnéaires.

Naturellement je suis retardé.
Mais Maria ne voulait pas attendre.
Maintenant le turbot lui dit l'heure.

A en vomir

Maria est de ma parenté. Son père est le cousin germain de ma mère. Dès l'époque d'Amanda Woyke, il y avait à Kokoschken, Ramkau et Zuckau des gens qui s'appelaient Kuczorra. Et un de leurs arrière-petits-enfants, Lovise Pipka (cousine germaine de Sophie) a épousé un Kutschorra qui venait de Viereck (aujourd'hui Firoga). Donc on pourrait remonter de Maria jusqu'à Lena Stubbe, qui était née Pipka, et Amanda Woyke puisqu'aussi bien ma grand-mère maternelle, étant née Kuczorra (dont la mère à vrai dire était née Bach) atteste suffisamment mon existence pour me rendre parent (comme Maria) d'Amanda et de Lena. Et comme il y a dans la lignée maternelle de Maria plusieurs Kurbiella ou Kurbiolla, que ma mère avait un oncle Kurbiella (qui a émigré en Amérique) et que la pauvre Sibylle Miehlau se souvenait d'une grand-tante (sœur de sa grand-mère maternelle) qui aurait tenu commerce de coton à repriser, de boutons et de soie à coudre Gütermann à Karthaus, je pourrais aussi invoquer une parenté avec Agnès, la cuisinière de régime, d'autant qu'il y a des indices que la mère d'Agnès qui, comme le père, fut assommée par les Suédois à Hela aurait pu être née Woyke ou Gnoyke. (Mentionnons également que Catherine, fille cadette de l'abbesse Rusch, a épousé un boucher nommé Kurbjuhn et que la mère de Dorothée Swarze, dite de Montau, était née Woikat.)

Bref, nous autres Kachoubes sommes toujours en rapport de cousinage par divers chemins de traverse. Il n'y avait là que la forêt de Goldkrug près Bissau, le fourré à framboises devant Zuckau, la grand-route qui mène à Karthaus, le fleuve de Vistule, le ru de Radaune et quatre cinq siècles dans l'intervalle : l'époque d'avant et d'après la pomme de terre, l'histoire qui nous passait dessus. Ça, Maria n'en savait rien.

Elle est blonde. Avant de faire son apprentissage dans une succursale de coopérative, les boucles lui tombaient à volonté. Puis sa copine apprit la coiffure. Les Kuczorra, sauf un frère de mon oncle qui partit vers l'ouest après quarante-cinq, vivaient soit à Gdynia soit à Wrzeszcz qui jadis, faubourg de Danzig, s'appelait Langfuhr. Ils habitaient avec les deux sœurs cadettes de Maria dans l'Ulica Lelewela, ci-devant Labesweg, un logement de deux pièces et demie. (Ils possèdent encore à Kokoschken un arpent et demi de sol à pommes de terre et à jardin.)

En 1958, quand j'obtins un premier visa et revins avec mes souvenirs brouillés, Maria était âgée de neuf ans et se mit à rire en me voyant habillé comme à l'Ouest. Elle est restée : blonde, riant facilement, aimant danser, rapide au calcul de tête, bonne vendeuse de coopérative, un peu épineuse dans ses rapports avec les garçons et sans rien savoir de plus que le traintrain du jour. J'étais l'oncle venu de l'Ouest qui revenait toutes les paires d'années, apportait des disques (les Beatles) ne savait parler ni polonais ni kachoube, dont elle se faisait des idées : belles et fausses.

Mais moi aussi je me faisais des idées sur Maria. (Il en est ainsi quand on oublie sa langue.) Cela tourna plus mal ensuite que je ne me l'étais imaginé. J'aurais dû inventer une autre histoire à propos de Maria. Heureuse, avec un peu de chagrin autour et un cadeau de noces convenable. Mais l'époque était contraire. Maria ne resta pas vendeuse à la coopé. Un poste fut dégagé pour elle ailleurs. Elle voulait absolument monter. Et avec ça, pas faite pour la cuisine. (Elle aurait pu vendre et porter sur soi des ambres polis dans une boutique de souvenirs de la rue Notre-Dame : ça allait avec ses cheveux.)

C'est la monnaie pomorze. Le billon de la côte étalé le long des plages. La dot des dunes migrantes. Les rendus de la mer Baltique. Déjà les Phéniciens, venus d'abord de Sidon, puis de Carthage par la Cornouaille où ils troquaient les tissus de pourpre contre l'étain, venaient jusque par ici où ils échangeaient des grains de semence (orge et épeautre) contre des morceaux comme le poing. Et quand Mestwina fut décapitée, la chaîne d'ambre qu'elle portait au cou s'éparpilla loin dans l'arrière-pays. Amanda en trouva plus tard quelques bouts dans les champs de pommes de terre. Et quand

Maria me donna un bout d'ambre gros comme une noix, je reconnus, la vieille histoire repartit à neuf, je vis Maria sous un autre jour, d'autres possibilités furent.

Elle était alors encore apprentie à la coopé. Elle avait trouvé l'ambre en déterrant les pommes de terre dans la terre qui restait à Kokoschken. Une belle pièce : la coque jaune grenue s'arrondit obscure autour de la goutte limpide où une mouche est incluse.

Tu n'aurais pas dû me donner l'ambre. Maintenant je raconte tout. Comment tu devins effectivement autre. Comment le rire te passa. Comment tu t'es pétrifiée.

A partir de l'été soixante-neuf, Maria Kuczorra, ci-devant d'abord vendeuse à la coopé, puis à la caisse, travailla comme cuisinière à la cantine d'entreprise des Chantiers Lénine de Gdansk. Elle y gagnait cent douze zlotys de plus qu'à la coopé. Manquant d'expérience culinaire, elle donnait le coup de main derrière les marmites puis, étant donné ses connaissances en matière de prix et de qualité, elle fut affectée aux achats en gros et à la garde des conserves.

Son sens pratique et sa gaîté aidèrent à son prompt succès. Ses expériences coopératives lui valaient des tours de faveur dans ses contacts avec la bureaucratie. Elle fit acheter le gros congélateur. (De même, elle refilait en troisième main des pièces de rechange pour tracteurs contre des légumes verts.) Le menu de la cantine devint plus varié. Mais quand Maria commença d'effectuer une partie de ses achats sur le port-franc et qu'il y eut soudain une réserve d'agrumes à la cantine, elle eut une dispute avec son petit ami Jan, un jeune homme hardi en pensées, timoré par ailleurs, qui rédigeait des prospectus pour l'étranger à la section publicité des Chantiers et avait appuyé Maria quand elle avait demandé le poste à la cantine.

Jan avait étudié la construction de navires, mais était toqué de protohistoire pomorze. La nuit, il faisait des vers. On a publié une étude de lui sur le lyrisme troubadour de Wiclaw de Rügen dans l'Almanach de la Baltique. Son cycle de poèmes sur Damroka, fille du prince Mestwin, première abbesse du monastère de Zuckau, ouvrage riche en métaphores érotiques, avait reçu de la critique un accueil bienveillant mais suscité les protestations de la Ligue culturelle kachoube. On contestait sa thèse selon laquelle le général auquel le prince kachoube Swantopolk infligea une défaite écrasante aurait été le Danois Fortinbras qui, à la scène finale de Hamlet, affirme rentrer de Pologne en vainqueur. Jan voulait reprendre le fil de Shakespeare et écrire une suite à la tragédie. Seulement il n'avait pas le temps. Il écrivait du matin au soir des textes publicitaires pour la construction navale polonaise ; ils étaient traduits en anglais, suédois, allemand et passaient pour efficaces (au sens où l'entend la publicité de l'Ouest) ; le soir, Maria l'attendait ; elle préférait aller au bal ou au cinéma.

Il avait fait sa connaissance à la coopé. Cela commença par une dispute. Il avait rapporté une boîte de conserve de pois qui était gâtée, la mettant sous le nez de la caissière Kuczorra. Quand ils se rencontrèrent le soir dans le jardin public du monastère d'Oliva, Jan dit : Avec ses boucles en tire-bouchon, Maria lui rappelait Damroka, fille d'un prince kachoube, sœur de son héros Swantopolk et cousine germaine de Wiclaw de Rügen. Elle avait fondé le monastère de Zuckau près du ruisseau de Radaune parce que les framboises sauvages y venaient bien. Et il cita son long poème. Maria se plut aux comparaisons historiques de Jan. Elle se laissa nommer par lui Damroka. Bientôt ils s'aimèrent.

Et moi ? Je ne suis pas Jan. Je suis le demi-cousin de Maria. Mais elle m'appelle oncle. A moi, elle n'a donné qu'une pierre d'ambre. Avec un insecte inclus. Je suis l'inclusion. En cas de doute : tard venu et aboli. A côté de moi : je. Hors de moi : je. A moi surimposé. Un ours. Le moi qui obéit en grognant. Là où il manque une latte dans la clôture de l'histoire. Toujours en fuite, fuyant l'époque, à reculons. Écoute. Maria : C'était quand Mestwina portait mon ambre percé en collier. De ses filles et petites-filles descendent Sambor, Mestwin, Swantopolk et la princesse Damroka. Non, c'était moi qui pris le Turbot parlant. Moi, aux banquets des corporations, quand les corps de métier se soulevèrent. J'étais captif dans la tour de Justice à manger mon dernier gras-double. Et quand la peste me salua au passage. Et quand la pomme de terre l'emporta sur le mil. La grande cuisinière qui tourne tout dans le pot m'a tourné à contre-temps. Elle m'écume (toujours) avec l'écumoire. Elle me répartit équitablement. Je suis à point après addition de vinaigre, livèche et cumin, marjolaine, fenouil. Assaisonné, moi, Jan, c'est moi. Maria, selon ta recette.

Il y avait un an déjà que Maria Kuczorra vaquait aux achats de légumes frais, à la garde des conserves, aux achats et (quoique ce fût illégal) à la fourniture d'agrumes à la cantine d'entreprise des Chantiers Lénine quand, à la demande de son ami qu'elle aimait toujours et qui (le soir dans les salles obscures, à l'oreille en dansant) l'appelait Damroka, quand enfin Maria, sur le désir de Jan, ne mena plus ses cheveux chez la coiffeuse, quand vint l'automne et qu'il était largement question dans les journaux de traités prêts pour la signature, quand enfin Gomulka et Brandt apposèrent leur signature à Varsovie au nom des Polonais et des Allemands et — c'est ce qu'on dit à l'époque — firent l'Histoire, quand vint l'hiver et que commencèrent les préparatifs de Noël, ce fut Maria qui conseilla d'effectuer les achats de bonne heure : on parlait trop souvent de priorité accordée aux tâches nationales. Dans les journaux, ce n'étaient que propos sublimes sur la grandeur de l'heure historique. Tout ça, c'était de mauvais augure. « Ils vont relever les prix », dit à Jan Maria.

Ce qui fut fait. Par décret. Pour le sucre, la farine, la viande, le beurre et le poisson. Le 11 décembre. Et on avait voulu se marier au quatrième avent de Noël.

Sur le plan économique, il y avait bien du pour. On ne peut pas tout subventionner. Même le communisme n'y résiste pas. Quand il n'y a pas de marché qui règle les prix, l'État le fait à retardement. Mais, avec les prix, bien des choses, parfois tout se met à déraper.

Le jour où les prix des aliments de base furent augmentés de trente à cinquante pour cent, un vendredi — les petits malins avaient tenu compte du week-end dans leurs calculs — Jan dit : C'était un fait historique que le renchérissement des harengs de Scanie et l'importation de bière à bon marché venant de Wismar avaient plusieurs fois cimenté l'union des corporations en désaccord et le soulèvement contre le patriciat. Puis il spécula longuement sur l'effondrement du prix du poivre à l'époque de la Réforme et la raréfaction concomitante de la viande en Europe centrale, parce que l'expansion avait fléchi dans l'élevage du bétail à tuer.

Maria dit : Si ça s'était passé comme ça dans le capitalisme, un truc pareil ne devait pas arriver dans le communisme. On vous avait appris ça dès l'école. Et si le syndicat ne faisait rien, on ferait sans le syndicat. Et si les hommes manquaient de poil aux dents, ce serait l'affaire des femmes de chauffer leurs maris. Non, non, elle n'avait pas envie de ciné aujourd'hui. Lui, Jan, n'avait qu'à courir et à s'organiser. Elle, Maria, elle en parlerait aux bonnes femmes de la coopé. Elle les connaissait. Elles connaissaient la musique en matière de prix. Il y avait belle lurette qu'elles avaient éventé le chien mort qui était dans la cave. On pouvait compter sur elles.

Et parce que partout les femmes (comme Maria l'avait fait à Jan) avaient remonté leurs hommes — « Et ne rentre pas à la maison tant que les prix n'auront pas baissé ! » — la grève courut, dès le lendemain, à Gdansk et Gdynia, Szczecin et Elblag, le long du littoral baltique polonais, atteignant les dockers et les ouvriers des chantiers. Les cheminots et d'autres emboîtèrent le pas. Même les filles de la chocolaterie Baltic. Comme les directions syndicales du cru ne suivaient pas, il se forma spontanément des comités de grève, des soviets d'ouvriers. La hausse des prix n'était plus seule en cause. On revendiquait l'auto-administration ouvrière : le vieux, l'enraciné, le sot, le beau, l'inextirpable rêve de vouloir s'auto-déterminer.

Aux Chantiers Lénine de Gdansk, vite, avant que la Milice ne commençât les contrôles, on accrut les stocks de la cantine. Opération nocturne. Le lendemain matin, ils arrivèrent de partout, des faubourgs, des banlieues, d'Ohra et du Troyl, de Langfuhr et de Neufahrwasser, ils étaient peut-être cinquante mille, ouvriers et ménagères. Ils défilèrent devant la gare Centrale et s'accumulèrent devant l'immeuble du parti communiste. Là, n'ayant pas grand-chose à dire, ils chantèrent plusieurs fois l'Internationale. On ne discutait que là où était Jan (quelque peu séparé de Maria dans la cohue) parce que Jan était plein de comparaisons historiques qu'il ne savait pas garder pour lui. Comme toujours, il commença par les anciens Poméréliens : par Sambor, Mestwin, Swantopolk et Damroka aux belles boucles. Les ouvriers des Chantiers l'écoutaient encore, mais quand Jan versa dans les digressions, se perdit dans le maquis des règlements des corporations médiévales et compara la revendication des corps de métier tendant à obtenir siège et voix délibératrice au sein du Conseil assis et debout avec la revendication actuelle d'auto-administration ouvrière, les ouvriers ne l'écoutèrent plus.

Puis la masse chanta encore une fois l'Internationale. Seule Maria, refoulée à distance, vit son Jan faire de l'agitation historique : sans auditeur désormais, pris dans une bulle d'air. Elle tenait la tête un peu de côté, avec autour de la bouche un trait annonçant un proche sourire.

Toutes tenaient pareillement la tête en biais : quelque peu soucieuses et en même temps amusées de tant de paroles et de zèle masculin. C'est ainsi, déjà prête à le brocarder, que l'abbesse Margarete Rusch regardait et écoutait le prédicant Hegge quand sur le Hagelsberg il invoquait avec la damnation éternelle tous les diables d'Asmodée à Zaroe. Ainsi attentive, mais le sourire déjà délayé de mélancolie, la cuisinière Agnès Kurbiella regardait par-dessus l'épaule du poète Opitz quand, plein de figures à l'intérieur, il séchait sur le papier blanc. C'est avec cette expression que m'accueillit Wigga, la reine-carotte de l'âge du fer quand je rentrai de la Migration barbare en clopinant car j'avais mal aux pieds. Et Lena Stubbe me regardait de semblable façon, la tête oblique, quand je venais de la battre le vendredi avec la courroie à repasser et cherchais chaque fois la corde ensuite sans trouver le clou. Autrement : sarcastique était le sourire de Dorothée, tête de travers, quand je répandais mes ragots de corporation ou calculais en petite monnaie. Sophie à son tour était pleine de sollicitude quand elle ficelait pour son Fritz détenu en forteresse un colis de pain d'épice auquel elle avait incorporé l'amanite tue-mouche stimulante pilée fin. Et ainsi souriait aussi ma Mestwina quand elle voyait l'évêque Adalbert manger sa soupe de poisson. Aussitôt après m'avoir donné mon supplément de tétée (grande gourde que j'étais) Ava tenait la tête oblique, éperdue de sollicitude et souriante de certitude : il n'y en aura jamais assez, la faim viendra éternellement, il y a matière à se faire du souci.

C'est pourquoi Maria tenait la tête obliquement quand elle vit son Jan bloqué dans la foule et pratiquant pourtant une agitation inouïe : il va tout de suite avoir froid, laissé tout seul avec ses histoires. Il va me chercher pour lâcher son ballot. Car sans moi il ne parle que par anxiété. Je lui dirai tout de suite : Tu as raison, Jan. Il faut voir ça historiquement. Ça ne finit jamais. Même pas dans le communisme. Toujours ceux du bas contre ceux du haut. En ce temps-là, les bonzes s'appelaient patriciens. C'est eux qui ont fait le hareng de Scanie plus cher. Ils ont remonté le prix du poivre bien qu'il y en eût à suffisance. Ils disaient toujours : C'est la faute des Danois. Les tarifs du Sund augmentent. Tout augmente. C'est comme ça. Faut l'accepter. C'est ce que l'État dit par la bouche du Parti. Et le Parti a raison, toujours raison. Et il dit toujours : C'est trop tôt pour la liberté.

Quand Jan eut retrouvé sa Maria dans la cohue, elle dit : « Allons, viens. Maintenant on va aux Chantiers. Là on sera à l'abri. Il n'y manque de rien. Là on attendra la suite. Même si ça dure encore longtemps. On fera la noce après Noël et pour sûr on s'amusera bien. »

Les bagarres avec la Milice commencèrent quand la foule fut pour se disperser. Carreaux cassés à la gare Centrale. Quelques kiosques à journaux incendiés. Plus tard, la centrale du Parti brûla. L'ambiance était plutôt gaie. On avait vu comme on était nombreux. Puis vinrent les arrestations, ce qui amena une partie de la foule devant la prison de Schiesstange. Là-bas aussi, de l'essence par les fenêtres. Un jeune garçon écrasé par une chenillette. Mais pas encore de coups de feu.

C'est seulement le lendemain — les ouvriers des Chantiers Lénine se replièrent sur les emprises, barrèrent les accès avec la milice interne et, pour le cas où il y aurait occupation par l'armée — minèrent les installations importantes des chantiers et préparèrent le lancement prématuré des constructions neuves ; un convoi motorisé amena de Varsovie des unités de l'Armée populaire et la Milice cerna les emprises ; à la cantine d'entreprise, on prépara du porc aux choux et au cumin pour plus de deux mille hommes ; quelques jeunes ouvriers voulurent discuter avec la Milice devant l'entrée principale ; Jan Ludkowski au mégaphone diffusa d'abord les arrière-plans historiques de la grève — en commençant par les soulèvements des corporations médiévales, en passant par la révolte des matelots et ouvriers de Petrograd contre la bureaucratie du Parti et pour le système des soviets, en finissant par la vie chère du temps présent et les revendications d'auto-administration ouvrières formulées par le comité de grève ; Jan cita en conclusion le Manifeste communiste et fit retentir au loin (jusque dans la Vieille-Ville) sa voix pleine, harmonieuse, rude d'homme engagé — c'est seulement alors que la Milice tira, touchant plusieurs ouvriers. Cinq mortellement. Parmi eux Jan.

On tirait aussi à Gdynia, Szczecin, Elblag. C'est à Gdynia qu'il y aurait eu le plus de morts (plus de cinquante) ; la Milice tira en hélicoptère à la mitrailleuse et à coups de mortiers sur la foule. Alors, à Varsovie, Gomulka fut démissionné. L'homme nouveau s'appelait Gierek. Croyant avoir vaincu, les ouvriers cessèrent la grève bien que la revendication d'autogestion ouvrière fût restée sans réponse.

Quand Jan fut abattu par la Milice, il fut frappé au ventre qu'il avait plein de chou au lard et non, comme il l'avait souhaité dans ses poèmes (à l'instar de Maïakovski), au front. Il mourut au milieu d'une phrase. Maria n'avait pu prêter main-forte quand on ramena les morts et les blessés sur les emprises des Chantiers. Elle était à la cantine en train de réceptionner un lot de conserves de poisson offert par l'équipage de deux cargos soviétiques qui étaient en cale sèche. Plus tard, elle se jeta sur l'homme mort qui avait encore la bouche ouverte et le secoua comme si elle voulait lui chercher querelle : Dis encore quelque chose. Dis que c'est logique et clair. Dis que les faits sont tels. Dis, c'est historiquement prouvé. Dis que Marx le savait déjà. Dis que ça viendra. Dis-moi quelque chose, dis...

Après la mort de Jan, Maria n'a pas cessé de travailler à la cantine des Chantiers. Tant qu'on négociait avec l'homme nouveau, Gierek — on fit un compromis bâtard —, les provisions rentrèrent à profusion. L'enterrement des morts se fit à la sauvette, en privé, dans différents cimetières à Emaus, Praust et Ohra. Les familles furent exclues. Jan doit être au cimetière d'Emaus. Comme les quatre autres morts étaient de Haute-Silésie, personne ne les connaissait guère. Beaucoup plus tard on informa les ayants-droit à Katowice et à Bytom. L'affaire était gênante. On la déplorait en haut lieu.

Mais les morts ne comptent pas. La route en fait davantage. Et les veuves et orphelins sont l'objet d'une pensée de plus en plus sociale. Tous frappés au ventre. La Milice avait donc visé assez bas. Cela fut enregistré au dossier pour les temps futurs, mais aucun procès ne désigna les coupables, tous les coupables. C'est exact : la vie continue.

Le deuil proprement dit eut lieu entre Noël et le Nouvel An sur les emprises des Chantiers, en plein air, car la cantine était trop petite. Un jour de froid sans vent. Maria en noir avait pris place à côté d'autres femmes en noir, en face de la tribune de l'orateur, des fleurs, des drapeaux, de la musique, des braseros à pétrole. Les orateurs (presque tous membres du comité de grève) répétèrent qu'on n'oublierait pas. Ils parlèrent de victoire des ouvriers solidaires, même si tout n'avait pas été obtenu. Sur les chantiers d'à côté il y avait deux navires habités par les seules mouettes. (Grosses commandes pour la Suède. On les aurait lancés en l'état si la Milice avait donné l'assaut.) Jan avait encore travaillé aux prospectus — réclame où les progrès étaient illustrés par des photos de carcasses. Un des orateurs mentionna l'activité de Jan qu'il qualifia de fantaisiste. (On passa sous silence la suggestion toujours rejetée avec fracas de Jan : épingler aux nouvelles constructions de bateaux pour passagers des noms poméréliens comme « Swantopolk » ou « Damroka ». Stefan Batory, disait-il, n'était pas un Polonais, mais un Hongrois de Transylvanie, et pourtant un navire portait fièrement son nom.)

L'orateur du Parti parla pour finir, distribuant les responsabilités sans citer de noms. Quelqu'un, dans la foule des ouvriers des Chantiers debout, cria un nom . « Kotiolek ! » Maria ne pleurait pas ; elle avait comme une barre dans la gorge. Les autres femmes en noir pleuraient. Entre les discours, elles pleuraient plus fort. Des hommes pleuraient aussi.

Après les discours, la fanfare des Chantiers joua une musique d'abord solennelle, puis belliqueuse. Sur les pétroliers en chantier, les mouettes s'élevèrent pour redescendre se poser. Ensuite un comédien dit un poème que Jan avait écrit sur la mort. Certes là où il parlait du poète dont on disait qu'il dut se tuer à vivre, il songeait au lyrique baroque et historiographe de la Cour, Martin Opitz ; mais, par l'interprétation accentuée du comédien et dans le cadre de la cérémonie funèbre, la phrase « Avec le sang, les mots s'arrêtent... » ne visa plus que Jan. Ce vers se répétait à chaque strophe. Venaient aussi des métaphores où « la mort sombre » rimait avec « décombre ».

Une fois le poème récité, Maria ne put retenir ses vomissements. Deux hommes des Chantiers emmenèrent la jeune femme encore secouée de spasmes, devant les orateurs, les fleurs, les drapeaux, les braseros à pétrole et la fanfare, entre les hangars où elle put se soulager à fond. Avant la cérémonie funèbre, Maria était allée chez la coiffeuse.

Plus tard, à la cantine, après avoir bu du thé, elle eut une envie de concombres au fenouil. Mais il n'y en avait plus. Et une des femmes en pleurs, la mère de Jan, qui était venue de Konitz, dit aux autres pleureuses en noir, quand les familles des tués se retrouvèrent à la cantine : « Elle a ça de mon fils. Ils allaient se marier. Ce sera peut-être un garçon. »

Mais ce furent deux filles qu'on baptisa Mestwina et Damroka Elles auront bientôt trois ans et connaissent une photo de leur père. Elle est sur la crédence à côté d'une nef de charge, dite Kogge, fidèle à l'histoire. Quant à Maria qui est de ma parenté et m'a donné un morceau d'ambre avec une mouche incluse qu'elle a trouvé dans le champ de pommes de terre, Maria qui partout, à la coopé, à la cantine, avait passé pour rieuse, devint de pierre. Elle ne parla plus que sur un ton dur.

Quelques soucis vestimentaires, proportions féminines et dernières visions

Elles ne veulent rien dire de Maria. Le Conseil consultatif dans le dos, divisées comme lui, mais d'accord sur le fond : elles siègent et font le Jugement dernier. Parce que le Turbot se refusait aussi à répondre des cas Sibylle Miehlau et Maria Kuczorra, la ménagère Elisabeth Güllen et la biochimiste Beate Hagedorn quittèrent l'ancienne salle de cinéma en proférant des protestations. Immédiatement après les débats sur le cas Lena Stubbe, la petite mère Hagedorn cria : « Je conchie le passé. C'est aujourd'hui qu'on opprime. Partout. Comme en Pologne, même s'ils ont là-bas un truc comme le communisme. Ils n'ont pas fait grève seulement contre le relèvement des prix. Ce n'étaient pas seulement d'habituels soucis de ménagères. L'enjeu était plus grave. Et ça continue là-bas. Ce qu'il nous faut, c'est la grande action. Faut sortir dans la rue et crier. Nous devons nous refuser. Et pas seulement dans le lit. Tous azimuts et totalement. Tant que plus rien ne marche. Jusqu'à ce que ces messieurs viennent à Canossa. Jusqu'à avoir l'affaire en main ! »

Le jugement doit être bientôt prononcé. Au cours du mois de mai, tant que dura la récapitulation finale des attendus et que toutes les charges furent encore une fois notées au procès-verbal, le Turbot accusa un changement visible : quand il quittait son lit de sable, il nous apparaissait, à nous et à la presse qui était à l'affût des dégâts identifiables de la détention, de plus en plus transparent, comme vitreux. On pouvait détailler son arête axiale. Par moments, on distingue ses entrailles. On reconnaît la laitance, preuve de sa virilité.

C'est pourquoi le Conseil consultatif insite pour qu'on en finisse, rende le jugement et l'exécute. Les consultantes (sans la Hagedorn et la Güllen) se sont imposé d'ultimes délais. Encore une fois je les sens toutes, telles que je les aime ou les hais, telles qu'elles m'indiffèrent et que je peux (du point de vue du public) me les imaginer. Prenons par exemple Sieglinde Huntscha : toujours en jeans et veste de cuir râpé. On pourrait dire qu'elle a une ligne de sportive accomplie si je ne savais pas qu'elle a les pieds plats ; c'est pourquoi, quand la procureuse plaide, elle a garde de n'aller et venir, mais parle sur place (avec un discret accent saxon) : « Étant donné que même dans le cas Stubbe le comportement coupable de Turbot ne doit pas faire de doute… »

Mince également, mais avec une poitrine mamelue, telle siège la défenseuse d'office en chemisier brodé qu'elle aime à refermer par des nœuds de ruban. Bettina von Carnow, assise, fait un dos rond et ne sait jamais comment tourner son cou trop long ; n'empêche, dès qu'elle se lève et se risque à marcher, qu'elle a les proportions d'un mannequin.

Parmi les assesseuses émerge Helga Paasch, colossale quand elle est assise. Nous avons en elle une personne dans les trente-cinq ans insoucieuse de son châssis qui porte des tailleurs soulignant à l'excès sa complexion rectangulaire. Quand elle parle : « Ah la la ! Ce que vous en faites des histoires ! », elle balaie de la table des objets invisibles.

Pareillement tonique, mais de coupe délicate et vêtue de robes à petites fleurs très jeune fille, érigée comme un point d'exclamation, telle siège Griselde Dubertin. A l'occasion en jupe-culotte Tranchante dans ses interruptions. Âpre dans ses remarques en marge. Toujours sur le qui-vive, toujours d'un autre avis, excessive dans ses expressions, elle fait contraste avec Thérèse Osslieb dont le flegme placide fait tache d'huile sans même qu'elle parle et aplanit les énervements subits (conflit avec le Conseil consultatif).

La petite mère Osslieb porte des robes-tabliers, des jupes-portefeuille et des dessous de son arrière-grand-mère tout bordés de dentelle. Sa façon d'exister est tragique à l'égal de celle où pend son amie Ruth Simoneit qui, sauf quand, prise de boisson, elle titube sur la scène et envoie tout au diable (avec elle) a bonne apparence dans sa beauté tournée en relief où cliquette appendue, en sus de l'ambre, une superfluité de quincaille asiatico-afro-indo-multi-exotique.

A côté d'elle, tout n'est pas rose pour l'assistante sociale Erika Nöttke. Empruntée comme elle l'est, elle est confite dans son lard névrotique qui ballonne habituellement sans grâce, gris sur gris, ses pullovers et tend ses jupes plissées. Bien qu'elle soit la plus jeune du jury, elle a l'air d'une rabat-joie. Son jargon professionnel — « intégration resocialisée » — ne peut donner de poids à son intonation : elle pépie. Personne ne l'écoute. Ses tirades trop longues se perdent en interruptions sulbalternes (Griselde Dubertin) ou bien dans les rouspétances de la femme Paasch ou dans la continuelle agitation du public, bien qu'Erika Nöttke, plus que tout autre assesseuse, tâche de parler du sujet.

Tout autre Ulla Witzlaff à qui toute donnée de provenance historique rappelle comme par hasard des exemples privés qui intéressent toujours des auditeurs : « Près de chez nous, dans une petite île qui s'appelle Oehe, habitait une vieille femme qui gardait ses moutons... » Ulla est la plus belle, même si elle n'est jolie de nulle part. On peut s'éprendre de ses cheveux. Elle vient la plupart du temps en jupes flottantes et parfois, inopinément, en femme du monde dans une robe noire de soirée : une vraie entrée en scène. Le public autorisé applaudit. Et la présidente du tribunal doit (non sans discrétion toutefois) faire preuve d'autorité.

Frau Dr Schönherr doit avoir dans les quarante-cinq ans. Mais comme cette ethnologue en renom s'habille en dehors du temps (la touche décemment sportive ou l'écossais), son âge demeure pour ainsi dire en blanc. D'elle émane le calme. Jamais elle ne prend nettement parti. Elle reste d'un détachement plurivoque même quand elle en vient à juger. Toutes les assesseuses — turbocrates ou d'opposition — croient avoir Ursula Schönherr avec elles. Même le Comité consultatif révolutionnaire fout la paix quand elle érige en axiome la solidarité féminine.

Neuf mois durant, elle a conduit le tribunal féministe par toutes les chausse-trapes et s'est à ce point prodiguée en sollicitude qu'en la toujours accorte Ursula Schönherr je peux identifier mon Ava du néolithique telle qu'elle encombre mes rêves.

Mais Ava était grosse, non grasse, presque informe. Les fesses lui descendaient aux genoux, en exacte conformité du canon néolithique qui, comme tout le reste, était fixé par les femmes. La référence aux jambes courtes a de ce fait marqué la forme originaire des vases, car la petite tête d'Ava faisait menu en comparaison de ses épaules rondes où s'engageait un rien de cou. Sa chair débordait partout. Partout ce n'étaient que refuges capitonnés, creux et replis comme prêts à se couvrir de mousse. Là où de nos jours la manie gymnastique prescrit à la cuisse féminine une rectitude ennuyeuse, les cuisses d'Ava recelaient, en leurs bourrelets successivement naissant du genou au pubis, une beauté archétypale riche en fossettes où s'exprimait la bonté. Partout des fossettes. Et là où le dos tourne en séant, on observait des concentrations surpeuplées.

En tout cas les cotes d'Ava se retrouvaient dans la religieuse Rusch qui cultivait son panicule graisseux — soit par goût de la chaleur qu'elle dispensait volontiers, soit pour enrichir la résonance convenable à son rêve. Il vaut la peine d'énumérer tout ce qui tremblotait chez Gret la Grosse et se chiffonnait quand éclatait son rire soudain, qui faisait des bulles et remuait son corps puissant : le menton à voussure quadruple, les joues, bajoues, abajoues, les seins pareils à des bastions gras ceinturant jusqu'à l'échine, le ventre qui comme toujours fécond faisait péter toutes les coutures, et ses bras duvetés de blond dont la circonférence égalait la taille gothique de Dorothée de Montau.

Avant de comparer Dorothée à Sophie — l'une était comme en verre soufflé, plate à pleurer la seconde, mais toutes deux increvables — il me faut rappeler qu'Amanda Woyke globalement confinait à la pomme de terre : ferme, arrondie et prenable dans sa chair Pareillement compacte, mais plus petite, était Mestwina, tandis que Wigga fit tôt des concessions à sa charpente rude et comptait plus sur l'os que sur la viande. Lena Stubbe au contraire, ayant débuté par une fraîcheur de pomme, resta fidèle à soi de telle sorte qu'en son âge avancé elle rappelait toujours la pomme, mais grivelée.

Dorothée ne pesait rien. Apparition volatile, douloureuse, car sa beauté ne rimait à rien. Sa dotation charnelle était si courte qu'elle ressemblait aux chèvres d'étable qui au printemps, quand le son manque, ne sont plus qu'un fantôme à effrayer les enfants. Il est possible de décrire le dépôt graisseux saisissable sur son pourtour : mais le peu de chair de Dorothée de Montau ne peut ressusciter que si je mesure les espaces qu'il occupait. Ses vêtements amples, amplifiant chaque geste. Elle empruntait ses déguisements aux malades quand elle revenait en haillons de l'hôpital du Corps-de-Jésus, ou drapée d'un drap mortuaire trempé de sueur. Ses cheveux, sinon sa chair, avaient du poids. Leur flot dénoué pendait, filasse, jusqu'à ses genoux. Ainsi, le vent dans les voiles, en cheveux, elle occupait l'espace, marchait par les rues que vidait son approche, vibrait en extase, gisait comme un sac noué qui tressaille, ses cheveux sur elle épandus, parmi les mendiants de Sainte-Marie, ou hantait par temps de brouillard au sol les abords des portes : avide d'apparitions.

Même là où aucun homme n'a pu s'égarer et ailleurs, Sophie était strictement mesurée. Plate, anguleuse, d'une grâce d'éphèbe, sur des jambes de sauterelle, rameau d'osier tenace, flexible, mais aussi cinglant. Les cotes de Sophie ? Sauf sa voix impérieuse, ne compte que sa démarche élastique toujours en avance sur elle-même. Même vieille fille, elle resta comme une poignée ; cela lui suffisait, faisant balle, pour dynamiter la cuisine et mettre au jour cette revendication, toujours en vogue aujourd'hui, d'un gynarcat jadis perdu.

Et Agnès ? Elle ne pesait pas. Elle n'avait pas d'air. On ne la voyait que sur des tableaux peints et détruits par le peintre Möller. Elle aurait (Opitz le suggère) eu les cheveux frisés. Je revois ses pieds nus. Parfois, quand la porte s'ouvre à petit bruit, j'espère : voici Agnès ; mais c'est toujours Ilsebill qui s'amène.

Maintenant elle remplit mon ébauche placée sur le plat pays. L'assiette avec le ciel au-dessus. Fracto-nimbus bas de pluie et autre plat unique. Les yeux roulent d'un bord à l'autre. Faute de pouvoir réaliser Agnès, je place Ilsebill dans son plein sur le delta entre Käsemark et Neuteich, là où la Vistule avec son ciel par-dessus permet les libres figures atmosphériques ; ou bien ici, entre Brokdorf et Wewelsfleth, sur le polder de la Wilster.

La rivière toujours derrière elle, Ilsebill est couchée. Épave indolente aux mesures d'une femme. La chair semée de ses fossettes jetée sur la hanche droite si bien que le bassin mis sur chant barre le ciel. Son bras fléchi prend appui exactement là où les hommes aux serviettes pleines de rapports ont prévu la centrale atomique. Elle barre tous les projets. Un de ses seins se penche sur la digue. Son pied droit joue avec la Stör, affluent de l'Elbe. Couchée sur son poids comme sur la durée. Sous elle, au pli de sa jambe gauche, les pylônes de la haute tension, jambes écartées, courent la campagne : l'énergie murmurante, les vieilles rumeurs, la légende de l'ambre succin, il était une fois.

Autour d'Ilsebill grouillent avec leur tour de col les bonshommes qui ont tout loti, projeté, assaini, sécurisé. Par-dessus elle : à réaction, en approche oblique, des manœuvres locales de l'OTAN retravaillant perpétuellement le coup dur. Ainsi couchée, elle dépasse le temps. Bouches actuelles et futures de la Vistule et de l'Elbe. Son ombre en mouvement lent : l'Histoire non écrite, mais existante et traînante. Les rues qu'ils doivent éviter. Masquer pour les protéger. Panneaux de mise en garde qu'ils renient. Une clôture double dont ils se protègent. Des enjambées d'hommes autour. On jalonne le bref. Performance que cherche le regard d'Ilsebill. Elle doit garder un silence étonné. Mais selon qu'il lui plaît elle roule sa chair sur l'autre bord. Nous appelons cela mouvement. En ses proportions, elle réfute la puissance administrée par les hommes. Voici qu'Ilsebill devenue paysage se ferme à toute interprétation. Laisse-moi entrer ! Je veux me tapir en toi. Disparaître en entier et loger mon intelligence. Je veux être au chaud et renoncer à fuir...

Mais, comme je voulais me rapprocher de mon Ilsebill, elle dit : « J'en aurai bientôt fini. Déjà ça tire. Ce sera un garçon. On l'appellera Emmanuel. Qu'est-ce que tu veux encore ? Toujours ça, rien d'autre. Je n'en ai plus que faire. Tire-toi ! Tire-toi enfin. Va, ou bien dis-moi où en est le Turbot... »

Le Féminal

C'est ainsi que le Turbot, pendant le débat de clôture de son procès, nomma le tribunal féministe. Il ne disait plus : « Voyons, honorables dames ! » Ce n'était plus le patriarche faisant ami-ami : « N'êtes-vous pas toutes mes filles chéries ! » Il n'essayait plus jamais de marquer un point par l'ironie en tournant en ridicule l' « Assemblée des Ilsebills » ou, après Schopenhauer, « La Haute Cour à cheveux longs » ; il aimait mieux réduire au sténogramme « Féminal » l'assemblée qui l'accusait. Que le Féminal rende sa sentence. Quelle que fût la sentence, seul le Féminal énonçait le droit. Seul le Féminal était pour lui une instance supérieure.

La détention prolongée avait rendu le Turbot si transparent et incolore jusqu'à la nageoire caudale qu'il exprima en termes diaphanes l'aveu de sa culpabilité qui d'ailleurs était déjà un programme ouvrant des horizons nouveaux : « La peine devant être prononcée m'obligera désormais envers le Féminal. » Pour être encore plus clair, il compléta l'abréviation qu'il venait d'inventer en parlant de « Féminal dernier », ce qui éveilla derechef le soupçon d'ironie ; les femmes émancipées se sentirent jusqu'à la fin mal à l'aise vis-à-vis du pleuronecte accusé.

Et pourtant ! Quelle injustice ! Qu'est-ce que ces bonnes femmes n'avaient pas fait à mon Turbot ? Cette pâleur ? Était-ce encore sa voix ? Elle ne chuchotait plus de conseils paternels à l'oreille de son fils. Plus de reproches, de menaces, de commandements. Où s'était-il enfui, ce savoir astucieux ? Il n'avait plus envie de couper cyniquement la parole à personne, à aucune Ilsebill. Il n'y aurait plus d'occasion de salves de rire brassant en profondeur son lit de sable et nos couches psychiques inférieures.

De même qu'au commencement des débats, quand étaient à l'ordre du jour Ava Wigga Mestwina, il avait cherché refuge dans les ragots mythologiques, dès que l'accusation le serrait de près, en murmurant d'obscures paroles primordiales invoquant parmi d'autres le dieu Poséidon, de même il se livrait maintenant en toute simplicité : « Voyez comme je suis. Perméable. Scrutez-moi. Rien ne vous restera caché. »

Et de même que, tant que furent débattues les affaires Dorothée Swarze, Margarete Rusch et Agnès Kurbiella, chaque date historique — concile de Constance ou bataille de Wittstock — lui avait ouvert une ligne de fuite dans des déductions plus vastes, maintenant il renonçait à ses arguties et parlait du sujet en connaissance de sa responsabilité. Plus de prieur des dominicains disposé (en forme de turbot) à distiller du droit canon. On ne devait plus jamais l'entendre nasiller des citations empruntées au règlement de corporations médiévales. Plus d'exhibitions inquisitoriales des preuves matérielles. Plus de citations du Mallcum Maleficarum. Sans cet accent de catastrophe qui aurait pu ranger en ordre iambique la peste, la faim, la guerre qui s'éternise et ma période biographique baroque, le Turbot s'exprimait : « J'ai... Je suis... Je ne veux plus jamais... A l'avenir, je... C'est bien fait pour moi. »

Ô Dieu ! Comment elles t'ont arrangé ! Il ne voulait plus peser soigneusement le pour et le contre, pratiquer l'art de relativiser, bien que des comparaisons prolongées lui eussent apporté des avantages tant qu'on traitait d'Amanda Woyke et de Sophie Rotzoll (et de moi dans mes rapports avec elles). Jamais plus le Turbot ne disait « Bref » en l'exorde d'un discours prolixe. Ses immenses lectures ne s'exprimaient plus. Plus d'écho fait aux Pères de l'Église ni aux hérétiques. Il avait reconnu que le Féminal, à travers lui, s'attaquait à Augustin et Thomas. N'avait-on pas accusé tous les grands de l'esprit, d'Erasme jusqu'à Marxengels, et — quand fut débattue l'affaire Lena Stubbe — le bon vieux Bebel ? Est-ce qu'avec lui on n'avait pas condamné trois mille ans d'histoire ? Le Turbot n'aurait-il pu dans sa péroraison s'employer à fond, donner l'accord final à son époque, faire un bilan fortissimo à l'orgue, illustrer la cause masculine et, avec elle, la civilisation comme un échec, non dépourvu toutefois de grandeur tragique, la hausser sous l'aspect de progrès culturel sur des gradins savants et la célébrer par un decrescendo sinon liturgique, du moins tenant lieu de chœurs, en un hymne dont les registres inférieurs eussent témoigné d'une performance durable (la cathédrale de Strasbourg, le moteur Diesel), les registres supérieurs d'implications coupables (la fusée lunaire, l'atome éclaté) et les registres intermédiaires d'une virile affliction (sollicitude du père de famille, charge fiscale) en polyphonie richement orchestrée ?

Mais il n'actionna pas de registres. Bien que sa prise de parole finale ait été qualifiée de valable, laissant cette impression que l'on appelle tenace, ce n'était plus le vieux Turbot qui m'était familier, mais le nouveau que je ne connaissais plus. Lui, le vieux finaud, l'inventeur d'anecdotes farfelues qui avaient forcé le sourire même des bonnes femmes assemblées (dans leur frigidaire froideur) ; lui pour qui tout, même la mort de la pauvre Sibylle Miehlau, avait prêté à rire, il plongeait dans la gravité — pourtant je suis sûr qu'au fond, quelque part, de sa nature poissonne, il rigolait en douce.

Toujours est-il que le Turbot labourait des champs sémantiques où seule la morale promettait une récolte de pain gris. Lui, le polyrhéteur, le maître de l'excursus, lui, le mariolle à qui tous les trucs avaient été bons, se découvrait comme s'il était vulnérable. Il ne songea même pas à retrouver son lit de sable quand l'accusation lui darda sa dernière pique. De consistance vitreuse, il s'offrait pourtant : chaque mot portait. Comme il était fragile, en nage planée dans son logement. Non plus assignable à contrainte par corps et pourtant (les photos l'ont prouvé) pleinement là. Livré tout seul au Féminal, aux multiples Ilsebills.

Elles s'étaient mises sur leur trente-deux. Appendues d'argenteries exotiques, les cheveux piqués de plumes et de fleurs. Ruth Simoneit drapée dans un châle. Les cheveux d'Ulla coiffés en obélisque pour montrer ses anneaux d'oreille. Même Erika Nöttke portait parure : un petit rang de perles. Des bracelets soulignaient de leur cliquetis toutes les remontrances de l'accusation. Sieglinde Huntscha nomma le Turbot : « Esprit de violence. Père de la guerre. Instigateur de toutes les guerres. » Elle s'écria : « Nous vous connaissons. Vous êtes le principe destructeur, ennemi de la vie, le principe meurtrier, masculin, le principe guerrier ! »

Sur quoi le Turbot dit : « Oui. C'est ça. Il en fut ainsi jusqu'à présent. J'ai déclaré que la guerre était la mère de toutes choses. C'est en accord avec mes instructions que, des Thermopyles à Stalingrad, on a tenu la position jusqu'au dernier homme. Inflexible, j'ai dit : tenir bon. J'ai sans trêve célébré la mort pour n'importe quoi — pour la grandeur de la Nation, pour la pureté de telle ou telle idée, pour l'honneur de Dieu, pour la gloire immortelle, pour un principe abstrait : la Patrie (une invention à moi), je l'ai déclarée être le contenu proprement dit de la vie. On connaît le bilan. Les hommes ont été radicaux dans le meurtre et minutieux dans le dénombrement des morts. Presque partout en Europe, les automobilistes en vacances peuvent trouver sur leurs cartes les lieux généralement charmants où les hyper-cimetières militaires sont devenus un élément du paysage. Les croix mortuaires uniformes témoignent de la Première Guerre mondiale jusque dans la Seconde ; dans les églises de village, on lit gravés dans un seul marbre les noms des morts des deux guerres. Au fait, de quoi s'agissait-il ? Même moi, l'instigateur, je n'en sais trop rien. Certes, après les guerres, je nourrissais l'espoir — mais de quoi ? D'un changement profond des mentalités ? D'une grande prise de conscience ?

La paix qui éclata en 1945 n'a plus permis que des conflits limités ; ça, les grandes puissances pensives pouvaient se l'accorder sous le manteau de l'équilibre atomique. Pourtant ces conflits limités entraînèrent également des millions de morts, même si — depuis qu'il y a une politique planétaire — on ne comptait plus avec une minutie européenne. Je citerai la guerre de Corée, la guerre du Vietnam, le génocide du Biafra, la guerre d'extermination contre les Kurdes, toutes les guerres du Moyen-Orient jusqu'à celle du Yom-Kippour, les guerres indo-pakistanaises, un exemple relativement petit : la situation durable de l'Irlande du Nord ; et la Milice polonaise a tiré sur les ouvriers des chantiers navals en grève, c'était en décembre 1970. Des morts ! Des morts ! Des nombres à deux, trois, quatre, cinq et six zéros.

D'où vient cela ? Qu'est-ce qui pousse les hommes à s'entre-détruire ? Quelle rationalité est-elle à l'œuvre quand une bonne part du salaire du travail est investie dans des technologies d'anéantissement toujours plus parfaites ? Quel démon sécularisé pare-t-il si brillamment le portrait de l'ennemi pour que les gens, la paix étant déclarée, ahanent en se faisant face sous le poids des armements ? Entre quatre-z-yeux, aveuglés, sûrs de leur affaire ? Est-ce toujours Belzébuth ? L'instinct dit de mort ? Ou bien, dernière nouvelle, moi, le Turbot du conte de fées ? Le principe masculin parce que guerrier ?

Le Féminal a vu clair et l'exprime avec justesse : Tout cela, cette vie tournée vers la mort que des perroquets affirment hautement pacifique, est actionné avec rigueur et résolution, avec une technicité pragmatique et une exigence morale, par les hommes seuls. Béni par les talapoins de telle ou telle religion, tout cela, qu'anime un entrain littéralement suicidaire, est programmé par des hommes, des hommes seulement, correctement exécuté (même s'il y a des bavures), hautement apprécié et investi d'un sens. Je parle en connaisseur. La paix et la guerre procédaient de moi. C'était ma volonté : les hommes font l'Histoire. Les hommes déclenchent les conflits. Les hommes répondent présent et tombent, et ça jusqu'au dernier. Les hommes craignent le coup dur et en rêvent. Les hommes sont méthodiquement instruits à mourir jeunes. Les hommes sont à tue et à toi avec la mort. Les hommes — pour citer un adage — ont vu dans le fusil la « fiancée du soldat ».

Et tout ça tant que j'opère en prodiguant mes conseils. Tout ça tant que l'historiographie met des dates. Pris d'une exaltation grandiose, héroïques par naïveté, dans un mépris de la mort que nourrit la peur, ils sont partis et partent à l'assaut — par-dessus les tombes, en avant. Je me permettrai de remémorer les époux de Lena Stubbe : ils passèrent l'arme à gauche, l'un à Mars-la-Tour, l'autre à Tannenberg ; c'étaient deux héros moyens.

Mais tout cela non seulement en cas de guerre : les processus révolutionnaires sont des envoûtements orgiastiques ; tel ou tel principe masculin de pureté eut pour conséquences des procès d'épuration ; que l'Inquisition raffinât ses méthodes d'interrogatoire en l'honneur de Dieu, que la guillotine fût saluée comme un progrès humanitaire, que les procès-spectacles staliniens reçoivent la bénédiction des initiés et des ignorants, que dans les camps de concentration nazis la rééducation jusqu'à ce que mort s'ensuive se soit réduite à un simple acte d'administration bureaucratique : en tous temps ce furent des hommes qui, avec une ardeur froide, animés par la foi, au service de la juste cause du moment, le regard fixé sur le but final, pareils à des archanges et avec une certitude lugubre, ont anticipé la mort d'hommes : sûrs d'eux-mêmes, croyants, loin des femmes et des enfants, en revanche tendrement, passionnément dévoués aux instruments utiles en l'occurrence, comme si le meurtre était la continuation de la sexualité par d'autres moyens. Qu'on aille aux bals des sociétés de tir, qu'on assiste à des duels de voyous, qu'on trouve son plaisir autour de terrains de fusse-balle ou qu'on se mélange pour l'Ascension à la foule quand ici, à Berlin, on célèbre à grands cris la Fête des Pères : c'est la même agression accumulée, à l'affût des occasions. Ce rut : pénétrant et destructif.

Bien entendu, il y eut pareillement toujours de nouveaux apôtres de la paix et des hommes pour oser une parole hardie et citable contre la guerre. Je me permettrai de rappeler au Haut-Féminal le poète Opitz qui, en pleine guerre de Trente ans — on sait avec quel insuccès — a tenté de déclencher la paix. Ou bien le discours du vieux Bebel contre la guerre. C'était au printemps de 1913, et l'Internationale socialiste l'acclamait. Nous le savons : des cantiques et des traités philosophiques chantaient, appelaient de leurs vœux la paix, la tournaient en allégorie et l'intériorisaient à satiété. Mais parce que jamais on n'a sérieusement tenté de résoudre les conflits de la société humaine en dehors des catégories masculines, on en resta au pacifisme assertorique ou aux subtiles distinctions faites entre les guerres justes et injustes. Il était et il reste des croisades possibles au nom de l'amour du prochain. On décrétait et on décrète contraignante l'autodétermination de l'homme. Le principe de la

Libre Économie de Marché entraîne la sous-alimentation permanente de millions de gens : la faim est aussi un fait de guerre !

Et parce que l'Histoire se présente comme une suite obligatoire de guerre et de paix, de paix et de guerre qui serait une loi naturelle excluant toute autre possibilité ; comme si une force extraterrestre — qu'on me prenne comme exemple avéré — avait tout institué en destin, comme si l'agression devait se décharger de la sorte et non autrement, comme si la paix ne devait jamais être, chaque fois, que le laps de temps où l'homme se prépare à la prochaine, ce cercle vicieux est à jamais fermé — sauf dans le cas où le briseront celles qui à ce jour n'ont pas fait l'Histoire, qui ne furent pas appelées à résoudre de conflits historiquement notoires, à qui j'ai virilement prescrit l'Histoire, à qui l'Histoire n'a jamais apporté que la souffrance, qui alimentent le processus guerrier et doivent compenser les pertes en matériel humain : les femmes en tant que mères.

Cela sera-t-il possible ? Le Féminal ne s'est-il pas rendu compte du stoïcisme muet d'Amanda Woyke, cuisinière des communs, qui se laissait faire un enfant après l'autre dans l'intervalle des batailles de la guerre de Sept ans sans demander pour quoi c'était ? Et ne fut-ce pas jusqu'à ce jour la règle que les mères, épouses et sœurs des hommes qui s'entretuent restent muettes, se pétrifient en un monument de la femme des Sept-Douleurs, ou même admettent qu'on les honore comme mères de héros ?

Le Féminal auquel je me suis livré, qui rendit ma culpabilité manifeste et auquel reste offerte ma volonté d'expiation, ne devrait pas se contenter de rendre une sentence, mais comprendre aussi que désormais le pouvoir écherra aux femmes. Elles ne seront plus tenues de rester en marge sans mot dire. L'Histoire veut recevoir une empreinte féminine. Tournant des époques ! Déjà l'homme excédé oublie son texte. Voilà qu'il veut ne plus vouloir. Qu'il se complaît dans le sentiment de sa culpabilité. C'est fini, n, i, ni ! Que le Féminal mette un point pour que renaisse l'avenir.

Et pourtant nous nous posons la question : pourquoi maintenant et pas plus tôt ? Pourquoi des millions de mères, de sœurs et de filles ont-elles sans protester laissé se faire les guerres des hommes ? Jusqu'à nos jours, les femmes ayant subi une perte irréparable se cramponnent à une consolation : leur mari, leurs fils, leurs frères. tous les héros seraient tombés dans les marais du Volkhov, dans le désert libyen, dans l'Atlantique Nord et par combats aériens pour quelque chose et non pour rien ; la mort des fils, frères, pères, aurait eu un sens. La logique, procédant des catégories de l'acception masculine de la puissance et de la morale, permet de démontrer que la cause qu'on défend est la bonne, que c'est l'autre qui a commencé, qu'on s'est trompé mais de la meilleure foi du monde qu'on croyait bien faire, que dans le fond on voulait la paix, mais qu'une faiblesse militaire marquée, comme le pacifisme et autres enfantillages, ne fait que provoquer l'agresseur, qu'en dépit de toute souffrance il est méritoire de mourir pour la patrie menacée ou pour une idée surgie — c'est la règle — d'une cervelle masculine ; et d'ailleurs il faut bien mourir de toute façon. — Ajoutons que les hommes survivants, par un esprit chevaleresque dûment appris, ne manquèrent jamais, après les guerres gagnées ou perdues, de s'incliner avec respect devant les mères et les veuves. Après les défilés de victoire viennent les cérémonies en l'honneur. Les journées de deuil national se déroulent avec facilité. Il n'y a pas à redouter que les morts protestent. Et que disent les mères ?

On voit sur le buffet, accrochées au-dessus du divan, les photos encadrées de jeunes hommes à l'innocent sourire ou au regard gravement concentré en uniforme de sortie ; leur gravité, leur sourire sont demeurés promesses. Dans les tiroirs et les sous-mains gisent préservés les bulletins scolaires, les lettres de la poste aux armées, la dernière affirmation : ‘ Je suis très bien ici ’ et des coupures de journaux à bords noirs, annonces de décès qui, sous la déclaration finale, reprennent encore une fois toutes les décorations et distinctions. Archives millionnaires demeurées sans suites politiques. Aucun vote des femmes n'a pu empêcher — les ruines étaient encore debout — qu'on ordonnât le réarmement. Les femmes prirent dévotement la succession du délire virilement choisi. Et même là où les femmes réussirent à obtenir une influence politique, elles ont — de Madame de Pompadour à Golda Meir et Indira Gandhi — toujours mené leur action politique sur le lit de Procruste du sens historique masculin donc — selon ma définition — l'ont continuée sous forme de guerre. Cela pourrait-il changer ? Un jour, par conséquent, en principe ?

Le Féminal ne restera pas sans conséquences. Notre époque est marquée par le besoin impérieux d'émancipation féminine. Les femmes, dit-on, se sont politisées. Elles s'organisent. Elles prennent des airs belliqueux et ne se laissent plus couper la parole. Elles enregistrent déjà des succès partiels. Mais — question qui me préoccupe — est-ce que la revendication de l'égalité juridique des sexes va déboucher sur une rupture du canon éthique masculin ? Ou bien l'égalité de droits entre les sexes n'aura-t-elle pour suite que de porter au carré l'appétit masculin de pouvoir ?

Pour un peu je craindrais qu'il ne manque aux femmes un

conseiller opiniâtre, continu, voire supraterrestre. Mais comment pourrais-je, moi, l'incarnation du principe coupable, viril et — ce qui fut démontré — guerrier, être susceptible de soutenir la cause des femmes, désormais la seule cause féminine ?

Je veux. Je pourrais. Je sais déjà comment m'y prendre. Que le tribunal veuille apprécier. »

De même que mon Ilsebill veut toujours les deux à la fois — exercer une profession libérale tout en étant fonctionnaire, habiter la campagne et faire du théâtre dans une grande ville — comme elle recherche d'une part la vie simple (cuire son pain elle-même) sans pouvoir renoncer à un certain confort d'autre part (l'autre jour, c'était un machin tout automatique à laver), ce qui contraint ses désirs, pour divergents qu'ils soient, à courir volontairement par couples : de même le tribunal féministe (étant un Féminal) après le discours final du Turbot fut tiraillé divisé quand il s'agit enfin de statuer sur son cas. Somme toute, la peine de mort était la sanction exigible si l'on n'avait pas eu besoin de ses conseils à titre d'expiation.

En tant qu'ensemble, on souhaitait les deux ; en tant que fractions l'un ou l'autre. Tandis que le parti turbophile s'opposait à la liquidation de l'accusé, rejetait par principe la peine de mort, envisageait à la rigueur un châtiment symbolique, voulait ensuite engager le Turbot comme conseiller à titre de réparation et par conséquent le restituer à son élément naturel, la minorité extrémiste, résolue à se passer de ses conseils, penchait pour l'extinction.

La procureuse Sieglinde Huntscha plaida la mort par électrocution. Griselde Dubertin parlait d'additionner son eau fraîche quotidienne d'une dose croissante de mercure. Ruth Simoneit optait pour le court-bouillon tout vivant. Et, tout en plaidant l'acquittement, la défenseuse d'office demanda par ailleurs l'humanité dans l'accomplissement de la peine ; elle adjura le Féminal de placer le Turbot dans un établissement fermé où les psychiatres pourraient le prendre en charge.

Aucune sentence ne se dégageait nettement. Le Comité consultatif révolutionnaire, divisé comme les assesseuses, opinait toutefois en majorité pour l'ajournement. Muet et maintenant complètement décoloré, comme s'il voulait devenir corps astral, le Turbot était dans l'expectative.

Alors la présidente du Féminal, Frau Dr Schönherr, à l'instigation de l'assesseuse Ulla Witzlaff, suggéra un compromis auquel peut-être eût acquiescé mon Ilsebill, car il répondait au double désir de châtiment sévère et de rachat permanent : En présence du Turbot, sous ses yeux placés en biais, sans qu'il pût faire autrement que de voir — d'où la nécessité d'une distance égale à trois rangs de fauteuils, à une longue table où trouveraient place le Comité consultatif, les assesseuses, l'accusation et la défense ainsi que quelques déléguées du public, on procéderait à titre démonstratif, on disait mémorable pour les générations futures, rituellement solennellement, cérémoniellement à la grande Turbophagie. Frau Helga Paasch promit de commander aux grossistes de Berlin une quantité suffisante de turbots à livrer à la cuisine du restaurant tenu par l'assesseuse Thérèse Osslieb où neuf puis, quand Erika Nöttke craignit que ça ne suffît pas, onze exemplaires d'un poids de deux à quatre kilogs (le gag revint à 285 DM au prix de gros) furent cuits à l'étuvée sous du beurre d'estragon, déglacés au vin blanc, achevés de cuire à petit feu dans un court-bouillon suffisant, relevés de fenouil et de câpres, enfin disposés, y compris les œufs et la laitance qui sont importants chez le turbot en juin, dans des plats chauffés au préalable, recouverts d'une feuille d'aluminium et (sans oublier les pommes de terre nature et la salade de concombres) acheminés par taxi sur Steglitz.

Déjà, dans l'ancien cinéma Stella, le couvert était mis comme pour une fête ; la table en fer à cheval cernait le Turbot dans son vivier. On avait allumé des bougies. Rondelles de citron disposées sur feuilles de laitue. Riesling tenu au frais. On apporta les plats fumants. Le Féminal prit place. Après un bref avant-propos dont le sérieux de la circonstance n'altérait pas l'humour, Frau Dr Schönherr servit en premier lieu la défenseuse d'office, puis la procureuse. La Turbophagie commençait.

Je devrais bien expliquer comment j'eus l'honneur d'être invité bien qu'étant donné la proximité de la délivrance il eût été préférable de rester fidèlement auprès de mon Ilsebill. Les représentants du public furent désignés par tirage au sort. Comme j'avais tiré un lot gagnant et que j'étais le seul homme admis à la Turbophagie parmi cinquante-quatre femmes, Ilsebill n'avait rien contre : « Ne te gêne pas pour moi. Vas-y. Je m'arrangerai toujours. Ça durera sûrement encore quelques jours. S'il le faut je t'envoie un télégramme ou bien je te tire de ton harem par téléphone. »

J'étais placé entre une vieille dame, bibliothécaire de son état, et une jeune institutrice qui, malgré mes instances, refusa de manger de la laitance — « Un morceau de gourmet » —, elle avait en horreur les organes masculins ; en revanche elle prendrait volontiers un peu des œufs. J'étais content d'avoir en face de moi Ulla Witzlaff qui tenait la tête penchée. (Elle prenait de la laitance.)

Au loin, masquées par le vivier vitré du Turbot condamné et pourtant reconnaissables, la Dubertin et Ruth Simoneit. La Hagedorn et la Güllen, par provocation, s'étaient aussi placées à proximité. Énervé, je faisais des grimaces. (Pourvu qu'il n'y ait pas d'histoires.) Restons donc toujours galant homme. Jetons des ponts sur les silences. Aider à découper les poissons plats. Comme il était facile de détacher la chair blanche de l'arête principale. Je garnissais avec adresse les assiettes des dames : « Et puis mettez quelques gouttes de jus de citron. Puis-je vous recommander les joues, là devant les branchies ? Encore un bout dans la queue, Fräulein, Nöttke ? Encore un peu de bouillon et de câpres. Comme le fenouil relève délicatement la saveur ! Et mettez donc de côté les yeux de turbot bouillis. Ils portent bonheur et accomplissent tous les désirs. »

Ainsi je me rendais utile aux dames. Je remettais du vin, levais magistralement les filets, disais : « Encore une petite pomme de terre ? », connaissais même par leurs prénoms les filles du Conseil consultatif : je plaisantais avec Ilona, souriais à Gabrielle, avais un mot pour la toujours sombre Emma et étais presque du même avis qu'Alice. J'animais la conversation de table tout en disséquant, avec une science consommée de l'anatomie, une tête de turbot, je lançais de petites astuces, mais retrouvais à temps la gravité qu'imposait la solennité de la circonstance. Je louai la sage sentence, la « sincérité très élaborée » du Turbot dans son propos final, reconnus en le Féminal une institution exemplaire, citai la pièce grecque ancienne que tout le monde connaît, parlai comme par hasard de l'imminent accouchement de mon Ilsebill — « Elle voudrait tant avoir un garçon ! » —, jurai aussitôt mes grands dieux que moi, le père, serais comblé même par la naissance d'une fille, distribuai des porte-bonheur (yeux de turbot), levai mon verre à je ne sais plus quoi et, quand il ne resta plus du turbot collectif que onze fois la tête, la queue, les nageoires latérales, les petites arêtes, des lambeaux de peau et les arêtes principales blanches, je me permis, étant un homme extrêmement isolé, de faire un petit discours de fin de banquet.

La Witzlaff eut un rire encourageant. Erika Nöttke me pria d'être bref. La vieille dame qui était à ma droite tourna le bouton de l'appareil qu'elle avait derrière l'oreille gauche. Quand je frappai mon verre de mon couteau à poisson, la normalienne siffla : « C'est de l'audace ! » Mais Frau Dr Schönherr, par un hochement de tête approbateur au milieu de la table en fer à cheval, m'accorda l'aimable autorisation.

J'exprimai tout d'abord mes remerciements pour l'honneur qui m'était fait d'être invité. Je saluai l'art culinaire de l'hôtesse et assesseuse Thérèse Osslieb. Encore un mot drôle sur les relations favorables à l'épargne entretenues par Helga Paasch avec le commerce de gros. Puis j'entrai dans le vif du sujet.

Ayant accordé que l'aveu de culpabilité du Turbot, son discours contre la guerre m'avaient ému, je trouvai pour la première fois l'occasion de me présenter en mes époques changeantes : « Dès le néolithique... » dis-je. « Quand enfin nous devînmes chrétiens... » — « La peste avait, comme l'a déjà dit Friedell, nettement son aspect positif... » Je me citai en Opitz dans sa *Consolation de l'horreur de la guerre*. J'étais de la partie à Kolin, Leuthen, Hochkirch. J'ouvris la porte au camarade Bebel quand il vint me voir, et ma bonne Lena, sur le Brabank. Par égard pour Sieglinde Huntscha, je ne traitai que par allusion la mort au champ des Pères de la pauvre Billy. Puis j'y allai d'un couplet politique actuel : « Aujourd'hui encore, la cuisinière de la cantine des Chantiers Lénine de Gdansk est comme pétrifiée. Ils ont tiré dans le ventre de Jan. Oui, la Milice a ouvert le feu sur des travailleurs. Et cela en régime communiste. Non, partout où des hommes ont le doigt sur la détente. Et ce n'est pas d'hier. La parole est aux armes. Batailles de matériel. Défense en avant. Terre brûlée. C'est le Turbot qui l'a fait. Sa recette était : Tue ! Sa parole s'imposait. Par lui agissait le mal. Nous sommes réunis pour le punir. Voilà, Turbot, voilà ! Histoire de te montrer ce qui reste de toi. Assassin, ennemi de la vie ! »

Et, brandissant une arête centrale avec sa tête déchiquetée, je la montrai au Turbot dans sa boîte de verre. Alors Griselde Dubertin et Ruth Simoneit, la Huntscha et la petite mère Paasch, mais aussi Elisabeth Güllen et Beate Hagedorn qui jusqu'alors avaient observé un silence acharné, prirent chacune une grande arête, et d'autres femmes prirent ce qui restait d'arêtes, de têtes et de queues et les montrèrent au Turbot pour qu'il les voie. Et quelques femmes s'écrièrent : « Tu es mortel ! » D'autres affirmaient : « Tu es bel et bien mort ! »

Alors la colère me prit. J'allai à lui et jetai une grande arête sur l'estrade devant son aquarium. « Voilà ! » Aussitôt les femmes jetèrent les autres arêtes, têtes et nageoires tant qu'il y en eut onze en tas et que le Turbot dut voir ce qui était resté de ses congénères.

« Voilà ! Voilà ! » Et toutes de s'essuyer les doigts et de jeter les serviettes de papier sur le tas. Et tout le monde cracha sur les débris d'arêtes où les têtes sans regard ouvraient des gueules obliques.

Le Turbot pâle, comme de verre soufflé, resta pourtant en suspension sans chercher refuge dans son lit de sable. Ah, comme il devait souffrir. Ah, comme c'était bien fait.

Alors Frau Dr Schönherr dit : « Maintenant la peine est accomplie. Dès après-demain, le Turbot sera remis en liberté afin de pouvoir réparer. Nous avons minutieusement préparé le transport. Ainsi s'achève le Féminal. Je vous remercie, mes sœurs ! »

Puis elle leva la table.

Dans l'île de Moen

Le jugement rendu, il fallait l'exécuter sous le contrôle de l'assesseuse Ulla Witzlaff. Avant d'élargir son propos final en exposé sur l'institution guerrière masculine et la capacité de souffrance des femmes, le Turbot, à la suite d'une falibourde lancée par Ruth Simoneit, je crois, qui parlait de fin du monde, avait éclairé par des exemples le tropisme catastrophique de la planète, datant le prochain âge glaciaire de « tout de suite ». Mais tout en essuyant d'un revers de nageoire dix mille ans comme une petite heure, on l'entendit exprimer en aparté un vœu : qu'on veuille bien, lui le damnable malfaiteur conscient de sa culpabilité, pour lui permettre de se racheter utilement, le déposer dans ses eaux favorites, la Baltique occidentale. Il y connaissait une île dont la côte orientale tombait en falaise de craie. Du haut de l'escarpement élevé, on pouvait par temps clair identifier à l'œil nu l'île similaire où avait été mis en circulation le conte en question *Du pêcheur et de sa femme.* Ce sont deux endroits pittoresques dont les rapports dépassent le cadre de la géologie, dit le Turbot. Immédiatement après la dernière glaciation — « Il n'y a pas encore si longtemps ! » — le fond de la Baltique s'était constitué entre les îles. On trouvait au pied des falaises des pierres à feu, d'intéressantes concrétions, des oursins par exemple ou des tentacules de seiche : « La jeune Baltique qui fut, l'espace d'une demi-heure du monde, d'une tiédeur méditerranéenne ». C'est là qu'il voulait être remis en liberté pour vaquer à ses obligations nouvelles : pour le bien des femmes.

« Il veut dire l'île de Moen », dit Ulla Witzlaff à Helga Paasch, qui occupait le fauteuil voisin parmi les assesseuses. C'est à Rügen qu'Ulla passa son enfance et à Greifswald qu'elle fréquenta le conservatoire puis, quand fut construit le Mur de Berlin, elle vint à l'Ouest. Elle était donc appelée à exécuter la sentence du Féminal, à déposer le Turbot à l'endroit désiré ; d'autant qu'Ulla était en mesure d'affirmer que c'est là que la teneur en mercure de la Baltique est minimale.

Bien entendu, les autorités de la République démocratique allemande refusèrent le transfert par voie ferrée ou micro-bus VW à Rostock-Warnemünde jusqu'au ferry-boat qui dessert le port danois de Gjedser ; ce faisant, les services officiels n'appelèrent jamais le Turbot par son nom, mais le désignèrent comme « élément subversif » et « figure réactionnaire » : l'État des Ouvriers et des Paysans laissait apparaître la crainte que lui inspirait le pleuronecte ; il fallut donc, tout en gardant un secret rigoureux et à l'abri d'éventuels attentats du groupe extrémiste qui entoure Griselde Dubertin, l'évacuer en avion sur Hambourg.

D'où une voiture l'amena jusqu'à Travemünde. D'où le voyage se poursuivit par le bateau régulier de Gjedser. là, des féministes danoises assumèrent le transport par Vording-borg, Kalvehalve, puis par le pont, dans l'île de Moen. Comme on n'y arriva que le soir, le groupe accompagnant Ulla Witzlaff prit ses quartiers dans un hôtel de Hunosoe à proximité de la falaise de craie.

Dans son vivier ad hoc le Turbot avait bien supporté le voyage. Déjà, comme par une joie anticipée, il était moins transparent. Sa peau pierrée reprenait couleur. Il battait allégrement des nageoires mais restait muet.

J'en étais. (Naturellement Ilsebill était furieuse parce que j'allais encore découcher juste avant ses couches. « Tu te fiches pas mal de l'enfant ! » cria-t-elle quand je lui demandai la permission par téléphone.)

Ulla Witzlaff et Thérèse Osslieb, auxquelles se rallia Helga Paasch, appuyèrent ma demande de participation au voyage, et je fus admis comme aide-déménageur. Outre les susdites, Erika Nöttke (la souris grise) et la défenseuse d'office du Turbot, Frau von Carnow (toute en soie bleu ciel) étaient de la partie. Sieglinde Huntscha, paraît-il, n'en avait pas eu envie. Frau Dr Schönherr n'estima pas sa présence indispensable à l'exécution de la sentence.

Nous étions fondés à demander à la délégation danoise de

prendre des mesures de sécurité même pendant la nuit ; comme Ruth Simoneit s'était rangée aux côtés de l'opposition d'ultra-gauche entourant Griselde Dubertin, et avait plaidé avec celle-ci pour l'assommade pure et simple avant que la sentence ne fût rendue, il fallait s'attendre sinon à des agressions, du moins à des actions de harcèlement pendant le transfert. On pouvait compter au nombre des extrémistes et suspecter de terrorisme l'opulente ménagère Elisabeth Güllen et la biochimiste Beate Hagedorn qui me rappelaient de loin ma Sibylle et Maria Kuczorra : rappelons en effet qu'après l'achèvement de la prise de preuves elles avaient fui les séances ; elles n'étaient là qu'à la grande Turbophagie sans mot dire.

Le lendemain matin, on devait à pied, en traversant une forêt de hêtres, transporter le Turbot jusqu'à la falaise. Cette mission me revint. On me fixa (sur le ventre, comme un éventaire) à l'aide de deux bretelles le bassin spécial. A travers une vitre blindée, je voyais, tout en marchant, le Turbot qui, par un jeu subtil des nageoires, tentait d'amortir les à-coups de ma démarche. On prit d'abord un chemin de terre, puis un étroit sentier ; la côte approchait. Devant (et le Turbot) marchaient la délégation danoise et les rares journalistes (femmes) autorisées. Derrière nous Witzlaff et Osslieb, Helga Paasch, Erika Nöttke ; Frau von Carnow, trouvant le chemin trop pénible, était restée à l'hôtel.

Naturellement je tentai de m'entretenir une dernière fois avec le Turbot. Dès qu'un écart suffisant s'établissait avec les femmes de devant et de derrière, je disais tout bas : « Dis donc quelque chose, Turbot. Comme à ton lit de mort. En est-ce fini de nous ? Tu ne veux plus conseiller que ces gourdes ? Que dois-je faire donc, Turbot ? Dis donc quelque chose à la fin. Je ne comprends plus le monde. »

Mais le Turbot gardait le silence. Je le portais ainsi comme je portais en terre, avec mon fardeau, moi-même et mon cycle historique, la cause masculine. Devant et derrière nous, les nanas bavardaient gaiement. Légères et à grandes fleurs, leurs robes accueillaient le vent léger. Une équipe de la télévision néerlandaise filmait. Erika Nöttke se cueillit un petit bouquet de fleurs. Paasch ramassa quelques bons gros cailloux en souvenir, car partout par terre il y avait des silex. Et Ulla Witzlaff, de sa voix de clairon, chantait je ne sais trop quel cantique : « Cette journée en joie est riche... » Et Osslieb, fraternelle, chantait avec.

Nous arrivâmes au bord non protégé de la falaise et pûmes

identifier à l'œil nu (comme promis), le temps étant splendide, les falaises de craie de l'île de Rügen quand je fus pris d'une tentation : détacher le Turbot dans son aquarium exclusif (mon éventaire) et le précipiter d'en haut (cent onze mètres) sur la grève en silex — non, pas lui, c'était moi que j'étais tenté — Tout est bien fini ! — de précipiter avec mon Turbot sur le ventre, si possible en criant vigoureusement « Vive la cause masculine ! » m'offrant ainsi à une mort verticale, ou bien moi tout seul, par égard pour le Turbot et l'avenir, ou bien sinon avec Osslieb, au moins alors avec Ulla : unis dans l'amour la mort.

Mais déjà près de moi, m'apportant son assistance sociale, se trouvait Erika Nöttke. « Je me demande avec inquiétude », dit-elle, « si le Turbot survivra au brusque changement de milieu. Voici neuf mois qu'il est tenu dans l'eau fraîche, suffisamment fournie en oxygène, et régulièrement nourri. N'étant plus soumis à des atteintes du milieu, il pourrait être en danger dans la Baltique largement polluée et sursaturée d'algues. Certes nous avons tenté pendant les semaines passées d'établir une sorte d'équilibre de transition par l'emploi d'ingrédients chimiques, mais le choc n'en sera pas moins rude, trop fort peut-être. En effet son aspect s'est modifié de plus en plus pendant sa détention. Il est devenu pâle, translucide, presque vitreux. J'espère pour nous que le Turbot survivra. »

Helga Paasch n'était pas sans nuages non plus. Mais Osslieb et Witzlaff rassurèrent Erika Nöttke : Ça ne ferait rien au Turbot. C'était une nature coriace. Il survivrait même à la prochaine glaciation. Il se fichait pas mal des résidus goudronneux et du mercure. Il s'adaptait. S'il le fallait il ne vivait que par principe. « Regardez-le ! » s'écriait Ulla. « Voilà déjà qu'il reprend des couleurs. Il ne tardera pas à retrouver la forme ! »

Ayant un instant goûté le beau panorama et fait plaisir à la TV en quête de plans intermédiaires, nous amorçons la descente par une gorge boisée logée entre les rochers crayeux et greffée d'un escalier rustique en rondins d'un mètre à usage touristique. Tout en soutenant à deux mains par-dessous mon éventaire, je tentais d'épargner au Turbot, de marche en marche, une superfluité de secousses, mais le parcours était raboteux. Me voyant en sueur, Erika Nöttke voulut me relayer. Je refusai virilement. (Pas question de me prendre le Turbot. C'est mon Turbot de jadis. Je tiendrai jusqu'au bout de ce machin. Je réponds de mon Histoire.)

Arrivés en bas, nous n'eûmes que peu de temps pour souffler. Car un regard adressé au sommet des falaises crayeuses nous montra le danger de notre position et la situation réelle : en haut se tenaient les harpies de l'opposition gaucharde. Groupées autour de Griselde Dubertin et de Ruth Simoneit, se pressaient les femmes du Comité révolutionnaire. Je reconnus Elisabeth Güllen et Beate Hagedorn. « Merde alors ! » s'écria Paasch, « la Huntscha en est ! »

Déjà les premières pierres volaient ; je crus alors avoir reconnu la défenseuse d'office du tribunal féministe. « Mon Dieu ! » m'écriai-je « elle a changé de camp ni plus ni moins. »

« Où est-elle ? » demandait Osslieb.

« Là ! » m'exclamai-je. « Là ! »

Mais il ne fut plus loisible d'identifier Bettina von Carnow. Du reste, la grêle de pierres nous empêchait d'attester la trahison et peut-être de la photographier ; car sur les nombreuses photos des journalistes autorisées et dans la bande de la TV hollandaise on put par la suite identifier la Huntscha, la Hagedorn, la ménagère Güllen et Griselde Dubertin, mais pas de Carnow. Mais moi je l'ai vue, cette zonzon.

La plupart des pierres ne nous atteignirent pas. Sauf Erika Nöttke touchée en plein qui saignait de l'occiput. Les projectiles étaient de ces silex qu'on trouve partout à Moen. Furent en outre légèrement blessées deux adhérentes de la délégation danoise, une journaliste anglaise et la camerawoman de l'équipe hollandaise. Un silex atteignit l'aquarium exclusif sans provoquer de dégâts. Voulant esquiver un caillou gros comme le poing (lancé peut-être par Griselde Dubertin) je tombai sur la grève pierreuse et m'entamai le genou gauche à travers le pantalon. Dieu merci, j'avais un instant auparavant déposé le Turbot dans sa boîte. Ainsi à terre et travaillé par la douleur, je trouvai dans le lit de cailloux un minuscule oursin fossilisé ; comme quoi se vérifiait la thèse du Turbot selon laquelle la Baltique après la dernière glaciation aurait été une mer quasi-tropicale. (Je mis de côté ma trouvaille. Elle me portera bonheur et me protégera de mon Ilsebill. Qui sait ce qui arrivera encore.)

Tandis qu'en haut ça criait vraisemblablement « Trahison ! » Paasch et Osslieb d'en bas ripostaient comme des harengères. Ulla Witzlaff ôta ses chaussures et ses bas, ouvrit avec la clé spéciale à elle seule confiée le récipient spécial où était le Turbot, saisit à deux mains par-dessous le pleuronecte de part et d'autre, le tira du récipient, nous le montra, le montra aux photographes, à la caméra de la télévision et aux furies qui glapissaient sur la falaise en lançant des pierres, franchit pas à pas les pierres de la rive et emporta le poisson jusqu'à ce que l'eau lui battît les genoux puis elle dit de sa voix chantante, énergiquement : « Voici que j'exécute la sentence prononcée par les femmes contre le Turbot. A l'avenir, il sera libre et à notre seule disposition. Nous l'appellerons ! Nous l'appellerons ! » Puis elle le mit dans la mer et un silence se fit. Seules les photographes autorisées faisaient clic et la caméra ronronnait.

Il avait aussitôt nagé vers le large, dit la Witzlaff. Ensuite il fallut s'occuper de la blessée Erika Nöttke. Entre-temps, l'opposition jusqu'au-boutiste avait évacué la falaise. Nöttke ne voulut pas être portée. Elle avait gardé son petit bouquet de fleurs. Helga Paasch jeta les silex qu'elle avait ramassés. Ma foi j'aurais bien aimé passer quelques jours de vacances à Moen avec la Witzlaff mais, quand nous rentrâmes à notre hôtel, il y avait un télégramme pour moi : « Venue indispensable. Naissance imminente. Raconte pas d'histoires SVP. Ilsebill. » je pus rentrer à temps.

Altercation

Dans le premier mois, nous ne savions pas au juste,
et seules les trompes avaient compris.
Au deuxième mois, nous débattîmes
de ce que nous avions voulu, pas voulu,
dit, pas dit.
Au troisième mois le corps saisissable se modifia,
mais les mots ne faisaient que tourner en rond.
Quand, au quatrième mois, débuta la Nouvelle Année,
l'an seul fut neuf ; les mots restaient usagés
Épuisés, mais ayant toujours raison,
nous rayâmes les mois cinquième, sixième :
Il remue, disions-nous sans bouger.
Quand au septième mois nous achetâmes des robes vastes,
nous restâmes à l'étroit à nous disputer
sur le troisième mois perdu ;
quand un saut par-dessus un fossé
s'acheva en chute —
Ne saute pas ! Non. Attends. Non. Saute pas ! —
nous fûmes soucieux : marmonnements, chuchotements.
Au huitième mois nous étions tristes
parce que les mots prononcés au second et au quatrième
servaient encore au complet.
Lorsqu'au neuvième mois nous fûmes vaincus

et l'enfant mis au monde sans se douter de rien,
nous étions à court de mots.
Les félicitations arrivaient par téléphone.

Ce que nous désirons

Elle ou il. Si c'est une fille, elle s'appellera comme ma mère ; si c'est un garçon, il ira sur les décharges ramasser les plumes du ciel et les soutenir en l'air, en soufflant à peine, par à-coups, puis par coups de vent, les soulever, faire flotter, tomber, chanceler et retrouver une nouvelle ascendance. Elle vole ! Elle vole ! Voilà ce que nous entendrons crier à Emmanuel...

Un enfant de plus a reçu son prénom sur le coup de 10 heures 15, à peine le cordon coupé. Sexe, longueur, poids. Ressemble déjà, doit bientôt, doit plus tard, étant fille d'Ilsebill mais quand même autrement, plus abruptement, plus consciemment, marcher droit devant soi et prendre ce qui est, histoire qu'il ne reste pas de souhaits dans le placard, jamais aérés, qui finissent par se manger aux mites. Une fille de plus avec la fente restée ouverte quand nous fut barrée la belle perspective.

Quand devant le Féminal s'exprimait en revendication le désir — « Pourquoi toujours nous ! Que ce soit aux hommes d'écarter les jambes, de concevoir, de porter et d'enfanter ! » — le Turbot savait que répondre : « Voyez-vous, Mesdames : même la Lune s'inverse reflétée dans l'étang. Comment remettre ça d'aplomb ? Comment, je vous le demande ? »

Quand Ilsebill accoucha, la fille la déçut. Ce n'était que la conque, l'objectif de tous les hommes qui sont en route loin de chez eux et veulent se libérer d'eux-mêmes encore et toujours. (Ma mère m'a susurré : « Va donc, eh faiseur de tirelires ! »)

Tous les désirs d'Ilsebill ne peuvent se réaliser. Admis comme assistant à la naissance de notre fille, je (vêtements verts, masque sur la bouche et chaussures stériles) je prononçai un mot de consolation : « Sincèrement, Ilsebill. De nos jours les filles l'ont bien plus belle. Jadis, quand je croyais encore sottement au droit d'héritage, j'ai chaque fois souhaité un garçon. Mais Dorothée, Agnès, Amanda, Lena : toutes n'ont jamais voulu me donner que des filles ; et même la religieuse Rusch n'a fait que des pareilles à elle. Pourtant, quand la cuisinière de cantine Maria Kuczorra mit au monde deux jumelles — appelées Damroka Mestwina — les ouvriers des Chantiers Lénine de Gdansk, parce que Jan est mort, lui ont offert en cadeau une voiture d'enfants biplace et deux pots de chambre roses, pour qu'il n'y ait pas de jalousies plus tard... »

Normalement, ç'aurait été une naissance difficile, car la présentation par le siège entraîne des complications. C'est pourquoi nous tranchâmes en faveur de la césarienne qui est garantie sans douleur parce que tout est insensibilisé en dessous du nombril. On avait d'abord repéré aux ultrasons la position et la grandeur de l'enfant ; mais la photo à gros grain ne disait pas le sexe.

Le médecin trancha en travers dans la peau du corps d'Ilsebill, là où il bombait au-dessus du pubis rasé, puis le panicule graisseux, le tissu musculaire et la paroi ventrale, ce qu'Ilsebill, ayant la tête masquée, de loin ne vit pas.

Je le vis, parce que les pères doivent voir dans l'abdomen béant l'utérus à portée qu'on ouvre au scalpel. Pour la vider, le médecin fendit la poche des eaux. Sang mêlé d'eau. Tissu absorbant bourré dans les vides. Veines pincées. Puis il plongea ses mains gantées, et déjà notre fille venait au monde le derrière en avant, montrant — Alléluia ! — son petit pain fendu, tandis qu'en la salle des accouchements de l'Hôpital municipal des haut-parleurs cachés, par leur musique douce, rendaient toutes choses gentilles, anodines, aimables, distrayantes et tout à fait banales ; car le médecin-chef moderne, ouvert à toute innovation raisonnable, ne veut pas que les assistants, pendant la césarienne (sous prétexte qu'ils n'ont rien à faire sur le moment), aient avec les infirmières stagiaires coréennes des conversations privées où il est question d'autos, de politique, des plaisirs de week-end et que la mère qui, ne souffrant pas, entend tout à merveille, s'en trouve frustrée de menus vécus importants ; sauf les instruments et les injonctions à mi-voix — « Pince s'il vous plaît. Tampon s'il vous plaît. » — on ne doit pouvoir entendre que la musique douce.

« Et cela, voyez-vous », dit le médecin à travers son couvre-bouche pour mon édification, « c'est la trompe... » (Je voyais en outre à quel point la graisse abdominale d'Ilsebill est jaune, comme la graisse de poulet. J'aurais pu, avec le morceau qui se détacha, me cuire deux œufs au plat.)

Après avoir été montrée à la mère, la fillette, le cordon coupé, cria plus à l'écart, là où on la pesait, la mesurait et la rendait impossible à confondre en lui mettant un petit écusson au pied ou au bras. Ah mon minet, mon petit tas vagissant, mon nourrisson, ma fille bien-aimée...

Quand on eut recousu la matrice d'Ilsebill qui se rétracta aussitôt, et son ventre, et qu'on recompta en même temps sur une table placée à côté les instruments coupants, les pinces et les tampons et les tissus absorbants, il manquait une pince métallique ; il aurait fallu rouvrir les sutures, explorer la cavité abdominale ; mais heureusement la pince se retrouva dans le seau du placenta où elle n'avait que faire. Mais ce que j'avais voulu, moi le père et spectateur, mettre dans le ventre d'Ilsebill resta, fut pris sous la couture ; ce sont des blocs, je n'en parlerai pas.

Ah, mes intimités ! Comme il n'y avait rien que je veuille désirer. Comme si c'était tout : la tonnelle où grimpaient des courges hâtives ou un fauteuil à oreillettes qui vous rend sourd à la souffrance du monde. Comme si mes nostalgies — « Mais oui, Maria. J'arrive. Bientôt... » — n'étaient que de vagues prétextes, des refuges qu'il faille barricader. Ah comme j'ai besoin de calme, de détachement, de nouveaux papiers de tenture, d'un billet d'avion pour un séjour meilleur. Ah, combien me manque un siècle écarté. Comme j'ai soif de mort et d'éternité.

Mais jamais mes désirs n'ont compté ! Je ne fais jamais qu'accomplir, nom de Dieu ! Et répondre de tout, mais oui ! Et payer, régler la note ! Et me sentir coupable de tout et de rien.

Qu'y puis-je (enfin) si ç'a été encore une fille. Je ne suis pourtant pas un distributeur automatique qui éjecte là où l'on appuie. Toujours est-il que, le jour où ma fille est née, les représentants de l'un et de l'autre États allemands ont signé un traité garantissant les droits des pêcheurs de Lübeck, confirmés depuis 1188 par Barberousse, jusque dans les eaux territoriales de la RDA ; il y a longtemps déjà que c'était souhaitable.

Dans un snack proche de l'Hôpital municipal, je commandai d'abord quelques schnaps avec ma bière, puis encore un cervelas, et encore un autre, avec de la moutarde et du pain ; à la télé on en était aux matches du tour intermédiaire : la Pologne menait, le Chili était éliminé. Et il n'arrêtait pas de pleuvoir. Le Championnat du Monde de football faisait de moi un spectateur parmi d'autres hommes buvant comme moi des schnaps, plongeant le bout des cervelas dans la moutarde, mordant, arrosant cela d'une bière, l'œil dans le vague, qui tous voulaient être père et s'inquiétaient pour leurs filles.

Le cafetier s'y connaissait en clientèle spéciale. Le bistro du coin s'appelait « A l'heureux père ». Il dit : « Toujours pas de garçon ? Bof, ça fait rien. Les filles reviennent moins cher depuis qu'on ne donne plus de dot. Aujourd'hui, elles sont toutes émancipées. Celles d'aujourd'hui veulent bien autre chose. »

Ben voyons ! Tu auras tout. Ton père s'en charge. Ton père s'en préoccupe. Ton père te demeure encore un peu étranger parce qu'il n'a pas de matrice. Laisse à ton père, il le faut, le temps de descendre une paire de schnaps et de tourner quelques tours de piste. Ton père porte en soi le trouble qui agite le monde. Ton père est sur un coup. Ton père doit partir pour un court voyage : là-bas d'où il vient. Où tout commença. Il y a là une Maria qui est de sa parenté. Elle lui a donné un morceau d'ambre où une mouche est captive. N'aie pas peur. Papa reviendra. Il reviendra toujours te raconter des histoires où l'on souffle sur des plumes, où les enfants qui allaient aux champignons se perdent heureusement et où les mouches hivernent dans l'ambre. Et je te raconterai aussi l'histoire du Turbot quand je serai de retour...

Mégalo-mann

Arrête, Mec.
Mets-y un point.
T'es à bout, Mec, tu ne cours plus que sur ta lancée

Dis encore un coup : Exécution.
Appuie encore un coup sur les boutons et fais
  danser les marionnettes.
Montre encore un coup ta volonté et ses lézardes.
Donne encore un coup de poing sur la table, dis : c'est à moi.
Compte encore un coup combien tu, et de qui.
Encore un coup sois dur, que ça marque.
Prouve-toi encore un coup ton, ta, tes ta grande,
Ta théorique architutelle, ta totale solipsitude.

Dis donc, Mec.
Te voilà exister et en complet veston.
Les mecs pleurent pas, Mec.
Tes rêves de mec, typiques, sont tous filmés.

Tes victoires datées et classées.
Ton progrès rattrapé, cadastré, fiché.
Ton deuil et ses interprètes fatiguent le programme.
Usagées, tes astuces ; l'émetteur Mégalomanix ne répond plus.
Ton (toujours) efficace pouvoir s'abolit.

Dis voir, Mec.
Dis encore un coup : Moi, je.
Pense encore un coup : Toc.
Vise encore un coup : Droit.
Tâche encore un coup d'avoir raison : Bon.
Observe encore un coup ton silence d'abîme : Creux.
Tiens bon ou meurs encore un coup, un seul.

T'as pas besoin de débarrasser, Mec : laisse tout où c'est.
Tu t'es usé par tes lois propres,
éliminé de ton histoire.
Et seul l'enfant gâté que tu demeures
peut jouer un instant encore avec ses constructions. —
Dis donc, Mec ? Qu'en dira ta femme ?

Trois portions de porc aux choux

Maria prit deux cuillers de fer battu et une boîte à fricot quand nous allâmes à Heubude par le tram nous asseoir dans les dunes et regarder la mer.

L'existence du chou blanc est attestée dès Amanda Woyke ; elle le servait au petit personnel découpé et mis au tonneau sous forme de choucroute, ou bien avec des pommes de terre et des côtes de porc, archicuit, les jours de fête. Parce que le chou donne des ballonnements, Agnès n'aura pas présenté au peintre Möller ni au poète Opitz des soupes au chou, du chou en cocotte, du chou farci ou même du salé aux choux ; le chou-fleur aisément digestible n'existait pas encore. Il ne vint qu'avec le progrès. Je ne peux me rappeler si la religieuse Rusch préparait nos variétés d'aujourd'hui, mais le chou de Chine (Pe-tsaï) était à cette époque occasionnellement importé. Le chou de Milan et le chou cabus, comme nous appelions le chou blanc, n'ont odoré que des cuisines ultérieures. C'est grâce aux choux-raves et au chou tout court que Lena Stubbe nous menait jusqu'au sortir de l'hiver. Comme Dorothée de Montau ne connaissait pas l'actuel chou vert, elle aura fait bouillir les variétés sauvages comme le chou-ortie ou le chou légèrement amer qui vient sur les plages pour le mercredi des Cendres en n'y ajoutant rien. Et, comme Dorothée avait mis de l'oseille à confire au sel dans le tonneau, ainsi Amanda Woyke et Lena Stubbe ont débité à la râpe en copeaux des têtes de choux cabus dont on avait ôté les trognons au couteau pour les mettre au tonneau sur un lit de feuilles entières, en couches régulières, salés et foulés à l'aide du pilon de bois tant que le jus remontait par-dessus l'herbe ; puis on remettait encore des feuilles de chou par-dessus et un couvercle de bois chargé d'une pierre pour tasser la choucroute dans le tonneau.

Et un jour, Maria étant déjà préposée aux achats dans la cantine des Chantiers, je mangeai du porc aux choux avec Jan Ludkowski, son fiancé, à la cantine des Chantiers Lénine. J'avais obtenu l'autorisation de visiter quelques halles de montage, la cale de radoub et un bateau-ferry sur chantier à l'état de carcasse. On me montra ce qui était photographié et décrit en plusieurs langues dans le prospectus : ça ne mérite pas qu'on vous en parle. Les bruits de travail de chantiers navals communistes ne diffèrent en rien du laborieux vacarme de chantiers capitalistes. Je prenais poliment des notes que j'oubliai par la suite à l'hôtel Monopol ; mais il était assez intéressant de voir ce que les Polonais avaient tiré des chantiers de Schichau, de Danzig et Klawitter qui, à la fin de la guerre, étaient détruits ou démontés par les Soviets. Jan dit : « Nos commandes de l'Ouest... Ça rapporte naturellement des devises... Bien entendu il faut livrer à l'Union soviétique à des prix d'ami, par exemple des usines flottantes qui travaillent sur place le produit des pêcheries ; ultramodernes... »

A la cantine, la pause de midi était passée. Un bâtiment à deux niveaux ; devant la façade vitrée, des mouettes faisaient de l'acrobatie aérienne. Un petit nombre d'employés (en blouse blanche des bureaux de construction) occupaient deux trois tables éloignées. Pour eux, pour nous, il y avait le reste du porc aux choux fait de choux frais au cumin, de pommes de terre et de côtes de porc. Nous buvions du babeurre. Jan qui d'habitude recevait aussi les visiteurs me parlait comme devant une grosse délégation. Intarissable, il alignait des chiffres de production, se flattait d'importantes commandes suédoises et, comme on mélange pour l'acidifier du chou blanc à la choucroute, entrelardait son communisme technocratique d'ingrédients fatalistes : « Nous autres Polonais sommes ainsi faits... Nous savons d'avance que le progrès ira de travers d'une façon ou d'une autre... On ne nous aligne pas tout bonnement sur le chef de file... Mais ça marche quand même on ne sait comment... Nous connaissons en effet notre histoire... »

Et déjà Jan Ludkowski revenait à son sujet tout en continuant à ronger les côtelettes. Estimant que le ferry (que j'étais autorisé à visiter) devait être baptisé au nom d'un prince national pomérélien (Sambor ou Swantopolk) et non d'un quelconque roi de Pologne (Batory ou Wladislaw), il avait en Kachoube conscient présenté en vain plusieurs réclamations ; on aurait dû à cette occasion s'apercevoir que Mestwina ou Damroka font de jolis noms pour des bateaux.

Jan savait ramener l'histoire au détail comme s'il y avait été. Et comme moi pareillement j'eus plusieurs fois mon époque, oubliant quelque chose dans chaque siècle, il nous fut facile, tout en mangeant le porc aux choux arrosé de babeurre coaguleux, de livrer encore une fois cette bataille décisive où le duc Swantopolk a non seulement taillé en pièces les Danois mais aussi, par la victoire remportée sur le général Fortinbras, continué le Hamlet de Shakespeare.

Jan et moi tombâmes d'accord qu'on pourrait en faire une pièce : Quelque part entre les grenouillères kachoubes, les armées se font face. Swantopolk et Fortinbras échangent des quolibets injurieux : Sale Kachoube ! Salaud de Danois ! Apparaît entre les armées le fantôme d'Hamlet qui parle en vers obscurs et ambigus de tout l'objet du litige : naturellement de Shakespeare et de ses sosies. Naturellement de communisme et de capitalisme. Et l'on pourrait parler allusivement du Turbot : dire comment ses investigations perfides ont envoyé chacun des héros à sa perte.

« Oui », dit Jan, « et après la bataille le fantôme d'Hamlet pourrait passer parmi les morts... »

« Pour sûr », dis-je, « mais que se passe-t-il après la victoire ? »

« Swantopolk, une fois vainqueur », dit Jan, « pourrait commencer à douter de lui-même. Il hésite, il tergiverse... »

« Tant qu'à la fin », dis-je « surviennent les Chevaliers teutoniques qui ne connaissent pas le doute et font le ménage ; inexorablement. »

Nous n'avons pas poussé la suite d'Hamlet au-delà du premier acte. Maria, sortant de la cuisine, dit : « Alors, voilà que vous commencez à radoter ? » Elle arrivait, bouclée en tire-bouchons, en Damroka, fille de Mestwin. Et je compris que Jan l'aimait en ce siècle et dans l'autre. Lui, trapu, brachycéphale, avec du ventre, devenait mince en disant « Marysia ». Mais les propos de la cuisinière collective des Chantiers Lénine de Gdansk, quand elle ne riait pas (comme ça d'elle-même pour rien), parlaient plutôt de prix et de goulets d'étranglement dans les fournitures : « Manquerait plus qu'on manque de chou cabus. Voulez-vous encore du porc aux choux ? Y en a encore. »

Jan et moi fûmes d'accord. Maria servit et partit. Le babeurre frais grumelait dans les verres. Mais nous n'avions plus la tête à Swantopolk et à Fortinbras.

Quoi c'est, l'histoire ? On ne saurait dire exactement quand notre chou blanc (brassica oleracea), innovation importante comme le blé noir, le mil, les pommes de terre et les choux-raves, fut pour la première fois cultivé en grand ; car dès le temps de Mestwina les Pomorzes recueillaient la graine de la forme primitive du chou blanc. Pour sûr, la dépêche d'Ems a fait du remue-ménage, mais la betterave à sucre en a fait plus. Si le fantôme du prince Hamlet avait invité Swantopolk et Fortinbras, le Kachoube et le Danois, à partager son porc aux choux qui donne des flatulences, l'histoire eût tourné bien autrement. C'est ce que je dis à Jan. Et l'année d'après, peu avant Noël, parce que les prix des aliments de base allaient être majorés en Pologne, quand partout sur la côte baltique la grève éclata, il y avait assez de porc aux choux à la cantine des Chantiers Lénine, et pourtant l'histoire, comme toujours et partout, ne tourna pas autrement que mal.

Jan reçut une balle dans le ventre. Le 18 décembre 1970, dans le ventre où il y avait du porc aux choux. La Milice de la République populaire de Pologne, parmi d'autres travailleurs, tira dans le ventre de l'ingénieur en constructions navales et collaborateur du service publicité Jan Ludkowski, membre du syndicat et de la Ligue communiste, quarante-trois ans, dans le ventre qu'il avait plein de porc aux choux au cumin que la cantine des Chantiers Lénine avait servi à midi à plus de deux mille travailleurs en grève. Juste à temps, avant que la Milice n'ait isolé les Chantiers, Maria Kuczorra, qui gérait l'économat de la cantine, avait réussi à dérouter sur les Chantiers un camion de chou blanc destiné à l'Armée. Les côtes de porc étaient en réserve au congélateur. Et la Pologne n'a jamais été en peine de cumin. Il mourut aussitôt.

Avec Jan, on pouvait s'accouder pour discourir. De verres soufflés à la bouche. De poèmes. Même d'arbres. Nous avons parlé de Gryphius et d'Opitz, de leurs conversations probables. Du fardeau d'un temps rude. Des temps difficiles qui parfois l'étaient un peu moins. De vers longs et de rimes internes. Aussi de politique : petite et grande. Un jour, avec la vieille Skoda de Jan, nous partîmes dans les collines kachoubes nous asseoir près d'un trou d'eau. Des écrevisses se réfugiaient sous les pierres de la rive. Un papillon jaune. Des alouettes au-dessus des champs. Le calme était si grand que Jan eut peur quand il dit « Je n'ai plus d'espoir ». Un jour nous allâmes jusqu'à la mer chercher de l'ambre. Nous en trouvâmes quelques miettes. Parfois Maria était de la partie. C'était beau quand elle nous dérangeait. Naturellement nous voyions Maria de façon différente. Je la voyais plus nettement. Nous allions tous trois au cinéma. Je tenais l'autre main de Maria. Dans le film, une cavalerie polonaise chargeait à mort contre des chars. Un cheval s'appelait Lotna. Maria pleurait. Plus tard nous allâmes au caveau de l'Hôtel de Ville. Maria retrouva son rire. Elle était enceinte quand Jan reçut une balle dans le ventre plein de porc aux choux.

Et un jour que je lui parlais du Turbot — c'était en mars, et la mer battait les vagues en neige — Jan dit à voix basse : « Si je le connais... si je le connais... » Et Jan connaissait aussi l'histoire d'Ilsebill.

Ah, Turbot ! Où es-tu parti ? Il fait si calme, et rien n'est décidé. Qu'allons-nous devenir ? Parce que nous sommes recrus de fatigue, notre querelle dort et ne parle qu'en dormant. Un tricotin de mots minimes. Des pommes de discorde roulent sur la table. Tu as. Tu es. Je veux. Je vais. Notre enfant va. Ta fille a déjà. En ce qui me concerne. Ne me concerne pas. Mes besoins. Tes intérêts. La résidence secondaire. L'assurance complémentaire. Prospectus de tourisme. Fais un vœu. Demande ça. Je t'en prie, ma foi. Ma foi, il y a longtemps. Mais ça coûte tant. Ça ne coûte plus que. Fiche le camp. Tire-toi enfin.

Ah, Turbot ! Ton conte de fées, il finit mal.

Trois mois après la naissance de notre fille, comme elle souriait déjà — « Regarde, elle sourit ! » — que les vesces de la clôture étaient toujours en fleur, que les hirondelles volaient haut, que le ventre d'Ilsebill était guéri et toutes les notes réglées (et qu'il n'était plus question du Turbot), je dis à mon Ilsebill qui était mince et pleine d'un trouble neuf : « Du porc aux choux ! Tu ne comprends pas ça. Tout simplement du porc aux choux. Dans le ventre plein de porc aux choux. Il faut que j'y aille. Que j'y retourne. C'est de là que je viens. Là que tout a commencé. Qu'on m'a coupé le cordon.

On tournera un film. Non, sans rôles. Rien qu'un documentaire pour la télévision. Sur la reconstruction. Comment ils y sont arrivés, les Polonais. Toutes les rues anciennes et les églises. Tout le fatras gothique. Plus exact que ce n'était. Et qu'est-ce que ça a coûté. Comment, un voyage d'agrément ! Naturellement je la verrai, bien sûr. Après tout, je suis de la famille... »

Et quand j'eus dit tout ceci (et autre chose encore) à Ilsebill qui voulait aller ailleurs (Petites Antilles), je pris l'avion d'Interflug à Berlin-Est pour Gdansk en survolant la Kachoubie ; le team de la Télévision, Troisième Chaîne, était déjà sur place pour inspecter les lieux de tournage ; on avait filmé des plans intermédiaires, rendu visite au conservateur municipal, cultivé de menues tracasseries douanières (à cause du matériel cinématographique) ; on m'attendait avec un vieux plan Pharus de la Ville libre et hanséatique de Danzig.

La Ville-de-Droite s'appelle maintenant Glowne Miasto, le marché Long Dlugi Targ, la rue de l'Étal-au-Pain Chlebnicka et son prolongement, la rue de la Cervoise : Piwna. On filma dans la Häkergasse (Straganiarska) et dans les ruines de Saint-Jean. On filma depuis l'Ile-aux-Docks (Spichlerze) l'alignement reconstitué de maisons étiques et de portails de brique rouge qui borde la Mottlau (Motlawa). On tourna la rue Longue (Dluga) d'un bout à l'autre selon la position du soleil. A l'Hôtel de Ville de la Ville-de-Droite, on tourna le *Denier de César,* tableau d'Anton Möller. M. Chomicz, le conservateur, énonça des explications qui épargnaient des frais. Soudain le courant manqua. Pendant qu'on attendait l'électricien maison, le prince Philip d'Edimburg vint en visite officieuse à l'Hôtel de Ville. Et autres occurences fortuites. Et toujours du soleil. Temps de tournage. Touristes. Et parfois, quand nous faisions la pause, je m'asseyais sur le perron devant le pignon gothique de la Fédération des écrivains, dans la rue Notre-Dame ombreuse qui maintenant s'appelle Mariacka, parce que souvent c'était là qu'assis sur les marches, Jan et moi, nous avions discouru de choses et d'autres ; enfin, je crois, passa Maria Kuczorra ; elle portait son cabas de toile cirée.

Naturellement elle a embelli. Mais elle ne rit plus. Quant aux boucles à l'anglaise, elle les a coupées juste après la naissance de ses filles. Elle continue à s'affirmer à la cantine des Chantiers Lénine. Elle fait des économies pour acheter une auto. Elle a vendu la vieille Skoda de Jan.

Boucles courtes, jeans et pullover, Maria vint à passer comme j'étais assis sur le perron de la rue Notre-Dame, buvant mon troisième café granuleux (à la turque) et que (riche d'images intérieures) j'attendais Agnès Kurbiella ou redoutais Dorothée Swarze qui, à pareille heure (vêpres) avait souvent ses visions à Sainte-Marie.

Je l'appelai : « Marysia ! » — comme Jan l'aurait appelée. Elle ne voulait pas prendre le café avec moi, mais aller quelque part ailleurs. Je payai, rangeai mes papiers : des notes sur Opitz. Ce que Hegge rapporta de Wittenberg. Des extraits du psautier de Klug : « Ah ! Dieu céleste, regarde... » Des extraits du règlement corporatif des lignes de Scanie. Les noms de généraux napoléoniens du temps où la République de Danzig était assiégée par les Russes et les Prussiens...

Entre les perrons, nous allâmes par la porte Notre-Dame jusqu'à la Mottlau. La rue Notre-Dame est une rue où l'on marche toute sa vie. J'aurais aimé acheter pour Maria un collier d'ambre à l'une des nombreuses boutiques des perrons. Je ne porte plus de bijoux, dit Maria. Sur une vieille prame amarrée près du pont Long (Dlugie Pobrzeze) qui vendait en service snack à bon marché du poisson frit qu'on mangeait debout, nous mangeâmes du cabillau frit dans des assiettes de carton. J'aurais voulu savoir plus que leurs prénoms des deux filles qu'avait eues Jan. Les fillettes étaient chez la mère de Jan. Maria avait sur elle des photos. Quand elle voulut savoir comment s'appelait ma fille, je mentis et dis Agnès. Je n'avais pas de photos sur moi. Maria rapporta des serviettes en papier. Avec le cabillau frit, il y avait un floc de ketchup. La Mottlau sentait plus fort que la gargote à poisson. De Jan, pas un mot. C'est seulement quand nous partîmes en nous donnant rendez-vous pour le lendemain que Maria dit tout à coup : « Il venait de Varsovie. Il s'appelle Kociolek. C'est lui qui a donné l'ordre. Alors ils ont tiré. Maintenant il est parti. En Belgique. C'est lui qui y est comme ambassadeur. »

A la fin, tout fut confirmé. Les contes ne s'arrêtent qu'un instant ou recommencent quand ils sont finis. C'est la vérité, racontée chaque fois de façon différente.

Le lendemain, on tourna Sainte-Brigitte, la Radaune, cours d'eau bitumineux, le Grand Moulin et les flèches de clochers montées sur chantier pour Sainte-Catherine ; on doit les mettre en place prochainement. Le temps de quarante secondes, je dis des phrases pour conclure le film.

En fin d'après-midi, j'allai chercher Maria comme elle quittait les Chantiers. Dans son cabas de toile cirée, elle portait une boîte à fricot pleine de porc aux choux. C'était encore chaud, dit-elle. Elle avait aussi des cuillers. Elles claquetaient. La place devant la grande porte des Chantiers n'avait mine de rien. Au passage, Maria montra un endroit pour ainsi dire quelconque de l'asphalte : « C'est là qu'il était, là. »

Nous prîmes le tramway de Heubude, village de pêcheurs qui s'appelle aujourd'hui Stogi, toujours populaire avec sa plage et son établissement de bains. On remonta le fossé du Faubourg, traversa la Vieille-Mottlau, l'Ile-aux-Docks, la Neuve-Mottlau, la Ville-Basse ; on tourna sur la gauche après la porte du Werder pour prendre le pont sur la Vistule-Morte sans dire un mot jusqu'à Heubude.

Naturellement la phrase est fausse : Heubude était le terminus. Car nous prîmes par des sentiers de sable à travers le boisement littoral. Ce sont les premiers jours de septembre, quand la lumière devient ambiguë. Nous marchions côte à côte, puis l'un derrière l'autre, Maria devant. Depuis je vois son dos : dissuasif, rond.

Quand nous eûmes dépassé le boisement, Maria ôta ses chaussures. Moi aussi, et mes chaussettes. Je connaissais cela ! Marcher pieds nus dans l'élyme des sables sur les dunes. Nous entendîmes le faible clapotis de la mer. Vers l'ouest, on voyait les édifices utilitaires du nouveau port pétrolier. Sur la dernière crête de dune qui tombait doucement vers la plage, Maria s'arrêta. La plage était déserte à l'exception d'un petit nombre de silhouettes qui s'allaient perdant au loin. Maria se laissa choir dans un creux de sable, ôta son jeans et son slip. Je baissai mon pantalon. Elle m'aida pour la mise en place. Je ne sais pas quel temps il m'a fallu ni si elle fut contente. Elle ne voulait pas de baisers, mais seulement vite ça. Quand j'eus fini, elle m'éjecta et remit son slip, son jeans. Entre-temps, les silhouettes s'étaient encore plus loin perdues sur la plage.

Ensuite nous prîmes les cuillers de fer battu pour manger le porc aux choux tiède à même la gamelle. Maria tenait maintenant des propos minces sur ses filles et sur l'auto partiellement payée d'avance, une Fiat-Polski. Le porc aux choux me rappelait des choses. Quand la boîte à fricot fut vide, Maria se leva d'un bond et courut jusqu'à l'estran. Je restai, la regardant courir : encore son dos.

La mer était d'huile et léchait la plage. Maria, jusqu'aux genoux de son jeans, entra dans la mer. Elle demeura un temps immobile puis lança trois fois d'une voix forte un mot kachoube, tenant les bras en écuelle. Alors plat, primordial, sombre, ridé, le Turbot dont la peau est pierrée, non, ce n'était plus mon Turbot, mais le sien, comme neuf, le Turbot sortit de la mer pour tomber dans ses bras.

J'entendis qu'ils parlaient. Tous les deux. Longuement ; elle l'interrogeait avec des pointes claires ; lui, paternellement, la réconfortait. Maria rit. Je ne compris rien. Encore ce Turbot. J'avais comme une idée de ses phrases sans réplique. Elle qui ne riait jamais, voilà qu'elle riait jusqu'aux genoux dans la mer. De quoi ? De qui ? A côté de moi la boîte à fricot vide, j'étais assis sur le sable. Déchu de l'Histoire. Le porc aux choux m'avait laissé un goût.

C'était déjà le crépuscule quand Maria se fut expliquée avec le Turbot. Et, quand elle le rendit à la mer, la brise du soir striait la Baltique. Un instant, immobile, elle me montra son dos. Puis, lentement, elle revint sur ses traces. Mais ce n'était pas Maria qui revenait. Ce sera Dorothée, me dis-je, soucieux. Mais quand, pas à pas, elle grandit, j'espérais déjà en Agnès. Ce n'était pas la démarche de Sophie. Est-ce Billy qui vient, qui revient, la pauvre Sibylle ?

Vint Ilsebill. Elle passa sans me voir. Déjà elle était passée. Je la suivis.

Table

AU PREMIER MOIS

AU DEUXIÈME MOIS

AU TROISIÈME MOIS

AU QUATRIÈME MOIS

AU CINQUIÈME MOIS

AU SIXIÈME MOIS

AU SEPTIÈME MOIS

AU HUITIÈME MOIS

AU NEUVIÈME MOIS

ACHEVÉ D'IMPRIMER
LE 7 DÉCEMBRE 1979 PAR LA S.E.P.C.
POUR FRANCE LOISIRS
D.L. 4e TRIMESTRE 1979
N° D'ÉDITION : 4709
N° D'IMPRESSION : 1194